U0023039

做情報的主要條件

我說

良心

支隊長卻說

不，良心不能鼓舞士氣

最重要的是

金錢、酒、女人

序

司馬中原

前歲冬，曾親歷過五十年前韓戰，冒九死一生投奔台灣的共軍老戰士王北山先生來訪，攜來他的小說創作求序於余。

這是一部血淚交織的長篇，都卅萬言，可說是一部非常傑出的戰爭小說。書中對戰場悲慘景況，描寫得深入細致，撼人心魄，寫他個人和其他戰友離奇曲折的經歷、非人的遭遇、存眞破僞，更顯露國際間陰險無情，以人道作爲藉口的僞善嘴臉。

韓戰是第二次世界大戰後，發生在亞洲地區而使舉世震驚的最大戰役，當時，中共建國未久，兵疲民艱。南北韓發生劇烈戰爭，美國協助南韓對抗北朝鮮。戰爭初期，居於劣勢的美軍節節敗退，固守一隅待援，隨後，美國任命麥克阿瑟將軍爲統帥，大舉援韓，仁川登陸，衝破卅八度線，攻入北朝鮮，並無視於中共嚴重警告，直逼鴨綠江一線。中共爲鞏固國防，忍無可忍，乃發動抗美援朝，派遣百萬志願軍入韓，和美軍展開正面交鋒。其間反覆拉鋸，戰事膠著，有許多著名的戰役，可謂萬分慘烈，如傷心嶺、鐵三角諸戰役，其慘烈程度，尤過於諾曼第戰役多多。就傳統戰爭情勢而論，這些戰役，實爲二次世界大戰後，歐亞對抗最典型的野戰戰例。

韓戰結束後，美國軍方，出版了很多檢討性的戰史書籍，主要立意，在於以高科技的軍隊對抗較原始的軍隊，他們獲致慘敗的原因與教訓，那是赤裸的、純軍事性的檢討，稱不上是文學作品；反之，中共方面，也寫出許多書，大多是誇耀人民戰爭的巨大力量，歌讚戰爭英雄，加以肯定與表揚，以及此次戰爭意義的詮述，教育全民反霸權的必然性，但很難客觀的揭現出戰場眞實面貌。

到了越戰後期，美國深受越南深山大澤和森林之困，對越共神出鬼沒的戰法更加頭痛，他們除了作軍事性的檢討之外，也寫出很多文學作品，並且拍攝了多部有關越戰的影片。但韓戰始終被冷落，只留下一些局部的戰鬥場景，並不能以此窺得全豹。

在中共方面，爲了援助北朝鮮，並確保國境安全，不惜以粗陋的武器裝備對抗國際超強的美國霸權，在戰鬥遂行中，人員方面的損傷較重是可以想見的，但共軍剽悍的戰法，也帶給美軍強烈的震撼與深痛的教訓，戰爭的結果，是在血淵骨嶽中以平手收場，而事實上，精神的勝利應屬於東方人民不屈的民族性格。

這樣重要的戰爭場景，站在客觀的、人性的立場，能寫出當時慘烈情境華文文學著作，我們等待多年，卻鮮少見著，這不能不說是極大的憾事。

出生南方的王北山先生，現已年逾七旬，他原是在抗日戰爭後期，投入軍伍，爲國民黨軍中之一員。一九五〇年，國民黨軍大潰於西南，殘部多爲共軍俘獲，改編入共軍行列，在韓戰中期，開拔入北朝鮮的共軍部隊中，有很多都是原國民黨軍的戰俘。王北山先生當時隸屬於共軍第六十軍一八〇師，他們在四川駐地接受了整編、整訓，以及思想改造，再歷經三番五次的坦白、整肅、審查、淘汰過程，才開拔到河北省老區，待命出關，踏上茫不可知的征途。

通曉文墨的王北山，在一遍大老粗的共軍部隊裡面，凸顯出他的價值，被選爲文化教員，但在貫徹「以黨領軍」的老部隊中，黨齡愈老的分量愈重，無論平時或戰時，他們都具有相當的權威性和某些方面的特殊待遇，哪會把非黨員又曾爲俘虜的王北山看在眼裡！王北山只能靠著機智、沈著、勇敢和堅忍，突破被蔑視的窘境。

第一八〇師進入北朝鮮後，從西線調居中線，擔任第五次戰役第二階段的重要戰鬥任務，並被作爲中央突破的「尖刀師」，要他們搶渡北漢江，進佔春川市。

就共軍戰史而言，第一八〇師過去曾有過輝煌的戰績，但經過整編整補之後，全師戰鬥素質已明顯下降，師裡的戰鬥兵源，大部分為川藉，他們具有不願遠離鄉土、遠適異國的習性；另一部分為國民黨降軍，若說短期集訓就能改變他們的根性，那更是天方夜譚。整編和整訓，雖具有一定的效果，但效能極為有限，文明與原始，自由與集權，物質與精神的分野，平時雖有所辨識，一到戰爭劇烈，生死俄頃之際，便再無明顯的區分。共軍在集體意識鑄造上，顯然強過美軍。但當血肉紛飛之際，惜生懼死的反應——也就是基本人性的反應，仍強過禁錮式的教條反應，在集訓時被污污蔑、嘲弄、輕視、懷疑的國民黨軍成員，在目睹共軍核心分子，享有戰場一切優遇，反而臨陣先逃的實際景況後，心裡自然動搖，平素隱藏的矛盾崩發於一瞬，臨危求生的原始本能，顯露無遺，一八○師尖刀變成挫刃，終於走入崩潰之途，可說是必然的。

但作者仍為「抗美援朝志願軍」中之一員，他在悲慘的戰鬥處境中，仍然盡力達成上級所交付的任務，拯救傷患，力抬擔架，當那些平常以「黨核心」幹部醜態畢露之際，他猶能獨立支持於艱危之中，克盡一個戰鬥員的職責，直至一八○師瓦解，他經歷九死一生，才能活到今天，並以沈痛之情，寫出這部大書來。

在這部書中，他超越了黨派，緊握住人性的根鬚，把當時戰爭的實況，訴諸眞實的描述。事實上，任何戰爭，戰我雙方無不標榜眞理與正義，並鼓舞士氣，全力求勝，但自發性的信仰，乃保持勝果的主要力量，它遠優於強迫性的禁制，國民黨當初嚴峻的「連坐法」，共軍當初恐怖的「督戰隊」，在特殊悲慘壯烈的戰鬥中，雖沒全部瓦解，其效果則也微乎其微，在軍中內部矛盾未解決前，任何教條皆已形同虛設。美方與共軍的戰役，正是對民族戰力最眞實的試煉，一方面國民黨軍大陸慘敗，是事出有因，不容掩飾，而共軍局部慘敗於韓國，也該從根檢討，當時中期入韓參戰的六○軍，分子複雜，短期洗腦，功能有限，一旦戰爭形勢不利，戰場狀況頻於崩壞，負面效應發作，那些原屬國民黨軍的俘虜紛紛叛離，本是自然現象。

王北山於第五次戰役部隊潰滅後，基於求生之本能，覓機投奔以美國爲首的聯軍，原以爲可得國際公約之保障，但他卻錯投南韓軍之左翼兵團，成爲南韓軍之俘虜，他們並不知這支南韓軍之正式番號，只知爲左翼L師團，他們立即被編入L師團的L支隊，負責情報蒐集的特殊任務。

等他到達位於水壩上方的L支隊，才知道這是一座人肉砧板——專以中國人爲情報蒐集活物的特殊情報單位，凡來到這裡，活著根本不是人，死掉只是一座墳。當時，和王北山同來的已有十多個，他們是陳炎光、許家榮、伍浩、陳希忠、許志斌、孫利……等人，不論他們的背景和心志如何，一落到韓軍的手上，便成爲砧板上的肉，橫剁豎切悉聽他便，說什麼國際公約、人道主義，根本沒有那回事。

L支隊用酒肉和女色爲餌，讓中國俘虜深入北韓情報區，必要時用中國人殘殺中國人，以滿足他們情報的需求，早在王北山來到之前，他們已埋葬了十幾廿個做情報失敗的中國人了！王北山不滿共軍當時亂冤枉好人的舉措是事實，但不滿南韓軍借刀殺人更是事實，在他可憐的同伴相繼死亡之際，他毅然再次策劃脫走，經九死一生，終於來到聯軍戰俘營。

到了台灣之後，才聽說美軍也玩同樣的把戲，他的戰友高文俊就曾寫書供出，美軍的人肉砧板上，死了不下四五百共軍弟兄，他們的人道主義何在？什麼日內瓦國際公約，只是一面虛僞的幌子，專門拿來欺騙世人的。這些血淚交織的祕辛，實有公諸世界的必要，個人在悲憤涕泣之餘，願以爲序，並激勉中華奮起，免受欺凌。

司馬中原 二〇〇〇、十二、六日

序於台灣台北市

自序

我進戰俘營很晚，到巨濟島的六十八聯隊，大約是在一九五二年一月。那時候，聯隊內的管理權，已全部操在反共夥伴手裡，不過，他們非常理性，對親共戰俘並不仇視，大家和平相處，各人可有各人自己的希望、選擇，誰也不能強迫誰。

五二年五月，聯軍對戰俘做「志願甄別」，結果六十八聯隊不願回大陸的反共戰俘，約七千餘人，二十七聯隊反共戰俘也有七千人，共一萬四千餘人，願回大的親共戰俘，僅千餘人，這是我們爭自由的大勝利，給了大家極大的鼓舞與信心。

甄別後，所有巨濟島上的中國戰俘，便被送往濟州島監禁。二十七與六十八聯隊，改編為A、B、C三個聯隊，六十八聯隊改稱B聯隊，留下一、二、三、四，四個大隊；五、六大隊編入C聯隊。三個聯隊暫時安置於莫瑟浦附近海邊的半人高鐵絲網內，等待新戰俘營建成後遷入。

我是被編入B聯隊。

B聯隊聯隊長，仍是原六十八聯隊的英聯隊長。

現在，A、B、C三個聯隊，全是志同道合的反共夥伴，沒有親共戰俘，因此，大家生活過得更安寧、和平。

可是，由於爭自由的勝利，帶給了大家希望，卻也帶給了B聯隊一場極不幸的，罪惡的大紛爭。

這災難，在僅僅遷移濟州島後的二、三星期，大家就看出情況不對勁了，有的單位——尤其是警備隊——出現了許多新面孔，多半是乾媽、乾爸的「老表」，緊跟著，斷斷續續的發生了幾件不愉快的事情；有的夥伴出走了，他們翻過半人高的鐵絲網，到隔鄰的A、C聯隊去；三大隊中隊長易忠，小隊長矮子強打騎牆分子，聯隊部翻譯七麻子，把他的木箱子扔出聯隊部帳棚外去……四川籍的英聯隊長，一再的勸告大家：「反共抗俄，地不分東西南北（B聯隊四個大隊中，四川大隊就佔了三個），人不分男女老幼，應互相團結。」「我們在大陸的失敗，就是爭權奪利。」……相互勉勵、告誡。他並把不接受勸告的「自己人」，取消掉職務，或申請將他們調離B聯隊。

一個多月後，新戰俘營竣工，我們遷入新居。新戰俘營將每大隊以及聯隊部直屬單位，分割成兩個「康畔」（圍場），用雙層丈把高鐵絲網，一重重的圍起。此外，在營區當中，還有塊相當於兩倍「康畔」大的大廣場，作爲聯隊一切活動的場所，廣場前半部是聯隊大門、聯隊部、診療所、大禮堂、大廚房、藝工隊工場等；後半部是大操場、劇台、後大門。

遷入新戰俘營後沒多久，遇大颱風，風狂雨大，將營區內新搭建的數百座帳棚全部吹毀。大家被傾盆大雨淋得像落湯雞。颱風過後，我們只得搭起破帳棚暫時躲避風雨。美軍一時無法供應大量帳棚，顧慮又會被大風颳掉，決定搬運附近山阜上的石頭蓋屋子，大家又苦了一陣。

房屋落成，住進了石頭屋，既涼爽又堅固，我們享受了難得的「風雨後的寧靜」。這以後的數個月裡，外界起了不少的變化：那年十月，美國大選，艾森豪將軍當選了美國總統；翌年三月，蘇聯頭子史達林死亡；板門店談判又恢復了……

「風雨寧靜」過後，B聯隊也有了小變動：英聯隊長走了，到別的聯隊去……幾位大隊長，副大隊長也走了。

他們認爲現在大家都是反共夥伴，不能有爭吵，更不能打架。在巨濟島打架，我們可說打親共戰俘；現在沒有打架的理由。聯軍爲了我們反共戰俘，和共產黨已多打了十幾個月的仗，不知犧牲了多少性命。我們爭自由，也更要爭取人家對我們的同情，給我們的支持……

戰俘營內最大的「俘虜官」是聯隊長，其次是副聯隊長、大隊長、副大隊長等。走了聯隊長和幾位大隊長，B聯隊只剩個寡頭了，應該不會再發生問題，而且戰俘營內也不選總統。

同時，這時大家都有個共識：板門店停戰談判將達成，大家應和和平平的度過這段拘禁的日子，求得自由。

但誰知大家在這安心的、殷切的期盼中，B聯隊終於又出事了。

那天早晨，剛吃過飯，聯隊部通知各大隊不出公差，把隊伍帶到大操場集合。大家都不知道要做什麼事，我以爲是演戲，也跟著隊伍去看熱鬧。走上了貫穿聯隊中央的大道，我見各大隊隊伍也陸續帶出，他們進了大操場，面向劇台就地坐下。劇台上站立著十幾個警備隊員，他們頻頻交頭接耳，神情很神祕。

不一會兒，在我背後隔著鐵絲網的大禮堂大門打開了，魚貫的走出二十多位各大隊的中、小隊長，警備隊隊長也在行列中。這可教我大吃一驚！他們每人的左右旁，各跟隨著兩個手執棍棒的警備隊員押解著。進了大操場，他們被帶到劇台上一列排開，站著，面對群眾。台上有人發狂的咆哮了：

「大家看這一夥人！他們一天到晚搗亂鬧事，讓我無法安下心來替你們好好的服務，替你們爭取自由！他們不斷的鬧，唯恐天下不亂，你們說他們是搞的什麼陰謀嗎？昨晚深夜，他們企圖要殺人，這該怎麼辦？怎麼辦？你們說！」

台下有一分鐘的沈寂之後，零落的三兩個人喊：「打——打……」台上那群打手開始動手了，把他們一個個的按倒下來，疊起雙腿，夾緊——怕打到卵子——用帳棚杆子朝腿部用力猛搥，噗、噗、噗……

全操場鴉雀無聲，我彷彿置身於川西恐怖的鬥爭大會，心中難過極了！他們在巨濟島和親共戰俘鬥爭，拍胸脯，義無反顧；現在卻被這群自命反共的混混兒扣帽子、打軍棍，實爲極大諷刺！

打斷三四根杆子，沒「哼」一聲，他們是硬漢。打完，送到診療所上了藥，送出鐵絲網。

我去診療所找老田，問他怎會發生這種事。他一見我，便氣憤的說：「我沒想到會搞得這個樣子！假使人家不退讓，就不會發生這種事了。」

老田是在診療所當翻譯，他不是幫那個人，或那一派，他是爲大家做事，我說：

「他們怎會一個個被抓到大禮堂去？」

「那撮人通知他們開會，他們都去了。」

「要是他們企圖殺人，必定心虛，怎會敢去？」

「誰殺人？他們太善良了，相信那撮人，才會上當。」老田忿忿的說。

從此以後，B聯隊成了名副其實的牢獄，夥伴們彼此不能自由的說話，自由的交往，每人內心好像被一層層無形的鐵絲網裏得緊緊的，大家只得忍著，等待自由回台灣。

我敬重退出管理權的夥伴，他們深明大義、無私無我，眞正爲大家爭自由。而那撮人，他們反共爲了什麼？在戰俘營內除了自由外，有什麼權可爭、利可奪？做官？可恥！

這事件過後不到三、四個月，那年的七月底，板門店停戰協定簽訂了，韓戰結束了，謝天謝地，也結束了B聯隊夥伴們的恐怖噩夢。

停戰協定關係到我們切身方面的條款是：在停戰協定生效後六十天內，聯軍必須將反共戰俘送往板門店中立區，交由中立國遣返委員會監管，並接受共方人員爲期四個月的集體或個別「解釋訪問」，至一九五四年一月二十三日釋放。

親共戰俘，在停戰協定生效之日起，即遣返共方。

在赴中立區的前夕，大家聚在燒水房內喝血酒，宣誓。我見有位夥伴沒參加，去帳棚看他。他裹著毯子蒙頭睡覺，我心中很不好受，他出過力，不應該將他排除掉。我回燒水房向大家提出，請那位夥伴參加。那撮人不允許、不高興。他們也講求「忠」，忠、忠、忠……凡是提出任何不同意見，就是不忠。

我的意見，當然也是不忠。

到了中立區，我負責照顧病患夥伴的職務，幾天後也被解除掉了。

我們在中立區待了四個多月，共方人員只個別「解釋訪問」了兩個「康畔」，一千餘人，回共區的僅幾個人，因爲沒有效果，他們便放棄了說服工作。到了一九五四年的一月二十一日，我們便獲自由了。

回台灣後，夥伴們多下部隊當兵去。

在B聯隊被打腿的二十多位夥伴，除了警備隊隊長去南美洲外——他在六〇年代，曾經非常風光的從僑居地回過台灣一次——其餘全部回台灣，他們也都被編入部隊當兵。後來上級下命令，凡是在戰俘營內擔任過職務的，可報上核官：擔任大隊長的，可核上少校；中隊長、上尉；小隊長，少尉，但他們都沒上報，願意當兵——可敬！

我被編入戰鬥團，整天上操場、課堂。上操場學「立正」、「稍息」、操槍，或野外戰鬥教練等，學殺人又殺不死；上課堂是上政治課，大夥擠在悶熱的鐵棚屋內，像蒸籠。講師有的是教官，有的外請，多是社會名流，名氣愈大，愈不「專業」。有位名流對我們上課，他先談了許多民主眞諦，批評「民主集中制」，而後，又矛盾的說：「我們在大陸失敗前，反正沒希望了，應當也像共產黨那樣實行土改。」看樣子，這位外來的「和尙」還沒把問題搞通，更應該「學習」。

有一次，上級交下一道討論題：共產黨貨幣會不會貶值，在課堂上大家都說會貶值，但解除種種顧慮的個別訪談後，結論是：不易貶值，因爲共產黨貨幣與實物掛鉤，多少錢可配發多少實物，有一定比例。

一星期，只有星期日放假八小時，星期六半天，其餘空閒時間，只能在營區內打打球，泡泡中山室，看書報；書籍內容單調，枯燥乏味。

在回台灣的一年後，一天，中山室多了一本新書，是一本大書——《×××奮鬥史》，報導我們在韓國戰俘營爭取自由的經過，內容不外敘述兩個方向：一是反共英雄，烈士；二是「匪諜」與親共戰俘。因爲是自己的歷史，大家都興起了濃厚興趣，爭先恐後的搶著看，看過了，又說沒什麼可看，多是假的，胡說八道。大夥見我來，都嚷著：「給老王先看，老王先看！」

我非常高興，大家對我這麼客氣，這麼愛護。我接過書找了個角落，坐下靜靜的看著這本「偉大」歷史。大夥站得開開的，嘴角掛著戲謔的笑意，望著我看書。我看了其中一、二章，覺得的確沒什麼看頭；有的把功勞吹噓得肉麻，有的歪曲事實，有的揑造「匪諜」事件，亂扣污衊……看了一會兒，我便不大想看了，用拇指頭刷著書頁，一頁頁快速的掠過瀏覽著。刷兩下，我見有一頁書頁成三角形的摺疊著，我把它攤開抹平，忽然，我的姓名從字行間跳進我眼簾，可把我愣住了，怎麼我也榜上有名？我對大家爭自由沒有貢獻，不是英雄；說烈士，我又活著；說「匪諜」或親共分子嘛，又毫無證據，只可留待「察看」。仔細看，啊！原來是說我在韓國濟州島戰俘營裡，因爲怕被遣送回共區，跳糞坑自殺！

夥伴們爆起了大笑，笑得前仰後合，笑得捧腹怪叫：

「老王，他們要你遺臭萬年！」

不用說，這是那撮混混兒揑造的謊言，否則，編寫的人在一萬四千多人中，怎知有我這個人？怎知我姓名？那撮人有了權，當然回台灣有權說話。他們的目的是要害人、害我——當時大家都怕姓名暴露，在赴板門店中立區時，老師曾經對我們保證，聯軍當局絕對不會把我們的名冊交給共方代表——我沒想到在濟州島鬧的小小不愉快，那撮人會恩怨分明的帶回台灣來，想出這種點子消遣我！我會自殺嗎？會做無謂犧牲嗎？我也沒見B聯隊有人自殺，有人跳糞坑。那時大家即將獲得自由了，誰甘心自殺？

那撮人用這種卑劣手段迫害我，我是發火了，可是，你生大氣，能怎麼樣？有你說話的權利嗎？算了吧，只剩個台灣了，鬧什麼？——去他娘的！

民國四十七年，戰鬥團辦理退伍，退下了四五百人，我也退。

退伍後，我選擇執粉筆餬口——當小學教師。那時升初中競爭激烈，小學多採能力分班，我幾乎都是教「壞班」。有教無類，我喜歡「壞班」學生，他們會打會鬧，但他們多聰明——聰明學生不把他教好，將來到社會做起壞事也高人一級，非常危險。

一晃，十年，二十年過去了。

又過了數年……

一天，我有位在台北市當清潔工的朋友老白，打電話來說：「老王！告訴你一個好消息，我在中央圖書館裡看到那本什麼《×××奮鬥史》，不是說你跳糞坑自殺嗎？現在你平反了，沒有你了，換別人跳了。」老白住中央圖書館附近，有空就去圖書館閒逛。

我聽得笑了起來：

「你大概神經有毛病吧，出版都二、三十年了，也能夠隨便換人跳糞坑嗎？」

「沒騙你，千眞萬確，你不相信，可自己來看。」

老白說得誠誠懇懇，不像開玩笑，可能誰又冒犯了那些混混兒，才惹了一身「屎臭」。可是《×××奮鬥史》是政府出版的，是史書，怎能隨便更改？那不眞成了《×××奮鬥『屎』》了？

第二天一早，我懷著梁山伯訪英台的心情，直奔台北，直奔中央圖書館。辦好了借書證，我便到服務台借書。那位工讀生服務十分熱情，他從電腦上查出《×××奮鬥史》有兩本，問我要借那一本。一次可借三本書。老白說「換人跳糞坑」，可見有兩種版本，所以我說我兩本都要。

十多分鐘後，書推出來了，我取了書，找個位子坐下，專注的看著。兩本書全是新版，一本是精裝本，另一本是平裝本，封面都沒有燙金的《×××奮鬥史》字樣，和我看過的舊版本「奮鬥史」顯得沒氣派多了。翻看內容，差不多都相同，不過精裝本多了第一章，平裝本則缺。我急著找看自己的「歷史」，翻到了那一頁，一看，老白說的「換人跳糞坑」了，換的卻是我的別名！我別名在戰鬥團資料裡有，夥伴們都不知道我的別名，可見那些混混兒更改時去查了我的資料；他們對我始終不放手，非常認眞的做這種「臭事」。

這次看這本「屎臭」的鉅著，我沒生一丁點兒氣；敵人都放過我了，給那撮人去害人吧！

圖書館到晚上九時關門，時間充裕，所以我把書其他主要部分，詳細的也看了一遍。從對岸開放以來，我看過幾本大陸出版有關韓戰的書籍——台灣可買到——其中一本叫做《志願軍戰俘紀實記》，記載了不少戰俘營內發生的事。我曾經用《紀實記》這面鏡子，和舊版《×××奮鬥史》對照：《紀實記》報導雖然誇張了些，但說的大多是事實，鐵證如山；舊版《奮鬥史》則多是胡扯淡，無中生有——不僅說我跳糞坑自殺——我把舊版不實報導和新版的《×××奮鬥史》比對，發現凡是在舊版中說謊的章節，在新版《×××奮鬥史》中有的大修改，或刪掉，有的本來放在書前節比較顯著的位置，修改後則插到書頁當中去，不刻意找，不容易發現。這一比對考證，我明白他們爲什麼要修改了，因爲人家說的多是眞話，而我們呢？謊言被拆穿了，所以不得不大「翻修」一番了。

其餘沒有「翻修」的部分多是敘述模糊，或假名假事，尤其捏造思想問題，「匪諜」等，全保留了下來，譬如；某某人散播謠言，某某人進行破壞工作，或有部分人因受困難環境影響，思想發生動搖等等。「某某人」、「部分人」，有這種人嗎？能拿出證據嗎？

現在我僅揭露一二三頁的一節荒謬，與大家共賞。

標題是：「不能再含糊了，清掃匪特分子。」——意思是說以前就有「匪諜」潛伏，因爲「含糊」

過去了，沒有清掃，現在是不能再「含糊」了，要清掃了。

這種打廣告式的耀眼大標題，到底戰俘營內有沒有「匪諜」，潛伏了多少，如何清掃，我必須先把戰俘營內考核工作，與實際情況，略作說明。

中國戰俘，最初是監禁在巨濟島，「志願甄別」後，才遷移濟州島監禁，釜山戰俘營只是臨時拘留。巨濟島有兩座中國戰俘營：二十七和六十八聯隊，反共和親共戰俘都關在一起。我在六十八聯隊，曾親眼目睹各中、小隊考核工作，他們嚴格的、長期的，調查每人在共軍中的單位、職務，是否爲黨團員，與在戰俘營內的思想、行爲等。夥伴們要加入同盟會，希望將來回台灣，那更要深入了解，交叉訪問，互相連保。有的人「來路」不明，那就要被懷疑爲「匪諜」，要吃生活的：拳頭、灌水、坐飛機。那些人神通廣大，很快的就被調離了聯隊。戰俘營內個別調進調出，是很平常的。共產黨有沒有派「特務」混進戰俘營？早期應該沒有；這可能是他們疏忽了，沒想到自己「子弟兵」也會背叛。到底他們什麼時候派「特務」混進戰俘營活動？最可能的時間，應在一九五一年底以後，因爲那年的九、十月，聯軍代表在停戰會議上，將反共戰俘問題，向共方代表提出。共產黨獲知戰俘營內有反共組織後，必然會派「特務」潛入戰俘營進行破壞工作。一九五二年一月，我從釜山被送到巨濟島六十一聯隊時，那個程大隊長，就是派遣過來的其中一分子。他也分發到六十八聯隊。他在六十八聯隊待了幾個星期後，便被調到二十七聯隊去。到了二十七聯隊，他展開活動被破獲，將全部祕密供出來。聯軍當局得到這情報後，馬上採取防範措施，將新過來的戰俘隔離監禁——這時無大戰事，新戰俘人數不多——不再送入舊戰俘營，以防他們鬧事（可參閱本書四十五章後段）。遷移濟州島後，反共、親共戰俘分開監禁，當時反共戰俘營內大家一條心反共，從來沒聽說過破獲什麼「匪諜」組織，就是回台灣幾十年了，也沒聽說夥伴中有共產黨派來臥底的「匪諜」，這節說的「不再含糊了，清掃匪特分子」，全是發生在濟州島戰俘營內，是不是那撮人懷疑有人殺他們，嚇得諜影幢幢？應更值得「考古」。

下面是該節摘要：

「如果說這一萬多人裡面，眞的沒混入共匪間諜分子，這是誰也不敢下此斷語的，因爲共匪的間諜工作一向是無孔不入的……」「四十一年底，聯軍當局曾由釜山調來一批反共義士，他們都是向聯軍投降的，其中有劉林、曾昭海、宋明、王丑則、范繼先、蔣炳賢、張歷全等七人……那裡想到他們竟是有意打入反共營中來幹間諜工作呢。」如前述，在一九五二年初，巨濟島的二十七聯隊破獲共產黨派遣過來的「匪諜」後，聯軍就不再把新過來的戰俘送入舊戰俘營。「四十一年底」，是一九五二年底，所有中國戰俘已遷移濟州島了，大家從來沒見到新戰俘送入戰俘營，也沒聽說有什麼「匪諜」的。

「直到四十二年六月板門店的遣俘草案簽定後，看到大家情緒低落，他們認爲時期已至，便展開了祕密活動……比如，在吃大麥飯的時候，大家正抱怨那難以下嚥的飯菜時，他們的機會來了：『說到吃，可倒是在北韓時吃的好點。』『哦，有這種事？』『那裡，現在可不同了，我過來時，那邊早吃罐頭，吃大米飯啦……』……『想回台灣，怕台灣不會要我們回去吧！』……」這些謠言，對身歷其境的夥伴們，誰會相信？造這種謠言的人，比豬還要愚蠢——智障豬仔。

「當六月二十日爲響應釋放韓俘遊行，正熱烈進行的時候，匪特劉林便乘著休息時間，向六小聯隊的李福春宣傳……第二天又發現另一匪特王丑則在向另一義士宣傳，於是同盟會便將兩人扣押起來，進行審問。」——「六小聯隊」，戰俘營內沒有這種單位。「匪特」王丑則、劉林有沒有這種人？大家都沒聽說過。不過，我說一則《×××奮鬥史》裡假名假事，且又和我沾點兒關係的小笑話，給大家解頤。

舊版《×××奮鬥史》內有一章敘述某件事，主角姓名前二字和我姓名前二字完全相同，最後一字不相同，但音一樣，我覺得奇怪，難道是巧合？我問那個「康畔」夥伴，那人姓名叫什麼，他們告訴我，那人叫某某，和我相似的名字是假的。後來我看《志願軍戰俘紀實記》中，也談到那件事，那個主角姓名，和夥伴說的相同，叫某某。這回我查看新版《奮鬥史》，那一章也大「翻修」了，那個主角也不存在了，和我相似的名字當然也消失了。

西方有句諺語：說謊最麻煩，因爲必須將說的謊言，永遠牢牢的記住，假使謊言上了白紙黑字，那麻煩就更大啦！

「審問的工作是不能在白天公開舉行的，因爲怕被聯軍當局發現不允許，所以一定要犧牲睡眠時間來進行審問工作。就在審問的時候檢查他們的衣服，才發現他們的衣帽上有祕密的符號……」不管白天、夜晚審問「匪諜」工作，大家從來沒見過、聽過。但在濟州島B聯隊，在光天化日下，開鬥爭大會，打了二十多位包括警備隊長、中隊長、小隊長等人在內，他們是什麼人？是「匪諜」嗎？這是B聯隊大事，爲什麼不在《×××奮鬥史》上記上一筆？不能見人？

「約在七月間，B聯隊正出公差負責碼頭工作。有一天當第一大隊值班出去工作，正在扛東西的時候，匪特宋明突然拾起一塊石頭向正在監視的美軍投去，當時雖然沒有被美軍發現，但是已經引起同盟會會員的注意……」——B聯隊一大隊，在巨濟島時是屬六十八聯隊一大隊。我在巨濟島六十八聯隊一大隊待過一段時間，我找了好幾位過去在巨濟島六十八聯隊一大隊與濟州島B聯隊一大隊的朋友，問他們到底有沒有這種事。他們都說遷移濟州島後，大家全是堅決反共的夥伴，從來沒聽說發生過這種「投石」事件，也沒有其他什麼「匪諜」活動被破獲。在巨濟島時，反共、親共戰俘關在一起，有時親共戰俘會做出破壞的事。六十八聯隊處理這類事件是：輕者警告，重者或再犯，則必須處罰，打一頓。在巨濟島六十八聯隊一大隊，有沒有發生過類似「匪諜」向美軍「投石」的事？他們說事隔幾十年了，沒有印象。只有住東部花蓮的一位朋友說，有這種事，當時他是在一大隊警備隊當書記，記得這件案子。那人是不是叫「宋明」，他已記不清楚了。他說那人不是共方派過來的「匪諜」，是親共戰俘，所以審訊警告後就放了。到了戰俘「志願甄別」，那個親共戰俘就選擇共方那邊去了。

這些混混兒僅在這節中就捏造出這麼多「匪諜」，這麼多事端，又把在巨濟島六十八聯隊一大隊發生的「投石」事件，移植到濟州島B聯隊一大隊去，不言而喻，他們目的是要掩蓋在濟州島B聯隊所做出的，那種天人共憤的打人勾當，以混淆視聽，這是他們卑鄙的陰謀。

「現在一露頭，就被發現了，這一方面是反共營並不容易動搖，另一方面可以證明匪特的活動，實在不堪一擊的！清掃匪特的工作，並沒有費什麼氣力，經過幾次的審問和清掃，匪特算是絕跡了。」——這說明了那撮人功勞的偉大，把「匪諜」通通清掃了，絕跡了。另一方面，他們是怕挨一萬四千多人的夥伴們罵，因爲冒出了這麼多的「匪諜」，不清掃絕跡了，大家不都成了「匪諜」嫌疑犯？所以凡是類似這種撒謊，結局都會有「團圓式」的可喜收尾：「匪諜」都破獲了，都清掃了，或者是經過一番教育後，大家精神都振作了起來，恢復了朝氣等。

但，這節用了兩千多字胡扯「匪諜」如何滲透、潛伏，如何造謠、挑撥、破壞、最後只一兩句話：「並沒有費什麼氣力，經過幾次審問和清掃，匪諜算是絕跡了。」誰會相信？當時共產黨口號是「血洗台灣」，「匪諜」就在你身邊，「匪諜」無孔不入，誰相信那麼容易被破獲消滅？這種謊言，不但欺騙了政府，糟蹋了納稅人的錢印這種「臭書」，更可惡的是對我們韓戰回來的夥伴們，造成了極大、極大的傷害！一般人都對我們產生錯誤的認識，認爲我們思想有問題，靠不住，有嫌疑……最慘的是下部隊夥伴，他們說星期天放假外出有人跟蹤，回營稍晚些，就被叫到房間問話，被扣帽子，拍桌子。有位夥伴在新店臥軌自殺，屍體軋成三截，那天是星期日放假，許多部隊士兵圍觀著。我也在現場，難過得流淚。士兵們看到夥伴手臂上有「反共抗俄」、「反攻大陸」等刺青，知道是韓戰回來的，有的說：「一定是思想有問題。」有的說：「一定是匪諜，才畏罪自殺。」——包大人，天大的冤枉呀！

看了這種齷齪謊言，我不能再緘默，動筆寫《韓戰生死戀》。過去的無盡痛苦、心酸，又陣陣湧上心頭。而寫完逃出韓軍L師團後，我內心頓時有種宗教徒的意念：往事如煙，轉眼煙消雲散，何必去糾纏它呢？所以最後戰俘營裡的那幾章，我只大略帶過，回台灣後的部分，就停筆了。但許多朋友看了稿後，建議我都要寫出來，留下眞的事實。因此，我又簡略的寫了這篇「補遺」，並以爲序，寫了整十年，約三十餘萬言。我不是爲了他們捏造我「跳糞坑自殺」而辯白，我不重要。我要爲韓戰回來，委屈了四十多年的絕大多數夥伴們，說句公道話：他們思想絕對純潔，對國家絕對忠貞，是眞愛國，非假愛國。

剩餘的那撮人，我不是說他們太壞，只是自私；自私是人性，他們只是太自私了，自私得昏了頭。不過，對於那個「髒屎」什麼「青」的、無恥、垃圾，我就不談了，所以，我對於我們每年兩百元的慰問金停止發放，萬分高興。

韶光無情，夥伴們都江湖老矣！我的訴說，也太遲了！現在，我不熱切希望人們對我們的了解，只希望將眞相公諸天地，不能任遭污衊踐踏，永遠沈冤不白。

最後，我將和我一起逃出韓軍L師團的生死患難夥伴，回台灣後的景況，略作介紹：

陳炎光回台灣後，也是編入戰鬥團，也和我一起退伍，退伍後，他當了一段時間的售票員，後來住進了榮家就養，在六十三年患腦中風，病逝於竹東榮民醫院。

陳希忠也是編入戰鬥團，上尉階級。他是廣東人，退伍後在僑委會找了一份工作——收發。我去看過他一次，二、三年後，再去看他時，那機關找不到了，可能遷移了，一直到現在沒再見過他了。

許家榮從軍中退下後，就業於通霄火力發電廠，娶妻生子，在十年前患肝癌病逝。他女兒畢業於新竹師專，現在花蓮執教，兒子專科學校畢業，非常懂事，教人欣慰。

孫利在四十五年來看我兩次，他已當上了准尉，以後就沒再來，那時我居無定所，也許他也在找我，已四十多年了。

小包回台灣後，我從未見過他，聽許家榮和孫利說，他患肺病，我十分惦念。

希望能見到老友，見面情又怯！

稿成後，承名作家司馬中原先生爲我作序，並鼓勵付梓出書，不勝感激。

王北山　二〇〇〇年十二月

序於台北

1

站在小廣場前，指導員范城皺著眉頭，向周遭荒蕪的玉米地張望著。玉米地裡，戰士們背著背包槍，零零落落的，向小廣場跑來。刺耳的哨聲，不停的催著。上了小廣場，他們慌忙的找自己班排位置，放下背包休息，或低聲的耳語。小廣場後面是一幢空農舍，門戶脫落洞開，空落落的，百姓全逃難走了。幾個戰士拿水壺到屋內水槽灌水，山泉冷冽甘甜。

山坡下，是一片遼闊的平原。平原中央，有細長的溪流與一里多寬的沙灘。溪水枯淺而明亮，靜靜的流著。從遠方發射來的聯軍砲彈，多落在對岸與溪床上，冒起了一股股硝煙。兩岸的村落屋舍，多遭砲火焚毀。沙灘上散佈著許多大大小小的圓石，與一叢叢蘆葦，在黃昏陽光下，顯得格外蕭瑟、淒涼。

「快跑，隊伍馬上出發了。」范城不耐煩的咆哮著。

「快，快跑！」有的戰士也跟著叫吼。

大家猜測，大戰役又要開始了。

第五次戰役，分兩階段進行。

第一階段，六十軍一八〇師是擔任預備隊，在西線跟進。友軍負責攻擊。聯軍不斷後退，每天乘車退約四五十里；白天飛機地毯式的轟炸，夜間發砲猛轟。共軍夜間兩條腿緊跟著攆，白天挖防空洞掩蔽休息；一路挨炸彈、砲彈，一路死亡。直退到漢城以北三十里的議政府時，聯軍煞住了，擺開陣勢決戰。共軍也停止攻擊，結束了第五次戰役的第一階段戰鬥。

這時，六十軍從西線調到中線。屬於一八〇師五三八團的二營六連，在十天前來到這荒涼的山野宿營休息，補充彈藥糧食。

「快跑，不要拖拖拉拉。」范城又嚷。

最後幾個戰士，拉緊腳步上小廣場來了，低著頭，臉紅紅的，好像犯了大錯。那些「進步」分子，對他們又瞪眼又吆喝的。他們是落後的，動作落後，思想也落後。共產黨總以行動檢驗思想，也分出了彼此，也養成了馬屁。

全連到齊了，范城轉過身站上一塊大石頭，向全體戰士掃視了一遭，放開嗓門開講了：

「大家注意，看我這裡。」他大聲嚷著。「我宣佈命令：今天是一九五一年，五月十七日。今晚十二點準，我們『中國人民志願軍』總司令部，一聲令下，偉大的第五次戰役第二階段戰鬥就展開了。我們一八〇師是尖刀師，五三八團是尖刀團，二營是尖刀營，直插入敵人心窩裡去，然後，向兩翼擴大戰果，包圍殲滅敵人。今晚我們要過北漢江，向春川推進。我希望大家都能按照你們自己寫的保證書，下定決心，打好出國第一仗，堅決把『美帝』趕下海……」他頓了頓，兩眼對每個人臉上打轉著。按規矩，這時候總會有些「進步」分子起來帶頭喊口號什麼的，表態一番。不過，這一個多月來，大夥兒硬是給砲彈、炸彈嚇破了膽，沒人敢打腫臉充英雄——有是有，少數，也僅僅是挺直腰杆，咧嘴笑笑，意思意思而已。「很好，很好。」范城點點頭，給他們鼓勵，鼓勵。

「好，現在頭抬起來，看我這裡。」范城繼續說下去。「在這幾天開討論會的反應裡，還有極少數，極少數的人，背著恐美思想的大包袱——怕死。我告訴你們，『美帝』飛機，『美帝』大砲沒什麼可怕，只有你們勇敢的往前衝，衝到敵人跟前去，飛機大砲就失去了作用。『美帝』的坦克，我們有蘇聯老大哥的戰防砲，無後座力砲對付他們。『美帝』陣地前的地雷，我們可用砲火去引發它，沒什麼可怕，非常安全——

「現在，我宣佈連長和指導員代理人。假使我指導員和連長在戰鬥中發生事故，無法繼續指揮作戰了，指導員代理人第一位是陳幹事陳有財，第二位是庶務長，第三位是炊事班班長；連長代理人第一位是第一排排長，第二位是二排長，第三位是三排長，請起立。」范城向他們招下手。

三位指導員代理人，三位連長代理人起立亮了相，點下頭，便坐下。

「好，我希望大家都能服從他們指揮，戰鬥到底，爭取勝利。現在我介紹兩位入黨同志。」范城手又招了下。

兩位戰士靦腆的站了起來，一個是炊事班副班長，另一個是替連長、指導員挑行李的戰士，他們呆板的鞠個躬坐下。大家辟辟啪啪的鼓幾下掌。

范城「好好」的點頭，勉勵大家向他們學習，向他們看齊，爭取立功，入黨入團。末了，他向坐在小廣場一角的連長馬金貴抬下臉：「喂！老馬，你有什麼話要說？」

「沒什麼。」馬金貴擺擺手，起立。「我希望大家打好出國第一仗，不要做軟雞蛋。沒什麼，走了。」

「好，現在隊伍按照一、二、三排次序出發。走不動的，叫人幫忙，幫他背背包，拿槍，幫他『進步』。」范城叫著。

於是，隊伍依序成一路縱隊下山坡去。

連部人員走最後頭，等著各班排走後，大家便背起背包槍跟著走。幹事陳有財踢一下躺在地上兩根用松樹幹做的槓子，對我說：「王文化教員，你這兩根扛著。」

由炊事班和連部雜務人員十幾個人組成的救護組，歸陳有財負責率領，臨出發時砍了四株松樹幹子，準備做兩副擔架。第二階段戰鬥部隊深入敵後，炊事班不做飯，不帶大鍋炊具，八九個人都是徒手，分了兩根槓子。連部人員連我共三個文化教員，陳有財要我扛兩根；我因爲被認爲思想立場有問題，一向逆來順受，不敢說半個「不」字，只得認了。這一來，我除了兩根槓子外，還有自己的背包，一支步槍，百多發子彈，六顆手榴彈，二十來斤乾糧，總共不下五、六十斤重——我成了一隻騾馱子。

我用茅草將兩根槓子綑在一起，背上背包，把槍倒掛在左肩，右肩扛槓子，跟著他們走。

天色已黑，隊伍沿著平原右側山腳行進。前頭不知那些單位，隊伍拉得長長的，大約有二、三個連。後面又有別的單位接著，看不到盡頭。高低不平的砂石路面，給砲彈挖得坑坑洞洞。路旁幾間遭砲火焚毀的屋舍灰燼裡，還悶燒著，吐出一伸一縮的火舌，與縷縷煙霧，聞到一股燒焦的濃烈氣味。

「往後傳，快跟上。」不時從前面一個接一個的傳來口令。

我也照著的往後遞。

從前方打來的砲彈，「噓——噓——」的掠過我們頭頂黑暗的天空，三、四秒鐘後，火光一閃一閃的，緊跟著傳來一陣「轟隆隆」的爆炸聲，每隔二、三分鐘，打來三、五發。不過大家對砲彈已磨練出經驗，並不驚慌——凡是砲彈出口後一、二秒鐘內，聽到「噓——」的拖長尾聲，彈著點一定距離很遠，不會落在跟前。

大夥兒一個跟一個默默的走，不准拉距離，不准丟隊。陳有財緊跟著後頭「快，快」的趕人。我肩上的兩根溼槓子，越走越沈，壓得我肩膀痠痛。我邊走邊換肩。槓子像時鐘分秒針似的在雙肩轉來旋去，磨得頸子沾著黏黏松膠，怪不好受。那些山東小民兵——部隊過鴨綠江一星期後送來，六連共分發二十一人，清一色是小年紀，小個子，有的是同村，或叔姪、堂兄弟——又開始哭哭啼啼的叫苦，走不動，要人家幫他們背背包，幫他們「進步」。

行進約十餘里，前頭隊伍緩了下來，走走停停，原來已到達北漢江邊。江面寬約百來公尺，江對岸黑漆漆，除了像潑墨般的起伏山巒外，什麼也看不見。前頭隊伍正在過江，有的已到達對岸消失在黑暗裡。大家也捲起褲管下水去，水深淹至膝蓋頭。還沒過到江的一半，突然前面掣電似的火光一閃，一秒鐘後，傳來「轟隆」的一聲巨響，震撼得天崩地裂。有人急喊：「砲彈打來，快臥倒。」隊伍立即停住，許多人「噗通，噗通」的鑽到水裡去。我站著不動；先見對岸山谷內閃光，後傳來爆炸聲，我判斷彈著點還有一段距離。

前頭又傳來口令：

「就地停止，往後傳。」

大家屏息站立在水裡，凝視著對岸恐怖山影，不敢出半點粗氣。

數分鐘後，聽到遠方砲彈「彭彭」的出口聲，又見耀眼火光閃爍，映出前面山谷上方重重疊疊猙獰的峰巒，爆炸聲震得河谷嘩嘩回響。這回打來的是砲彈群，十多發。砲彈爆炸後，灰黑色硝煙一陣一陣的往上翻騰，火光裊裊抖動，過了二、三分鐘，又打來一陣砲彈群，而且間歇不斷，顯然聯軍已發現共軍渡江了。

砲彈固定的打在山谷裡，沒變換彈著點，這給大家安了不少心。大夥兒不進不退的待在江裡好半天，又折回岸上，擰乾衣服的水，休息。我放下槓子背包，搥搥肩，喝水。

過了半個多小時，連長馬金貴從前頭跑回，低聲的喊著：

「大家注意，今晚不過江，跟我來，再往前走。」

大家邁開步緊跟著，走走跑跑，跑跑走走，兩腿甩著不停。山東小民兵脖子上只套著一袋自己吃的炒麵——麥子和玉米粉炒的乾糧——背包、槍都要人家幫著扛。有人自動願意幫忙；能夠幫助別人，是思想進步的表現；思想進步，就更有安全感。內心的恐懼，是思想進步的動力。

急行了十幾二十里路程，隊伍拉上路旁山坡野地掩蔽休息。

「現在就在這裡宿營，趕快挖防空洞。」指導員范城嚷著。

山坡上有一道美軍遺留下的戰壕，約百餘公尺長，一百六七十公分深，切割得非常平整，可能用機械挖掘的。壕溝前佈滿地雷和照明彈，電話線拉來牽去，縱橫交錯。連部雜務人員和炊事班分配在壕溝內休息，不用挖防空洞。我解開乾糧袋，抓兩把炒麵放碗裡，加少許鹽，用冷水泡了當早餐。吃了，打開背包睡覺，天色將亮，走了一夜的路，既疲乏，兩肩膀給槓子磨得又瘦又痛，但我睡不著，擔心聯軍飛機空襲。到了九十點，聯軍飛機飛來投傳單，滿天空像成群鳥兒飛翔似的，晃亮亮的。投傳單是招降友好的表示，可能不會來丟炸彈了，我想，才放心的睡去。

下午太陽快下山時，隊伍又準備出發，大夥兒趕緊起來打背包，吃炒麵。這一覺我睡得非常舒服，渾身氣力恢復了不少。

隊伍繼續向前奔去。聯軍打來的砲彈，比昨晚濃密得多，砲彈爆炸時的閃光，照得平原上的河流、道路、田野以及遠山的輪廓，清晰可見；閃光一滅，黑暗又吞噬了一切。

夜十一、二時，隊伍進入一條黑暗山谷。谷內澗畔，種植著麥子，玉米等作物。山澗那邊，有幾間茅屋，黑墩墩的沈睡著，望去有人住的氣息。行進約半小時，前面豁然開朗了起來，北漢江又呈現在眼前了。

昏黃的月亮，正從江下游山頂升起，照耀得山野朦朦朧朧。江邊是一層層的梯田，與平坦廣闊的沙灘。

對岸山巒，巍巍的逼近江邊。山壁上鑲著一塊塊巨大岩石，彷彿一列粗糙的雕刻，映著淡淡月光，雄偉而壯觀。

隊伍魚貫向江邊走去。沙灘上深深的印著履帶壓過一道道痕跡，和美軍遺留下的一大堆砲彈殼。彈筒有半人高，碗缸粗口徑，大家看了伸舌頭，但不見巨砲，哪裡去了？拖曳過江，或沈到江底去？大夥兒偷偷的談著。

這段江流，既深且寬。江面上已牽好了三、四根用數條電話線絞成的繩索，固定在江的兩岸。大家脫光衣服褲子過江。山東小民兵騎在高個子戰士肩上，嘻嘻哈哈高興的過江。連部人員陳有財，軍械員高金富，和四個通訊員全是旱鴨子，兩個文化教員游泳技術也不高明，都要我保護。我叫他們抓住纜繩，腳踩穩了跨步。我在水流的下方，將兩根槓子浮在水面和他們平行，壯他們的膽。過到江心，他們只剩個腦袋浮出水面，望著蕩蕩波光，惶恐的叫怕。快到岸時，在江上游十多里處的上空，忽然亮起了五、六顆照明彈，高高的吊在半空中，並聽到飛機和炸彈爆炸聲，可能是那個單位從那裡過江碰上了。

上了岸，有條鐵路沿著江邊直向前延伸去。大家穿上衣服，依序前進。路軌上的石子，白得發亮。

「傳後面，抬兩挺重機槍上來。」前行約二三十分鐘，前頭傳來口令。

隊伍馬上在鐵路兩旁散開。我放下槓子，趴臥著。過了十多分鐘，不見動靜，又繼續行進。前面的路逐漸向右側彎去，最後離開江流伸進一道寬闊的山谷去。霧很重，灰濛濛，隱約可看到南朝鮮和平寧靜的村莊，和村莊四圍濃濃黛墨色的樹。聽到狗「汪汪」的叫。大家躡手躡足的前進，內心好像摸進了人家後院子裡的感覺。我心有點跳，怕遭到埋伏。

天亮時，隊伍拉上山谷左側山頂掩蔽。我挖好防空洞，吃了炒麵，躺下休息時，聽到連長馬金貴叫嚷著：

「一排長，派人監視春川火車站，看到火車冒煙，老美可能又要開溜了，我們就要追擊。」

大夥兒判斷已接近敵人了。

下午四時，部隊出發，攻擊通往春川公路附近的一處美軍陣地。據說陣地上有一個連的美軍防守。指導員范城沒詳細宣佈任務內容，他只說有好幾個單位輪番攻擊，有重砲支援，拿下敵人據點後，部隊就可長驅直入春川。

隊伍翻過山頭下山谷去，天空有架美軍偵察機「嗡嗡」的跟著。下了山谷，隊伍沿著彎彎曲曲的谷底行進。偵察機老是在頭頂上空盤旋跟蹤，可看到機翼下明亮的白五星。山谷僅三、四十公尺寬，兩側是峭壁，陰森森的。大夥兒深怕偵察機招來轟炸機丟燃燒彈，要被活活燒死在谷內。但偵察機跟了好一會，除了「嗡嗡」叫外，沒有別的行動——偵察機沒有武裝——天也快黑了下來，暮色對我們有掩護作用，因此，大家的膽子也就大了起來，沒把它放在眼裡，有的人還對空叫罵著：「×你娘『美帝』，你吼什麼？」

「喂！『美帝』，下來請你吃炒麵。」軍械員高金富向偵察機招手的喊。

輕鬆的說說俏皮話，罵罵嘴，也是輕美、仇美，蔑視「美帝」的思想進步表現，積極分子不會放過這個機會。

「你也不要請『美帝』吃炒麵，等會『美帝』下兩個蛋下來，大家都吃不消。」跟隨後頭的炊事員陳書麟譏諷的說。

出了谷口，經過一片玉米地，隊伍便循著小徑向山上竄去。山不太高，坡度平緩。山頂上長著稀稀疏疏的小松樹林，與半人高的野草。隊伍拉約百來公尺長。偵察機仍然跟著。當尾隨隊伍後頭的連部人員，和炊事班也上了山頂鞍部時，驀然偵察機垂直的頭往下栽下來，有人喊：「偵察機丟下來了，丟下來了！」但偵察機栽了一小段距離後，又快速的抬頭向上爬升，且發出教人心悸的「嗚嗚」怪吼聲。緊跟著，遠方「嘭、嘭……」砲彈出口了。大家本能的馬上臥倒，儘量把身體緊貼地面。一秒鐘後，正面有股強烈急促的氣流壓迫而來，但沒聽到「噓——」的，砲彈劃過空氣的拖長尾聲；這砲彈絕對會落在跟前。距離我上方十來公尺左右的九班長，脅下夾著蘇聯造彈盤衝鋒槍，蹲在地上傲慢的伸出手，對趴在他附近的幾個戰士指指點點著：

「一個怕死鬼，兩個怕死鬼，三……」

他的「三」才出口，十幾發砲彈在周遭「轟轟」的爆炸了，泥十硝煙潑我一身。砲彈爆炸後大家馬上爬起死命的跑，逃命，誰也不管誰。混亂中有人悽慘的叫號：「媽呀！痛呀！你們不要跑，快來救我呀……不要把我扔下……」

有的人大聲的叫喊：

「不要跑，暴露目標！」

「快臥倒，給『美帝』飛機看到啦！」

「……」

但，沒人理會，大家只顧跑，只顧逃命，向右側山澗奔去。我緊抱住兩根槓子使勁的衝，心想這兩根槓子馬上派上用場了，千萬丟不得，我背包可以丟，乾糧可以丟，甚至於命可以丟；槍、槓子丟了，他們絕對不會放過我，要狠狠的批鬥我一番。

跑了四、五十步，前方砲彈又出口了，大家馬上臥倒；砲彈爆炸後又跑，亂烘烘。背後又響起悽愴雜亂的叫吼聲：「痛死我呀！你們快來救我！」「不要跑，給砲彈看到啦！」「快趴下，暴露目標！」……尤其二排長李宏福，氣極敗壞的指名叫著：

「你，還在跑？『美帝』特務，老子槍斃你……快臥倒，暴露目標……」混帳！砲彈爆炸後不快速跑步通過，還待在原地挨轟？這種人既草包又有權，比「美帝」砲彈還可怕！

但有人給叫的不敢跑了，趴下，有的稍猶豫，或臥倒後又爬起跑。後來李宏福見阻止不住，不叫了，自己也拔腿開溜。

大夥兒一會兒臥倒，一會兒奔跑，砲彈打來四次？五次？弄不清楚，腦子裡除了跑，除了逃命，一片空白。到了所有的人翻下了山澗，天空的偵察機飛走了，老美砲擊也停止了。每個人嚇得魂不附體，面無人色，說不出話來。連長馬金貴還算鎮定，他揮著手說：

「走，走，繼續前進，各班把自己人數徹底掌握，不准脫離組織。」

指導員范城臉色蒼白的對庶務長說：

「叫陳幹事帶救護組人員上山搶救。」他丟下這麼一句話也走了。

一個戰士附在我耳邊小聲的說：

「指導員不敢看，怕影響今晚攻擊心理。」

隊伍走後，大家才注意到不見陳有財人，庶務長大聲的叫嚷，大家也幫著找尋，不過都希望儘量的拖延時間，怕到山上去「美帝」砲彈又會打來。

「可能前面走了。」炊事班副班長說。

「不可能，他個子小，腿短，怎會跑那麼快？」庶務長說。

大夥兒不停的叫喊，到處的張望。在山澗上方五、六十公尺處，野草不自然的搖動著，一個炊事員指著說：

「大家看，可能在那裡，草會動。」

大家都望過去。

「對了，這傢伙一定跑不動了，就在那裡躲起來。」庶務長說，鬆了一口氣。

大家上去。那裡澗底有個水流沖蝕的大壺穴，躲藏著三、四個戰士，一個爬一個的重疊著。庶務長走過去，拍拍最上層的那個戰士屁股，那個戰士抬起頭，神魂不定的望望。庶務長對他擺幾下手：

「快走，快走，隊伍走了，快跟上。」

那個戰士有點難爲情的跑了，跑下山澗往前去。庶務長又拍拍另一個。那個戰士也抬起頭望望，也跑了，跟隊伍去。最後一個屁股尖尖的，大家一眼就看出是陳有財了。庶務長扯一下他的背包：

「陳幹事，陳幹事！」

陳有財沒有反應，庶務長拍拍他屁股。

陳有財蠕動幾下身子，好半天腦袋才從洞穴裡拔了出來，臉像抹著鉛白的殭屍。

「什麼？什麼？」他茫然驚恐的問。

「『美帝』砲不打了，指導員叫你帶救護組上山搶救。」庶務長說。

「什麼？砲……指，指導員……」陳有財好像沒聽清楚。

「指導員叫你帶救護組上山救人。」庶務長一字一句的又說一遍。

這下陳有財聽明白了，大爲一怔。

「叫俺？」他用手指著自己的鼻子。

「是的，指導員說趕快搶救。」

「指導員人呢？」

「指導員和連長已經前面走了。」

「指導員是叫俺？」他又指一下自己鼻子。

「不派你，派誰？」庶務長和炊事班長張榮貴說。

陳有財感到事態嚴重，兩眼發直，傻了。大家都盯著他，站著不動。他木然的凝視著，足足呆了一分鐘，臉上的氣色，才漸漸的活了過來，腦子裡似乎在轉動著什麼。

「現在要趕快上山搶救。」庶務長催促著。「今晚馬上就要發動攻擊了。」

「好的，好的。」陳有財說，巴眨著綠豆大的眼睛，對著大家掃來掃去的打量著，掃視了幾匝，最後，他把視線停留在我身上。

「王文化教員，我派你帶他們上山搶救。」他手對我一指。

好傢伙！我作夢也沒想到他會露出這一手，打我的主意。他可命令我扛兩根擔架槓子，可命令我上山搶救，可命令我抬傷患，但這「領導」權他怎能也交給我？那他還當什麼幹事？何況共產黨最講求的是階級成分；在救護組裡連陳有財在內，就有三個「指導員」代理人，此外還有幾個班組長黨團員，不管怎麼說，這檔事怎能落到我頭上來？陳有財看上我，主要原因當然因爲我是「壞分子」，他料定我不敢抗拒；找其他人，任何人都不會理睬他。不過，我不說話，卻有人替我討公道，庶務長面帶慍色的說：

「這怎麼可以？指導員派的是你，你怎能派王文化教員？」

「我有事，指導員有問，我負責。」陳有財強說。

「現在大家一起動手救人的時候，不是叫你派人。」炊事班長張榮貴板著臉說。

「我說了，我有事。」陳有財硬是要賴，蹙著眉頭，噘著嘴。

庶務長又急又氣的寒著臉說：

「救人如救火，你有什麼事？這是指導員命令啊！你怎麼能夠用你有事來推諉？你要知道你是幹事！」

「這就是你的事，你怕死，誰不怕死？做事情要漂亮，誰都不能耍死狗。」張榮貴半點不替他留點面子的說。

這可把陳有財激火了。他心一橫，翻下臉說：

「我有權做決定。」他兩眼直瞪著張榮貴，「你有意見，等戰鬥結束可向我提出批評；現在是在戰場上，你不服從命令，我就有權槍斃你。」他手重重的往腰間手槍一拍，扭轉身下山澗走了。

大家眼睜睜的看著他去，誰也不服氣，但誰也無可奈何。庶務長氣得頭頂冒氣，張榮貴怒得破口大罵：「他媽的，狗×出來，當什麼幹事？丟臉，耍死狗……」

看著陳有財遠去了，炊事員陳書麟「怪話」又出籠了：

「我的乖乖，這場戰鬥結束向他提出批評？這一仗下來還能剩幾個人？誰去批評他？厲害，厲害！」

「這種人該槍斃，不但抗命，還臨陣脫逃。」炊事班副班長忿忿的說。

其實這是制度造成的，不能全責罵陳有財；誰都貪戀生命，誰也會用「權」保命。無權只有聽命，不僅是我。

現在，這責任完全由我背起了。我沒有陳有財那種權力，成分又有問題；大家又擔心「美帝」砲彈還會打來，他們去不去，聽不聽從我，我無法約束他們。我只能管我自己，所以我說：

「好吧，大家上山搶救去。」我把背包槍擱在原地，扛著兩根槓子，只顧自個的向山頂走去。很高興，我一走，他們一個個也放下背包跟著我來，沒有一個不來的。我想這應該歸功於共產黨嚴厲的紀律吧。但是，這嚴法因有階級的不平等，有人有倚仗，所以也就打折扣了。

一個炊事員從我背後接去兩根槓子說：

「文化教員，給我來扛。」

「對，」庶務長說：「你們現在雨衣快拿出來，把槓子套上去，馬上就要用了。」他吩咐另一副擔架也照樣準備。

我腳步稍拉緩，等庶務長跟上了，我說：

「庶務長，我們要趕時間，上去後先搶救輕傷患，再救重傷，最後掩埋死亡。」

「是的，是的，越快越好。」庶務長說：「砲彈說不定又會打來，今晚攻擊馬上開始了，如果趕不上，要遭批評的——唉！這種人，現在沒他的事了。」

庶務長年紀大了些——大約三十七、八歲——，一向處事世故，圓滑，這回他卻表現得很有革命性、鬥爭性——對陣有財翻臉。

大家提心吊膽的上了山頂，整塊略呈傾斜廣闊山野，被砲轟得密密麻麻的坑洞，像一張醜陋的癩皮。炸翻的泥土，鬆軟軟的，冒著熱氣。松樹枝幹，被炸得橫七豎八的栽在地上。遍地血跡斑斑，與丟棄的背包、乾糧、水壺、彈藥等物品。那些受傷戰士，悽慘的放聲哀號：

「你們快來救我！不要跑掉……哎唷，痛呀！媽呀……」

傷亡人數計輕傷二人，另五、六人已自行下去。重傷三人，一個腹部受傷，他見到大家來拚命的喊快拿藥給他吃；一個腿部打壞；一個是山東小民兵，頭顱給打個小窟窿，血淋滿面，他不哭不叫，閉著眼睛，淚水從長長睫毛泌出，臉上肌肉一下一下的抽搐著。死亡二人，九班長在內。救護組沒有藥——藥品給衛生員帶去——唯一能做的只是幫他們脫離現場。我們分出二人幫輕傷戰士撿回他們背包、乾糧、槍械等，再教他們向原路線回走。重傷的，現在部隊已深入敵後，無法與後勤聯絡，照規定將傷患抬放在路線附近安全地帶，給他們足夠乾糧、水——口乾時用舌頭舔少許——自衛武器，待戰事結束回來收容。因此，我們派僅有的兩副擔架抬走兩重傷患，暫留下小民兵。我和庶務長，以及另兩個戰士，挖坑掩埋死者。大夥兒趕緊挖掘，一面注意前方砲彈出口。

一副擔架折騰了好半天沒抬走。

「庶務長，他不讓動。」一個炊事員嚷著，那個重傷戰士賴在地上，呱呱哭號。

「那你們把擔架放下，等我這裡處理好了過去，你們先把小孩抱走。」庶務長說。

他們三人中，兩人雙手交握，讓山東小民兵坐在上面抬走了。

大夥兒掩埋了死者，便向那個重傷戰士走攏。他大聲慘叫：

「你們快來救我，快拿藥給我吃……哎唷，痛呀！庶務長。」他對庶務長叫：「我會不會死？你說，會不會死？哎唷，媽呀，痛呀……」在他右下腹有個銅幣大的傷口，叫喊喘氣時，腹部一伸一縮，傷口「噗哧，噗哧」的冒出鮮血來。他痛得難耐，用手亂抓傷口，抓得血糊糊的，額頭滾出一粒粒豆大的汗珠，太陽穴青筋凸起，牙齒全咬碎了，滿口鮮血，兩隻大眼睛骨碌碌的梭來梭去，好像要對這世界看個夠，教人酸鼻。

「會好的，放心，送到後方就給你藥吃。」庶務長說，哄他，又小聲的對大家說：「把他抬上擔架。」

大家蹲下搬他，他大叫：「哎唷，痛呀！你們不要動我，不要動我，痛死我呀……」用血淋淋的手拍開大家的手，不讓去碰他，哭號。硬要移動他，他就張開血口「呦呦」的咬人。大家趕緊縮回手，試了幾次，都不敢出手。

庶務長聲音硬硬的說：

「你不走，砲彈再打來怎麼辦？」

「我不怕，我不怕，哎唷……痛呀……」

「你不怕，大家怕。」庶務長向大家擠擠眼，努努嘴。

大家一齊下手，抓手的抓手，抓腳的抓腳，不管好歹把他按上擔架，抬起便跑。沒走幾步，庶務長喊我過去，他一手圈住嘴說：

「文化教員，你先走，叫那兩組人卸了傷號，找個地方挖坑。太陽快下山了，要快。」

「好的，好的。」我扛著兩把大圓鍬逕往山下奔去，腳步覺得輕快多了。

下了山，那兩組救護人員已經安置好傷患，出谷口回走和我相遇。我便帶他們到路旁小溪那邊，長滿野草的玉米地裡，找塊空地挖坑，我自已又到前頭接人。

沒走到山腳下，老遠就看到庶務長領頭，幾個人抬著擔架下山來。這時候躺在擔架上的那個重傷患，已不動不叫了。我走上前去，閃在路的一旁。庶務長走到我跟前，翹起右手中指往上一戳：

「去了。坑挖好沒有？」

「快了。」我說，領他們往坑地走。

「那是他自己找的，砲彈片怎麼會打到肚皮去？要表現勇敢，進步，唉！」庶務長搖搖頭。「好好的臥倒，那裡會有事。」

到了玉米田，放下擔架，大夥兒輪流的挖坑。

營部衛生連陳幹事，帶領七、八個衛生員從後頭上來，他沒走近便問：

「是誰？」

「三班一個戰士。」庶務長說。

「怎麼搞的？」

「就是剛才砲彈打的。」

他們走了上來，一排的立在溪澗旁，隔著小溪看掩埋。

「那袋炒麵還要不要？」一個衛生員眼睛盯著死亡戰士的背包上問。

「不要了，你要就拿去。」庶務長說。

「那給我，我過北漢江炒麵泡水了。」

庶務長解開綁在背包上繩子，將炒麵扔了過去，那個衛生員靈活的接住。

「那雙鞋是新的嗎？」陳幹事問打在背包上的那雙鞋子——那是上海廠生產的生膠球鞋，鞋底容易折斷，但非常美觀，有的人捨不得穿，說要等打了勝仗回國在慶功會上穿。因爲是配發給參加「抗美援朝」志願軍的，所以命名爲「抗美援朝鞋」。

「是新的，要也拿去。」庶務長說。

「好，給我。」

庶務長把「抗美援朝鞋」也扔了過去。

其他的衛生員沒招呼，劈哩啪啦的跳過小溪，爭先恐後的打開背包被子找東西，找各人的需要。

大家坑挖好了，把屍體抬放下坑，擔架上積著一窩血水，嘩啦啦的也倒了下去。炊事班長張榮貴拄著圓鍬，一手叉腰，看著那幾個尋「寶」的衛生員說：

「沒有好東西，不要找啦！我們要把它一起埋下去。」

幾個衛生員撿起這看看，那看看，都是些舊衣服、舊襪子、毛巾、牙刷什麼的，沒什麼可要的，他們丟下，跳過小溪走了。

大家把舊衣物丟進坑裡去，被子蓋在屍體上，填土，堆起個大墳包，在墳前豎了一塊大石頭作墓碑。那副擔架不要了，扣在墳包上。

「走了，不要耽擱了，唉！」庶務長深深的嘆口氣。

我們順原路回走。夜幕已低垂，四野靜寂黑暗。上了半山腰，前面槍砲聲大作，攻擊開始了，血紅的火光在天空一晃一晃的跳躍著，燒得半邊天通紅。大家快步上山，翻過山脊下山澗，取了背包槍向前趕路。

「前面有人。」沒走幾步，一個炊事員叫著。

閃光又來時，可看得十分清楚，的確有隻黑影坐在前頭路旁。

「一定是陳有財，還會誰？」庶務長說：「他不待在那裡，怎好意思跟上隊伍？指導員問，他怎麼回答？」

「他媽的，他說有事，坐在那裡休息，狗×的。」張榮貴咒罵。

「不要說了，給聽到又不好。」一個戰士說。

陳有財見大家來了，站了起來。大家從他跟前走過，沒人和他打招呼，沒人和他說話。到了我跟前，陳有財插進我後頭，跟著走。我向他報告搶救經過，傷亡人數，以及救護組人員全部到齊，向他交差。

「傷亡人數共幾個？」他問。

「死亡三人，重傷二人，輕傷有七、八人。」我又說一遍。

「七人就是七人、八人就八人，什麼七、八人？」他打起官腔。

「輕傷戰士有五、六人自行下去，人數無法確定。」我說。

「排長，副排長有沒有人傷亡？」

「沒有。」

「有沒有班組長？」

這下可把我問倒了。我在六連，一方面來的時間太短——只有兩個多月，另方面，我不能隨便去各班排和戰士們接觸——在華北時，部隊是散住民宅——所以全連我僅能叫出三個排的排長、副排長姓名外，班長副班長認識不到幾個人，而且都不知道他們的尊姓大名，組長更不用說了。

「九班長死亡，五班一個組長受傷。」走在我前面的庶務長替我代答。

「有人問，就說都送到醫院去了，不准亂說話。」陳有財警告的說。

大夥兒沒作聲，低頭走路，只聽到腳步喳喳的聲響。

出了山澗，前面是一片開闊平原，正燃燒著忽明忽滅的野火。偶爾傳來幾響零落的槍聲和爆炸聲。澗口附近的溪澗裡，掩蔽著二營的一個連。我們沿著溪岸行進。岸畔長著一株株挺直、高眺的行樹，投射下一排整齊的影子。前行約三四百公尺，找到了六連隊伍——戰士們都趴伏在那裡溪床待命。在溪岸前的百來公尺處，有座迫擊砲陣地，架設著一門八二迫擊砲。

「你們就在這裡休息，不要亂跑，有事好找你們。我要去向指導員報告。」陳有財說，走了。

大家臥倒在溪岸的斜坡上，那裡趴著好幾個戰士。傍著我身旁的一個炊事員，小聲的問：「發動了幾次攻擊？」

「一次也沒有。」一個戰士回答。

「剛才不是打起來了嗎？」

「不是，可能『美帝』電光眼發現目標，才開火。」

「『美帝』陣地在那裡？」

「就在前面。」他向前指了下。

順著方向望去，在右前方八、九百公尺處，矗立著一座小山頭，約百餘公尺高。山頂上光禿禿的。山的左翼，山勢削直，山座寬廣。一條南北向灰色帶狀的公路，從山腳下貫穿而過，逕向前延伸去。右翼接連著一列遞升平直的山梁，像隻巨臂似的，攔住了平原去路。

「什麼時候開始攻擊？」

「不曉得，可能快了。」

戰士們按照各班排指定位置，一個蘿蔔一個洞的挨著，不准隨便離開。班排長走來走去的巡視著，檢查各人彈藥武器。背包都卸了下來，各班集中在一起。膽子大的戰士，有的拿出炒麵來塡飽肚子，準備廝殺，有的抓緊時間休息，養足氣力。那些山東小民兵，嚇得牙齒直打戰。

時間一分一秒的過去……

到了深夜十點多時，從溪流上方急匆匆的來了兩條黑影，是營部通訊員。

「你們指導員，連長在那裡？」

「糟，可能攻擊命令來了。」有人輕聲哆嗦的說。

炊事班長張榮貴起立問：

「劉通訊員，什麼事？我帶你們去。」

他們找到了指導員范城和連長馬金貴，不知說著什麼。大家不安的注視著那團黑影。說了後，范城便走下溪床低聲的嚷著：

「大家注意！今晚暫停攻擊。部隊往後調，依照一、二、三排次序，跟我來——不准說話。」

他說著，便向溪流下游奔去。

可能是美軍反撲，或許別的地方出了狀況，我判斷。

大家好像從鬼門關溜出來的，背起背包槍緊跟著跑，跑……

2

隊伍順著溪床下去，上了前頭公路，往後撤去。美軍重砲不斷的對著背後平原擾射，傳來轟隆隆爆炸聲與一閃一閃的閃光。路的那旁不知那個單位辟哩啪啦的也退了下來，拉著一列長長的黑影。

「快跑，快跑，不准拉距離。」陳有財緊跟後頭狂吼著。大夥兒跑一陣，走一陣；走一陣，跑一陣。行進了十來里路程，隊伍便向右側山上竄去。山上長著稀落的小松樹，與一尺多高的野茅草。戰士們一個跟一個的往上蹬，往上爬。爬上了山頂鞍部，翻過山脊，指導員范城大聲的嚷著：

「現在大家先在這裡休息，我馬上來——連部人員和炊事班注意，跟我來。」便向山脊下方走去。大家跟著走。

到了距離鞍部百來公尺處，在淡淡月光下，范城東看西探的排開野草雜樹找場地。繞了一大圈子，找了一塊稍微平坦的地形，他叫著：

「你們就在這裡掩蔽，趕快挖防空洞，天亮美帝絕對會來攻擊。」他說著，又急匆匆的回山頂上去。

大家放下背包休息，喝水吃炒麵。稍休息一會，有的戰士開始動手挖掘。才挖幾下，一個炊事員驚叫了起來：

「大家看，我挖到一件衣服！」

大夥兒立即圍攏過去。那個炊事員的圓鍬嘴上，高高的挑著一件套頭的軍便服。大夥兒把臉湊近一看，齊聲的嚷了起來：

「哇！血，血！這裡一定埋了死人！」

這下子大家都怔住了，伸長頸子到處察看，找尋，結果發現了十多個砲彈坑，兩堆土饅頭——墳包。

這可不得了！十幾小時前剛挨過砲彈，大家都嚇破了膽！這該怎麼辦？應當請示指導員更換個地方，我想。可是，沒人說話；我更不敢表示意見，他們隨便扣頂帽子說什麼「恐美」思想的，我都吃不消。大夥兒惶恐的沈默著，不知怎麼是好。正猶豫著，我見幹事陳有財膝蓋跪在背包上，扯了下姓陳的文化教員褲管。陳文化教員弓下身子，臉就過去，把耳朵貼近陳有財的尖嘴。他們咬了耳朵後，便趁黑提著背包一聲不響的走了，溜下山去。

庶務長見陳有財走了，不吭聲，他挖兩下不挖了，坐在背包上拿毛巾敞開領子擦汗，脖子扭來扭去的擦著。過一會，他對軍械員高金富說：

「高金富，馬上要打仗了，我帶炊事班到下面山溝挖大防空洞，準備收容彩號，指導員有問，你說一聲。」

「好的，你去。」

庶務長帶炊事班也走了。這塊地方現在只剩下高金富、我、和另一位文化教員何義容。我看情況不妙，說：

「高金富，我們也下山溝幫他們挖大防空洞。」

「怎麼可以，等會指導員找不到人。」

「你去和指導員說看看，告訴他這裡砲彈打得到。」

「不要啦，指導員現在恐怕也找不到。」

高金富是個大蠢豬，長得一身臭肉，髒，不愛洗臉洗澡，專打小報告。我到六連報到，指導員范城就把我交給他，明是協助他軍械員工作，其實是監視。「你以後不要脫離小組活動。」高金富明白的告訴我。他說的「小組」，只有我和他兩人，他下各班排統計彈藥武器時，便把我帶去；回來，就叫我在屋裡待著，不許隨便走動。在河北滄縣快出發「抗美援朝」時，一天夜晚黨團員開會去，連部只有我是「群眾」，一人單獨留在屋裡睡覺。他們會開到半夜才回來。第二天早晨我起來洗臉時，高金富嘀嘀咕咕的嘣著厚嘴脣，對我埋怨說：

「你，你會寫不寫，俺不會寫，現在給人家打第一砲了……」

我沒聽清楚他說的意思，問：

「到底什麼事情第一砲，第二砲的？」

「人家『抗美援朝』保證書都交了，你還在作夢！」

「哦，我以為什麼事情。」我說：「這還不簡單，等會我們寫一張交給指導員，就得了。」

「現在寫有什麼用？當人家的尾巴？過幾天還有一次機會，不過這次你要好好把握，不可錯過。」

過了幾天，我便悄悄的溜到附近老百姓家寫保證書。寫了一半，停下筆等著。沒幾分鐘，外面響起了腳步聲，我立刻將未寫完的保證書遞在口袋裡。果然門口出現的是高金富。他見到我，好不高興的兩眼直瞪著：

「你在這裡做什麼？」

「沒，沒什麼。」我笑笑的囁嚅著說。

「沒什麼？哼！」他走過來，毫不客氣的動手搜身，把我口袋一個個的翻出來。當他從我後褲袋裡掏出保證書攤開看時，愚蠢的臉馬上解凍了。「很好，很好！」他拍拍我肩膀，滿意的說：「你進步得很快，快寫，快寫，寫好了也要把俺名字安上去。」

我心裡暗暗好笑，對付像高金富、陳有財這種人，要多恭維，千萬不可得罪，惹上了說不定要丟命的，我對他們非常小心謹慎。

「是的，指導員可能看陣地去，找不到。」我說。

不換地方，我只好找塊斜坡面趕緊挖防空洞。天色快亮了，我揮動十字鎬，圓鍬不停的挖掘，挖幾下十字鎬，鏟幾圓鍬泥土，輪換的使用。花了半個多鐘頭工夫，坑挖好了，長一公尺八十公分，寬八十公分，深二公尺多；又從兩壁多挖十公分寬，一公尺五十公分高，做爲架設橫木用。然後，砍倒三株松樹，將樹幹截成一段段約一公尺長，架在坑上，鋪上松枝塡土。塡一層土，用腳在上面壓實了再塡。高金富坐在背包上吃炒麵，邊看我辛苦的工作。何義容已開始挖他的防空洞。

「文化教員，你坑挖好了，沒有出口，從那裡進去？」高金富磨著嘴，疑惑的問。

我說：「你等著瞧吧，過一會就明白了。」

我把坑頂積土堆到兩公尺多高後，從斜面方向挖出口，將出口的土再堆到積土上面去，增加厚度。

「最後挖出口，把挖的土直接堆到積土上去，少一次盤土，省時又省力。」我解釋。

高金富翹起大拇指誇讚的說：

「要得，要得！我看你挖防空洞眞有一手。」

「這是保命工作。」我說。從過鴨綠江以來，我對挖防空洞絕不馬虎。我能依照各種地形、土質、天候、時間等不同環境條件，挖出既省力省時又堅固的防空洞。

「保命工作也是革命；沒有命怎麼革命？」高金富三句話離不開口號。

我挖好了防空洞，用冷水泡了一碗炒麵吃了，臨休息時，提醒高金富：

「動作要快，等會美帝飛機來會有麻煩。」

高金富丟下炒麵袋，懶洋洋慢吞吞的拿起圓鍬，挨近何義容坑旁也開始挖掘。

「我知道，快得很。」他說。

我頭先鑽進防空洞躺下去，腳朝外。洞內漆黑，嗅到泥土的氣味。我沒就睡去，從昨晚部隊倉促後撤，今天美軍會來攻擊，我判斷戰事一定出狀況了；這是我投奔自由的好機會，我腦子裡又思考著決定我命運，一直猶豫不決的投奔自由。

我想著，這一走，何年何月才能回到我生長的故鄉？我熱愛的土地？那裡有我的親人，我的鄉愁與懷念，我無法割捨血與肉的連體！而何時能回去？如何回去？當然要等共產黨政權的結束。共產黨政權會崩潰嗎？何時崩潰？十年？二十年？三十年……不走，以眼前的環境，我能待得下嗎？戰爭結束共產黨會讓我還鄉嗎？還鄉後是否能讓我過著安定而有尊嚴的生活？或且把我送去礦山，農場繼續勞改？或修西北鐵路……都是教人不安的問號。有時我曾有天眞的想法：也許立了戰功回去，共產黨會放我一馬。這麼想著，自己也覺得幼稚可笑！

從川西出發，我就一路思索著這些問題，投奔自由是希望，也是痛苦！

想著，想著，「逃」？「不逃」？在我心中不斷的質量互變，時而決心投奔自由，時而又不想走，心旗不定。由於極端疲勞，最後才昏昏的睡去。

不知睡到什麼時候，忽然「轟」的一聲巨響，把我從睡夢中震醒。我發現防空洞頂部全塌了下來，沈沈的泥土壓在我身上、頭上。我雙手使勁的將橫木往上頂，頂幾下，撐不起來。我用身子左右的滾動著，滾了好半天才爬出洞來，見高金富一手握住另一隻血淋淋的手，跳來跳去的慘叫：「哎唷，痛呀！文化教員，快來……」何義容躺在地上，腿部流血。濃烈的硝煙嗆得我發咳，我大聲喊：

「還不趕快跑！砲彈又要來了。」

「我跑不動，你，你快來……」

我跑過去，張開雙臂，「來。」左右脅各挾一個，死命的往山下衝。砲彈又打來，我馬上臥倒，爆炸後爬起又跑……

一口氣奔下山溝，喘得我上氣接不到下氣。正在挖大防空洞的炊事班戰士，見到這種光景都看呆了。我把高金富、何義容放在地上，炊事班戰士和庶務長問：

「怎麼搞的？是不是剛才砲彈打的？」

高金富顫抖抖的哭著臉說：

「砲，砲彈打的……指導員找的那塊地方是，是墓地……」

我檢查他們傷部。何義容膝蓋骨打爛，這時他已感覺疼痛，不停的哭叫。高金富左手腕骨折。我用救急包替他們止血、包紮。庶務長對我說：

「文化教員，最好送到營部衛生連處理，我們這裡沒辦法，什麼藥都沒有。」

「是的，是的，快把我送去，我痛得要命……」高金富連聲說，又向炊事班長張榮貴叫：「你們快拿擔架來……」

「什麼擔架！」庶務長粗聲粗氣的說：「現在山頭上開打了，這裡防空洞還沒挖好，炊事班幾個人怎麼分配得過來？你手受傷，兩條腿好好的，慢慢走。文化教員，」他喊我：「你背包何義容背得動嗎？」

「沒問題，可以。」我說，何義容是四川個子，小不點兒。「可是，我不知道營部衛生連在哪裡。」

「從這裡山溝出去，」張榮貴說：「往右轉，十來分鐘就到了。不要向左轉，左轉是上公路。」

我抱起何義容便走，下山澗去。高金富懋著一肚子氣跟隨後頭，一路又叫痛，又罵人。

到達營部衛生連，那裡只是一塊一層層荒蕪的旱梯田，已收容了一十來人傷患。他們就被擱置在野地裡，沒藥、沒吃、又乏人照料，痛苦無助的呻吟著。一個衛生員在他們行間走來走去，看看這，看看那的，有時兩手一攤，表示無能爲力的樣子。太陽又熱，又無遮蔽。在靠近荒地邊緣那邊，有兩個戰士在挖坑，地上躺著一具屍體，大概是抬來時才死亡的。

我找塊蔭涼地方放下何義容，高金富就地躺下。

「文化教員，我痛死了。你快叫衛生員來。」高金富說。

「叫來也沒用，他們也沒辦法。」我說。

「他們有藥。我是老黨員，他們要給我優待。」

我叫那個衛生員來，高金富說：

「你不要叫他，他不懂，要叫陳幹事。」

我望了望，見梯田上方一棵大樹下露出幾個頭來，陳幹事也在那裡。我上去，陳幹事老遠也看到了我。

「文化教員，什麼事？」他問。

我說：「高金富叫你來一下。」

「他怎麼了？」

「他手部受傷。」

「哦，好的，好的。」

陳幹事馬上拎了一隻箱子來，我帶他到高金富跟前。他打開箱子，先取出一支鎭痛的嗎啡針，在高金富臂上打了一針，然後，取出護木、繃帶、紅藥水等，替高金富傷口上藥包紮，又給他四粒藥片服下，處理完畢，他便收拾箱子走了，對躺在一旁叫痛的何義容，看也不看一眼。

高金富打針吃藥後，傷口不再感覺疼痛了，臉上現露出榮耀、得意的神情。他閉目養神。過了一會兒，他微微張開眼睛，用教誨的口吻對我說：

「文化教員，我現在很好了，一點也不痛了，你回去吧，要好好爲人民服務，爭取立功，知道嗎？」

「是的，是的。」我說，向他揮揮手走了。下了梯田，沒走幾步，我聽到有人喊我：

「王文化教員，請你過來一下。」

回頭看，是營部教導員叫喚我。我可愣了下。他和營長趙彪坐在澗旁談話，他們怎麼知道我是文化教員？我在河北去營部報到時，營長和教導員都不在，是一個小通訊員打電話通知六連派人來接我的，我始終和他們沒見過面。他們不但知道我是文化教員，而且連我的姓也叫得出來，是不是因爲我成分有問題，他們才格外的注意我？想了想，也只有這個原因了，找不出別的理由，這使我心裡非常惶恐不安。

我立即過去，在他們跟前半蹲下，教導員又問：

「你是六連文化教員？」

「是。」我說。

「你來時，老美開始發動攻擊沒有？」

「開始了。」

他點點頭，稍頓，仰起臉，深深的嘆口氣說：

「現在我們打敗仗了。你回去告訴范指導員，無論如何部隊要頂到今晚七點，天黑時才能撤退。」

我不禁驚訝，我驚訝的並不是聽到打敗仗消息，因爲我早料到部隊開始潰敗了；我驚訝的是共產黨幹部絕對不會把打敗仗消息告訴部下，尤其壞成分分子，而他竟然告訴了我。教導員當然知道我的歷史成分，他坦然的告訴了我這消息，可見他並沒有用異樣的眼光看待我，這使我內心感到無限的溫馨，也使我剛才對自己成分多餘的顧慮，放了心。

「是的。」我說。

然後，他交給我一百多發衝鋒槍子彈，用布包袱包著的。「這些子彈你也帶回去，這裡用不著了。」

回來的路上，我一直苦思著另一個問題：我該如何的向指導員范城報告教導員交代的命令？范城是不信任我的，假使他知道我曉得打敗仗，怕我傳出去的話，會對我非常不利的，而且他也會顧慮到我逃亡。我想著種種說法都不得要領，使我十分困惱。

回到山溝，山頂上正進行著激烈戰鬥，美軍砲火猛轟各山頭。山溝前面的山巒較低，砲彈多掠過山脊打到這邊山巔上來，彈片「嗡嗡」的像蒼蠅似的飛下來，指頭大，不停的旋轉著，雖是強弩之末，仍可傷人。炊事班三個戰士正加緊挖大防空洞。七、八個傷患躺在懸崖下，是從陣地上送下來的。庶務長也躺那裡睡大覺，帽子扣在臉上。

「還有人呢？只有你們幾個挖？」我問。

「班長和副班長帶人到山上搶救去。」他們回答。

庶務長聽到我聲音，取下帽子眨眨眼說：

「文化教員，現在人手不夠，請你也來幫他們挖。」

「好的，我到山上向指導員報告了後，馬上下來。」我說。

我到山頂鞍部找范城。那裡山頭滿天砲火，美軍重砲不斷的對著陣地轟擊，每隔數分鐘打來十多發，尤其右翼山頭砲火最爲猛烈。范城不在鞍部。第二排和小砲班在那裡構築工事防守。救護組戰士也掩蔽那裡，準備隨時搶救傷患。小砲班班長頸部給打個大洞，躺在六〇迫擊砲旁，已經死亡。砲座和地上灑著一灘鮮血。衛生員兩手顫抖的仍然替他擦藥，包紮繃帶。壕溝內還躺著一個戰士，半個臉被彈片削掉，還滴著血。戰士們都躲在壕溝內，有的頭上頂著背包，怕挨到砲彈片。附近地上散置著十來枚六〇迫擊砲彈。另一門小砲架設在陣地的那頭，也無人操作。

「黃班長怎麼搞的？」我問。

「砲彈打的，砲彈一出口就爆炸了。」小砲班副班長站立在壕溝內說。

一個戰士丟了一隻背包過來給我。

「文化教員，快頂在頭上。」

「謝謝你，我不要——砲彈爲什麼出口就爆炸？」

「頂起來，危險。」副班長說：「可能底火有砂眼。」底火有小孔通到前面裝炸藥的彈膛。

「有砂眼？」這種怪事我從沒見過。我望著天空，美軍砲彈不斷的炸開來。「是不是被美帝砲彈空炸打到的？」

「不清楚，反正砲彈一出口，就聽到轟的一聲巨響。」

「那現在還能不能發射？」

「誰敢？大家都怕又會爆炸。」

我問炊事班長張榮貴，連長和指導員在那裡。

「在那裡。」他指著右側百來公尺外，山頭底下的一座掩體說：「三排就在那個山頭上，美帝攻擊一兩次了，先砲擊，而後步兵上來；我們陣地上扔手榴彈下去，他們又退了。砲又來。只有手榴彈管用。機槍、步槍、衝鋒槍槍膛都進了泥土，槍機拉不開。」

「這邊是一排在上面？」我指著左翼山頭。

「是的。」

我沿著稜線向指導員掩體走去，抬頭可看到前方數百公尺外，架設在平原盡頭的美軍重砲，正朝著這邊山頂猛轟。幾輛坦克放肆的在平原上奔馳著，不時也發砲轟擊。

連長馬金貴立在掩體外，一手搭在額前，向山頭上望著，見我走來，他指指天空說：

「注意，砲彈。」

指導員范城從掩體出來，我過去，他問：

「高金富和何義容都送去了？」

「都送去了。」

「只有他們兩個受傷？」

「是的。」

「僥倖、僥倖！」

聽范城的口氣，他可能還不知道遭砲擊前，那個地方已經溜得只剩下三個人了。可見「革命」也需要投機，否則，不是陳有財和庶務長把文化教員、炊事班帶走，挨到這陣砲擊後，恐怕救護組早已潰不成軍了。

我平淡的向范城報告說：

「報告指導員，剛才我回來時，教導員交代部隊要到今晚七點，天黑時撤退。」我不說「要頂住」、「支撐」等那些氣餒的詞兒，更不說「打敗仗」什麼的。

同時，我把一百多發衝鋒槍子彈交給他。

他沮喪的點下頭說：「是。」又把子彈推給我：「你保管著。」

我向他敬個禮走了，去我防空洞的地方取背包和槍。走到那裡一看，地皮給打得亂七八糟的，滿是砲彈坑洞。在我防空洞邊沿，和高金富、何義容防空洞之間，各落一發砲彈，彈坑約有一公尺多深。高金富和何義容的防空洞，只八、九十公分深，砲彈爆炸後，彈片可能穿過泥土，進入防空洞內打到他們。如果我的防空洞不挖深，一定也挨了。

我取了槍和背包下山溝，幫炊事班戰士挖大防空洞。沒一刻鐘，張通訊尾隨下山澗來，到我跟前說：

「文化教員，指導員說你那支步槍要拿到陣地上用。」

幾個炊事員都停住手裡工作，愣愣的看著他，又看看我。三個文化教員只我有槍，兼百來發子彈，一直從華北扛到朝鮮來。這時陣地上戰士不斷傷亡，槍械越剩越多，怎會缺我一支步槍？范城的顧慮與猜疑已非常明顯。我裝迷糊掩飾內心的不安，拿了槍交給張通訊員，他帶點難為情的接過手上山去。

炊事員陳書麟咧著嘴笑。我悶著頭挖坑，使勁的挖。

防空洞挖好了，大夥兒把重傷患抬進洞內，共五人。輕傷八、九人仍然放在懸崖下。陣地上，不時還陸續送來。因為沒有配備鋼盔，傷患多半頭部受創——因輕裝，行軍中途將鋼盔收繳去——庶務長老是叫：「怪，怪！受傷的大部分是班組長，黨團員。」我僅認識幾個班排長，分不出黨員與群眾。砲彈不長眼，不會認人打；可見他們——群眾——也不傻，腦筋靈活。

一個炊事員用菜盆燒了一盆開水，他嚷著：「快來泡炒麵！」還採了一盆兔兒草，野蔥等洗淨，撮一小段一小段，看了教人垂涎。大家趕緊圍攏來泡炒麵吃。我抓兩把炒麵放在碗裡，加少許食鹽，一些野菜，沖了開水，攪幾下，吃到口裡好可口！吃了一碗，我又泡了一碗。

「又來了，又來了。」一個炊事員小聲的叫。

大家抬起頭看，又是張通訊員。他從山徑下來，到了澗旁停住，大聲的喊：

「文化教員，陣地上『魚』沒有了，指導員叫你把連部人員和炊事班所有的手榴彈，收集起來送去。」

手榴彈叫「魚」，機槍子彈叫「蝦」，是規定的暗語；因爲怕洩密，被敵人聽到。

「是那個陣地？」我問。

「三排陣地。」張通訊員說：「他們在山頭大喊『魚』沒有了，快送去。」這暗語設計太笨，等於告訴敵人缺了什麼。

庶務長馬上起立。「快，快！」的催促著。大家把各人手榴彈袋集中起來，除了高金富、何義容、和被陳有財帶去的陳文化教員外，共有十一、二袋。每袋有的裝滿四顆六顆手榴彈，有的二、三顆。將不足的合併，裝滿四顆，共有九袋。

「你一個人背得動嗎？要不叫人幫忙？」庶務長問。

「沒問題，不太重。」我說。一個人能做到的事，沒必要再麻煩別人；這時候叫誰去，誰都不願意。

我把九隻袋分掛在雙肩上，便往山頂上去。

快走到高地下時，我見一排長從鞍部連爬帶滾的向掩體奔來。范城和馬金貴，張通訊員站立在掩體旁看著他來。一排長快跑近掩體時，見到了我，便對我喊：

「文化教員，快來扶我，我，我走不動了……」

我馬上過去攙著他臂，扶他到掩體旁坐下，也把自己肩上彈袋卸下歇口氣。一排長胸口一上一下的喘著氣，說：「指導員，吁，吁，你，你看……」他解開上衣裾下，袒露出上身。在他的胸部和臂有五六處傷口，小豆大，滲出淡淡血水，可能是砲彈爆炸後，碎石打到他身上的。指導員范城垂著眼皮往下睨著他，一臉不高興；大概范城認為他是輕傷。輕傷規定是不准退下火線的，何況他是排長。一排長看在眼裡，心中明白，不過他依然吃力的說下去：「指導員，吁，吁，我，我現在把情況向你報告……吁，吁，美，美帝還繼續砲擊……全，全排人數……吁，吁，還有三十二、三人，吁，吁……班，班長一人陣亡……吁，吁……副，副班長一人陣亡……一，一人受傷……這是我離開時候的情況……吁，吁……」他說了，挪到我跟前，一手攀住我的腿：「文化教員，你，你扶我下去……吁，吁……」

「慢著。」范城兩手抱在胸前，咬著唇。

「文化教員有任務，你急什麼？」連長馬金貴說。

「老馬。」范城說：「你現在去二排帶兩個組去支援一排陣地。」

「是的，是的，給我去。」

「王文化教員，你馬上把手榴彈送到三排陣地去，回來送一排長下山溝。」范城對我說。

「是。」

馬金貴拿了水壺手槍，掛在肩上走了。

我背上彈袋，從掩體後面向三排陣地爬去。山勢陡峭，我抓住樹根草莖，一步步往上攀登。從腿胯間向下望，可看到范城站在底下頭仰得高高的盯著我；他是對我不放心的。

登上了山頂，我趴在草叢裡下望，從稜線下是一片急斜坡，約有二、三十公尺長。工事就建在離山頂七八公尺處。砲彈炸過後的泥土，還冒著氣。猛烈的火焰趕著野草雜樹燃燒著，翻過山的這邊來。幾個戰士利用矮樹林遮蔽，在壕溝外加強工事；砲彈一打來，他們便躲進掩體裡去。

「文化教員，魚快來，魚快來……」有的戰士看到了我，大聲的喊。

我快速的向壕溝奔下去，戰士們喊：

「砲彈來，砲彈來……」

我用力一蹦，滑進壕溝內。「轟、轟……」的一連串巨響，迸起了一蓬蓬硝煙與泥土，我的右手掌像觸電似的，麻木失去知覺，耳朵「嗚嗚」的響，滿眼血光，彷彿看到的泥土是紅的，草樹是紅的，戰士們的身上也是紅的……

「血，血……」有人叫。

一個戰士給我毛巾裹住手。我斜靠在壕溝邊，卸下了彈袋，定神吸了幾口氣，立即又往山頂跑。翻過山脊，我緩緩的向下滑，一面檢查傷口、很幸運，只是右手小指最後關節被彈片劃破一道口，露出白白的關節骨，沒有大礙。

坐在掩體外的一排長，等得不耐煩，見我來又叫又嚷的。我過去。范城坐在掩體口，眼睛瞄了下我纏著沾滿血漬毛巾的手腕，問：

「見到三排長沒有？」

「三排長和副排長都見到了。」

「有沒有傷亡？」

「有七八人躺在壕溝內，渾身是血，可能陣亡了。其餘八九人是輕傷，都能支持下去，繼續作戰。」

范城點下頭：「把他送下去。」

一排長立即捉住我肩膀，我扶著他走。他哎唷哎唷的呻吟著，離開掩體遠了，不叫了；下到山溝，他又嚷了起來。庶務長和幾個炊事員一列的躺在懸崖下假寐，給他叫得張開眼看了下，又閉上。

我把一排長擱在防空洞口，先進洞內騰出位置，再讓他進去。他要喝水，叫我拿水給他喝；要藥水、紗布、繃帶；要東西給他墊背……嚕嚕嘛嘛，好難伺候。我告訴他受傷不能喝水；沒有藥，藥都在陣地上；不過拿了一個背包給他當枕頭。一切處理妥了，我便出防空洞。剛到洞口，我聽到一排長在裡面大聲的咆哮著：

「你想投降美帝？你想投降美帝？老子揍死你……」

我趕緊轉身進防空洞，見一排長正騎在一個戰士身上，一拳頭一拳頭的往那個戰士身上擂，打得那個戰士呱呱大叫的痛哭求饒：

「我沒有呀，我沒有呀！你冤枉我……」

我立刻阻止他：

「一排長，到底什麼事？你別生這麼大氣！你身體要緊……」我擔心那個戰士被打壞。

「文化教員，你看，美帝傳單。他想投降美帝。」他憤怒的把手裡一捲傳單給我。

我接過手說：

「你下來，躺下休息，這樣對你身體不好。」

他「吁吁」的喘著氣，跨下腿，躺下。那個戰士委屈的哭著對我說：

「文化教員，我沒有呀！我是拿傳單捲煙抽的，他怎麼說我投降美帝？不相信可以問大家……」他的左腿無力的癱軟在地上，半截褲管給血水濡得溼漉漉的。

大家用臉色和眼神對那個戰士表示同情，與對一排長的不滿和鄙視。那個戰士哭啼啼的抽搐著，肩膀一聳一聳的。一排長只顧「吁吁」的喘氣。那個戰士見大家給他精神支持，挨了一頓打心裡不甘，一臉淚水的咕噥著：

「龜兒子，你氣力大，會打人，爲什麼不到山頭上去打美帝？老子才是重傷，老子腿骨打壞了……算什麼爲人民流血？要死狗，龜兒子……」

一排長喘著氣，沒作聲。那個戰士愈嘀咕，一排長喘氣也愈厲害，像拉風箱似的「吁吁」響。人的忍耐是有限度的，我怕嘀咕下去，把一排長惹冒火了，那個本來身子瘦小又受重傷的戰士，要給揍扁。所以我勸他說：

「你別再說了，好好的休息。你沒這回事，人家已經了解你了，你還說什麼？」並在防空洞口整出塊位置，便對一排長說：「一排長，這裡空氣流通，你來這裡休息。」把他們隔開來。

一排長順從的挪移了過來。我想這麼安排不會再有「戰事」了，便走出防空洞到後頭偷偷的打開傳單看。兩張是畫著一個受傷的共軍戰士，躺在擔架上給美軍醫務人員替他上藥包紮傷部，圖的上角寫著：美國是中國人民的朋友。另一張面積較大，一面是青天白日滿日紅國旗，另一面是國父孫中山先生遺像。沒有文字說明。看了胸口哽咽得眼淚幾乎要流出來，內心酸楚不已。生怕有人看到，我趕緊把傳單搓成一團丟到草叢裡去，極力撫平內心的激動，然後，也到懸崖下休息。

「你就躺在這裡。」庶務長見我來，騰出塊位子給我；當他瞇著眼看到了我受傷的手時，驚訝的問：「怎麼？你手受傷了？」

「破了一小口，一點點。」

「嚴重嗎？」

「沒什麼。」

我找塊地方躺下休息。才沒多久工夫，我見對面山徑上張通訊員又跑來了。我馬上合上眼，裝睡著了。他下了山，過山澗到庶務長跟前，左顧右盼的要想說什麼又沒開口。庶務長立刻坐了起來，頭轉來轉去看了看，張下嘴，低聲的問：「什麼事？」張通訊員眼睛溜著躺在地上的傷患，一面聲音小小的對庶務長耳邊不知說什麼。說了後，便上山去。庶務長又躺下去。幾分鐘，他翻個身起來，伸個懶腰，便對傷患戰士說：

「你們在這裡沒有藥，沒有吃的，把你們送到營部衛生連去好不好？」而後，他對炊事班戰士喊著：「起來，起來，我們把傷員送到營部衛生連去，這裡人手不足，照顧不過來。」

我猜測張通訊員一定是向庶務長傳達部隊要撤退了，先把傷患送走；不然，今晚退卻時，要把隊伍拖得無法動彈。

大夥兒馬上開始動手。傷患共二十二、三人，重傷的八、九人要用擔架送。現在是下午三時，美軍已停止攻擊，庶務長派一名炊事員到山上叫兩組擔架，抽一組下來。同時砍了四株小松樹，套上雨衣，做兩副擔架。他對我說：

「文化教員，你手不好，就在這裡休息，給幾個炊事員抬重傷患，輕傷患自己走。」

「沒問題，我也來。」

「那你帶輕傷員去，不要你抬。」

「好的。」我說。

我領著十幾個輕傷患先走，炊事班戰士抬著擔架後頭跟來。到了衛生連，安置好了他們，我順便叫衛生連戰士替我包紮傷口，而後就地休息。等著傷員全部送來後，大夥兒便一起回山溝。

3

天黑下來時，陣地上戰士們開始陸陸續續的下山來了。他們昨晚急行軍，築工事，又打了一白天的仗，一個個疲憊不堪，有的找塊地方，一頭栽下去，便呼呼的睡去；有的坐地休息、喝水、吃炒麵、裹傷口。六、七個重傷患，救護組立刻把他們送往營部衛生連去。七點半鐘，指導員范城和連長馬金貴也下山了。各班排報告過人數、傷亡情況後，范城便嚷著：

「現在大家抓緊時間休息，吃飽肚子。陳幹事！」他對陳有財喊著。

「有。」陳有財非常有精神的回答，趨前過去——這傢伙從戰役開始，就一路耍死狗，今天打了一天的仗，不見他半個影子，這時候不知從那裡又冒了出來，實在叫人佩服他鬥爭經驗的確豐富；懂得什麼時候可以溜，什麼時候不能溜。其實，誰也都明白只有出身成分好，就是犯了大錯，左不過批鬥一頓，又不至於被扣上「反革命」帽子，拉去槍斃，比起到山頭上和「美帝」拚命划算得多。

「你帶救護組人員到三排陣地掩埋陣亡戰士。」范城說。

「是，救護組人員跟我來。」

這回陳有財表現得倒很乾脆，不但沒有找「替身」，而且勇敢的走在最前頭。大家跟著上山，跟著走。山頂上東一撮、西一撮的燃燒著忽明忽滅的野火，照耀得山野影影綽綽。美軍重砲正對著山底下公路猛轟，可聽到「嘭嘭」的砲彈出口聲。大家戰戰兢兢的摸上陣地，儘量的壓低姿勢，怕暴露目標。陣地上工事多遭砲火摧毀。泥土被炸得鬆鬆的，腳踏下去，陷入半小腿深，冒氣燒熱。沒發現有屍體，原來三排撤退時已把屍體掩埋在戰壕內。大家趕緊動手鏟土，再把壕溝填平。陳有財將帶來的傳單撒在陣地上，讓美軍撿去。傳單上印著一位金髮女郎在燈下哭泣，並有一行英文：「親愛的，快回來吧！不要替華爾街資本家當砲灰！」一切處理妥當了下山，陳有財好像完成了一樁大事的向范城覆命：

「報告指導員，任務完畢。」

「很好，很好。」范城點頭嘉許，然後，叫著：「大家注意，全部蹲下。」大夥兒找位子坐下。范城走入黑影中，對全體戰士掃視了一周，便嚷著：「現在大家都看我這裡，我宣佈命令：我們一八〇師本來以尖刀師插入敵人心窩裡去，進行偉大的殲滅戰；現在爲了更有效打擊敵人，所以佯作退卻，引誘敵人進入我們的口袋內，然後把他們團團圍住，一網打盡。我希望大家最後加把勁，打好出國第一仗，爭取立功，入黨入團。隊伍出發時，依照一、二、三排次序前進，各班要徹底掌握自己人數，不准拉距離，不准丟隊。」他簡短的撒了謊，又對陳有財喊：「陳幹事。」

「有。」陳有財聲音洪亮的答著。

「你帶著救護組人員在前先走。」

「是的。」

「王文化教員。」范城喊我。

我答聲「有」，立即起立過去。在黑暗裡，所有的臉都朝我看。我心中惴惴不安，不知范城又找我什麼事。

「你這副擔架抬了。」

只有一名傷患──跟隨隊伍走的輕傷患──救護組十幾個人，我手部受傷，范城偏指名我；現在他對我只有一句話沒說出來了：「你企圖投降『美帝』。」

「指導員，我自己走，我會走。」那個傷患說。

「不，不，你躺下，這是人民應當給你的優待。」

那個傷患勉強的躺了下去，陳有財「快，快」的趕著。炊事員陳書麟接過我背包，我抬起擔架就走。

山谷小徑狹窄，一旁是深澗。藉著山頭上燃燒著的野火光亮，大家快步行進。戰士們沒有負荷，一個跟著一個，腳步輕快的從我身旁擦肩而過。我是抬後面，而且人高，傷患頭部又在前頭，重心都落到前頭去，抬起來滿輕鬆，只是右手握住擔架槓子，受傷的手指頭極感疼痛。陳書麟背著三個人的背包——，一個是他自己的，兩個是抬擔架的——跟在後頭。

「快走，快走，不准拉距離。」陳有財緊跟後頭狂吠。

「文化教員，給我抬，你累了一天。」陳書麟不時的招呼我，要幫我忙。

范城常批評陳書麟是××黨兵油子。他愛說「怪話」、消極、所以引起了我對他的注意。他曾偷偷的告訴我，過去他是盛文部隊，在四川邛崍解放的。

我沒把擔架交給陳書麟，抬著擔架最安全；范城和陳有財可對我放心。現在，我是在等機會——逃亡。

出了谷口，砲彈「噓噓」的不斷飛來，有的打到前頭去；有的落在跟前附近，迸起一蓬蓬硝煙與火焰，燃燒著路旁樹木，野草「嗶嗶噗噗」作響。一個戰士渾身著火，被燒得蹦蹦跳的跑了十幾步，栽倒在地上打滾慘號。三、四把圓鍬鏟土往他身上埋，撲滅火焰。有人大聲的叫喊：「小心爆炸，會爆炸。」怕被燒戰士身上彈藥著火引爆。我們趕緊從火場旁繞過，拚命的往前奔。大夥兒胡亂跑，腳從軟軟的屍體上踩過，摔倒了撐起又跑……

我心中沒半點害怕，反而覺得興奮有趣，現在他們戰慄在砲火下只顧逃命，管不到我了，沒辦法給我顏色看了，我內心的恐怖，完全解放了。

隊伍從一道道山溝撤出，公路上擁擠著二、三個縱隊行進：「三七大隊快跑。」「三五大隊跟進。」

「三三大隊跟進。」……推撞踐踏，互不相讓。砲彈爆炸時，有人悽慘的叫喊救命，救命……

「文化教員，給我來。」陳書麟跟在我後頭又喊。

「謝謝，等會來。」我感激的說。

美軍重砲對著公路縱深火力追擊，走到那裡，砲彈好像長眼睛的打到那裡。隊伍一路丟，丟人、丟槍械、丟彈藥、背包、乾糧……

後頭有副擔架趕了上來，抬擔架戰士「嗨唷，嗨唷」的哼著，兩根槓子壓得上下搧著下垂。原來擔架上躺的是無座力砲管，砲架、彈藥、背包等。幾個戰士小跑步跟在後頭，嘻嘻哈哈的有說有笑。

行進了一、二里路程，前頭隊伍停住了，黑壓壓的亂成一團。大家焦急的伸長脖子向前張望著，不知發生了什麼事。陳書麟到前面看了一遭，回來說：

「橋炸斷了，架了兩根樹幹子，只能容納一兩人通過，有的人從橋下走。」他手捏捏我臂膀，嘴湊近我耳邊說：「陳有財從溪底溜了，給我來抬。」他放下了三個背包。

好像打開枷鎖似的，我將套在雙肩上的擔架槓子交給了他，提起一個背包背在背上，兩個抱在手裡。人群緩緩的向前移動，我跟著人群走。過了橋，路上冷清了下來。我放慢腳步，一面注意著砲彈打來，一面觀察公路對面起伏的山巒。山並不高，和公路平行向著南北伸展。陳書麟他們抬著擔架很快的走到前頭去，不見蹤影了。前行了三四百公尺，我見對面山巒有道山澗，澗旁隱約有小徑直達山頂。我不走了，蹲下把背包解開了又捆起來，捆起來又解開……那些從我跟前掠過的戰士，只顧逃命，沒人理睬我；我卻溜著眼留意他們。等了好一會，等著一小隊零落黑影過去，前後無人了，我抱起背包迅速的過公路，向山上小徑走去。這時「逃」和「不逃」又在我腦子裡開始了鬥爭。我就這麼樣的走了嗎？就這麼樣的走了嗎？我不斷的反覆自問。上了半山腰，我停住了。我兩腳沈重得邁不開步。我沒想到平時都思考著這問題——投奔自由——事到臨頭會有這麼難以決定！我思量又思量，前前後後，從川西，到華北，到朝鮮，勞改、批鬥、交心、羞辱……無休無止，血淚交織，可是，當我想到如果我這一走，像斷線的風箏，永遠、永遠，再也無法回到我生長的故鄉時，我的心版整塊崩塌了下來，淚水傾瀉而出，我哭了！我心緒亂極了，我該怎麼辦？逃？不逃？可是，我能夠回去嗎？能夠回去嗎？

我佇立在澗旁，思索、躊躇、徘徊、掙扎……時間不許可我拖延，像死亡，總該有個了斷。最後，我猛的，捉起三個背包，百來發步槍子彈，百來發衝鋒槍子彈，以及陳有財交給我保管的一副過北漢江泡水生鏽的望遠鏡，一股腦兒扔下山澗去，也扔掉了我心中包袱，我心死了。

「現在我踏上不歸路了，走吧！走自己的路。」我心中吶喊。

我僅留下一把圓鍬，半袋子炒麵、一壺水、披掛上身，摸索上山，沿著山脊往南方向去。山頂上長著短短青草，與孤零零，人般高的小松樹，也像我一樣的孤單。聯軍的探照燈，在我頭頂上掠來掠去，照耀得山野朦朦朧朧。天空寥寥幾顆星星，像鬼眼似的對我眨著。俯首下望，整條山谷淹沒在濃濃煙霧與火焰裡。

走著，走著，忽然前面傳來工具撞擊石塊發出的噹噹聲，在探照燈，星光輝映下，可看到一壘壘白色新土，與五、六條黑影。我馬上離開路線，掩蔽在草叢裡。一刻多鐘後，黑影扛著圓鍬十字鎬向我這邊來，從我來的小徑下山去；是掩埋屍體的。我上前頭一看，是陣地。我判斷前面還有陣地；因為一八〇師退卻時是擔任「堵擊」任務，阻止敵人追擊，掩護友軍撤退，必定會在公路兩側山頭構築工事攔阻。我小心翼翼的前行，走走停停。行進了五、六百公尺，果然又發現兩座陣地。壕溝已塡平，有的還堆起大墳包。再往前望去，是一溜平直墨藍色的稜線，不見有新翻起的泥土，可能已到盡頭了。而我站在最後那座陣地上正眺望時，驀然聽到山那邊的山腳下有人「班長，班長」的叫喊，聲音聽來好像就在眼前，十分清晰，大概那個單位從那裡撤退。望去，只見底下彌漫著一片灰暗色波浪般的雲霧，看不到村莊、田野、任何景物。望了好半天，再也沒聽到任何聲音，看到任何跡象。不過雲海太美，太寧靜了。我遐想著淹沒在神祕雲霧下的平原，要是沒有戰爭，沒有政治，那可是世外桃源；綠油油的田野，一幢幢樸實的屋舍，阡陌交錯，雞犬相聞……多教人神往！

我邊走邊望著，欣賞著……

但當我視線又調回前頭，行進約十來步時，發現前面五、六十公尺處，彷彿有株樹會動，向我徐徐移近。是我錯覺？我馬上停止住觀察。那株樹仍然向我走來，原來是人！這可把我嚇了一大跳，背上直冒冷汗。這黑影會是什麼身分，什麼人？我下意識的斷定對方是聯軍派過來的特務，刺探情報的。共軍已撤退，不可能一人落單在山頭上；如果是投誠的，也應當往聯軍方向去，不可能回走和我相遇。由於我站著不動，對方發現不到我，繼續的向我走來。我模糊的可看到黑影的輪廓，穿共軍服裝？手裡抄著一桿長槍。我極力保持鎮定，盤算著如何脫身。我想著向他「喊話」，由他接引我投奔自由，最爲省事，但我又顧慮假使對方不是聯軍派過來的特務，那我就慘了！而且我也得顧慮在接觸剎那，因他過度緊張，撐不住氣，會對我開火。應該逃避他較安全；逃避對他不會造成威脅，他可能不會對我下手。而如何逃避？往後跑是向上的斜坡，不易脫身。這裡地形又太暴露，無處躲藏。唯一的只有左下方斜坡可逃。斜坡約七十度傾斜，百來公尺長，坡面上佈滿一顆顆小指頭大的白色發亮砂粒，與一叢叢野草。坡下方是松樹林。要是對方向我開槍，我也得冒這個險，只有這一著了。黑影一步步的向我逼近，攤牌就要來到了，我主意打定，便迅速的一躍，臀部和雙腳著地，向斜坡滑下。而與此同時，我瞥見黑影驚慌的向我相反的方向奔去。

我快速的往下溜，砂粒嘩啦啦的跟著向下流。滑到了底下松樹林邊沿，抬頭向山頂望去，黑影、樹影全不見了。我進入松林，往山下索去。昏黃的月光，從樹梢灑下來，篩落得滿地影子斑斑。我摟著一株株樹幹子，也不看地面高低，腳步往下亂踏著。下到了山腳，可看到左後方共軍陣地上燃燒著的野火，已落在我二、三里外之遙了。我疲乏極了，便在一株大松樹底下堆積起厚厚松針，躺下睡覺去，不走了。

醒來時，太陽已從東邊山頭升了上來。我起立向四圍張望。平原上美軍昨夜已退去，昨天放砲的地方，只剩下一堆堆空砲彈殼。曠野裡縱橫交錯的坦克履帶痕跡，歷歷可見。我決定不往前走，在這裡等著美軍。我預料今天美軍一定還會來。

我拿出炒麵進早餐。吃後，到山澗捧一把水搓搓臉，又回原地坐下，背靠樹幹望著遼闊的平原，內心興起無限的興奮——我想著將來，也許就在一、二小時內即可來臨的將來。這是我命運的轉捩點，我將面臨一個陌生的新環境。他們將如何的對待我？自由，我想還是要受限制的，因為我是戰俘；但是在法律內的限制，不會是全部的剝奪。尊嚴，也會受到部分傷害的；但也是在法律內的傷害，不像有人為了表現「進步」，隨便的指著你鼻子批鬥，扣帽子，臭罵一頓，我還得向他們陪著禮貌的笑臉認罪。不過，有一種東西我想是可以全部得到的，那就是不再有「恐怖感」了，不須擔心有人打你的小報告，不須看人家的顏色，可無憂無慮的生活著。

我坐了一會，想了一陣，打起瞌睡來，我又躺下休息去。

不知睡到什麼時候，睡得迷迷糊糊的，彷彿我褲管被重重的扯了一下。張開眼一看，是隻狗，大黑白野狗，伸著舌頭正舔我褲管上的血。我馬上翻身坐了起來。牠見我會動，機警的跳退了一箭之地，前腿搭在地上，翹起尾巴，擺出撲人姿勢，「嗥嗥」的對我吠了兩聲，虎視眈眈。我撿起一塊石頭摔過去。牠「汪」了一聲，夾住尾巴跑了。

有狗，附近必定有人家。我起身看看天空太陽，才發覺時間已九、十點了，為什麼美軍還沒來？我把耳朵貼在地面聽，沒聽到卡車、坦克滾動的聲音，連天空飛機、大砲聲也沒有。出奇的靜寂。什麼原因？今天不打仗？老美打仗也有假期？我思忖著，我不能老待這裡等著美軍來，我要去尋找他們。

因此，我背起炒麵袋圓鍬水壺，順著松樹林邊沿往前行。到達了平原盡頭，公路隨著山勢向西轉去，地形也逐漸的開闊了起來。行進約十餘里，我發現前面不遠的溪流裡，有七、八個婦女在溪畔洗衣裳，幾個小孩爬在沙灘上嬉戲，一派昇平景象。老百姓消息最靈活，她們敢在戶外活動，說明今天這裡不可能有戰事了，可確定美軍不會來了。

這地區屬於南朝鮮，百姓可能反共，我不敢接近她們。我越過公路向對面山上走去，反正我往南方向走，總不會錯的。

山路是新開闢的，四、五公尺寬，可容納一輛吉普行駛。路的一旁地面，牽著七、八根聯軍電話線，每根線都掛有識別單位的牌子，書寫著英文字母與數字、或韓文。山上長著茂密的松樹林。山路盤旋曲折，地形複雜隱蔽。我小心前行，凡是草叢，轉彎隱密處，或鳥兒突然飛起，我就得立即停住，仔細觀察後再行進。

翻過山脊下山，是一塊狹長的小盆地。田裡種植著麥子、玉米作物。挨近山邊有幢農舍，三、四個小孩在屋前野地裡玩追逐遊戲。當他們見到我時，立刻驚慌的跑回籬笆內關上柴門，躲在門後窺探我。看他們驚嚇的樣子，可看出他們對我的敵意，也顯示這一帶可能已沒有共軍了。我向他們揮揮手，繞過農舍向前面山谷行進。谷口左側半山有一洞穴，住著一家逃難的百姓。洞口站立著一位老者和一個小孩，遠遠的望著我。我不敢正視他們，急速前行。谷內道路兩側，是百多公尺寬的旱田。和旱田相連接的，是連綿起伏的低平山丘。山丘上長著一尺多高的野茅草，沒有一棵樹，好像敞開胸膛似的，在耀眼陽光下，沒半點陰森氣。我大膽放步走著。前進約五、六百公尺，前頭忽然出現兩個兵士，穿的不是北朝鮮人民軍制服，我判斷可能是南韓軍了。不過，我怕看錯眼，不敢招呼他們，只對他們望著，站著不動。

他們見到了我，愣了下，便臥倒準備放槍。我馬上對他們搖手叫喊；「沖哈西麻西幼！」（韓語「不要開槍」的意思。）但「砰砰」的槍聲響了，幾發子彈從我頭頂上空「咻咻」的掠過。跟著，後面很快的又跑上三、四個兵士。

的確是南韓軍，我對他們高聲喊：

「沖哈西麻西幼……」同時將肩上的圓鍬丟在地上。

他們依然直望著我。我搖搖手。一分鐘後，一個勇敢的兵士端著槍跑了過來，到我跟前十步近站住了。沒錯，是南韓兵士，一身美式裝備。我上前幾步，笑笑的伸出友誼的手。他也上前幾步，也伸出手。彼此對看了一會，兩手交握了。

後面的那幾個兵士，也跑了上來，他們歡欣的叫嚷著：「中國人頂好！」「中國人萬歲！」和我擁抱、握手、歡呼……我的熱淚奪眶而出，我獲得自由了！

4

兵士們前呼後擁，興高采烈的帶領我回步哨所。我邁著自由步伐，心中興奮、快活，無憂無慮。抬頭望望藍天，金黃色的陽光，照射在山野上，燦爛奪目。鳥兒自由自在的飛翔、歌唱。山坡上的野茅草，一起一伏，波浪般的蕩漾著，向我招手歡迎。

步哨所設在四、五百公尺前，道路旁的一間獨立家屋內。屋後又有一幢較大的農舍，看去有人住的生氣。家屋附近散布著十來個散兵坑。走近時，班長和六、七個兵士手握卡賓槍，半自動步槍，從散兵坑跳上來歡迎我。一個兵士咿咿唔唔的向班長報告前頭情況，和我投奔經過後，他們便「斯哥斯米達，斯哥斯米達」熱烈的和我握手致意。（斯哥斯米達，韓語「辛苦」的意思。）班長操著生硬的中國話問：

「中國人，共產黨的大大有？」

「班長說，你過來，有沒有大大的看到共產黨？」另一個兵士說。

「沒有，共軍昨晚就撤退了。」

「共產黨大大的沒有了？」班長又問。

「大大的沒有了。」

「會大大的再來？」

「可能不會來了。」

班長「嗯嗯」的點頭。

然後，他眼睛笑笑的在我身上到處看，兩手到處摸，好像我身上有什麼機關似的；摸到了水壺，他好奇的拖走搖搖，又貼在耳邊聽聽。我取下給他。他打開蓋子，拿鼻子嗅了嗅，給扔得好遠好遠。

「大大的不要了。」

兵士們爆起了大笑。

他又摸摸捏捏我的炒麵袋。我也取下解開給他看。他用食拇指夾了些炒麵放進嘴裡嚼嚼，皺起眉頭呸了出來，也給扔掉了。

「大大的不要了，怕不，吾力大大的有。」（韓語「飯，我們大大的有。」的意思。）便大聲的吩咐替我備飯。

一個兵士去淘米，有的去屋前菜圃裡採蔬菜。

我問會說少許中國話的那個兵士：

「你會說中國話？」
「小小的。」
「這裡有沒有中國人？」
「大大的有。」
「現在他們在那裡？」
「他們大大的死了。」他直率的說。
「死了？為什麼死了？」我驚愕的問。
「哦，不，不……」他敲敲腦殼，脹紅著臉。「是，是共產黨的中國人打仗死了。」
這次戰役死了不少共軍，他的「中國人大大的死」的確說的是共產黨部隊，我想。
一個兵士禮貌的對我說：
「中國人，請你身上東西拿出來看看的，再給你。」
「好的。」我說，便到屋前把口袋裡的皮夾、日記本、鋼筆、毛巾、鉛筆等，掏出擱在走廊地板上。

兵士拿起皮夾打開看，裡面有兩張一角人民幣，和一枚帆船銀元。他拿出來看了看後，交給了其他兵士看。他看著他們一個傳一個的看下去，最後規矩的又交到他手裡。他又裝入皮夾內放回原位置，拿起日記本翻開看著。

在共軍部隊裡作戰時不准寫日記，以防洩密。我為了留下這段遭遇作紀念，用鉛筆寫在日記本頁的中間，記載十分簡單，如：某月某日在某地遇到空襲；某月某日遭砲擊等。

他一頁一頁仔細的看著，看了後，合起本子放在鋼筆上面，利用對角線為最長，斜斜的整個遮住了鋼筆。他那種欠自然的動作，我看出他的企圖。

檢查完畢，兵士說：

「中哭沙拉米，你的這本很好，」他指指日記本。「吾力大大的要。」他又指其他東西，擺擺手。「這個的大大不要。」（中哭沙拉米：韓語「中國人」；吾力：「我們」。）

他說著先伸手去拿日記本，正如我所料，連帶的把壓在日記本下面的鋼筆，也一起拿去了。其他兵士看得微微的笑，我把他不要的收起。

飯做好了，我上炕吃飯。

菜很豐盛，一罐牛肉罐頭、一罐魚罐頭、和一小盤炒青菜，只是飯太少了。兵士們勾肩搭臂，圍著看我狼吞虎嚥的大口吃飯吃菜，看得很有趣。我實在太餓了，我想我的吃相夠難看。

「中國人，你的幾天大大沒吃飯？」一個兵士問。

「大概四五天了吧。」我說。

「哇！五天！你的飯大大的沒有？」他們驚叫。

「有，吃炒麵，山上冷水泡炒麵吃。」

「聽說你們吃山上野草，是不是？」那個會說中國話的兵士問。

「是的，和炒麵和在一起吃。」我說：「因爲美軍不斷後退，共軍在後面緊追，後方的補給品通通被飛機炸掉了，無法補充上來，所以沒吃的。」

「你們大大吃什麼草？」

「很多種，山蔥、野薊、兔兒草等。我們還有一個星期吃不到鹽。」我說，我的飯已吃完了。班長見我吃得那麼快，可能還不夠量，便問：

「你的大大的飽？」

我不說，只笑笑。他又大聲叫喊拿一包餅乾來，三百公克重，每塊拇指頭大，有牛奶味道，很可口。我很快的又吃完了。班長又問；

「大大的飽？」

「大大的飽。」我說。

兵士都笑了，班長也笑了。

「中哭沙拉米，今晚的這裡大大危險，我們要送你走。」班長說。

於是，他派了兩名兵士護送我出發。我們向谷口行進。頑童似的兩個兵士，一路上黏著我，要我教他們喝共產黨歌曲，扭秧歌；亂打槍，樹葉、小鳥、小石頭，都是他們瞄準的對象，隨便「砰砰」的就是幾發子彈。前行五六百公尺，前面豁然開朗了起來，一條大江——大概是北漢江——橫在眼前。江面約半里寬。出了谷口，我們沿著江下游走去。江畔是一片遼闊的旱沙田，種植著麥子和玉米作物。岔路口，有一共軍夜行軍留下的白石灰指標，箭頭指向山谷內。

江對岸的山坡上，長著一株株翠綠的人工林。江邊零星的散布著幾幢農舍，有的屋頂升起裊裊炊煙。望去寧靜、和平，彷彿另一個世界。

走約二、三里路，有一農家。屋子四周圍繞著十幾棵大白楊樹。屋前有隻大黃牛，趴伏在地上悠閒的磨著嘴。兩個兵士立即從農舍屋簷頂拉下隱藏的電話線，接上他們攜帶的電話機通話。這時，屋子裡出來了一個老頭，下巴蓄著一撮鬍鬚，身穿白長袍，腳蹬布襪，厚底布鞋，腰間繫著一條黑絲帶，活像「宋江殺惜」裡的三郎扮相。他哈著腰向兩個兵士寒暄了幾句，抬起頭見到我，即刻沈下臉，瞪著眼睛很不高興的嘀咕著。我趨前伸出手和他握手。他把手馱到背後去，倒退了兩步，不接受我的友誼。兩個兵士見狀，馬上替我解釋。他立刻又露出笑臉，且走近我，用韓語絮叨的問個不休。我指指耳朵搖搖手，表示聽不懂。他馬上進屋拿了紙和筆來，寫著：「君尊姓大名，來自何方？」文謅謅的幾個中國字。我拿起筆寫：「來自遠方，投奔自由。」他看了呵呵的笑，攀住我的臂，拍拍我的肩膀說：「談心頂好，因民滾拉八。」（韓語「你頂好，人民軍不好。」的意思。）翹起大拇指。

我也點頭陪笑。

兩個兵士通話完畢，老頭子便匆匆的領他們進屋，出屋後小門。我也跟去。在那裡草地上，躺著一個和我同樣身分的共軍俘虜。他側臥著身，雙臂抱在胸前不停的顫抖呻吟著，兩個十二、三歲大男孩，手執棍棒坐在旁邊看住他。那個較高的個子兵士走到他跟前，蹺起大皮鞋在他臀部重重的踢了一腳。

「卡拉，巴利，巴利！」（韓語「走，快，快」的意思。）

他沒有反應，仍然痛苦的哼著。我向大個子兵士搖搖手，蹲下摸他的額頭，燒得很厲害。我問：

「你是那個單位？」

「我，我是六十軍。」

兩個兵士吆喝的催促著。

我扶起他走。他一手搭在我肩上，身子緊貼著我，像塊滾燙熱鐵板似的。兵士跟在後頭「巴利，巴利」的趕著。走沒多久，他腿一軟，坐在地上哭了。

「我，我走不動……」

大個子兵士「嘩啦」的拉開槍機子彈上膛，要斃他，另一個兵士開心的踢他一腳：

「巴利，卡拉！」

我對他們打個手勢：

「我來背。」

我背他一會，攙扶他自己走一會。夥伴越走越沒氣力，幾乎都要我背。兵士不耐煩，咿唔的叫，要把他槍斃掉。太陽又大，整得我氣喘如牛，汗流浹背，剛吃了的一頓飽飯，全化爲熱能散發得乾乾淨淨。走了一陣，大個子兵士見我落到後面老遠去，他氣急的從前頭快步走回來，抓住夥伴的臂拉扯著要從我背上拖下，嘴裡不停的叫；「大大的死，大大的死……」夥伴緊緊的箍住我脖子。大個子兵士一鬆手，我踉蹌幾步，栽個筋斗，頭撞到地面快要昏厥過去。

大個子兵士立刻向前頭那個兵士招手：「巴利，巴利！」那個兵士趕了上來，他們一人抓住一隻手臂，把夥伴往路旁玉米地裡拖去。

我馬上爬起追過去，手扣住夥伴的後領子，死命的往回拉。

大個子兵士急速跟回，指著天空的太陽，又指指腕上的錶，對我暴跳的咆哮著。

我擋著夥伴跟前，搓著額頭，不理睬他。

他們叫了一陣，不叫了，和我妥協了。大個子兵士拔出刺刀，在地上劃一條線，分爲三截。他指著前兩小段，傻氣的說：

「吾力。」又指另一小段：「談心。」（韓語「你」的意思。）

「好的。」我點頭。

他馬上把槍交給我，背起俘虜就走。沒走幾步，他又轉過身指著我肩上的槍呱呱大叫。我立即將槍交給那個兵士，他們都笑了。

三人輪番的背了三、四回，到達了一處荒涼渡口，那裡沒有人家，沒有百姓。一隻無人小舟，繫在江畔。我們登上小舟，向對岸划去。江水深不見底。到了對岸，棄舟踏著岩石小徑，向山頂走去。山是岩石風化構成，長著高大茂密的松樹林。上了山頂，底下又出現一條大江，才看清楚這座山原來是浮在江心的小島。下了山，我們又登上一隻小舟過江。到達了對岸的卡平時，紅通通的太陽將要下山了。

「中哭沙拉米，到了，就是這裡。」兵士指著距江邊百來公尺的一座營區說。

營區四周圍繞著鐵絲網，大門口沒有衛兵。房舍是由兩排木造平房平行組成，每排又隔成八、九間小房間。進了營區內，兵士便將病患夥伴「嘭」的丟在走廊地板上，好像從肩上卸下米包似的。營內沒駐有多少人，一個個閒閒散散，服裝不整。他們立刻圍攏來——他們從電話裡已知道我來——親切的和我握手問候，並自我介紹：姓朴、姓金、姓李、姓胡……他們多半是翻譯，會說流利的中國話。有的逗弄我：「王，你在山上吃了幾天野草？」「韓國山上的野薊、兔兒草，好不好吃？」「北漢江裡的水，比汽水好喝吧？」「見過韓國姑娘沒有？漂亮不漂亮？」……

左排房屋的最後一間房間，門嘩啦的開了，出現三個年輕貌美的女子，她們坐在榻榻米上，倚傍著門，向我吃吃的笑。

「王，快來看小姐。」他們拉我過去。

「她們是中國人，你和她們說中國話看看。」

「她們是海上抓來的。」

他們當然是開我的玩笑。那三個女子沒說話，光是互相的擠來推去，笑個不停。

「不是，他們騙你。」一個叫李以文的翻譯說：「王，我們來。」他向我招下手。

我跟他去，進了房屋當中的一間房間。他從木箱內取出一本書夾，到茶几前坐下，對我指了指位子說：

「你坐，不要客氣。會不會抽煙？」

「不會，謝謝。」我在他對面坐下。

他去倒了一杯茶放在我面前。「你喝茶。」然後，打開書夾，拿出一張表格給我。

「你把這張表填一填。」

表的內容包括：姓名、年齡、性別、籍貫、兵種、階級、部隊番號等項。我就著茶几填寫。李以文又拿了一份表格出去，替躺在走廊上的那個夥伴塡寫。他寫好回房間時，我表也快塡好了。他便拿了一張信箋給我：

「王，你把你過去在部隊裡的服務，和投奔自由的經過，也寫一寫。」

我簡單明瞭條文式的寫了幾條，寫好了，連表格一起交給李以文。他看了看，便收在書夾裡。我趁這時候問他：

「李翻譯，我什麼時候能夠到後方戰俘營去？」

「要等支隊長來，見了你後送去。」

「支隊長什麼時候來？」

「支隊長到前方去，今晚或明天會回來。」

「現在後方戰俘有沒有送到台灣去的？」

「沒——有。」他搖下頭。「所有戰俘現在都拘禁在釜山和巨濟島。」

「爲什麼？不是說可以去台灣嗎？」

「沒有，這是日內瓦戰俘公約規定，不過將來可能有希望去台灣。」

「那要到什麼時候？」

「要等戰爭結束。」

我見他中國話說得這麼流利，所以問：

「李翻譯府上哪裡？」

「我是東北瀋陽人，抗戰勝利那年，來韓國。我家在漢城做生意。」

「韓戰爆發後，到這裡當翻譯？」

「是的，這個單位副支隊長是我朋友，他叫我來幫忙。」

「副支隊長是韓國人？」

「他是韓國人，不過他待中國很久，他家庭過去流亡中國，從事韓國復國運動。他在中國受教育，後來又畢業於中國中央陸軍學校——」說到這裡，外面傳來汽車馬達聲，開來了一輛小吉普。李以文探出頭去看了看，用韓語對那個駕駛兵說了幾句，那個兵士便把和我同來的夥伴載走了。

我馬上問；「李翻譯，那個俘虜送哪裡去？」

「送去後方。」

「那爲什麼把我留下？」

「等支隊長回來，見了你後再送走。」他又是那句話回答我。

「爲什麼支隊長一定要見我？」

「凡是過來的俘虜，我們都要詳細的審問，搜集情報。因爲你的資料比較豐富，所以支隊長要親自審問你。」

我不信李以文的話；我也不是指戰員，而且這次戰役俘虜了共軍數千人，他們怎麼會在乎我一人資料？我敏感的想到不妙，必定有原因；那有軍隊裡養著女人，用這麼多的翻譯？我問李以文：

「李翻譯，這裡是什麼單位？」我想了解這部隊性質。

「這裡是第L支隊，直屬於韓軍L師團。」

「是什麼兵種？」

李以文略想了想，說：

「是負責後勤補給方面的。」

他一定說謊；我沒看到營區內停有車輛，與堆放補給品什麼的。

「我在共產黨那邊聽說有台灣軍隊參戰，有沒有這回事？」我旁敲側擊的問。

「沒有。」李以文很快的回答。「沒有台灣軍隊參加，因為美國不願把韓戰搞得太複雜。」

「那麼有沒有華僑？」

「華僑是有，像這個單位我就是，還有一位姓胡的翻譯。」

「有沒有——我是說有沒有人犧牲？」

「沒有，沒聽說。」

李以文說話謹慎，口風緊。我暗中把昨晚在山上遇到的，我就懷疑是聯軍派過去的那條黑影，前方班哨那個兵士說「中國人大大的死」，與這個單位會說中國話的人員，以及女人等，串連起來研判，我判斷是；這單位可能是情報機關了，這些會說中國話的翻譯，可能是做情報的。那，那我在山上遇到的那條黑影，就是他們派過去的特務？或者是中國人？那會不會是投奔自由的俘虜？可能是了。那個兵士說「中國人大大的死」，死的就是這些做情報的中國人——那他們也要把我留下？我極感不安。我想把在山上遇到的那條黑影亮出來，看李以文如何回應，因此，我簡略的將遇到黑影的經過，告訴了他。

「我想那條黑影是聯軍派遣過去刺探情報的人員。」我說。

李以文聽了我的話，愣了一下，兩眼直直的，驚訝的望著我。好一會，他說：

「你在那裡遇到的？」

「我過來的山頂上。」

「你怎麼知道是聯軍派過去的？」

「那條黑影是從聯軍方向來的，」我說：「而且穿的是共軍服裝，手裡握著一桿槍，我判斷一定是聯軍派過去做情報的。」

「會不會共軍派過來的？」

「絕對不可能。」我堅定的說：「假使是共軍人員，對方馬上看出我是過來投誠的，早對我開槍了；假使也是投誠的，應當和我同方向往聯軍這邊來，不可能回走和我相遇。」

「我們這裡不會派人去。」他甩下頭說。

「會不會別的單位？」

「不曉得，不會。」

「你聽說過沒有？」

「沒有，沒有。」他連聲說，看出我的疑慮，立刻又說：「你放心，支隊長回來見了你以後，就送你走。」他整整手裡資料。

李以文守口如瓶，問不出話來的。我不再問下去。我懊惱極了。在我投奔自由前，我就考慮到他們會強迫我去打仗什麼的，因爲我是投降過來的。我已想妥對策；只有我過來時，稍表示「反抗」，他們就不會留我。可是，過來時我太興奮了，把這一招忘了，沒露出來，現在後悔也太晚了。李以文收起資料起立說：

「今晚你吃飯睡覺就在這裡。」便到屋角去，把書夾放進箱裡去了，轉過頭來對我半揶揄的又說；「王，我看你要去洗個澡，把身上這件『戰袍』換下來。」

我正想把全身大掃除一番，從過鴨綠江，我沒洗過幾次澡。過江時穿的是厚棉衣，到了天氣漸漸暖和了，我把棉衣裡的棉絮抽掉，當「夾衣」穿；後來在包川宿營時，背包裡的軍便服被偷了——指導員說我背包被掩埋屍體單位的戰士偷了。我猜測是他檢查我背包，因爲無法恢復原狀，所以取去我衣服，說被偷了——大熱天沒衣服換季，就一直穿到現在，夜間行軍時，汗水溼了又乾，乾了又溼，酸臭味不斷的濃縮儲蓄。我聞慣了自己身上惡臭，但我見韓軍兵士接近我時，老搗住鼻子，使我很不好意思。不過我說；

「我洗個澡就好，不要換衣服，我沒有衣服換。」

「我給你一套衣服。」李以文說，拿了一套韓軍舊軍服，和一套內衣褲給我。「你現在就去廚房洗澡，快要開飯了。」

我去屋子盡頭廚房洗澡。洗了澡換上乾淨衣服，整個人覺得好像一下子輕了起來，好暢快！那位好心的衛生兵，並替我小指頭傷口換藥包紮。回到房間，飯已擺上了。吃了飯，我便睡覺去，因爲我有好幾天沒好休息，實在太累了。

躺在乾淨舒適的榻榻米上，我眼睛盯著牆壁上那幀炭筆畫的人物素描，筆法很不凡。畫的是兵士，大概是這個單位一個兵士的畫像。李以文領我進房間時，我第一眼就看到了。我以爲是從畫報上剪下的，仔細看是畫的。李以文告訴我是金畫的。金現在坐在一旁，雙腿平伸，背靠壁望著我。他約二十五、六歲，戴深度眼鏡，很斯文。李以文替我介紹，他是北朝鮮人，平壤藝專畢業。他不會說中國話，一直陪著笑臉向我微微的點頭。

我腦子裡又開始胡猜亂想了。我想像金那樣文質彬彬，學有專長，應該去學校教書，如果因爲戰爭學校關閉了，年輕人都進軍隊去，那他怎麼到這單位來？爲什麼這裡會有這些年輕女子？她們又都不穿軍服，活老百姓。那些韓軍人員，有的不戴帽，有的敞著領子，上衣不紮入褲頭裡去，趿著鞋……不像軍人，不像軍隊，都是疑問。

第二天，我焦急的等待著支隊長來。到了上午十時，支隊長沒來，卻又送來了三名俘虜：劉裕國和孫利過去都在國軍部隊服務過。王斌是四川民兵，十六歲。這更使我疑慮不安了。我急著想弄清楚他們把我留下的原因。問李以文，是不會告訴我的。我想到李以文說的那個胡翻譯胡銘新。他在昨天我來時，向我自我介紹是安東鳳城人，戰前在漢城一家餐館工作，娶韓國老婆，有兩個小寶寶。韓戰爆發後，他來這個單位當翻譯。他爲人風趣，熱情，我想找他問看看，或許會透露出點訊息。

他是睡在對面房屋靠近大門的那間房間，三、四人同房。我站在走廊上望過去，他不在。快到吃中飯時，他從外頭回來了。我吃過飯，坐在他房間斜對面走廊上，背靠著柱子閉目假寐。胡銘新飯後一根煙，坐在他房間前的地板上吸著，吊著雙腿前後擺動。我偷偷的睨著他，他兩眼不時向我這邊溜，笑嘻嘻的咧著嘴。韓國人和中國人生活習慣相似，也有睡午覺的習慣，幾個翻譯都午睡了。李以文和三個剛來的夥伴也休息了，整座營房很快的靜寂了下來。胡銘新頭轉來旋去，向周遭望了望，見沒人了，他「噓噓」的輕吹兩聲口哨，手心向上，翹起食指對我勾了兩下：

「王，過來，這邊坐。」

我過去在他身旁坐下，他嘴向他那排房屋的最後一間房間努了下：

「那三個娘們長得怎麼樣？漂亮不漂亮？嘿，嘿！」

「年輕，美麗。」我勉強的笑。

「嘿，嘿！你想不想？想的話我替你介紹。她們很喜歡你。」他說話喜歡笑，而且總是「嘿，嘿！」的笑出聲來。

「她們怎麼來的？」

「自願來的，怎麼來！」胡銘新話衝口而出。「替大家洗衣、做飯、擦地板什麼的。不過要談『那個』的話，要看人家願不願意，規矩大得很啦！嘿，嘿！」

「你別胡扯，那有這麼賤的女人。」

「不信？那是搶來的？這裡是軍隊，也不是土匪。我問你，你在北韓見過年輕男人沒有？」

「有是有，很少。」我說。

「那就對啦！」胡銘新拉高聲調的說。「韓戰打了將一年，韓國年輕人快死差不多了！這個仗再打下去，恐怕連廟裡的和尚都要娶老婆了，不然到那裡找男人！」他頓了下，轉過頭往房裡望望，然後壓低嗓門說：「你知道嗎？我們所長也喜歡那個門道。嘿，嘿！」

「你說那個所長？」他說「我們所長」，好像也把我包括在內了。

「就是昨天和你握手那個，個子瘦瘦的。」他扔掉煙蒂說。

「哦，你說姓朴的那位？」

「就是他，他以前當過日本兵，日本投降，他在東北，身上衣服給東北老百姓剝得光光的，只穿一條褲叉跑過鴨綠江。嘿，嘿！有意思！」

「你別損人家。」我故作輕鬆的樣子。

他肘撞了下我臂，說：

「我騙你做什麼？你知道高麗棒子有多壞？我們東北老鄉都叫他們『小日本』。在日本投降時，他們恨我們中國把日本鬼子打敗，在漢城大打我們中國人，把我們中國人商店搶光砸爛。後來金九先生知道了，馬上派人用廣播筒到大街小巷叫喊去：你們不能打中國人！中國八年抗戰把日本鬼子打倒，我們大韓民國才得獨立自由，免做亡國奴！中國是我們大恩人！這一叫喚，他們很聽話，都不敢打了，而且在街上遇到我們中國人，就像見到大爺的打恭作揖，非常禮貌。嘿，嘿！」

「韓國民族性強。」我說。「你說他是所長，是什麼所所長？」我趁機套他的話。

「第二聯絡所所長啊！」

「這裡有幾個所？」

「這裡就是第一所一個所。我們第二聯絡所是寄住這裡。第三聯絡所在前方，負責搜集戰鬥情報。你就是第三聯絡所抓來的。嘿，嘿！」胡銘新話多，愛說話，而且對方顯得很願意聽，聽得很有趣，他也就愈說愈有勁了。

「第一所是做什麼的？」我要印證李以文說的話是否屬實。

「是負責教育訓練，和補給什麼的。嘿，嘿！」——李以文說了一半——負責補給，一半沒說。
「第二聯絡所爲什麼寄住這裡？」
「沒有人啦，李以文沒對你說？」
「說了，他說這裡是第L支隊，屬L師團。」我說：「一個支隊有幾個所？」
「就是這三個所。」
「我們第二聯絡所，主要是做什麼工作？」
「情報工作，嘿，嘿！」
我的心被重重的揪了下。
「怎麼做？」我極力保持鎮定，以免把胡銘新的話嚇住了。
「要你們從第一線過去，一路搜集情報，大約深入敵後一二百里後，再掉轉頭搜集情報回來。」
「現在還做？」
「我不是說沒有人了嗎？現在就等著你們來做了，嘿，嘿！」
「他們是犧牲，還是走了？」
「死光了。」他頭又往後對屋裡望了下，好像怕給人聽到似的。
「犧牲了多少人？」
「噢，可多，」他眨眨眼，想著。「大概有十幾二十人吧。」
「他們都是從共產黨那邊過來的？」
「都是，和你一樣，嘿，嘿！」
這個單位情報工作已停頓，那我前晚在山上遇到的那條黑影，可能是別的單位派遣的了。我問：
「胡翻譯，其他單位也利用俘虜做情報？」

「各師團都有，因爲韓國軍和共產黨作戰，由於語言不通，搜集情報非常困難，所以各師團成立一個支隊，專門做情報工作。」

「美軍也有？」

「老美可能沒有，洋人不相信你們，嘿，嘿！」

我所擔心，所顧慮的，果然遇上了。李以文的謊言，被拆穿了。怎麼辦？我之所以不願做這種工作，是因爲我受長期洗腦，勞改、批鬥、身心俱疲，需要有一段時間休息。此外，我更不願在毫無自由表達意願下，替他們工作，這是我最主要原因。

「怎麼樣，害怕？到頭來再說吧！」胡銘新看出我的憂慮，又嘿嘿的笑。

「胡翻譯，我想拒絕他們，你看怎麼樣？」

「不行，這裡是有進無出的。」胡銘新直率的說。

「那該怎麼辦？」

「你可和他們談條件。」

「談什麼條件？」

「譬如做完三、四次工作，送你去漢城我們中國大使館，或者送你去台灣。」

「過去有人這麼做嗎？」

「有是有，但他們做二、三次工作就完了。嘿，嘿！」

我思考著，如何對付他們。一番分析熟思後，我決定先拒絕他們。萬一推辭不掉，那恐怕只有照胡銘新這個建議做了。不過，做完三次工作能送我去大使館，或者台灣，我還是願意接受；我不怕危險，我有信心。對了，去敵後工作時，假使順路的話，我還可找美軍陣地投誠，重當俘虜，或者後方有美軍，我也可向他們逃亡。大風大浪都走過了，沒什麼可怕的，總有一條路可走。

「好吧，和他們談判。」把事情弄明白了，也想出了法子，我心情倒覺得舒暢了不少。

「對啦！想開些，怕什麼？走，我們炸魚去。」胡銘新在我膝蓋頭拍了下，起立進房間去，拿了兩顆手榴彈出來。「我們走。」他對我揮下手。

「去那裡炸魚？」

「江邊。」

我跟他出營區大門，走到了我昨天來的那條大江。江的上游有兩個美軍垂釣，岸旁停著一輛小吉普，幾個韓國小孩喜躍的圍觀著。美軍魚釣上了，小孩搶著要；要到了，替他們上了餌，釣鈎又拋進水裡去。胡銘新把一根手指頭插進口內，向小孩吹了一響唿哨，手裡手榴彈晃了晃：

「腰婆，依利哇！」（韓語「喂，來！」的意思。）

三四個小孩又蹦又跳的跑了來。胡銘新分給我一顆手榴彈，說：

「來，水深才有大魚。」

我們站在一塊大岩石上，往下望去，江水灰灰藍藍的，底下是墨藍色，黑的世界。胡銘新指點了幾招炸魚的要訣後，便喊：「一——二——三。」我立刻拉開保險栓，兩顆手榴彈一齊扔了下去。三、四秒鐘後，水裡響起了兩響沈悶的爆炸聲，無數的魚兒從水底翻白而上。小孩馬上脫光衣服，跳下江去捕捉，不一會工夫，捉到了四五斤魚，有的巴掌大，蹦跳跳的。

「好有趣！怎麼韓國江裡這麼多魚？」

「捕魚人逃難的逃難，死的死，沒人捕魚，當然魚多。」胡銘新說，摘了一根蘆草莖，挑兩尾大的魚串起來交給我，餘下的全給小孩。

「走，我們到那個村子玩。」他指了指距離江邊不遠的一座小村莊說。

我們穿過小徑，進入村子。幾個小孩爬在屋簷下玩耍，見胡銘新和我來，張大眼睛老望著。一隻大黃狗兇巴巴的對著胡銘新和我「汪汪」的狂吠。胡銘新又吆喝又踢腿，驚動了前面小店舖伸出一個女人頭來。她一見胡銘新立刻走出店外，嘴裡嘰哩呱啦的叫著，向胡銘新親熱的招手。黃狗也不叫了。胡銘新扯下我袖子，趨上前去。到了她跟前，他拿過我手裡的魚，交給她。她沒接，兩手搭在胡銘新手上，一壁嘰咕著，一壁她那一閃一閃的眼神，溜過胡銘新背後，不停的在我身上跳躍著。我悄悄的看了她幾眼。她臉上的白粉，搽得像曹操，脖子下卻現出一塊塊汗斑似的茶褐色。散亂的頭髮，挽成髻，毛鬆鬆的繫在腦後。兩頰凸起的顴骨，撐得整個面龐都風了起來。說話時嘴角綻起的乾癟笑紋，把兩片薄薄嘴脣扯到上下去，露出一排不太潔白，但很整齊的牙齒來。她囉嗦了一會，接過魚，兩眼閃亮的，笑笑的對我瞥了一下，下巴頦向胸口一勾，大概是表示「請」的意思吧，便和胡銘新進店去。我跟著他們進去。到了店裡，胡銘新一屁股坐上炕去。

「上來坐。」他說。

我在他對面坐下。

女人端上一鉢子酒，兩隻白色搪瓷碗，一小碟泡菜，一小碟烤栗。胡銘新一一接住。酒是乳白色稠稠的，像米湯。胡銘新將酒倒進一隻碗裡，倒了小半碗，我說夠了，他就停住，把那碗酒給我。他自己用鉢子喝。

「吃，不要客氣。」他捧起鉢子，低下頭先喝一口：「啊，好過癮！」咂咂嘴，甩兩下頭。

我也啜了一口，酒味很淡，稍帶些甜味。

女人退到櫃檯前笑咪咪的看著胡銘新和我喝酒。胡銘新喝酒好厲害，大口大口骨咚骨咚的喝，很少吃菜，喝兩口甩甩頭。他喜歡說話，喝酒時一句話不說。我喜歡吃菜。

酒很快的喝光了，女人又要去拿酒。胡銘新搖搖手，一隻手往口袋裡掏。女人立即上前一步，手按住他的手，咿咿呀呀的不知說著什麼。胡銘新說：

「啊力啊多，啊力啊多！」便對我丟個眼色，下炕。

女人收拾缽子碗碟去。胡銘新穿了大皮鞋，屈伸一下腿，向女人搖搖手：

「拜拜！」

女人也親熱的擺手。

「她有先生嗎？」出了店子我問。

「有，給人民軍打死了。」

「那她就做這生意過活？」

「政府有救濟。」

「你喝酒為什麼沒給錢？」

「有呀，我給她魚。」

我給他說得要笑出來。

「你以前來喝酒，有沒有給錢？」

「有呀，我也不是土匪。」他用手搓搓臉，轉過頭來說：「我的臉紅不紅？」

「不大紅。」

「看得出來嗎？」

「看不出來。」

「快走，太晚了回去，他們會說話。嘿，嘿！」

5

深夜裡，李以文喚醒我：

「王，支隊長來，要見你。」

我伸一伸腰，起身穿衣服。強烈的燈光，扎得我睜不開眼。李以文在旁催促，顯的很緊張。我卻不在乎，沒有希望，打不起精神；我的希望，他們不會接受的。

金微微的張著惺忪睡眼望著我，好像看出我內心的懊惱與無奈。

穿好了衣服，我便跟隨李以文出去。一踏出拉門，我見前面走廊下幾條黑影，一眼就看得出支隊長了。他身軀魁梧，手裡握著一根鞭子前後抖動著，和站在他身旁的一所長、朴所長、桂、李等翻譯談話。大門內停著一輛小吉普。他們見我出來，馬上走了過來。我趨前幾步，向支隊長敬個禮。他「斯哥斯米達，斯哥斯米達」的嚷著，（「辛苦」的意思）一面伸出手和我握手，藉著屋內投射出來的黯淡亮光，覷著眼端詳我。好一會，他笑著咿唔的說了一兩句我聽不懂的韓國話。李以文立刻替他翻譯說：

「王，支隊長說非常高興見到你。」

「王，支隊長說你果然是塊好料。」桂翻譯打趣的說。

他們都笑了起來，連聽不懂中國話的一所長和朴所長也跟著笑，笑得很做作。

朴翻譯從房間出來，到支隊長跟前恭敬的伸下「請」的手勢，於是，大家便簇擁著他進右排房屋的當中一間房間。進了房內，朴翻譯殷勤的讓支隊長坐上茶几的上頭。他盤膝坐著，手裡的鞭子擱在雙腿上，是一根皮製的馬鞭，赭紅色，頂端有一小皮環。我坐茶几的另一端，面對支隊長。一所長和朴所長，桂、李翻譯、李以文、以及和支隊長一起來的跛腳金中尉等，分坐兩旁。支隊長啜了一口茶，接過李以文遞給他我的資料看著。我趁這時候，又向他仔細的打量了下。他的臉略長，鼻梁挺直，兩道眉毛又黑又濃，留平頭，很樸實。年齡大約三十二、三歲。放在茶几一角的軍帽上，鑲著一顆鈕釦般大小的韓國太極圖國徽，說明了他是少校階級。

支隊長看了看資料後，由李以文替他翻譯，問：

「王，你看共產黨這次挫敗後，什麼時候會捲土重來？」

「這次共軍部隊遭徹底擊潰，無力反撲。」我說。

「不，支隊長問共產黨會在什麼時候，發動下一次戰役。」

我略思忖片刻說：

「至少要三、四個月，甚至半年。」

「我們從時間上判斷，中共軍從去年十一月過江，到今年五月，僅僅六個多月時間內，就發動了五次大戰役，幾乎平均一個月一次。」

「現在情況不同。」我說：「過去聯軍推進到北朝鮮，中共軍一過江就接觸上了；現在戰線在三八線一帶，距鴨綠江七、八百里路程，中共軍全靠兩條腿行軍，而且這次打了敗仗，必須開會檢討，訂出作戰計畫，短時間內打不起來。」

「你看共軍這次打敗仗，主要原因是什麼？」支隊長又問。

「制空權操在聯軍手裡，補給困難，沒有重兵器。」我不假思索的說。

「人員傷亡情形如何？」

「別的單位情況不清楚。」我說：「五三八團二營，傷亡人數大約三分之一。」

「有沒有見到聯軍人員傷亡？」朴、李翻譯問。

「沒有，從過鴨綠江，只在西線包川見到一具聯軍屍體。」

「是我們韓國軍？」

「是美軍，屍體掩埋在壕溝出口處，因下大雨泥土被沖掉，露出下半身。陣地附近還躺著二、三具共軍屍體。」

「第一階段戰鬥，六十軍是在西線跟進？」支隊長看了一下我資料說。

「是的，友軍擔任攻擊，一八〇師在後頭跟進。」我說：「聯軍不斷後退，每天退約五、六十里。共軍夜間尾隨緊攆，砲彈猛烈打來；白天挖防空洞休息，聯軍飛機地毯式的轟炸。」

「那部隊戰力會遭什麼程度打擊？」

「人員傷亡有限，不過對士氣打擊太大，大家背著四、五十斤包背行軍，走得筋疲力竭。」

「這是聯軍運用它優越的機動性，引蛇出洞，打擊共軍。」桂翻譯插嘴。

「聯軍這戰法十分高明。」我說。

「部隊行軍時，如何補給？」支隊長問。

「剛過江幾天，部隊就地向地方政府要糧。」

「要到什麼糧？」

「米、豆、玉米；有時沒要到。」

「繼續行進，怎麼補給？」

「愈向南行，村莊城市全遭炸毀，找不到村政府，吃自己攜帶的糧食，每人背十五斤米，五斤炒麵，二十塊餅乾。」

「你們也吃餅乾？」他們驚訝的叫了起來。

「是烤乾的麵餅，每塊十公分見方，鹹的。」

「都沒有補給？」

「補給過兩次，補給品堆放在路旁，夜間行軍經過時領的。一次領到大米，另一次是鹹帶魚。」

「沒有其他補給？」

「沒有。」

支隊長點點頭。

然後，他合起資料交給李以文，看樣子他的輕描淡寫簡單問話要結束了。他找我談話，不是如李以文說的要審訊什麼情報，是別有目的的。這時，桂翻譯臉帶笑意的，趁隙對支隊長不知說了什麼，支隊長聽得笑了；一所長咿呀的也說了幾句，支隊長也笑了；朴翻譯也說了什麼，支隊長又笑了……他們邊談，邊笑，邊看看我，看得發笑。我猜想他們又是說我吃朝鮮山上的野草，喝北漢江的水了；他們就喜歡談我這種趣事，有機會就逗弄我。

「王，他們說你吃了幾天韓國山上的野草，還吃得這麼壯，大概是吃到了千年的野山人參吧！」李翻譯揶揄著我說——他稍胖，他們都叫他李胖子。

桂翻譯、朴翻譯聽得大笑了起來，尤其桂翻譯笑得肩膀一聳一聳的。

支隊長和一所長，朴所長、金中尉也都笑了。

由於支隊長聽得好笑，聽得開心，他們也就不停的說下去，愈說愈起勁，愈賣力了：「王，你在韓國山上餓了幾天肚子？」「山上野薊、山蔥、兔兒草好不好吃？味道如何？」「喝了北漢江的水，有沒有拉肚？」「沒鹽吃，走路腿軟不軟？」……他們興奮的談著，笑著，談笑間，流露出對牛排、麵包的驕傲，對飛機、坦克、大砲的自信；與對小米、炒麵、破爛槍的嘲笑。他們談了一陣，高興了一陣，支隊長手裡的鞭子，興致的、得意的對我點了下，說：

「王，支隊長問你一個問題：你看這場戰爭誰會打贏？是聯軍，還是共產黨？」

他們都靜了下來，眼睛笑笑的望著我，等待著我的回答。

在共產黨那邊，這純是測驗思想的問題，看你是否忠貞。我倒希望支隊長不信任我，將我送去後方戰俘營，但我看出他們又是找我窮開心，要我的寶。不過，回答這問題太容易，誰也看出這場戰爭將打得沒完沒了，難以了斷，原因是：第一美國由於政治的考量，打的是「有限」戰爭，不願將戰爭擴大——戰爭擴大也難解決問題。第二中共摸透美國這種心理，且認爲美國愛惜人命，怕戰爭，所以扭住她不放，企圖激起美國國內反戰浪潮，逼「美帝」退出朝鮮半島。第三美軍退守三八線，用火海對付人海，可將犧牲降到最低點，打算與共軍打長期消耗戰，泡下去。此外，還有個「面子」問題：美國是世界強國，自由世界領導者，假使敗在破槍爛砲的土八路手下，這臉丟不起；中共呢，中國人本來就死要「面子」，這場戰爭打得再苦，死再多人，都要撐下去，不能認輸。這麼一來，這場戰爭就夠打了，恐怕三、五年也拖得下，到頭來也許一方多死了些人，少耗些物資；另一方少死些人，多耗些物資，誰也沒有大輸大贏——我將道理分析給他們聽。

「不過，有個輸家是輸定了，而且是大輸家——朝鮮人民。」我下結論，不管他們喜不喜歡聽，甚至於認爲我思想有問題。「我從過鴨綠江到三八線，到三八線以南一帶，所看到的村莊城市，幾乎全遭戰火摧毀，夷爲平地。山野森林燒光，田園荒蕪，時疫流行，百姓缺乏糧食醫療，無助的等待死亡，這是一場滅國滅種的戰爭。」

輕鬆的氣氛，立刻嚴肅了下來。他們臉上的笑意全消失了，有的垂下頭來。我的回答，太出他們的意料之外，不但沒半點娛樂性，簡直教人聽得心酸。沈默了片刻之後，支隊長深深的嘆口氣說：

「王，你說得對，這是我們國家大災難，大不幸。可是，這場戰爭是北韓勞動黨發動的。他們在一九五〇年六月二十五日，無端越過三八線侵犯我們。他們是國家民族的罪人。」

「去年十一月，中共軍也是不宣而戰的過鴨綠江攻擊我們。」桂翻譯說：「共產黨都是不講信義的。」

「我們李大統領聽到砲聲響，就流眼淚，傷心難過。」朴和李胖子翻譯說。

「中共軍過江是宣佈了，是以『中國人民自願軍』名義出兵。」我說。

「宣佈？怎麼宣佈？」

「我在『川西人民日報』上看到，大概只登載一天，以後大約十多天，報紙上都看不到韓戰戰場消息。」

「不是。」我說：「就是登載一天，全世界也都知道了，可能是為了宣傳。」

「為什麼？保密？」

「宣傳？」他們疑惑著。

「韓戰初期，美軍登陸仁川，兵員不過二、三萬人。」我說：「中共軍第一批過江就是二十餘萬，幾乎與美軍是十比一。美軍把陣線從三八線拉到七、八百里外的鴨綠江邊，僅能控制住少數的幾個點；廣大的面與線，全操在中共軍手裡，形成了極有利的包圍殲滅戰。因此，這一仗他們贏定了。共產黨是非常重視宣傳的，也最懂的宣傳。如果報紙上天天登載韓戰消息，勝利消息，把人民心理刺激麻木了，反而引不起注意，甚至懷疑消息的眞實性。他們只在過江時登載了一天，以後隻字不提。大家聽不到消息，愍悶得慌。當時大陸上謠言滿天飛，有的人說共產黨這回挨揍了，吃到苦頭，不敢吭聲了：有的說過江共軍，全部遭殲滅；有的說美軍已越過鴨綠江入侵東北，共產黨要求和談什麼的，等等。到了中共軍部署完成，發動全面攻擊，美軍才發覺遭重重包圍，四面受敵，道路橋樑全遭破壞，無法撤退。我聽早期過江的夥伴說，後來美軍將大砲坦克炸毀，人員用直昇機吊走，一退數百里。我在西線還看到十幾輛英國坦克，裝上火車沒載走。勝利消息傳回中國，全大陸翻騰鼎沸。共產黨宣傳收到了極大的效果。」

他們光眨著眼睛屏息聽著，沒出一口氣。半晌，支隊長說：

「是的，那一仗我們聯軍太輕敵了，所以遭到挫折。」

「這就像紳士和流氓打架。」桂翻譯說：「流氓是不按照規矩出手，紳士吃了一次虧，下次就不再上當了，所以以後各戰役共產黨就佔不到便宜。像這回，我們就殲滅了中共軍好幾萬人。」

也許由於我的話太苦澀，沒有絲毫樂趣，所以他們不再撩撥我了。支隊長便和所長、一所長、桂、朴、李等翻譯，用韓語談了起來，大概談論著我說的話。他們一面談，一面頻頻的「嗯嗯」點頭，似乎對我敘述的各種意見，分析的理由，很表贊同。談了一會，他們又靜了下來，支隊長手裡的鞭子，輕敲著左手心，一壁對桂翻譯咿咿唔唔說著什麼。桂翻譯立即挺直身子，「尼尼」的受命。（「尼尼」，韓語是「是是」的意思。）我知道要談到正題上了。支隊長說畢，桂翻譯轉過身向我，輕咳一聲，說話了：

「王，支隊長想和你商量一件事。」他緩緩的說：「支隊長說我們中韓一家，脣齒相依，共產黨是我們共同敵人。我們大韓民國和共產黨作戰，也同於中華民國對抗共產黨。現在我們大韓民國軍和中共軍隊打仗，因爲語言不通，最感頭痛的就是蒐集情報；往往前頭部隊打起來了，不但不知道敵人兵力、番號、裝備、企圖等，連到底是人民軍，還是中共軍，有時都弄不清楚。敵人和我們也同樣困難。所以支隊長希望留下你，幫忙我們L師團工作，你意思怎麼樣？」

桂翻譯用徵詢的語氣問我，其實是下達支隊長的命令，無條件服從的命令。

我問：「做什麼工作？」

桂翻譯稍遲疑，囁嚅的說：

「是，是去敵後。」

「過去有沒有做過？」我要證實胡銘新說的話。

「有是有，做的不多。」

「工作人員呢？從那裡來？」

「從俘虜中挑選，我們發現許多戰俘都是堅決反共的。」桂翻譯說。

我思考著，想試探的先拒絕他們。但支隊長立刻說：

「王，你一定要幫支隊長這個忙，絕對不能推辭。你在這裡工作，支隊長把你報到漢城中華民國大使館去，替你介紹女朋友。戰爭結束，你要去台灣，支隊長送你回台灣，要留韓國，支隊長可送你去讀書，要做生意，支隊長和你一起去做生意……」他叨叨不絕的說著。

我沒想到他會開出這麼優渥條件，當然有的是信口胡謅，但也看出他要把我留下的決心。我心中沒激起漣漪，一片平靜。對女人，我坦承說喜歡；只有閹宦與虛僞說不喜歡女人。但，做這種危險工作，我不能去愛個女子。至於其他條件，我只有一個希望：把我報到大使館，將來送我去台灣。我願意做工作交換，換得自由。我本來想推辭不掉的話，談妥條件乾脆接受了。可是，給支隊長開出這麼的「厚禮」來，我倒不好意思答應了。那麼大的國家丟了，又是俘虜身分，除了自由外，我怎能存此奢望？即使興起一絲絲這種念頭，我都感到慚愧！因此，我說：

「我希望去戰俘營。」

「不，不，支隊長不讓你走。」他堅決的說。

「因爲我需要一段時間休息。」我說

「你在這裡也一樣休息。」支隊長說：「支隊長不是要你去敵後工作，而是要你幫支隊長研判情報資料，將來我們還有許多事情要做，都需要你幫忙。」

「工作怎麼做？」

「我們做的是戰術情報，從第一線過去，深入敵後一、二百里後折返，一路蒐集情報回來。」

「人員要不要訓練？」

「不需要。」支隊長直率的說：「他們平時在共軍中的生活，就是最好的訓練。當然，派遣出去時的各種應注意事項，我們會詳細的告訴他們。其他一切武器、服裝等裝備，和共軍一樣。」

這的確是好主意。俘虜是「眞中共軍」，比起訓練有素的情報員——「假中共軍」，更難破獲，而且成員成本低廉，來源供應又不虞匱乏。

「可是，他們投奔過來的目的是希望去台灣，叫他們工作，將來呢？」我問。

「我們決定每人做完三次工作後，就送他們去台灣。」支隊長說。

不接受是不行的了。我考慮了一會後，爽快的答應了。

「好的，我留下，不過，我和大家一樣也參加敵後工作，三次工作後，去台灣。」我不願眼看夥伴出生入死的去敵後拚命，而我坐享其成。我不能那麼沒種。

支隊長見我答應了，高興得嚷了起來：「太好了，太好了！」不過，他立即說：「不，王，你不能去敵後工作。你去了，支隊長不放心。支隊長還有許多計畫要你幫忙，你不能去。」他歡欣的伸出手和我握手。

事情就這麼決定了。支隊長啜了一口茶，用鞭子向朴所長點了下，對他咿咿唔唔的有所指示。朴所長馬上一項一項的紀錄下來。說畢，支隊長回前方支隊部去。大家送他到大門口，支隊長反身拍拍我肩膀說：

「王，好好的幹，支隊長不會虧待你的。」

說著，他和跛腳金中尉，一個兵士上車走了。

第二天早晨，吃過飯，李以文便帶我去師團部挑選工作人員。

我們步行到公路，搭過路軍車前往。沿途電桿、路樹多遭砲火炸斷燒焦。偶爾看到逃難百姓，有的背著攜著，有的一家老少，家當都壓在牛車上緩緩的拖著。村莊毀損的屋舍，荒廢的田地，憂愁的老人，不知愁的小孩，勞苦的女人，望去淒涼蕭瑟。不見有年輕男人，沒有生氣。

車行十多分鐘，進入河谷，前面江邊出現共軍撤退時丟棄下的幾十匹騾馬，在沙灘上奔馳啃野草，自由在在。

「到了。」李以文說，到前頭和駕駛兵打個招呼。

車子在一條深邃廣闊的山谷口停住了。

下了車，我們便往山谷裡去。谷內沿溪澗兩側，依地形搭建著三、四十幢帳棚。有的帳棚頂升起高高的天線桿，忙碌的傳出「轟隆隆」的馬達聲。在谷口附近的小溪畔，一群韓軍兵士不知圍觀著什麼。過去一看，原來是一個共軍俘虜，手握大菜刀殺馬。地上架著一口從農家搬來的大鐵鍋，正燒著滿鍋翻騰滾水。一匹馬已被放倒在地上，剝去皮毛。那個俘虜割下一塊塊馬肉，丟進鍋裡煮。煮熟了的，他用火鉗夾起來，放在門板上切成細肉片。許多韓軍兵士爭搶著，用手拿肉片蘸鹽巴吃。

「馬肉不好吃，味道太淡，你們去牽一批騾子來給我殺，好吃得很。」那個俘虜說，指著江邊的一群牲口。

一個聽懂中國話的韓軍兵士，叫了一個兵士牽去。

李以文和我看了一會，他拍下我肩膀說：

「王，你在這裡看，我進去看看。」走了。

那個共軍俘虜一聽到中國話，立刻轉過頭，問：

「你也會說中國話？是不是中國人？」

我說：「我不但是中國人，而且和你一樣，我是共產黨部隊六十軍。」

「六十軍？那你爲什麼穿高麗棒服裝？」他指了下我穿的韓軍軍服。

「我衣服因爲太髒了，他們拿這衣服給我換——你是幹部？」我見他穿的是共軍大釦開襟制服。

「我是共產黨十二軍，大車連排長，我叫孫大田。我過來好幾天了，他們天天叫我補汽車輪胎，我補輪胎是老手。」他說話像放連珠砲，嘰哩呱啦的，口沫橫飛，聲音有點沙啞——大概話說太多了。

「那你殺馬這本事是哪裡學來的？」我帶譏諷的說。

「是在抗戰時期跟劉土匪劉伯誠，上大別山打游擊，牽豬拉羊的時候學的。你看怎麼樣？我手法不錯吧？」

「夠棒，夠棒。」我說，聽他歷史，雖然年輕——大約二十三、四歲——可稱得上老共了。所以，我問：「你是被俘，還是跑過來的？」

「當然是我自己跑過來的。我自己不跑過來，他們能抓得到我？我替共產黨賣命賣夠了，他媽的，不跑過來還要替他們當砲灰？」他大聲的說話，摻著「國罵」——「他媽的，他媽的」。「你是自己跑過來，還是抓過來的？」

「我也是自己跑過來的。」我說。

「那你過來，身上東西有沒有被高麗棒子拿去？」

「沒有。」我搖搖頭。

「他媽的，我過來給高麗棒子士兵拿走兩個戒子，四錢重。一只手錶也給拿去。」他撐開手巴掌，用菜刀在手指頭比畫了一下。

「我身上什麼都沒有，是標準的無產階級。」我笑笑的說。

「那你不錯，你吃——」他指門板上切的馬肉。

我過去拿兩片蘸鹽吃，覺得味道很不錯，且滾水快煮，肉質脆嫩。

「你吃，我馬上殺騾子請你。」他說著，便對那個去牽騾子的兵士叫喊：「快，快來！」

那個兵士牽一匹騾子跑了來。

孫大田不管韓軍兵士聽得懂不懂中國話，對他們喳喳呼呼的叫著：「你們現在不要亂動，和剛才一樣，我叫你們怎麼做，你們就怎麼做。」他用一跟草繩套上騾子的前雙腿，把繩頭交給兩個兵士：「你們現在兩個拿著，不要拉。」他又把騾子後腿照樣做了，把繩頭交給另兩個兵士了，便喊：

「拉，拉，拉……」

四個兵士立刻拉緊繩子，騾子四腿踢踏掙扎著。繩子收緊了，騾子龐大身軀顫簸幾下，「嘭」的倒了下去。幾個兵士便按住騾子身腿。孫大田在騾子脖子上割了一刀，鮮血像水管破裂似的，嘩嘩的直噴了出來。騾子「呦呦」的叫，身軀四腿不停的顫抖、抽搐，屎尿並流。血灑在地上，熱騰騰，冒著氣。血流一會少了，氣管「噓噓」的吹氣，吹出「噗嚕，噗嚕」的紅氣泡來。腿蹬一下，冒出一般血，蹬一下，冒出一股血，最後流出來的血，是稠稠濃濃的。到了血流乾了，四腿不動了。孫大田便從騾子腹下劃開，剝下皮攤在地上，割下肉丟進鍋裡煮，熟的夾起切片分享大家，動作乾淨俐落。

「怎麼樣？好不好吃？」

「大大的好吃，大大的好吃。」韓軍兵士爭搶著吃，一面叫好。我也吃了不少。

騾肉的確比馬肉鮮美，接近牛肉的味道。吃了騾肉再吃馬肉，就覺得如同嚼蠟，淡而無味了。

李以文出來了，我便向孫大田揮下手走了。

「快，回去搬家。」李以文說，我們向谷口走去。

「搬那裡去？」

「華川前方，共產黨軍隊又退了。」

「那工作人員呢？」

「師團部馬上會送來。」

我們在谷口攔了一輛軍車回卡平營區。

下午二時，支隊部派了一輛卡車來搬家，上車的有：朴所長、桂、朴、李胖子、李以文、胡銘新等翻譯，以及一個衛生兵，一個三十多歲，做飯的阿珠姆妮（韓語「婦人」的意思）。這時我才知道這些人就是第二聯絡所的人員了。我們人有我、孫利、劉裕國、王斌。留下的人，大概是屬於L支隊其他單位的。那三個女子也沒隨行。

車子上了我和李以文早晨走的那條公路後，便向華川方向開去。劉裕國和孫利、王斌頭轉來旋去，到處張望，滿臉疑惑。

「怪，要開那裡去？」

「帶你們去玩，嘿，嘿！」胡銘新向他們玩笑的說。

車行不久，忽然在路旁停住了。坐在前頭駕駛座旁的所長，伸出頭來往後嚷著：

「要婆色要！巴利，巴利！」（韓語「喂！快，快」的意思。）

車後百來公尺處，有兩個年輕女子見車子停了，便唧唧噥噥笑著迅速跑來。到了車屁股後頭，胡銘新伸下手一下一個的拉了上來，拋給坐在前面的朴翻譯，和李胖子翻譯。車子又開了。她們倆舒適的躺在朴和李胖子翻譯的懷裡。韓國女服一般裙長衫短，短得像下身三角褲。她們腆著肚子，胸部挺得高高的，兩隻又白又大的乳房，從衣衫下襬探出頭來，合著車子震動，有節奏的一上一下，彈簧似的跳動著。我們人看得想笑，又不好意思笑出來。孫利瞇著眼不自主的，老向「那裡」溜著。王斌別開臉，不敢看。

胡銘新肘撞了下我，說：

「王，你要不要抱？要的話，我叫他們分一個過來。」

「你別開玩笑，一點也不尊重人家。」

「這有什麼關係？嘿，嘿！」他又向孫利：「孫，你要不要？」

「咦——有意思，好安逸！」孫利整個臉快笑碎了。

「他們是什麼女人？」我問。

「他們是……嘿，嘿！大眾情人。」

「這麼偏僻地方，爲什麼也有？」劉裕國說。

「可多啦！光春川就有二、三千人。嘿，嘿！有機會我帶你們去見識見識，怎麼樣？」胡銘新臉向大家抬了下。

「我不去，我不去。」劉裕國猛搖頭。

我見坐在李胖子翻譯旁邊，背靠車欄的桂翻譯，非禮勿視的閉著雙目，如老僧入定似的始終不受驚擾，使我大惑不解。他怎麼會有這麼高的道行，這麼大的定力？不簡單！

「我看桂翻譯人很規矩。」我對胡銘新說。

「你說什麼？」他似乎沒聽清楚我的話。

「我說桂翻譯很老實。」

「你說老桂啊？嘿，嘿！你完全看走眼了。」胡銘新發笑起來。「最不老實就是他。你沒看到坐在他旁邊的阿珠姆妮？」他壓低嗓門說。

「什麼？阿珠姆妮是他的？」

「嘿，嘿！本來不是。」胡銘新瞟了桂翻譯一眼，旋過頭來把嘴湊近我耳根：「有一天晚上，老桂睡覺到半夜的時候，小老桂不安分，爬到阿珠姆妮的肚皮洞裡去，阿珠姆妮哭了好幾天，後來支隊長知道了，把老桂關了兩個星期的禁閉，光吃白飯和鹽水。」

給胡銘新這麼說，我又向坐在桂翻譯身旁的阿珠姆妮看了看。她低著頭，瓜子臉，下垂的鳳眼皮，一動也不動，像石膏像的凝固著。皮膚不白不黑。修長的頭髮，梳理得平平直直的，遮蓋過耳尖，縮到腦後去。屈著腿，腿上擱著一隻布包袱。她滿臉憂愁，可說是個正派的女人。

「他先生呢。」

「他先生參加國軍犧牲了。」

「那她怎麼到我們這單位來？」

「我們部隊駐在春川的時候，她來幫忙。」

「可憐！」

「像他這種遭遇的人可多！在卡平我帶你去那家雜貨店的老闆娘丈夫，也是參加國軍犧牲的。還有，朴翻譯的兩個兄弟，李胖子的小弟也是。嘿，嘿！」

我問：「胡翻譯，韓國房子，屋內沒有隔間，一進門就是大炕。我聽說韓國風俗有客人來，晚上都睡大炕上，有沒有這回事？」

「當然睡一起，不然睡那裡？」

「那，那多不方便。」

「嘿，嘿！大家守規矩嘛！」他又瞄了一下桂翻譯，笑笑的。

車子到了一座荒涼破碎的村子前，又停住了。兩個女子下了車，車子又繼續行進。

「過去就是華川前方了，老百姓不准進去。」胡銘新說。

6

車子傍著山腳凹凸不平的公路，搖搖晃晃行進。路的下方，是北漢江碧綠的江流。沿途到處可見到共軍撤退時丟棄下的槍械、背包、馬匹、屍體等。空氣裡漂浮著淡淡的屍臭。山坡上的玉米地裡，野草叢生，一片荒蕪。越往前行，從前方傳來轟隆隆的砲彈爆炸聲，也越清晰。經過一座小村落，屋舍全遭砲火焚毀，僅剩下埋在灰燼裡的一格格屋基。屋旁的幾棵大樹枝葉，被火焰燒炙得枯乾焦黃。周遭草地裡冒出幾個新土堆，大概埋著屍體。

「這裡是北韓。」李以文說：「以三八線爲界，春川屬南韓；華川，北韓。」

太陽快下山時，車子在路旁停住了。大夥兒下車。

「不走了，今晚就在這裡找地方過夜。」桂翻譯說。

大家上了路旁高坡，向一幢農舍走去，老遠就聞到一股惡臭。走近一看，屋內有具共軍屍體，雙腿叉開坐在炕上，背靠著壁，頭顱腫脹得像個大葫蘆似的往前下垂，手裡抱著水壺。屋後玉米地裡，點綴著七八座新墳包，墳包頂，懶洋洋的爬著幾隻紅頭金蒼蠅，看得人發毛。所長和桂翻譯立即掉頭，摀著鼻子回走。

「上車，上車，這裡不能住。」桂翻譯向大家擺擺手。

車子走走停停，一會下車，一會上車，找不到乾淨屋子。大家站在車上四處張望。行進了好一會，前面半山腰出現一間小屋，孤零零的。胡銘新指著說：

「那間屋子一定沒死人，那麼高地方，傷患上不去。」

「對的，對的，誰上去看看？」桂翻譯說。

朴翻譯馬上說：「給我去，給我去。你們在這裡等著。」車子開到了前面停住，朴翻譯便跳下車上山。大家看著他上山去，看著他上了半山腰，進入那間小屋。一分鐘後，他從屋後繞出，站在屋前兩手圈著嘴大聲的叫喊：

「上來吧！屋子裡乾淨得很！」

大家拿了飯糰、罐頭、毯子等上去。屋內果然清潔寬敞。天色已暗，大家坐在屋前進餐，餐後到屋旁山澗洗了臉回來，躺在走廊上休息，乘涼。阿珠姆妮一人在屋內一角睡覺。天氣十分酷熱，沒有一絲風。天空佈滿烏雲，沒有星星月亮。砲聲響個不停，夜間比白天更濃密，吵得無法安寧。

夜涼時回屋內睡覺，人多，又悶熱起來。直到深夜下起滂沱大雨，一股股冷風從戶外吹來，涼爽舒暢，我才漸漸的睡去。

醒來時天色將亮，雨已停，聽到山澗嘩嘩流水聲。我伸個懶腰，發現炕上睡得滿滿的，多了許多人。一看，他們都穿著既髒又臭的共軍服裝，原來是挑選來的工作人員，昨晚送來的。我心裡非常興奮，希望能見到認識的人，或者六連的人。轉過身，我對他們一個個的端詳著。他們有的呼呼大睡，有的已醒，張大眼睛到處張望。忽然看到一張熟識的臉孔，我歡欣的一躍而起。伍浩也看到了我，他立刻也起身從睡覺的夥伴身上跨了過來。

「北山，你也來啦！」他欣喜的緊握住我手，眼睛閃亮的望著我，滿臉鬍鬚，露出一排潔白牙齒，顯得瀟灑而粗獷。

「你怎麼也來？」我問。

「部隊打垮了，怎麼不過來？」他打個拋物線手勢，表示「投誠」的意思，對我神秘的笑笑。

伍浩是我在川西所謂的「西南軍大」的洗腦集中營裡難友。西南解放時，他跟抗日游擊之母趙老太太上山打游擊。到了四川大民變，他被俘送來改造和我同隊同班。他十分活躍，而且多藝，一來隊上，扭秧歌、演話劇、說相聲，樣樣都來，還有一副美麗動人的歌喉，「交換」、「千里送京娘」、「天上人間」都是他的拿手。有回開同樂晚會他上台獻藝，大家熱烈的鼓掌叫再來。他唱了一首又一首，聽得大家如醉如狂，掌聲雷動。共幹以爲他唱的是煽動性「反動」歌曲，急問：「他唱的是什麼歌？」大家說是「流行歌曲」。他們不懂什麼叫「流行歌曲」，一再不放心的問。到了民變被鎮壓下去，共產黨把四川抓牢了，這些被認爲資產階級腐化靡靡之音，也就不准唱了。

當時在我們同學間有秘密組織和外界聯繫。共產黨爲了要切斷我們地下通訊網，每隔三、四星期就施行一次大編隊。大編隊都在早晨吃過飯後開始，突然宣佈打背包，然後每七、八人或十幾人分組，由共幹帶到別的單位去，到底被編到哪個隊，哪個大隊，彼此都不知道。共幹一再強調這是學習經驗交流，別無其他目的。我和伍浩僅僅相處不到一個月，就在一次大編隊分開了。

洗腦四五個月後，我和部分同學被送去勞改，修築成渝鐵路。我們從新都出發經成都向資陽、資中一帶工地行進。一天中午途經簡陽，火辣辣的太陽烤得紅土丘陵冒氣。大夥兒走得筋疲力竭，坐在公路旁休息時，忽然傳來一陣清脆悅耳歌聲，大家都向隊伍後頭望去，是伍浩。他挑著一擔背包，哼著「東方紅」，扭快步秧歌從後面上來，經過我跟前時，還向我笑嘻嘻的打個招呼，屁股甩得半天高，很快的掠了過去。他挑的背包，一個是自己的，另一個是幫別人的。當大家疲憊不堪時，能夠幫助別人，又能運用文娛活動鼓舞士氣，這些都是「進步」的表現。

勞改三個多月後，韓戰爆發，我們又被調回新都改編，參加「抗美援朝」。我聽說伍浩也參加了，不過沒見過他。後來部隊出發離川，到河北滄縣、到安東、過鴨綠江到北韓，我始終沒見到伍浩。沒想到經過這場大戰役，又能在此地相逢，我們內心都有說不出的喜悅與激動。我迫不及待的問：

「有沒有見到新都那些同學？」

「沒有，一個也沒有，你什麼時候過來的？」

我把投奔經過簡略的告訴了他。他向屋子裡掃視了下，低聲的問：

「北山，他們到底把我們送來這裡做什麼？」

「他們沒有說？」

「沒有。」他搖搖頭說。

「到外面我告訴你。」

到了屋外，我將第二聯絡所的眞相全攤了出來——做敵後情報工作。伍浩一聽，瞪著兩隻大眼睛直盯著我，好半天才擠出話來：

「做這種事！我不幹，我不幹，我……」他一疊連聲的說，甩著頭。

「你不接受，他們也不會送你去後方的。」我說。

「我要走，我要找他們說，你看找誰說？」

「他們不會讓你走的。」

「我不管，我要拒絕，你說找誰說好？」他又說。

我略想下說：

「好吧，那你去找那個李以文說說看，他是東北瀋陽人。」我走到離屋子五、六步左右，向屋裡望去。有的人起來了，李以文也起來了，正在穿衣服。我指著說：「就是他，留頭髮，臉瘦長的。」

伍浩望了下問：

「他在這個單位是做什麼的？」

「他是翻譯。」

「那好，你在這裡等我，我去和他說。」

伍浩去了。數分鐘後，他沮喪的出來兩手一攤，說：

「不行。他說支隊長不答應。」

「算了吧！當然不會答應。如果讓你走，別人也請求，這裡沒開始工作，就要關門了。」

「你來請求過沒有？」

「怎麼沒有，他們硬是要把我留下，有什麼辦法？」我說：「不過他們是不要我去敵後工作，要我幫他們研判情報，訓練什麼的。我對他們說，既然留下，我也要去工作；我不好意思看著大家去拚命，我一人不去。」

「那現在送後方去的人，都拘禁在哪裡？」

「釜山，大部分關在海島。這是這裡姓胡的翻譯和李以文告訴我的。」

「沒有去台灣的？」

「沒有。聽說依照日內瓦戰俘公約規定，戰爭結束，戰俘要交還交戰國對方，也就是說送回共產黨那邊去。不過，我想這可能性很低。」

「不是飛機上投下的傳單說，送我們去台灣嗎？」

「絕對沒有。」我堅定的說：「在共產黨那邊我就聽說台灣派軍隊參加韓戰，所以對傳單都注意的看，就是在一種叫做『安全路證』的上面，說保障我們生命、財產安全，保障我們自由等等，沒說送我們去台灣。我一直思考著這問題，沒那麼簡單；除了日內瓦戰俘公約規定外，共產黨手裡也有老美俘虜，所以這問題將來很棘手。」

「那會不會被送回去？」

「送回去不可能，我不是說了。」我非常自信的說。「因爲這不是幾個戰俘的問題，而是幾萬人，好幾萬人的問題，美國不會這麼不人道，而且這麼做太丟臉，除非美國自己承認失敗。」

伍浩沈思著。半晌，他抬起臉說：

「好吧，幹就幹吧！總比留在新都那些同學幸運。他們是在地獄，我們做這工作雖然危險，還有一線回台灣的希望。」

「我也這麼想，沒什麼可怕的，碰碰運氣吧！」

「走，他們起來了。」伍浩向屋裡望了望說。

「這些事情，你別對他們說。」

「是的，我知道。」

進了屋，有的人還在睡覺，有的已起來去山澗盥洗。一個也是昨晚送來，一臉落腮鬍蓬鬆的夥伴，對著睡覺的夥伴兇巴巴的叫著：

「快起來，快起來！馬上要吃飯出發了。」他見到我，立刻過來恭敬的、親熱的，伸出手和我握手：「敝姓陳，陳炎光。貴姓？」

「敝姓王，王北山。」我說

「以後多多指教，多多指教。」他堆起滿臉笑容。

我說：「不敢當，不敢當。」

另一位夥伴從他面前闖了過來，也伸出手和我握手：「我姓陳，陳希忠。以後也請多多指教。」

我說：「哪裡，哪裡。」

那個陳炎光顯的很不高興的樣子，對他翻翻眼。陳希忠不理睬他。我看他們怪怪的，想是可能過去有恩怨；抬起頭，看到支隊部「殺馬」的孫大田也來了。他手裡拿著毛巾從山澗洗臉回來，一見到我，便放開嗓門叫嚷著：

「哇！老王！你老兄也來啦！咱們兩是好兄弟，難得，難得！」趨到我跟前，雙手抱住我手，高興的上下抖動著，算是見面禮。這可把陳炎光弄糊塗了，愣愣的站在一旁看看他，又看看我，對我身上上下打量著。

「你們怎麼認識的？」陳炎光問孫大田。

「他也是『抗美援朝志願軍』你不知道？」孫大田破鑼似的聲音叫著。

「我是六十軍。」我說

「那你怎麼穿韓國軍服裝？」

「我衣服太髒了，他們拿給我換的。」

「哦，不要說了，不要說了，快去洗臉，馬上吃飯要出發了。」陳炎光手撥撥我兩下，催促著，一下子對我冷淡了下來。

我去山澗洗臉。李以文已盥洗完畢，見我來便坐在澗旁石頭上等我。我洗了臉，李以文從口袋裡掏出昨晚送來的工作人員名單給我看。共十人：陳炎光、許家榮、伍浩、張志昌、樊魁、陳希忠、許志斌等七人，過去都在國軍部隊服務過；包清安是山東民兵；金昌煥是東北牡丹江韓僑，六十軍韓語翻譯；孫大田是共軍排長，也是唯一共產黨員，他被送來，可能是他罵共產黨罵得太響的緣故。年齡以陳炎光最大，四十一歲，陳希中三十歲；包清安最小，十五歲；其餘都在二十三、四歲左右。

「你看他們怎麼樣？」

「可以，不過要給他們希望。」我說

「是的，支隊長已經說了。」

「今天要搬到哪裡去？」

「還不能決定，要到前面再看情形。」

回到屋裡，桂、朴翻譯和阿珠姆妮正在分發餅乾給大家做早餐，一人一包。陳炎光也在幫忙。

「快點吃，馬上要出發了，軍人動作要迅速。」陳炎光嚷著，聲音硬硬的，當然是衝著自己夥伴說的。

吃了飯，大夥兒魚貫下山坡。大卡車停在路旁，駕駛兵昨晚在車上過夜。陳炎光走在前頭先下去，站在車後叫著：「快上車，快，快，不要拖拖拉拉。」

等大家都上了車，陳炎光最後登車。

「好了，開動吧！」

大家神情凝重的默坐著，四處張望。昨晚深夜送來，他們可能沒摸清楚地方方向；這時看出車子是往前方開去，滿臉寫著疑惑和惶恐——奇怪！爲什麼往前方送？去哪裡？做什麼？但沒人問，沒人作聲——俘虜的命運，是完全操在人家手裡的。

車子顚簸前進，來往車輛多，加以昨夜下了一場大雨，泥巴路被壓的一道道深溝和爛泥坑。一具屍體被軋得稀爛，只剩下躺在路心的上半截。大家叫喊著車開慢，怕屍水從車後抖上來。行進到前頭空曠地形，路旁的玉米田裡，散佈著二、三十具腐爛屍體與一窩窩彈坑。濃烈的屍臭，嗆得人惡心。大家趕緊用毛巾摀住鼻子，暫時閉住氣。一輛共軍衛生連大卡車，遭砲火打翻栽在路旁。車上裝載的藥箱藥瓶，翻倒撒落一地。藥棉給炸得像一朵朵雪花，飄散棲息在樹枝草葉上，白花花一片。

過了砲彈封鎖區，公路跟江流轉個大彎，前頭出現平坦石質路面，往下傾斜，車子行駛得很平穩。道路與山野間，沒見有彈坑與屍體，空氣新鮮。大家都深深的吸幾口氣，清醒腦子。

一輛載著老弱婦孺的難民大卡車，人疊人的像座人山的迎面搖晃著開來，車上大人愁容滿面，小孩子卻嘻嘻哈哈的又叫又笑。

「小孩最高興逃難了，嘿，嘿！」胡銘新咧著嘴笑。

「他們送到哪裡去？」夥伴問。

「送到後方難民收容所去。」胡銘新說。

「這是人家美軍有人道，怕打仗傷到人，所以將他們送離火線；哪像共產黨那樣，把十幾歲小孩也拉來當砲灰。」陳炎光說，眼梢向桂翻譯，朴翻譯撩了下。

車子過了華川大橋，又轉個大彎，前面地形逐漸的開展了起來。共軍撤退時丟下的百來匹牲口，悠閒自在的在沙灘上啃野草，甩尾巴。

「前面是華川水庫，我到過。」一個夥伴說。

大家都向江的上游望去。江流愈往前去，也愈變得狹窄枯淺，彷彿走到了源頭。水庫在江的對岸，僅見兩山間一道深邃山谷向裡延伸，看不到湖面。江這邊是一片寬闊的沙田，種植著麥子、玉米等作物。一條溪澗從山谷裡流出，貫穿沙田，流入江去。山谷內，一群韓軍工兵正趕著修築道路，搭建帳棚，架設電線。江畔有座美軍供水站，一輛運水車正停在水池旁灌水。一門共軍蘇聯造高射砲，翻倒在路旁，一個美國兵坐在砲身上，讓另一個美國兵替他拍照。

「老美最喜歡這玩意兒了。」陳炎光說：「我遠征緬甸時，許多美國兵都找我照相留念。有位美軍柯爾上校還要我和他合照一張，他說要寄給他太太作生日禮物。」

那個陳希忠，用肘輕撞下他身旁夥伴低聲的說：

「你看，又吹牛了。」

「他說他的，你別理會他就是了。」

「我最氣這種人，一路說大話，當老大，還要教訓人。」

「你們以前就認識？」

「抗戰時期，我和他在印度藍姆伽學駕駛。」

「解放後也在一起？」那個夥伴小聲問。

「在一起，被集中到川陝公路開軍車。到了韓戰爆發，就都被送到朝鮮來。」

「那你們是十多年老朋友了，眞不容易，應當互相諒解。」

陳炎光向他們白了一眼，臉沈沈的。

過了華川水庫，車子沿著山溝行進約數分鐘後，便向前面大山爬去。山路是新開闢的，土質鬆軟，車子喘息著盤旋而上，有時大半個輪子會陷入泥土裡去，原地打轉走不動了，得下車走路。路旁的松樹林裡，滿地撒著花花綠綠的聯軍傳單，可能剛投下沒幾天。上了山頂，那裡駐著一個班的韓軍。兩門迫擊砲像老虎似的蹲在稜線下方，砲口朝向前方天空。翻過山頭，北漢江又出現在眼底下了。車子緩緩的滑行而下。在各彎道處，韓軍構築有堅強工事，架設機槍火網，氣氛十分緊張。夥伴許家榮驚愕的指著左前方山頭，說：

「我就是從那裡山上下來的。」

「過來幾天了？」我問

他略思索，說：

「大概有五六天了。」

我望著四圍山野，山深林密，共軍退去不遠，把聯絡所遷到這裡實在不妥。

車子在距離北漢江百來公尺的公路盡頭，停住了。大家下車提著行李，抬著箱籠，餐具筐子，轉入澗旁小徑走去。前行約二百來公尺，見到了前面唯一的一幢獨立小農舍，不見有百姓。整座山谷陰森死寂得可怕。我們越過山澗到達了那座農舍，不走了。

「到了，就是住在這裡。」桂翻譯說。

農舍似三合院，茅草蓋的，中間和左邊間是臥室，內鋪榻榻米，右是廚房，本來駐紮著第三聯絡所的一個班，在我們到達前剛遷出。廚房內的大鍋裡煮著一鍋牛肉，一根粗樹幹捅在灶坑裡文火燒著，把牛肉燉得爛熟，香騰騰。從過鴨綠江沒見過肉味的我們，聞香垂涎，不耐的坐在地上聽桂翻譯囉嗦講話，分配房間。我們人多睡中間大屋；所長他們人少睡邊間。分配好了，大夥兒搶著筷子進廚房圍著土灶撈牛肉吃。一塊塊拳頭大牛肉，又香又油，吃到口裡，直從喉嚨滑下去，好可口！那位阿珠姆妮見狀，立刻從筐子裡拿出碗杓，舀牛肉到碗裡分給大家，誰吃完了又添上；這女人的確善良。

吃夠了，大家拿著毛巾到山澗上方洗澡去。澗水清澈冰冷。頭頂上林木蔽空，不見天日。伍浩向周遭望了下，不安的對我說：

「北山，我看搬到這裡太危險，共產黨部隊才退去沒幾天。」

「把我們安置在這裡有原因。」我說。

「我知道，你是說怕我們出去工作……」

「是的，把我們放在後方，我們一路上可看到他們陣地、裝備、兵力部署、部隊調動等軍事機密，萬一出事落到共軍手裡，這些情報就要暴露出去，所以他們要把我們接觸面儘量的縮小。」

「可是，如果晚上老共摸出來怎麼辦？」

「我也這麼想，等會我去找桂翻譯談談。」

洗了澡回屋裡，我去邊間找桂翻譯，告訴他這裡不安全，最好遷移大山那邊去，請他向所長反應。他卻不在乎的說：

「不會啦！前面有大江，還有我們部隊，共產黨過不來的。」

「這回他們打了大敗仗，絕對不敢再來了。」李胖子翻譯在旁插嘴。

所長眨著眼睛，不知我說什麼。

我用啓導式的問他們：

「共軍從這一帶撤退幾天了？」

「大約六七天了。」

「那麼晚上有沒有站崗？」

在卡平是大營區，人多，大門口沒有衛兵。現在全聯絡所連所長、阿珠姆妮在內部不過八、九人，想必也不會派人站崗。假如要我們人幫忙警衛，他們可能未免有顧慮。

李以文把我的話翻譯給所長聽，他搖搖頭說：

「大大的沒有共產黨，大大的放心。」他的中國話只會些大大的，小小的。

「站崗不站崗看情形，不會有問題的。」桂翻譯說

我指著屋外陰森、恐怖的森林說：

「這山區有沒有嚴密搜索過？」

「他們退走啦！留在這裡做什麼？吃山上野草？」李胖子和朴翻譯說。

「我不擔心共軍從正面過來。」我說「我怕的是共軍部隊打垮後，小數藏匿在叢林裡的散兵到深夜摸出來，趁我們熟睡的時候，一間房間扔進一顆手榴彈，我們將會有什麼後果？」

這回他們都閉住嘴，不說話了。稍沈默片刻，他們用韓語互相討論了起來，態度很嚴肅認眞。討論了一陣後，桂翻譯便對我說：

「好的，明天搬到大山那邊風山里去，今晚將就一下。」

7

第二天一早，吃過飯後，便開始搬家。陳炎光喳呼著指揮大家收拾箱籠，打背包；然後，扛的扛，抬的抬，把行李搬到公路上去。八點多點，大卡車來了。上了車，車子便循著原路回走。翻過山

脊，那裡半山正在炸樹修路。韓軍工兵用炸藥綁在松樹幹下，引爆後一連串嘩啦啦的倒下十來株大松樹，再截成一段段，架設涵洞，填壓路面。車子走走停停的往下駛。到達了山腳下的風山里，下了車，車便開回支隊部去。

桂翻譯說：「現在你們就在這裡休息，我和胡翻譯到附近找房子。」

他們往公路左側的山坡上去。山坡坡度平緩，種植著一大片玉米和高粱等作物，隱約可看到零落幾戶人家。

大家就地休息。在前面公路旁的荒蕪旱田裡，有座孤單單的帳棚，住著幾個美軍，大概是觀測站什麼的。

半小時後，桂翻譯和胡銘新回來了。

「房子找到了，好得很。」桂翻譯說，對著半山上抬了下臉。「就是那裡，看到沒有？從山坡當中的路上去，比較好走，五、六分鐘就到了，兩邊山溝上去也可以，不過路太小，草長得又高。」

大家順方向望去，在山坡頂上露出一道屋脊。屋子後面，巍巍的矗立著一座山峰——風山里山峰——籠罩在一片濃密蔥翠的松林裡。

「大大的有人沒有？」所長結巴巴的問。

「沒有，老百姓全逃光了。」胡銘新說：「在這裡附近只有那一間屋子住著兩個人，是一對夫妻。」他指了指半山坡小徑旁邊的一間小屋子，「因爲老婆腳給砲彈打傷了，走不動，所以沒有逃走。」

我們從中間小徑上去。山坡上覆蓋著一層厚實的黃土。半天高的太陽，晒得山野蒸發起悶人的暑氣。微微的聞到野草芬芳的氣息。到了住處，屋裡屋外看了看，寬敞舒適，的確不錯。從屋前小廣場踏上五六層石階上去，是較大的大屋，高亢乾燥。進屋是大炕，炕面貼著黃黃的臘光紙。大屋右前側是廚房。廚房隔壁是兩間小臥室，和廚房相通。裡間的小臥室，有小門通道屋後去。小廣場左前角，有間小茅屋，堆放著農具等什物。小茅屋後面，從地裡凸出一塊略呈傾斜平坦的巨大岩石。岩石上鑿有一口石臼，石臼上架設著一具腳踏舂米的木杵。巨石四周圍繞著數株大松樹，枝葉交錯的遮住大岩石與小茅屋上空。金黃色的松針，撒落一地。

休息片刻後，桂翻譯替大家分配房間，他說：

「中間大屋比較大，是所長和我們幾個翻譯，衛生兵住。這邊兩間，」他指了下廚房隔壁的兩間小臥室。「可睡十個人，一間五人，看誰願意睡那邊舉手。」

許家榮、許志斌、劉裕國、樊魁、孫利、包清安……等幾個人舉了下手。陳希中見陳炎光坐在石階上不動，他很快的也舉起手說：

「我，也有我一個。」

「好，那你們自己幾個人去分配。」桂翻譯說，然後，他臉朝陳炎光，金昌煥等。「陳老大哥，那麼你和王、伍、金昌煥四個人將就一下，睡這間小屋子怎麼樣？」他走到小廣場邊沿的小茅屋前，探進頭去看了看。

「好的，好的，我就喜歡清靜，睡這屋子好得很。」陳炎光說，起立向大家招下手：「來，我們來整理，整理。」

大家動手把小茅屋裡的鋤頭、草耙、筐子等農具雜物騰出，堆放到屋子後面去。地面打掃乾淨，墊上高粱稭子，上鋪毯子算是睡舖了。我的舖位對著門口，陳炎光睡我旁邊，過去是金昌煥，伍浩睡裡邊。

屋子整理妥了，大家一起整理環境，除草、打掃小廣場，幫阿珠姆妮洗刷廚房鍋灶、櫥櫃、餐具。支隊部送來了三包大米、一箱魚罐頭、一隻牛腿、以及泡菜、醃蚵、香煙等。大夥兒下山搬運上來，又忙了一陣，忙得不亦樂乎！一切整理就緒了，李胖子和朴翻譯抱出一大紙箱的肥皂，內衣褲、毛巾、牙刷、牙粉等發給大家。

「你們拿到後，到山澗把身子洗乾淨，等會還有事。服裝後方還沒送來，等過兩三天發。」朴翻譯說。

大家領了內衣褲，毛巾、肥皂後，便到左側山澗洗澡去。

清澈的澗水從一丈多高岩頂奔瀉而下，長年累月的把底下岩層沖蝕個半人深的大水潭，又溢出岩層表面流向山腳下去。水潭邊有石凳、洗衣石板。大家脫光衣服，整個人連衣服都跳進潭裡去，翻江倒海的大清洗、大掃除。有的夥伴從過鴨綠江沒洗過澡，換過衣服，一身污垢和髒衣服，把一潭清水洗得渾渾濁濁的。洗乾淨了身子和衣服，把衣服攤在岩石上曬，換上新內衣褲——朴翻譯來了。

「洗好了沒有？洗好了快回來，要打針。」他叫著。

大家都怔住了，心頭立刻掠過一層恐怖陰影，打什麼針？以前看間諜小說、電影，常有當特務的被打毒針這種事，難道現在眞的也碰上了？我心裡想。張志昌和許家榮問：

「要打什麼針？」

「防疫針。」朴翻譯說，對大家招下手：「快，快來。」

回到小廣場，衛生兵已經把藥水灌進針筒等在那裡了。大家顯得有些猶豫、害怕。桂翻譯和李胖子翻譯看出我們的顧慮，馬上說：「我們大家都打，都打。」他們立即別起袖子來，從所長至每位翻譯，連廚房裡阿珠姆妮也叫出來注射了，而後才落到我們。

「因爲聯軍當局得到情報，說北韓流行霍亂、傷寒等傳染病，所以要打針。我們韓國軍部隊都有打。」桂翻譯向我們解釋。

「不會害你們的。你看，我也挨了。嘿，嘿！」胡銘新向大家扮個鬼臉說，揿著藥棉揉臂。

下午，支隊部理髮兵來替我們理髮，要理什麼髮型隨大家便；有人理光頭，有人理平頭，留髮的。我理光頭，因爲我已決心去工作；共軍戰士都是光頭。伍浩也是光頭，和我一樣。

第二天，開始學習韓語會話，這是工作需要，同時，讓我們有幾天的休息，恢復體力。

教會話是由李以文負責，每天學二、三個小時。每人發一本筆記本，一支鉛筆，先把要學的話寫上，如：山上有人民軍嗎？有中共志願軍嗎？去金城從哪裡走？這條路走得通嗎？有多少路程……然後，將韓語發音用中國字注下來，記住了，再互相的問答，李以文在旁糾正，到正確熟練爲止，每天學十幾二十句。

有的夥伴已經知道是做那種事了——敵後情報工作；有些猜想是做那種事，但又希望不是。現在從學習韓語會話內容中，可確定是做敵後情報工作了。不過，沒人說出話來，因爲太恐怖，太可怕了。有時大家互相悄悄的探詢著，也只是說出模糊的答案。大家想知道，又怕知道，好像倒希望永遠的把它蒙在紙裡，不去戳破它。

餘下時間，我們可到附近山野散步，或待屋內聊天、睡大覺，或到小屋後的大岩石上閒坐去，聽前方傳來的隆隆砲聲……

孫大田和劉裕國、孫利喜歡做事，去廚房幫阿珠姆妮做飯、做菜、烤牛肉等雜活。樊魁、許志斌、包清安、王斌送飯菜；吃完了飯，又將碗盤收拾回廚房清洗。阿珠姆妮一人做二十多人飯忙不過來；不過，她起初不願煩勞大家，後來看大家十分誠意，也就盛情難卻接受了。

我和金昌煥、許家榮、張志昌、伍浩負責柴火：鋸木頭、劈柴。找點事做好打發時間，忘掉煩惱。

陳炎光，卻常去大屋走動，串門子。他和所長，桂、朴、李胖子等翻譯搞得十分熱絡。他是東北大連人，和李以文，胡銘新也拉上了老鄉關係。他暱稱李以文爲「以文」，胡銘新「胡翻譯」，叫聲好像捏著鼻子的喊，嗲聲嗲氣的，親熱極了。泡夠了回小屋，總是得意洋洋的盤膝坐在舖上，嘴角叼根菸，晃著腦袋，哼他的好戲「空城計」：「我本事臥龍崗散淡的人，評陰陽如反掌保定乾坤！先帝爺下南陽御駕三請……」有時，自言自語的透露一丁點「天機」——聯絡所秘密——吊大家胃口，炫燿自己。大家見他常和所長、翻譯他們接近，可能對聯絡所底細知道得比較清楚，想從他那裡得到些確實詳細的信息。不過，眞的問他時，他又神氣得抖了起來：

「你問我，我能夠告訴你嗎？你知道這裡是什麼機關？懂不懂得軍事保密？人家所長，翻譯看得起我，才告訴我，我能夠隨便說話嗎？」

陳希忠說得一點不差，這傢伙不但吹牛、說大話，還愛訓人。

大約三、四天後，支隊部軍服送來了，還送來我們消遣的兩副撲克牌，和兩副中國象棋。

軍服是八成新的舊品，不過漿燙得很平整。分發時是估量每人的身材，一套套由李胖子翻譯從大房送出交給每個人，拿到手時，他便說：「馬上穿起來，看看合不合身，不合身再挑換。」於是，大家就在屋子裡穿了起來。我的軍服最後發，是桂翻譯親自送到小屋來。他站在門口說：

「王，這套制服是新的，支隊長交代是給你的。」

我說聲「謝謝」，接過手丟在舖上。正在試穿的陳炎光聽說我軍服是新的，兩眼一愣，定定的瞅著；等桂翻譯走了，他立刻過來把我的軍服翻來翻去的看著。看了後，他便馬上脫下身上軍服拿到大屋去。不一會，他和朴翻譯一起來了。朴翻譯手裡拿著陳炎光的那套舊軍服對我說：

「王，你的制服可能不太合身，換給陳老大哥好不好？」

我說：「好吧，拿去。」命都保不住，這些身外之物有何足惜！

朴翻譯有點難爲情的把舊軍服交給我，走了。

陳炎光馬上取過我新軍服，大模大樣的穿了起來。穿好了，聳起肩，頭轉來旋去，左看看，又看看，雙手交替的抹抹袖管縐紋。

伍浩躺在自己舖位上，兩手枕著後腦勺，用鄙夷的眼光看著，看他。

8

大夥兒忙碌了一陣，剛整理完環境清潔，桂翻譯又叫我們趕快穿制服，準備迎接支隊長。亮底牌的時候到了——要求我們做敵後情報工作——我想。大家馬上拿出昨天發的服裝，到小屋來換穿。拉拉扯扯，都不大合身。昨天試穿時都沒人去換，只有這麼幾套軍服，又是舊的，乾淨能穿就好。陳炎光早已穿上從我給挑換去的那套新制服，光鮮亮麗。他的落腮鬍刮得光溜溜的，露出兩塊青綠色腮幫肉。現在他站在門口外，瞪著眼看大家擠在小屋內叫叫嚷嚷的穿衣服，一臉不高興。

大家不看他，不理睬。

穿好了，大夥兒互相當鏡子照照面，笑笑。孫利蹲了下來，從毯子底下摸出撲克牌：「來，我們打百分。」便和劉裕國，許家榮、樊魁幾個人圍坐舖上打起牌來。

張志昌和包清安也玩著翻棋子遊戲。

這時候，陳炎光忍不住說話了：

「你看，你看，剛整理好好內務又破壞了。」

「你叫什麼，等會拉兩下不是就好了嗎？」孫利說。

「支隊長來了，我們馬上恢復原狀。你去大屋吹牛去吧！」樊魁對他划兩下手。

「好吧，能夠弄好就好。」陳炎光說。

他正要走開時，大屋裡電話鈴聲響了。

大家從門口向大屋望去，見所長拿著電話筒講話，李胖子和朴翻譯站在一旁。所長放下話筒後，他們便走出大屋，步下石階。桂翻譯大聲的嚷著：

「支隊長從華川水庫支隊部出發了，六、七分鐘可到達，大家趕快準備集合。」前方支隊部是跟隨師團部，駐紮在華川水庫附近的山谷內，由支隊長親自坐鎮。副支隊長留守後方支隊部，駐春川，和第一所一起。

「是不是，快整理好。」陳炎光轉身對小屋裡叫。

大家立刻收起撲克牌、棋子，拉平毯子出小屋。朴翻譯對陳炎光喊著：

「陳老大哥，請你在這裡幫忙整理隊伍，所長和大家下山迎接。」

「沒問題，沒問題，你們走吧！這裡給我來。」陳炎光揮揮手說。

所長他們急忙下山坡去。陳炎光馬上喊口令整隊。大家從石階上小廣場入口起，按高低斜站成一排。陳炎光精神十足的來幾下「立正」、「稍息」、「向右看齊」、「敬禮」——山溝底下出現了一輛小吉普。

「來了，來了。現在不要動了。」

小及普沿著山谷彎彎曲曲的打幾個轉，到達了山腳底下停住了。車上跳下三、四個人。所長、桂、朴、李等翻譯馬上趨前敬禮。然後，他們便往山坡上來。支隊長走前，他戴著太陽鏡，腰背挺直，右手執著皮馬鞭前後甩動著。所長、翻譯、以及支隊部的行政課長，跛腳金中尉等跟隨後頭。

他們一行人上了小廣場，陳炎光聲音響亮的喊：「敬禮——」大家立正挺胸行注目禮。支隊長親切的和我們一一握手；握了手，便進大屋去。陳炎光喊了「禮畢」，也跟著去。大家解散回小屋。二、三分鐘後，胡銘新翻譯和陳炎光出來喊開會。大家馬上整理服裝去大屋。陳炎光站立在門口邊招呼大家：「快，脫鞋進去，快，快……」進了屋，成半弧形面對支隊長坐下。及至陳希忠上了石階到門口，陳炎光便轉身面向牆壁，提提領子，抹抹袖管。陳希忠好像故意的磨延一會才進屋。等陳希中進去了，陳炎光又轉過身來喊：「快，快，進去，脫鞋……」不過聲音小了些。大家都進了大屋，陳炎光最後才進來。他彎著身子行至金中尉背後，撥撥金中尉和坐在他旁邊的許家榮。他們挪動一下，騰出位子。陳炎光一面坐下，一面對坐在支隊長身旁的桂翻譯說：

「桂翻譯，請你替我向支隊長翻譯一下，好不好？」

「陳老大哥有什麼意見？」桂翻譯問。

「我想向支隊長分析這次戰役共產黨打敗戰的原因，他們根本在戰略戰術上犯大錯誤，窩囊廢！還有，假使這批小夥子讓我來指揮，情報工作保證做得好。」

陳希忠的臉一下子繃了起來，凝結得緊緊的，好像火藥庫要爆炸了的樣子。

大家也互相悄悄的交換眼色，實在沒想到他會毛遂自薦，連帶的把大夥兒也一起給賣掉了，太不自量！

陳炎光似乎沒發覺到大家的異樣。他一向對周遭環境反應遲鈍；這主要原因是由於他太自負，認爲自己見過世面，見識廣，目無「小子」，瞧不起人。

「好的，好的，陳老大請說。」桂翻譯連聲說。

陳炎光立即坐直身子，擺好發言架式。

就在這當兒，陳希忠按捺不住心頭怒火，牛脾氣發作了。他毫不客氣的，直率的駁斥他：

「我看你和我一樣，也是抱駕駛盤的，你有什麼本事來指揮大家？」

陳希忠的話，說到陳炎光心坎裡去，捅到了他的要害——陳炎光最不高興說他是開車的——他整個人像彈簧似的，一下子繃了起來，暴怒的對著陳希忠吼叫：

「你說什麼？你說什麼？我有我說話的權利，關你屁事，你不准我說話？我告訴你，這裡不是開門爭會，你以爲還在共產黨那邊，只有你可以說，沒有我說話的自由？」

陳希忠不是省油的燈，他也站了起來，指著陳炎光鼻子責問：

「你怎麼說都可以，但是，不要把我也包括進去。我問你，你憑什麼東西來指揮我？」

「我說了你什麼？說了你什麼？」陳炎光張牙的咆哮著。

他們倆「旁若無人」的，彼此面對面，眼睛對眼睛，鼻子對鼻子，像鬥雞似的一步步逼近，對峙著，叫吼著：「你以爲我怕你？你要怎麼樣？」「你也以爲我怕你，要把我吃掉？」「你憑什麼不給我說話？」「你也憑什麼指揮我？」……他們反覆的就是這些話，吵翻了半邊天。

大家勸他們不要在支隊長面前吵架出醜，這不但丟中國人的臉，也對支隊長不禮貌。有話大家下去好說。金昌煥和劉裕國攔著了陳希忠，叫他容忍。許家榮和張志昌拉住陳炎光，要他識大體。拉扯了好半天，好不容易才把他們勸了下來。不過，陳炎光仍然咬牙瞪眼，氣咻咻的。支隊長聽不懂中國話，不知道這兩個中國「活寶」吵得臉紅脖子粗到底爲了什麼。他不但沒有露出慍色，反而覺得好笑有趣。他問桂翻譯什麼事，桂翻譯說了。支隊長由桂翻譯替他翻譯，笑笑的說：

「可以說，可以說，支隊長非常歡迎。你們這次戰役經過，以及在共產黨那邊所見所聞，都是最寶貴的情報資料，支隊長最喜歡聽。支隊長相信你們有十分豐富的內容，動人的見聞，歡迎你們提供，歡迎你們說。」

這一回合，陳炎光好像佔了上風，有了面子，不過他正在氣頭上，低頭不語。

火暴場面，一下子冷靜了下來。沈寂了一會，朴翻譯說：

「陳老大哥，支隊長說了，非常歡迎大家提供資料，現在你就說吧！大家都是好朋友，吵什麼呢？」

陳炎光不響。

許家榮搖搖他的臂膀：

「說嘛！現在要你說，你又不說。」

陳炎光撥開許家榮的手：

「我不。」

在支隊長面前，會場不能太冷淡。所長、桂翻譯們，靜默得有些難受，有些著急。挨延了一會，桂翻譯說：

「好了，那陳老大哥等會來，別人先發表，希望大家踴躍發言。」

大家頭都垂了下來。桂翻譯和朴翻譯眼睛掃來掃去的找人，催促著。叫張志昌、許志斌，他們都顯得有點忸怩，搖搖頭。樊魁和伍浩，劉裕國也推讓。孫利抬著眼，笑咪咪看這看那的。桂翻譯對他喊：

「孫，你先來好不好？」

「我？」孫利手指著自己。「我說什麼？」

「支隊長說了，你們在共產黨那邊所見所聞，都歡迎提供出來。這些都是好情報。」

孫利喜歡表現，就想露一手的樣子。他稍拖拉一會說：「好的，好的，我先來。」便絮絮叨叨的開講了：「我說在瀋陽車站見到的那列非常高級漂亮的天藍色列車——在我們部隊出發『抗美援朝』坐火車出山海關，到達瀋陽時，天剛亮。火車一停，這時候迎面也開來了一列火車，進站後和我們列車只隔三四十公尺並排停著。列車上立刻下來了百把個人，原來他們都是打韓戰受傷的彩號，斷腿斷手的，有的臉孔給燃燒彈燒塌了鼻子，沒有耳朵，沒有肉，好像痲瘋病人。每一個彩號，都有美麗的護士小姐陪伴著。他們熟識的向我們列車走來，開口就說他們是打韓戰為人民犧牲流血回來的，又說他們打了大勝仗，把『美帝』打得落花流水；後來他們受傷了，人民給他們接回祖國治療照顧，現在他們就要下江南遊杭州西湖去。大家聽了心裡熱呼呼的好興奮！再看看旁邊又有美麗體貼的護士小姐陪著，格老子，安逸疼了！就是沒了一條腿也划得來！可是，過了鴨綠江後，我聽到許多戰士說，他們也都看到了那列天藍色列車。龜兒子，這時候我才知道共產黨耍手腕，騙人。」他一壁說，一壁眼神不時的對支隊長他們溜著。

「哼，你才知道騙人？」還在生氣的陳炎光，一等孫利說完，響著鼻子接話。「我告訴你，我在瀋陽火車站也看到了那列火車。我一眼就把共產黨狐狸尾巴看出來了。那些送回去的彩號也不過是極少數的老幹部、老黨員而已，專門做宣傳的。你想，就是斷了兩條腿也甭想好事。見到女人，腿就酥了。」

孫立給說得有點窘，扁著嘴笑。他個子瘦小，像猴子。

支隊長笑笑的點頭。

「好，現在誰來？」桂翻譯又叫。

大家你看我，我看你的沒作聲。稍猶豫一晌，許家榮和孫大田先後都舉了下手。桂翻譯對許家榮指了指，說：

「許，你先來。」

許家榮講吃豆的故事。他說：「有一次我們部隊向朝鮮百姓要糧沒要到，只要到一袋豆子回來煮了吃。到了晚上行軍，豆子在肚子裡鬧革命——拉肚。有人報告要下去解大便。指導員罵：『媽的，剛出發就解大便，想開溜。』可是，有大便不能不給他下去拉，所以派『進步』分子站崗，看著他拉，拉完了跟上隊伍。後來拉肚的人越來越多，『進步』分子不夠分配，指導員大傷腦筋。完了。」

支隊長聽了開心的笑。所長、朴、李翻譯，行政課長等也跟著笑，邊笑邊望著我，大概又是笑我吃韓國山上野草，喝北漢江的水了。

「還有夜盲才可憐！」陳炎光補充：「戰士們營養太差，許多患夜盲症夜間沒辦法跟著隊伍行軍，另外編個小隊，派人用繩子拴住牽著走。帶隊的走在前頭大聲的叫喊：有水坑，腳抬高……好像湘西趕屍似的，慘透了！」

「人數有多少？」桂翻譯問。

「一個連大約有七、八人。」

支隊長「嗯嗯」的點頭。

孫大田又舉了下手，說：

「現在我來。」

「好，你說。」桂翻譯說。

「我也是說吃的。」他放開破鑼似的嗓門說著：「不過我從過鴨綠江沒餓過肚子，不但吃得飽，還吃得好。我們部隊是大車連，車上載的除了彈藥外，還裝得滿車的大米、鹹魚、牛肉乾。我們一路走一路吃。一天牲口給特務打死了，我們還吃騾子肉，吃了一兩天。我說的完了，謝謝。」

「你們是在哪裡遭到特務襲擊？」支隊長問。

孫大田拍拍額頭，想了想：

「安州。那天夜晚車隊經過隘口，特務從山上開火，是卡賓槍。」

「有多少人？」

「部隊去抓時，他們都跑了。從槍聲判斷可能有三、四人。」

「你們彈藥、糧食是從哪裡領的？」

「安東，供給自己單位使用。」

「過江後有沒有領到補給？」

「沒有。」

「北韓特務好多！遍地都是。」陳炎光說，手掃了一下。「夜間行軍飛機一來，地面到處放信號彈對空聯絡，好嚇人！」

「有沒有被破獲？」桂和朴翻譯問。

「沒有，沒聽說過。」

樊魁很快的也舉下手，說：

「我問一個問題：我們在共產黨那邊聽指導員說，台灣派白崇禧帶軍隊參加韓戰，有沒有這回事？」

「是的，是的，我也聽指導員說，台灣派軍隊參加打仗。」小王斌跟著說，結結巴巴的。「他說『美帝』要打過鴨綠江佔據東北，所以我們要出兵『抗美援朝』，保護鬥爭勝利果實。」

「沒有，台灣沒有派軍參戰。」桂翻譯說。

「空軍有。打平壤的時候，我見到聯軍飛機翅膀下有你們青天白日的國徽。」朴和李胖子翻譯說。

「早期韓戰台灣可能派空軍參加。」支隊長說：「因爲韓戰是北韓勞動黨發動的，我們大韓民國軍隊和美軍都措手不及，所以早期台灣派空軍支援，運送軍隊，彈藥是可能的，現在沒有。」

「應當讓台灣參戰！這是聯軍當局最大失策。」陳炎光拳頭重重的對空氣一擊，感慨的說。

張志昌也提出一個問題：

「我們在共產黨那邊就聽說，過來後可以到台灣，到底有沒有這回事？」

大家精神都提了起來，注視著桂翻譯和支隊長他們。

「沒有，沒有。」桂翻譯搖下頭連聲說。

「這是日內瓦戰俘公約規定，不能把你們送去台灣。」朴翻譯說。

「那將來呢？」劉裕國問。

「將來也許可以，很難說。」桂翻譯說，他見談到忌諱上去，馬上轉變話鋒：「來，誰還沒有發言？」

大家有一短暫的緘默。

桂翻譯急催著：

「快，誰來？」

孫大田頭轉來轉去，左看看，右看看的。

「小包來，小包還沒說。」他對坐在他旁邊的包清安膝蓋頭拍了下。

「對，小王斌都發言了，小包也要說。」桂翻譯說。

「我說什麼？」包清安抓抓小腦袋，他年紀最小，大家都叫他小包。

「隨便，你想說什麼，就說什麼。」桂翻譯說。

小包眨眨眼睛，想了一會，說：

「那我說『破坦克』好不好？」

「好的，好的。」

「好，我說。」小包點了下小腦袋，乖順的說。「我說我們部隊有次在山溝理休息整補的時候，指導員叫大家開討論會，討論如何『破坦克』。大家熱烈的發言，有的人說在公路上埋地雷；有的說用火箭筒、無座力砲打；有的說在公路旁挖個坑，人藏裡面，坦克開過來時用炸藥，或手雷扔過去；有的說拿一跟鐵條，偷偷的爬到坦克跟前，把鐵條插進鐵帶裡去，坦克就開不動了；有的說抱『鋪蓋』去——」

「拿『撲克』去？撲克怎麼破坦克？」桂翻譯疑惑的問，他把「鋪蓋」聽作「撲克」。

陳炎光也傻了眼，直瞪著小包：

「什麼『撲克』？我在共產黨那邊從來沒聽過這種武器。」

「不是打牌的撲克，是『鋪蓋』——棉被。」包清安說。

「哦，我知道了，我知道了。」陳炎光恍然大悟的叫了起來。「他是說把棉被抱去鋪在公路上，坦克開過去，棉被就會捲進履帶裡去，坦克就開不動了，是不是？這死腦袋就相信共產黨騙人鬼話，說『美帝』什麼紙老虎，光嚇唬人。人家紙老虎難道坦克也是馬糞紙造的？你去摸過沒有，人家坦克是什麼打造的？那麼容易給你破掉？長著腦袋不去思想，我看你比畜生都不如，小小傢伙光出歪點子！」陳炎光惡毒的訓斥，生大氣，氣在支隊長面前給小包難倒了，沒面子。

支隊長和所長，翻譯們呵呵大笑。

「有意思，有意思，土八路土辦法眞多！」

包清安被訓得不敢作聲，光翻著兩隻黑白大眼睛，噘著嘴。大家對他看著看著，又覺得好笑。

「小包乖，每天都在廚房幫阿珠姆妮做飯。」朴翻譯說，哄他。

「這都是中共產黨宣傳的毒。」陳炎光厲聲的說：「說什麼美國工人鬧革命，砲彈裡裝砂，砲彈打出去不會爆炸。你見過哪顆砲彈打來沒有爆炸？爆炸得把你屎尿都嚇出來！我看你腦袋裡才裝砂，小孩子隨便說話！」

「好了，好了，陳老大哥，不要罵他了。」桂翻譯說：「現在誰來？伍、你還沒有發言，你一定資料也很多。」他對伍浩努下嘴。

伍浩談了共產黨的報紙。

他說他們部隊從四川出發時，有的同學用報紙包饅頭，準備帶在路上吃，給幹部看到了，馬上命令把所有報紙收繳去，不准帶。誰帶報紙誰就要受到嚴厲批評。大家都覺得奇怪，不知道爲什麼帶報紙會有這麼嚴重。後來部隊到了華北老解放區，看到那裡遍地是討飯的乞丐，大家才明白什麼原因了；要是把在四川「川西人民日報」上登載的老解放區沒有窮人，沒有飢餓，人民過著自由富足的生活的那些報紙，帶到老解放區去，那要鬧出天大的大笑話！

「所以共產黨報紙有嚴格區域限制的：西南的報紙，只能在西南流行，不准帶出區外去；其他地區如西北，華北、華南、東北等，都不能隨便帶來帶去。否則，謊言就被揭穿。共產黨報紙主要目的是宣傳，不是報導新聞。」伍浩說。

「我們到老解放區看到好多乞丐！一群一群的。」劉裕國說，比畫下手勢。「大多數是小孩，十一、二歲大，背著籃子。我們部隊開飯，他們就來，伸手向我們要吃的。老百姓都窮，討不到飯。」

「共產黨和北韓勞動黨一樣，靠宣傳欺騙起家的。」桂翻譯說：「現在誰沒發言，快！」

「差不多啦！不要談了！」張志昌和樊魁聲音懶懶的說。

「好的，最後再來一、兩位就結束。陳。」桂翻譯對陳希忠喊：「你是開車的，對倉庫，補給站知道得比較清楚，請你也發表一下，支隊長非常重視這方面情報。」

「我車子開過鴨綠江不到一星期就遭飛機炸掉了，背著背包乾糧跟隊伍走，指導員說到前方搶老美的車子開。到了前方，我就跑了過來。」陳希忠說。

「你知道不知道哪裡有倉庫？」

「聽說在三登有大倉庫，給聯軍飛機轟炸過。」

「沿途汽車如何防空？」支隊長問。

「沿線有汽車防空洞。」陳希忠說：「夜間行軍，白天車子就開進防空洞掩蔽。防空洞就挖在公路沿線附近，不過也難躲藏，因爲沿線所有城市，村莊、森林全遭飛機炸毀燒光，很容易被發現。很多車輛停在防空洞內被炸掉。我車子是在夜間飛機來投炸彈時，栽到路旁田裡去。」

陳炎光一氣不吭，眼睛盯著跟前榻榻米上。

「王，你都沒發言。」桂翻譯指了下我。「支隊長說，請你也談談。」

「王，你談談共產黨打韓戰，和過去在大陸作戰方式有什麼不同。」支隊長說。

「有點差別。」我說。

「說說看。」

「韓戰有三多：飛機、坦克、大砲。環境不同。」

「共產黨打仗就是那一套：人海戰術、麻雀戰、衝呀，殺呀！」陳炎光說。

「是的，共產黨認為物質決定思維；環境變了，當然作戰方式也跟著變。你說看他們怎麼變？」支隊長說，看樣子他涉獵過些共產黨理論。

「他們以眼前的環境，訂下了作戰的戰術原則。」我淡淡的說。

「什麼原則？」

「攻擊時前重後輕，防禦時前輕後重。」

「你詳細的說說。」

「攻擊時，部隊盡量運動到接近聯軍陣地附近，使聯軍飛機，重砲無法分清目標，發揮作用；同時利用夜間作戰，減低聯軍優越的武器性能。防禦時前輕後重：把重兵力往後拉，拉出聯軍重砲射程以外，減低傷亡；而前頭，僅放少許兵力，有山頭有人，一個班或一個組，消耗聯軍戰力，以空間換取時間，作另一次大戰役準備。共產黨沒有個人英雄主義，所以他們在韓戰創造了一個新名詞：『孤單英雄』，鼓勵戰士們要當孤單英雄，孤孤單單的守住山頭。」

支隊長點點頭。

「這簡直是餿主意。」陳炎光立即表示意見：「這次戰役就是把大部隊滾到前頭去，打了敗仗出不來，都當了俘虜。假使給我指揮，我就不是這種打法。」

支隊長也點下頭。

同時，他向桂翻譯做個結束的手勢。

「好了，我們就談到這裡。」桂翻譯說。然後，他告訴我們這次戰役已接近尾聲，聯軍大勝，共俘獲共軍七千餘人，其中L師團就俘獲了六千餘。「我們L師團是王牌師團。」他得意的說。然後，他又說了一堆大道哩，什麼中韓一家啦，唇亡齒寒啦，共產黨是我們共同敵人啦等等。然後，談到了正題，希望我協助L師團作敵後情報工作。

「支隊長說，你們做完三次工作，就送你們去台灣。」桂翻譯說。

大家沒有作多餘的推辭——顯然拒絕是不可能的，用沈默表示接受與無奈。

陳炎光注視著支隊長對所長講話，大概又要提出什麼問題了。支隊長看著手裡本子，右手食指一下一下的輕敲著茶几邊沿，一項項的對所長有所指示。李以文在旁紀錄。當支隊長合上本子交給行政課長時，陳炎光馬上舉起手說：

「請問支隊長，我們工作怎麼做？」

「我們做的是戰術情報，從第一線出發，深入敵後一、二百里後，一路蒐集情報回來。」

「那用什麼武器、裝備？還有，如何化裝，跟蹤、盯梢、擒拿……」陳炎光愈說愈複雜。

「和你們過去共軍一樣。」支隊長簡單的回答，起立離座——他意思說以我們過去的「眞共軍」，欺騙敵人，進行工作。

「支隊長很忙，馬上要回支隊部。現在大家到外面集合歡送。」桂翻譯說。

大家出大屋按原隊形站立。支隊長從我們面前走過，揮揮手步下石階下山坡。所長、桂、朴、李胖子、以及李以文，胡銘新等翻譯陪送下山。陳炎光把隊伍解散了也跟去。

大家佇立在小廣場前往下望著。等他們走遠了，陳希中氣火的說：

「你們說這個馬屁精氣不氣人？我們想推都推不掉，他還怕這個『殺頭差事』做不成，兜著來。」

「他就是這個樣子，和他吵什麼嘛，多難爲情！」許家榮說。

「你們不曉得，我對他太了解了！」陳希忠拉高嗓門的說。「我和他十年前在印度藍姆伽學駕駛時就認識的；既吹牛，說大話、還要管人、訓人。我說個吹牛大笑話給你們聽：他說他過去在東北瀋陽常去張作霖大帥府走動。那時候張學良還小，他常抱著他玩。張學良還在他身上撒尿，給他拍幾巴掌屁股。你說他吹牛吹得有板有調沒有？」

「這太離譜了，太離譜了。」伍浩發笑了起來。「人家民國二十年『九一八』事變，張學良已經二十七、八歲了。他今年幾歲？現在是民國四十年，他四十一、二歲；民國二十年，他也不過二十來歲。吹牛不打草稿，笑話，笑話！」

「他年紀這麼大了，怎麼會被選來？」孫利問。

「是他自己要來。」陳希忠帶氣的說：「韓國軍人員說叫我們去審問情報。他說情報他最懂，問他就可以了，一定要來。還說小包，」他指了指包清安。「這小孩懂得什麼？只會吃炒麵！」

「不要說了，上來了。」劉裕國小聲的說。「給聽到了又不好。」

所長、桂、朴、李以文、胡銘新等翻譯，一個跟一個的上山坡來。陳炎光傴著背，頭仰得高高的往上望著，向大家望著。

大家都進小屋去。孫大田和孫利，小王斌到廚房幫阿珠姆妮做飯去。

所長他們上了小廣場，逕進大屋去。陳炎光臉沈沈的，對小屋子瞪著，也跟著進大屋。走在後頭的桂翻譯對大家嚷著：

「大家再來一下，事情沒有完。」

大夥兒進大屋去，所長手向下拍拍：

「大家大大的坐，大大的坐，大大的有事。」

大家坐定後，桂翻譯說：

「剛才支隊長臨走時，交代馬上要派兩組人員出去工作。你們看誰願意先去。」

大家默不作聲，垂著頭。

「兩組要多少人？」陳炎光問。

「每組一人也可以，兩人也可以，你們自己找合得來的一起去。」桂翻譯說。

「那誰願意去，快說。」陳炎光對大家催促著。「我告訴你們，現在共產黨正在退卻的時候，混水好摸魚，最安全。反正每個人要做三次，三次完就送你們去台灣。」

「趁共軍撤退過去最理想。」我也說。

仍然沒人反應。陳希忠故意的別開臉，不理睬。

「快，不要拖拖拉拉。」陳炎光叫著。「許志斌，你怎麼樣？」

許志斌稍遲疑一會，說：「我去可以，但我一人去會害怕。」

「那你要和誰去？金昌煥，你搭配許志斌去怎樣？」

「我？好吧。」金昌煥沒表情的說。

「好，那你們兩個解決了。」

另一組陳炎光撮合了劉裕國和包清安。他似乎專挑軟的吃；金昌煥和許志斌，包清安好商量，不會推辭，更不會給他顏色看。

「桂翻譯，那什麼時後出發？」陳炎光問。

「吃了飯就出發，支隊部會派車來接。」桂翻譯說：「到達前方ＯＰ了解情況後，再決定今晚或明早，分別從山路和江邊過去。」（前方OP：步哨所。）

「前方OP在那裡？」

「在北漢江邊，我們支隊部第三聯絡所有一個班駐紮那裡。我們所裡李歪嘴和朴翻譯，也在那裡專門接待你們。你們有問題可和他們商量。」

「那好，就這樣解決了，沒事了。」陳炎光說，輕鬆的兩手往上一掀，好像扔掉什麼東西似的。

「還有，」桂翻譯說：「我們任務是蒐集共軍兵力，裝備、補給、番號、士氣、以及流行疾病等。」

「凡是你們在敵後所看到、聽到的，回來都要報告，很簡單。」陳炎光手又掀了一下。

我覺得他們處理事情太草率粗糙，有許多問題必須仔細研討。我說：

「桂翻譯，就這樣派出去，假使遇到對方盤問如何應付？應當事先互相協調好才對。」

桂翻譯「哦哦」兩聲話沒說出，陳炎光搶著說：

「很簡單，金昌煥扮班長，或組長，許志斌班兵。另一組，劉裕國也當班組長，小包當小民兵。我都計畫好了，等會再教他們怎麼做。」

「以後去工作要編『假故事』。」我說：「現在共軍還在潰退，最好用自己過去在共軍的眞身分，扮演部隊打垮退下的，遇到盤問，哪一軍，哪一師，哪一團，營長、連長、指導員等是誰，實話告訴他們。只有你自己不說出是派過來做情報的，共產黨沒辦法說你是特務。假使編假的，兩人話說不一樣，馬上露出馬腳。就是沒碰上盤問，自己心理壓力也大，老是想是做情報的，是個——」我沒把「美帝特務」說出來，怕會把他們嚇住。

劉裕國和金昌煥十分同意我的意見，似乎這辦法增添了不少他們的信心與勇氣。李以文將我的話翻譯給所長聽，他不停的搗著頭說：

「大大的對，大大的好。」

「那現在戰役已經結束，你說是部隊打垮下來的，他們會相信嗎？」陳炎光說。

「這沒關係。」劉裕國非常自信的說：「我們可說部隊打垮後，躲在山溝裡幾天溜回來的。」

「那你們兩個不同單位，他們會不會懷疑？」

「我們可說路上遇到，大家結伴走。」劉裕國和金昌煥說。

「好吧，那你們去試試看。」陳炎光說。

快午餐了，我免強的又提出個意見：

「桂翻譯，是不是先派一組出去，等三、四天回來將工作檢討改正後，再派出另一組，比較妥當。」

「這是支隊長命令，現在上級急著向我們要情報，所以才派兩組出去。」桂翻譯說。

「作戰要爭取時間，那能等著一組回來，一組去？」陳炎光說。

我已決定去敵後工作，根本不想待在L師團圖好事。我擔心的是他們出了事，後續工作將更艱難，更殘酷。所以，我說：

「桂翻譯，今後如果派遣兩組出去工作，最好時間上稍錯開，先出去一組，幾小時後再派出另一組。後去的那組必須保密，不讓前去的那組知道，這樣對安全較有幫助。」

「應當錯開，不然有一組出事，供出情報怎麼辦？」伍浩說。

「好的，好的，你們建議我們會考慮研究。放心。」桂翻譯說，油滑的應付。

我看出他們缺乏思考能力、經驗；顧面子，不願接受意見；對人命毫不關心，反正犧牲的是別人的生命。

午飯後，劉裕國、金昌煥他們兩組開始著裝，準備動身。他們換上共軍服裝，劉裕國和金昌煥各攜帶卡賓槍與蘇聯造衝鋒槍，許志斌和小包徒手。每人帶一大半袋炒麵與水壺、雨衣。所長並發給他們每人一張識別證：一公分見方大，上面印著髮絲般的韓文，準備返回韓軍陣地時做證明身分用的。大家認為放在身上太危險，不用。著裝完畢，支隊部小吉普已開來，大家送他們下山，由胡銘新護送，登車出發了。

9

陳炎光和樊魁、許家榮、張志昌幾個人，湊合在一起打撲克牌，輸贏賭刮鼻子。他們叫叫嚷嚷的，鼻子刮重了，輕了，吵個不休。

我坐自己鋪上玩開「金山」遊戲。

學會開「金山」，是陳炎光教我的。

在我們十幾人中，不會玩撲克牌的，只有孫大田、王斌、小包、和我。陳炎光見我無所事事，悶得慌，他說：

「我教你找些事做，時間就容易打發過去。」

陳炎光涉世深，見過世面。他跟隨東北軍退入關內，走遍大江南北，參加過洪幫，遠征緬甸；對吃、喝、玩、樂都有一手，單就撲克牌就會玩出十幾種花樣來。他教我打梭哈、百份，我不學。我喜歡開「金山」，開「財」，耍三張牌等玩意兒；因為這些牌戲不費腦筋，又可消磨時間——我怕花腦筋。

開「金山」和開「財」遊戲規則類似。開「金山」，是把牌排成「金」字型，頂上一張，下方壓上二張、三張、四張……最後剩下七張牌亮開。然後，從「金山」下層的牌，一張張翻開，和所有亮開的牌找對，有對的牌就撿起，沒有對的仍壓原位；如果打開的牌找不到對的牌，那被壓的牌就不能翻開，「金山」就打不開了。開「財」，是把每兩張疊在一起的牌，排成「財」字，剩下十張牌亮開。然後，從「財」的右下方，循序把上面的牌翻開，和所有亮開的牌找對，沒找到對的仍壓在原位；要是上面牌都翻開了找不到對的，和「金山」一樣，就算打不開了。這種遊戲打開的或然率很低，但副挑戰性，使你玩了一次又一次，讓時光不知不覺的從手底悄悄溜走。

要三張牌訣竅都在右手中，拇指和無名指，把控住的兩張重疊的任何一張牌，隨意的甩出檯面，使你看不出破綻。

開「金山」和開「財」靠運氣；要三張牌，全依賴手法熟練靈活。

陳炎光還教我幾手魔術表演的玩意。有一種是把一副牌攏在一起，很快的又拉開，拉到約八、九十公分長，每張牌幾乎等距離，而後又合攏疊在一起；這樣一拉一合，收放自如，像條彈簧鍊似的。這一招我始終學不會，往往拉到一半，就有幾張牌掉了下來。

有時陳炎光也和我下象棋指導棋，不過他的棋藝沒有我高明，反給我殺得大敗，輸了一盤又一盤。他個性強，輸了棋心裡老不痛快，一定要報復，扭著我要和他下韓國棋比高下。韓國棋和中國象棋一模一樣，只是下法稍有不同而已：卒子過河走步不受限制；士、相可横直走；馬也可以直走。我對這種規則下不慣，不小心子就給吃掉。他赢了棋呵呵的笑，高興了。我以爲他耍我手腕，隨便說什麼韓國棋來哄人。後來看他和金昌煥、朴翻譯他們下，才相信他眞的會下韓國棋。到底他哪裡學來的，我倒沒問他。

開了三次「金山」，都沒打開，我改開「財」。開了一半，大屋裡忽然哄了起來，所長和桂、朴、李胖子等翻譯，歡天喜地的跑出大屋到小廣場來，大聲的嚷著：

「劉和小包，大大的回來！」

「劉他們都平安的回來啦！」

大家立刻丟下牌跑出去。陳希忠和孫大田、王斌也從廚房那邊跑了出來。

「他們現在人在哪裡？」大家問。

「在前方OP，剛到達。」桂翻譯說。

「是吧，我早說了，沒問題就是沒問題。」陳炎光得意的說。

「是的，是的。」桂翻譯說。

「還有金昌煥，許志斌呢？」

「金昌煥他們馬上也會回來，死不了，放心！嘿，嘿！」胡銘新快嘴的說。

李以文臉帶慍色的對胡銘新瞪眼：

「老胡，你胡說什麼？」

「嘿，嘿！對不起，對不起！我太高興了！」

「金昌煥和許志斌也絕對沒問題。」陳炎光十分把握的說；「我可以向你們保證。」

「是的，是的，陳老大哥說的非常準確。」朴翻譯恭維的說。

「他們什麼時候會回聯絡所？」張志昌和孫利問。

「很快，我們馬上打電話通知支隊部派車去接。」桂翻譯說。

所長他們在小廣場待了一會，便進大屋去。陳炎光晃著腦袋，哼著京調兒「歎楊家，秉忠心，大宋扶保衛國家……」和許家榮、樊魁、張志昌又回小屋打起撲克牌。我興奮了一陣，不再開「金山」了，坐在自己舖位上看陳希忠和小王斌玩翻棋子遊戲。

朴翻譯站立在小屋門口，兩手撫在門旁，看大家玩牌。陳炎光轉過頭說：

「朴翻譯，我說了，金昌煥和許志斌馬上也就會回來，你信不信？」

「一定，一定，絕對沒問題。」朴翻譯連聲說。

「進來坐吧。」

「站這裡就好。」朴翻譯說，他比起所長、桂翻譯他們，似乎對我們較爲親切、熱情。

「小包你別看他年紀小，精得很。」陳炎光說

「是的，是的，看得出來。」

「小王！」陳炎光對王斌高聲的喊。

「你叫我做什麼？」王斌停下手裡棋子。

「下次我派你化妝成小通訊員出去工作，聽到沒有？」陳炎光喜歡出點子，炫耀他辦法多，有本事。

「我？那我和誰去？」

「對，」張志昌叫著。「小王當通訊員，老孫當政委，再好也沒有了。」

孫大田坐在小王斌背後看玩棋子，看得出神。

陳炎光眼睛盯著牌。半晌，他沒好氣的朝孫大田瞄了一眼說：

「你在這裡做什麼，還不趕快去廚房做飯？」

「我負責烤牛肉，牛肉切片浸在作料裡，現在沒事。」孫大田說。

「沒有事，也不要待在這裡。」陳炎光猶豫一會，打下一張牌。「他怎麼能當政委，當伙夫頭差不多。」

孫大田聽得很不高興，咕噥著：「你這人怎麼這樣說話？我做飯給你吃，你還要說這種話挖苦我。」——他平時嘴巴喳喳呼呼，饒舌；但受到委屈總是顯得可憐相，不與人爭，不計較。

「那你要想當什麼？你是大車連排長，整天跟在馬屁股後頭趕大車，想當政委像嗎？」陳炎光粗聲的說。

孫大田心裡不痛快，頂撞他：

「你別瞧不起人家。你以爲只有你會開車？我照樣也會。」

一說到開車，又戳到了陳炎光的要害，他不作聲了，注意的看牌打牌。

「是的，孫大田不錯，還會補輪胎。」朴翻譯誇獎的說：「他剛過來時，我們支隊部輪胎都是他補的。」

「你以前是大車連，怎麼會開汽車？」陳希忠似乎故意的撩撥，眼梢溜了下陳炎光。

「我是在南京學的。」

「乖乖隆叮咚，跑到那麼大地方去學！」樊魁和張志昌發笑起來。

「是駕駛訓練所？」我問。

「不是啦，那時候我們部隊駐紮南京。」孫大田聲調緩緩的，低沈的說：「教我開的是××黨老兵，他是××黨運輸團班長。我告訴你們，人家開車技術棒得很！十幾個雞蛋排在馬路上，他開車過去，一個也不會軋破。人家開車從來還都不用喇叭。」

「不按喇叭？那南京城裡那麼多人，不會撞死人？」張志昌叫著。

「人家用嘴巴做喇叭，聲音叫出來和喇叭一模一樣，我怎麼學都學不像。後來他用兩匹馬拉著汽車在街上跑，就沒再教我了。」

「怎麼用馬拉汽車？」陳希忠給說得糊塗了。「你到底說的是馬車還是汽車？」

「當然是汽車。」孫大田說：「人家因爲得了神經病，精神錯亂了，用馬拉著汽車跑。」

大夥兒都靜了下來，默不作聲了。陳希忠和樊魁、張志昌他們臉上的戲謔笑痕，立刻也消失了。

大家彷彿又回到過去那「大刀向日本鬼子頭上砍去」的流血拚命，最容易引起人們回憶與感情的，國家民族苦難的歲月裡。那時候，大家吃糙米，穿草鞋；但大家吃苦，並不痛苦。大家前仆後繼，一條命殺鬼子。這對出身際遇不同的孫大田，感受當然是不同的。對朴翻譯，他更覺察體會不到。

「很可惜，」稍頓，孫大田又說了下去。「老班長得神經病後就沒再教我了。我本來可從他那裡學到很多很多東西。人家本事高強；一輛汽車拆開了，又可合起來。我補輪胎就是他教的。」他說了後，默默的坐著看著玩棋子。

久久，久久，陳炎光問：

「那以後呢？」

「以後我參加『抗美援朝』了。老班怎麼樣，我就不知道了。他對我說過，他老家是在江北，可能回他家鄉去了。」

小屋裡又沈寂了下來，他們打牌，輸牌刮鼻子，沒再吵叫，沒半點聲息。

驀然，大屋內的電話鈴又響了。朴翻譯別過臉望了下，說：

「金昌煥和許回來了。」

所長和桂、李胖子、李以文翻譯，從屋內叫嚷的又跑了出來。

大家都到小廣場等候著劉裕國、金昌煥等他們回來。

半小時後，一輛小吉普從大山那邊松林間，忽隱忽顯的盤旋而下，到了山腳下，停住了。車上跳下劉裕國、金昌煥、小包、許志斌四個人。

他們向山坡上來，老遠的便招手：

「大家好！我們回來了！」

「安全得很，什麼事也沒有。」

劉裕國、金昌煥他們兩組在山上共待了四天三夜。劉裕國和小包的目的地是東大登里，來回路程約一百一十里，金昌煥和許志斌是去大澗谷，來回約一百三十里。這是聯絡所初次工作，全部人員安全返回，給了大家極大的鼓舞與信心。所長、桂翻譯他們樂透了。

他們去大屋報了情報，回房間拿了內衣褲到山澗洗澡去。伍浩一人坐在小屋後的大岩上喊我，我過去，在他面前舂米的木杵上坐下。

「北山，他們回來了，我打算出去工作。」他說。

「你考慮好了？」

「我決定了。」伍浩說：「現在共軍還在退卻的時候，越快去越好，反正總得去三趟。」

伍浩個性一向開朗、樂觀，自從我把聯絡所眞相告訴他後，他一直沈默、憂愁，也少和大家玩牌下棋。我了解他內心的痛苦；經過這天翻地覆的大變局，心靈的打擊實在太大了！尤其遭受折磨的人，創痛至深，一時難以平復；所以他們反共，但也恐共，這一類人太多，不僅伍浩。

「你準備和誰一起去？」我問。

「我自己一個人去，我對自己有信心。兩個人去危險，遇到盤問很容易出事。」

「對的，自己一人去比較安全——劉裕國他們在那裡洗澡。」我指著五、六十公尺外的山澗說。

「你現在過去向他們瞭解情況，我在這裡等你。」

伍浩去了；十多分鐘後回來了。

「沒有什麼問題。」他說：「劉裕國和小包是從北漢江邊過去，去回都沒遇到人。金昌煥和許志斌走山路，經過幾處共軍陣地盤問後才放行，還遇到幾個撤退的共軍，所以他們到達大澗谷後，出谷口沿江邊經東大登里，循劉裕國他們走的路線回來，不敢走原路。」

「江邊是死角地帶，比較安全：走山路必定要經過共軍陣地。」我說。

「當然，我決定盡量避免走山路。」

下午三點多鐘，大屋電話鈴叮鈴叮的又響了。大家都向大屋望去。現在我們對電話鈴聲特別敏感，距離十來多公尺，他們在電話裡大聲說話隱約可聽的到。金昌煥是北韓人，能夠「破密」。

所長在接電話。當他放下話筒和桂翻譯說了什麼後，桂翻譯便出大屋告訴我們支隊部工作命令來了，等會要開會。

「不用開了，我去。」伍浩說。

「怎麼不要開？也不是只你一個人的事。」陳炎光說。

「是的，是的。」桂翻譯說：「我們還有別的事情。」

晚飯後，大夥兒去山澗洗了澡，到小屋後面大岩石上納涼、閒聊。天色漸黑，「嘭嘭」的砲彈出口聲又濃密了起來，彈頭「嘘嘘」的從我們頭頂上空掠過，五、六秒後，又從前方傳回「轟隆隆」的爆炸聲，震撼得天搖地動。聊到了七點多，李胖子翻譯站在大屋走廊上大聲的叫喊：

「喂！大家來開會。」

大屋頂上，掛著一盞乾電池燈，照得滿屋子通亮。大家進屋坐定後，所長先說話了，他說了許多大大的：大家大大的回來，大大的平安，情報大大的有，支隊長大大的高興……接著，桂翻譯問伍浩：

「伍，你是不是決定了？」

「我去。」伍浩點下頭說。

「你和誰一起去？」

「我自己一人去。」

「好，就這麼決定了。」

「還有一組呢?」陳炎光問。

「現在只要一組去,等支隊部命令來再派。」桂翻譯說。

「桂翻譯,請你替我向所長翻譯一下。」陳炎光說:「以後派遣工作,是不是多派幾個人去,反而安全,而且也方便搜集情報。」

「我不同意。」孫利立即反對。「龜兒子,弄不好一網打盡,那我們聯絡所馬上要關門。」

大家給他說得笑了。

陳炎光馬上板下臉訓斥他:

「你這鳥嘴說點吉利話好不好?我問你,你在共產黨那邊丟過隊沒有?你見過那些個別丟隊的人被扭住盤問沒有?你現在是『美帝特務』,你一個兩個去,如果被盤問如何過關?如果你不去接近敵人,你如何搜集情報?」陳炎光提出一連串問題,孫利被問得不敢吭聲,抓抓頭皮傻笑。「桂翻譯,」陳炎光朝著他喊:「我的意思是我們派七、八個人去,在敵人後方成一路縱隊行軍,像個隊伍,不但共產黨不會懷疑,還可以把那些丟隊戰士攔住盤問情報,萬一有情況,我們可利用夜間掩護逃入山區躲藏,等機會溜回。這辦法看似危險,其實最安全。」

「那你也要去。」小包多嘴的說。

「誰說我不去?凡是在聯絡所工作的我們人都要去,哪有人家去敵後拚命,他等著去台灣,天下哪有這種便宜事?」陳炎光說,目光不屑的瞟了下我。

他的話,分明是衝著我來。他向支隊長提出這些小伙子給他「指揮」,想在L師團做出一番「事業」。那天發服裝,十幾套只有我給他換去的那套是新的:他一定看出支隊長對我另眼看待了。幾天來,他可能從朴翻譯,或胡銘新那裡,打聽到支隊長要留用我,所以他在人前人後放話,要我去工作。不過我是要走的,用不著他逼。

「這是個法子，只是太冒險。」許家榮說：「我們是烏合之眾，又沒受嚴格情報訓練，給人家稍爲盤問，很容易出岔子。」

「打仗就是要冒險，出奇制勝，哪有十拿九穩？」陳炎光果決的說。

「是的，陳老大哥的建議，我們可作參考。」桂翻譯說，並把陳炎光的意見翻譯給所長聽。所長點點頭。

「還有，」陳炎光又說：「我們出去工作走的路線要多變換，不能常走老路。」

「對，我也有同感。」劉裕國十分贊同的說：「走老路容易落入敵人陷阱。」

「這意見很好，我們盡量採納。」桂翻譯說：「不過去的目的地，假使必須經過同一路線，那就沒辦法。」

建議有人回響、欣賞，給了陳炎光極大的鼓勵，因此，他問：

「桂翻譯，這次共軍慘敗，聯軍有沒有乘勝追擊？」

「現在戰事已經結束。」桂翻譯說。

「唉！可惜啊可惜！應當像麥克阿瑟將軍那樣，揮軍北進。」陳炎光不禁搖頭興嘆。「所以杜魯門總統把聯軍統帥麥克阿瑟免職，改派李奇威將軍，實在是一極大敗筆！」

「是的，是的，我們李大統領日夜念念不忘統一大韓民國。」李胖子翻譯和朴翻譯說。

「王，」陳炎光聲音柔柔的喊我。「如果這次聯軍乘勝追擊，直搗平壤，飲馬鴨綠江，你看是不是勝利在望？」

「你問北山沒用，要向聯軍統帥建議。」樊魁叫著。

「我問北山，不是問你，你喳呼什麼？」陳炎光粗聲粗氣的喝阻他。「北山，你看怎麼樣？」

他剛才對我說難聽的話，現在又親暱的卯上我；摑我一耳光，又和我握手，恣意所欲，也顯得他會做人，有風度。我知道他的意圖：也和前次要在支隊長面前分析什麼戰略、戰略的，想表現他的能力與才幹；另方面，是要和我較量，把我比下去。由於他無知，所以自大，自以爲有天大的大本事，委屈在肚子裡不得志。他一再逼著我去工作，說話諷刺我，我處處容忍，和他保持和氣；他也就愈放肆，愈亂來了。現在我必須表示幾句意見，給他教訓教訓，他才會收斂、反省。所以我說：

「打到鴨綠江邊，中共軍照樣過江，戰爭仍然解決不了。」

「共產黨敢過江，就轟炸東北，怎樣？」陳炎光手很魄力的揮了下。

「美國希望結束韓戰，不會對中共動武。」我說。

「指導員說過，『美帝』飛機轟炸我們東北工廠。」張志昌說。

「沒有這回事，完全是共產黨宣傳。」

「報紙上明明登載，美國飛機轟炸東北，被我人民飛機趕走，你沒看到？」陳炎光說。

「這報紙我不但看過，幹事還把報紙念給大家聽。」我說：「當我出關到達安東，才知道共產黨說謊，根本沒這回事。我可拿出證據：第一，我親眼在安東市看到在鴨綠江橋頭停放著七、八十輛滿載彈藥、補給品等待夜間過江的大卡車，以及三、四十門重砲、高射砲。共產黨警覺性特別高，假使眞有『美帝』飛機空襲東北。他們絕對不敢把卡車、重砲集結在橋頭挨炸。第二，我部隊駐紮安東冶鍊廠，濱臨鴨綠江畔的一座山丘上，站在工廠陽台上，可看到鴨綠江上兩座鐵橋，和江口新義州。有一天，我站在陽台上看聯軍飛機轟炸鐵橋。飛機是順江而下，對橋樑做交叉式投彈，結果兩顆炸彈都扔到江裡去。以道理飛機應該對橋樑平行飛行，命中率較高；但這一來飛機必須飛入東北，侵犯了中共領空。從以上兩點，所以我可以斷定聯軍飛機絕對沒有轟炸中國東北。」

「那乾脆就進軍東北，我們也跟著反攻。」陳炎光說，又揮了下手。

「戰爭擴大，問題更趨複雜，更難解決，不符合美國利益。」我說。

「解決不了，就打蘇聯，擒賊擒王，怕什麼！」樊魁嚷著。

「對！打老大哥，看誰怕誰！」孫大田聲音嘶啞的叫著。「我們美國原子彈比他們大。」

「我說了，美國不會打，也不是美國喊打就打。」我說：「韓戰是在去年六月二十五日爆發。一星期後，聯合國安理會在蘇聯代表退席下全體通過出兵援韓。同意的國家可不少，出兵的卻不多。美國是主角，約四、五十萬，英國一個團，土耳其一個旅，澳洲一個排，菲律賓一個班，從數字上看可想像得到。法國沒有。」

「法國派來一艘醫療船。」朴翻譯說：「丹麥也派來一艘停泊在仁川外海。」

「這不行，那不行，那你說該怎麼辦？」陳炎光一手夾菸，往上捧了下。

「聯軍守住三八線打擊共產黨，比推進到鴨綠江高明得多。」我分析：「從鴨綠江至三八線的七、八百里路程內，聯軍可利用它優勢的空中和海上火力，對共軍予以猛烈轟擊；共軍從過鴨綠江，沿途遭聯軍飛機炸射，重砲轟擊，到達三八線已成強弩之末；而聯軍擺開陣勢以逸代勞，第五次大戰役中共軍慘敗，就是最好證明。所以守住三八線聯軍可戰可和，人員傷亡又可降到最低限；而對共軍卻是犧牲慘重的消耗戰。我預測今後小戰鬥難免，大戰役難打。」

「是的，是的，王說得對，十分正確。」桂翻譯說。

陳炎光馬上熄掉菸，使勁的往屋外摔去，又要開腔的樣子。陳希忠立刻輕撞了一下伍浩的肘，向他使個眼色。伍浩便欠身向所長、桂翻譯說：

「桂翻譯，請你向所長說一說，我先下去休息。」

「好的，好好的休息，明天我們研究工作的事。」桂翻譯說，並向著大家：「我們會就開到這裡，時間不早了，散會。」

出了大屋，陳希忠抓住我的手，臉湊近我耳邊低聲的說：「這個人不認輸，再耗下去恐怕要到天亮。」

第二天早晨，吃過飯，伍浩就去大屋接受任務；回小屋時，我立刻從舖上起立，向他招下手，指了指屋子後面，說：

「來。」

坐在小屋後的大岩石上，我問：

「去哪裡？」

「金城江口，馬上出發。」伍浩說：「他們希望我能取門牌回來，我說我盡力而爲。」

「那你決定怎麼走？」

「江邊。我看地圖了，江邊路好走。」伍浩說：「現在我明白了，我們這個單位是屬L師團，所以我們工作範圍都在L師團作戰區內，包括左、中、右三部分。中和右沒什麼戰事，主要在左翼，因爲左翼緊鄰中線，通往金城、鐵原一帶。去的路線只有江邊和山路可走，沒有別的路。」

「如果遇到盤問，你怎麼應付？」

「實說，說原來部隊番號，部隊打垮後逃回來。」

「對的。」我說：「現在共軍還零落的撤退，他們會相信的。」

「不過回來時不能給他們碰上。」

「帶什麼武器？」

「不帶武器。既然用舊番號，就是要接受他們盤查；假使被問出問題，帶武器也沒用。」

「帶不帶武器並不重要，只要你咬定原單位，問什麼，說什麼，他們對你沒辦法——好，等你回來後，我也準備去。」我說。

「你也決定去？不是支隊長不讓你去？」

「我自己要去，我不願做特權。」

「哦，我知道了，是不是大老陳？」陳炎光在我們中年齡最大，大家都叫他「大老陳」，稱陳希忠「小老陳」。「那天他向支隊長說給他『指揮』——笑話，不是東西！」

「我生平無大志。」我說：「我已早下決心，做完三次工作，換得自由回台灣。自由比什麼都可貴。」

「你千萬不要去，不要理他。他這個人腦筋不清楚，這裡是情報機關，他以爲耍耍老社會手腕，就可以把人家哄住？門都沒有！」

「李翻譯出來了。」我向前指了下。

李胖子翻譯全副武裝站在走廊上，向這邊喊著：

「伍，出發，車來了。」

所長、桂、朴等翻譯，和我們人送下山。小吉普已在路旁等著。上了車，大家揮揮手，祝好運，走了。

回到山上，走得一身大汗，我去山澗洗了澡，回小屋躺著。陳炎光和許家榮、孫利、金昌煥圍坐舖上玩牌。躺了一會，正睡著，孫利把我叫醒：

「北山，北山，李胖子翻譯回來了，抓到一個人，可能是人民軍特務。」

張開眼，陳炎光和許家榮、金昌煥都已跑了出去。我起身到門口，見李胖子翻譯押著一個老頭子，正走上石階上小廣場。那老頭約七十多歲，滿臉鬍鬚，額角上腫起一塊大青疙瘩。大熱天穿著邋邋遢遢破舊的黑呢長大衣，吊著半管黑褲子，露出下半截枯乾的腿桿子，光赤著腳。李胖子翻譯上了小廣場大吼一聲，所長和桂、朴等翻譯立即從大屋出來了。孫大田和樊魁，小包等從廚房也跑了出來，一看，又退縮進去，站在廚房內看著。李胖子翻譯進大屋卸了裝又出來。桂翻譯兩手叉腰，兇巴巴的立在老頭子面前，嘰哩呱啦的叫吼著，審訊。老頭子咿咿唔唔的，含糊的說了幾句。桂翻譯火了起來，掃了一腳過去。老頭子踉蹌了幾步，栽倒地上。在旁的朴翻譯和李胖子也補上幾腳，又踹又踢的。老頭子趴在地上慘叫。他們問幾句，踢幾腳，踢來踢去。審問了好一會，老頭子身子被踢得軟軟的躺著，踢一下動一下，不踢就不動了。嘴裡只剩下一口氣，無力的哼著。所長馱著手和李以文、胡銘新、衛生兵站在走廊上看。

踢打了一陣，停住。朴翻譯蹲下搜老頭子身。他把老頭子衣服一層層翻開，檢查口袋，從大衣袋裡掏出一把小米來。朴翻譯伸著食指攤開手掌心的小米，發現三支一公分長的細木籤。

「這一定是他們聯絡暗號。」朴翻譯說。

桂翻譯拿著三支木籤亮在老頭子眼前，厲聲的喝問。老頭子閉目不吭氣。李胖子翻譯進大屋提了電話機出來。

「金昌煥、張志昌，來，把他拖到這裡來。」

他們把老頭子抬到小廣場旁的松樹蔭底下。

李胖子翻譯叫他們把老頭子扶坐起來。他捉住老頭子的一隻手給金昌煥：「你握住。」便把電話線的一根線纏在老頭子的大拇指頭上，另一隻手叫張志昌握住，也纏上了。然後，李胖子起立眼睛到處找人。

「孫利，你過來。」

孫利扁著嘴笑笑的，雙臂垂直，手心對手心的搓著過去。

「我叫你搖，你就搖。搖——」李胖子翻譯叫。

孫利好像王大娘紡紗似的，一下一下的搖著。老頭子兩手發抖，嘴裡「嗚嗚」的叫著要倒下去。

朴翻譯用腳板堵住老頭子的背，桂、李胖子翻譯腳踩老頭子的雙腿，不讓他翻動。

「快，快搖。」李胖子和朴翻譯叫著。

孫利「呼呼」的搖。老頭子渾身顫抖了起來，掙扎扭動著。李胖子翻譯叫：「金昌煥、張，手要握緊。」金昌煥和張志昌緊握住老頭子的手腕，兩手也跟著不停的顫動。老頭子「咿唉，咿唉」的號叫，鬍鬚「嗞嗞」的吹著，額頭冒出一顆顆豆大的汗水來。電了一陣，桂翻譯喊：

「好，停。」

孫利住手。桂、朴翻譯又對老頭子叫吼審問。老頭子嘴唇微微蠕動著，「嗡嗡」的不知說了什麼。「他媽的，還嘴硬！搖——」李胖子翻譯叫。搖停、停搖，反覆數次，始終問不出話來。桂翻譯氣火的吼著：

「孫，快，不要停，看他說不說。」

老頭子咬緊牙，頭加速左右甩著，嘴裡冒出白沫，褲子裡淌尿。不一會功夫，兩眼上翻，身子一挺，暈了過去。李胖子翻譯踢下老頭子腿，見不動了，叫金昌煥解開電話機線，他去廚房提了一桶水來，從老頭子頭上倒下去，「匡啷」的一聲丟下水桶，便提著電話機和桂翻譯他們進大屋去。我們人也回小屋，大家默坐著，面面相覷。半晌，許家榮問金昌煥：

「你聽他們到底說了什麼？」

「好像是說第三聯絡所在北漢江第一線那裡抓的，昨晚拘禁在前方OP，李翻譯送伍浩去，順便帶回來審訊。」

「是北韓人？」

「大概是，這裡就是北韓。」

陳希忠指了下孫利說：

「你搖那麼快做什麼？」

「他們叫我搖。」

「老桂和李胖子都不是辦事的人。」陳炎光說：「先把他打得那個樣子，他知道說也是死，不說也是死，還說個屁。我告訴你，人神經打麻木了，不但打沒用，連死他也不怕了。」

中飯的時間到了，小包來叫開飯。

吃過飯，所長、翻譯他們都午睡去。我們人圍坐在小屋內，小聲的打牌，小聲的玩棋子。我躺在舖上，想睡又睡不著，心裡煩躁。屋外傳來老頭子斷斷續續、微弱痛苦的呻吟聲。他們不把老頭子送去支隊部審訊，偏要送到這裡來，難道不顧慮我們心裡聯想、反應？簡直處理事情不通過大腦，白癡。

「目爾，目爾……」老頭子叫喊著。（目爾：韓語「水」的意思。）

金昌煥說：「他喊水，可能想喝水。」

孫利立刻說：

「我去拿。」他扣下牌，跑去了。

太陽的影子，漸漸的往牆壁上爬。所長、桂翻譯他們午睡起來了。胡銘新步下石階，在老頭子身旁走來繞去的看著，嘴角叼著煙。所長站在走廊上和李胖子、桂翻譯說話。我拿了毛巾去山澗洗臉，回來時，老遠見所長臉朝後山努了下嘴，我知道老頭子的命運決定了。

回到小屋，我聽李胖子翻譯在外頭大聲叫喊：「金昌煥，金昌煥，來一下。」

金昌煥應聲而出。李胖子翻譯又找了劉裕國。

「你們兩個扛把鋤頭跟我來。」

金昌煥去小屋後拿了一把鋤頭來，李胖子翻譯帶他們到大屋後的後山去。不一會，李胖子翻譯下來，又叫人；叫不到人。他和胡銘新到各房間找去，叫到了許家榮、許志斌、孫大田，和樊魁。李胖子翻譯到廚房拿了一張裝菜的空草包來，丟在老頭子跟前。老頭子眼睛無神的往上抬了下，便閉住了。

「你們把他搬到草包上，抬著跟我來。」李胖子說。

許家榮他們把老頭子移到草包上，而後每人抓住草包一角抬著，跟著李胖子翻譯往後山去。胡銘新進大屋取了一支卡賓槍出來，跟在後頭。

「怎麼會老胡去下手？」陳炎光驚訝的說，聲音卡在喉嚨裡。

幾分鐘後，傳來「砰，砰」的二、三聲槍響。過一會，孫大田、劉裕國、許家榮、許志彬等幾個人下來了。他們去山澗洗了手，回小屋。大家默然的坐在舖上，沒有玩牌，沒有玩棋子，沒人說話。過了一天，許家榮和樊魁也被派了出去。

10

「大家快來啊，有好消息！」桂翻譯在外頭高聲的叫喊。大夥兒聽說好消息，立刻丟下牌出小屋。可能是伍浩工作回來了，我心裡想。桂翻譯站在走廊上，笑笑的看著大家到小廣場來。我問：

「是不是伍浩回來了？」

「不是，你們猜，是什麼好消息？」

「那就是許家榮和樊魁回來了。」劉裕國和孫大田說。

「也不是，他們沒這麼快回來。」桂翻譯說：「都不是這個，是支隊長慰勞你們的，你們猜是什麼？」

聽說慰勞品，大家又興奮了起來。大夥兒皺眉頭，絞腦汁，胡亂猜。王斌和小包說是糖果，巧克力。陳炎光說是酒，他就喜歡喝老酒。「不是，不是。」桂翻譯搖搖頭。孫利和張志昌咬耳朵，互相的搥打肩膀，發出神秘的怪笑；他們大概想到歪念頭去。

「想到了沒有？」桂翻譯問。

「那你說個範圍吧，不說個頭怎麼能猜得到？」王斌說。

「好的，好的。」桂翻譯說，想了想。「是——是活的，會動的。」

「是吧，我沒說錯。」孫利得意的叫了起來。「是不是這個？」他兩手從上而下，波浪式的，打個「三圍」的手勢。

「你說的什麼？」桂翻譯問。

「女人。」張志昌補上一句。

「不對，不對。」桂翻譯擺擺手。「好了，不告訴你們，馬上送來你們就知道了。」他賣個關子進大屋去。

大家又回小屋玩牌，邊談論犒賞。孫利仍然堅持是女人。「錯不了。」他非常自信的說：「打了一年多韓戰，韓國快變成女人國了。你們問北山，」他向我抬下臉。「在卡平營房裡我就看到養著三個女人。」

「送來慰勞你，給你睡覺？不要臉！」陳炎光沒好氣的說。

「或許是書報、刊物。」我說：「李以文說過，他打算去漢城大使館找些書報來給我們看。」

「這還可能。」陳炎光說。

陳希忠從廚房過來，傍著門旁看大家打牌，說：

「你們都沒猜對，是馬，是共產黨丟在北漢江邊的馬匹，支隊長派人選了兩匹來給我們騎著玩的。」

剛才老胡在廚房對我說。」

「那好啦！孫利，」陳炎光拉高嗓門叫：「今晚你去挑個大洋馬睡覺吧！」

大家都笑了起來，孫利搔搔脖子，顯得有點不好意思。

九點多鐘，果然支隊部派兵士送來了兩匹馬兒，沒有馬鞍，只套著轡勒。一匹是白底黑斑，另一匹是棗紅色，雄偉矯健。桂翻譯說：

「這就是支隊長犒賞大家的慰勞品，以後你們有空可到山下公路賽馬消遣去。」

馬兒在原地噴鼻子，甩尾巴。大家圍觀著，嘰哩呱啦的對馬兒品頭論足：這隻跑得快，那匹跑得慢；這隻是政委騎的，那匹又是誰騎的，爭論不休。陳炎光眼睛一眨一眨的，看看馬兒，又對所長、桂翻譯、朴翻譯他們溜著。溜幾下，他手從所長跟前伸過來，扯下我袖子說：

「北山，我們來比一下，你說哪匹馬跑得快？」

陳炎光一有機會就要找我較量，想露一手他的本事。我不願和他爭強鬥氣，覺得無聊、幼稚。不過由於他挑戰動作太明顯，引起了所長、桂、朴翻譯他們的注意和興趣。他們眼睛笑笑的看看我，又看看陳炎光。這給陳炎光極大的鼓勵，認為是他展現身手的好時候，非要和我比個高下不可。大家見他太囂張，了不得，也要我和他交手。陳炎光目中無人，傲慢的說：

「北山，我可讓你先挑選，你選好了剩下我的。」

他話一說出，孫大田立刻抓住我手，聲音沙啞使勁的叫著：

「老王，和他幹。我教你，我對馬最有經驗……」

劉裕國和張志昌馬上阻止他：

「你叫什麼？也不是和你比賽，給他們自己選好不好？」他們似乎對我有信心，要看在公平競爭下，讓陳炎光輸得心服口服，這樣他們也就更樂了。

孫大田不叫了。

我說：「好的，比就比吧！」

我對兩匹馬兒仔細的相了一番。棗紅色馬肌肉均勻，結實、毛光亮、馬齡也較輕，且馬蹄成杯形，著地有力。黑斑馬腿部肌肉有結節，毛參差不齊，馬蹄成盤狀，力量分散，阻力大。我判斷棗紅色馬是匹良駒；黑斑馬可能是牽挽用牲口，非乘馬。

「我要這匹。」我對棗紅色馬指了指。

「老王，你贏了！這匹馬絕對跑得快。大老陳輸定了。」孫大田又叫。

「那我就這匹。」陳炎光氣勢殺了不少——假使給他先選，他當然也會挑我這匹。

「事情沒有了。」劉裕國扭住陳炎光不放。「現在你們要下山比賽——小包、小王，」他對包清安和王斌叫著，他們馬上答聲「有」，劉裕國便命令他們：「你們把兩匹馬牽著，我們下山去。」

大家頂著大太陽，浩浩蕩蕩的下山。所長、桂翻譯他們立在小廣場邊看著，沒跟我們下去。

駐紮公路旁觀測站的三個美國兵，見我們一陣人馬下山，也都從帳棚出來，隔著小徑旁溪澗看我們。打從他們跟前經過時，陳炎光向他們打個招呼：

「哈囉，蛇！」

一個美國兵用英語問：「你們是中國人？」

陳炎光說：「爺死！」

那個美國兵點點頭：「姑的。」

陳炎光遠征緬甸時，跟美國大兵學了些英語單音，如：早安、抱歉、香菸、汽油、餅乾等等。此刻，他又向大家吹噓起他往日的偉大，陶醉在過去的榮耀裡。

上了公路，劉裕國立在路心喊：「注意！這裡是起跑點，你們快過來！」他撿了一塊石片，在路面畫一條線。

我從小包手裡接過韁繩，一躍竄上馬背，馬兒蹦了起來，「蕭蕭」的叫了兩聲。我收住轡勒，很快的把馬控到線上去。陳炎光那匹馬似乎不勝負荷，當他跨上馬背時，馬兒不停的踏碎步，身軀左右顛簸，折騰了好半天，才穩住了下來。

大家站在路旁喊加油。那三個美國兵，居然鼓起掌來。

劉裕國高舉起右手，大聲的喊著：

「注意！一——二——三。」他手快速的斜向下劈。

我立刻韁繩一勒，腳踝對準馬腹扣了幾下，馬兒便似箭的向前奔馳。我雙手控住韁繩一收一放，上身前傾，儘量和馬背平行；風從耳邊呼呼掠過，好舒暢快意！

馳騁了一兩百公尺，回頭看黑斑馬還沒起步，陳炎光手裡鞭子舉得高高的大聲吆喝。我扣下馬腹又往前衝，往前奔。跑了一程距離後，我看黑斑馬還沒來，便掉轉頭緩步奔回。陳炎光馬兒仍在原地打轉，盤狀的馬蹄拍打在地上，「噗嗤，噗嗤」的響。陳炎光騎在馬上又叫又罵。大家笑呀笑呀，笑得前仰後合。那三個美國大兵也哈哈的大笑了起來，出盡了陳炎光「洋相」，可把他氣炸了。

「怎麼樣？還要比賽嗎？」我譏諷的說。

「我告訴你，這匹馬不是不會跑，因爲剛來怕生，過幾天絕對比你那匹跑得快。」他跳下馬，嘴巴仍不服氣。

大家向我走攏，躍躍欲試這匹好馬。張志昌搶先說：

「來，給我來一下。」

我把馬交給他。

他跳上馬背，跑了一匝回來，連聲誇讚：

「好馬，好馬！騰雲駕霧，可比美關雲長赤兔神駒。」

「也給我試試。」劉裕國過去，也跨上馬背。

他腳扣下馬腹，直向前馳奔去。跑了三、四百公尺，便掉轉頭往回跑。當他跑近五、六十公尺時，突然勒住韁繩，放慢腳步，兩眼直望著前面大山。

大家跟著他視線望去，見大山的半山腰，兩個韓軍兵士押著一個小孩往山下來。小孩約十二、三歲大，雙手被麻繩反剪綁住，給一個兵士牽著。

「又來一個了。」陳希忠和孫利小聲的說。

他們下了山，便轉入小徑往我們的山坡上去。等他們走過後，我們牽著馬匹也上山。住在半山坡的那家老百姓，站在他屋子旁老望著。

上了小廣場，所長和桂、朴、李胖子、以及李以文，胡銘新翻譯都從大屋出來了。桂翻譯凶惡的對小孩審訊。不知小孩說了什麼，桂翻譯啪啪的摑他幾巴掌，打得他鼻子嘴巴流血。小孩臉躲來躲去，不敢哭。我們人回屋子拿了毛巾，趕快去山澗洗澡。沒走幾步，李胖子在後面喊：

「金昌煥、張、孫利，你們過來幫忙一下。」

金昌煥回轉去。張志昌和孫利裝沒聽到不理，拉快腳步趕緊走。

李胖子翻譯又叫：「許志斌，你來。」

許志斌聽話的轉身回去。

洗了澡回來，小孩正在過電。金昌煥和許志斌握住小孩手腕，李胖子叉住小孩的後頸子，朴翻譯搖電話機。小孩渾身像打擺子的顫抖著。地上一灘濕濕的，大概是尿水。他們問一陣，又搖搖電話機。問了幾回，小孩忍不住，兩眼翻白，暈了過去，他們才罷手。胡銘新去廚房提了一桶冷水來，把小孩弄醒。李胖子翻譯站在大屋門內喊：

「老胡，要把他綁緊，會給跑掉。」

「沒問題，沒問題。」胡銘新說，將小孩雙手交叉綑住，把繩子綁在樹幹上。綁好了，他便到小屋前來，對坐在舖上吸煙的陳炎光問：

「馬跑得快不快？好玩吧！」

陳炎光向他招下手。胡銘新進屋子來，趴在舖上，仰著臉笑笑的問：

「什麼事？」

「小孩是哪裡抓來的？」

「前方抓來的，嘿，嘿！」

「他有家沒有？」

「他說在盤谷，北漢江那邊。」

「剛才過電，他說了什麼。」

「沒說什麼，嘿，嘿！」

「他不是，你叫他說什麼？」

「嘿，嘿！」

「那現在綁在那裡怎麼辦？」

「不曉得，我不管這個事，嘿，嘿！」胡銘新說著，爬起走了。

午飯做好了，阿珠姆妮盛了一碗飯一碗菜，叫小王斌和小包端去給小孩吃。他們把小孩扶坐起來，小包捧著菜，王斌端著飯，用長把銅湯匙，一口一口的餵他。小孩邊吃邊抽咽流淚。

午睡起來，李胖子翻譯又審訊小孩一番。他問一句，踢一腳，吼聲咿唔咿唔兇巴巴的。小孩躺在地上被踢得翻來翻去。所長和桂、朴翻譯，衛生兵站在走廊上看。李胖子翻譯趿著後鞋跟踩倒的膠鞋，踢了幾腳，用力過猛把鞋踢掉，飛得老遠。「他媽的。」他拾回鞋趿上，到廚房走了一趟回大屋去。孫利從廚房跟他走出，到小屋來，說：

「李胖子叫阿珠姆妮不要拿飯給小孩吃，要餓他兩頓，看他說不說。」

「那可能有希望。」我說，心裡想大概不會像那個老頭的給做掉。

「審訊不出來，還不是那樣。」陳炎光說。

「也許不。」我說：「其實老頭就是放了他也走不動，躺在這裡十天也死不了，所以乾脆把他處理掉，省得麻煩。」

「你說得也有道理。」

第二天一早，大家起來時，小孩也醒了。他張著兩隻大眼睛，乞憐的對大家滾來滾去的望著。昨晚沒吃飯，餓得他發慌。我拿了毛巾和孫利到廚房後溝劈柴去。阿珠姆妮正開始做飯。陳炎光在山坡頂小徑上活動筋骨，雙手前後甩著。沒一會功夫，我聽到外頭叫叫嚷嚷的，不知發生了什麼事。出去一看，見所長、桂、朴、李以文等翻譯，以及我們人都到小廣場來。桂翻譯見我來，喜躍的說：

「王，伍回來了，剛才前方OP打電話來。」

「太好了，太好了！」我說——以爲是對小孩動刑。

「伍，昨晚深夜就到達眞空地帶，」桂翻譯說：「因爲夜間無法聯絡，到天亮才回到前方OP。」

「樊魁和許家榮有沒有回來？」大家問。

「還沒有，不會有問題。」桂翻譯說。

吃過早飯，我和劉裕國，張志昌、王斌、小包下山等伍浩回來。

十多分鐘後，一輛小吉普翻過了大山蜿蜒而下。是伍浩。到達了山腳下，小吉普停住了。伍浩跳下車，小包和小王斌接過他行軍袋。伍浩向駕駛兵揮揮手，拉我一把便向山坡上走。

「北山，我這回下海了，下海了。」

他內心又在作思想鬥爭了。

「路上好走嗎？」劉裕國和張志昌跟隨後頭問。

「沒什麼，不過從大澗谷到金城江口，夜間有不少共軍活動，多半是領糧領彈藥的。」

「有沒有給碰上？」

「去時遇上了。他們問我哪個單位，我說是六十軍。他們說六十軍已調到後方整補了。」伍浩說：「回來時，我見前方有黑影老遠就躲開，讓他們過去了才走。」

「回來絕對不能給碰上，碰上了就麻煩。」劉裕國說。

「有沒有拿到門牌？」我問。

「沒——有。」伍浩發笑的搖下頭。「金城江口十幾戶人家房屋全拆了，在屋旁挖大坑洞，把家具屋料藏在坑內，蓋上屋頂，老百姓都逃光了，沒見到半個人。」

所長和桂、朴、李以文翻譯，站立在小廣場邊沿熱烈的迎著。伍浩一上小廣場，眼睛愣愣的就盯著小孩。李胖子翻譯正替小孩鬆綁。胡銘新從大屋丟了一包餅乾出來給小孩。小孩鬆了綁，撿起餅乾沒命的往山坡下奔去。望著小孩走了，陳炎光拖拉的說：

「桂翻譯，以後……以後最好……」

「什麼事？陳老大哥。」桂翻譯好像腦子還沒轉過來。

「我是說以後……最，最好不要送來聯絡所上刑。」

「是呀！大家看得心裡發毛。」陳希忠和張志昌也說。

「好的，遵辦，以後不送來。」桂翻譯倒很乾脆的說。「伍，我們來報情報。」

伍浩和所長，桂翻譯進大屋去。十多分鐘後，伍浩報了情報回小屋。坐在舖上玩開「金山」的陳炎光，丟下牌抬起臉說：

「伍浩，你做了一件大好事。」

「到底什麼事？」伍浩有些愕然的問。

「昨天前方送來一個小孩，就是你剛才也看到的那個，給過電過得半死。」陳炎光說：「今天你回來，所長一高興把小孩放了，救了一條小生命。你可問大家。」

「哦，我聽前方OP小朴翻譯說，他們還送來一個人民軍特務，是不是？」

「那個特務是老頭子，已經去了。」陳炎光指了指後山。

「鬥爭是殘酷的！」伍浩搖搖頭，拿了毛巾換洗內衣褲，對我招下手：「北山，來，有話和你說。」便出小屋往水潭走。

見他那麼愼重樣子，可能有重要事情，或許搜集到了什麼情報，我立刻跟他出去。走上了山澗小徑，我趕上他。伍浩回過頭，又說：

「北山，我這回下海了，永不回頭了。」

我有些火了：「你說這話是什麼意思？難道你到現在還沒有死心？」

「你別生我氣，聽我慢慢說吧！」伍浩放慢腳步，和我並肩走。「北山，我老實告訴你，我們在川西集中營遭受到那麼多痛苦，那麼多折磨，實在受夠了！當時我只想假使共產黨能放我一馬，讓我回家，我願一輩子待在家鄉種田過活，老死田下，什麼也不想了——」

「你是個大糊塗蛋，你根本對共產黨沒認識清楚。」我性急，訓斥他。「你都不想想，共產黨能夠那麼容易讓你回家嗎？就算共產黨放你回家，你就能夠得到『解放』嗎？那只不過把你從小籠子放到大籠子而已。他們把你交給村政府看管，你一輩子替共產黨做牛做馬賣命，還免不了鬥爭，批判、認罪、低頭、半點人性尊嚴沒有，那種活著有什麼意思？你甘心那樣子過一輩子嗎？」

「你聽我說吧！我話沒說完。」他用手攔阻我。「那只是當時的想法，現在已經是過去式了；到了韓戰爆發，參加了『抗美援朝』，我內心重燃起了希望，就不那麼想了。參加了『抗美援期』，我心中只有一個希望。就是『逃』。逃出鐵幕，逃出魔掌，逃，逃，逃……我別的什麼都不想。現在，我的心願總算實現了。」這時我們走到了澗邊，脫掉鞋站在平坦岩塊上，讓漫出的清澈澗水，流過腳面，冰涼涼的舒適。伍浩好像背台詞的又說下去：「可是，逃是逃出來了，將來呢？我不能像那些貪官污吏，土豪劣紳，把國家糟蹋了，腰纏巨金遠走天涯海角當白華。我又沒有那種本事，我愛我的國家，愛我祖先流傳下來的那塊土地。我一定要回去，我從沒想一走了之，那樣想我會發瘋。我想你的心情和我一樣。可是，怎麼回去？當然只有等待共產黨政權滅亡。共產黨政權會滅亡嗎？何時滅亡？所以多少天來我一直思考著這問題。現在我想把我的道理說出來，讓你表示意見。你看如何？」

伍浩的話，也是我的心路歷程。人，活著不能沒有理想與希望。我腦子裡時時刻刻也都盤桓著這些問題。我明白伍浩的心意。我說：

「你是要把你的看法說出來，讓我表示意見，而後期盼能從我這裡獲得認同、希望，與安慰，是不是？」

「也可以這麼說。」他說：「難道你從不想這些問題？」

「投奔自由並不是逃避，偷生。這些問題我不但想，而且都想爛了。」我在一塊石凳坐下，說：「好吧，那就領教了。」

「好，我先洗澡，等會說給你聽。」他說著，便脫下衣服，丟進水裡泡泡，抹上肥皂搓洗。洗乾淨了，將衣服曬在大岩石上，然後，整個人跳進潭裡，猛捧潭水搓揉身子，咬緊牙，甩甩臉，連打幾個寒噤。伍浩愛長鬍鬚，兩眼炯炯有神，很性格。他那結實的肌肉，被擦得紅紅的。洗好了澡，他抹乾身上水，穿了內衣褲，在我身旁石凳坐下。

「北山，現在讓我說給你聽。」

「你說吧，我洗耳恭聽。」我說。

「我剛才說了，我們當然要等共產黨滅亡才能回去。」他緩緩的說：「共產黨政權會滅亡嗎？什麼時候滅亡？我思考了很久很久。我們人類從來沒有過這種經驗，從歷史上也找不出答案。我想了又想，後來想到我們在川西集中營洗腦的時候，不是研習過那本《社會發展史》嗎？」他頓了頓，眼睛詢問的看著我，好像對我提醒過去。「在《社會發展史》裡，共產黨認為人類社會發展的規律，是由原始的共產社會，而進入奴隸社會、封建社會、資本主義社會，最後進入科學的共產主義社會。科學的共產主義社會革命成功後，再不會有改朝換代，換句話說，共產黨的勝利是永遠的勝利。我記得這種論調給我們當時被洗腦的同學打擊實在太大太大了，甚至有人自殺。」他又頓了一下，打量著我，看我的表情與反應。我低著頭，看著腳底下奔逝不息的流水，定定的看著。「所以到了參加韓戰，直到投奔自由，」他繼續說下去。「我腦子裡不斷的尋找希望，也不斷的想著這個問題。後來我忽然發現了一線曙光：我想到現在我們中國的社會，是封建社會。封建社會怎麼能夠一下子躍進到科學的共產主義社會？馬克思分明說，要實現科學的共產主義社會，必須先經過資本主義社會。因為資本主義社會替科學的共產主義社會創造了富足的物質條件；所以到了科學的共產主義社會才有財富可共分共享。因此，依據理論上他們有極大的缺陷——」

我聽得不耐煩，搥了一下伍浩膝蓋頭，打斷他的話說：

「你怎麼老相信共產黨那套鬼話？社會發展規律是那樣的嗎？你能夠拿出證據嗎？是辯證法辯出來的？辯證法也是死教條，靠得住嗎？」

「你別打岔，讓我說完了你說。」伍浩央求的說。

「好吧！你說。」

他又回到他的推理去：「但毛某為了彌補這個斷層，所以創造了所謂『新民主主義』使社會發展連貫起來，也就是說從封建社會，而進入『新民主主義』社會，而科學的共產主義社會，以『新民主主義』社會取代資本主義社會，來創造社會財富。可是，我又想『新民主主義』社會能夠取代資本主義社會使經濟繁榮嗎？絕對不可能。經濟繁榮必須在財產私有制，和自由、民主的政體下才能實現。今天共產黨在大陸沒收私有財產，瘋狂的進行清算、鬥爭、屠殺，我問你，誰會願意甘心的替共產黨去勞動創造財富？在這種制度框框下如何能使社會經濟繁榮？經濟繁榮不起來，社會貧窮，哪有財富可共分共享？所以我敢斷言，共產黨大陸將來必定搞得國窮民窮，民不聊生，共產黨政權終必敗亡。」

伍浩長篇大論的說完後，別過臉眼睛閃亮的，喜悅的盯著我，等待著我表示意見，樣子顯得很得意——他的確下過一番苦心！

「現在我可以說了？」我問。

他笑笑頷首。

可是，我的答覆很使他掃興。

「你囉嗦了半天，全是一堆廢話。」我冷冷的說：「以你的意思是實行『新民主主義』無法把社會經濟繁榮起來，所以無法實現科學的共產主義社會，但依照社會發展規律，資本主義社會必遭科學的共產主義社會所否定，是不是？」我指著他鼻子問。

伍浩不語，光微笑的望著我。

「你眞正被共產黨洗腦了。」我手指頭對他點了幾下。「我已經說了，共產黨所謂的『社會發展史』完全荒謬透頂，你怎麼老去相信它？共產黨說資本主義有幾大矛盾，解不開的死結，必將遭科學的共產主義社會所否定，那是初期的資本主義，而不是今天的資本主義。共產黨這種死的、靜態的批判，根本是大錯誤。好吧，現在我就以共產黨論調來評論資本主義這些矛盾，看看是否存在，看看是否必將遭科學的共產主義社會所否定，埋葬——」

伍浩馬上坐正身子，誇張的故作注意聆聽的譏諷姿態，連點幾下響頭，顯然是對我報復。

我說：

「共產黨說資本主義與工人間的矛盾：資本家以賺錢爲目的，剝削勞工；工人懷恨以破壞機器，怠工，鬧革命反抗。這是過去的歷史。今天的資本家企管辦法是：提高工人工資，改善勞工生活、福利；也因而提高工人工作意願與效率，增加並改良產品，資本家與工人都賺到了更多利潤。因此，資本主義國家工人工資，遠超過共產國家數倍至數十倍，工人有優厚退休金、失業救濟、法律保障、罷工權利、又不擔負投資風險，哪有矛盾存在？這矛盾應該是共產國家才有！」

伍浩微笑點頭。

我說：

「共產黨說資本主義與資本主義間的矛盾：資本主義發展到極端，大魚吃小魚，終必形成托辣斯經營。到了托辣斯的獨家壟斷，無人競爭，資本家便不打算改良產品，因此，造成社會進步的反動。但現在資本主義國家立有反托辣斯法案，阻止獨占，保護公平競爭，根本無法產生托辣斯壟斷。」

伍浩輕蔑的笑意完全消失，專注的聽著。

我說：

「共產黨說資本主義與消費者的矛盾：到了托辣斯的壟斷經營，產生價格壟斷，產品低劣，消費者別無選擇，任憑資本家絕對剝削。但如前述有反托辣斯法案，根本無法產生壟斷，且由於公平競爭結果，消費者反可享受價廉物美商品，分享利潤。」

伍浩誠意的點點頭。

我說：

「共產黨說帝國主義與帝國主義間的矛盾：資本主義發展到最後階段，必定走向帝國主義。由於帝國主義與帝國主義間彼此爭奪殖民地與市場，因此，必然暴發戰爭。第一次世界大戰，就是由於德國要求重新分配殖民地與市場引發大戰。但現在他們可以坐下來談，機會均等，利益共沾，無須訴諸戰爭。」

伍浩又點下頭。

我說：

「唯一無法解決的矛盾，只有資本主義與被殖民地間的矛盾。被殖民地國家貧窮，教育落後，缺乏資本、科技，無競爭反抗能力，任憑強權宰割剝削，永遠淪爲市場與殖民地，甚至亡國。所以資本主義是侵略性的，不人道的；否則，它是一種非常進步的主義。共產黨所謂資本主義幾個大矛盾，也只有這個死結無法打開。但這個矛盾無法解決，能夠使資本主義走向死亡，被埋葬嗎？」

「對的，我們反對的也就是這個。」伍浩說。

「可是，共產黨有什麼能耐替被殖民地國家打抱不平，主持公道？」我盯著他。

伍浩沈吟著，沒作聲。我看出他的疑惑。

「你信心不足，還需要我替你『洗腦』。」我半開玩笑的說：「共產黨本身毛病一大堆，我隨便提出主要幾點：政治上極端的專制，必有極端的腐敗；經濟方面，實行公有制，必使生產力衰退，智慧萎縮，貪瀆浪費。兩者錯誤的重疊，必將造成徹底的腐敗與貧窮。像這種比封建還要落後的制度，怎能對抗高效率，蓬勃旺盛的資本主義國家？」

「是的，我記得第二次世界大戰，德國向蘇聯進攻，一下子就俘虜了四百萬紅軍。」

「中國大陸的失敗，也就是共產黨所說的，資本主義與被殖民地國家間無法解決的矛盾。我問你，假使在韓戰爆發的前幾個月，美國拿幾億美金替××黨打打氣，有沒有今天韓戰？」

「是的，我們打共產黨，美國不但不積極援助，還不斷打壓；到了韓戰爆發，美國一夕之間出兵四、五十萬，耗資一、二百億美金，出錢還賠上人命，我就想不透。」

「蘇聯，是主義錯誤；美國，講的是美國利益。」我說：「他們願幫助韓國、菲律賓、越南、緬甸、甚至於日本；像我們中國這麼大國家，他們是不會幫助的。他們幫助，也僅是利害關係；利害消失，他們也就撒手了。」

「利害不存在，他們不但拆夥，還要拆我們的台。」

「在二次大戰中，最僥倖的，是我們中國提早抗日，使德國原子武器趕不上時間。」我說。

「對的，對的，火箭和噴射飛機都是德國在大戰中發明的。」伍浩恍然的說。

「走，回去，以後再談這些。」我擦乾腳，趿上鞋，我們向小廣場回走。

「是的，現在我明白了。」伍浩說，隨手拾起一粒石子，向山谷底下扔去。

小石子飛得好遠，好遠！

11

清晨七時，孫利和孫大田被派出去工作。

送走了他們回小屋，劉裕國和樊魁、金昌煥、許家榮幾個人打起撲克牌。我和小包玩翻棋子遊戲，輸贏賭打手心、刮鼻子。陳炎光又到大屋串門去了，找所長、桂翻譯、朴翻譯他們胡扯淡，吹法螺。

九點多鐘，大屋裡電話叮鈴叮鈴的響了，大家立刻停下手裡牌注意聽著。忽的傳來所長急促的叫了聲，聲調又沈了下去。金昌煥馬上一手護著耳朵，側臉傾聽著。

「遭，可能出事了，你們不要說話。」他小聲叫，手搖了一搖，停在半空。

「什麼事？」大家都凝住了，盯著他。

「是誰打來的電話？」我問。

「老胡，從前方OP打來。」

「他說什麼？」

「聽不清楚，所長叫胡銘新，很緊張。」

劉裕國放下牌要往外跑：

「我去看看。」

我立刻拉住他：

「給我來，你們不要動。」

我起身從泥巴壁小縫向大屋望去，見所長正在接電話，桂、朴翻譯和陳炎光談天，聊得亂起勁。在桂翻譯旁邊坐著李胖子還是衛生兵，視線被擋住了，只看到肩膀。桂翻譯、朴翻譯和陳炎光嘻嘻哈哈的聊著，好像什麼事也沒發生似的。所長蹙著眉頭，嘴湊近話筒講話。狡猾的老桂和老朴黏叨著陳炎光，不用說是要引開陳炎光的注意，不讓他看出破綻。所長說完話後，掛斷電話。桂翻譯又聊了一陣，便起立出大屋，我馬上坐下：

「老桂出來了，你們打牌，不要說話。」我和小包又玩起翻棋子。

桂翻譯下到小廣場，便往右邊山坡小徑走去，到了山坡頂上停住了，眼睛不時的向小屋這邊溜著。

過一會兒，李胖子、朴翻譯也出來了，他們在小廣場走來轉去，踱到小屋前來，一人一邊的傍著門旁，看大家玩牌。

「你們誰輸贏？」朴翻譯問，手撐著膝蓋頭，一腳踏在石階上。

「我輸慘了。」樊魁說：「你們看，我鼻子都給他們刮紅了。」他指指自己鼻子。

「那再輸不要刮鼻子，換打屁股。」李胖子笑著說。

朴翻譯呵呵的笑：「你們眞有意思，好像小孩。」——他們就把我們當小孩看待，以爲我們好擺佈、哄騙。

陳炎光談話的對象沒有了——李以文雖然是他同鄉，不大和他說話——也出大屋來。他晃著腦袋，哼著「孔明七星壇祭東風」回小屋，踢掉鞋上鋪，趕著許家榮、樊魁他們：「走，走，走，不要在我鋪上打牌。」用腳撥撥樊魁臀部。在山坡上的桂翻譯見陳炎光離開大屋，馬上回大屋去。他才剛出來的目的，就是要支開陳炎光，才好和所長商量如何應付孫大田和孫利他們發生的事故。

「你去吹牛吧，回來做什麼？」樊魁搥打著陳炎光腳，一面往裡邊挪去。

「笑話，我去吹牛？」陳炎光坐了下來，燃上一根煙吸著。「你們問朴翻譯和李翻譯，每次你們出去工作，所長和我，還有各位翻譯都花了多少心血替你們策畫，你們知道不知道？」

「是的，是的，陳老大哥出很大力。」朴翻譯恭維的說。

「是呀！我們聯絡所工作進行得這麼順利，陳老大哥功不可沒。」李胖子也跟著瞎捧。

「所以我們都擁護他當老大，聽他的指揮。」劉裕國說，向大家使個眼色，打下一張牌。

陳炎光聽了十分受用，樂得不得了。他噴了一口煙，得意的說：

「我告訴你們，這回我又提出一個計畫：多派幾個人去，編一個班，搜集情報連帶抓俘虜。」

多派人去，陳炎光已提議過；抓俘虜，是他的新創意。

「對的，對的，支隊長最希望能夠抓到俘虜，一定非常欣賞陳老大哥這個計畫。」朴翻譯連忙說。

我心中暗暗叫苦，慘了！假使孫利、孫大田出了事，把支隊長的胃口吊了起來，派一個班去抓俘虜，那大家都要完蛋啦！

「好吧，那由你帶隊，你不是說要當政委嗎？」樊魁向大家眨下眼說。

「我帶隊就帶隊怎麼樣？我去不去難道聽你的指揮？」陳炎光好沒氣的說：「大家都要去，誰也甭想要賴。」他眼梢格外的撩了下我。

「人家政委要帶一個團，你帶幾個人怎麼像？」小包結結巴巴的說，大家都聽得笑了。

陳炎光快速的出手，對小包頭上「唰」的拍了一巴掌。

「政委一定要帶一個團嗎？我帶幾個參謀人員、通訊員可以不可以？小孩子不懂事，就不要多嘴。」

小包一手貼住頭頂上，「你打人？」對陳炎光滿不高興的吹著腮幫子。

「我打你，怎麼樣？」陳炎光手晃了下，要又出手的樣子。

「不要打他，小包乖，這回出去工作表現得很不錯。」朴翻譯笑笑的說，哄他。轉過頭見桂翻譯已進大屋，他搭訕著也回大屋去。

李胖子翻譯跟著也走了。

大家向外望去，見朴、李翻譯都進了大屋，劉裕國轉過身哆嗦的說：

「大老陳，糟啦！兩個孫出事了你知道嗎？還建議去一個班抓俘虜？大家都要死光光！」

「孫利和孫大田出事？別開玩笑！」陳炎光彈彈手裡煙灰。「他們剛出發怎麼會出問題？」

「你問金好了。」劉裕國對金昌煥指了下。

金昌煥點點頭：「是的，剛才老胡從前方OP打電話回來。」

「那我在大屋為什麼沒聽到？」

「你被耍啦！老桂和老朴騙你。」樊魁和許家榮說。

陳炎光凝著神，眨眨眼。驀然，他手往額頭一搭，恍然大悟的說：

「對，我剛才看所長接電話時很緊張，我就有點懷疑，對了，對了——可是，孫利和孫大田出事，老胡怎麼會知道？老胡也只送他們到眞空地帶。」

「我想他們可能是走山路，」伍浩說：「老胡送他們到眞空地帶遇上共軍搜索隊，或著陣地上共軍向他們開火，老胡溜回來，孫利他們遭殃了。」

「絕對了，一定在走山路。」許家榮肯定的說：「這回我去工作，前方韓國軍和OP人員就希望我們從山路過去。他們對前面情況，連共軍陣地在哪裡都摸不清楚，希望我們去能搜索到情報供給他們。前方OP李歪嘴和小朴翻譯一再對我們說，回來時不要把情報說出去，怕別的單位先報上去，搶了他們功勞。」

「現在我擔心張志昌會被牽連。」我說——張志昌是在許家榮和樊魁回來後被派遣出去的。

劉裕國視線往外一溜，立刻又收了回來：「老桂和老朴來了。」他小聲的說，趕緊拿起撲克牌。

我和小包專心的玩翻棋子遊戲。

桂、朴翻譯步下走廊，到小屋前看大夥兒玩牌，說些俏皮話逗弄大家，但遮掩不住他們內心的沮喪。大家也敷衍的跟著說笑，鬧了一晌，朴翻譯說：

「劉、許、樊，你們等會要幫做飯。」

「是的，這幾天孫大田和孫利去工作，廚房事情你們多幫忙。」桂翻譯一手撫在門旁說。

「沒問題，沒問題，放心。」大家說。

「剛才胡翻譯打電話回來說，孫他們都安全的過去了，大概五、六天就會回來。」朴翻譯說。

「是的，安全絕對沒問題。」許家榮也附和著說。

「胡翻譯什麼時候回來？」我問。

「馬上就會回來。」

劉裕國和許家榮、樊魁他們胡了牌，刮鼻子又爭吵了一陣，不打了，去廚房幫做飯。桂和朴翻譯看得笑笑的走了。

「老桂看我們是不是起疑心。」伍浩說。

「如果孫利和孫大田出事，以後我們工作就更難做了。」我說。

「那還用說，從山路過去要翻好幾個山頭，每座山頭都有共軍陣地，怎麼過關？」伍浩說，兩腿平伸的坐在舖上，背靠著壁。「從江邊走，要是老孫他們逼出口供，那恐怕逮個正著了。」

陳炎光一聲不響，眼睛無神的，一動也不動的呆坐著，一手夾煙。

半小時後，胡銘新回來了，他人未到聲先到的嚷著：

「都過去了，過去了……絕對安全，沒問題……」

所長和朴、桂、李以文等翻譯，立刻出大屋來，站在走廊上往山坡下望著，一臉沈寂。

我們人立在小廣場前沿望下去，只見胡銘新帽子沒有了，頭髮散亂，倒背著槍，叫叫嚷嚷的往上來。上了小廣場，才看清楚他全身衣服溼透了，背後衣服從領子裂到臀部，背脊有道十來公分長刮破的傷痕，滲出淡淡血水。手肘彎也撞傷了一大塊，包紮著繃帶。

「孫利和孫大田都過去了，我看他們過去的，保證平安無事，放一百個心，嘿，嘿！」他口沫橫飛的說著。

看他那種狼狽的樣子還要撒謊，不禁令人發笑。

「胡翻譯，你說孫大田和孫利都平安過去了，那你怎麼搞得這個樣子呢？」小包多嘴的問。

大家聽得悄悄的笑。

「唉！說起眞倒楣。」胡銘新唉聲嘆氣的說，抹一抹額頭汗水。「我送孫大田他們到盤谷，看他們上山走了，才往回走。走著，走著，天氣熱，我走渴了，就到山澗喝水。我站在澗旁一塊大石頭上，彎下腰要喝水的時候，不小心腳一滑，連人帶槍都丟進水裡。唉！眞倒楣！把我的背也刮傷了，嘿，嘿……」

胡銘新蹩腳的說謊技術，逗得所長和桂、朴等翻譯也都笑了。大家不揭穿他，裝迷糊，給他說下去，從他的謊言裡探索秘密，了解眞相。桂翻譯怕胡銘新愈描愈黑，說漏了嘴，露出馬腳，提醒他：

「老胡，你身上衣服濕濕的，先去換一下，等會再說吧！」

「好的，好的。」

他便匆匆的進大屋卸了裝，拿毛巾內衣褲到山澗洗澡去。大家也跟去，圍著他，你一句他一句的問個不休。胡銘新始終不吐實話，仍然是：都過去了，沒騙你，保證沒問題，嘿，嘿！放心……洗了澡回大屋，他趴在炕上讓衛生兵替他背部搽藥，然後，哈著腰，側臥睡著。

我們躲在小屋內，向大屋窺視，見胡銘新睡著，睡著，不時忽地身子蹦了起來，嘴裡咿呀的叫。坐在他旁邊的衛生兵，立刻按下他，他又乖順的睡去，顯然是驚嚇過度。

開飯的時候到了，往常到開飯時間，李胖子或朴翻譯有時會到廚房叫開飯。今天他們都在大屋內，嚴肅的和所長不知談著什麼，沒出來。伍浩把小桌擺好，準備開飯。我和金昌煥去廚房端飯菜。剛進廚房，我聽大屋裡哄了起來，所長和桂、朴、李以文等翻譯都跑了出來。大家不知道又發生了什麼事，也都到小廣場來。所長他們歡天喜地的對我們嚷著：

「孫利回來啦！平安的回來啦！」

「大大的好，孫大大的回來！」

這眞是天大喜事，天大僥倖！

「是不是孫利和孫大田都回來了？」大家歡欣的問。

胡銘新趴在炕上，抬起臉笑嘿嘿的向外望著，向大家望著。

「沒有，只有孫利回來。」李胖子和朴翻譯說。

「孫大田也不會有問題。」桂翻譯說：「孫利說他跑得快，走前頭。孫大田落他後面，大概等會也會回來。」

「不是說都過去了嗎？爲什麼又回來？」大家問。

「事情是這樣的。」桂翻譯向我們解釋：「今天早晨胡翻譯送孫利和孫大田出發，到達盤谷時，突然山頂上共軍向他們開火，胡翻譯走在後頭，馬上跳下山澗，從澗底跑回來。孫利和孫大田我們以爲沒希望了，沒想到孫利回來了，實在太好了，太好了！」

「孫利有沒有被共軍捉去？」

「他說盤問後放他走。」

「孫利會放回來，孫大田也絕對不會有事。」朴翻譯十分有把握的說。

及至吃完中飯時，大屋裡電話鈴又響了，果然是孫大田回來了。

二十分鐘後，支隊部小吉普送孫利和孫大田從前方OP回來了。當午的驕陽，烤得山坡玉米地熱烘烘的。孫利摘下帽子揩汗，一路揮手叫喊：「大家好！閻王爺放我們回來了！」一步步向山坡上蹬著。孫大田跟在後頭，腿一拐一拐的。我們人和李以文、胡銘新翻譯、衛生兵都在小廣場熱烈歡迎。桂翻譯和所長、朴、李胖子翻譯在大屋內不知談什麼。孫利和孫大田上了小廣場，所長他們才出大屋來，臉上掛著一抹僵硬的笑紋。孫利一見胡銘新，便指著他鼻子罵：

「龜兒子，王八蛋，你還活著沒有死？老子今天就差一丁點給你命搞掉了！」

胡銘新連忙陪著笑臉，打躬作揖的說：

「對不起，對不起！是我該死，是我混蛋！對不起，嘿，嘿！」

這又是怎麼回事？他們一會兒說都過去了，平安無事；現在人都回來了，一見面就開罵，連所長、桂翻譯他們也給弄糊塗了。

「你們在前方到底搞的什麼名堂？」桂翻譯皺起臉問。

「什麼事？你問老胡。」孫利氣火的說：「叫他不要送，他偏要送。我說盤谷是眞空地帶，他穿的是韓國軍制服，我和孫大田都是共軍服裝，萬一碰上敵人太危險。他不信——山頭上共軍機關槍，像下雨的打下來……」

「我怎麼知道，他們說可以走。」胡銘新苦著臉說。

「老胡，你只懂得喝老酒。」桂翻譯伸著手指頭，對胡銘新一下一下的點著。「也不是你去工作，你鑽到那個地方做什麼？活不耐煩了？」

「嘿，嘿！是我錯，是我混蛋！」胡銘新又自責自咒。

「還好他一路走，一路摘野果吃，」孫利繼續說：「把距離拉大了。我和孫大田走前面，老胡落在後頭。山頭上共軍機關槍對著老胡打，老胡跑到哪裡，機關槍就打哪裡。一下子老胡跑不見了，我以爲他死了。我判斷槍跟著老胡打，不打我和孫大田，共軍一定以爲我們是被俘，沒懷疑我們是『美帝特務』，所以迅速的往共軍方向跑。可是，孫大田眞沒用，他腿軟了，我叫他快跑……」

「我不是跑不動，我是跌倒了。你們看我的腿。」孫大田聲音沙啞的說，拉起褲管。他的右小腿膝蓋下，撞個一大塊傷口，裹著救急包。

「我拚命的跑，拚命的跑。」孫利又說下去。「跑到了快到山頂，那裡是共軍陣地，一個班長模樣的問我哪個單位。我說是六十軍，被李承晚軍隊抓去偷跑回來。他說六十軍已經調到後方去了，叫我快往後走。我翻過山頭，下了山溝就從江邊繞回來。」他滔滔不絕的敘述著，大家都替他捏把冷汗。

「孫利腦筋靈活，有急智，反應快。」李以文翻譯誇獎的說。

李胖子翻譯問：「陣地上有多少人？」

「大約一個班，十來個人。」

「孫利，我問你，」桂翻譯慎重的說：「你說快跑到了山頂，那裡是共軍陣地，那共軍陣地是構築在哪裡？是不是在山頂？」

桂翻譯聽得非常仔細，把孫利的話一句不漏的都研判過。

「沒有，沒到山頂。」孫利回答。

「一般陣地都構築在山頂上。」桂和朴翻譯說。

「那我怎麼知道？我也不是指戰員。」孫利不悅。

「不，不，因爲韓戰聯軍砲火太猛烈，」劉裕國立即插嘴說明：「制高點、山頭、目標太暴露，挨砲彈，所以共產黨他們檢討後，多半把陣地建在離山脊二、三十公尺處，不敢在山頂上。」

桂翻譯蹙著眉頭，沈思著。然後，他把臉朝向孫大田。

「孫，你以後呢，怎麼跑回來？」

「我說了，我腿跌壞了，所以跑不動。後來看孫利上了共軍陣地，我也上去。共產黨戰士問我是不是受傷。我說沒有，我腿跌壞了。」孫大田又拉起一下褲管。「後來他們叫我趕快往後走。我就翻過山頭下山溝，後來我就從江邊回來了。」

桂翻譯點點頭。所長和朴、李胖子翻譯望望孫利，又望望孫大田，眼神是研究的。

「好，你們來報情報，馬上要報到支隊部去。」桂翻譯說。他們便都進大屋去。

一個多小時後，孫利和孫大田彙報了情報出來，便到小屋來。孫利一臉不高興的說：「龜兒子，他們懷疑我。」他坐在門限上，噘著嘴。孫大田坐在舖沿也嘀咕著。

「老桂他們又說什麼？」大夥兒問。

「他們又問我陣地上有多少人，還看到什麼，問了一次又一次。李胖子還問我機關槍子彈有多長，龜兒子，我當了七、八年兵，難道連機關槍子彈沒見過？」

「他們問我什麼時候回來，和孫利分開了多長時間。」孫大田嘟著嘴說：「我說大約二十多分鐘，老桂說到底二十多，要說正確。我叫他們去問前方OP就知道，不要問我，我沒有手錶，我過來手錶給你們韓國軍方拿去。」

「那老桂怎麼說？」許家榮問。

「他怎麼好意思說？丟臉！」

「懷疑是應當的，這對我們有好處，不要放在心裡。」伍浩十分埋智的說。

「不要理他們。老桂他們做事情就是這種直腸子，沒什麼。」陳希忠說。

「這是你們自己找的麻煩。」我說：「你們從江邊走就得了，爲什麼要走山路？」

「是韓國軍班哨叫老胡從盤谷走。」孫利說。

「你們的任務在敵後，不在那裡，他們叫你去，你就去？」劉裕國粗聲粗氣的說。「我告訴你，你們上當了！他們叫你去當替死鬼！可惜李以文說你頭腦靈活——肉頭！」

孫利被說的又氣又惱，脹紅著臉，頭旋來轉去的。

「好了，好了，不談這些了。」樊魁擺下手。「大老陳。」他對陳炎光喊。「我看以後別再提什麼去一個班抓俘虜了。去那麼多人，又是烏合之眾，人家稍一盤問，馬上要出大紕漏！」

陳炎光雄心勃勃，大談其偉大的工作計畫；這時，好像洩了氣的氣球一言不發，悶吸著煙。

「我也看不行，太危險。」許家榮搖搖頭。

「那要看人家政委准不准。」小包冷冷的嘟囔了一句——這傢伙嘴巴的確討厭。

陳炎光像隻憤怒的猛獅似的，暴跳起來，抓起舖面一把撲克牌，對準小包頭上摔過去。「你這王八龜孫兔崽子。」他大聲咆哮著：「你爸愛怎搞你管得著？我看你身上那塊肉又欠揍了。」

小包雙手護住腦袋，腮幫鼓得脹脹的咕噥著：

「我也沒說你什麼，你有本事你自己就去。」

「我去不去關你屁事！大家都要去，每個人都要去。」陳炎光又說到我頭上來了。

「好了，別吵啦！大家心都煩死了！」劉裕國叫著。

陳炎光咬著牙，氣呼呼的瞪著小包，好像一口氣要把他吃下去的樣子。小包垂著眼皮，盯著自己跟前，不敢作聲。孫利起立說：

「算了吧，大老陳，和小孩子生這麼大氣做什麼？老孫，我們洗澡去。」

他們走了。

陳希忠對我招下手，和伍浩也出小屋。我跟著出去。他們走到廚房門口前站住。我過去，伍浩小聲的說：

「這回孫利和孫大田出了小米米點事，可把大老陳嚇壞了。」

陳希忠退到廚房內，說：

「北山，你看這個人多壞！又逼你。現在我就是要他先去工作，我才去。你不要誤會，我是對付他。」

陳希忠公開表示：陳炎光不去工作，他也不去；陳炎光去一趟，他也一趟，兩趟，他也兩趟。

「我知道你們倆是冤家。你們是十多年老朋友，應當互相諒解，不過我是要去工作的。」我說。

「你不要去，他憑什麼逼你？不是東西！」

「不是爲了大老陳，是我自己決定。」

「他的企圖是要我們大家去工作，他在這裡當『指揮』。」伍浩說。「你千萬不要去，別理他。」

「去走走，沒什麼可怕。」我體力已完全恢復，老待在聯絡所悶得慌，倒想出去透透氣。

兩天後，張志昌也安全的回來了。支隊部工作命令沒有來，不過送來了一隻大黃牛犒賞我們。「殺馬」的孫大田把牠殺了，留下一半，一半送到支隊部去。桂翻譯對我們說：

「你們現在大量的吃牛肉，好好的休息，養精蓄銳，過幾天再繼續工作。」

連吃了幾天牛肉，燉、炒、烤、爆，吃得大家眼睛發紅吃怕了。沒吃完的牛肉，因爲天氣熱怕壞，鎮在山澗潭底防腐，不過這些給水泡過的牛肉，養分溶解了，吃起來淡而無味。

整整休息了三天。這天上午，支隊長親自來聯絡所慰勞我們，並帶來兩箱罐裝啤酒。大家聚在大屋內。胡銘新和李胖子翻譯忙開啤酒。在各人面前都擺上了啤酒後，支隊長舉起啤酒罐子，操生硬的中國話說：

「大家大大的乾。」

王斌和小包不會喝酒，把兩罐啤酒都放到陳炎光面前去。他悶著頭喝。

乾了第一罐後，支隊長由李以文翻譯替他翻譯，對我們講話了。他說：

「各位中國同志：這一個多月來，各位出生入死，冒險犯難，替我們大韓民國軍從事敵後情報工作，搜集到了非常寶貴的情報資料。各位的英勇表現與工作成果，是十分輝煌與令人欽佩的。我們L師團是『王牌』師團；我們L師團以有各位中國同志感到驕傲。尤其這次兩位孫同志出發工作，千鈞一髮，危險萬狀，而能利用勇敢與機智，欺騙敵人，安然返回，更是難得。」他俯身向前，伸出手和孫利、孫大田握手。大家鼓掌。「現在，我們大韓民國政府，爲了答謝各位對我們大韓民國的貢獻和辛勞，特頒發給各位獎狀，以表謝意。希望各位繼續努力，創造出更輝煌偉大的戰績與榮譽，謝謝！」

他頷頷首，拿起他面前的獎狀，交給桂翻譯。

獎狀是用中韓文書寫的。桂翻譯挺直身子，精神抖擻的接過獎狀，恭敬而慎重的唸著：

「中國同志×××君，協助我大韓民國從事敵後情報工作，功績卓著，特頒此狀，以慰辛勞，以表謝忱。」他唸畢，補充說：「下面是同樣的，我不唸了。這次只發給去工作的人，以後還會發。希望大家繼續努力，爭取立功。」他便把獎狀發給各人。

獲頒獎狀的共十人，我和陳炎光、陳希忠、王斌未去工作，所以沒有。發了獎狀，接著李以文翻譯翻開記事本，宣布支隊長交給我們的三大新任務：

一、利用夜間掩護，乘飛機深入敵後跳傘著陸，搜集情報。

二、派遣一個班人員，潛入敵後蒐集情報並捉俘虜。

三、盜取飛機引擎——一架中共米格17型戰機，遭空戰擊落，墜毀在金城江畔。美軍當局希望取得該架飛機引擎做研究，特懸賞美金伍仟元。L支隊兜攬了這筆交易。

李以文翻譯宣佈了後，桂翻譯又加以說明：

「第一項任務，出發前有一個星期的跳傘訓練，我們正和有關單位接洽中，現在不忙。第二、三項任務，馬上要進行。現在請大家發表意見，是先派遣一個班去工作，還是先去盜取飛機引擎。盜取飛機引擎去兩三個人就夠了。」

大家都垂下頭來，默不作聲；這無異是死亡任務！所長和桂翻譯，朴翻譯眼睛不斷的對著我們打轉，對著陳炎光打轉，等待著我們表示意見。前回陳炎光向支隊長要求這些小夥子給他指揮，保證情報工作做得好，惹得陳希中當著支隊長面前和他大吵了一架。這次陳炎光提出派一個班去敵後搜集情報，連帶抓俘虜，比前回提出的更「高段」，我生怕陳希忠牛脾氣又會發作。我瞟了他一眼，他低頭閉目，很安靜，並沒有衝動的樣子。陳炎光更收斂得多了，不再像往常那樣的大放厥詞，大吹大擂了。

不過，他沒顯得惶恐、緊張。他大口大口的喝酒，一派滿不在乎。他這半生所見過的世面、所遭受到的痛苦與挫折，太多太多了！現在他似乎橫下心來，不管他支隊長、所長，什麼人了。

桂翻譯有點著急；在支隊長面前不能太磨延、拖拉。「陳老大哥，」他終於向陳炎光喊著。「你提的派一個班去抓俘虜的建議，支隊長十分欣賞與重視，你看是不是先派遣出去？」

大家立刻把視線都集中到陳炎光身上，看他這回怎麼出招。陳炎光不慌不忙的放下啤酒罐子，用巴掌抹一抹嘴，直起腰桿開講了：

「支隊長、所長、各位翻譯：這幾天來我和大家都在研究著這個問題。他們也認爲我的建議很有價值，有創意，但也有點小缺陷：把聯絡所的人員都開出去，挖空了，不怕一萬只怕萬一，出了點小差錯怎麼辦？那我們的後續工作就沒辦法做下去了。剛才宣佈的跳傘敵後，和盜取戰機引擎兩大任務，也很重要，而且去一人、兩人、三人都可以；所以我考慮後，還是第一和第三項任務先進行。我這個計畫，再讓我研究研究，到了百分之百有把握後，再推出去。桂翻譯，你看如何？」

油腔滑調的陳炎光，說得頭頭是道，分明是打算抽腿開溜了。

桂翻譯將陳炎光的話翻譯了後，支隊長和所長，各位翻譯便用韓語討論了起來。看情形，支隊長的確重視抓俘虜，因爲抓到了俘虜比任何情報都有價值，那他也就立了大功。不過，這風險實在太大了，萬一出了事聯絡所要關門大吉。我看所長和桂、朴、李胖子翻譯都不大敢表示意見，沒說什麼話，這責任誰也擔負不起。

他們討論了好半天，最後決定把第二項任務暫時擱置。

「好，我們先計畫盜取飛機引擎。」桂翻譯說：「這次上級把這偉大任務交給我們，就是因爲我們工作有了了不起的表現。我希望大家踴躍參加。」

大家頭又垂了下來。

「快！支隊長要回支隊部。」桂翻譯催促著。

「你們誰見過那架飛機沒有？」朴翻譯問。

靜默了半晌，小王斌畏縮的指了下手。

「誰？」

「他們說許家榮和張志昌見過。」

那架米格17型戰機，我也曾經見過。黃昏行軍時，從公路上望下去，像玩具似的，平平正正的息在金城江邊金黃色的沙灘上，銀灰色的機身和機翼，在夕陽下放射出白晃晃光芒。

「許，你去怎麼樣？你見過那架飛機，知道路線。」桂翻譯說。

許家榮又搖頭又擺手：「我不幹。」

「張，你呢？找一個和你搭配去。」

「我，我……」張志昌笑了下，也擺擺手。

「孫利去吧！」李胖子翻譯說。

「對，對，孫利去。」桂翻譯說：「你這次在盤谷表現得可圈可點，絕對夠格。」

孫利笑笑的，拖拉了一陣後，他不經意的問了一聲：「工作怎麼做？」

「很簡單，」桂翻譯說：「走路過去，到達目的地後，把機身機翼鋸掉，只剩下引擎部分；然後，對空聯絡，美軍直昇機馬上飛臨上空，把引擎吊走，就沒你們的事了。」

「那我怎麼回來？」

「循原路回來。」

「我不幹，我不幹。」孫利頭像博浪鼓似的甩著。「人家把引擎吊走，回去領獎；丟下我目標被發現，共產黨把我抓去殺頭。我不幹，不幹……」

大家都笑了起來，沒想到孫利平時吊兒郎當的，也會這麼有思想。

支隊長連忙說：「坐直昇機回來也可以。一切計畫我們可互相研究，不是絕對的。」假使乘坐直昇機回來的話，危險性比我們一般去敵後工作可減低二分之一。

孫利似乎動了心，左顧右盼著。

支隊長、所長、桂、朴、李胖子等翻譯都望著他，大家也望著他。

「孫利，可以幹。」站在後面開啤酒的胡銘新，對孫利嚷著：「拿到了獎金，我帶你去漢城瘋一下。」他擠擠眼，扮個鬼臉。

孫利樂不可支，笑得整個臉快要掉了下來。他用手背向坐在他旁邊的孫大田抖了下。

「老孫，我們再合作一次，怎麼樣？」

「我要考慮，我要考慮。」孫大田聲調不疾不徐的說著。

他又轉過頭望了望許志斌。

「老許，我們來幹一票，好不好？」

老實的許志斌，反覆的說：

「我也要考慮，也要考慮……」沒抬起頭。

桂翻譯見大家消極、推諉，一時無法調配出來，便說：

「那麼這樣吧，孫利，下去後我們再討論搭配問題，怎麼樣？」

孫利只是笑笑，算是答應了。

會就開到這裡結束。這次開會除了我們工作「升段」外，支隊長和所長都沒提起對我們的承諾：做完三次工作後，送我們去台灣。他們應該知道以「送我們去台灣」來鼓舞士氣，比發給我們一張紙——獎狀，有效得多。他們顯然沒有誠意。

「一定要賴。」走出大屋，伍浩附在我耳邊說。

「我們繼續做做看吧。」我早料到他們會來這一手，也想好了對付辦法——逃亡找美軍。

午飯後，支隊長回支隊部。所長和桂、朴、李胖子、李以文、胡銘新翻譯送他下山。我去山澗洗了臉回來，所長他們從山下已上來了。許家榮到小屋來說：

「老桂和阿珠姆妮吵架。」

「老桂這傢伙眞不是東西——在廚房？」陳炎光問。

「不，在大屋。」

我到門旁向大屋望去。阿珠姆妮坐在大屋門口內，一雙手擱在門限上。她一見到我，馬上伸出另一隻手，對地上指了下，說：「薪」，又把手收回去。

「薪」，韓語是什麼意思？我一時想不起來。我到小廣場當中向大屋裡望，見桂翻譯站在屋內兩手叉腰，咿咿唔唔的對阿珠姆妮叱罵，聲音雖小，但極兇惡。阿珠姆妮也不甘示弱，憤怒的臉一下一下的甩向他，反脣相稽。李胖子和李以文，胡銘新翻譯看著他們吵架，沒勸解他們。所長躺在炕上睡午覺了。我裝作沒看到，正要走開時，阿珠姆妮又對我指了下：「薪」。我忽然想起了，「薪」韓語是「鞋」的意思，她要鞋子？我腳長，鞋子給他穿太大，我立刻去廚房那邊臥室問小包和王斌有沒有鞋子，阿珠姆妮要鞋子穿。

「我有，我拿去。」小包很快的把自己膠鞋送去。

阿珠姆妮立即穿上小包鞋子，拿了放在門限內的包袱下山。他走得太突然，我們腦筋還沒轉過來，他已快步下了小廣場石階向山坡下走去。

小包大聲的喊：「阿珠姆妮走啦！阿珠姆妮走啦！阿珠姆妮爲什麼要走？……」

大家都跑到小廣場來，望著她，對她喊著：

「阿珠姆妮再見！」

「阿珠姆妮慢走！」

他回頭向我們擺擺手，扭身摀住臉下山去。

等她走遠了，陳炎光問站在走廊上的李胖子和胡銘新翻譯：

「阿珠姆妮在這裡待得好好的，爲什麼要把她調走？」

「是她自己向支隊長請求要離開。」李胖子翻譯說。

「那以後誰來做飯？」

「支隊部馬上會派人來。」

「男的？女的？」樊魁和孫利問。

「當然是女的，嘿，嘿！」胡銘新咧著嘴笑。

「漂亮不漂亮？」

「當然漂亮，嘿，嘿！」

午睡起來，做飯的女子來了，年紀大約二十七、八歲，穿著水紅色上衣，藍裙子，寬闊的臉盤搽著濃濃的劣質脂粉，很豐滿，手裡拿著一個包袱。她是一個人上山來的，很熟悉的逕向大屋裡去。大屋內沒有起「驚動」。所長和桂翻譯仍然躺在炕上睡覺。朴和李胖子、李以文、胡銘新翻譯，以及衛生兵已起來。他們喊她「蜜斯黃」。她在大屋內待了一會，就去看廚房。大家擠在廚房門口，或立在廚房通小臥室的榻榻米上看她。她在廚房內東看西看的，渾身散發出香水和汗酸臭混合的彆扭氣味；一壁解開上衣脫下，露出一襲緊身半透明內衣，和誘人的白肉。她將衣衫丟進洗菜桶裡，舀瓢水浸著。大家看得直搖頭；搖頭她的髒與美。然後，她便開始淘米做飯。孫大田和王斌、小包也像往常幫阿珠姆妮一樣的幫她忙，替她生火、洗菜、烤牛肉。她對大家的幫忙，不說可，或不可；不過稍有不如她意，她就板下臉咿咿呀呀的叫了起來。孫大田氣得不幹走開了，小包和王斌也不理了。

飯做好了，過去阿珠姆妮把飯菜分作三份：大屋、小屋和廚房。現在她只把大屋的飯菜分去，剩下的丟在鍋裡不管了。

晚飯後，大夥兒洗了澡都到小屋後的大岩石上乘涼閒聊。天色漸漸的黑了下來，砲聲轟隆隆的不停響著。從後方發射來的探照燈，在我們頭頂上空掠來掠去。大家眼睛都望著大屋內。大屋的門口，早已掛上了藍布的門帘。從門帘旁空隙和透過門帘，隱約可見大屋內人影走動，似乎在大整頓，傳出搬動重物和叮噹敲擊的聲音。

忽然門帘底下掀起，冒出一隻黑圓裹嚕嘟腦袋來，是胡銘新。

「來了，來了，老胡是我們派在大屋內臥底情報員。」陳希忠打趣的說。

胡銘新步下走廊，向右拐進廚房，但他很快的又出來過小廣場到小屋，兩手攀著門旁頭往裡探了探，又退出來向屋後張望。劉裕國向他「噓——」的吹了一聲口哨。

胡銘新立刻到小屋後，「嘿嘿」的爬上大岩石到大家跟前，到處找位子坐。陳炎光在他臀部踹了一腳：

「你媽來了，不去伺候，來做什麼？」

「沒我的事，沒我的事，嘿，嘿！」胡銘新一手護住屁股，一手撐在岩石上坐下。

大家立即圍攏來。張志昌問：

「老胡，今晚她和誰睡覺？」

「和你睡覺，和誰睡覺！」陳炎光也在張志昌屁股踹上一腳。

張志昌罵：「他媽的，你可以說，我爲什麼不能說？」

「是和這個。」胡銘新翹一下大拇指。「所長，嘿，嘿！」

「她這麼爛？」

「是公共汽車嘛！嘿，嘿！」

「她是不是營妓？」孫利和伍浩問。

「什麼營妓，人家是金日成大學畢業。」

「哇！今日成大學畢業！」大家叫了起來。

「哇什麼，那是妓女訓練所。」陳炎光說。

「她怎麼過來的？」

「投降過來的。」胡銘新說：「明天還會來一個蜜斯李，比她更年輕漂亮，才十八九歲，嘿，嘿！」

「也是人民軍那邊過來？」

「是抓來的，她父親、哥哥都是勞動黨。」

「那你可有希望了？」劉裕國用肘撞他一下說。

「咦，那個不能碰，她不幹。」胡銘新搖兩下頭。

「怕什麼？幹她。」孫利拍了下胡銘新臂膀。

「不行，不行，人家不同意不能幹。」胡銘新認眞的說：「這是韓國規矩。」

「你管他的，阿珠姆妮不是給老桂強暴了？」樊魁說。

「所以支隊長把老桂關了三個星期禁閉，你們不知道？」他頓了下，覷著眼向大屋望望，然後壓低嗓門說。「我告訴你們一個笑話，你們知不知道老桂和老朴以前也去敵後做過工作？」

「和我們一樣的工作？」大家問。

「一樣。他們怕死，躲在山溝裡沒過去，晚上還找了娘們陪著睡覺，嘿，嘿！窩了幾天跑回來，隨便報個情報。」

「眞的？」

「我哪回騙你們？他們都是大邱情報學校畢業，一共七、八十人，中國話都說得呱呱叫，放過去北韓，只過去幾個人，也沒搜集到什麼情報。嘿，嘿！」

「現在他們還在做？」伍浩問。

「早停擺了，讓給你們來做。」胡銘新說著起立，拍拍屁股要走了。「你們不要把我說的話傳出去，他們知道了會找我。」他好像「專程」來傳遞情報的。

大家安他的心說：「不會啦！我們大家都是中國人。」

第二天上午，蜜斯李來了。她進大屋放了包袱又出來，坐在走廊木墩上，兩手圈著膝蓋。她面龐輪廓分明，平直柔軟的秀髮，垂到項際，髮梢略向裡鬈曲。穿著韓國傳統的白衫裙，很文靜樸素。伍浩和小包，孫利、樊魁等站在小屋門口望著她。李胖子翻譯從大屋出來，她向他說了什麼後，李胖子翻譯便對我們說：

「伍、樊、孫、蜜斯李說以後你們衣服都拿給她洗，不要客氣。」

「不要啦！不好意思，以前我們都是自己洗。」伍浩和孫利說。

「不過我有意見，」樊魁直率的說：「以後廚房裡要弄乾淨些。昨天和今天蜜斯黃才做兩頓飯，就搞得髒兮兮的。」

「是呀！」劉裕國也說：「煮的東西不僅是我們吃到肚子裡去，你們也吃，她自己也吃。」

「好的，沒問題，我叫她們改正。」李胖子翻譯說。

坐了一會兒，蜜斯李便下廚房工作。她把早餐留下沒洗的碗盤，放進木盆裡洗乾淨，沖水，扣在碗櫥裡；而後，抹淨桌子，切牛肉片浸在作料裡，準備烤牛肉。蜜斯黃把木柴架在灶窩裡生火，吹了好半天，火著起來了，熏得她直流眼淚。

她們倆可說是同「類」，但彼此很少交談，好像不認識似的。她們各做各的事，很有默契，互不「侵犯」。

做完飯沒事了，蜜斯黃就進大屋內待著。蜜斯李總是一人孤獨的，坐在大屋走廊的木墩上，坐到下一頓做飯開始。

12

金昌煥喚醒我。張開眼，見所長和桂、朴、李胖子、李以文翻譯，臉色沮喪的出現在門口外，我就知道是告訴我們不幸消息了。已經整整八天了，其實在樊魁和張志昌出發工作五天後沒回來，大家就推測大事不妙了，現在連劉裕國和王斌也沒希望了。犧牲了四條人命，這給我們打擊實在太慘，太大了！我懊惱極了，假使那天——工作命令來的那天，我堅持去的話，也許慘劇不會發生。由於那天我們已去過工作的夥伴一再的推辭，由於桂翻譯一再的催促，後來陳炎光低聲下氣的說：

「我會去的，我因爲身體不舒服，年紀又這麼大了，希望你們給我休息幾天後去。」

陳炎光這回沒說難聽的話刺激我和陳希忠。他那幾近乞求的語氣，使我胸口結起硬塊。因此，我說：

「桂翻譯，給我去，不會有問題的。」

我話一說出，桂翻譯立刻堅決的說：

「不行，你不能去，這是支隊長的命令。」他便向大家說：「你們誰做完三次工作，誰就可先去台灣，是各做各的，不是輪流。」

給桂翻譯這麼說，樊魁和張志昌勉強的接受命令，出去工作了。

第二天，劉裕國和王斌也被派了出去。

一時派遣這麼多人，當時大家都建議目前情況與前不同，共軍已經不再後退混亂的時候，而且我們不能再利用過去共軍舊身分欺騙敵人，應當一組回來後，另一組出去。劉裕國也希望延後。但所長、桂翻譯不接受，他們說上級命令必須服從。他們只懂得服從命令，不向上級反應眼前環境因素，不理會我們的意見。

現在，一切都完了，沒辦法從頭再來了。

陳炎光和伍浩、許家榮、金昌煥立即丟下手裡牌，我馬上坐了起來，大家木然的望著所長、桂翻譯他們。半晌，所長喃喃的，聲音顫抖的說：

「樊和張大大的沒有了，劉和王也大大的沒有了！」

大家內心既難過，又是惶恐；殘酷，終於來臨了，這僅是開始。

孫大田和孫利、陳希忠、小包從廚房向這邊望了下，立刻也過來進小屋，靜默的坐在舖沿，一聲不響。

「這消息從哪裡來？」陳炎光問。

「支隊部來電話通知我們的。」桂翻譯說。

「他們消息怎麼得來？」

「是別的單位提供的情報。」

「是被俘……還是……」孫利不安的問，話一半卡在喉嚨裡沒說出來。

「他們只說出事了，其他都沒說。」

大家計算路程，樊魁和張志昌是去金城江下游的松洞里，劉裕國、王斌去東線陽口，都超出了他們安全返回的時間。

「這回我們就不應該派這麼多人去。」許家榮抱怨的說：「應該樊魁和張志昌回來後，再派遣出去。」

「我們知道。」朴翻譯說：「這是上級命令，上級就是有必要才來命令。作戰要爭取時間。」發生這麼大事故，他們又搬出命令搪塞，不檢討，不接受意見。

他們在門口佇立片刻，說了些安慰客套話後，便走了，進大屋去。好像來「報喪」。

大家無心打牌，默坐著面面相覷，不知如何是好。現在我們最擔心的就怕有活口落在共軍手裡；假使樊魁，劉裕國他們逼出口供來，那今後我們工作將更危險艱鉅了。大家揣測他們可能一組先被破獲，才牽出另一組。至於他們的命運下落，不外是：被發現時槍戰喪生，被俘，或逃到山林裡去。走回頭路絕對不可能，因爲除了王斌外，樊魁和張志昌、劉裕國都去過兩次工作了——爲什麼第一次工作不回來，第二次回來？他們沒有說話的理由，回去的理由。而桂翻譯說出事消息是別的單位提供的情報，根本是胡扯；他們連前線共軍陣地在哪裡都摸不清楚，而且兩組工作地點一東一西，相去兩三百里，他們哪有這種能耐搜索到樊魁他們出事的情報？顯然，支隊部是從時間上判斷的，整八天了人沒回來，誰也想得到出狀況。他們此時宣佈出事消息，目的是爲了工作，因爲人是回不來了，必須做個結束才能派遣出去。

大家向胡銘新打聽消息，這回他卻躲躲閃閃的，不像往常那樣會主動的找我們透露「機密」。不用說所長和桂翻譯對他打過招呼，叫他不可隨便說話。胡銘新有時非常忠於「職責」，他常透露消息給我們，並不全爲了大家都是「中國人」，主要是他話多，愛說話，聽到「機密」或趣味性高的消息，就像母牛乳房漲奶似的憋不住，非一吐不可。

大屋裡電話鈴響時，他們在電話裡說話聲音也小了；所長他們可能懷疑我們竊聽，提高警覺了。

第二天早晨，一吃過早飯，桂翻譯就叫金昌煥到大屋去。

十分鐘後，金昌煥苦澀著臉回小屋收拾衣物。大家大為驚愕。陳炎光問：

「要去哪裡？」

「跳傘去。」他說，兩頰肌肉微牽動了下。

果然不出我們所料，支隊部要派人出去工作了。

「只有你一個人去？」我問。

「他們沒說別人。」

李胖子翻譯一手提著上裝，到小屋催促出發——由他送金昌煥去支隊部。

「快，車來了。」

金昌煥膝蓋頭跪在舖上，將內衣褲、毛巾、牙刷等，放在攤開的上衣裡包起，拎著，向大家道了別往外走。大家也跟著出去。

「再見，再見！」所長和李以文、胡銘新等翻譯，站在走廊上揮手送行。

金昌煥也揮揮手，臉上勉強的擠出一絲僵硬的微笑。

桂翻譯和我們人送他下山。到了山腳下，金昌煥和李胖子翻譯上了車，大家揮揮手，小吉普便向華川水庫方向駛去，打了幾個彎，消失無蹤了。

望著金昌煥走了，大家內心都泛起陣陣酸楚。金昌煥雖然和我們同樣身分，也是俘虜，但他是東北牡丹江韓僑，算是韓國人；因此，所長他們把我們當作「客人」看待，比較「禮遇」，對金昌煥，則是「自己人」，就沒有這麼優渥客氣了。金昌煥自己明白處境，非常小心謹慎，聽話順從。他離開我們，走得很傷心。

想著金昌煥，也想到自己，想到自己的將來，自己的命運。回走時，大家問桂翻譯，爲什麼只派金昌煥一人去跳傘，沒有我們。

「哦，支隊部來命令，只要一個人去。」他信口的回答。

「支隊長不是說要去幾個人嗎？爲什麼只一人去？」孫利問。

「現在只需要一個人去，以後你們大概也會去。」

「去哪裡訓練跳傘？」

「哦，我們韓國軍有自己的基地，在漢城附近。」他回答我們問題，總是這麼隨手拈來，不假思索。

「什麼時候會回來？」

「快的話，說不定一兩個月。」

回到小屋，孫利一屁股坐在陳炎光舖沿前，一臉不高興的嘀咕著：

「龜兒子，他們一定不相信我們。」

「不相信什麼？」陳希忠立在門口外，兩手撫在門旁，向孫利抬下臉。

「他們叫老金去跳傘，爲什麼不叫我們去？」孫利噘著嘴。「前次我工作回來，他們就懷疑我。」

「你別胡猜。他們現在就怕我們不去工作，你等著瞧！」陳炎光燃上一根煙說，他的滿臉落腮鬍養得長長的，好幾天沒有刮了。

許家榮扯下我袖子，說：

「我看和我們戰俘身分有關係，老胡說日內瓦公約規定，不能利用戰俘從事戰爭工作。」

「當然。」我說：「跳傘基地有美軍人員，假使我們身分被老美發現，或者我們自己表明身分，要求到戰俘營去，那不但聯絡所要關門，他們還要受到處罰的。」

「那金昌煥也是俘虜，爲什麼送他去？」

「金昌煥也是俘虜，但他是北韓人，等於是韓國國民，不是中國人。」我解釋。「金昌煥就是向美軍要求去戰俘營，老美不見得會送他去；金昌煥自己明白，要是被老美送回來，他還能活命嗎？」

「桂翻譯說去他們韓國軍基地跳傘。」小包插嘴。

「那是他吹牛。你見過天上飛的飛機有沒有大韓民國的？跳傘訓練沒有飛機怎麼跳？送人去敵後要不要飛機？」

「看情形，去盜取飛機引擎也不會叫我們去了。」陳炎光吸口煙說。

「絕——對不可能。」伍浩連搖幾下頭說：「支隊長那天不是說用美軍直升機吊走引擎嗎？假使出了事追究原因，上級知道有戰俘參與工作，他們要倒大楣的。」

「我也這麼想，他們不敢。」許家榮也說。

正談著，朴翻譯站在走廊上大聲的對我們叫喊：

「喂！大家來開會，有事情，快！」

「什麼事？」陳希忠轉過臉，對朴翻譯問。

「上級命令來了，快來！」

「你看，是不是？工作來了。」陳炎光說。

「好的，好的，馬上來。」陳希忠說。

大屋內有淡淡的香水氣味，屋子靠裡邊的一角用紙箱圍成一塊雙人的舖位，裡頭放著一個小包袱，大概是蜜斯黃的。大夥兒都進了屋，桂翻譯招呼坐定後，隨即宣佈命令，他說第五次戰役已過去一個多月了，共產黨可能即將發動另一次大戰役，上級需索情報孔急，要在今明天內派人出去工作。

「現在我們只打算派一個組出去，一個人，兩個人都可以。」桂翻譯說。

這次丟了四條人命，大家心裡畏懼，沒人願去，沒人吭聲。沈默了好半天，桂翻譯一個個的叫名催促著，大家都搖頭拒絕。我是決定去的，但我不在這時表示；所長和桂翻譯不會答應我去的，也會引起我們人誤會、反感。

「那麼小老陳你去一趟好不好？」桂翻譯又點到陳希忠。

現在只有我和陳希忠、陳炎光未去工作。

陳炎光垂著頭，悶坐著。他一向點子多，愛表現，以爲在聯絡所裡耍耍老社會手腕，即可得逞，曾經向支隊長毛遂自薦「這些小夥子給我指揮，情報工作保證做得好」，又大手筆的建議派一個班去敵後搜集情報，連帶抓俘虜；這時，卻一個屁也不敢放了。

陳希忠十分堅決的說；

「桂翻譯，我有點感冒，不能去，下次我一定去。」他用肘輕撞我一下，暗示是對付陳炎光。

桂翻譯蹙著眉頭，煩惱；派不出人。但他們就沒叫我去工作，也沒找陳炎光。後來，桂翻譯磨著許家榮和孫大田，希望他們兩人去，說了一堆鼓勵的話。許家榮勉強的答應了。孫大田說他腿傷沒好，走不動。

「你們看。」他拉起褲管，腿部傷口紅腫未消，裹著綳帶。

桂翻譯關切的看了下，說：「好的，你休息，你休息。」眼睛又掃來掃去的找人。

大家低下頭避開他視線，不看他，不理睬。

找孫利，他說他已經答應支隊長了，要去盜取飛機引擎，還準備領了獎金逛漢城呢！這當然是他氣話，氣所長，桂翻譯對他懷疑、不信任他。

朴翻譯說：

「小包去吧，小包搭配許家榮最理想了。」

「對，對，小包人小，小鬼，共產黨不會懷疑你做情報的。」桂翻譯說，好像哄小孩——小包是眞格的小孩，十五歲。

「我不幹，我不幹……」小包叫了起來，猛搖著小腦袋。

桂翻譯連哄帶騙的不讓小包推辭，就這麼草率的決定了。

「好了，許家榮和小包去，不要說了。散會。」

散會後，許家榮留在大屋內交代任務，小包嘴皮鼓得脹脹的回廚房那邊臥室去。

吃過午飯，伍浩收拾盤碗送去廚房，回來說：

「小包中午沒吃飯，在哭。」

「喝，哭什麼？一天嘴巴嘰哩呱啦的叫，不去工作做什麼？」陳炎光沒好氣的說。

我立刻去廚房。陳希忠立在廚房通臥室的門口，對我指指裡間臥室。小包蜷曲臥在裡間臥室舖上哭，小肩膀一下一下的抽動著。我出來找所長和桂翻譯，他們要午睡了，我也回小屋休息。

下午二時，我去大屋找所長、桂翻譯，告訴他們讓我去工作，這次情況非比尋常，我們不能再出差錯。

「你去工作？」桂翻譯眼睛直瞪著我。

「我想去試試，體會工作。」

「不，不，你大大不能去。」所長搖頭說。

「不是我們不給你去，這是支隊長的命令，他一再交代不能派你去。」桂翻譯說。

「不會有危險。」我說：「小包人不舒服，等我去回來，再派他們去。」

「什麼？小包生病？」

「小毛病，給他休息幾天。」

桂翻譯馬上起身到廚房那邊臥室去；一分鐘後，他回來說：

「小包鬧脾氣，我們換人。」

「現在出了事，誰都不願意去。」我說。

李以文翻譯挪近我，輕聲的說：

「王，不要去，支隊部計畫招募工作人員，由你負責訓練，你不能去。」

招募華僑工作人員訓練計畫，支隊長和所長曾經對我說過。我說：

「那更應該讓我有個磨練機會，去了解體會眞實環境。」

「可是，這回出了事。」桂翻譯說。

「不會有問題的，向支隊部打個電話看看。」

桂翻譯見我心意堅決，拗不過去，便和所長、李以文翻譯商量了起來，然後，所長打電話到支隊部去。他在電話裡咿唔了一陣，便把話筒交給桂翻譯；桂翻譯談了一會兒，交給我。

「王，鄭翻譯要和你說話。」

那一頭響著：

「喂！你是王嗎？我是鄭翻譯。」

「是的，鄭翻譯好。」

鄭翻譯在我過來時曾見過一兩次面，他是支隊部翻譯，北京話說得比中國人更中國。

「你爲什麼要去工作？」

「我想去了解實際環境。」

「支隊長希望你不要去，有新任務等待著你。」

「是的，我知道，所以我才想去一趟，體會眞實情況，我們中國有句俗語：『不能閉門造車』。」

「等過一段時間去怎麼樣？因爲這次出了岔子，現在先讓其他人去。」

「大家都怕，沒人願意去。」

「還有八、九個人呢。」

「大家心裡畏懼，在這種心理壓力下，去了也沒意義，恐怕又會出事。」

鄭翻譯沈吟著。

「嗨！」好半天，他說：「那你叫桂翻譯接電話。」

桂翻譯和鄭翻譯談了一會兒，便和所長商量，而後，他對我說：

「王，鄭翻譯說你去可以，但要問所長和大家意見，這責任誰也負不起，我看算了。」

我說：「給我和他說。」

我在電話中對鄭翻譯說，我去工作是我自己的決定，沒必要問其他人，我對自己有信心。

「我希望你能不能再考慮，考慮？」

「我再三考慮了，絕對安全無事。」

他又頓住了，過一會說：「那，那麼這樣好不好，你看情形，到了敵後，不要勉強，儘快回來。」

「是的，是的，我會小心照顧自己。」

我掛了電話，對桂翻譯說鄭翻譯沒有意見。他說：

「好，那你和許去。」

「我自己一人去。」我說。

「你一個人去？」

「一人去，遇到狀況好應付。」

「可是兩人去可互相支援。」

「我有把握，放心。」

「那你自己千萬要小心。」他說著，便取出地圖攤在茶几上，指示我去的地點。松洞里，是位於北漢江支流金城江左岸，也就是樊魁和張志昌他們這次去的目的地，假使他們落在共軍手裡，那將嚴重威脅我安全。去的路線有兩條：一是沿北漢江岸往上游走，經盤谷、後洞、大澗谷口等，抵達金城江後過江，順江邊大道行進約四、五里即到達，另一條是走山路出大澗谷，進入北漢江後，再循第一條路線走。我仔細的研判圖上地形，以及共軍可能活動地帶，發生狀況等。看了圖後，我決定走北漢江邊小徑。江邊是死角地帶，比較安全。路程約一百餘里。

「桂翻譯，請你提供我第一線到松洞里一帶的情況，如果知道的話，我可做參考。」我說。

「我們了解十分有限，我們只知道松洞里集結有大量共軍。」他誠實的說。

「那麼這一帶呢？」我指著圖上第一線附近的北漢江和山區地帶。

桂翻譯看了看圖說：

「不清楚，你到了前方可問ＯＰ人員。這次你的任務除了搜集共軍兵力部署，部隊裝備、補給、士氣等外，最主要的是打聽共軍什麼時候發動下一次大戰役，上級非常重視這方面情報。」

「是的，我會留意。」

「你要不要帶武器？」

「需要。」有槍在手，就有最後掙扎的機會。

屋角堆放著八、九支美式、俄式自動半自動槍械。俄製彈盤衝鋒槍太重，我挑選了輕便易於攜帶的俄製鐵把衝鋒槍，百來發子彈，大半袋炒麵。那些營養濃縮豆干、水消毒片等，都是聯軍用品，我不敢帶在身上。

「明早出發，朴翻譯送你到前方ＯＰ。」桂翻譯說：「今晚你好好的休息。」

沒事了，我要離開大屋時，所長說：

「王，大大的好，門牌有一個。」

「所長說方便的話，帶一面門牌回來，不過不要太勉強。」桂翻譯說。

他們起初怕我出去工作回不來，連累他們受處罰，現在沒有他們責任了，儘管增添我工作量。

「好的，我盡力而為。」我說。

走出大屋，伍浩坐在小屋後的大岩石吹了一聲口哨，向我招手。我過去爬上大岩石，在他身旁坐下。

「我正等著你——去工作？」他問。

「是的。」

「哪裡？」

「松洞里，金城江下游。」

他「哼」的從心底打一聲鼻息：

「人家怕去工作，你還怕不給你去。好了，去就去吧！不過，我問你一個人認不認識？」

「誰？你說。」

「姓金，在支部隊任職，據說是北韓平壤藝專畢業，對美術繪畫很有一手。」

我愣了一下，轉過臉盯著伍浩：

「你問這個做什麼？」

「我先問你有沒有這個人？」

「有是有。」我說：「我剛過來時，他和我、李以文同睡一房間，他還替我畫一張像。」

「那就對了，你別緊張，我告訴你，他是北韓派過來臥底的特務。」

「北韓特務！」我狠怔住了。「你聽誰說的？」

「老胡剛才說的。」他用嘲笑的口吻說：「老胡說你活得不耐煩了，請求去敵後工作。」

「老胡怎麼說？」

「他說是搜查到金的一本筆記本，裡面記載著我們十幾個人的年齡、特徵等資料。」

沒錯，大約在三、四個星期前，桂翻譯問我金替我畫的那張像在不在，他要看。我拿給他看，問他什麼事。他回答他也想叫金畫一張，沒什麼。當時我就覺得有點怪。

「老胡人在哪裡？我去找他問問看。」我站起來要走。

伍浩扯下我褲管：

「你坐。老胡在廚房裡吃蜜斯黃和蜜斯李豆腐，你叫他不會來的。」

我又坐下，想了想說：

「金可能沒把我們資料送走，否則，不會留下這個大尾巴。」我指的是小筆記本。

「也許，不過這並不重要，我更擔心的是樊魁、劉裕國他們落在共軍手裡逼出口供來；通往敵後的只有江邊和山路可走，你過去逮個正著。」

「我知道，讓其他人去更糟。我會小心自己。」

「咳！勸你不聽，沒辦法——來了。」他臉向前揚了下。

胡銘新正從廚房走出，一手抄在褲袋裡，滿臉笑嘻嘻的還停留著逗弄蜜斯黃她們的喜悅。伍浩喊了他一聲，胡銘新抬起眼一看，立刻橫過小廣場來，登上大岩石。

「嘿，嘿！什麼事？」

「你坐，我問你一件事。」我說。

「什麼事，說嘛！」他在我跟前坐下。

「你說支隊部那個金怎麼了？」
「是北韓特務嘛，嘿，嘿！」
「什麼時候發現的？」
「快一個月了，你們千萬不要對他們說，所長叫我要保密，不可說出去。」
「你放心，我和伍浩絕對不會告訴大家——那現在金呢？」
「這樣了，那還有什麼話可說！」他打個手勢——槍斃。
「他怎麼被破獲？」
「抓到別人，把他扯出來。」
「也是支隊裡？」
「不是，別的單位。」
「哪個單位？」
「不曉得，反正不是L支隊，嘿，嘿！」
「幾個人？」
「不知道，我只知道金一個——所長答應了？工作」
我點點頭，心中泛起某種感觸與煩悶。
「去就去，怕什麼。」胡銘新咧著嘴嘻笑的望著我。
「走，我們到山下跑馬去。」伍浩在我膝蓋上拍了下，起立。「跑幾圈回來洗了澡，我把從第一線到金城江口的情況，詳細告訴你。」
「對，對！」胡銘新笑嘿嘿的說，他們便跳下大岩石走了。
我孤獨的坐了一會兒，等伍浩牽了馬匹來，也跳下大岩石一起下山去。

13

到達北漢江時，太陽正從東邊山脊，冉冉的升了上來。

下車後，我們往江上游走。北漢江這段江面，寬約一百五十餘公尺。江水呈碧綠色，澄清，流速很緩。江面上裊裊的升起薄薄水氣。山野靜悄悄的，沒半點聲息。對岸山巒重重疊疊，覆蓋著濃密翠綠的松樹林。山下梯田裡麥子正熟，金黃色的麥穗，沐浴在晨曦裡放射出燦爛耀眼的閃爍光芒。麥田後面隱約有三、四間農舍，門戶洞開透光，望去無人住的樣子。我駐足觀察，又看看江這邊地形單調暴露，頓時心裡不安起來。走在前頭的朴翻譯，不斷的催促我快走。我問：

「朴翻譯，江對岸有沒有韓國軍？」

「沒有，放心。」

「假使人民軍來怎麼辦？」

「不會的，快走。」他連頭也沒回。

經過盤谷口，有兩個兵士在那裡垂釣。他們用一根長繩子繫上六、七副釣鈎，小蟲作餌，放入水中，將繩頭牽在谷口兩側岸旁。十多分鐘後拉起繩子，幾乎每鈎都有魚，活蹦蹦的。過谷口轉個大彎，前面出現一溜半里多長的大沙灘，阻住去路。沙灘邊沿有間茅屋，駐著一個班的韓軍。屋子周遭，散佈著十來個散兵坑。兵士們熱烈的歡迎我來臨。在茅屋旁的草棚下，有個年輕女子替兵士們做飯。一個兵士操生硬的中國話，對我揶揄的說：

「中國人，你的喜歡她，可到裡面去。」他指指小茅屋裡。

兵士們大笑了起來。那個女子知道說她，回過頭來瞥我一眼，也笑了，咪咪的笑。

我臉有點臊熱，問他：

「你會說中國話？」我想向他們打聽第一線情況。

「我的中國話小小的。」他說。

「前面還有部隊沒有？」我問。

「沒有，通通的沒有。」

「那路在哪裡？」我見沙灘上方是峭壁，下直抵江邊，無路通行。

「路的沒有，沙灘的走。」

「敵人陣地呢，在哪裡？」

他拍拍額頭想了想說：

「我的不知道。」

我指著背後山區，問：

「盤谷和後洞山上有沒有敵人？」

朴翻譯立即兩眼盯著那個兵士，示意他不要說下去。不過兵士沒覺察到，依然回答我：

「盤谷的我們部隊有。後洞，我大大不知道。」

另一個兵士結結巴巴的說：

「後洞『目爾』大大有毒。」（目爾，韓語「水」的意思。）

「『目爾』有毒？爲什麼有毒？」我楞了下。

「人民軍的派人放毒。」

「人民軍在這一帶出現過？」我以爲江這邊是屬於中共軍作戰區，人民軍不可能在這一帶活動。

兵士還沒回答我，朴翻譯馬上向他們丟個臉色，並用韓語咿唔的說了一兩句。那個兵士立刻住口了。朴翻譯便對我說：

「王，我們走吧。」

護送到此爲止，朴翻譯要我走，不是他也走。他是怕我嘮叨的問下去，問出問題來，會把我嚇住不敢過去，影響工作成果。他們一向不把危險的眞實情況告訴我們，甚至於瞞騙。我們去過工作的夥伴，也常有這種被耍弄的經驗。

兵士們知道情況有限，也不敢再告訴我了，我檢查了下手裡武器，說：

「朴翻譯，我走了，再見。」

「再見，祝你一路平安。」他們也揮揮手。

沙灘鱗片狀似的，一波接一波的向前開展。沙細且厚，沒有彈性，腳踩下去抬起來很吃力。沙面上，有一窩窩模糊的小淺坑，是腳踏過的留痕。我一步一步的蹬著，越走腳越沈重。四顧漫漫黃沙，毫無遮蔽，我擔心對岸出現敵人識破我的身分，因爲我來自韓軍方向，穿的卻是共軍服裝。見到一座大沙堆，是墳墓。沙堆旁，擱著一副沾滿血漬的擔架。挨到了沙灘盡頭，前面是一段鑿在岩壁上的小徑。我抓住樹根石縫，小心翼翼的貼身行進。腳底下是一丈多深的懸崖與江流。偶爾看到共軍撤退時丟棄下的背包、彈藥、槍械等裝備。

攀行約十多分鐘，地形開始逐漸開闊，形成了一條帶狀狹長耕地，種植著麥子，玉米作物。在小徑入口處，有間小茅屋，伍浩告訴我屋內住著一位七、八十歲的老婆婆。我掩蔽在一塊岩石背後觀察。兩三分鐘後，我過去進屋。屋內無人。灶間裡的土灶口地上，有堆木炭，養著火種。

我迅速轉身出來，蹲在門檻內向外張望。從茅屋後的山崖，直到江邊略呈傾斜的百來公尺寬闊旱地裡，沒見有半個人，沒見到老婆婆。她去了哪裡？後山坡度陡峭，長滿野草，她不會去的。我注視著麥田，和江邊小徑。忽然，江邊桑樹林裡，有株桑樹枝條搖來搖去的擺動著。在濃密的枝椏綠葉裡，有一簇黑烏烏的。是隻烏鴉？不是，沒有那麼大的鳥。像隻猴子，朝鮮山上也有猴子？啊！原來是老婆婆！她竟然爬到樹上去，可能是採桑椹吧，太出我意料之外！

我起立出去，站在屋前望著她。她也看到了我，「嗚」的叫了一聲，緩慢的爬下樹來，從口袋裡掏出桑椹，放進地上的鉢子裡了，便捧起鉢子，顫巍巍的往上來。

我上前幾步迎她。她滿頭白髮，滿臉刻著一痕痕憔悴的歲月皺紋，牙齒全落光了，擠出的兩片嘴唇快要頂到鼻孔上去，穿著舊得白糊糊的皂黑色衣衫，光赤著腳。鉢子裡盛著半鉢子桑椹。望著老態龍鍾的她，我想起小時候讀小學，課本裡有則孝子採桑椹奉親的故事，禁不住心頭湧上陣陣酸楚。

我恭敬的問她；

「米穀共依嫂？」（韓語：「美軍有嗎？」的意思。）

她搖搖頭，擺擺手。

我又問：

「海防軍依嫂？」（「韓國軍有嗎？」的意思。）

她指指耳朵，搖搖手，表示耳聾。

我點點頭。她伸出乾癟的手，問：

「朱共依嫂？」

「朱共」？我思索著。想起了，「朱共」韓語是鹽。因爲戰爭，山區與外界隔絕，買不到食鹽，所以她沒鹽吃。

我沒有帶鹽，取下炒麵袋向她打個手勢。她立刻回屋內，我也跟著進去。她將鉢子擱在炕上，去灶間拿了一隻大碗缸來。我解開炒麵袋，倒了滿碗缸炒麵給她。她感激的咿咿唔唔點頭表示謝意；而後，坐在炕沿吃起炒麵，並抓了一把桑椹「請客」。我笑笑的搖搖手，她便自己吃著。我趁這時候把屋子裡再察看一番，看她是否單獨居住，或有人來過。

我裡裡外外仔細的察看，沒發現任何可疑的痕跡。土炕上只有一條舊被子，一隻布枕頭。沒見到一根煙蒂或火柴桿子。灶間裡有兩隻碗，幾支筷子、一把銅湯匙。鍋子和鍋蓋上，沒見有剩下的飯粒與油膩。我判斷人民軍應該沒來過，否則老婆婆不會缺食鹽。老婆婆也沒用異樣的眼光看待我，她不可能負有「任務」。或許人民軍來去行動，也對百姓，老婆婆保密，也說不定，不過，這可能性很低——這一切，也證明了劉裕國和樊魁他們不可能落入共軍手裡，不然，這裡是要道，他們早在這裡等候我了。

這使我安了不少心。

從灶間繞到屋前，老婆婆仍然在享受她的美餐——我的炒麵，一把一把的往嘴裡送，對於我的出現，絲毫都不在意。我沒向她告別，循著屋前小徑下江邊去，不讓她知道我從哪裡來、哪裡去。

我利用江邊桑樹林和地裡作物掩護潛行。經過後洞谷口，挨近山邊有兩三戶人家，屋前曬著一串衣服。在餘洞，我看到幾個小孩在麥田裡嬉戲。這一帶屬北朝鮮，人民軍可能在這裡佈下「眼線」，我儘量避開百姓，以免暴露目標，留下「尾巴」。

對岸山勢逼近江邊，沒有耕地、家屋。山上不見有新土露頭，看不出有工事跡象。一條小徑沿著江邊向上下游延伸去，望去十分分明。

我一路注意著每一條溪澗，尤其水量小，不大流動的水流，看水中有沒有被毒死的魚蝦，或小生物。

繼續往前，耕地又漸變窄小，最後連路也不見了，整個人被淹沒在人般高茂密的野草雜樹叢裡。我一手持槍，一手排開樹枝野草，尋找去路。天氣酷熱，汗流浹背。草葉樹椏刮破我皮肉，又痛又癢，煞不好受。找了半天，發現路是離開江邊往山上去，因爲沒人走，長滿了草。我使勁的向山頂上攀登。火辣辣的太陽，曬得山野熱烘烘的，熏得人毛孔僨張。爬上了百來公尺，見到底下碧綠江水，才看清楚原來北漢江到此轉個大彎，轉彎處江流湍急，江岸被切割成峭壁，所以路改了向。我站在一塊大岩石上往下望，覺得頭暈暈的。驀然，江對岸有人喊：

「腰報，腰報！」（韓語：「喂，喂」的意思。）

我回頭看，是個人民軍，年紀約四十多歲，肩上吊著一支步槍，可能是地方民兵。

我擺出「老二哥」姿態──中共尊稱蘇聯爲「老大哥」，謙稱自己「老二哥」，韓鮮人民是「小老弟」──傲慢而故意的用中國話大聲問：

「你是哪個單位？」

他手圈著嘴，嘰哩呱啦的叫嚷著。

我學那位老婆婆樣子，指指耳朵，擺擺手叫：

「我的朝鮮嗎爾莫洛嘎梭。」（韓語：「我不懂朝鮮話」的意思。）

他不停的叫喊，我也不停的打手勢。後來他大概叫累了，向我揮揮手乖乖的走了，往江下游去。

我又繼續往上爬。

上了山頂，太陽已過中午。山背上長著短短淺草皮，和稀疏的小松樹。順山脊往山區裡去，可能會走到共軍陣地，不過我不採這條路線，我決定翻過山脊下山，又走江邊路。

下山路坡度平緩。從山脊下去是塊廣闊傾斜的山坂，約一百餘公尺長，長著一尺多高細軟的野茅草。風吹草動，草葉抖抖發亮。山坂下，是一片蒼翠高大的松樹林。在山脊與松林間的小徑左側，有間小茅屋。我握住槍向小茅屋緩緩行近。茅屋小巧玲瓏，四周是泥巴壁，屋頂和門、窗戶，都是乾茅草編織的。而當我走近距茅屋二十來步，見到屋旁菜圃裡種著一畦綠油油十多公分高小白菜時，可把我怔住了。有人？但伍浩對我說的是空屋，無人居住。

我立即蹲下，對小茅屋戒備。茅屋門開著，屋裡屋外十分潔淨。屋內可見到一角土炕，和一副層層高到屋頂的木架子。後間大概是灶間。我注視片刻，撿一粒小石子丟進去，石子「噠」的落在地上，發出清脆響聲。屋內沒有動靜。又丟一粒，又沒有反應。四圍靜寂得可怕。猛的，我眼睛一亮，看到窗戶頂角上有個小東西在陽光下發出閃閃金光；定神看，像小蟲窩，像蠶繭，是蠶繭？怪！蠶繭怎麼結到上面去？是別的昆蟲？我挪近幾步，向屋內窺探；一看，滿屋頂，滿牆角，結滿纍纍蠶繭，黃的、白的。我想到江邊桑樹林，恍然大悟，對了，是蠶繭。這一帶老百姓普遍養蠶，屋內木架子可能是養蠶用的。

蠶子作繭自縛，屋內必定無人居住了。我端著槍進屋，果然屋空無人。木架上一層層薄木片釘的格子裡，只剩下桑葉渣滓和蠶的乾糞便。後間土灶旁，扣著一口煮飯鐵鍋子，鍋內有幾隻碗和兩根銅湯匙。後門口有一小水坑，清澈的澗水，從水渠流入坑內，又溢出向山下流去。

伍浩說空屋子，是對的；但又留下一團疑雲。空屋子怎麼會有蠶？小白菜又是誰種的？伍浩是在二十多天前去工作的。小白菜生長只需十五天，蠶子從孵化到結繭至多二十餘天——也可能孵化後帶來飼養——我判斷可能是：伍浩經過時，屋主逃難去了；伍浩走過後，屋主回來居住，種菜養蠶，而後又逃難走了。這推測應當是合理的。

而從蠶繭與小白菜無人「收成」，我判斷附近數里範圍內百姓全逃光了，連人民軍與中共軍也未曾在這一帶活動；不然，他們早來吃小白菜了。

我在屋內搜索一陣後，肚子餓了，拿出炒麵來吃，一面對周遭警戒。

正吃著，天空傳來飛機吼叫聲，幾架聯軍軍刀機在我右後方山區上空打圈子。我擔心飛機攻擊小茅屋，馬上背起炒麵袋，抓著槍向松樹林奔去。松樹下的小徑，舖著一塊塊環抱大光滑的扁圓石。地面上積著厚厚松針。飛機盤旋數周後，開始輪番俯衝投彈，此起彼落，瘋狂的穿梭呼嘯。大森林著火燃燒，烈焰直沖雲漢。我三步併兩步的直向山下奔去。到達了山腳下東大登里時，軍刀機飛走了，飛來一架偵察機在天空嗡嗡的叫著。

我躲在松林下對著東大登里瞭望、觀察。全村子約有十幾戶農家，零落的散佈在江邊寬闊的沙地上。旱田裡種著玉米和麥子，長滿野草。不見有人的活動，與雞鳴犬吠。屋頂上沒有升起的炊煙。一切死寂，沒有生氣。

偵察機飛去後，我便進村子去。

我對著一幢幢家屋嚴密的搜索。屋舍裹在密密的蓬草裡，有的倒塌，有的門戶緊閉，屋頂長出草來。荒蕪的旱田裡，印著一朵朵梅花似的野獸足跡。找不到路，埋在荒草裡。搜索到了村子的另一頭，沒見到一個百姓，好像全世界只有我一個人了。站在村子盡頭的江邊，可看到三、四里外的大澗谷口了。江流在谷口附近成直角轉個彎，逆流而上，便是金城江口了。

從大澗谷至金城江口，是山區共軍往後方主要通道，白天活動非常危險，我決定等天黑走。時候大約是下午四時左右，我躺在草地上休息。走了一天路，我覺得有點疲乏。

天黑時，我吃飽炒麵，持槍出發。天空沒有月亮，幾顆星星，亮晶晶的閃爍著。聯軍重砲不停的對著我背後山區轟擊，傳來一陣陣轟隆隆的爆炸聲，與一閃一閃的閃光。經過大澗谷口，在路旁懸崖下發現有五箱彈藥，偽裝著樹枝。我打開一箱察看，裡面裝的是手榴彈，乍看下很像美式的，橢圓形，外殼有格子，不過頂端伸出的信管有小指頭長，美式的信管較短。這是我在韓戰場第一次見到這種新型手榴彈；共產黨模仿可眞迅速。看了後，我把它放進箱裡，恢復原狀。再前行約一里路程，到達一道通往三〇二高地的谷口。一根電話線從谷內牽出，直向金城江口扯去，並聽到說話聲，從山谷傳來，距離很遙遠，陰陰的。

又走了一程路，到達了金城江口。

江口約二十餘公尺寬。江邊原有的七、八戶人家，如伍浩說的，房屋全拆掉了，在屋旁挖大坑，將家具和拆下的木料藏放坑內，蓋上屋頂。百姓全逃難走了。唯一的只剩下一株丈把高櫻桃樹，倔強的屹立在黑暗廢墟裡，結著滿樹熟透的果實，好像不向這殘酷戰爭低頭似的。我手輕搖了搖，一粒粒櫻桃像雨點般落下。我摘幾把吃，甜甜的，很解渴。

對岸江邊是條三、四公尺寬的道路，分向北漢江和金城江上游伸展去。路上有幾條黑影，模模糊糊的移動著，往北漢江上游去。

松洞里在金城江左岸。我不從江口過江；共軍多在對岸活動。我沿著這邊江岸小徑行進。我小心的撥開野草、荊棘，摸索前行。江對岸高聳綿亙的山巒，像堵牆似的，循著江流走向，把金城江河谷遮蔽得格外陰森恐怖。我邊走邊觀察，注視著對岸情況。由於夜幕低垂，看不清楚對岸一切景物、黑影。及至山脈斷層形成了個大缺口時，我估計走的路程，知道到達松洞里口了。我別起褲管涉水過江，水深淹至膝蓋頭。

上岸後，走了一段鵝卵石沙灘，我佇立在灌木叢裡對著松洞里望去。在黯淡青灰色星光下，屏障谷口的兩側山巒，像兩隻猛獸似的趴伏著，把守住關口。敞開的松洞里谷口，矗立著幾株高䠷的樹影。谷內則所有屋舍、道路、田野、山林……全糅成一團黑，黑的世界，什麼也看不到。

我張望了半晌，便握緊槍往山谷裡走。在谷口附近，聞到一股屍臭。順臭氣方向望去，見到不遠路旁有間茅屋，屋前有個一人深大炸彈坑，把茅屋震得歪歪斜斜的。行進了兩三百公尺，前面出現一列黑影對我移近。我停住腳望著。黑影漸漸的，變得更濃更顯明。我立即掉轉頭往回走。我決定暫時別進松洞里；整座山谷漆黑死寂，看不到山野眞面目，找不到對象搜集情報，遇到哨兵盤查，孤零零行動易被懷疑識破。我打算在谷口附近找個掩蔽地方藏身，等白天對松洞里做徹底觀察了解後，到傍晚進山谷去。共軍多在黃昏時分出來活動，人雜水混，倒好闖騙。

回頭望，黑影已下了公路旁小徑，往山澗裡去。

我徘徊谷口找落腳點。在屍臭的那幢茅屋後面山崖下，我發現有一小屋，距離道路約八、九十公尺遠，且有惡毒的屍臭「把關」，無虞有人「造訪」，很適合藏匿。因此，我便向小屋走去。屋外圍著木柴籬笆。院子裡的野草，長得籬笆般高。我推開籬笆門進去，又把門關上，向屋子摸索去。進了屋，嗅到濃濃的潮濕與霉氣，炕上倒很乾淨，我便卸裝倒下睡去。

14

醒來時，天色已亮，從松洞里傳來一陣陣「東方紅」、「朝鮮在燃燒」、「三大紀律八項注意」等嘈雜歌聲，以及叫喊「打菜啦」，「各班開飯啦」……不絕於耳。我一躍而起，拿出炒麵吃早餐。填飽肚子後，我到籬笆旁向四外張望，整個松洞里赤裸裸的呈現在眼前。從谷口一直往裡延伸的寬闊紅土公路，遠遠的盡頭是一溜無際湛藍色的天空。路上冷清清的，沒幾個共軍戰士活動。公路旁的屋舍，全遭炸毀，倒塌或燒光，不見有老百姓。公路兩側是三、四百公尺寬的旱田，種植著麥子與玉米作物，枯枯黃黃的。周遭的山陵，是一波波連綿平緩的山丘。山丘上長著茂密細軟的野茅草，與稀疏的小松樹。幾道山澗分割丘陵流過田野，匯入公路右側的溪流裡去。山丘下零落的散布著若干農舍，門戶開敞，空落落的，可能無人居住。在籬笆底下的那間屍臭茅屋裡，躺著一具屍體，從頭到腳蓋著一床厚棉被，爬滿紅頭蒼蠅。觀察了半晌，歌聲、叫嚷聲漸趨沈寂，山頂上傳來工具撞擊石頭發出的鏗鏘聲音，是共軍沿著江邊山梁構築工事。我抬頭向山頂望去，見不到人，僅聽到說話聲。我生怕暴露目標，趕緊躲進屋內。

小茅屋只一臥室，一灶間，十分簡陋。我抱著槍坐在屋後走廊上，背靠著壁，無聊的東張西望著。屋後有塊荒蕪的小菜圃。隔著菜圃的懸崖下，有一蜜蜂窩巢引起了我的興趣。蜂巢是用粗樹幹做的，一公尺多長，樹心鏤空豎立在懸崖下，頂上覆蓋著一隻大瓦盆遮蔽風雨。小蜜蜂從底部小孔飛進飛出，忙碌的工作。

假使人類也像小蜜蜂，默默的辛勤勞動，和平共存，這世界也許就沒有戰爭、鬥爭了，我心裡想。

望了一會，我漸漸的打起盹來。不知過了多長時間，我彷彿聽到有人叫喊：「防空，防空，『美帝』飛機來啦！」「快掩蔽，不要暴露目標！」……我立刻抓槍翻起身，跑到屋簷下向天空望去，沒聽到飛機響聲。而我跑到籬笆邊時，一架軍刀機不聲不響的正從我背後上空俯衝而下，同時兩枚炸彈平行的從飛機腹部滑出，飛機又快速抬頭爬升，發出怪吼。接著是震天價響的爆炸聲，公路上的那座橋樑被炸斷了，滾起一堆塵埃。另一架飛機在前面山溝上空丟燃燒彈。飛機飛得很高，長長的燃燒彈離開機艙時，在天空連翻幾個筋斗栽下去，迸起一丈多高火柱與硝煙，燃燒著周遭山野。濃濃的煙霧不斷的往上翻騰，白一陣，黑一陣，遮住了天頂的太陽。被遮住的太陽，看去紅通通的。

飛機在天空肆虐數分鐘後飛走了。一小隊的共軍戰士，牽著牲口，從燃燒的山澗裡慌慌張張的跑出，後頭跟隨著幾個炊事員，挑著鍋筐左右搖晃著。隊伍越過了公路，便迅速的躲到這邊的山溝裡去。

山丘上的野火，嗶嗶卜卜的，繼續燃燒著，火焰一圈圈的，不斷的往外擴大、伸展，接連著。一部分火勢向松洞里裡邊蔓延去。

下午三點多鐘，附近山溝裡出來了一個連的共軍，扛著圓鍬十字鎬、樹幹子，搶修公路。有三、四個隊的共軍戰士，開上山滅火去。他們手執樹枝像打麥似的撲打著，折騰了三、四十分鐘，火焰才完全熄滅了。

這時，歌聲敲擊碗筷聲，又響了起來，有人叫喊打飯打菜啦，好不熱鬧。

我準備出發進松洞里。先吃飽炒麵。全副武裝目標太顯著，容易引起對方注意，我將衝鋒槍、炒麵袋、雨衣等藏在草叢裡，徒手進入。下小徑上了公路，整個人好像從黑暗一下子暴露在強光下，覺得很不自在。

夕陽把影子拉得長長、瘦瘦的。我哼著「東方紅」，悠哉悠哉的往裡走，對四圍環境、狀況做縝密的觀察。共軍戰士三三兩兩的在公路上、田野裡走動。天還未黑，我儘量避免和他們迎面遭遇，被發現無法脫身。我必須先了解情況。前面不遠處的幾間倒塌房屋廢墟裡，有三個戰士不知在尋找什麼。我哼著調子過去，暫時躲避。他們渾身油膩膩的，一個手裡抱著一口大缽子，一個拿著幾隻碗，一把大杓子，另一個身子矮短，皮膚黑得發亮，手裡拿木棒子撥去的找東西。我看出他們是炊事員，找做飯炊具的。

我佯裝也找什麼的，不過不和他們搭訕，不正視他們。倒塌下來的屋椽、柱子、豎七橫八的躺著，遍地瓦礫。在瓦礫堆裡有隻木桶，盛著大半桶發餿臭的米湯水。我過去倒掉它，剩下桶底一點臭臭的，將桶提在手裡。

「也扮個伙頭軍吧！」我心裡喊。

一個炊事員問：

「你們也找傢伙做飯？」

「是啊，沒有桶，洗菜洗米眞不方便。」我說。

「晚上你們吃什麼菜？」另一個炊事員問。

「煮豆。」我說。蔬菜沒辦法補給，豆一定有，不管什麼豆。

「我們也是，豆和鹹魚。」

我眼睛對著地上梭巡找尋，悄悄的注意著他們。手執木棒的那個戰士，可能是班長，認眞的找著他所需要的東西，找到了，就棒子敲敲兩下：「拿著。」兩個炊事員便馬上過去撿起。兩個炊事員看去比班長年輕，但很油滑被動。

「你是哪個單位？」一個炊事員又問。

「六連。」我說。我對共軍部隊番號毫無所知，即使知道，我也不敢貿然說出任何番號代號，怕萬一說出的和他們同單位，那我就現形了。我說「六連」，一個團，一個師有幾個「六連」，他們不知道我哪一師哪一團，如果他們也是「六連」的話。

「你是哪個單位？」我也問。

「四八大隊。」那個炊事員回答。

我看班長是夠積極的，不敢多問，只注意聽他們說話。我嘮叨的問，問得不自然，容易引起對方懷疑的。

我專注的翻翻這，看看那，走來走去。

隔著溪流，對面山澗裡走出四、五十個戰士來。他們成一路縱隊向溪流走來，手裡拿著毛巾前後甩著。帶頭的像是排級幹部。

一個炊事員喊著：

「人民軍吃飽飯又來脫光洗澡了。」

人民軍？我大爲驚訝。他們穿著內衣褲，光頭，和中共軍分不出差別。不過走步動作整齊，有精神，不像中共軍活老百姓的樣子。走近時，聽到他們咿咿呀呀的說朝鮮話，的確是人民軍。聯軍在仁川港登陸後，北韓人民軍遭徹底擊潰，我從過鴨綠江到三八線，沒見過幾人，如果不是炊事員叫喊，就是面對面我也看不出來。

他們走到溪畔，馬上脫光衣服，赤條條的跳進溪裡洗澡，嘻嘻哈哈的叫嚷。我和那兩個炊事員隔岸作壁上觀。

在溪流上方三、四百公尺處，又有幾十個戰士洗澡，我揣測也是人民軍；中共軍沒有洗澡的習慣。

「人民軍眞沒體統。」一個炊事員說。

「他們做飯有的用女同志。」另一個說。

「你管人家，走，回去。」班長在背後叫。

他們抱著搜尋來的炊具，上公路往裡去。

我拎著木桶也跟他們走，落在他們後頭兩三步左右，利用他們替我「夾帶」進去，遇到盤問給他們去應付。太陽已下山，暮色裡飄浮著濕冷的霧氣。路面上有車輛軋過的痕跡。山谷右側的山邊樹林子裡，拴著六、七匹牲口。山澗內裊裊的升起一道白煙。

經過炸斷的那座橋樑，橋已經修復。路旁堆放著十來根樹幹子，是作爲修橋的備樑。一隻騾子被炸死在路下方的田野裡，肉給割光了，只剩下一堆皮骨頭，散發出淡淡的血腥臭。

過了橋，三個炊事員便踅入橋下溪畔往山溝裡去。我又躲到路旁倒塌房屋的廢墟裡找炊具。我揀了四、五隻碗，拿到公路旁的溪裡去洗，一壁注意著來往的共軍戰士。洗了又洗，洗了十多分鐘後，從松洞里口方向模糊的來了一副擔架，兩個戰士抬著向前來。我馬上將碗放進桶裡，提著，上公路往裡走，並放慢腳步等他們。他們吃力的抬著，在後頭向別的過往戰士問路，沒跟上我，便對我喊：

「老鄉，三六大隊衛生連駐哪裡？」

我立即回頭，親切而恭敬的和他們招呼：

「哦，辛苦了，你們是哪個單位？」

「一四二團。」

「我替你問，我也是前面去。」

「太好了，太好了！」

「沒關係。他怎麼受傷的？」我問，指躺在擔架上的戰士。

「砲彈打的。」

「在哪裡打的？」

「過江那邊，陣地上。」

躺在擔架上的那個受傷戰士，痛苦的呻吟著，一個背包壓在他身上。我說：「這背包給我拿。」便伸手過去將背包提了過來。他們連忙說：「不要，謝謝！」我已把背包打在肩上，好像拿樹枝插在身上僞裝似的，居然更像個「抗美援朝志願軍」了。

「謝謝，謝謝！」他們太客氣了。

天色全黑了下來。公路上共軍戰士來來去去，有的是領糧領彈藥的，有的是進出松洞里的。我扛著背包，大模大樣的走在前頭帶路，一路隨機和兩個抬擔架戰士閒聊，搜集情報，一壁利用問路掩護，向過往共軍戰士盤問情報，打聽消息。也許對方以爲我從火線下來吧，都非常願意的回答我問題，而且熱情。共軍部隊行軍時，往往提醒零星脫隊戰士要小心「美帝」特務。我也以類似口吻叮嚀他們，套他們的話，探索樊魁、劉裕國等四人下落，希望能得到些訊息。而他們的反應是：「是的，要注意『美帝』特務！」「聽說有個單位，防空洞給『美帝』特務扔了兩顆手榴彈。」「『美帝』特務無孔不入。」「有個丟隊戰士，給『美帝』特務殺死。」……

經過一座村莊，是松洞里大聚落，所有屋舍全遭焚毀燒光。廢墟裡有尊燒得焦黑的重砲，與一輛汽車殘骸，可能是躲在廢墟裡防空被飛機發現炸毀的。過村子走了一程路，前面有一堆黑影凝聚在那裡。走近看，原來是補給站。一輛大卡車停在路旁，幾個戰士趕把車上糧包卸下，堆在路邊。領糧戰士領了糧便走；沒領到的，排隊等候，或坐地休息談天。見擔架來，他們立刻讓開路，有的圍攏看。一個幹部模樣的拿起手攔他們。我向他們問路：

「老鄉，三六大隊衛生連駐哪裡？」

「三六大隊衛生連嗎？」那個幹部向前手指了下：「往前去，走四、五百公尺左右，右拐進山溝就到了。」

「謝謝。」我向他點下頭。

過糧站走約七、八分鐘，抬前面擔架的戰士說：

「到了，到了，你看。」

在岔路口的地面上，撒著白石灰的「三六」代號字樣，和一道箭頭指向山溝裡去。我將背包放回擔架上，他們道了謝，彼此便分手了。

我孤獨的走自己路。前頭有幾條黑影，緩緩的往裡行進。我也緩下腳步跟隨著。計算路程，我已走過頭了。現在我得做回走準備。我把木桶扛在肩上，一手搭住桶樑，這樣可使桶的目標更顯著，更容易嗅到桶裡的酸餿氣，以增添它的效果。前行了好一會，我見到山腳邊有三、四間空農舍，前面牆壁門戶倒塌脫落。我過去撫著一間門柱子往上摸索，觸到了一塊薄木板，長約三十公分，寬十公分，是門牌。我使勁的摘下它，丟進木桶裡。而後，我在那裡草地躺下休息了十幾二十分鐘後，便起立往回走。

山溝裡響起了哨子和口令聲、唱歌聲，是就寢的時候了。以昨晚的經驗，到晚點名後山谷裡來往人少，不好活動，我必須加快腳步。

路上偶爾遇到兩、三個戰士行走，人少，沒有危險性，順便的話，可盤問他們一番。前行沒多久，老遠有一隊黑影迎面而來，肩上扛著白色的糧袋，很顯明。我馬上轉到路的另一旁行進，避免和他們碰頭。

歌聲從一道道山溝傳來，中共軍和人民軍的，滿坑滿谷，混雜著含糊的講話聲，和響亮的呼口號聲。二十多分鐘後，逐漸熄滅了，山丘、田野、道路……一片死寂。

經過糧站時，那裡只剩下一兩個領糧隊伍了。那輛卡車已不見了。有的戰士臉老盯著我看，我走我的路，不理睬他們。過了糧站，前頭又有一小隊領糧戰士向前行。我跟在他們後頭，和他們保持距離行進。

走了一段路後，那小隊戰士轉入一條山溝裡去。我便邁開大步走路。東邊山頂升起了下弦的月亮，照得山野昏黃的朦朧。我急急前行。過了那座修復的橋樑時，前頭黑壓壓的出現一群黑影。我立即緩下步來。他們聚在那裡做什麼？領糧？又不見領糧戰士來去。那裡接近谷口，我判斷是崗哨，盤查的。迎面來了三個戰士，從身旁經過時，我聽到他們嘀咕著被盤詰得不高興。沒錯，崗哨。

這倒讓我安了心，因爲崗哨位置固定，在夜間完全被動，我可以過去接受盤查，也可以不過去。而且有了崗哨盤查，我就不必擔心會有其他人「多事」的盤問我了。

我大擔的走過去，接在等待盤查的戰士後頭。崗哨共三人：一人背著彈盤衝鋒槍，可能是組長或班長；其餘二人持步槍。盤查內容是：部隊番號、哪裡來、哪裡去、任務、返回時間等。他們盤問進來的兩三人後，便盤問出去的，交替輪換。進谷內等待盤查的戰士，約有十一、二人，站成縱隊；出去的十七、八人。離崗哨左旁六、七步處，還站著兩個持槍上刺刀的戰士，也是穿中共軍服裝，不過把襯衣白領子翻到外面來，看去很有精神，不土氣。我一眼看出他們是人民軍崗哨，負責盤查人民軍的，因爲沒有人民軍進出，所以閒在那裡——人民軍服裝全由中共補給。

盤查進行得很緩慢，囉嗦的詰問，有的戰士等得急，不耐煩，發牢騷罵嘴：

「哼，死的『美帝』特務才會被檢查到。」

「他媽的，撐飽了沒事做。」

「眞的『美帝』特務，早跑到墨西哥吃西餐去了。」

他們譏諷嘲笑的嘀咕謾罵，就差點沒把我激出笑聲來。他們作夢也沒想到眞的「美帝」特務，就站在他們眼前。

我一面注意聽他們發牢騷，看有否扯拉到逮住「美帝」特務什麼的——探索失蹤的樊魁他們下落，一面沈著的盤算如何「過關」。要是過去接受盤檢，我現在已知道四個番號與五、六個代號了。但我不能利用這些番號代號應付；因爲我報出去的或許是他們的單位——包括崗哨和等待盤查的戰士——那立刻露出馬腳，等於自投羅網，逮個正著。這裡又是松洞里最狹窄處，一旁挨山腳，另一旁是溪流，溪流那邊山邊，也看得到人影。思索一番後，我決定打那兩個人民軍主意。我大大方方的走過去，端起「老二哥」姿態對他們說：

「同志，我到前面找兩個桶子做飯，好嗎？」我指著不遠路旁倒塌的房屋。

他們打量了我一下，又望望我指的方向，可能聞到了我木桶內的餿酸味，滿像個炊事員，其中一個便操生硬、不大流利的中國話說：

「好的，好的，你得要快快的回來。」

「是的，是的。」我說，便走。

才跨出幾步，那個中共軍組長，立即轉過身大聲的吆喝：

「過來，去哪裡？」

我鎮定的走過去。

「到那裡找兩個桶子做飯。」我說，指了指，從容的，故意的又走近兩步，晃著桶裡的碗鏗鏗作響。

他往後退，噴鼻子，大概嗆到了桶裡的酸氣味。

「去，去，快回來。」他揮揮手。

我向倒塌房屋廢墟走去，回頭望望崗哨黑影，漸漸的揉成一團模糊了，最後整個被黑暗吞噬了。我馬上快步往外走。到了谷口，公路旁的兩棵大樹被砍倒攔住去路，但無人看守。我翻越過去，向山邊小屋急走。到了小屋，我取了衝鋒槍，乾糧袋等，披掛上身，將木桶裡的門牌插在背後腰帶上，然後甩掉木桶，便向金城江奔去。

過了江，我沒停留的順原路線回走。聯軍重砲零星的對前面山區轟擊，火光在天空一閃一閃的。我躲在路旁樹影下行進，生怕撞上人。走到大澗谷口時，那五箱彈藥已不見，給取走了。過了大澗谷口，我鬆了口氣，才覺得身子疲乏極了。我已兩晝夜沒好休息，僅吃炒麵，喝江裡水。我踏著月影，恍恍惚惚前行，眼皮像有千斤重的向下垂，無法張開。到了東大登里，我離開小徑百來公尺處找塊平坦草地，一倒下去便呼呼睡去。

一覺醒來，我又起身出發，上東大登里後山。

四野下著茫茫大霧，灰濛濛。霧氣黏在身上濕濕的，眉毛結著水珠。

上了山頂，天剛放亮，我肚子餓了，拿出炒麵坐在地上進早餐。吃著吃著，地面有個手指頭大洞穴映入我眼簾。像蟲穴，穴外又沒有新土。我摘一根草莖量，僅一公分多深。找附近地面，又發現兩個小洞；在小徑上下坡處卻沒有。我判斷是手杖拄在地上形成的；有人來過。山頂泥土厚，鬆軟，手杖插下去會留下小洞；山脊兩側下坡處，因爲泥士流失，露出石礫，所以現不出小洞痕跡。那麼來的會是什麼人？走路要用枴杖，而且留下這麼深的小洞，應該不大可能是小孩或年輕人，年紀一定比較大的。韓軍兵士說，人民軍常派特務在這一帶放毒。年齡大，是特務的好掩護。被懷疑為人民軍特務，遭聯絡所槍殺的那個老頭，年紀就有七十多歲左右。

我小心翼翼的下山去，見小徑兩旁野草灌木枝椏，有的被打斷折斷。下到江邊，我注視著每一條澗流；沒見有死的魚蝦，沒發現有異狀。一路也沒遇到來往百姓。在餘洞，見到一個女人頭頂著一盆衣服，從溪澗上來向屋子走去。後洞有間屋子，屋頂冒起炊煙。而過了後洞，走了百多公尺，我發現前面不遠的老婆婆茅屋前，坐著兩個共軍，並排的坐著，可把我嚇了一大跳。果然在這裡等著我了！我馬上臥倒出槍，但腦子立刻又轉了過來：不可能是敵人；敵人怎麼會好端端毫無戒備的坐在那裡？定神看，嗨！原來是陳炎光和陳希忠。我向他們拍拍手，他們狠怔了下，也看到了我。

「北山，北山，快上來！」他們向我招手。

我上去先注意茅屋內，老婆婆在灶間裡生火做飯。

「你們是什麼時候出來的？」我問。

「我是你走後第二天，所長就派我出來。」陳炎光說：「去四川里，北漢江上游。」

「去了沒有？」

「我去回來啦！」陳炎光說。

「我是去炭甘里。」陳希忠說：「四川里還要過去。」

「你們一起出來？」他們兩個是冤家，走在一起我覺得奇怪。

「不，我是今天早晨出來，在這裡碰到大老陳。」陳希忠說。

我氣惱的說：

「他們怎麼搞的？劉裕國和樊魁他們才出事，沒等我回去，一個個像砲彈的送來，再出問題怎麼辦？」

「是啊！」陳炎光說：「他們說支隊部急著要情報，有什麼辦法？坐，坐，我問你——」他挪動一下臀部，騰出位子，用手裡柺杖對走廊扣扣兩下。

剛才因爲緊張了一陣，又說了些話，沒有留意；這時候，我才看清楚陳炎光手裡拿著柺杖，沒有攜帶武器；再看柺杖末端，正和我在東大登里後山上發現的小洞穴差不多大小，愈看愈眼熟。「對了，一定是他。」我心裡肯定的喊。同時，我立刻有了疑問：四川里路程比松洞里還要遠，他是後我一天去，到現在也不過兩天一夜，以他的腿力絕對沒辦法走到，一定沒有去，說謊。我別先吭聲，看他怎麼說。

「你坐，坐。」陳炎光又用柺杖扣兩下。我沒坐，站立在他們面前。他親暱的喊：「王，我問你，你去松洞里是怎麼走？」

「我是從江邊過去。」我說。

「是的，我知道。」陳炎光說：「我問你，你從江邊走，到了前面沒有路了，就上山頂去是不是？」

「是的，從江邊爬上山頂。」

「那到了山頂呢？怎麼走？」他急切的問。

我知道他的企圖了：想套我的情報。他既怕死，怕去工作，雄心又強，想在聯絡所當「指揮」。他逼我去工作；我去了，所以他不得不去。現在他是想套我的情報，回去才有辦法胡扯亂報，吹噓他工作如何的了不起，成果如何如何的豐碩，希望支隊長賞識，再向支隊長提出要求：「把這些小夥子交給我指揮，保證情報工作做得好。」——他曾當著大家的面，向支隊長提出過——假使支隊長答應了，那他今後就可以「指揮」大家去工作，去死亡，「指揮」他自己不必去工作；這是他的夢，美夢。他從後洞，餘洞，直到前面山頂，在山頂留有他手裡柺杖的「足印」，他的確到過，所以不問。他從山頂起問我怎麼走，他到底走到哪裡爲止？讓我耍他幾招就見分曉。

「我從那裡山頂下去，快到松樹林的路旁有間小屋，你一定進去過，是空屋，沒人住。」我誠實的說。

「是的，那再下去呢？」

「再下去是東大登里。」我說：「那裡是死角地帶，戰爭打不到的地方，像個世外桃源。」

「是的，是的，那裡老百姓生活過得非常太平。我還在那裡休息，他們還請我喝水。」

我要發笑出來，東大登里有老百姓？他見鬼啦！

「那東大登里過去怎麼走？」他問話技術太笨拙，像審訊案子，簡直把我看作呆瓜。

從東大登里經過大澗谷口，三〇二高地谷口，直到金城江口，所見到的一切，甚至於那株櫻桃樹，我都老老實實告訴了他。

「是的，那棵櫻桃樹結了好多好多櫻桃！我也摘了幾粒吃——那你在金城江口怎麼過江？」

「我是從江上浮橋過江。」江口沒有橋，我又撒個謊。

「我也是從浮橋過江。」他對我的話照單全收，也跟著「撒謊」。「那過了江以後呢？」

「到了對岸，我順金城江邊往松洞里。你大概從北漢江邊走，是不是？」我裝迷糊。

「是的，是的。」

他不再問了。我望了望屋內，說：

「走吧，這裡是我們主要通道，等會老婆婆從灶間出來，看我們都在這裡不太好。」

「對，快走，路上不好走，我也回去，下次再來。」陳希忠說，起立背起卡賓槍回走。

我問：「你不去？」

「我想下次去，現在路上危險。」

「也可以。」我說。

陳炎光走最後，拄著枴杖慢吞吞的，一步一步踏著。距離很快的拉大了，陳希忠回頭望了下，說：

「北山，你去路上好不好走？」

「沒什麼，就是進松洞里人多，有崗哨盤查，應付得當也沒事。」

「大老陳說北漢江邊也有崗哨，還把他扭住盤問，不放他走。」

眞是怪事！他根本沒去怎麼會遇上崗哨？我明白了，陳炎光一定對陳希忠吹了牛。我沒到前，陳炎光一定告訴了陳希忠路上怎麼難走，怎麼危險，連唬帶騙的把陳希忠嚇住了，誑他回去。陳希忠說「路上不好走」，我敏感的就懷疑陳炎光對他說了什麼話。那麼這一來，陳炎光算是去了一趟工作，陳希忠一次也沒有，以後陳炎光就有話柄數落挖苦他了。

「也許有崗哨。」我說。

陳希忠又回頭望望，問：

「北山，你看大老陳是不是眞的去了？」他似乎也起了疑心。

其實現在陳炎光已落在後頭一大截，他在兩天一夜時間內，能不能到達四川里，已有了答案。不過我不能說眞話，如果我說了，陳希忠把它抖出來，所長、老桂他們知道了，對大家都沒好處。因此，我說：

「去了，眞的去了。」

陳希忠聽了不響，低著頭默默的走路。

15

從我敵後工作回來後，大家最關心的劉裕國、樊魁等他們生死下落問題，又談論了起來。本來大家揣測他們可能有部分活口落在共軍手裡，不可能全部犧牲或逃脫。但從我工作一路順暢，和共軍接觸盤問，也沒聽說破獲「美帝」特務訊息看來，可見他們沒有被俘，也不可能回到那邊去，否則劉裕國、樊魁他們供出口供，共軍在江邊路佈下天羅地網，我和陳炎光、陳希忠早被逮個正著了。可是這一來又有了疑問：他們哪裡去了？活著，他們可能躲到山林裡去，過一段時間也許會溜回來；而假使說兩組四人全活著逃到山林裡去，似乎又不可能，不可能如此幸運！死的呢，共產黨警覺性特別高，他們見穿著共軍服裝屍體，必然會懷疑到「美帝」特務，大事宣傳；但這消息爲什麼沒有在松洞里一帶傳開？什麼原因？

這恐怕是永遠無法揭開的謎，永遠沒有答案。

陳炎光，對談論這些問題不大感興趣；他興趣的是吹噓自己這次工作收穫如何的豊碩，如何的偉大，一開講，口沫橫飛，滔滔不絕，嗓門又大。吹的對象，當然主要找所長、桂、朴、李胖子等翻譯。所長聽不懂中國話，雞同鴨講，只是禮貌的笑笑，點點頭，給他點面子。桂和李胖子翻譯反應是咧咧嘴，露點笑意，笑裡帶著不屑。朴翻譯是他的忠實聽眾，大力的捧場：

「是的，是的，陳老大哥眞不簡單！搜集到這麼多寶貴情報資料，太棒了！」

陳炎光聽得非常受用，樂透了。

「怎麼樣？我早說過這些小夥子給我來指揮，工作保證做得好，說不定樊魁他們幾個人也不會出事。」

除了吹牛，嘲笑數落陳希忠也是陳炎光說話的主題：「喝！沒見到敵人，就嚇得像龜孫的溜回來，窩囊廢！」人前人後，冷言冷語的總要損陳希忠幾句，也該是他揚眉吐氣的時候。陳希忠聽在心裡十分不舒服，但他牛脾氣沒發作出來，只怪自己太沒種，實在說不起話！從回來那天起，他就沒和陳炎光打過牌，也很少到小屋來。

大家對陳炎光那種囂張神氣的樣子，很看不順眼，甚至厭惡；不過曉得他個性，就讓他吹去，沒人理睬。至於他這次工作是否眞的去了，倒沒人在意，沒人懷疑，這又給了他極大的鼓舞與自信，以爲這些「小夥子」好哄騙。

現在，聯絡所又恢復了正常，大家情緒稍安定了下來。

對於工作，不管出多大問題，犧牲多少人命，所長、桂翻譯他們依然不接受我們的意見，不檢討，不提供我們前方眞實敵情——怕把我們嚇住，不敢過去——作爲我們出去工作參考研判。他們唯一的任務是：接到上級工作命令後，就轉手交給我們；工作如何進行，對狀況如何處理，就沒他們的事了。

工作說派就派，伍浩和許志斌又被派遣出去了，這是他們第二次工作。

兩天後，孫大田也被派了去。

送走了孫大田回小屋，桂翻譯在外頭叫喊我，我立即出去。打牌的陳炎光、許家榮、孫利他們，聽到桂翻譯高聲的叫嚷，以爲有什麼事，也都丟下牌出小屋。桂翻譯高高的站在走廊上，所長和李胖子，李以文翻譯站在大屋門內。我過去，桂翻譯俯下身問：

「王，你這次出去工作，搜集的情報是不是可靠？」

站在我身旁的陳炎光一聽，馬上臉上唱歌，神采飛耀。

我說：「我搜集到什麼情報，就報什麼情報。」

「絕對沒問題？」

「我沒親眼看到，聽到，我就不說不報。」我說。

桂翻譯蹙著眉頭，凝神的沈思著，大家凝神的望著他。半晌，他揚下臉說：

「沒什麼，我不過問問，好吧，你玩，沒事。」

他說著要進大屋時，陳炎光馬上開口了，不知對桂翻譯說著什麼，大家眼睛都愣愣的看著他們。

我回小屋去，沒我的事了——管他的。

過一會，陳炎光進小屋來了，大家也進來了。陳炎光板著臉對我說：

「你是不是情報報過了頭？」

陳炎光會這麼問，我不意外。我本來不想理睬他——這關他什麼事？不過我還是說了。「給他們去懷疑吧，這是他們的責任。」冷冷的一句。

他正經的，帶著責備口吻的說：

「你要知道情報是軍隊命脈，你揑造假情報會害死多少人命知不知道？難道你連這點都不懂？」

豈有此理！他自己怕死沒去敵後，套了我情報回來報上去，討了便宜還賣乖，一派正經的倒教訓到我頭上來了！我知道他裝作正直生氣的樣子，其實心中高興死了！因爲桂翻譯找我問，沒有找他，說明支隊部對他報的假情報沒有懷疑，給他哄騙過去了；此外，我的情報被懷疑，當然支隊長不會再信任我，那今後支隊長找助手，除了他還會是誰？這是他最殷切期望的。

不過，我原諒他，不和他計較。處在這種環境裡，同胞情比什麼都可貴，沒什麼可勾心鬥角的。

因此，我淡淡的說：

「請放心，我報的情報我自己負責，不會連累任何人。我也不作假，怕什麼？」

我的話說得很客氣，只點出一丁點：「也不作假」。這也許其他人聽不出來，陳炎光自己心裡有數，是明白的。他立刻見風轉舵，苦著臉和氣的說：

「我沒別的意思，是完全爲你好，關心你，你不要誤會。」說得很有感情。

孫利不知就裡，氣火的說：

「龜兒子，他們老是不相信我們，那我們乾脆不幹，大家到戰俘營去。」

「這怎麼可以？我們已經答應人家了，他們有理由不送我們走。」陳炎光說，踢掉鞋上舖坐了下來，洗牌分牌。「來，我們打牌。」他們又玩起撲克牌。

我坐在自己舖上，背靠著壁，思考著剛才桂翻譯問的話，覺得不解。假使他們懷疑我，也應該懷疑陳炎光。我所報的情報都是眞實的，沒半句謊言。陳炎光如果說東大登里有百姓，或許支隊部會給他騙過去；但金城江口假使用我提供的假情報，說「從浮橋過江」，他們可從空照圖上看得出來！被炸斷的公路、橋樑在放大鏡下的空照圖片，可看得一清二楚。那爲什麼他們偏問我，不問陳炎光？是不是伍浩和許志斌出了事，找到我？他們這次工作地點是西大登里，經松洞里口西行約十餘里。他們從前方OP至松洞里口這段路程，如何走法，所可能發生狀況等，都是我提供的情報。但又想不可能，桂翻譯把任務交出去，和以往一樣，什麼事都不管了，他們也不知道伍浩和我有沒有討論過；伍浩他們出事，這責任不會追到我頭上的。

那是什麼原因？對了，可能是我的情報資料報上去，和別的單位搜集的情報比對出差池，所以桂翻譯才問是不是可靠。做情報多採多管道，不會是單線的。此外，或許他們對我報的某些情報有疑問，不大採信。

大約過了五天，伍浩和許志斌工作平安的回來了。據他們說路上不大好走，金城江河谷狹窄，現在我們又不能利用過去共軍舊身分欺騙敵人，「冤家路窄」被扭住盤問不易過關，他們見前面大隊人馬來就回走找地方躲避，等隊伍過去後繼續前行，因此，走走又折回頭，花費了許多時間。回轉時，他們跟隨著三、四個丟隊戰士一起走，一路倒很順暢。這次他們搜集到不少情報資料，並帶回一面門牌。

伍浩和許志斌回來，使我大大的放了心，現在我不管所長他們懷疑我什麼，壓根兒不去理會它了。

在伍浩和許志斌回來的第二天，支隊長到聯絡所來。

支隊長是在中午快吃午飯時來的。他「輕車簡從」的只帶一個兵士從山坡下上來，手裡拿著鞭子前後甩著。上了小廣場，他和在外面的陳希忠、小包打個招呼便直進大屋去。所長和桂、朴、李胖子、李以文等翻譯，沒想到支隊長來到，慌張的趕緊穿衣服、褲子——天氣熱，他們平時只穿內衣和褲叉——迎接。蜜斯黃和蜜斯李忙著打洗臉水，燒開水沏茶，廚房裡要備菜，因為支隊長還未進午餐，大家忙得不可開交。

從搬到風山里，支隊長連這次僅來過聯絡所三次。因為少來，來得又這麼突然，大家猜測支隊長可能為了我報的情報而來，而且問題嚴重。大家都為我擔心。

陳炎光馬上刮鬍子，刮得光亮亮的，換上了他那套新制服，瞟了我一眼，得意的到大屋去。不過他很快的又回來，自言自語的說：「要吃飯，支隊長要吃飯，吃了飯再去……」隨手搭起小桌子等著開飯。

吃過了午飯，李胖子翻譯來叫我去大屋。

陳炎光也跟了來。

支隊長坐在茶几前，臉略紅，喝了點酒。茶几上攤著地圖。所長、桂、朴、李以文、李胖子翻譯，分坐兩旁。支隊長指了指位置；我在他對面坐下。陳炎光彎著身在我和李以文翻譯間撥出空隙，一坐下便說：

「以文，請你替我翻譯一下，我要把我工作經過向支隊長報告。」

「慢著。」支隊長由桂翻譯替他翻譯說：「王，」他用手裡鞭子輕拍下地圖。「你現在把你工作的經過，詳細的對支隊長說一遍。」

我欠身說「是」，挪就地圖找出前方OP位置，順著路線把沿途所見所聞詳細的敘述著，不管他們相信不相信，說的和我第一次報的情報一樣。支隊長「嗯嗯」的點著頭，好像把我每一句話都嚥了下去，沒有質疑。說到東大登里和金城江口，因爲我提供陳炎光的是假情報，所以跳了過去，沒說出來。支隊長也沒提出，他重視的是松洞里。

「王，」我敘述完，支隊長問：「你在松洞里那裡見到人民軍？」

我看了看地圖，手指頭一圈：「這裡。」

「有多少人？」

「看到一個連左右，但，從谷口設班哨判斷，可能有一個團以上。」

「你怎麼知道白領子翻出來是人民軍？」

「中共軍戰士沒有這樣著裝，而且夜間防空，不准露白。」

「人民軍這種穿著大概是模仿日本軍人。」陳炎光說。

支隊長啜了一口茶又問：

「你門牌是哪裡取的？」

我在地圖上又點了下。桂翻譯馬上低頭看著，咿咿唔唔的讀出一列地名。

「王，你看共產黨會在什麼時候發動攻擊？」

「看不出跡象。」我說：「從北漢江到金城江一帶，沒看到共軍部隊調動。松洞里有不少單位，有的領糧，有的從第一線下來，都是駐紮在原地區的部隊。」

「目前不可能，至少要等兩三個月。」陳炎光說：「在第五次戰役的時候，從鴨綠江到三八線，不知公路上擠了多少部隊！砲車、卡車、大板車，光步兵就有好幾個軍。這回我過去，在北漢江只遇到幾股盤查的隊伍。」

支隊長點點頭，便和所長、桂、朴等翻譯談了起來，談得很興奮愉快。我聽他們「因民共，因民共」的，（韓語「人民軍」的意思。）大概談人民軍問題。支隊長邊談，有時笑笑的看著我。談了一會，他們臉都對我朝了過來。支隊長高興的說：

「王，你這次工作完成了百分之九十的任務，非常成功。尤其最難得的搜集到了人民軍的情報。我們把這重要情報報上去，上級不採信，現在他們相信了！呵呵！他們大差勁！」

果然如我所料，他們對我報的情報某些部分起了疑問。

陳炎光僵在一旁，樣子顯得沒剛才那麼神氣活現了。

「王，支隊長說你這回工作，把我們L支隊打響了名氣。」桂翻譯說。

支隊長又啜了一口茶放下杯子時，陳炎光趕緊扯了下李以文翻譯的袖子，說：

「支隊長，現在讓我也向你報告一下我的工作。」

「好吧，你說。」支隊長爽朗的說，好像辦完了事，有多餘的時間了。

於是，陳炎光清了一下喉嚨後，便打開嗓門開講了。從第一線經後洞、餘洞，至東大登里後山，陳炎光是去過，走過的；有小茅屋、白髮皤皤的老太婆，金黃色的麥田、翠綠的桑樹林、以及後洞、餘洞山邊的兩三戶農家，小徑長滿荊棘蓬草的東大登里後山等等，說得十分詳細，沒有造假。下東大登里後山往前，陳炎光根本沒去，他胡謅一通，還用了我提供的假情報——東大登里有老百姓，從金城江口浮橋過江，眞要把我笑瘺了肚子；當然，也引用了我的眞情報：大澗谷口懸崖下有五箱彈藥，三〇二高地谷口有電話線、金城江畔的小村落百姓全逃光了，一株櫻桃樹結著滿樹的果實……

支隊長一開始就像老僧打坐似的，雙腿交叉的盤坐著，兩手按放在膝蓋頭上，閉著眼睛不停的點頭——打盹。他點頭很有規律：先點一下，三秒鐘後再連續兩下，周而復始。李胖子和桂翻譯垂著頭，眼睛盯著跟前榻榻米，一動也不動。朴翻譯嘴角老掛著微笑，專注的聽著，有時還加些驚嘆詞：「呀，嘖嘖！」

李以文翻譯始終替他老鄉耐心的翻譯著，聲調平平的，不高不低，沒有表情。

過了金城江，陳炎光的目的地是北漢江上游的四川里，我順金城江往松洞里，兩地不同路，無人見證，更擴大了陳炎光吹牛的「空間」。他提高音量，說他如何的運用機智與勇氣扭住共軍戰士盤問，與對付共軍崗哨盤詰，驚心動魄，神出鬼沒。最危險的，是他遭三名共軍戰士扣留，硬不放行，懷疑他是「美帝」特務。排長來了，也不放行。後來他要見他們指戰員。連長來了。連長向他握手道歉。他氣憤的咆哮：「我是政委，你們這種態度對待我可以嗎？要好好的檢討——我本來要用手裡棍子揍他們一頓……」陳希忠大概就是這個樣子，給嚇唬得不敢去，半路跑回來？

剛吃過午飯被強迫馬拉松的聽講，實在吃不消。支隊長的瞌睡，由點兩下頭，增加爲三下。朴翻譯也不誇讚了。李胖子和桂翻譯不停的挪動臀部，不耐煩的樣子。

陳炎光不管他們願不願聽，他說他的，叨嘮不絕。故事就繞著北漢江邊打轉：崗哨盤查、連長來了、指導員來了、「美帝」特務……顛三倒四，沒完沒了。

後來，桂翻譯抬起臉，謙恭的對陳炎光說：

「陳老大哥，支隊長喝了點酒，要睡午覺了，等會午睡起來說好嗎？」

「好的，好的。」陳炎光說著，手撐榻榻米起立，倒很乾脆。

支隊長不會說中國話，他大概聽語氣知道要結束了，立刻張開眼，伸手和陳炎光握手。

「辛苦了，辛苦了，休息，休息！」——韓國人也滿幽默。

陳炎光悻悻的出大屋，沈著臉。

現在我明白陳炎光報假情報，支隊部爲什麼不追查了。他們看陳炎光年紀實在太大了——四十出頭——沒辦法做這種辛苦又危險的工作，逼他也沒用，所以用這種方式對待他：他說他的，不指望他做多少，也沒必要去揭穿他，彼此都不傷和氣，也顧到了陳炎光的顏面。

陳炎光，本想在L師團做出一番轟轟烈烈的「事業」，希圖獲得利益。現在他清楚的看出支隊長絲毫沒把他放在眼裡，看他是空心老倌，且對他憐憫。這不但使陳炎光感到希望破滅，也感到被同情的羞辱；他內心是非常憤怒的。他說他出去工作扮演「政委」身分，而穿的是套頭的共軍戰士服裝，不是開襟大釦的幹部服，手裡拿的是木棍枴杖，沒有手槍，單獨一人行動，沒有隨從；他當然知道吹得太離譜，沒人會相信。而他這麼胡扯，就是反正一切都完了，沒希望了，趁著機會給他們疲勞轟炸一番，也算是報復，出出口心中怨氣。

回到小屋，陳希忠、許家榮、許志斌、孫利、小包都在等著我。他們見陳炎光眉頭鼻子打結，一言不發，知道我沒事了。伍浩閃亮的眼睛望著我，露出一絲微笑。陳希忠他們似乎想問什麼，看不是時候，沒有開口，待了一會兒，都回廚房那邊臥室去。

我也睡午覺去。

下午三時多，胡銘新和李胖子翻譯叫喚我們集合送支隊長回支隊部。大家到小廣場列隊歡送。所長和桂、朴、李以文、李胖子、胡銘新翻譯送支隊長下山。

陳炎光沒等支隊長步下小廣場石階，一個人先回小屋。

我們其餘人等支隊長下到半山坡了，才回小屋來。

陳炎光坐在舖上，手裡夾著煙，見大家進屋，一臉不高興的嘀咕著：

「啐！都是腐敗政權，和××黨一樣，早晚……」

大家愕然的彼此互看著。孫利側過身蹲下，半個屁股搭在陳炎光跟前舖沿，手推搡了他一下，說：

「你今天怎麼搞的嘛！是不是吃錯了藥？××黨那裡又對不起你了？」

陳炎光馬上摔掉手裡煙，暴怒的指著孫利鼻子，大聲的咆哮著：

「我告訴你，我不是和你開玩笑。」便用力的甩開臉，自言自語的：「喝！民主不民主，專制不專制；要學美國嗎？又學不像——你看現在人家大陸『民主集中制』搞得多好！多漂亮！一個個規規矩矩的，誰敢調皮搗蛋？誰敢貪污腐化？」

「你看到啦？」孫利肘空撞了一下，戲謔的說。

「當然看到。」陳炎光拉高聲調的說：「人家庶務長採買，買多少報多少，實報實收，一毛錢也不要。」

「他們現在不要，你能保證他們將來也不要？」許家榮反駁，大家悄悄的笑。

「當然也不要，都像你。」

「我不相信，我對『人』沒有信心。」許家榮說：「史達林殺了多少自己革命夥伴？中國共產黨遲早也會開刀，等著瞧吧！」

「人就是賤性，就必須殺，不殺行嗎？」陳炎光使勁的聳下肩。

坐在自己舖上的伍浩，直起身子，我知道他也要說話了，果然他也發言了。

「我不同意你的說法。」他嚴正的說：「美國是美洲大國，不管他們怎麼實行民主憲政，怎麼選舉，選來選去還是個大美國，誰也不敢打歪念頭動它一根寒毛。我們國家在民國初年，袁世凱和日本簽訂廿一條約，就毀了民國。民國十六年北伐成功，其實政府管轄區不過幾省，遍地仍是軍閥割據，每個軍閥背後，都有帝國主義者做靠山，如何去實行民主憲政？如何選舉？我可舉些例子：抗戰勝利時，共產黨作亂，政府勉強行憲，搞得烏煙瘴氣，更加速了大陸的崩潰。三十六年外蒙古在蘇聯卵翼下舉行獨立票決，反對票是零，結果選掉了一大塊國土。所以我們國家和人家國情不同，實行民主憲政必須依照 國父訂的三大步驟進行；先軍政時期，剷除一切實行憲政阻礙——軍閥與帝國主義勢力；訓政時期，教導人民如何行使政權；最後實行民主憲政——」

「哦，那你把人民洗腦改造，都投你們的票，人家還搞個屁！」陳炎光手向上揚了揚，不過口氣沒那麼衝；伍浩脾氣不好，他怕他三分。

「我贊成伍浩的意見。」許家榮說：「如果大家認為它好，都投它票有何不可？」

「民主制度，是每個國民作主，不是少數人作主，更不是『集中制』。」伍浩繼續說下去。「普及教育，讓國民認識民主真諦，認識自己是主人，不要給人家牽著鼻子走；國民有了正確認識，才會選出賢能的人，國家才有希望——民主制度不是一蹴可幾，是漸進的，需要保護，需要和平。可是，我們國家幾十年來，連年戰爭，內戰、外戰，沒有一天不打仗，你說怎麼實行民主憲政？怎能像美國那樣去選舉？所以我們不要跟著罵嘴，當人家的尾巴。」

陳炎光一氣不吭，頭轉來轉去的，來表示他的反對姿態。當他轉過頭來，和我視線對上時，我立刻避開他，我一直沒說話，不願表示意見；他在大屋遭到支隊長冷落，這氣會拐到我頭上的。

陳希忠看著陳炎光生氣受窘最高興了。幾天來他受夠了陳炎光的窩囊氣，這回總算給討回來了。他是坐在門限上看這場鬥角的。眼看戲停擺了，沒可看的了，他起立鄙夷的「啐」了一口，出小屋走了。許家榮和孫利，許志斌、小包也跟著出去了。到了外面，他們又聚在小廣場往山坡頂小徑的路口，遠遠的對著小屋談了起來。這是陳希忠故意刺激陳炎光，給他顏色看的。

我拿了毛巾去山澗盥洗。走出小屋，陳希忠老遠的喊我一聲。我過去。他問：

「北山，是不是中午大老陳在大屋胡吹牛，支隊長不理他，才生這麼大氣？」

陳炎光抬起眼向這邊望著，臉繃得緊緊的。

我只是笑笑，沒有回答。

「哼！」陳希忠響著鼻息。「他們幹情報的多精！他以為他那套吹拍手腕就可以把人家哄騙得過？鬥都沒有！現在是寡婦死兒子沒有指望了，罵這個那個，罵政府，不是東西！」

「這是我們老兵怪癖，只有自己可以罵政府，罵××黨；別人罵，他不高興，要和人家打架，拚命。」孫利嘻皮笑臉的說。

「你們倆和蜜斯黃、蜜期李一個樣。」許家榮對陳希忠打趣的說。「你看他不順眼，他看你吹鬍子，像仇敵。」

山腳下的所長他們，已回到半山坡了。我說：「算了吧，小老陳，你們是十多年老朋友了，鬥什麼！」便往山澗去。

16

午覺醒來，見胡銘新笑嘿嘿的出現在門口。他兩手撫在門旁，探進頭來，兩眼對著滿屋子打轉，對著陳炎光，伍浩、孫利他們打轉。陳炎光和伍浩、許家榮、孫利圍坐舖上打撲克牌，輸贏賭刮鼻子。小包和許志斌玩翻棋子遊戲。我坐了起來，伸一伸腰，扯下毛巾擦臉。睡得太久了，渾身懶洋洋的。

廚房裡飄來一股烤牛肉的香味，蜜斯黃和蜜斯李開始做飯了。

胡銘新看一會，站一會，很不耐，腳踢踢門檻，咕噥著：

「嘿，嘿！整天打牌，屁股不會坐痛了？也不活動活動……」

大家專心的玩牌，沒人搭理他。

大屋走廊上響起咳嗽聲，大概是李胖子翻譯出來了。胡銘新緩緩的旋過頭瞟了一眼，立刻哼著調子離開了。他一手抄在褲袋裡，往廚房那邊踱去；到了廚房門口立住，嘰哩瓜啦大聲的逗弄著做飯的蜜斯黃和蜜斯李。廚房裡，傳出蜜斯黃呵呵的笑聲。

看著胡銘新轉來走去，魂不守舍的樣子，可能又有什麼消息了，我猜想。而且是「機密」，他才這麼的拖拉神祕。是孫大田？糟，一定了。他出去工作已五、六天了。我往左旁舖面挪半個位，向廚房那邊望去。陳炎光熄掉煙蒂往外扔，一愣，也注意到了。

「怪！到底什麼事，老胡在這裡老是蘑菇蘑菇的。」

「一定有事情。」我說。

大家都向廚房望去。胡銘新背斜靠著廚房門旁，也正對這邊望著，嘴裡哼著小調，阿里郎，一隻腳尖一張一合的踏著拍子。陳炎光悄悄的向他招下手：

「老胡，來。」

胡銘新左顧右粉的稍猶豫一會，咧著嘴笑笑的走了過來。他一隻腳踏進屋內，雙手撐在膝蓋頭，俯身向前問：

「叫我做什麼？」

「進來吧。」陳炎光向他勾下頭。

胡銘新進屋，一屁股坐在舖沿。

「什麼事嘛？嘿，嘿！」

「最近有什麼消息？」

「哦，」胡銘新抓抓頭皮。「你們還不知道？老，老孫出事了。」

大家一下子都怔住了，丟下手裡牌。陳炎光立即湊過臉，小聲的問：

「這消息從哪裡來？」

「中午支隊部打電話來說的。」

「是犧牲還是被俘？」

「不曉得。」他頓了下，鬼頭鬼腦的往外望望。「你們千萬不要說出去，給知道了他們會找我。」

「你放心，我們大家都是中國人。」大家說。

「所長、老桂他們說了什麼？」陳炎光又問。

「沒說什麼。我看所長很掃興，掛了電話就睡去。」

陳炎光嘆口氣：

「怎麼辦？」好像問大家，也問自己。

「我要走了。」胡銘新說：「都在這裡說話，給他們出來看到了不好。」便起立出小屋去。

大家默坐著，你看我，我看你。

前次工作，丟了樊魁他們四條人命，這次是孫大田，我們彷彿看到了自己未來的命運——以後的路該怎麼走？推辭掉工作，請求去大使館，他們絕對不會答應的，因為我們沒做完三次工作。去戰俘營，必定也不會接受；我們和他們訂了「約」的——做完三次工作後送我們去大使館，或台灣——他們有理由可藉口。而不走，繼續工作，大家最擔心顧慮的，就是孫大田被俘。

孫大田可說是道地喝共產黨奶水長大的紅小鬼，黨員、排級幹部。他身世非常悲慘。抗戰時期，日軍佔據了他家鄉，他和家人失散，孤苦伶仃的到處流浪，靠乞討過活。民國三十年，共產黨新四軍抗命，侵入皖南，國軍腹背受敵，政府下命制裁，將其擊潰，餘眾流竄江北。一天夜裡，孫大田遇上了他們——共軍——被撿去當連長小鬼——勤務兵。那時他不過十二、三歲。後來部隊拉上大別山打游擊，牽豬拉羊，孫大田殺馬，殺牛的一手好本事，就是那時候學的。他來L支隊就殺了三四隻騾馬、兩隻大黃牛，技術十分老到。抗戰勝利，國共爆發內戰，孫大田長大了，他由副班長、班長升到大車連副排長、排長。韓戰爆發，他參加了「抗美援朝志願軍」，赴韓作戰，在第五次戰役部隊被打垮後，投奔聯軍。他在大家心目中，是個性情直爽，有話直說，絕不陰陽怪氣的人；文化水準低，斗大的字識不到幾籮筐。由於他有如此複雜的出身背景，因此，他的出事帶給大家極大的惶恐與震驚。

「現在就怕被抓到活口。」沈默了好一會，許家榮說。

「他過來時，手上兩只四錢重金戒子，和一隻手錶給韓國軍拿去。」小包說。

「就是把他手指頭砍下來，諒他也不敢回去。」陳炎光粗聲粗氣的說。「共產黨對被俘的人回去都不放過，他是投誠過來的，又是『美帝』特務，他敢回去？」

「我也看不可能，以他的表現可看得出來。」伍浩搖下頭說。「他不會僞裝。我判斷不是犧牲，就是被俘。」

大家又沈默了下來。

半晌，陳炎光燃上一根煙吸著，懊惱而無奈的說：

「我們根本上了人家的當。現在我們工作一圈半沒輪完，已經丟掉五條人命了，還去一個跳飛機；假使三次工作做完，喝，危險！我看我們趕快拒絕工作吧！」

「可是，拒絕工作，他們不送我們去台灣，怎麼辦？」許志斌小聲的說。

「我們請求去後方戰俘營，乾乾脆脆。」陳炎光說。

「你不是說不能拒絕他們工作嗎？」孫利頂撞他。

「我什麼時候說的？你聽到了？」陳炎光沒好氣的說。

「前幾天說的。你說我們已經答應人家了，不能拒絕。」

「幾天前情況和今天一樣嗎？你懂不懂得作戰？情況起了變化，作戰計畫要不要改變？」陳炎光一向說話不算話，吹牛還要教訓人。

大家聽得咪咪的笑。

「我看也不行，不會送我們走。」許家榮攢著眉頭說。「如果在後方就好，可以找美軍，說明我們是戰俘身分，老美一定會送我們去戰俘營。這裡又是第一線，沒地方逃。」

「我們去找山坡下那三個美國兵。」小包說。

「不——行。」坐在許家榮背後看牌的陳希忠，搖頭擺手的說。「這裡是韓國軍地盤，跑到山下老美那裡照樣給要回去。」

「我們拒絕就是拒絕，硬是不幹。」陳炎光高聲的說。

「我認爲我們是不是……」許家榮向大家掃了一眼。「是不是可向他們請求見我們駐漢城大使？」

「對，這是好辦法！支隊長不是說做完三次工作送我們到大使館嗎？我們先見大使總可以。」孫利說。

「對的，對的，見大使。」許志斌跟著說。

「那見了大使後，工作要不要再幹下去？」陳炎光問，他就怕去工作。

「見到大使幹就幹，怕什麼？格老子！」孫利拳頭重重的對舖面捶了一下。

「以戰俘公約規定，我們是不能去台灣。」許家榮說：「但我們替L師團工作是私下交易，見大使的目的是要求L師團保證履行他們的承諾：做完三次工作後，送我們去大使館或台灣。」

陳炎光吐了一口煙，伸直腿，背靠著壁說：

「那你們去試試看吧，也許有希望。不過我是不願再替韓國人賣老命了。」

許家榮別過臉，望著我和伍浩，似乎要徵詢伍浩和我的意見。沒等他開口，伍浩摺開牌說：

「不管拒絕工作要求去戰俘營也好，見大使也好，他們絕對不會接受的。這完全是大騙局，說把我們報到大韓民國國防部，送我們到大使館，去台灣，都是一派胡言。我敢打賭，現在他們上級根本不知道我們的存在；我們拚死拚活去敵後工作，替他們搜集情報，也替他們造功績。利用戰俘從事戰爭工作是犯法的，假使眞的送我們去台灣，必定要報到上級去；他們上級知道後，他們可能不會受處分，但功勞打折扣了，他們願做這種傻事嗎？」伍浩明亮的眼睛，對大家閃爍著。「何況現在戰爭還在進行，把我們送走了，誰來替L師團做情報工作？老胡不是說，過去他們在大邱情報學校訓練了七、八十人工作人員，中國話說得呱呱的，放過去也沒有什麼好成績。老桂、老朴他們不是也都去過，躲在山溝裡窩幾天跑回來，還找女人陪著睡覺。」

我早料到支隊長沒有誠意，不會讓我們走。胡銘新說過去聯絡所就犧牲了一、二十人，沒有一個逃脫。現在我們只剩下八人了，我看出他們處理我們的手法，和過去一樣：逼我們不斷的工作，在工作中自然的消失，省得麻煩。

我說：「伍浩說的完全正確，沒有錯。」

陳炎光手揚了下，說：

「那給你這麼說，我們什麼希望都沒有了，就在這裡坐而待斃？」

「我不是這個意思。」伍浩說：「我是要大家明白我們的處境，明白他們的企圖。我倒希望向他們提出請求，看他們如何答覆，這樣就可把問題看得更清楚，我們也就更好下決心。」

「好吧，那我們就請求去後方戰俘營，看他們怎麼回答。」陳炎光說。

「不，不，我們不要先請求去戰俘營。」許家榮立刻表示異議。「因爲一提出來，支隊長以爲我們不想工作，恐怕再提出見大使也不會答應。我們先要求見大使。」

「你不是支隊長，怎麼知道他不答應？」陳炎光語氣衝衝的駁斥。

「我是說——」

「你是說什麼？」陳炎光攔住許家榮的話。「我們是戰俘，戰俘就有權利要求去戰俘營。」看著陳炎光的臉色，許家榮閉嘴不敢作聲了。大家也不願表示意見，反正我們任何意見，支隊長都不會接受的，沒必要自己人先吵得不愉快，傷和氣。

「好吧，先請求去戰俘營也可以。」許家榮悶聲的說。

「那什麼時候對他們提出？」陳炎光向著伍浩問。

「我們別先吭聲，」伍浩說：「等老桂找我們時再提出。他們馬上要派我們去工作，我看快了。現在我們提出要求，所長和老桂會懷疑老胡又對我們說了什麼話。」

第二天早晨，剛吃過飯，李以文就到小屋找我了。他站在門口外向我招下手：「王，請你來一下。」便轉身橫過小廣場，往右側山坡頂走去。我馬上出小屋，跟隨他去。清晨徐徐涼風，吹著玉米葉子沙沙作響，和爽舒暢。到了山坡頂，李以文停住了，轉過身來，說：

「王，孫大田出事了。」

「什麼，孫大田出事？這消息怎麼來的？」我佯作驚訝的問。

「是支隊部來的電話。」

「犧牲還是被俘？」

李以文垂著頭，眉頭皺得緊緊的。過一會，說：

「不曉得，他們沒說。」

「那怎麼知道出事？」我揣測他們可能又是從往返時間判斷的了。

「他們只說回不來了，別的沒說。王，現在我們最擔心的是……你看，他……他會不會……」他吞吞吐吐的說。

我知道他想說什麼，把話接下去。

「你是說思想方面？」

「是的，孫大田是共軍排級幹部，而且是黨員。」

「不可能，」我說：「他工作已經兩次了。他要回去，第一次就回去了，現在他絕對不敢。」

「爲什麼呢？」他不解的望著我。

「共產黨只有問他，第一次不回來，爲什麼第二次回來？他怎麼回答？現在他是『美帝』特務了。」

「可是，他前次和孫利出去工作時，兩人分開了二、三十分鐘。」

「我考慮過了。」我說：「你意思說他會利用這二、三十分鐘時間，和那邊連上線？絕對不可能。」我堅定的說。「這麼重大的事，第一線共產黨小幹部作不了主，也沒有這種處理能力。他們必定要報到上級去，然後策劃返回後如何潛伏、破壞、傳遞情報等，這麼一來，往返至少要花上兩三天時間。當時以孫大田所負任務，二、三天不回來，我們也不會對他有所懷疑。但他僅隔孫利二、三十分鐘回來了，從這點就可看出他沒有問題。」

李以文咬著唇，凝神沈思。我又說：

「也許所長會這麼想：孫大田回去會對共產黨說，他是第一次被派出工作的，或者說部隊打垮後躲在山上跑回來的。可是，劉裕國、樊魁他們四個人出了事，我們現在還繼續工作，萬一有人落到共產黨手裡，把他扯出來怎麼辦？這麼淺顯的道理一般人也會想得到的！何況共產黨批鬥，坦白、交心是夠厲害的，什麼話都會被擠出來；孫大田是老共產黨員，這方面比任何人知道得更清楚，他怎敢走回頭路？」

李以文點點頭，似乎放心了。

「是的，看他平時表現，我也說不會——走，回去。」他找我談話，大概就是談這問題了。

「其實最近出事，主要的原因是現在工作比過去難做。」李以文說，和我並肩走。

「當然比過去難做，難做得多。」我說：「過去共軍是在潰退，在亂的時候，好混；現在是守，是靜的時候，不好應付。過去是部隊剛被打垮，遇到盤查我們可用原部隊番號身分回答，只要自己不說出是『美帝』特務，對方沒辦法，也不會懷疑。現在離第五次戰役快兩個月了，報出原單位番號對方不會相信，必須編造假的，心理壓力極大；而且番號用假，假單位的部隊歷史，各級幹部姓名等都要假，很容易被識破；要是再有人落到共軍手裡，供出我方情報，那就更糟了——前次樊魁和劉裕國那兩組出事，可能就是一組先被破獲，才牽出另一組。所以今後派遣工作最好一組回來後，再派另一組去，可減低風險，不可兩組同時在敵後。」這意見我們常提出，所長和桂翻譯始終不接受。

「好的，我向所長建議。」李以文說。

快走回小廣場，我故意的問：

「李翻譯，這個事情要不要告訴大家？我是說孫大田的事。」

「暫時不要說，給桂翻譯宣佈。」

我猜測工作命令可能下來了，桂翻譯宣佈後，馬上又要派人出去。

回到小屋，我將李以文的話告訴了大家。

「那老桂什麼時候會找我們？」大家問。

「我看快了，他們目的就是要派工作。」

「好吧，給他們來，硬是拒絕不幹，沒二話可說。」陳炎光說，他是呑下秤鉈鐵了心，對L師團不再存任何憧憬與美夢了。

17

桂翻譯站在走廊上大聲的叫喊大家開會，喊了兩聲，沒人回應，便步下石階到小屋來。陳炎光悶坐在舖上吸煙，我閒躺著。他站在門口前，探進頭來望了望，說：

「開會，還有人呢?」

我立刻坐了起來，陳炎光問：

「什麼事?大概在那邊屋裡。」

「沒什麼，說幾句話。」

「幾句話，就在這裡說吧。」陳炎光說。

「好的，好的。」桂翻譯說，便到廚房那邊叫去。

陳炎光望著桂翻譯走了，對著他背後撇了下嘴，轉過臉來向著我，說：

「一定是派工作了，沒什麼好客氣的，就是拒絕不幹。」

「看他們怎麼說吧。」我說。

孫利和陳希忠，伍浩、小包、許志斌等，很快的從廚房那邊被叫來了。他們一進屋，便興奮的互相耳語，交換眼色，喜孜孜的找位子坐下；攤牌的時候到了。

桂翻譯站立在門口外看著大家進屋。都進了屋，他便到門前來，點著頭數人數。到齊了，他稍微猶豫了一會兒，便公式化的，帶著少許感傷的神情，宣佈了：

「各位同志：告訴大家一件很不幸的消息，我們的孫大田同志在這次工作中英勇的犧牲了。支隊長和我們全體同仁得到消息後，都感到十分難過與悲痛。我們的勝利，就在眼前；自由已向你們招手。

我們希望各位化悲憤爲力量，繼續努力，爭取最後勝利。」

宣佈消息，是派遣下一次工作的前奏曲。桂翻譯彆彆扭扭的背完「台詞」，慣例的說了些客套安慰的話後，便要走了。就在這當兒，陳炎光馬上坐直身子，聲音硬硬的說話了：

「桂翻譯，我們不幹了，我們要到後方戰俘營去。」他直率的說，把「我們」兩個字說得格外響亮。

桂翻譯一下子愣住了，馬上轉過身來。不幹？這實在使他太感意外！在他們心目中，我們不過是他們搓在手裡的湯糰，要圓就圓，要扁就扁；他眞沒想到我們也會提出問題，而且提出這個叫他們頭痛的問題。他兩眼直盯著陳炎光，整整盯了半分鐘，然後堆起滿臉笑容的說：

「陳老大哥，幹得好好的，你爲什麼想不幹呢？」他把「你」也問得非常分明。

「沒什麼，就是不想幹了。」

「那這是大家的意見，還是你的意見？」桂翻譯說，向大家瞄了一眼。

「你去問他們吧！」陳炎光抬下下巴頦。

「我們要去戰俘營，我們是戰俘。」孫利和許家榮說。

「我也要去。」小包也說。

桂翻譯蹙起眉頭，領會到事情麻煩了；原來是全體的行動。

「可是，這……你們有的已經做兩次工作了，不幹不是太可惜嗎？」

「沒關係，我們做的工作送給L師團好了。」許家榮說：「我們也不要麻煩你們送到台灣去，我們到後方戰俘營就可以了。」

「咳！你們何必這麼說呢！」桂翻譯嘆口氣。「我們大韓民國和你們中華民國是兄弟之邦，共產黨是我們共同敵人；我們大家有話好商量嘛！」

「沒什麼好說的，我們就是要去戰俘營。」陳炎光粗聲粗氣的說。

「可是，是你們自己答應的，做完三次工作後，送你們去台灣。說得好好的。」他稍歇，又說：「你們這麼一走，工作沒人做怎麼辦？」

「你們應該去找新人來接替。」大家說。

「就是現在沒有戰事，沒有俘虜。」桂翻譯苦惱的說：「你們說走就走，怎麼可以！」

「你們不是在大邱也訓練了一批情報人員嗎？」

「是啊！你和朴翻譯不是也去過了？」孫利說，眼稍撩了下大家，暗示老桂去敵後工作，躲在山溝裡搞娘們。

桂翻譯心虛，耳根紅了起來，不過，臉上仍然勉強的浮著笑意，把胭幫貼著撐在門框上的手臂磨著，裝迷糊。眼睛定定的望著大屋。大屋門內站立著所長和朴翻譯，胡銘新也向這邊望著。望了片刻，他們又進屋去。桂翻譯便轉過臉來，收斂起笑容，略帶威脅的說：

「但是，如果你們不願意去工作，恐怕支隊長也不會送你們走，因爲你們自己和支隊長訂了約的，是你們失約。」

「我們是戰俘，戰俘有權利要求去戰俘營。」孫利說。

「你們自己說的，要去台灣。支隊長也不會答應的。」桂翻譯又說。

「我們一共做了十九次工作，犧牲了五條生命，一人去跳飛機，剩下八人，平均一人做兩次以上工作了，無條件送給你們，你們應當滿意。」許家榮說。

「你們說每人三次，也不是平均的。」

桂翻譯不理會，他的理由反覆是：我們答應了做完三次工作送去台灣，就該做下去；支隊長不會送我們去戰俘營的；假使貽誤了戎機，我們要負責任……我們堅持我們是戰俘，有權利要求去戰俘營；利用戰俘從事戰爭工作，是違反國際公約的；以前做的工作，無條件奉送……彼此說來說去，推來推去，就是這些話，這些理由，沒完沒了；他不接受我們的要求，我們也不答應工作。

最後，推到美國頭上去。

「我老實告訴你吧，這場戰爭不但不該我們打，也不該你們打，應該給美國自己打去。」陳炎光忿忿的說。他從前次工作回來，向支隊長報告工作後，看清楚了在L支隊沒得好混的了，他對L支隊的夢，可說是完全破滅了，現在沒必要再討好他們，做虛僞人情了。

「這怎麼可以？人家美國老遠的跑來，是幫我們忙！」桂翻譯沒表情的說。

「幫你們忙！它安有好心？」陳炎光火了起來，拉大嗓門。「韓戰打到現在不過一年多，美國已經花了一兩百億美金，出兵四、五十萬，出錢還賠上人命。你去問他們。」他手向大家掃了一輪。「假使在韓戰爆發前八、九個月或一年前，拿幾億美金支援××黨，說幾句公道話，替××黨打打氣，哪有今天韓戰？朝鮮人民哪會遭受到這麼大災難？哪裡還要美國人民到朝鮮來犧牲流血？」他一肚子火氣、怒氣，像火山岩漿奔瀉著。「我們政府打了八年抗戰，打得精疲力竭；共產黨坐大八年。抗戰勝利，蘇聯出兵東北六十萬，將收繳日軍武器、倉軍，交給中共。外蒙古和北朝鮮人民軍，聯合幫中共打××黨。在剿共戰爭初期，我們把共產黨打得屁滾屎流。可是，美國偏要我們政府和共產黨和談，組聯合政府；停止軍經援助；罵我們政府不民主，專制、貪污、腐敗，不斷打壓。我們槍砲彈藥用盡，拿錢向美國買都不賣。我們剿共戰爭打了四年，美國罵我們政府四年。今天美國幫你們打共產黨，你們大韓民國政府貪污，腐敗，不民主，美國罵了沒有？——到了我們士氣被整垮，氣力耗盡，共產黨成了氣候，美國又說這是你們自己『家務事』，他們不管。還落井下石，發表白皮書；那時部隊裡我們大家都說，人還沒有死，『祭文』都寫好了。你說它存的什麼心？」陳炎光一口氣說完，燃上一根煙吸著，氣咻咻的。

大家也都是滿腔憤慨，滿腹怨氣。當時，部隊是從上頭垮下來的，整軍整師的「局部和平」了，瓦解了。上級了解局勢：美國講的是自身利益，殖民與被殖民間又是無法解決的矛盾，成見深，不會援助中國的。今日世界僅有兩個大陣容，中國怎能單獨對抗共產集團？這場戰爭沒法子打下去了！而士兵們，卻眼巴巴的盼望著好消息——美國援助。但好消息都是捏造的：××從美國帶回十億美金啦，美軍登陸青島啦，美援來啦……最後，部隊垮了，有的當了俘虜，有的上山打游擊，有的竟然發神經病了。唉！這時，陳炎光牢騷一發洩，大家新恨舊恨又燃燒了起來：

「格老子，這根本是陰謀，世界上哪個國家能夠和共產黨組聯合政府？有這種國家嗎？」「美國要我們政府和共產黨和談，又不給援助，不斷打壓，擺出不支持姿態，這和談談得成嗎？簡直是攪局嘛！」「我們中國外戰、內戰，打了幾十年的仗，帝國主義者就不讓我們有歇口氣的機會，政治難免無法上軌道。你們韓國政府不貪污腐敗？東南亞那些貧窮動亂國家，像菲律賓、越南、泰國、緬甸、印尼等，不貪污腐敗？」「到了徐蚌大會戰，我們還打個大勝仗，殲滅了好幾萬敵人。可是，美國就不支援，說要等『塵埃落定』，士氣給徹底整垮了。」「是啊！所以我們士兵想：人家有蘇聯靠山，採聯合陣線；我們呢？美國不援助，你說能耗多久？有什麼希望？」……

桂翻譯聽得很不耐煩。他的目的只是希望我們工作，不停的工作。剛才他被孫利損了兩三句，譏諷他出去工作躲在山溝裡搞女人，而大家又拒絕工作，他心裡是十分不痛快的——喝！嚕嗦什麼？他一根眉毛上挑，不屑的，睥睨的下望著我們：「那美國爲什麼要幫助我們大韓民國，不幫助你們中華民國？」他冷冷的咕噥了一句氣話。

這可把陳炎光更惹火了。他馬上把手裡煙，用力的往地上一摔，大聲的咆哮著：

「爲什麼美國不幫助我們中華民國，幫助你們大韓民國？道理很簡單：因爲我們中華民國太人了，你們大韓民國太小了。」

「我們不是倚賴美國；打共產黨整個自由世界都有責任，要我們中國單獨對付共產黨不公平，也對付不了。」許家榮也立即回頂他。「你看，小小的韓戰，美國發動了聯合國力量，還拖了英國、土耳其、澳洲、菲律賓等國家出兵，僅打一年多，打得叫苦連天。美國是世界強國，它沒有別的國家支援，一樣打不下去。」

「那，那人家幫不幫助，和國家大小有什麼關係？」桂翻譯悶著一肚子氣，又嘀咕了一句。噘著嘴。

「當然關係可大了！」陳炎光使勁的聳一聳肩膀，衝著說：「我們中華民國是世界上大國，假使讓這個巨人站起來，全世界都會震撼！你們大韓民國算什麼？小得像隻小螞蟻，手指頭捺一下，就不存在了。」

小日本、小韓國、小侏儒，最忌諱說他小。陳炎光說話尖酸刻薄，太傷了桂翻譯的自尊心。他被挖苦得非常不自在。他的臉本來像簾子，可隨意捲起放下，常發出違心之笑。這回，他的臉沈沈的，紅紅的，再也笑不起來了。想反攻，急得張口結舌又說不出一句話來。伍浩見狀，立即替他們轉圜緩頰：

「桂翻譯，大老陳說話太率直，並非惡意，請不要介意。」他對桂翻譯和氣而誠懇的說。「我們要看一個國家是否侵略性，主要要看它的本質。」他分析著：「比如像蘇聯，獨裁專制，進行『世界革命』，必然是侵略的。美國是資本主義國家。資本主義國家，它們需要市場，需要煤、鐵、石油等工業原料，所以他們必須保有殖民地才能生存。否則，就要發生經濟危機，工人失業，國內鬧革命。第一次世界大戰，就是因爲後起的資本主義國家德國，要求重新分配殖民地，才引發世界大戰。」伍浩眼睛閃亮的說著，好像向桂翻譯上大課。「我們中國，地大物博，物產豐富，所以被列強所垂涎。但我們中國敢反抗強權，而且同情世界上所有被壓迫國家民族，並給他們道義的援助；因此，他們以我們中國的希望為希望——在第二次世界大戰爆發前後，唯有我們中國敢舉起拳頭，對抗兇焰囂張的日本帝國主義。」他用力的揮了一拳頭。「在八年浴血抗戰中，前四年半只有我們中國孤單的對日本帝國主義進行艱苦戰鬥。而當時稱為世界強國的蘇聯，竟和日本簽訂『互不侵犯條約』。美國商人，將廢鐵石油等戰爭物資，賣給日本。及至珍珠港事變發生，美國才和我們並肩作戰。這場戰爭，因我們中國反抗日本帝國主義侵略而點燃；也因有我們中國的勝利，使世界逐漸走向理性與和平。如果這場戰爭勝利沒有我們中國，則戰爭勝利毫無意義。第一次世界大戰，德國戰敗了，協約國獲得利益；被壓迫國家依然被壓迫，被殖民地國家依然被殖民。而這場戰爭由於有我們中國的勝利，使戰後韓國，以及中南半島、印度等許多被壓迫被殖民國家民族，擺脫了奴役枷鎖，獲得獨立自由。所以他們熱烈的感戴我們中國，以我們中國馬首是瞻，緊密的團結在一起。這股戰後被壓迫國家民族大團結的形成，將是世界上所有邪惡勢力——共產與資本主義國家——所無法抗拒。因此，我們中國的強盛，不但使帝國主義者在中國失去利益，也將使他們失去世界上所有殖民地的利益。所以他們不願見到我們中國強盛，不願見到我們中國站起來。」他說至此，聲音變得喑啞。「這就是他們為什麼不願幫助我們中國。我們中國的失敗，不但是我們中國的不幸，也是世界的不幸！」

大家黯然靜靜的聽著，默不作聲。

狡詐油滑的老桂，起初頭故意的轉來旋去，裝作不願聽，不理睬的樣子；不過，他很快的態度嚴肅了下來，僵澀的臉也恢復了友誼與和善。他邊聽邊微微的點著頭，歎息：

「是的，是的，我們大韓民國流亡政府，就是在你們中國上海成立的；抗日戰爭爆發後，遷到重慶去，跟隨老先生共同抗日。」桂翻譯感激的說。

「假使被壓迫國家民族大團結組織成功了，大家和平、安定、進步、繁榮；共產黨在這些國家也就作亂不起來，世界也不會發生這麼大災難，天下也就太平了。」陳炎光說。

「龜兒子，你們等著瞧吧，把我們中國扳倒了，韓戰就是擺平了，別的地方也會出事，夠美國死人。」孫利憤怒的說。

「如果美國支援我們中國剿共，你們又說美國幫助我們中國。但假使我們中國沒有失敗，肯定沒有這場韓戰，你們韓國也不會遭受到這麼大災難，美國青年也不會到朝鮮犧牲流血，那又是誰幫了誰忙？」許家榮說。

「我們是罵美國政客。」陳希忠平和的說。「美國人民，是愛好和平，且富有同情心的。」

「是的，是的。」桂翻譯說，稍頓，他央求的說：「好了，現在各位不要說不幹，幫幫忙，好嗎？」

「我們實在沒辦法再做下去。」陳炎光說，語氣雖然委婉、溫和，但仍然堅決。「我們已犧牲了五條生命，大家士氣低落，你們應該去找新人來做。」

桂翻譯不語，他站一會走了。

坐在門限上的陳希忠，望著桂翻譯進了大屋，立刻說：

「他們馬上又會來，我們快做準備。」

「我看拒絕工作去戰俘營，他們不會接受，我們就要求見大使，見了大使後才工作，看他怎麼回應。」許家榮說。

「對，見大使，見大使。」許志斌跟著附和。

陳希忠手迅速的搖了搖：

「來了，他們全體總動員。」

大家往外望去，見所長、桂、朴、李以文、李胖子、胡銘新等翻譯，從大屋出來了。他們步下石階走到小屋前，所長和桂翻譯站立在門口外，其餘立在外圍。稍躊躇一陣後，所長眨著他深邃的眼眼，結結巴巴的說了：

「你們為什麼大大的不幹工作？」

大家沒吭聲，低著頭。

「我們的大韓民國，和你們的中華民國，是大大的好朋友。」他又說，把「友」字說成四聲，重音。

「我們要見我們中華民國大使。」陳炎光說。

「我們見了中華民國大使才工作。」孫利跟著說。

他們沒想到陳炎光又提出新「問題」，把視線集中到他身上去。桂翻譯將話翻給所長聽，他可怔住了。

「你們大大的要見你們中華民國大使？」

「現在大家情緒消沈，能見到我們大使，對工作一定有鼓勵作用。」伍浩說。

「可是，你們大使館遷到釜山去了，不在漢城。」站在後面的朴翻譯說。

「從這裡去釜山不過一兩天時間。」許家榮說：「大使不能來，我們派代表去也可以。」

「可是，這，這……」桂翻譯想說什麼，又沒說出。

「是不是怕我們見了大使後，不去工作？」許家榮替他說了。「請放心，我們每個人可寫下保證書，見了大使後保證做完三次工作，就是斷了頭也要做下去。」

「我們中國人最講信義，說話算話。」孫利說。

「不會的。如果見了大使後不去工作，不是給我們大使難題嗎？」陳希忠說：「我們絕對不會這麼做的。」

他們沒有理由拒絕我們的要求。於是，稍有一短暫的沈默後，他們便圍聚在外面用韓語小聲的互相討論了起來。桂、朴、李胖子、胡銘新等翻譯，都表示了意見。他們說說，又停住了，或搖搖頭，大概認為不妥當。所長和桂翻譯老皺眉頭，苦思著。他們可能怕我們見了大使後拒絕工作，或者顧慮利用戰俘從事戰爭工作被曝光；看情形很難想出好法子來，很棘手。商討了好半天，後來桂翻譯一臉邪氣的不知說了一兩句什麼，他們忽然都大笑狂笑了起來，而且臉都朝我們這邊望著，笑著，不知為什麼那麼好笑！大笑了後，他們神祕的又談論著。談了一會，好像有了結果，他們便興奮的向我們走了過來。

「好的，見大使，遵辦。」桂翻譯爽脆的說：「所長馬上把你們意見報到師團部去。你們等著。」他們似乎很有誠意的說了這麼些話後，走了。

那就等吧！能見到大使，大家也都下定決心紮紮實實的替他們做完三次工作，就是犧牲掉生命也無悔無憾。一切全看他們的了，總該給我們一個滿意的答覆。有了希望，大家都感到高興，陳炎光和孫利，伍浩、許家榮便拿出撲克牌打了起來。我坐自己舖上看他們玩牌。

沒過一刻多鐘，李胖子翻譯來叫我接電話。

我立即去大屋。所長將話筒給我，是師團部鄭翻譯打來的。

「鄭翻譯好。」我說。

「王，他們為什麼不去工作？」

「現在大家士氣低落，去了也沒有什麼意義。」我說：「所以希望能見到我們大使後再去。」

「你們大使館現在不在漢城，我們正在聯絡中，你們先去一兩人好嗎？」

「大家都不願意去。去釜山大使館不過兩三天時間，急也不過這幾天。」

「因為最近北漢江對岸發現有敵人，所以希望你們先去一趟。師團部急著要這方面情報。」

從盤谷經後洞，餘洞一帶的北漢江對岸，以前是眞空地帶，我前次去工作時就擔心會有敵人。果然在數天前發現有不少共軍沿江邊山頭構築工事，且不時向對岸過往韓軍射擊。他們對一兩個敵人也開火，或隨便放槍。從對方打槍方式，我們判斷一定是北韓人民軍，絕非中共志願軍。中共軍有句口號：「培養敵人的痲痺心理」，絕對不會向零星少數敵人射擊，更不會隨便放槍暴露目標。他們要等大股敵人通過，時期成熟時，集中所有火力予以打擊。這種戰法是共產黨打殲滅的延伸。因此，我說：

「江對岸是人民軍，應該派懂得韓語人員去。」

「是人民軍？」鄭翻譯驚訝的問：

「是的，不會錯。」

「你怎麼知道？」

我將理由分析給他聽。

「靠得住嗎？」

「絕對靠得住，我可立下軍令狀。」我說。

「是不是去一趟，更可確定？」

「我已保證，錯不了。」我說：「而且我們人不會韓語，去了也沒用。應當派韓語人員去。」我又說。

他停住了，兩三秒鐘後，說：

「好吧，靠得住就好，也不要立什麼軍令狀。那麼這樣吧，過一兩天後我再和你聯絡。」便掛斷了電話。

回到小屋，大家以爲桂翻譯說的話變了卦，立即圍著我問。我將鄭翻譯的話告訴了大家。

「現在他們需要我們工作；我們必須堅持見大使。」我說。

「對，絕不妥協，格老子！」孫利重重的對空氣擂了一拳頭說。

「可是，可是……他們……」小包翻著兩隻大眼睛，怯生生的說：「他們會不會叫個假的來。」

大家給說笑了。許家榮也覺得小包的話不無道理。

「這很可能。」他說：「他們隨便找個會說中國話，穿上西裝皮鞋，說是我們大使、代表什麼的，怎麼辦？」

「大使也能假嗎？我們不會看他的證件？不會盤問他？」陳炎光板著臉對小包訓斥：「這小腦袋光出歪點子——不要理他，我們打牌。」他收攏牌，錯幾下，分牌。

孫利說：「看大使證件不大禮貌吧！」

「我們客客氣氣的向他請教，有何不可？」陳炎光高聲的說。

他們又打起牌。

我咀嚼著這問題；小包雖然是小孩，他的話滿有智慧。所長和老桂他們什麼事都做得出來，以爲我們容易擺佈哄騙，隨便說大使館派來什麼代表的也難說。但又想不大可能，要是被我們識破，那要鬧出大笑話！他們有的是花招可出，沒必要來這一手。不過，我並不擔心他們耍詐，假使他們不履行承諾，我早已想好辦法對付他們了：出去工作時，可不過去，躲在山溝裡睡幾天大覺，回來報假情報敷衍了事；或者去敵後繞道到美軍陣地前投誠，重當俘虜等等，有的是對策。

這以後幾天裡，所長和桂翻譯沒催促我們去工作，也沒說大使什麼時候會來。大家也不向他們打聽，少得囉嗦。大約過了三天，這天夜裡我們都睡了，桂翻譯來說鄭翻譯有電話來。我和陳炎光、伍浩馬上坐了起來。桂翻譯站在門口外說：

「沒什麼，他說轉告你們見大使的事，師團部已經向你們釜山大使館接洽中，叫你們等著。」並告訴我們，北漢江對岸敵人的確是人民軍。

「那大使什麼時候會來？」伍浩問。

「快的話，就在這兩三天吧。」他說著走了。

第二天早晨，吃過飯我去山澗洗了臉回來，見李胖子翻譯站在大屋走廊上，嘴角叨著根煙。蜜斯黃和蜜斯李分站在走廊下小廣場的石階兩旁。她們手裡各拎著一個小包袱，看樣子要離開了。我回小屋告訴陳炎光和伍浩，兩個女的要走了。陳炎光伸長頸子往外望了望，說：「對的，要走。」便和伍浩出小屋。我掛了毛巾也出去。許家榮和陳希忠、許志斌、孫利也從廚房那邊出來，站得遠遠的望著她們。當我看到大屋內胡銘新在著裝時，可把我呆住了。我以為調她們回支隊部去；胡銘新著裝，說明要送她們去前方。這時我才注意到站在走廊上的李胖子，和站在石階兩旁的蜜斯黃、蜜斯李組合很不調和。李胖子翻譯手裡的煙蒂已扔掉，無事的閒站著；蜜斯黃和蜜斯李顯露出疑懼的神情，臉朝外，大概自己心裡明白不能，也不敢向大屋裡望；大屋內的胡銘新一面著裝，一面似乎聽所長吩咐什麼——一定是監視她們。那送她們去前方做什麼？把她們送到前方山溝裡毀掉？好像沒必要，她們還有剩餘價值：可做飯，可打雜，可陪著睡覺……送去前方OP做飯？也不可能；她們成分有問題，那裡太接近眞空地帶了。更不可能送去敵後工作，不可能。那，那恐怕就是……

陳希忠和許家榮，孫利也看出了蹊蹺，踱了過來。大家繞著邊看，想問，又不便開口。

「是不是我們不去工作，才把她們派出去？」陳希忠小聲的說。

「我看不是，蜜斯李是被俘過來的。」孫利說。

胡銘新上了裝，蹲下穿皮鞋。所長弓著身子，又對他說著什麼。桂翻譯從大屋扔出兩包餅乾來，李胖子接住，分給蜜斯黃和蜜斯李，一人一包。她們捨不得吃，包在包袱裡。

著裝完畢，胡銘新背起卡賓槍急匆匆的出大屋，步下石階，向蜜斯黃和蜜斯李招了下手：「依利哇，巴利，巴利！」（韓語「來，快！快！」的意思。）便管自個的往山坡下走。她們倆後頭跟隨著。

所長和桂、朴、李胖子、李以文翻譯，衛生兵等站立在我們背後的大屋走廊上，看著他們下山坡去。沒去多遠，許家榮問：

「桂翻譯，她們去哪裡？」

「送她們去工作。」

大家都震驚了。

「她們是，是……怎麼可以派她們去？」陳希忠大概要說蜜斯李是俘虜過來的，不過話沒說出口。

「不會的，你們放心。我們有把握才派她們去。」桂翻譯說。

「蜜斯李父母都在漢城難民收容所裡，怕什麼？」朴翻譯也說。

「那她們什麼時候回來？」

「不一定，她們工作性質和你們不一樣。」桂翻譯說：「她們是去北韓落腳，搜集情報；我們會派人去和她們聯絡。」

「可是，蜜斯黃和蜜斯李兩個處不來，怎麼工作？」

「她們兩個是分開的，不在一起。」

不管他們如何解釋，這事情疑竇太多，太離譜：第一，她們兩個成分立場有問題，假使背叛的話，必將我方情報全部暴露給敵人，支隊部絕對不敢冒這個險。第二，既然兩人不在一起工作，不錯開派遣，如有一人「失控」，那就要捅出大紕漏。第三，這類工作派遣職責應屬支隊部以上高層次，他們決策與派遣作業，不至如此草率粗糙——必須保密，尤其不能讓我們知道——我把我的分析判斷告訴伍浩。

「是不是把她們弄到前方山溝做掉？」我說。

「我剛才也這麼猜想。」伍浩說：「但又想似乎不大可能；如果他們要這麼做，可把她們送去支隊部處理掉，祕密又省事，誰也不知道。這樣當著我們面送到前方去，做得太明顯。」

「可是，派遣工作給我們知道，怎麼可以？」

「他們可不管，以前派工作不常是這樣子？」

「我想了下，也認爲不會。」許家榮輕搖下頭說：「如果要把她們幹掉，他們會派李胖子，或老桂、老朴去，不會派老胡去；胡銘新是『外人』，而且大嘴巴，亂說話。」

我不以爲然。所長、老桂他們處事一向欠思考，而且從來不把我們放在眼裡，認爲我們無知，好哄騙，不懂懷疑，不會懷疑。至於胡銘新，不派他去，他也會知道這種事，攔不住他嘴巴的，假使怕他傳出去的話。所長派他去，一定會叫他保密，而且這件事胡銘新自己也有份，他怎好說出去？我揣測胡銘新是負責送她們去前方OP，交OP人員處理。直接下手的不是他，他一人也辦不了這件事。

看著她們下山走了，桂翻譯對大家嚷著：

「小老陳、孫、兩許、小包，你們這一兩天先幫忙做飯，支隊部馬上又派人來。拜託。」

「好的，沒問題。」大家說。

「這次派來也是女的，非常漂亮啊！」朴翻譯說，向大家扮個鬼臉。

所長他們笑了笑，進大屋去。

18

大使來聯絡所看我們，這眞是天大的好消息！

吃過午飯，大家便穿制服，修理門面，準備迎接。大使將在下午一、二時到達。天氣酷熱，大家穿好了制服，便到小屋後的大岩石上納涼等候去。所長和桂，朴、李胖子、李以文等翻譯都休息了。

他們對大使的來訪，不像支隊長來聯絡所那麼緊張、重視。今早他們告訴我們大使要來後，什麼事都不管了，看著我們打掃環境清潔，整理內務，裡裡外外忙得不可開交。至於大使來應如何接待，準備茶點等，也不表示意見，好像全沒他們的事了。

大家坐在大松樹底下，等候著大使蒞臨，一壁談著見大使時如何表達我們的願望。伍浩和許家榮說，希望見了大使後，能對我們做完三次工作獲得自由有所保障。孫利說，他願意做完三次工作換得自由。陳炎光對大使的來訪，格外興奮。他的落腮鬍沒有刮，養得兩三寸長。不過，他卻一再的絮叨著，招呼大家要注意禮節，如見到大使精神要拿出來啦，和大使講話要保持立正姿勢啦，要有笑容啦……以及強調如何握手等，他愼重的叮嚀大家：

「一定要大使先伸出手來，這是洋人規矩。我遠征緬甸時，和美軍柯爾上校握手，就是這個樣子。」

一談到遠征緬甸，他又回憶起往日的驕傲與榮耀了。

他說反攻緬甸時，他那個單位負責攻擊高黎貢山的一處日軍陣地。在山下打赤膊，上了山頂冷得要穿棉衣。他的一位夥伴身上綁著幾十斤炸藥，跳進日軍陣地裡去，轟隆一聲巨響，大夥兒一鼓作氣衝上去，把日本鬼子砍盡殺絕。在山洞裡，搜索到十幾個女子，全身衣服被剝得光光的，一絲不掛。

「他們的，日本鬼子是禽獸。」他咒罵。

陳希忠偷偷的告訴我，這故事不屬於陳炎光，他在故事裡連配角也沒份，吹牛。

大家聽得有趣，到了兩點多鐘，大使還沒有到來。李胖子翻譯站在大屋走廊上叫喊：

「喂！你們都坐那裡做什麼？沒休息？」他午睡剛起。

大家轉身望去，桂、朴、胡銘新翻譯也出大屋來了。

「兩點多了，爲什麼大使還沒來？」大家問。

們。對不起。」

「哦，要到晚上八、九點才能到達。」桂翻譯打個呵欠說：「上午支隊部打電話來，忘了告訴你們。對不起。」

「爲什麼那麼晚來？」

「保密嘛！」胡銘新在旁插嘴。「你們沒看到聯軍部隊活動都是在夜間進行？嘿！嘿！」

「大使一兩個人來，保什麼密？」

「咦，當然要保密！我們韓國軍部隊裡潛伏有人民軍特務，你們知不知道？」

桂翻譯立即對胡銘新訓斥：「你胡說什麼？」胡銘新馬上閉嘴，笑嘿嘿的。

「別等了，準備做飯。晚上一定來。」桂翻譯說。

這使大家更加疑惑，絕對有詐。大使哪會黑夜到這山區來？分明是哄人。大家早料到他們會耍這一手，隨便來個什麼人說是大使，或者說是大使館派來的代表，趁黑夜在山下和我們見了面便走。

大家回小屋換下衣服到廚房做飯去。胡銘新站在大屋走廊上，眼睛對這邊溜著。陳炎光想找他問個究竟，向他招下手。他打迷糊的別開臉，進大屋去。

「他媽的，眞不是東西。」陳炎光氣火的罵。

「問他也不會說實話，老桂一定對他打過招呼。」我說。

吃過晚飯，大家去山澗洗了澡，又到小屋後的大岩石上等大使。所長他們都窩在大屋內，沒出來。大屋門口又掛上了藍布帘。直到天大黑了，大屋裡電話鈴響了。一兩分鐘後，所長他們都出大屋來了。桂翻譯大聲的嚷著：

「大家注意！你們大使從支隊部出發了，你們準備迎接吧！」

大家馬上到小廣場來，沒有特別的興奮與喜悅。陳炎光嗐呼著叫大家穿制服。朴翻譯說：

「陳老大哥，不要穿啦！天這麼黑，你們不要下去迎接，讓胡翻譯和李翻譯下山去就好了。」

「對，我們就在這裡歡迎。」許家榮和孫利說，意思要把「大使」請上山來了解一番，拆穿他們的騙局。

李胖子和胡銘新拿著手電筒下山去。

湛藍色的天空，佈滿一顆顆閃亮的星星。從聯軍後方發射的探照燈，像隻巨臂似的在我們頭頂上掠來掠去，一會兒照得山野通明，一會兒像捲簾子般的捲走光亮，整個山谷又淹沒在黑暗裡。七、八分鐘後，華川水庫方向亮起了一輛車燈，直奔而來，後頭又有輛燈光跟隨著。

「來了，來了。」有人喊著。

燈光沿著山谷忽明忽滅的打了幾個轉，到達山腳下停住了。從前頭的中型吉普上，跳下了七、八條黑影來。然後，兩部車子馬上掉頭開走了。黑影下車後聚在一起，兩支手電筒光柱對準著它們上上下下照個不停。怪！怎麼來這麼多人？光亮怎麼老對著他們照射？正疑惑著，伍浩繞到我跟前來，小聲的說：

「女人，來尉勞的營妓。」

「女人？」我驚叫，他們真的來這一手？可能，所以李胖子和胡銘新手電筒老對著她們照射，先睹爲快。

但我腦子裡立刻又拐到蜜斯黃和蜜斯李去，我說：

「是不是因爲她們來，兩個女的沒地方安置，乾脆把她們處理掉？」

「沒錯，去山溝了。」伍浩點下頭說。

「那就不要說出去，這是他們的機密。」

「我們管這個做什麼？」他的注意力，整個給山谷底下吸引住了。

大家似乎也看出苗頭來了，屏息的對山谷下望著。沈寂了一陣後，大夥兒便起了微微的騷動。有人興奮的，嚶嚶嗡嗡的耳語著：要多喝水，才不會脫水……「不，最好喝米湯，喝米湯！」是孫利的經驗，他還拿嘴湊近我耳根，唧唧噥噥的咕嚕著，吹得我渾身熱烘烘，心頭癢癢的如小鹿撞著，怪不好受。

稍停留片刻後，她們便列隊上山，兩支手電筒夾在她們前後頭晃著。走在前面身影黑大一塊的，是李胖子了。他不時把手電筒光柱往後掃，替她們照路。

她們姍姍的向山坡上來，在暗淡探照燈和星光照耀下，隱約可看出她們的模糊影子了：黑蓬茸鬆的烏髮，一張張閃亮的小臉孔，步履裊躡，手裡各拎著一個白布小包袱。的確全是女的，共八人，現在我們人恰好剩下八個人了，不是慰勞是什麼？——心裡禁不住怦怦的跳動。

回頭看，站在走廊上的所長和桂、朴、李以文翻譯、衛生兵，不知什麼時候不聲不響的都進大屋去了。

現在，她們越走越近也看到我們了，仰著臉對我們望著，對風山里山峰望著，像一群馴服的羔羊！她們踏上石階，上了小廣場。大家立即退列兩旁，讓她們通過。聞到一陣清香的氣息。帶頭的李胖子，臉拉得長長的，好不高興的樣子——吃醋了？大家不理睬他，只注視著他背後的她們。也許心理上認爲她們是來「慰勞」的，也許由於濃濃夜幕的遮羞作用吧，大家毫不保留的，張大眼睛貪婪的對她們瞪著：好美！除了前頭約三十來歲，大概是「領班」的阿珠姆妮外，其餘年齡都在十七、八至二十歲間，面龐秀麗、文靜，沒有半點像在卡平見到的那些女人，和蜜斯黃的渾濁氣。她們清一色穿著虜獲共軍來的軍便服，看去更顯得樸實無華，清純可愛。

小廣場上是一片死寂，但大家的內心，燃燒著烈火。

看著我們目不轉睛的直盯著她們，可能她們心裡明白了幾許。她們一個個羞澀的都垂下頭來，默默的跟隨著李胖子走。上了走廊，李胖子高高的揭起門帘，讓她們進入大屋去。走在後頭的胡銘新，頭壓得低低的，一眼也不看我們。當他踏上走廊石階時，小包快速的從角落裡竄過去，對準他屁股後擂了一小拳頭。胡銘新沒吭聲，也不回頭，用手往後撥撥兩下。

他們都進了大屋，門帘便掛了下來，把黑暗和我們關在外面。

我們也回小屋。

大家靜默的坐著，不言不語。在黑暗的小屋內，看不出每個人臉上的表情，看不出大家心裡的感受，不過，我彷彿觸摸到了大家的喜悅與衝動。

半晌，陳炎光燃上一根吸著；吸幾口，他夾下煙深深的嘆口氣，打破沈寂的說：

「怎麼辦？弄這些女子來，說明送我們去台灣沒這回事了，他們完全一派胡言。」

沒人作聲。

伍浩用肘輕撞下我，說：

「北山，現在我見到女人就害怕。」

我笑著說：「是不是她們長得太美麗了？」

「什麼！你不知道我爲什麼離開家！」他黯然的說。

「女孩子和你離家怎麼會扯上關係？」

「你不曉得，我讀初中時，」他幽幽的說：「和一位同學談戀愛，唉！發生三角，我拿手槍……」

我的心震了下。陳炎光別過臉問：

「你們說什麼？」

「沒什麼。」

「你們說該怎麼辦？」陳炎光向大家掃視了一匝，又說：「如果要想去台灣，最好就不要去碰她們；碰了她們一根寒毛，就別想離開這裡。」

仍然沒人言語。

挨延了好一會，陳炎光向著我：

「北山，你呢？你先說說看。」他用點名方式先叫到我。

「我是要走的。」我說。

「好，那你沒問題了。」他吸了一口煙，覷著眼找尋：「家榮，」他臉朝許家榮叫：「你怎麼打算？是走，還是留在這裡想好事？」

「我，我是想走，可是人家會不會讓我們走？」許家榮囁嚅的說，找理由，語氣軟軟的。

「我看現在我們有的做兩次工作了，等再做一次，看他們怎麼說。」孫利說。

「我也要走。」許志斌和小包說。

「誰想要走？」屋外傳來聲響。

是桂翻譯。他走到門口前立住，兩手撫在門框上，探進頭來望望，而後，稍猶豫了一會，便開門見山的說了：

「各位好！向大家報告一個好消息：支隊長因爲體念各位工作辛勞，所以特地去漢城難民收容所挑選了幾位美麗小姐來慰勞大家。從明天起，你們有一個星期的休假，先和她們談戀愛，學韓語會話，培養感情。她們都是良家女子，不是娼妓，要慢慢來，以後再談『那個』，呵呵……」他說到「那個」，特別把尾音拖得很長，很委婉，意味深長。

這可把陳炎光惹火了起來，他怒氣沖沖的對著桂翻譯叫著：

「桂翻譯，這到底什麼意思？我們是要去台灣。」

「哈，哈！陳老大哥，你不喜歡，他們年輕的可喜歡！」桂翻譯爽朗的笑著，不理會陳炎光高興不高興，便向著陳希忠、許家榮他們幾個人說：「小老陳、許、孫，你們現在睡覺的房間要騰一間出來給女孩子睡。現在就去，快。」

「八個人，一間房間恐怕睡不下。」陳希忠說。

「是啊！這麼熱的天氣。」

「睡得下，新來阿珠姆妮不睡那邊。」桂翻譯說。

「睡哪裡？」

「大屋。」桂翻譯簡單的回答。

「阿珠姆妮不是支隊長替大老陳準備的嗎？怎麼睡大屋去？」孫利俏皮的說，捉弄陳炎光。

大家笑呀笑的，笑得前仰後合。

陳炎光暴怒的抓起摺疊的毯子，對準孫利頭上摔過去：

「去你的，你這王八龜孫兔崽子。我知道，你高興了是不是？你去×去，快去×去……」他氣呼呼的臭罵。

孫利趕緊用手一擋，一閃，躲過去，大家不停的笑，桂翻譯也笑笑的說：

「好了，好了，別開玩笑了！你們快去搬房間。我看你們把靠廚房的房間騰出來，好讓她們做飯進出方便。明天起你們做飯差事也交給她們。」

大家沒動，凝坐著。

大屋門帘掀開，透出一道強烈光亮灑滿一地，是李胖子和胡銘新抱著毯子出來，帶女孩去廚房。

陳希忠和許家榮、孫利等他們略遲疑一會兒，便起立回廚房那邊去。

伍浩也跟去。

小屋裡，只剩下我和陳炎光兩個人。陳炎光望著他們離去，「喝喝」的哼著鼻子，冷言冷語的罵嘴。

「你為什麼不也跟去？」他帶譏諷的對著我說。

「沒意思。」

「沒意思？我看你剛才猴急猴急的樣子。是不是她們太乾淨了，怕做了缺德事報應？」

「我不是對你說我要走嗎？」我說著，起立到山澗洗了臉，回小屋打算睡去。

陳炎光悶坐著吸煙，見我回來，他把煙熄掉，扔到門外去，問：「你說走，怎麼走？說說看。」

「有的是辦法。」我坐下自己舖上說：「最理想的，當然是戰爭結束放我們走。」

「那要等什麼時候？你沒聽老胡說老美和共產黨在板門店談判，共產黨提出什麼所有外國軍隊退出朝鮮半島，還要美國承認出兵朝鮮是侵略行為，還要道歉，這條件談得成嗎？」

「還有辦法。」我說。

「什麼辦法？你說。」

「沒有做前，沒必要說。」

「我知道，你對我說沒關係。」陳炎光說：「我會保密。」

「逃亡，逃亡找老美。」

「找老美？前回不是也說過，這裡沒有老美，去哪裡找？」

「去敵後工作時，繞到美軍陣地前投誠，重當第二次俘虜。」我說。

陳炎光大概給嚇住了，一絲粗氣都不敢出。好半天，他咂咂嘴說：

「這太危險，共產黨人海戰術，敵後到處都是人；你去瞎闖，恐怕沒找到老美，先撞上老共，那就慘了。」

「危險是有，做我們這種工作本來就是提著腦袋耍，不過我有信心。」我說：「前次我去工作時，用話套老桂；他告訴我L師團左翼友軍是美軍。這條路線我很熟：沿金城江岸前走，經過我前次去工作的松洞里口，再前行十幾二十里到達西大登里，而後過江往南走，就可找到美軍陣地。那裡地形我從地圖上看是平原，無險可守，共軍不可能在那裡構築陣地防守，絕對安全。」

陳炎光默不作聲。過一會，他說：

「那有的人去，沒有去的人呢？」

「等派去工作的時候溜，不是一樣。」

「那我是不再替高麗棒去賣命了，我不去工作。」他堅決的說。

我知道陳炎光可能不會再去工作了。胡銘新告訴我，陳炎光託他的老鄉李以文，向所長請求不要派遣他去工作。

「這沒關係，」我說：「只要我們有人跑到老美那裡，把事情揭發出來，美軍一定會向L師團要人的。」

「會嗎？」

「一定會。依照日內瓦公約規定，不能利用戰俘從事戰爭工作，美軍必定會管。」

陳炎光沈思著。

「是的，我想會。」他說。

過片刻，他一下子興奮的挪近我，親熱的拍拍我肩膀，赤裸裸的恭維了我一大堆話：「王，像你這樣對國家這麼熱愛、忠貞，又年輕，又能幹，回到台灣，我想『官』，你是當定了……」

這傢伙老奸巨猾，當初以為在L師團要耍老社會手腕，吹、拍、拉、捧，便可得到好處，逼著我去工作，逼著我走，好讓他在聯絡所當「指揮」；沒想到他們這些做情報的不是那麼好混騙，眼看希望落空了要想離開，自己又沒有勇氣逃亡，竟然打起我主意。我心中暗暗好笑，覺得他手法太笨拙了，簡直把我當小孩看待。

我說：「我回台灣只想當個小兵，從來沒想到做什麼官，也不是做官的料。那麼大的國家丟了，想到做官，都會感到恥辱。」

「國家丟了關你屁事！」陳炎光拉大嗓門的叫：「該殺的是那些貪官污吏，土豪劣紳。我從九一八到抗戰勝利，打日本鬼子打了十幾年，該受這種罪嗎？」

「睡覺吧，說什麼！」我躺下睡去。

陳炎光，吸煙、嘆氣……

後來，他捏熄煙，也睡去，「好吧，不想做官也好，像你這樣直板板性子，做了官恐怕要去坐牢……」他嘟囔著：「……唉，你看，信誓旦旦，口口聲聲說，要自由，要見大使，要去台灣……人家只露一手，馬上就『變節』了，連老子姓什麼都不知道了……」

我也感到氣惱。送這些女孩來，說明支隊部不會讓我們走了，卻沒人說話，死活都不顧了。敵後工作危險恐怖，也不怕了。女人是禍水，今後會不會發生爭風吃醋，惹出是非？也不去擔憂、顧慮了。至於蜜斯黃、蜜斯李是否被送去工作，抑或送去前方山溝給做掉？那是不關自己的命運，更不去理會它了。

翌日早晨醒來，伍浩已不見了。陳炎光盤腿坐在舖上吸煙，見我起來，他翹起拇指頭對著伍浩舖位戳戳：「又去了，昨晚不知道什麼時候回來。」

廚房裡不斷的傳出中國話、韓國話、嘻笑聲，交織成一片，熱鬧極了——女孩的魅力實在夠偉大！

那位阿珠姆妮也起來了。她在小廣場上對著這陌生環境，十分感興趣的東張西望著。她穿著一襲韓國傳統的白色短上衫，淡藍底白線方格長裙。略帶稜形的臉龐上，抹著厚厚的白粉。腦後勺毛亂的頭髮，用一只三指寬賽璐珞鏤花夾子往上別著。兩頰和眼梢彷彿有幾道裂開的乾癟線紋，鬢邊也現出少許秋意，不過，少婦風韻猶存，尤其她那仰著臉高高的望著藍天，望著，望著，偶爾腳稍一跌頓，腰支一閃，好似弱不禁風的那種阿娜姿態，很富韻味。她像雲般的在小廣場上飄來駛去，踱到小屋門前，見到了陳炎光和我，便雙手搭在膝蓋上，如日本婆娘似的彎腰行個鞠躬禮。陳炎光立即也向她欠一欠身。然後，她便移步向廚房去，背後拖著一股淡淡的香水氣味。到了廚房門口外，她佇立在門旁，馱著手探身往裡看女孩做飯。

我拿了毛巾去山澗盥洗；回小屋，伍浩也從廚房回來了。他興高彩烈的說：

「早餐馬上好了。」便將小桌子擺好，大家圍坐著等開飯。「好漂亮！」他興致的說：「大英和小英是兩姊妹，都是高中肄業。韓淑子是新義州人，初中畢業。她們都會說流利的中國話。小金初中肄業，會說一半中國話。大朴和大金，通通包，是鄉下姑娘，不會說中國話。她們都是北韓人，和家人一起被收容在漢城難民收容所。L師團去收容所把她們騙來，說是到軍中擔任文書補給的。昨晚她們來後才知道做這種事，可把她們都嚇哭了。」伍浩用她們姓、年齡、和特徵替她們命名。「通通包」韓語是胖子的意思。

「你這情報工作做得不錯。」陳炎光「嗯嗯」的點頭誇獎。「如果去敵後工作效果有這麼好就好，昨晚喝了『米湯』沒有？」

「什——麼，你以爲人家是什麼人？人家是清清白白，規規矩矩！」

「哦，哦，人家是金技玉葉，黃花閨女！」陳炎光頭又一點一點的說。

「看，來了。」伍浩向廚房方向一指，兩個女孩送早餐來了。「走前面的叫韓淑子，後面小金。」

我和陳炎光立刻向外望去，韓淑子手裡拿著碗筷、湯匙。鵝卵型的臉，笑吟吟的露出一排潔白牙齒。秀麗的頭髮，梳成兩條辮子。小金端著兩碟菜，她大約十五、六歲，長得小巧清秀。她們都穿著白衫裙。進屋來，她們自然的行個禮：「早安。」便把碗筷、菜擺在小桌上。菜是醃蚵和泡菜。後面又有個女孩，略圓的臉，眼睛水汪汪的，嘴角綻出兩個可愛的小酒渦，皮膚白皙，端著一盆飯來。她行個禮把飯盆擱在小桌上，隨手拿起勺子盛飯。

陳炎光立即親切的說：

「不要客氣，我們自己來。」

「對不起，飯來遲了。」她說，中國話像京片子。

「妳叫什麼名字？」陳炎光問。

「她是小英。」伍浩說。

「眞乖，眞可憐，來做這種事！」陳炎光同情的說。

小英和韓淑子眸子裡泛起薄薄霧翳。

「不要難過，大家和自家人一樣。」陳炎光安慰她們說，兩眼不住的對她們身上打量著。「你看人家多懂禮貌，多有教養！以後你們要規矩，不准亂來。」他法相尊嚴的對著我和伍浩教訓。

韓淑子連忙說：

「各位對我們非常友好，非常愛護我們。」

「還有一碗湯沒有來。」小英盛好飯說。她們行個禮便走了。

很快的小英端了一碗湯來。小金空手也跟著來。

湯，是鍋底鍋粑和冷水煮的，不過水沒煮開，溫溫的。這是韓國人最愛吃的。他們用長把子銅湯匙，舀飯泡著吃，又香又脆。以前阿珠姆妮做飯，我們也常嘗到；換密斯黃做飯，就成大屋裡專利了。小英把湯分碗裡。小金站立門口外，食指秀氣的含在脣上，扇子般的長睫毛，一閃一閃的眨著。

「這叫什麼湯？」陳炎光問。

「我們韓國話叫『魯茸巴布』。」小英說。

「太好了，好解口！」陳炎光喝了一口說。「妳們吃了沒有？快去吃。」

「是的，謝謝！」

「不要謝，眞乖，妳們去。」

她們走了，我問：

「那個阿珠姆妮沒幫她們做飯？」

「喝！那個騷貨昨晚陪所長睡覺，她不是來做飯的。」伍浩說。

「你又亂說了。」我說。

「胡銘新說的，沒騙你。」

陳炎光不響，悶著頭猛扒飯。

孫利吃了飯，從廚房出來，在小屋外晃來晃去的逛著，嘴裡吱吱喳喳的說：

「我們飯吃飽了，我們現在要去談戀愛了，找大金談，學韓國話……」

伍浩沒好氣的白他一眼：

「丟臉，談戀愛就去談，叫什麼？」

「你不懂他的意思。」我說：「他是說大金是他的了，別人不能碰。」

吃過飯，韓淑子和叫大朴的來收拾傢伙去。伍浩拉我一把，說：

「走，到廚房去。」

廚房裡鬧烘烘的擠著許多人——女孩和我們人。在土灶前大朴和另一個女子坐在小凳上洗碗盤，孫利緊緊的挨著她，我想她可能就是孫利說的「找大金談戀愛」的大金了。她年齡和大朴相若，約二十至二十一歲左右。不過姿色比大朴強。大朴臉色稍嫌蒼白，屬內向型；大金滿月面龐，兩腮紅裡透白，眼睛笑咪咪的到處看人。她們將洗過的碗盤，再放進另一桶清水裡漂漂，扣在木盆內。做事乾淨俐落。孫利涎著臉「欣賞」著，不時毛手毛腳的在大金身上東一下西一下的摸著。大金不慍不吭，用手趕蒼蠅似的撥開它，仍然做她的事。

屋子裡邊，圍著小方桌剔菜的是韓淑子，小英、小金，和一個稍胖的可能是「通通包」了。她們一早到菜圃裡摘了許多南瓜藤子，切成小段，剝去外層薄膜，當青菜炒牛肉絲。靠裡的還坐著一個女子，我猜是大英了。她在寫信。陳希忠和許家榮、小包、許志斌坐在廚房通房間的門口榻榻米邊沿，或小板凳上看熱鬧。許家榮手裡捏著小本子，向韓淑子學韓語會話；她細心的教導他，他認眞的學習著。初來聯絡所時，大家學了幾天韓語會話就不學了，現在又興起了濃厚的興趣。

伍浩扯了下我褲管，指了指小凳子。我便在他身旁坐下，看孫利手指頭在大金豐滿的臀部上旅行，便對他揶揄著說：

「孫利，人家談戀愛用嘴，你怎麼用手呢？」

大家都笑了，女孩也笑。

大英仰起臉瞟我一眼，抿著嘴笑。

我愣了下——和小英好相像！方方的顎，挺直的鼻子，圓潤的鼻珠下，是兩片薄薄的嘴唇。一綹秀髮，像蘭花草的散落在她那白嫩的耳朵和腮邊。不過她比較消瘦，烏黑的眼睛也沒有小英那樣喜悅閃亮，好像盛滿憂愁似的；青白的臉，也沒小英那麼紅潤開朗。她的美麗只是比一般略微姣好，但主要是她的內在美，是一種氣質與智慧。這，我在一瞬間就看得出的，我問：

「妳是大英了？」

她沒有理我，低頭寫信。

小英立刻說：「是的，是我姊姊。」

我找話題說：「妳們是韓國人，中國話說得比中國人還中國。」

「我們本來就是中國人。」小英說。
「妳怎麼變成中國人？連自己國家也不承認？」伍浩說。
「我們是道地的中國人。」小英說：「我們祖先在幾千年前，跟箕子逃到朝鮮的。」
伍浩恍然大悟的說：
「哦，是伊尹，他是我們中國家喻戶曉的商朝宰相。妳說姓伊，我就有這種感覺。」
「她們是姓伊！我以為是英雄的『英』。」我說。
「不，是伊尹的『伊』。」伍浩又說一遍。
「那就對了，中國人。」我說，一下子跌入歷史深淵，好久遠，好久遠——伊尹乃商初賢相，助湯伐桀，滅夏。商亡，箕子率眾逃亡朝鮮。伊尹後裔是商朝貴族，以中國士大夫氣節，跟隨箕子逃亡朝鮮是合於情理可確定的。這一刻間，她們「認祖歸宗」拉近了彼此距離。因此，我告訴她們，今日朝鮮民間，到處還可看到箕子遺留下的文化痕跡——中國古文化。譬如語言方面，攙有許多殷商古音，如：人民軍，韓語與殷商古音都念「因民軍」；美國軍，「米穀供」；北漢江，「玻汗干」；這山，「依山」；這條路，「依ㄍㄧ咯」；餅乾，「干ㄅㄧㄤˋ」……等。後來中國中原戰亂，百姓南遷，這些古音至今仍然保留在江淅福建沿海一帶的民間方言裡。此外，朝鮮百姓習好穿白色衣裳，也可能是殷民尚「白」的遺俗，見否屬實，那就有賴考古家去考據了。
滔滔不絕的，我一口氣說完。她們聽得有趣，大伊眼睛痴痴的望著我，頻頻點頭。
「我不相信，」孫利酸溜溜的說：「幾千年的事，你親眼看到聽到？」
伍浩和許家榮對他瞪眼。孫利又馬上陪著笑臉說：
「我不過說說而已。北山，不要見怪。」
「我們中國歷史也有這段記載：箕子不子，逃往朝鮮為君。」伍浩說。

「那妳們中國話不會是和妳們老祖宗學的吧？」我打趣的說。

「不——」大伊嘴角盪起美麗的漣漪。「我爸爸以前在中國東北通化開診所，我們在那裡讀小學、初中，日本投降後，才回北韓。」

伍浩腳尖輕蹴了下我脛，向我使個眼色。

老朴出現在門口外。他伸進長長頸子，鬼頭鬼腦的：

「你們談什麼，這麼高興？」

「我們在談戀愛。」孫利說。

「對，對，談戀愛。你找誰談？」老朴走了進來。

孫利指了指：「大金。」

「大金小姐，對！還有呢？許。」他問許家榮：「你找誰？」

許家榮沒有搭理，也不看他。

小包說：「我沒有談。」

大家有的笑了，朴翻譯逗弄他：

「怎麼不談？都要談。你太青了，要找個青的。」

他的話沒撩起大家嘻笑。韓淑子把南瓜莖攏在一起，對小伊說：

「我們採野菜去。」

「妳們去哪裡採？」朴翻譯問。

「去後山，我們起早就決定要去的。」韓淑子說。

「對，對，大家牛肉吃怕了，都想吃蔬菜。」老朴說，看氣氛不對，識趣的走了。

小伊去扛了鋤頭來，小金拿一隻空紙箱，她們便往後山坡去。伍浩和許家榮也跟去。

19

空閒著無事，我也去廚房找女孩窮泡了。

本來這些女孩送來時，我儘量和她們保持距離，避免接觸，因爲我顧慮女色生禍，這裡又是情報機關，免得去惹是非。可是，這一來，又有了煩惱：我所顧慮的所長、桂翻譯他們看我們人談戀愛，似乎倒沒有醋意，而是陳炎光和老朴卻常說諷刺、難聽的話。每當我一人待在小屋內玩開「金山」，開「財」時，老朴總要譏誚的說上一兩句：「王，我看你幾天來好像很喜歡玩撲克牌，老玩著不會膩了？」意思說我心裡乾想著女孩，怕難爲情去接近她們，又怕被看出心緒，躲在撲克牌裡「遮羞」。這時候，陳炎光在一旁哼哼唧唧的也要損我一番。如果我孤獨閒坐時，他們一遞一聲的又有話說了：「王，爲什麼不出去走走？外頭空氣多新鮮！這樣悶坐著多無聊！」「人家在想什麼，你知道嗎？」「哎呀，想什麼？想出病來不得了！」……要是我和女孩說了話，那他們更有話說了，要奚落得我沒完沒了。而且我不願和他們計較，他們不自愛，也就更放肆了，多半衝著我來；伍浩和孫利，許家榮光明正大的去談戀愛了，他們對老朴、陳炎光的冷諷熱嘲，根本不甩，不理；陳希忠少來小屋，又是陳炎光冤家對頭，陳炎光不敢惹他；許志斌是老實人，小包小孩，諷刺他們沒意思，不夠刺激。

我越想越氣，有時女孩來小屋閒坐聊天，大家都很少說話，全讓陳炎光說去。如果大家說了一兩句，他臉就板板的，沈了下來。好像他和女孩拉扯是天經地義；別人和女孩說了話，就是大逆不道。雖然他以長者的關愛，對她們噓寒問暖，閒話家常，給她們溫存、安慰；但大家和她們說的也是正經話，規規矩矩，爲何不可？

他們譏諷我一兩句，我可忍受；老羞辱我，我必須反擊。對女子愈躲避，愈尷尬；住在同屋簷下也躲不掉。這些女孩就是送來「慰勞」我們的，愛就愛吧，他們管得著？

伍浩和許家榮，孫利準時全到廚房了。小包和許志斌也跟了來。大伊和韓淑子，通通包醃做泡菜。韓國山上有種野菜，根可食，像高麗參，採回來後，洗乾淨，搗搗洗去苦汁，醃漬泡菜，十分可口。大金和小伊洗碗盤。我少去廚房，他們見我來都覺得訝異。孫利咧著嘴笑說：

「北山，你也下海啦！」

「怎麼，不歡迎嗎？」我說。

韓淑子和大伊、大朴、大金、小伊都轉過臉看我，微微的笑。

「哪裡，歡迎，歡迎！」孫利嘻笑的說，手向女孩掃了一輪：「你也挑一個吧，還有這麼多漂亮小妞。」

大伊又回過頭來，瞥了我一眼，臉紅到耳根去。

我在一張小凳坐了下來，覺得手腳沒地方放似的，很不自在；過了一會兒，心情才漸漸沈澱了下來，臉大概也不紅了。我對著她們一個個的欣賞著，從她們來的第二天早晨和她們閒聊後，我就沒這麼坦然的正視著她們。大家也對她們望著、欣賞著，好像欣賞著櫥窗裡陳列的一顆顆明珠。大伊是側著身對我站著。她美麗的面龐和頸子，給披到項際的秀髮遮住了。她的背脊削直，兩旁肩胛將衣衫微撐起稜角來；美，美得教人有種清涼的感覺。一般審美，似乎僅有古人什麼人讚美過，美人肩如刀削的美外，就沒有人談到肩背的美。尤其現代，尤其外國人，他們一談起女人，就是臉龐兒如何的嬌艷，乳房如何的霸氣，腰枝如何的纖柔，臀部如何的凸脹，聽說外國電影明星還有用海綿墊屁股的；但就沒人談到背，重視到背的美，可見中國人審美力，比起外國並不遜色。其他如大金、大朴、小伊、韓淑子，環肥燕瘦，各有各的美姿。連通通包也是艷麗的，她並不怎麼肥，只是臉上肉稍長多了些。可是，我對她們欣賞了好半天，內心就沒有如她們初來的那夜，像陳炎光說的「猴急，猴急」的衝動，如一塘死水。

伍浩肘輕撞了下我，說：

「北山，我問你一個問題，看你也想到沒有。」

「你說，什麼？」

「支隊部到底送幾個女孩來？」

「你說這次？」

「當然是這次。」

「八人嘛！」我說：「我們人也只剩下八人了，一對一，還問什麼？」

「不對，七人，阿珠姆妮不算。」伍浩說。

「對，對。」許家榮立刻也說：「阿珠姆妮在大屋陪所長睡覺，不是給大老陳的。沒有他。」

我不以爲然：

「我看支隊部不會這麼小氣，雖然大老陳不再去工作。可能阿株姆妮就是給他的，被所長『借用』去。」

伍浩略想了下，說：

「也可能，八個女的，七個都是十八、九或二十歲，只有阿珠姆妮年紀三十多歲，可能就是配給大老陳的。」

「對，先向大老陳『借用』一下，以後還他。」孫利叫著，大家都笑了。

女孩看我們說悄悄話，大概懷疑大家又談論她們了，眼梢不時的向我們這邊溜著。我高聲的說：

「這野菜醃的泡菜太好吃了，是不是高麗參？」

「不是啦，哪有這麼高級！」韓淑子說。

「很像高麗參。」

「不是，我們韓國話叫『托辣其』。」大伊說。

「這麼上品，有沒有把它移種到菜圃裡？」我說。

「我們韓國倒沒人種。長在山上就這麼好，爲什麼要去種它？」韓淑子說。

「這是我們人自己找麻煩。」大伊說：「假使稻子可野生，世界就不會有饑荒了。」

這話非常有智慧；上帝創造的一切，都是美好的，經過人手裡，都變壞了。

「我們韓國開城人參最有名。」大伊又說。

「還有你們韓國的蘋果也有名。」我說。

「還有梨子也有名。」

「還有……」

老朴陰魂不散的又出現在廚房門口了。他剛才站在大屋走廊上看著我進廚房的。他扮著鬼臉，脖子一伸一縮的，故作滑稽狀的探進頭來。大家裝作沒看見，也不向那邊望。這傢伙太混帳，我要給他點顏色看。我故意伸手到坐在木桶旁洗碗的大金豐滿臀部，輕捏了下，嚷著：

「哇！好美啊！嫩滑滑的！」

孫利立刻緊張的，大聲叫吼著：

「唷！那裡是我地盤，你不能碰！」

大家笑呀，笑呀，大笑了起來！我們人笑痛了肚子；會說中國話的韓淑子、大伊、小伊、小金吃吃的笑，摀住著嘴笑；聽不懂中國話的大金、大朴，通通包眼睛卻聽得懂，也跟著開心的笑；只有老朴沒有笑，他一屁不響，掃興的走了。

「孫利，對不起，剛才侵犯了你的『專利』。」我打趣的說。

「我知道你是對付老朴。」孫利說：「他出去工作，躲在山溝裡搞女人，還好意思來攪局？龜兒子。」

「不要理他，不是東西。」許家榮氣火的說。

看著她們美麗又伶俐的做事，我又想起她們一來大家就猜疑的一個問題：她們是來「慰勞」的，可能還兼有對我們「監視」的任務。做情報的，對自己人都加以監視；我們是俘虜，他們更不會放過。我輕聲的問伍浩，他和小伊接觸，看出疑點沒有，她說了什麼。

「不可能，那晚她們送來知道做這種事，還哭著要走。」伍浩搖下頭說。「你多心了。」

「她們說了什麼？」

「沒什麼，就是閒聊，唱唱歌。」

「我看大金對孫利不搭理的樣子，又不像她們負有『任務』。」我說：「但是，像小伊、韓淑子那樣有教養，受過教育，爲什麼那麼容易願意和我們接近？」

「你不懂女孩心理，她們最需要的是『安全感』；我們對她們沒半點傷害，大家在一起談談天，有什麼大驚小怪的？何況她們在中國待過，會說中國話，在她們心目中，中國不是『外國』，沒有隔閡。」

伍浩說得十分有道理，我們人對她們尊重、愛護、有禮貌，不像韓國男人對女性兇巴巴的。陳炎光說了，也不叫她們脫褲子，她們怕什麼？

韓淑子和小伊做完事，離開了位。

這是她們和他們到外頭山野談戀愛的時候了。風山里有青翠的青山，有清澈的澗水，是個談情說愛的好地方。這兩天來，他們常相偕外出散步談心去。我看他們有所等待的樣子，便識相的說：

「你們去吧，耽誤了你們不好意思。我是來客串的。」

「好的，好的，我們走了。希望你也到我們青山來作客。」伍浩笑笑的說，眼睛閃亮的對「剩餘」的女孩溜了一圈，便和小伊進房間，出裡間小門，到後山去。

許家榮和韓淑子從廚房前門出去，往山坡那邊走。他手裡拘謹的捏著韓語會話的小本子。孫利呢，大金不給他帶出「場」。他們談戀愛的空間，只侷限在廚房內，有時他幫她做些事，順手的對大金摸摸捏捏，打打鬧鬧。

他們和她們走了，我也走了。出了廚房，抬起頭望望天空，我感覺天好像高了起來，心胸好開朗，好快活！

陳炎光坐在小屋後的大岩石上，好像就等著我似的，向我招下手。我過去登上大岩石。他沒好氣的問：

「你去哪裡？」

「去廚房呀，你沒看到？」我說，在他跟前坐下。

「你說不去，爲什麼又去？」

我不去接近女孩，他們又諷刺我；去了，又不高興。

「去呼吸新鮮空氣呀！」我故意的刺激他。

「那你不想走？」

「走哪裡？」

「逃亡啊，你自己說的。」

「到時候再說吧！」

「那你去不去？」

「當然要去。」

常去和她們說說笑笑，我臉也不紅了，態度也自然了。老朴和陳炎光對我譏諷嘲笑，我也不在乎了。只要我喜歡、願意，我就去廚房走動；她們來小屋，我也不刻意迴避，以平常心和她們相處。不過，我不像伍浩、許家榮、孫利他們專情一人；我沒有特定對象，大朴、大伊通通包也好，和她們都接觸，因爲我不想惹上感情。有情，就痛苦。

「我希望你不要給她們拖住後腿就好。」陳炎光常這麼提醒我，也不敢再說難聽話撩撥我了。

一天傍晚，吃過了飯，我去山澗洗了澡，回小屋閒躺著。天黑下來時，女孩又到小屋來。

陳炎光趕緊推搡下我臂，又叫喚伍浩：

「快起來，快起來，人家來了，懂不懂禮貌？」

我立刻坐了起來。伍浩坐在自己舖上，兩手撫在膝蓋頭，很規矩。

小伊和小金站在門外，她們穿著白色衫裙，看去很像睡衣。

陳炎光向她們招下手：

「進來坐，不要客氣。」

她們進了屋，雙腿並攏裹著裙子在舖沿坐下。月光從門外照射進來，映得滿屋子朦朦朧朧。

陳炎光問：「生活過得慣嗎？」

她們點點頭：「過得慣。」

「過得慣就好。」又問：「這些事情過去在家裡做過嗎？」

她們又點下頭：「做過。」

「現在和爸爸有沒有聯絡上？」陳炎光問小伊。

小伊黯然的搖一搖頭：「沒有。」小伊是北韓元山人。去年聯軍大撤退時，她父母親帶著她們四個姊妹跟著難民群往南逃。走到半路，她母親和最小的妹妹落到後頭去。她父親趕回去找她母親，教她們姊妹跟難民群走，到漢城找她們經商的叔父。沒想到她父親這一去，就沒再回來。她們姊妹到了漢城，她叔父一家也逃難走了。她們在漢城舉目無親，後來她大姊去第三師團當義勇軍——韓國花木蘭——她和大伊進了難民收容所。

這些客套話，陳炎光不知說了多少次、多少遍。接著又談起他的家鄉——東北。小伊在東北度過童年，讀小學、初中；談起往事，最容易撩起人的懷念與情感。他們談著，談著，陳炎光摸出一根煙燃上吸著，霧裡看花的望著她們。煙吸到半截，弄熄，扔到門外去，他便對小伊說：

「小伊，我替妳看看相，妳手伸出來。」

小伊高興的說：「陳伯伯會看相？」立即伸出手來。

小金馬上坐到小伊另一旁去。陳炎光把臀部挪到舖沿來說：

「我會一點，過去常替朋友看。不是這邊，換那隻手。」

小伊伸出另一隻手。陳炎光捏著她纖細白嫩手指，拿到月光下仔細端詳著，又相相她姣美的面龐，問她生辰八字。小伊回答了。陳炎光用右手拇指尖點著中指節，上上下下的掐算著，嘴裡念念有詞。然後，經過一陣閉目沈思後，說：

「命帶富貴，聰慧，有福祿；但眼前有災難，遇貴人，行大運。」他說後又把那些命理術語詳加解釋。

「那我爸爸媽媽會平安嗎？」小伊問。

「會的，將來妳們一家人會團圓。」陳炎光說。

「啊！太好了，太好了！謝謝陳伯伯，謝謝陳伯伯！」小伊歡喜雀躍的叫起來，向陳炎光千恩萬謝。

「陳伯伯，也替我看一看。」小金手從小伊面前也伸了過去。

陳炎光照樣的看看問問，說：

「也很好，近富貴，有福祿；不過眼前有災難，後運佳。」

小金聽說她命好，歡天喜地的跑回廚房那邊房間告訴大金、太朴、通通包，韓淑子她們。她們立即都跑了來。陳希忠，孫利、許家榮、小包等也跟著來。

她們聚在小屋外，聽著小伊和小金咿咿唔唔的講述陳炎光說她們命好，聽得張口結舌，傻楞楞的，顯露出期盼的神情，似乎也想試試自己命運，希望藉此神祕命理，祈求家人平安，安慰自己。

陳炎光望著她們熱烈的談論著，兩眼溜來溜去的看看這，看看那的。驀然，他發現大伊也佇立在門口外。他立即把視線調到她身上，定定的望著。也相一相吧？他可能這麼想。但與此同時，他也看到了出現在門口外的桂翻譯。

陳炎光也許認爲出於愛護關心她們，好意嘛！他便毫不思考的對桂翻譯說：

「桂翻譯，我看大伊、小伊姊妹眞乖，眞聰明，我想收她們做乾女兒，你看怎麼樣？」

大家對陳炎光提出這個問題，都感到太意外，太冒昧，馬上眼睛都向桂翻譯望去。女孩們也都靜了下來。約有半分鐘的沈寂，桂翻譯便一口直截了當的說：

「不要這麼做啦！現在她們父母都不在身邊，誰也作不了主。」

桂翻譯的話，一下子把氣氛弄僵了。小伊顯得很不高興的樣子。她們彼此相互的望了片刻，小伊首先離開小屋，回那邊房間去。大金、大朴、小金、通通包、韓淑子等也跟著走了。

桂翻譯也走了。

小屋裡只剩下我們自己人。大家默坐著，覺得老桂這傢伙實在管事太多，太猖狂，連做「乾女兒」都不行，還叫我們先談「戀愛」，後談「那個」？談個屁！不過，大家心裡不舒服，卻沒人吭聲。陳炎光碰了軟釘子，是他自己提出這個尷尬問題，自討沒趣，有氣也發作不出來。伍浩和許家榮，孫利對老桂作梗雖然不滿，但對陳炎光也沒好感；他們談戀愛，陳炎光冷言冷語的諷刺，他們何必替他說公道話，打抱不平？至於陳希忠，他們兩是仇敵，他倒樂得見到陳炎光受窘、難堪。許志斌和小包是不理會這些的。他們坐了一會，便回那邊房間睡覺去。

我和伍浩也睡去。

陳炎光悶坐舖上猛吸著煙，分明撐著一肚子氣。其實今晚這種事，陳炎光自己應該料想得到的。他是個老世故，見過世面，懂得吹拍，會看「人」。他一來聯絡所，就拉攏他同鄉胡銘新和李以文。他稱呼胡銘新「胡先生」、「胡翻譯」，叫得胡銘新飄飄然；後來看胡銘新在聯絡所沒半點分量，便直叫他「老胡」了。李以文是副支隊長的人，他一向暱稱李以文爲「以文」，或「李翻譯」。聯絡所內的韓籍人員，他看出所長、桂翻譯、李胖子是一伙人；朴翻譯和他們貌合神離，處不和洽。桂翻譯是所長紅人，他當然是拉攏所長和老桂。可是，老桂也是老奸巨猾，看準陳炎光淨說不練，空心老倌，根本不理睬他。這麼一來，自然的把陳炎光推向朴翻譯。老朴以爲陳炎光是我們龍頭老大，想藉他造勢，一拍即合，熱絡了起來。不過，陳炎光處事穩重，對他們——老桂和老朴——採的是「等邊」外交，不偏向那一方；雖然老桂對他並不好感。從陳炎光這些作爲，他對老桂可說認識得十分透徹，而竟然提出收「乾女兒」這種事，實在夠糊塗，自取其辱。

第二天早晨，韓淑子送早餐來時，對我說大金要叫我。我問她什麼事，她笑而不答。

陳炎光瞟了我一眼，他昨晚的氣似乎還未消。

「你和她又說了什麼？」

「我什麼也沒說。」

「一定又是孫利找她胡鬧了。這傢伙不是東西。」伍浩說。

吃了飯，我和伍浩一起去廚房。孫利蹲在木桶旁洗碗盤，這一兩天來他自動的兜攬了這差事做。

大金坐在他旁邊小凳上，手肘彎擱在兩腿叉開的膝蓋頭上「監督」著。大概她見我來要表現她的「雌威」，伸出食指對孫利額角重重的戳了一下，從木盆裡拿起一只洗過的碗指指點點的說著，意思是沒洗乾淨。孫利馬上說：「對不起，對不起，重洗。」接過手洗了，又扣回木盆裡。

我揶揄他說：「孫利，談戀愛好辛苦！」

「有什麼辦法，命苦啊！」他嘻皮笑臉的說。

許家榮、陳希忠、小包聽我說話聲，立刻從裡間房間過來，在通廚房的門口邊，或坐或站的看熱鬧。我問大伊，韓淑子她們：

「大金叫我什麼事，是不是孫利又欺負她了?」

「不是啦!大金問你會不會看相，她要看。」韓淑子說。

「哦，沒問題，沒問題。」我說，順手拉過一張凳子坐下。「你叫大金把臉抬起讓我相相。」

孫利馬上伸過他濕漉漉洗碗的手，托起大金下巴頦。大金以爲他又毛手毛腳，使勁的擰他胳膊，咬緊牙的罵。韓淑子替她翻譯了，她才住手，笑嘻嘻的把臉向我。

我用欣賞藝術品的眼光欣賞著，這小妮子長相的確不賴：團團的臉，笑盈盈的像一朵盛開的玫瑰花，眸子黑溜溜閃亮，牙齒潔白，胴體豐滿，兩隻凸起的大乳房，把胸脯擠出一道「V」形，剔透白膩的乳溝，很夠迷人；只是鼻子稍嫌塌了些。

我說：「好，現在請起立。」

她站了起來。

「轉一圈。」

她雙臂垂直，呆板的照做了。

我手心向下拍拍，她坐了下來。

我說：「不錯，好命，好命，天庭飽滿，地角方圓，臀部寬厚，嫁給孫利會生多多孩子。」

大家都笑了。大金不知道我說的什麼，笑瞇著眼，疑惑的，企盼的直盯著我。孫利手又伸到她的屁股去：「是吧，我們北山都說了，嫁給我有好福氣。」大金舉起拳頭，孫利手趕緊縮回去。韓淑子將我的話翻譯給大金聽，她樂得也笑了。

她們又興趣的談論著命運，臉上流露出安慰與喜悅。

大伊搖搖頭用中國話說：

「這個中國文化我不信，沒有科學依據；人的命運掌握在自己手裡，我相信自己。當然，我也希望宇宙間有鬼神、命運、神祕，讓思維飄遊在無限的時空裡。假使只有物質，那人生太乏味了。」

「咦，我們中國算命、看相這一套眞靈，不是吹的。」陳希忠說：「抗戰時期，我們部隊駐在漢口，一天我和幾個朋友過江到武昌黃鶴樓玩，那裡有位看相的鐵口道人，見我們來，就直指我的一個朋友說有劫數。果然過了一星期，我那位朋友在漢口遭日本飛機炸死。」

「這是巧合，碰上了。」大伊說。

「這很難說。」伍浩說：「我們中國預測命運有許多種方法，像看相、算命、卜卦、測字等，有的很準，很靈驗，有的有科學根據，比如看相：它是以人的生理，判斷出一個人的智慧、健康、個性等，這些都是決定命運的因素。算命是用出生的生辰八字：年、月、日、時來算的。生辰好，則命好，生辰壞，則命壞。而且出生生辰相同的人，命運則相同，很奧祕。」

「出生時間怎麼會相同？有的人今年生，有的人去年生；有的人這個月生，有的人上個月生。」

「時間是前進的。」我說：「不過我們中國古代記載時間方法是用天干、地支相配合記載。」我解釋：「天干有甲、乙、丙、丁、戊等十個字。地支有子、丑、寅、卯、辰等十二個字。天干地支配合，如甲子年，乙丑年、丙寅年……末了從頭再起，循環不已。天干十，地支十二，十和十二最小公倍數是六十，又回到甲子年，剛好是六十年，從頭又起。所以我們中國計算時間是曲線循環，不是直線進行，必定有相同的。」

「那好生辰、壞生辰是以什麼爲依據區分來的？」大伊問，感情的看著我。

「這很玄。」我說：「生辰好壞，可能從出生生辰相同的人命好，則爲好生辰，命壞則爲壞生辰，歸納出來的。中國古代沒有統計學，他們發現生辰八字相同則命運相同，大概是從數千年的生活經驗中體驗得來吧！因爲我們中國歷史太悠久了。至於爲何出生生辰好壞，注定命運好壞，這可能冥冥之中有隻看不見的手，安排著我們的命運。」

大伊依然疑惑，小伊和小金希望她們命運成眞，因爲陳炎光說她們命好。

大金仰著臉，張口含舌傻笑的望著我，咿呀的不知咕噥著什麼。

我問：「大金，妳說什麼？」

「大金說你剛才說她命好，是不是騙她。」小金說。

「沒有，沒有，是眞的。」我說。

「是吧，沒騙就沒騙，我們倆是天作之合。」孫利嘻笑的說，手指頭伸到大金膨脹的乳房去。

大金握緊拳頭對著孫利頭猛搥：「大大的壞蛋，大大的死，大大的死……」孫利兩手護著腦袋，大喊救命，逗得女孩大笑。陳希忠勸她說：

「好了，好了，不要打了，原諒他。」

大金重重的搥了一拳，住手了。

孫利被打得七葷八素，脹紅著臉，脖子扭來扭去：「大金，格老子，給打疼了，打疼了……龜兒子……」

大家笑了一陣，伍浩、許家榮、小伊、韓淑子走了，是他們到山野談戀愛的時候了。

我也回小屋。

「你們在廚房裡說什麼那麼好笑？」陳炎光問。

「胡亂扯。」我說，在自己舖位坐下，拿出撲克牌玩。

「剛才不是大金叫你去嗎？」

「她問我會不會看相，替她看一看。」

「喝！那種蠢相有什麼可看。」陳炎光哼著鼻子。「我告訴你，現在已經有問題了，你知道不知道？」

「什麼事？」

「伍浩和許家榮帶女孩出去有人跟蹤。」

「誰？」

「李胖子，還有誰？他們一定打女孩主意。」

「我都沒有看到，在哪裡？」

「你整天鑽在廚房裡怎麼看得到？就在對面山坡頂路上。」陳炎光嘴向前努了努。「可能伍浩和許家榮一開始把女孩帶出去，李胖子就在那裡盯梢了；昨天，前天我才注意到李胖子爲什麼老在那裡打轉。你等著瞧吧，李胖子馬上又出來了，我想我沒有判斷錯。」

我略思忖，陳炎光說的不是氣話；連收做「乾女兒」都不行，顯然他們有企圖。而且我看出伍浩這一兩天來很不開心的樣子，可能也發現李胖子跟蹤了。伍浩個性雖然開朗，但對愛情非常固執，死不放手，陰在心裡幹。

「我去外面看。」我說，丟下牌外走。

「你在這裡就看得到，何必出去？」

「不，外面視野遼闊。」

我登上小屋後的大岩石，坐在岩頂上，那裡瞻望良好。早晨的陽光，撒在荒蕪的玉米地紅土上，曬得山野氣溫悶熱。一架美軍小型飛機「嗡嗡」的從華川方向沿山谷飛來，到達美軍觀測站上空，繞了一匝，替美軍投下書信後又飛去了。這是每日定時的投遞，時間大約是上午九、十時左右。我向四圍瞭望。許家榮和韓淑子橫過山坡頂，到右側的山澗旁已看不見了。伍浩和小伊爬上了大屋後，他們常去的那塊兩三丈高、像塊藍寶石似的鑲在風山里半山峰的巨大岩石上去。岩頂覆蓋著密密的翠綠松樹枝葉。他和她坐在上面哼著歌曲，小伊白色的衣衫，目標格外顯著。

數分鐘後，李胖子果然從大屋出來了。他下了小廣場右轉經過廚房時，頭往裡看了看，便向山坡頂走去。到了山坡頂，他站住了。那裡位置適中，可搖控大岩石和右側山澗。李胖子便在那裡徘徊著，嘴裡叨著煙。

陳炎光從小屋出來，向李胖子方向望了望，也爬上大岩石。

「不要看他們。」我說，轉身面向山谷底下。

「我沒說錯吧，是不是監視他們？」陳炎光在我身旁坐下說。

「一點不差。」我說：「怪不得從女孩來的那晚老桂叫我們去談戀愛後，幾天來就不敢鼓勵我們去找女孩，原來他們不聲不響的也在打主意。」

「北山，我看我們趕快離開這裡，再不走，恐怕要出大亂子。」陳炎光不安的說，拍拍我臂。

「我知道。」我說：「到了他們派我去工作，我才能走。現在不要說出去。」

「我哪裡說？你放心。」

「也不要對伍浩說。」

「我曉得，我知道。」陳炎光說，頭旋後面，望了望大岩石上的伍浩和小伊，又望望山坡頂上的李胖子。

李胖子在山坡頂上來回的走動著，酷熱的太陽，曬得他很不好受的樣子。後來，他踱到右側山澗旁的那間農舍去。韓淑子和許家榮大概就在那裡附近，他們立即回走，回廚房。

翌日早晨，伍浩吃過早飯後沒去廚房，躺在自己舖上。我收拾碗盤送廚房去，到山澗洗了臉回小屋，見許家榮也躺在舖上，躺在伍浩身旁。我知道他們採取對抗行動了。到明天，一個星期的休假就結束，工作又開始了。女孩才送來，如果工作派不出人，所長和老桂會急得跳腳。他們在這時候表態，的確夠厲害。

陳炎光向我使個眼色，又斜睨了下伍浩和許家榮，說：

「今天爲什麼不去談戀愛？」

「休兵了，不想去。」許家榮說。

「不談？」陳炎光燃上一根煙吸著。「那麼嫩的白肉不摸白不摸，多可惜！」

「哼，像你這種人，見到風就是雨。我告訴你，我們沒有你那種卑鄙。」許家榮帶氣的說。

「是的，是的，偉大！那爲什麼女孩來的那晚，就猴急的要多喝水，喝米湯？」陳炎光譏諷的說，又瞄了下他們，撇著嘴。

「大家都以爲她們是那種女人，爲什麼不可以？你不想？那你爲什麼想當乾爸？」許家榮挖苦他。這，捅到陳炎光的痛處，把他惹火了。他憤怒的咆哮著：

「你說什麼？你說什麼？我又想不當你的後爹。像你這種王八龜孫兔崽子，給我當孫子，我都不要……」

伍浩聽得不耐，唬的起立，躥到陳炎光跟前。陳炎光狠嚇了一跳，立刻閉住嘴。伍浩板下臉，指著陳炎光鼻子，一字一句的對他訓著：

「我有犯罪的機會，但我不願做。你呢？給你機會你會怎麼樣？呸！像你這種假面具，什麼壞事都是你這種人做的。」他說了，便往外走，到屋後的大岩石上去。

許家榮也跟著去。

陳炎光好怔了半天，看著伍浩、許家榮走了，對著他們背後咒罵：

「他媽的，光漂亮話，不幹？那爲什麼拿命去換？爲什麼把人家帶到後山去？喝，等著瞧吧！想？那麼好事……」

「不要說啦，有什麼好吵？」我說。

就在這當兒，李胖子像土撥鼠出洞似的從大屋出來了，很準時，是他盯梢的時候了。

他經過廚房，頭習慣的往廚房裡看了看便繼續前行。到了山坡頂，他對風山里半山峰下的巨大岩石望望，又望望右側的山澗。可能他發現伍浩和許家榮不在原地方出現，頭轉來轉去的搜尋著。但當他看到他們悠閒的坐在小屋後的大岩石上時，愣了下，意識到事情不妙，麻煩大了。

他趕緊往回走，回大屋。

緊跟著，所長和老桂如猢猻屁股毛著了火的，從大屋蹦了出來。他們一壁眼睛緊張的四處張望著，一壁奔下石階，奔到小廣場；到了小屋旁，老桂向坐在大岩石上的伍浩和許家榮親切的嚷著：

「喂！伍、許、你們坐在那裡做什麼？爲什麼不去找蜜斯？」

「不去了，休息，休息。」許家榮冷冷的說。

「去嘛！人家小伊、韓淑子在等著，不去怎麼可以？」

「去，大大的去，姑娘大大的好，大大的漂亮。」所長結巴巴的說。

伍浩和許家榮沒有反應。

所長和老桂沒辦法，便轉到小屋來。他們立在門口外，桂翻譯堆起滿臉笑容的，向著我和陳炎光打招呼。陳炎光皮笑肉不笑的，浮面的點下頭。然後，桂翻譯搭訕著便和所長到廚房去。

進了廚房——

「孫利，要好好的愛大金小姐，要體貼，知道嗎？」老桂大聲爽朗的叫嚷著。

「噢，給打疼了，母老虎，好厲害！」是孫利喜悅的聲音。

「沒關係，大金小姐不愛也要愛，包在我和所長身上，放心！」

「謝謝桂翻譯，謝謝所長，拜託，拜託！」

「大金小姐，妳要疼孫利，要親熱，知道嗎？」大金不懂中國話，老桂這話是說給孫利聽的。

孫利想大金，想好事，接受了工作。桂翻譯找了許志斌和孫利搭配。許志斌是老實人，好說話，答應了。所長和老桂都鬆了一大口氣。

休假結束的那天早晨，孫利和許志斌出發工作了，由胡銘新護送他們到前方OP。大家在小廣場送行。李胖子把女孩都趕到小廣場列隊歡送。孫利和許志斌全身披掛的從大屋出來，所長、桂、朴、李以文等翻譯跟隨後頭。他們從女孩跟前走過。走到了大金面前，孫利忸怩的站住了。大金伸出手來，孫利握住它。大金垂頭不語；孫利無言相對。跟在後面的許志斌，在孫利腰背堵了一下。孫利猛的抽回手，「霸王別姬」的拂袖而去，走了。大家站在小廣場邊沿，目送他們下山坡登上小吉普飛馳而去，一眨眼消失無蹤了。

這是一場鬧劇，也是騙局。

可是，現在把孫利誑去了，以後如何再派遣人去？誰又是孫利第二？

20

朴翻譯和胡銘新一早來小屋向陳炎光和我辭行，朴翻譯聲音僵澀沒表情的說：

「陳老大哥、王，現在要向你們說再見啦！」

陳炎光驚訝的問：

「怎麼，要調走？調到哪裡去？」

「前方OP，要調走有什麼辦法！」

前方OP生活苦，危險；聯絡所安全，且有人伺候。聽朴翻譯語氣，可看出他對所長和老桂的不滿。

胡銘新站在一旁苦著臉也說：

「大老陳，我也被他們調走了。」

「怎麼？你也走？」陳炎光愕然的望著胡銘新。

「他們整我，有什麼辦法！」胡銘新一肚子不高興。

「不，不！」陳炎光頭像博浪鼓的甩著。「你誤會了，和所長沒有關係，是孫利打你的小報告。」

大約在三、四星期前，孫利和許家榮到山下溜馬去，遇到了支隊部一位翻譯。那位翻譯問他們在聯絡所生活過得如何，有沒有意見，有的話可提出，他會代爲向上級反應。孫利說沒什麼，不過胡銘新翻譯太不尊重人，他說他頭髮長了，沒有理髮兵來理，胡翻譯說：「理什麼？潑兩斤汽油，放把火燒掉多省事？」這本來是開玩笑，孫利把它當眞；而那位翻譯也當眞的向支隊長報告了。

「不是啦！」胡銘新說：「這事情早過去了。支隊長也知道我是說著玩的，沒有惡意，叫我以後說話不要太隨便。」

「你這個人心好，就是嘴巴惹禍。」陳炎光說，在胡銘新肩上拍了一下。

「不要說啦，伍浩呢？」朴翻譯問。

「大概在廚房那邊。」陳炎光和我說。

朴翻譯和胡銘新去了廚房一會，出來回大屋。吃過早飯，他們全副武裝，背著背包槍出發。所長、桂、李胖子、李以文翻譯站在走廊上送行。所長浮面的說幾句客套話。朴翻譯也「呵呵」的應付一番。胡銘新半聲不吭，低著頭前走。我們人送到小廣場下山坡的石階口。陳炎光立在小屋前沒過來，對朴翻譯和胡銘新揮下手，沒等他們下石階便進小屋去。他對老朴表現這麼冷淡，是作給所長和老桂看的。

「你知道老朴和老胡為什麼被弄走？」我進小屋，陳炎光問。

我搖搖頭裝迷糊：「為什麼？」

「我告訴你，」陳炎光帶點神祕的說：「老朴和所長、老桂、李胖子他們不一夥，在這裡礙手礙腳，而且也想動『那種腦筋』。老胡話多，想做『那種事』的人就怕大嘴巴亂說話，說出去給支隊長知道了，他們要倒楣。」

陳炎光說的想動「那種腦筋」，做「那種事」，當然指的是企圖染指女孩。他說老朴，只對了一半。老朴和所長、老桂處不和洽是事實；但說他想動「那種腦筋」，完全冤枉。這不是說老朴是個好東西，不想「那種事」，而是他想也想不到。他見我們人和女孩談戀愛冷嘲熱諷，主要原因是他認為女孩來後會鼓舞士氣，提高工作成效，所以他不高興。他和所長、老桂不和，不願見到聯絡所好。此外，才是吃乾醋。

「現在工作派不出人，他們還要對女孩下手。」我說。

「我早說了，爲了女人什麼事都會做得出來。」陳炎光說：「下次可能就要落到李以文走了。」
「李以文是副支隊長的人，搬不動的。」
「也難說，王。」他拍拍我肩膀。「所以我們要趕快走。這回孫利他們回來，你就要準備了。」
「我知道。你老說什麼——來了——」我抬下臉。
許家榮和伍浩從外面進小屋來。
陳炎光馬上坐直身子，摸出一根煙吸著。
許家榮和伍浩進小屋來，找陳炎光玩撲克牌。幾天來，他們很少帶女孩出「場」，多窩在小屋內玩牌，或到小屋後的大岩石上閒坐閒聊去；他們是向所長和老桂「冷戰」。
一星期後，孫利和許志斌工作回來了。這次他們去的目的地是四川里，搜集到了不少情報資料，並帶回兩包牛肉乾和少許高粱米。牛肉乾裝在印有「內蒙古某牧場生產」的小袋內，每包約半斤重。高粱米，他們是抓了一把揣在褲袋裡帶回，「這些都是我順手牽羊的。」孫利得意的說。
所長和老桂對孫利他們回來，一則是喜，一則是憂。喜的是孫利和許志斌這回工作成果豐碩，且帶回「證物」——牛肉乾和高粱米，聽說支隊長高興透了，認爲女孩眞起了作用。憂的是工作派不出人。現在我們犧牲僅剩下八個人了。在這些人中，能夠拚鬥的只有伍浩、許家榮、我和孫利。伍浩和許家榮鬧情緒，不會答應去的。我，前次工作回來後，所長說不再派我去了。孫利工作剛回來。其他人：陳希忠人精靈，但膽子小，第一次去工作就嚇得半途折回；以後每遇到派遣工作就裝病。許志斌和小包只能當配角。陳炎光、所長已答應不派他去工作；支隊長對他也沒信心，而且派他去支隊長必定會懷疑：難道送了女孩來，也會把陳炎光士氣鼓舞起來？那不成了笑話！
這些天來，所長和老桂就爲派不出人大傷腦筋。現在孫利和許志斌回來了，拖也拖不下去了。這些女孩剛送來就派不出人，他們對支隊長無法交代。

這天夜晚——孫利他們回來的那天夜晚——小屋裡只有我和陳炎光待著。我閒躺在自己鋪上。陳炎光悶坐著吸煙。大約九點多鐘，我見門外有條黑影晃了下過去，半分鐘後，又回過來。是桂翻譯。我立刻坐了起來。

「伍浩在嗎？」桂翻譯探進頭來問，沒名沒姓，不喊陳炎光，也不叫我，顯然他對拒絕陳光炎收「乾女兒」的事仍然擱在心裡。

「不在屋裡，有什麼事？」陳炎光回答。

「沒什麼，有點事。」桂翻譯和聲悅氣的說。

「有沒有在廚房那邊？」

「沒有，看過了。」

「會不會在後面大岩石上？」陳炎光和我說。

「沒有。」桂翻譯向小屋後望了下。

「那會去哪裡？」

「可能在山澗水潭那裡，我去看看。」

「是的，說不定在那裡。」陳炎光說，等桂翻譯走了，他手推搡了下我：「一定找伍浩去工作。」

沒過一刻多鐘，伍浩回來了，他笑呵呵的在自己鋪上倒了下去說：

「你們說剛才老桂找我做什麼？」

「他正在找你，是不是去工作？」陳炎光說。

「你們絕對猜不到。」伍浩說：「他現在是狗急跳牆。」

「到底什麼事？」

「他叫我去找老頭那個小女人，你說妙不妙？」

「是屋主老頭？」我驚叫了起來。

「這裡還有那個老頭？」

屋主老頭一家八、九口在第五次戰役時逃難去；戰役過去後，回來的只有老頭和他的孫媳婦——一個十八、九歲，身材像小金瘦小的小女人——兩個人。因爲屋了被我們佔用了，他們便到山坡右側的那間農舍住去。前兩天，他們還過來到大屋後山挖掘他們埋在地裡的糧食——對了，給伍浩這麼說，我倒想起來了：四、五天前——他們回來的那天——我見李胖子就到那小屋「拜訪」。前天，他手裡不尋常的還拿著一包紙包去，「禮物」？可能，送給她的。

「那你呢？」陳炎光撩撥的問。

「你把我看做什麼人？」

「這有啥關係，月黑風高，誰知道？」

「我告訴你，如果會傷害到對方，就是妓女我也不會去碰。」伍浩嚴正的說。

陳炎光不敢作聲了，怕伍浩發脾氣訓他。

過一會兒，許家榮也來了，嘻笑的說：

「你們說老桂叫我去做什麼？」

大家打哈哈的笑。

這是罪惡，也是陰謀。年輕美麗，誰不喜愛？假使伍浩和許家榮掌握不住自己的良心與原則，那他們和小伊、韓淑子的感情全完了，工作也推不掉——所長和老桂他們主要的目的，還是打女孩的主意。

第二天早晨，我起來去山澗盥洗時，見桂翻譯站在走廊上，兩眼盯著地上發愁。我禮貌的向他道聲「早安」。他仰起臉對我點下頭，看著我走過了，便進大屋去。我去山澗沒洗好臉，李以文從後面尾隨而至了。他到了我跟前，在潭邊石墩坐下。
「王，我想和你商量一件事。」他說。
「什麼事？」
他略遲疑一會說：
「所長說希望你這次再去一趟工作，你看怎麼樣？這次回來，你就不要去了。」
我就料他是找我去工作。我說：
「我這趟去了，以後誰去？問題仍然解決不了。」
李以文無言以對。
「這不是辦法。」我說：「女孩不能鼓舞士氣。現在大家鬧情緒並不完全是爲了女孩，因爲我們沒有希望。誰也知道這工作不斷做下去，最後是什麼結局。你想，明明是死路一條，怎能叫我們做好工作？所以，支隊部應該兌現給我們的承諾：做完三次工作後，送我們去台灣。誰先做完三次工作，誰先走。大家都願意，誰也沒話說。走後空缺再選俘虜填補，乾淨俐落，什麼問題都不會有。」
李以文皺起眉頭咂咂嘴，半晌，他喃喃的說：
「我都建議過了，可是，可是……他們……」
這，又繞到日內瓦的戰俘公約了：不得利用戰俘從事戰爭工作。支隊部如果送我們去台灣，必定要報到上級去；上級知道他們利用俘虜從事情報工作，他們可能要受處罰的。他們不可能搬石頭砸自己的腳，揭發自己的違法。送這些女孩來，等於明白的告訴我們：要讓我們在工作中自然的消失，任何要求，他們都不會接受的。我早已下定決心，等去敵後工作時逃亡找美軍。現在，機會來了。不過我不能答應得太乾脆，我必須以退爲進。
「伍浩他們呢？」我說。

「他們不去，陳希忠有病，大老陳所長已經允許不派他去工作——支隊部急著要情報。」

「再和他們說看吧。」

「伍浩和許家榮不會去的，說了。」

「那，那，好吧，給我去。」我裝作爲難的說。

「那你等會到大屋來。」

「好的，早飯後我去。」

回小屋，我將李以文找我去工作的事，告訴了陳炎光。他高興得熱呼呼的：「太好了，你吃了飯快去，這是我們逃亡找老美的好機會。太好了，太好了！」

吃過飯，我等伍浩收拾傢伙送去廚房了，便去大屋。所長和桂翻譯見我來，既喜悅又感激，因爲我替他們解決了大難題。桂翻譯馬上將地圖攤在茶几上。我坐了下來，他在圖上指了下說：

「去這裡，金城。」

金城在金城江上游。這條路線從前方OP至金城江下游的松洞里口，前次我去松洞里工作曾走過。過松洞里沿金城江畔而上，有三處狹窄路面遭炸斷，在放大鏡下的空照圖片，可看得清清楚楚，通行無礙。出河谷，道路隨江流轉個彎向北延伸，地形開闊。行數里，到達西大登里，我打算從那裡過江，折向南行找美軍陣地投誠。至於從西大登里到金城這段路情況，我只大略的看了下，就不管它了。

看了圖，桂翻譯便交付我任務：兵力部署、補給、裝備、士氣、流行疾病、共軍發動攻擊時間等等。「明天出發。你需要什麼，可儘量說。」他說。

「和以前一樣，一把槍，一袋炒麵。」

「還有，你要選個伴，不能一個人去。」桂翻譯又說。

單獨行動容易被懷疑；二人以上結伴同行，遭到盤問較難應付，必須緻密的編「假故事」。

「我自己一個人去。」我說。

「不，不，你要大大的兩個人去。」所長搖著頭說。

「這是支隊長交代。」桂翻譯說：「我看小老陳生病，孫利和許志斌剛回來，你和小包去怎麼樣？」

坐在屋裡邊窗前啃舊報紙的李以文，馬上說：「不要找小包，來回兩三百里路程，他走不動。」他眼睛盯著報紙上，沒看過來。

這叫老桂和所長又煩惱了；伍浩和許家榮，他們是派不動。我說：

「給我去和許家榮說看。」

「那太好了，太好了，你現在就去和他說。」桂翻譯說。

我去廚房找許家榮。陳炎光從我進大屋，一直站在大屋外等著。我去廚房，他也跟了來。女孩圍著方桌切牛肉片熏烤，不見我們人，我問她們：

「還有人呢？」

韓淑子向房間指了指。

我到房間門口。伍浩和許家榮、許志斌在裡間房間談天。陳希忠躺在炕上，頭上纏著毛巾，眞像生病的樣子。我向許家榮招下手：

「家榮，過來，有話和你說。」

許家榮過房間來。「找我什麼事？」我又向他招下手：「你來嘛！」他下炕趿鞋。我說：

「家榮，我們一起去工作。」

他一聽，大聲的嚷著：「什麼？去工作？我不去，我不去，你不要找我……」跌坐在炕上。

韓淑子和大伊馬上停下手裡事情，驚愕的望著我和許家榮。伍浩和許志斌立刻過房間來。在屋後劈柴的孫利和小包，也進廚房來。陳炎光沒好氣的說：

「不去工作怎麼可以？你不去，他不去，那工作怎麼做？我們也要替人家著想。」

「那你自己爲什麼不去，叫我去？我告訴你，要嘛，大家一起來，誰也不能耍賴。」

「你說什麼，你說什麼？」陳炎光咆哮了起來：「我不去工作是支隊長特准的，怎麼？關你屁事……我不去工作是應該的，我也不想這裡好事。你呢？」他們你一句，他一句的大吵得翻了天。

這時，大伊走過他們，走到我跟前，不管在眾目睽睽下，不管他們喋喋不休的爭吵，嚴肅的，明晰的說：

「王，你前次工作回來，所長說不再派你去，爲什麼又要你去？」

大伊話一說出，全屋子都靜了下來。陳炎光震驚了，他和許家榮不再叫囂了。大家也震驚了，視線都集中在她和我身上。我也感到意外。平時，我和她們接近沒有特定對象，因爲我不想惹上感情。不過，由於大朴、大金、和通通包不會說中國話，我自然的和大伊說話機會就多了。說話的內容很尋常，有幾回她談逃難和家人失散，在我面前流眼淚。我以爲她眼淚表示的是她不幸的遭遇，不是感情。我沒想到她會對我有感情，而且這麼深的感情！

我小聲的叫她這話千萬不能說，給桂翻譯、所長他們知道了，會有嚴重後果的。陳炎光也和氣的說：

「是這樣的，因爲支隊長和所長要派人出去工作，派不出人，所以叫王去一趟。所長說得十分清楚，王這次工作回來就不再派去了——三五天就會回來，絕對安全。」

「去哪裡？」伍浩雙臂抱在胸前，高高的立在房門口炕上問。

「金城，這條路線我走過一半了。」我說。

「能不能推掉？」

「怎麼可以？都答應了。」陳炎光抖抖兩手說。

「他們報到支隊部去了。」我說。

伍浩緊蹙眉頭沈思著。大伊憂愁的望著我，韓淑子憂愁的望著許家榮。半分鐘後，伍浩臉對許家榮揚了下說：

「去吧，陪北山去。」而後，他便向韓淑子和大伊說：「有許和王一起去，不會有問題的，放心。」

許家榮不甘情願的說了聲：「好吧，我去。」便起立進房間。韓淑子也跟了去。他們出裡間小門，到屋後去。

我去向所長和桂翻譯回話。

陳炎光緊跟著我出廚房。他抓著我的手，滿嘴臭煙氣味的湊近我耳朵邊嚕囌著：

「王，這次機會難得，我們沒有別的路可走了，你一定要逃亡找老美！意志要堅定……」

「我知道，你不要老是說，給聽到要壞事。」

「好的，我不說，不說。」

我去大屋告訴所長和桂翻譯，許家榮答應去工作了；然後，便著手做出發前的準備工作。我將地圖仔細的再研判了一遍。把應帶的東西：炒麵、水壺、雨衣、共軍服裝等，都裝在行軍袋內。槍械，我仍然帶蘇聯造鐵把衝鋒槍，百來發子彈。替許家榮選了支卡賓槍。桂翻譯和李胖子幫我將槍械擦亮，拿到後山試了幾響，便也放在袋裡。

「還要準備什麼？」桂翻譯說。

「要和許協調，編造『假故事』。」我說。

「是的，這個不能馬虎。」

午睡起來，我叫許家榮到屋後大岩石上編「假故事」，應付盤查。從第一線出發至金城江口，應儘量避免與敵人遭遇，繼續前行，決定走我前次工作的路線，沿金城江邊小徑行進，至松洞里口過江，逕抵西大登里。任務因時、因地而定。許家榮扮副班長或組長、戰士；我，戰士。我們編造團長、政委、營、連長、指導員等各指戰員姓名，以及部隊歷史。單位用代號。

編好了，記牢背熟，夜晚又複誦一遍，到完全正確無誤爲止。

翌日清晨，飽餐後我們換上共軍服裝乘車出發。李胖子護送。八點多鐘，到達北漢江邊。晨霧已消散。下車後，我們披上雨衣遮蔽身分，往江上游行進。

一個多月來，北漢江一帶變化了不少：江水漲高了些，水流混濁；兩岸山嶺似乎更顯得翠綠；對岸江邊麥田裡的麥子已收割。不過，變化最大的是江對岸來了一股人民軍，沿江構築工事，且不時向江這邊韓軍射擊。在前頭沙灘邊沿的韓軍班哨，已遷移到盤谷口。屬於支隊部的前方OP，也移駐到盤谷內。

李胖子走得很快，溜到前面去了。我故意拉慢腳步落在後頭，因爲我要趁這時候把逃亡計畫——到敵後繞到美軍陣地前投誠——向許家榮說個清楚。現在不談，到了前方OP不方便說；到敵後談這問題會分心，更忌諱。早些說明白，讓許家榮有充裕時間調適情緒，定下心來。

許家榮垂著頭走。他那瘦長聰明的臉，繃得緊緊的。我了解他內心痛苦。我停頓了下，等他跟上了，扯了下他袖子，稍躊躇，便把我的決心告訴了他。他先是大感驚訝，別過臉兩眼直瞪著我，繼而不停使勁的甩著頭大叫：

「我不幹，我不幹！你到底什麼意思？這回我勉強跟你來，你又來這一手，我不幹，我不理！」

「小聲點，給李胖子聽到。」我阻止他叫吼。「現在我們不走，還等什麼時候？這工作能不斷做下去嗎？」

「做完三次再說，連這次我們做兩次了。」他堅決的說。

「假使做完三次工作會放我們走，他們不會送這些女孩來；送她們來，就是要我們死心塌地的替他們工作，直到死亡為止。」我說：「我希望你腦筋放冷靜的想一想。」

「那你為什麼早不對我說？」

「這事情要保密，我現在對你說為什麼不可以？」

「如果你早說，我也和韓淑子說清楚。」他痛苦的說。

「走都走了，和她說什麼？希望將來再見面？」

「你不了解我的意思。」他說：「過去我對她的確有種種想法，現在主要是對她們同情與關心。伍浩也一樣。」

「你是怕所長、老桂對她們下手？」

「是的，我認為你也不應該走，昨晚大伊還找我談。」

「大伊，她說什麼？」

「她關心你的安全，她對我說我們要互相照顧。」

「唉！有什麼辦法！」我說：「逃亡，並不是只為了我們自己，也是為了她們。我們逃到美軍那裡，把L支隊祕密揭發出來，美軍把我們人都要了去，聯絡所關門，女孩不是也都送回收容所了嗎？」

「美軍不見得會管這種事情。」

「會的，管定了。」我肯定的說：「我們是戰俘，他們為什麼不管？老待在這裡不是辦法，早晚要出事的。」

李胖子已走到盤谷口停住，大聲的招呼：「喂！快到了！從這裡進去，不要走江邊，江對岸人民軍會開火。」等我們快跟上了，他又前行。

谷口小高地上的掩體內，架設著兩挺機槍，封鎖江邊小徑與江面。周圍縱橫交錯的牽著一道道鐵絲網，並埋設地雷。幾個韓軍兵士閒散的躺在陣地上，咿咿呀呀的哼著歌曲。

進了谷口，駐在前頭二百多公尺處山澗對面獨立農舍的前方OP，可以看到了。李胖子又回頭叫：

「喂！到了，快走！」

「不要說了，反正我走定了。」我對許家榮斬釘截鐵的說。

朴翻譯和胡銘新、小朴翻譯，以及兵士等，在澗畔歡迎我們。到達後，李胖子和朴翻譯、胡銘新虛情假意的寒暄一番走了，回聯絡所去。

前方OP除朴翻譯、胡銘新、小朴翻譯外，還配屬第三聯絡所的一個班兵士。農舍像中國式三合院，茅草屋。一進去，我和許家榮見左邊房屋內有個十一、二歲大小男孩，張著兩隻大眼睛笑咪咪的看我們。我一眼就認出是兩個多月前，在聯絡所過電的那個小孩。他見我和許家榮看他，立即躲到門後去；不一會兒，又露出身來，旁邊還出現一位三十來歲的女人。許家榮驚訝的嚷：

「哇！這個小孩怎麼會在這裡？」

「這裡就是他家，有什麼奇怪！那個女人就是他母親，嘿，嘿，」胡銘新說。

「那他父親呢？」

「他父親當人民軍去。」

「那你們可說不是冤家不碰頭。」我說。

胡銘新嘿嘿的笑，眼睛也笑笑的老向那邊屋子溜，我不知道他笑代表的是什麼意思。

我們進屋卸裝，脫下雨衣將槍械等擱在炕上。朴翻譯問：

「王，你們決定什麼時候出發？」

「明天。我想在這裡情況了解後走。」我說：「現在前面共軍單位番號、代號，知道不知道？」

「這個誰知道。」朴翻譯說。

「共軍陣地呢，在哪裡？」

「也不曉得。」他搖下頭。

「怎麼搞，共軍退到這山區兩三個月了，連他們陣地也沒摸清楚。」

「現在我們採守勢，沒必要去找他們，做無謂犧牲。」朴翻譯說。

「那前面還有我們部隊沒有？」

「有，沒有我們怎敢在這裡睡大覺！」胡銘新插嘴。

「有一個班哨——你們準備走山路還是江邊？」朴翻譯問。

「走江邊。」我說：「江對岸有人民軍，我們決定夜間行動。」

「爲什麼走江邊？山路比較好走。」朴翻譯說。

連共軍陣地在哪裡都不知道，連他們自己也怕犧牲，叫我們走山路亂闖，他存心可想而知。我悄悄的望著他；他說話老把嘴脣扯歪一邊——在聯絡所時我就注意到他這種嘴臉——這種人多半刁詐，心術不正，狠毒。

「走江邊。」我堅定的說：「這條路我和許家榮都走過，很熟識。」我問：「前面那個班哨是不是在後洞？」桂翻譯告訴我後洞有韓軍部隊。

「沒有，在盤谷裡面高地上。」朴翻譯說：「不過他們白天就出發去後洞，在那裡待幾個鐘頭，吃了午飯後回來。」

「這怎麼可以！假使班哨回來，敵人來了，誰知道？」許家榮說。

「絕對沒問題，他們天天去。」朴翻譯說。

一直在旁沒說話的小朴翻譯，見我們有疑慮也說：

「我們也常去，從來沒發生過情況。」

我覺得大不妥當；這樣來回遊走，給敵人有機可乘，不是沒問題，而是時機未到。我說：「因爲從盤谷口到後洞的江邊這段路，多懸崖，夜間不好走；所以我們決定明天白天從山路由盤谷翻山到後洞，然後等天黑下山谷，走江邊。」

「這好辦法，那明天送你們到後洞。」小朴翻譯說。

「後洞那邊山頭有沒有共軍？」

「沒有，沒發現過。」老朴和小朴說。

「好，就這麼決定。」我說。

我懷疑老朴有話沒說淨，可能有隱瞞。OP其他人員不把眞實情況告訴我們，是怕會把我們嚇住不敢過去，影響工作成果；老朴不說眞話，是對所長、老桂有恨，別有用心。小朴翻譯爲人忠厚，但有老朴在跟前，有的眞話也不敢說。我想找胡銘新「個別」談話，了解情況。我和許家榮拿毛巾去門前小澗洗臉，想把胡銘新引出來。

洗了臉，我們在澗旁等胡銘新。他沒有來。過一會兒，他拿了卡賓槍出屋來，坐在屋前石階上擦著。我和許家榮立即過去。

在石階另一旁，坐著兩個兵士也在擦槍。我怕他們聽懂中國話，故意用中國話向他們問候了一兩句。他們友善的擺擺手說：

「吾力中哭瑪爾大大的沒有。」（韓語：「我們中國話不懂」的意思。）

胡銘新用通條捅著槍管。「他們不會中國話，你和他們說什麼。」便向著許家榮說：「許，和韓淑子進行得怎麼樣？有沒有希望？」

「我們只是做普通朋友，什麼也不想。」許家榮說。

「小心啊！有人吃你的醋！嘿，嘿！王，你呢？」

「我是大眾情人，那個都愛。」我笑著說。

「嘿，嘿，有辦法，你們眞有福氣。」

「我覺得這裡也不錯，清靜，幽美。」我用話套他。

「不錯什麼？在這裡吃不好，睡不好，又不好玩。」胡銘新邊捅著槍管邊說：「你知道我們晚上到哪裡去睡？」

「哪裡睡？」許家榮立刻問。

「不會有娘們陪著吧！」我揶揄他。

「嘿，嘿，哪有那麼好事——後山睡。」他抽出通條，閉上一隻眼對槍管窺著。

「後山？爲什麼去後山睡？」

胡銘新放下槍管，頭前後左右緩緩的旋了一圈，看看沒人了，便壓低嗓門說：

「你們不知道？大約在一、二十天前，這裡遭人民軍偷襲過，挨了幾顆手榴彈，炸死一個兵士，一個腿炸壞了。」

「就是這裡？」許家榮問。

「盤谷口那個班哨。」胡銘新蹺起槍管指指。「所以晚上我們屋裡不敢睡，到後山睡。你們在聯絡所眞痛快，還有女孩陪伴。嘿，嘿！」

「人民軍從哪裡來？」

「江對岸過來。他們扔了手榴彈就溜了，一個也沒有抓到。」

這消息昨晚李以文就曾告訴我，他一再叮嚀我要小心。我沒對許家榮說，怕影響他心理。

「那我們明天走後洞，會不會碰了？」許家榮問。

「這個要看運氣啦，很難說，嘿，嘿！」

我把朴翻譯說的一切情況，向胡銘新又查詢一遍，看老朴有否說謊。從胡銘新說的話，看不出有疑，他也沒再增添「驚人」的消息。

那天夜晚吃過飯，天黑下來時，我們帶著槍械、毯子、雨衣等到後山松樹林裡過夜，屋子裡只有小孩母子二人。我在一株大松樹下，將雨衣鋪在地上，揀一塊石頭當枕頭，裹著毯子睡。探照燈在天空掠來掠去。從聯軍後方發射來的重砲彈，一陣陣的在附近山頭炸開來，吵得整夜不得安寧。朴翻譯和兵士們還要站崗戒備，防範人民軍摸哨，危險又辛苦。怪不得老朴和胡銘新對所長把他們調到ＯＰ來，恨得牙癢癢的。躺在既硬又涼的地面，我挨到深夜才睡去。醒來時，下大霧，毛毯濕濕的。許家榮已起來。

「北山，起來，天亮了。朴翻譯他們都下去了。」

我翻身起來。兩個兵士還滾在草堆裡蒙頭大睡，大概昨晚站崗沒睡好。

「北山，我昨晚沒睡，想了一夜。你說得對，我們不走，女孩也走不了；我們走了，聯絡所散了，女孩也送回收容所去。我決定跟你走，找美軍。」許家榮說。

「你想開了，我十分高興，馬上就要出發了，不可三心二意。」

「我下決心了，你放心。」他起立，收拾毯子雨衣。「走，下山。他們做飯了，屋裡有煙。」

21

隊伍沿著澗畔小徑行進。空氣中飄浮著薄薄霧氣，草葉樹幹濕漉漉的。四圍一層層的旱梯田裡，長滿野草，沒有作物。谷淺而廣闊，呈盤狀，盤谷大概因此得名。前行約百公尺，路旁有間小家屋，四面牆壁全倒塌了，只剩下幾根柱子撐著。屋後的菜圃裡，伸出幾枝細長的南瓜藤子來，支著綠油油的葉片，朵朵黃花，滿地爬。過了家屋，距離前面不遠的左側高地上韓軍班哨士兵，紛紛的跑下山坡來看我們出發。兵士們最高興見我們去工作了，希望回來時能捎些訊息給他們。一個會說少許中國話的兵士問：

「你們去共產黨那邊？」

「是的。你會說中國話？」我問。

「小小的。」

「今天你們去不去後洞？」

「昨天我們大大的去了，今天的不去。」

朴翻譯馬上說：「是吧，他們時常去，我沒有騙你們。」

越過山澗，一座大山像堵牆的屹立在眼前。山高且陡。山壁上長著細細的瘦茅草與雜樹，凸露出一塊塊醜陋的岩石，搖搖欲墜。前頭沒有韓軍部隊了，我對朴翻譯說：

「大家可以回去了；我們穿著共軍服裝，走在一起太危險。」

「好的，好的，祝你們一路順風。」他們揮揮手，回轉去。

我們檢查一遍手裡武器，便開始上山。

陡峭的山徑，佈滿一顆顆粗沙粒，腳踏上去會往下溜。我們將槍掛在肩上，抓住樹枝草莖，一步步的往上爬。晨曦從背後照射來，曬得渾身熱烘烘的。越往上去，山勢越陡，身子好像懸在半空中。回頭下望，OP人員和陣地上的韓軍兵士，小得像小人國般人物。頭有點暈眩的感覺。攀上了山頂，氣溫稍低，很涼爽，人一下子覺得輕了似的。

山頂上遍地是空罐頭罐子，餅乾和口香糖紙屑、煙蒂、以及步槍、卡賓槍子彈。從這些垃圾數量與鮮度判斷，可看出韓軍不但來過，而且的確常來，最近常來。

「韓國軍部隊紀律太糟糕。」許家榮說，隨手撿起一枚美式步槍子彈看了看，又扔掉。

我們掩蔽在一塊岩石背後向谷底望去。後洞山勢比盤谷迂緩，一片林海。谷底澗旁，有間孤零零小茅屋。小徑從松林間蜿蜒而下，至茅屋附近岔開：一條經屋旁，向對面山頂延伸去；另一條沿屋前澗流下谷口。谷口的梯田、農舍，以及北漢江碧綠的江水，對岸起伏的山巒，清晰可見。對面的山巔，綠森森的，綠得可怕。左側一里外的山谷上方，聳立著一座巍巍山峰。從峰頂像撐開手巴掌似的，放射出幾道直走山梁，形成了北漢江右岸由南至北的盤谷、後洞、餘洞等深邃山谷。

望了好半天，許家榮皺皺眉頭說：

「我看這山谷沒那麼簡單，我們不要太相信老朴他們的話。」

「當然，韓國軍能來，人家也能來。我們從那邊下去。」我向左側指了指。「走大路下去目標太暴露，容易遭暗算。」

我們離開小徑兩百多公尺處索下去。這裡坡度約六十度傾斜。頭頂上覆蓋著翠綠濃密的松樹枝葉，不見天日。地面堆積著一層厚厚赭紅色的松針，踏在上面軟綿綿的。聞到淡淡的松香氣息。我們一手持槍，一手摟著粗大樹幹，一株株的車轉下去。林子裡靜寂得沒半點聲息。下到半山腰，走在前面的許家榮撿到一截煙蒂，一公分多長，給雨水淋過，看不出字樣，分辨不出「敵我」，可能已丟棄多日。誰會是這煙蒂主人？韓軍？不可能，這裡既沒路，坡度又陡，韓軍不會辛苦的摸到這種地方來。可能是中共軍或人民軍，他們從這裡爬登山頂，窺伺盤谷。

到了松林底下邊沿，下面是十多公尺寬的雜草灌木林地帶。再往下是澗流。澗底躺著一塊塊約半個小屋子大小，圓骨嚕嘟的巨石。澗水靜靜的從巨石底下流出，把照射在水面的陽光，撕成麻花花碎片。我們排開樹木枝椏下去。沒走幾步，驀然，左前方山頂「砰」的傳來一響槍聲，聲音陰陰的，很快被大森林吞噬淹沒掉。許家榮馬上停止前進。我從一丈多高斜坡滑下，趕上他。

「槍響了。」他說。

「槍不是朝我們這邊開的，不理它。時間還早，」我說，向周遭山野張望著，見山澗對面懸崖下灌木林子茂密。「我們先到那裡找個地方休息。」

我們越過山澗，進入峭壁下灌木林。林子下是泥沙地，長著細長的軟野草。我們鋪上雨衣坐下。時間將近中午，我肚子餓了，打開「盟紐」進餐。這是聯軍專供給韓軍使用的口糧，粗糲難以下口。一人一盒一餐份。我們只帶一盒，裡面有：一包白米粉、一只魚罐頭、一包魚乾、一小塊豆干、兩支香煙、兩片口香糖、三粒飲水消毒片、兩支牙籤、一片罐頭刀、一捲手紙、五根紙火柴。

我把水壺水倒進袋子裡，白米粉立即膨脹發泡成糊狀。我遞給許家榮。

他躺下去，搖搖手：

「我不要。你吃。」

我開了魚罐頭給他，他也不要。我又吃了。

「你爲什麼都不吃？」

「吃不下——給我煙。」他伸手取根煙燃上，吸著。

「你不吸煙，爲什麼要吸？」

「心裡煩。」

「不要吸，煙氣味太敏感，老遠可聞得到——給你這個。」我給他豆乾。「這最營養，就是不好吃。」

他拿在手裡，咬一小口，細細的嚼，眼睛停滯的望著樹梢與天空。感情的事，不是一下子揮得去的，他又在想韓淑子了。

「你又有心事了。」我說，看他這麼消沈，使我憂慮。

「韓淑子眞可憐，」他感傷的說：「我也可憐。可是，大風大浪我不怕。她是個弱女子，在這兵荒馬亂裡，我眞替她擔心。」

「走都走了，管它的。」

「我人走了，心走不了。」

「她家裡有什麼人？」我對這些女孩情況都是聽她們，或伍浩、許家榮、孫利點點滴滴說的。我沒詳細問過她們。

「她是新義州人。」他說，把手裡煙捏碎，塞進石縫裡。「家裡有母親、一個弟弟。北韓勞動黨政權成立，她父親帶著一家人逃到南韓。父親在漢城一家工廠做工。她初中畢業後，因為家庭收入有限，無法升學，在家幫母親做家事。去年韓戰爆發，她父親參加韓國軍作戰犧牲了。因此，她們一家無法生活，她和母親、弟弟都進了難民收容所。」

「我希望你把心定下來，不要想得太多。」我說。

他沈默著，眼眶裡浮著淚水。

「唉！我怎能不想！」良久，他深深的嘆口氣。「北山，你不了解我。我想起自己的遭遇好心酸！我從十三歲離家就沒被愛過。」他聲音喑啞的說：「十三歲那年，日本鬼子來到我們家鄉，又遇到鬧飢荒。我說不怕你笑，我討過飯，睡人家屋簷下、破廟裡。到處流浪。後來國軍來了，我跟部隊去。連長見我年紀小，做事勤快，要我當他勤務兵。他很愛護我，教我讀書識字；打仗時跟他打仗。我參加過隨棗、南陽、和西峽口戰役。」他歇了歇，喉結上下滑動著，吸吸鼻。

我靜默的聽著，心中泛起陣陣悽楚。

「三十四年，抗戰勝利。」他繼續著說：「那時候我好想家！熬過了八年苦難，大家都盼望著返鄉團圓。三十五年，部隊開赴東北作戰經過臨穎時，我向上級請了十天假回家看望父母。當時我想回到家不再回部隊了，在家種田過日子，我實在流浪怕了。可是，」他又頓住，手指頭抹一抹眼眶。「回到家我才知道父母都過世了。兩個哥哥，他們分家拆產各立門戶。我們家就沒有什麼田地。我哥哥嫂嫂見我回來，都對我白眼，因爲我是他們的負擔。因此，我在家只待了兩天又回部隊去。後來，部隊到了東北；三十七年，我在錦州被俘。唉！」

我胸口哽咽的說不出話來。那麼的年紀，富有人家孩子，在家受父母呵護，讀書求學，而他已背負起國家苦難，犧牲拚命。八年抗戰的期盼等待，到頭卻又是不幸與悲痛。許家榮自尊心強，顧面子；我們雖然共患難，同生死，但他有的話也不願說出。這時，他訴說出內心的怨恨與不平，也像控訴著我逼他出走，撕裂他們的感情。我難過極了。

「家榮，我想跟你商量。」

「商量什麼？」

「我打算去金城回來，再回聯絡所。」

「我知道你的意思。」他說：「你是希望我能再見到韓淑子是不是？」

「我希望。」

「不，我們走。」他搖下頭。「昨晚我思考了一夜。你說得非常對，如果我們留下，這些女孩也走不了，早晚要遭他們迫害。以前做飯的那位阿珠姆妮，不是給老桂強暴了？」他恨恨的說。

「我是想做完三次工作後，支隊部總要給我們有個交代，或許會送我們去台灣。」

「沒必要。」他堅決的說：「他們不可能讓我們走的，睡吧，昨晚你也沒睡好。」他拿炒麵袋枕著腦後，闔上眼。

許家榮能夠下定決心，我極感欣慰，但又未免對他歉疚。

我挨近他身旁躺下，槍抱在胸前，臉上扣著帽子睡著。耀眼的陽光從樹梢篩下，扎得眼睛閉了又張，張了又閉，久久才睡去。

正睡得迷迷糊糊，不知睡到什麼時候，猛的我肩膀被搖撼著。張開眼，我見許家榮緊張的臉孔湊近我耳邊，聲音急促而低沈的說：

「北山，聽到沒有？有聲音。」

「有聲音？」我立即抓起衝鋒槍，慢慢地把彈夾推上定位——蘇聯造鐵把衝鋒槍沒有保險，我將彈夾拉下兩三公分，以防走火——一面凝神傾聽，果然從懸崖頂上傳來好像腳踏在枯葉上，發出「嗶嗶」的輕微響聲。

「給我來。」

我左手支在地上，讓身子緩緩升起。許家榮一手握住卡賓槍，一手向我搖了搖：

當我們頭露出懸崖頂上時，「噗啦」的驚跑了一群小山雞。

「啊！原來是這個小東西！」我和許家榮齊聲的喊出聲來。

舒了口氣，我們又躺下去。但這一打擾，心情老是無法沈下來，翻來翻去睡不著。躺了一會，許家榮抬頭看看天，建議就出發，把山谷徹底搜索一番，到達谷口後，等天黑過去。

「大概快四點了，也可以走了。」他說。

我們拿出剩下的「盟紐」吃。這東西不能帶走，要吃光；到敵後只能吃共軍乾糧——炒麵。吃完後，將空罐子，紙屑埋在土裡，扶直壓倒的野草恢復原狀，披掛動身。

我們一前一後，踏著露出水面的石頭跳躍前進。兩岸及水中浮起的沙地，長著一叢叢茂盛的蘆葦與雜樹，二、三十步外見不到人影。許家榮前進幾步，停一停，觀察一陣後，又前進。山谷陰森死寂。從谷口吹來一絲絲涼風，搖得樹葉微微抖動；風過後，又停住了。

行進約十多分鐘，許家榮突然驚愕的停住了，一腿跪地，雙手緊握住槍向前注視。我也馬上停下。

「有狀況？」我心裡喊。

半晌，許家榮向我招下手。我跳躍上去，在他身旁蹲下。

「有人吹口哨。」他說，眼睛盯著前方。

「在哪裡？」我立即對四周警戒。

「就在前面。」

我屏息聚精會神的張望著，聽著……好半天，除了細軟的草葉稍搖動外，一切景物都是靜止的，沒聽到一丁點聲息。

「沒有，沒聽到。」

「絕對有。」許家榮十分自信的說。

「什麼聲音？」

「噓、噓的，是用空子彈殼吹的。」

空彈殼聲音很特別，不像鳥叫蟲鳴。能夠聽出彈殼吹的，可能不會聽錯。可是，從四周地形判斷，我又有疑惑：敵人不可能在這裡打埋伏；韓軍下後洞後，都在小茅屋停留休息，江對岸人民軍或前山中共軍來埋伏，應躲藏在小茅屋下方山澗裡，等機會打帶跑，向谷口江邊逃逸。這裡處小茅屋上方，動手後只能向坡度傾斜的山頂跑，不易脫身。

「沒有。」又待了一刻多鐘，我說。

「不可能，我聽得非常清楚。」

那就怪了！能聽到聯絡口哨，敵人必定距離不遠，而且至少兩三人以上，怎麼不見半個人影？敵人是動態，應該會現形！會不會……會不會許家榮捨不得離開韓淑子，要我一招？我暗暗的瞟了他一眼，見他神情凝重略顯惶恐，又不像有詐。

「聲音絕對在前面。」我說：「假使在後面，我也聽得到。」

「是啊，我就是聽在前面。」

十多公尺前，有一巨大岩石。岩石周圍長出一叢蘆葦擋住視線。許家榮探幾下頭說：

「讓我到前面看看。」

他跳越過去，趴伏在石塊背後向前瞻望。我稍等了一會，也跟上去。

前頭澗旁是一溜狹長平坦沙灘，長著十公分多高青青小草。草地上沒有被踩過的痕跡，沒有腳印。山澗兩側山邊，坡度陡峭，荊莽叢生，沒有路徑。

「可能你聽錯了，或許是蟲叫。」我說：「什麼都沒有發現。」

「這──很難說。」許家榮似乎對自己開始懷疑。

「這麼長時間了，有的話應該會露頭的。」

「我向前搜索，你掩護我。」許家榮說。

「好的，你走，要小心。」

他沈下身子前去，伸長頸子對草叢、雜樹、巨石背面，嚴密搜索。我在他後面保持視線內跟進。

我不敢走得太近，怕招敵人下手，一梭子彈掃過來，還手不及。

愈往前行，地形也愈開闊，開闢成層層旱田。半人高的玉米作物，裹在重重蔓草裡，露出病懨懨的枯黃葉片，隨風擺動。許家榮依傍旱田邊沿行進。我緊盯著他，替他護衛。澗對面半山腰上的林木、茅草、岩石沐浴在一片餘暉裡，顯得格外明亮蕭索。

前行約二百來公尺，可看到澗旁那間小茅屋了。許家榮停住，觀察了一兩分鐘後，又招呼我上去。

「看到沒有?又有垃圾，是韓國軍的。」

我向三、四十公尺前的小茅屋望去。茅屋門對山澗開著，看不到屋內。屋前空地上，到處是空罐頭罐子，紙屑、美式步槍、卡賓槍子彈，與空彈殼等。

「韓國軍眞的來過，不過要看他們是什麼時候來的。」

「當然，如果他們昨天，或前天來的，才靠得住。」許家榮說。

「我去屋裡看看，你在這裡掩護我。」我說。

「好的，小心。」他把槍口對準小屋，眼睛四處掃視。

我躍上旱田到前面土埂趴下，向屋裡窺探著，只看到屋內的一角。滿地是煙蒂與口香糖紙屑。隔壁間是灶間。一分鐘後，我躡足接近茅屋右側，從窗戶望進去，屋子當中是土炕，炕頭上擱著兩塊長圓形的石頭，大概是當作枕頭的。繞到屋後小門進入灶間，發現屋角堆著七八個魚罐頭空罐子。土灶上有一盒紙火柴，鍋底還盛著少許熟米飯，十分新鮮，可能是這兩三天剩下的。

我進前屋到屋外，對許家榮招下手：

「上來吧，他們來過。」便坐在走廊上休息。

許家榮端著槍上來，進屋子轉了一圈，出來說：

「對的，他們來過，那是我聽錯了，不是口哨。」

他說著又反身進小屋。不一會兒，他兩手提著灶間裡那口做飯的大鍋出來，高高的站立在走廊上，使勁的往下一摔，「款噹」一聲，把飯鍋砸得稀爛，震撼得山野嘩嘩回響。

「他媽的，老子不給他們吃飯。」他開心的嚷著。

我說：「你這一來，江對岸都聽到了，等於告訴敵人我們在這裡。」

「不會的，是我聽錯了。」他又糾正自己，走到我跟前走廊坐下，但馬上又起立：「不行，都坐在一起，敵人槍掃過來，全報銷了。」便走到走廊那端坐去。

我也挪到另一端去，和他拉大距離，拿出水壺仰起臉喝水。喝兩口，冷水逕沁入心口裡去，冷冰冰的，連打幾個寒噤，水壺僵在脣邊。我感覺到好像被許多眼睛盯著，盯得很不自在。我對許家榮說：

「我們還是走吧！這個地方太暴露，四面八方都看得到。」

「是的，我也有這種感覺。」他說著，起立持槍向澗底走去。

我等他走了十來步後，開走。

這段山澗邊沿和頂上旱田幾乎成垂直，約丈把高，長滿野草雜樹，從上望下，非常隱密。一條埋在草叢裡的小徑，從旱田斜向澗底貫穿下去。長而細軟的荊棘枝條，手牽手的攔人去路，很難邁步。許家榮循小徑而下，沒走幾步，回過頭來說：

「下面不好走，我下去就可以了。你走上面。」

我貪圖便利，說聲「好」，便在旱田裡等他。

許家榮小心翼翼的撥開荊棘野草，向下移動，走得很苦。我打算等他下了澗底，走到和我並排，或更前時才走。

在我前面十多公尺處，有塊青灰色巨大岩石從地底冒出，橫亙在通往谷口的小徑與澗底間，像隻大水牛趴伏著。岩石背側地形掩蔽，可瞭望到兩三百公尺外的北漢江。我見許家榮尚未走近，便向他打個手勢，表示到前面等他。他點點頭，我便跳躍前去。

我蹲在岩石背面向前瞭望，從岩石前沿起，梯田、小徑、谷口、碧綠的江水，以及江對岸的起伏山巒，一覽無遺。在谷口山邊的那兩間農舍屋前，堆放著一堆木柴，看似有人住的樣子。

瞭望了數分鐘後，我回頭看許家榮，他已下到澗底緩慢的行進，可看到他的上半身。他還對我搖搖頭，表示很不好走。

我趁這等待的時候，再仔細的向前觀察。

但，當我第二次回看許家榮時，他不見了。可能是就地「方便」吧，我想，又把視線調到前方去。

可是，我再次看他時，他還未出現。我壓低聲音喊：

「副班長，副班長！」

他沒有答應。

我立刻警覺到不對勁；這麼近距離，他不可能聽不到，不理我。我馬上對澗底戒備，同時又喊：

「副班長，我再喊三聲，你沒有回答，就說明發生狀況了。」

於是，我又喊了三聲「副班長」。

他依然沒有回應。

糟了，一定出事了！剛才許家榮聽到的口哨是眞實的，有敵人。我馬上解開胸前彈帶準備火拚；一壁兩眼全神貫注的搜索著澗底與山林間一草一木。心中怦怦的跳動。怎麼會發生這種事？怎麼會呢！我內心刀割般的痛苦。我幾乎發狂，毫無畏懼。我大聲的對澗底叫喊：副班長，副班長……心酸淚水傾瀉而出，涔涔的流著，流著……是我害了許家榮，我叫他來，逼他來，我該死，我該死……我希望敵對我開火，我可抓住目標和他們拚個死活，或者把我打死，把我打成蜂窩。副班長，副班長……

許家榮沒理會我，沒理睬我的呼喚。

我拚命的叫喊，嘶啞的叫喊；淚水不斷的流著，彷彿整塊心版被掏空了似的！叫喊了一陣，我恢復了鎮定。我提醒自己，必須沈著，不可衝動。我要用勇敢與機智，對付殘酷敵人。

我重行迅速而縝密的研判眼前情況。我判斷許家榮下落不外有兩種可能：一是當他行進時，敵人從隱藏處出其不意舉槍對準他胸膛；他被俘了。不過這種可能性不大，因為這必須在近距離內才能發生，而許家榮是在搜索前進，且這段山澗是直線，澗底草木稀少，視野佳，他不可能走到敵人跟前而不自覺。另一是許家榮發現前頭有敵人埋伏，立刻就地掩蔽，怕被敵人發覺，雙方非火併不可，所以我喊他，他不敢回應。這揣測十分合理。而許家榮藏身之處，從他消失時間估計，可能在我後方十至十五公尺澗底。敵人埋伏地點，從許家榮至巨大岩石，至巨大岩石前二十公尺左右，是高而垂直澗壁，人躲下面如落井底，敵人不可能選這種挨打被動地方埋伏。距巨石二十公尺以下澗壁，高度約一公尺半左右，逐漸遞減，可利用澗旁作依托，向上方通往谷口小徑上敵人突襲，是理想埋伏位置；我確定敵人就在這一線。

至於埋伏敵人，從出事我就咬定是江對岸過來的北韓人民軍，絕非中共軍：第一，人民軍在兩三個星期前曾過江偷襲盤谷口。第二，假使是中共軍，這一帶是他們作戰區，不可能不知道有否派遣人員前來活動，早看出我是「冒牌貨」，一槍把我撂倒了。第三，許家榮歪打正著，砸爛韓軍做飯大鍋，表示了我們對「美帝」與韓軍的仇視，更使人民軍對我身分判斷錯誤，以為我是中共軍，不敢遽爾下手，怕傷「自己人」。

埋伏敵人人數，從他們用口哨聯絡看來，至少三人以上，在三人至五人左右。

我對敵情研判有信心，許家榮絕對沒有落入敵人手中，因此，我絕對不能離開山谷，就是下刀山也不能走。這次許家榮是我找他來工作的，我更有責任保護他。如果我溜了，人民軍出來搜索捕人，許家榮就慘了。如許家榮始終不出現，我也必須待到天大黑後才能離開；在夜幕低垂時，許家榮可利用黑夜掩護脫身。

不過，我最希望能趕在白天做個了斷，將事情弄得水落石出。要是到了夜間丟下許家榮只我一人回去，心中未免不安。

在我上方通往谷口的小徑旁，有條三十公分寬，二十公分深的排水溝。我快速的蹦跳上去，趴伏在溝渠裡。這裡地勢較高，可控制巨石前後的澗底，而澗底敵人對我又射擊不到。我歇口氣後，又叫喊著「副班長」。許家榮是喚不回的，他不敢回應我；我的目的是欺騙敵人。北韓人民軍多半懂得少許中國話。我攙入中共軍「語言」：「美帝」、「抗美援朝」、「解放南朝鮮」等，對許家榮喊話，僞裝自己像個眞格的「中國人民志願軍」，希望人民軍出面和我「對話」，說明彼此是「友軍」，各走各的路，「和平」解決，抑或乘隙掃過幾十發子彈，打得他們人仰馬翻。

我喊叫了好半晌，敵人並不上當，硬不露面。

敵人躲在隱密處，主動權操在他們手裡，不會輕率暴露目標的。何況敢來這種地方埋伏的敵人，都是富有作戰經驗，不是膿包。

太陽已下山。山野森林從翠綠，轉變爲黛綠、淡黑，而漸漸濃黑……隨著黑夜的降臨，我心一寸寸的被揪緊。我要想法兒逼他們出現。我居高臨下，如果摔下一兩顆手榴彈的話，殺傷力是夠驚人的。許家榮知道我沒有攜帶手榴彈，但敵人必定會震驚的。因此，我威脅的說：

「副班長，你要去投降『美帝』，我就要丟手榴彈下去。」

頭。

我連喊三聲，給了他們短暫的考慮時間。三遍後，我扔下了第一顆手榴彈——一顆拳頭大的石頭。

石頭穿過灌木林落下去，枝條「颯」的一響，便靜寂了。

接著，我又扔下第二顆、第三顆……大約扔下五六塊石頭，敵人始終蟄伏不動。

「他媽的，眞穩得住。」我咒罵。

後來，我火了起來，嚷著他再不出來，我就要開槍了。我連喊了幾聲。

這回我幹眞的，開火了，不過是對谷口方向開的。激烈的槍聲，震撼得教人心悸。子彈發射五、六發後，槍故障了。我馬上卸下彈夾，退出卡在槍膛上的子彈，換上另一彈夾，發射了兩發，便停止射擊。

敵人就不出頭，不動。

天色全黑了下來。天空只有幾顆星星，一閃一閃的眨著。四野蟲聲唧唧。我極目注視著澗底，生怕敵人摸黑上來。

及至澗旁那株大樹幹完全被黑夜呑沒，看不見了，我又想個法子——我對許家榮喊著：

「副班長，你一直不吭聲，那我就回去了。我要向指導員報告你投降『美帝』。」

說著，我起立大踏步經過小茅屋前，從茅屋右旁小徑向前頭山頂——共方——走去。

走了十多公尺，我又躡手躡足折回，潛行到茅屋左側，蹲在一塊預先選好的大塊岩石背後，對澗底監視，等著。現在我已擺脫敵人盯梢，反而可盯住敵人行動，甚至啃他們一口了。

時間一分一秒的過去。過了一兩小時，依然不見敵人浮現。由於過度的緊張，與昨晚沒睡好覺，我疲乏極了，眼皮老是撐不開，腦袋有時磕到石頭上去；我整個人要崩潰了。

大約挨到夜晚八、九點鐘，趁一陣山風吹來，颳得樹梢「沙沙」作響時，我悄悄的離開大岩石，繞過茅屋後，過山澗，順小徑往回盤谷的山頂走去。

22

下到盤谷，我小心前行，深怕發出聲響。前面山頂，放射出半圓弧青光逐漸的擴大，終於冉冉升起了渾圓的月亮，照得山谷朦朦朧朧。過了山澗，我利用路旁土埂掩護，用韓語向高地上韓軍陣地揚聲高喊我是L支隊情報工作員，叫他們不要開槍。我走走停停喊著。半分鐘後，陣地上起了騷動；急促的吆喝聲、跑步聲、拉槍機聲……接著，對方向我喊話：

「你的中國人？」

我回答：「我是中國人，我是白天出去工作的中國人。」

「你的大大回來了？」

「是的，我回來了。」

「你的大大來吧！」

我起立緩緩行進。走約四、五十公尺，一道強烈光柱投射過來，晃了幾下找到了我。我跟著光圈走。到達高地山坡下，光柱打在我身上不動了。我也停住。陣地上幾條黑影咿咿呀呀不知說什麼，又像對我叫喊。我馬上把握在手裡的衝鋒槍，大背起來。一個兵士跑了下來，是會說少許中國話的那個士兵。他手裡的手電筒對我照了幾下說：

「你的還有一個朋友呢？」

「他出事了。」我說。

「他的死了。」

「沒有。」我搖下頭，向他打個手勢表示要借電話。

他向我招下手：

「好的，你的來。」

我跟他上陣地。兵士們立刻圍攏來，又是韓國話，又是生硬中國話的，問我發生了什麼事。我簡單的回答他們：在後洞山澗遇到了人民軍埋伏，另一個中國人——許家榮——失蹤了。他們聽了一愣，互看了幾眼後，便小聲嚴肅的談了起來。會說中國話的那個兵士接上電話後，將話筒交給我。電話裡傳來小朴翻譯的聲音。

「王，是不是發生了事情？」

聽他口氣，我知道許家榮沒有回來。我問：

「許家榮回來沒有？」

「沒有，怎麼回事？」

「發生問題了。」我說，把經過情形詳細的告訴他。「我以爲許家榮回來了，因爲過了這麼長時間，他不可能這麼傻的老待在那裡。」

「現在許沒回來，你走後人民軍搜索山谷怎麼辦？」

「我想不敢，因爲人民軍會顧慮到許家榮，或者我會對他們襲擊。」

「是的。」他說：「好，你等會，大朴翻譯要和你說話。」

過一會，大朴翻譯叫著：

「到底怎麼發生？」

我又把經過略說了一遍。

「咳！你們怎麼搞的？」

「怎麼搞的？你不是說後洞絕對安全，放心走嗎？」我帶氣的說。

「那我們去為什麼都不會發生？」

「不是不會發生，那是人民軍沒來埋伏，或者人民軍來了，你們去的人多，不好下手，好像獵人佈下陷阱，等著獵物上鈎；他們是在等機會。」我本來想把在盤谷口挨人民軍手榴彈的事說出來，想想還是不說的好，免得追究洩密責任，李以文和胡銘新以後有什麼機密消息都不敢告訴我們了。

「好了，好了，不要說了，你回來吧！」

「你不叫人來接，我怎麼回去？」

「你叫那裡班長派人送你回來。」

「說了。他們說現在有狀況，所有人員不能離開陣地。」

「好吧，那你等會，我就派人去。」

我電話要掛斷時，守在旁邊的班哨班長，馬上把話筒接去和老朴交談，大概打聽消息。兵士們都聚攏來豎起耳朵聽。

十多分鐘後，兩個兵士來接我回前方OP。朴翻譯和聯絡所兵士們也從後山回屋裡。大朴翻譯對我說：

「我剛才向支隊部報告了。支隊長說明天派部隊來，去後洞展開威力搜索。」

「現在人民軍可能還在後洞。」我說：「如果我們派幾個人從盤谷口出去，走江邊路到後洞谷口埋伏，或許可攔截到敵人。」我提這建議，目的是對許家榮安全或許有更多一層保障，至少人不會落到敵人手裡。

胡銘新一聽，大聲的嚷了起來：

「我的天！人只有一條命，三更半夜誰有這種膽量去蹈龍潭虎穴？」

老朴瞟了我一眼，冷冷的說：

「那你要去，你一個人去好了。」

他媽的，什麼話！我心裡咒罵。我看出老朴對出事不但不關心，還存幸災樂禍心理。

小朴翻譯說：

「王，明天去，你累了一天，也要休息。許不會有問題的。」

其實我提這意見是多餘的。他們不但被動，也沒有這種勇氣。要他們去偷襲，比從他們身上割下一塊肉還難。此外，當然他們對我也有疑慮，怕我搗鬼。我實在也太疲累了。我撇開他們，卸下裝在炕的一角躺下，渾身骨架子好像散掉似的，很快的便呼呼大睡了。

一直睡到天亮，我被叫醒。屋外人聲嘈雜，大概支援人馬來了。胡銘新對我嚷著：

「快，快，飯做好了，馬上要出發了。」

我問：「許家榮回來沒有？」

「沒有回來，他怎麼會回來？嘿！嘿！」

我心裡不安，許家榮怎麼沒回來？我斷定人民軍絕對不敢搜索山澗，即使搜索也不敢用照明，因爲他們怕暴露目標遭到暗襲。那麼偌大的黑暗山谷隨處可藏身，許家榮會躲到哪裡去？可能他要等人民軍離去後才行動，人民軍在他掌握中；現在應該在返回的路上。我這麼想著，安慰自己。

「來多少人？」我問。

「兩個班。」胡銘新說。

我一骨碌起來，拿毛巾去溪澗盥洗。兵士們在院子裡或坐，或臥；吃乾糧，哼著歌兒，聊天。我洗了臉回屋，吃了飯，大朴翻譯丟給我一套韓軍軍服。

「王，你穿這套衣服，不要穿共產黨服裝。」他並給我一包餅乾，一只魚罐頭。「這是中午午餐。」

我的衝鋒槍，他沒給我。我識相的沒開口問。

大夥兒著裝完畢，隊伍便浩浩蕩蕩的向後洞進發。人員除支援的兩個班外，前方OP的包括有：大小朴翻譯、胡銘新，和第三聯絡所配屬的七、八個兵士，總人數約三十餘人。大小朴翻譯、胡銘新，和我走在前頭，兵士們跟隨後面。天空沒有砲聲，沒有穿梭的機群，一片和平寧靜。經過班哨時，陣地上韓軍兵士紛紛的跑下山坡來問我們是不是出發去後洞，昨晚那個中國人——許家榮——回來沒有……看他們緊張的神情，似乎比我們更關注。

一路上兵士們叫叫嚷嚷的前進，像一群鴨子。部分兵士腳步快，迅速的從我們身旁擦過，走到前頭去，有幾個已向山頂上爬；有的落到隊伍後頭老遠去，嘴裡叼著煙，慢吞吞的。零零落落，亂七八糟。我注視著每一個兵士，沒見有領隊軍官。我問大朴翻譯：

「他們指揮是誰？」

「他們班長。」

「班長有兩個，到底哪一位？」

「他們兩個都可以。」

兩個指揮聽誰的？不知道是什麼規矩。「朴翻譯，隊伍應當展開搜索隊形前進。這個樣子各走各的，誰不管誰，發生狀況人員無法掌握。」我說。

「不會有問題的。」他懶得多說一句話。

我非常擔憂，昨天剛出事，不可大意。看他們處理事情這麼草率隨便，因此，我又問：

「朴翻譯，你把後洞地形和昨天發生的情況，向兩個班說明了沒有？」

「說了，你放心。」他簡單的回答。

太陽升上來時，我們爬上了盤谷山頂。先到達的兵士，就地休息，吸煙，嘰哩呱啦的哼著調兒。我站在一塊岩石上，向谷底望去，茅屋、梯田、小徑、澗流、歷歷在目，寧靜依然，獨不見許家榮，我祈望他平安無事！

休息片刻，三、四個兵士起立背著槍，閒閒散散的下山谷，可把我愣住了。我以爲他們到了山頂後，會整頓隊伍搜索下山，沒想到就這個樣子下去。我想阻止他們，但見大家都不在乎的樣子，老朴的臉孔硬梆梆的，話到了嘴邊又嚥了下去。過一會兒，又有幾個兵士下山，我不得不說了。

「朴翻譯，最好叫他們等會走，大家計畫好出發。這樣子太危險。」我央求的說。

「不會有問題的。」他又是那句話。「昨晚半夜你都想來，今天怎麼變得這麼膽小？」他譏諷的說。

「我們小心謹慎總不會錯。」我說。

「怕什麼？」胡銘新放開大嗓門的叫著：「我們這麼多人馬下山，人民軍早嚇得跑到鴨綠江那頭吃老米去了，還敢待在山溝裡？嘿！嘿！」

「我擔心我們這樣子大叫大嚷的下去，老遠會被敵人發現目標，抓住機會下手。」我說。

老朴顯得不願聽的樣子，他起立說：「好了，不休息了，走！」拉我一把，要我跟在他背後走。小朴和胡銘新落在我後面。

山路回繞盤旋而下，松林下陰森森的，長著稀疏的野草雜樹。大夥兒一個跟著一個的走，槍掛在肩上，或倒掛著，鋼盔提在手裡，毫無戒備，像趕集。我時刻擔心著出事，我看著老朴臉色，又向他建議：

「朴翻譯，最好命令先下山的兵士對山澗作徹底搜索，其餘人等候跟前。」

老朴不理不應，只管走路，趕著下後洞。

越往下走，我越焦急不安。我嚴重的提醒老朴：

「朴翻譯，這個樣子下去，遇到人民軍埋伏，恐怕要大流血。」

我這句話激怒了他，老朴扭過頭來，非常不高興的說：

「你老嘀咕什麼？我告訴你，我們是來『辦事』的，你再怎麼說，也是要下山。」

「當然要下山，我是害怕這個樣子亂糟糟的下去，出了狀況不得了！」

「昨天剛出了事，人家今天還會來嗎？哪有這麼傻的敵人？」

「那我們今天為什麼要來？」

「為什麼要來？」他反問，頭又扭過來和我臉對了一下。「我已經說明白了，我們是來『辦事』的。」

我覺得和他很難商量，說話。我心裡很不舒服，無奈的跟著走。走了一段路，望著眼底下籠罩在恐怖叢林裡的上升山谷，我停住了。我要和老朴攤牌。

他見我不走，馬上回轉身也站住了，板起臉說：

「好吧，那你說怎麼辦？」

胡銘新站在一旁咧著嘴笑，小朴翻譯垂著頭。

這時快到半山腰了，前頭兵士有的已下澗底，拿出什麼辦法都太晚了。我向四圍望了望，在右側一百多公尺處的山腹，凸出一塊高地，可控制澗底與谷口。

「應當派幾個人去佔領那個高地。」我說：「現在也只有這麼做了。」

「好吧。」老朴說，勉強的攔下後頭幾個兵士咿唔咿唔的招呼了幾句。四、五個兵士便跑了過去。他們到了高地，把機關槍擱在地上，躺下身頭枕著鋼盔休息了。「現在沒話說了吧！」老朴伸出手請我上路。

大夥兒又繼續前行。

下了澗底，先下山的兵士滿山遍野的摘野果吃，採野花插在身上，鋼盔網上；嘴裡不停的叫著唱著。因此，我們又走到兵士前面去。過了山澗走到小茅屋前，老朴看到做飯大鍋給砸得稀爛，他沈下臉問：

「這是誰摔的？」

「許家榮。」我說。

「啐！那今天我們人來用什麼做飯？」

「還好許家榮摔了大鍋，」我說：「所以人民軍才以爲我眞的是中共志願軍。否則，恐怕早看出我是『美帝』特務，一槍把我撂倒了。」

「什麼話？這也是理由？」老朴哼了一聲，進小茅屋轉了一圈出來問：「你說下澗底就休息，在哪裡休息？」

「在上面。」我對山谷上方揚了下臉。

「帶我去看。」他命令式的說。

他要看休息的地方？有這麼重要嗎？我明白了，他們根本不是來搜索什麼山谷，他們要把我帶到現地察證我說的話是否有詐。許家榮失蹤了，僅我一個人回去，他們難免對我懷疑。這當然是支隊長命令指示老朴做的，所以他一再的說，我們是來「辦事」的。不過他做法太明顯、太笨拙，而且對其他一切敵情都不管了。

我領他們到山谷上方懸崖下，我和許家榮睡覺的地方。老朴認眞的察看一番，蹙起眉頭疑惑的問：

「爲什麼沒有壓倒的草，也沒有腳印？」

我彎下腰，撥開一層泥土，露出埋藏地裡的空罐頭罐子、紙屑等。老朴沒話說。

小朴和胡銘新咪咪的相視而笑。

大家又回到小茅屋前。

老朴又問：

「王，你說昨天開了槍，在哪裡開的？」

「在那裡。」我對十多公尺外小徑旁的溝渠，指了下。「我就趴在那裡開的槍。」

老朴立刻過去。我到走廊前坐下，取出水壺喝水。胡銘新、小朴、和幾個兵士也坐在石階上休息。

老朴走到溝渠旁，向周遭看了看，用腳梳著野草，他在尋找彈殼。找了半天，又叫我：

「王，爲什麼沒有空彈殼？一個也沒有。你來。」

我驚嚇了，馬上跑過去。沒走近，我就嗅到一股惡臭。循臭氣找去，我發現草地裡有一團糞便，剛排泄的。我驚叫：

「朴翻譯，你看，大便。一定人民軍又來。」

「是老百姓拉的。」

「不可能，絕對不可能。」我堅定的說：「一定人民軍來把彈殼拾回去研判。這裡遍地是子彈，老百姓不可能偏偏對我空彈殼有興趣。」

「喝，你對老百姓的心理可很有研究。」老朴扯歪著嘴，嚮著鼻子說。

「這更證明許家榮絕對沒有落到人民軍手裡。」我非常自信，高興的說：「他們今天又來，是因爲以爲我是中共軍。假使知道我是韓軍派來的特務，他們絕對不敢這麼粗心大意了。」

老朴固執的不理睬我的話，不屑的瞥了我一眼。「走，下谷口去。」用力扯了下我袖子。

我知道他要到谷口找老百姓，問昨天有沒有聽到槍聲。他沒有找到空彈殼，對我更加懷疑，對自己更有信心；假使老百姓說沒聽到槍聲，說明我是說謊，他就可以毫不客氣地揭下我虛僞的面具，指我是共產黨派來臥底的特務。這一來，他就立了大功，必然得到支隊長的賞識，甚至升了官，也就不要再受所長和老桂的窩囊氣了。爲了使他死了這個念頭，我不願多費唇舌，跟著他走。

沿著小徑下去，我小心的跟隨著老朴後頭。走過那塊巨大岩石，我先注意下方澗底。一看，我心臟猛的被揪了下，不斷的收縮。我發現在我右前方下方二、三十公尺的澗底旁樹叢裡，趴伏著四、五個人民軍，槍口正對準著目的物，而在大岩石邊沿的旱田裡，有一條清晰足印下到澗底去。我想往後跑，但我不敢。因爲在我前面除了老朴外，還有個北韓人民軍投誠過來，胖胖壯壯的第三聯絡所兵士。他手裡握著我用的那支蘇聯造衝鋒槍，一擺一擺的走在老朴前頭約四、五步左右。這裡的地形又是斜向澗底，除小徑旁淺水溝外，無處藏身；要是我往後跑，敵人必定先開火，那老朴和那個兵士全完了。因此，我硬著頭皮跟著走，背上直冒冷汗。我判斷我們下山谷人多，人民軍不敢貿然動手。我打算走過這段危險距離，到達谷口後，利用老朴和那個兵士的兩支自動火器，封鎖谷口，甕中捉鱉，一網打盡。但我擔心老朴也發現敵人後，撐不住氣，把事弄砸了，所以小聲的招呼他：「朴，到谷口堵住他們。澗底有人，別理它。」可是，老朴一聽，沒命的轉身拔腿開溜。我迅速臥倒，趴伏在溝渠裡。那個兵士見老朴溜了，也發現了敵人，立刻對著澗底掃過一排子彈，同時一陣風捲過去似的也往後跑。人民軍馬上還擊。兵士和老朴一直跑到小茅屋前，回頭又開槍。頓時整座山谷爆發了激烈槍戰，散佈山野和高地上的韓軍，也立即對澗底狠命的開火。韓軍摸不清楚目標範圍，胡亂的射擊。我因爲距離敵人太近了——約二十餘公尺——許多子彈落在我四圍。而我掩蔽的地方對高地和山澗上方韓軍又完全暴露，無法躲避，只得聽天由命。

槍戰進行五、六分鐘後，突然澗底人民軍大聲的叫吼了兩聲，聲音像打雷般響亮。我揣測他們是向江對岸人民軍呼叫火力支援，這不過是虛張聲勢而已。叫吼了後，緊跟著，槍聲大作，且扔上兩顆手榴彈：一顆丟到那塊巨大岩石的那邊去；另一顆落在我上方水溝旁，又翻下水溝躺在我小腿上，我快速屈腿一踹，順水溝滾了下去。三、四秒鐘後，「轟」的一聲巨響，兩顆手榴彈幾乎同時爆炸，冒起了一丈多高硝煙，泥土和石子「劈劈啪啪」的灑落我一身。此時，我聽到澗底急促的腳步聲，槍聲也漸停歇；敵人開始撤退了。他們喊叫支援，扔手榴彈，猛烈射擊，不過是掩護退卻的「迴光返照」手法，經驗十分老到。

但韓軍仍然努力的放槍，他們邊打邊向來的山路往山頂退去。持續十多分鐘後，槍聲漸趨稀落沈寂，山谷又恢復了平靜。我抬頭向澗底、山谷上方，高地上張望，沒見半個人影。他們可能全溜光了。我爬了起來，抖抖身上泥土，要往回走。就在這個時候，槍聲又起，「砰、砰」的兩三發子彈從我身旁擦過。我馬上臥倒。「砰、砰、砰……」的又飛來幾發子彈。其中一發子彈「嘶」的打在我額前地上，激起一把泥土噴進我眼睛和嘴巴。我摘下帽子擦淨眼睛向前張望，是老朴，是他。他站在澗旁上山的小徑路口，一手握槍直望著我。他媽的！百來公尺距離看得清楚我，還對我開槍，不用說他是報復，報復所長和老桂整他，把他調派到前方OP來；他想幹掉我，第二聯絡所士氣將會遭受嚴重打擊，影響工作至巨，說不定支隊長會把所長撤換，他又可回聯絡所。那他這次「辦事」雖然落空，但也算大有收穫，且又可出一口怨氣。所以槍戰開始時，他溜得最快；敵人退後，又回來打我黑槍。我早看出他陰險狠毒，但沒想他黑心到這地步。

他見我會動，又舉槍對準我。我無處躲避，在我右側，是險峻峭壁；左側是澗底，我顧慮人民軍未全部退走，我兩手空拳跑下去，逮個正著，何況老朴就是要幹掉我，照樣可對我開槍。當槍聲又響時，我只得模仿動物裝死，將身子一挺，側臉貼地，四肢微抖幾下，停止了。

老朴可能以爲我結束了，得意的收槍走了，上山去。

我見他走了，馬上躍起向右側峭壁攀登；我擔心老朴回來補槍。他幹下這種傷天害理的事，自己明白要是我不死，他恐怕就活不成。峭壁幾乎成垂直，我抓住樹枝樹幹拚命的往上爬，往上竄。背後傳來韓軍退上山吱吱喳喳的說話聲。

爬上了山頂，我汗流浹背，衣服全溼透了。現在，我得先休息一口氣，然後打算順山脊前行，從前面小徑下後洞回去，那裡路線比較好走。

於是，我登上一塊大岩石，坐在上面，脫下帽子擦乾淨汗水搧風。搧兩下，隔著餘洞山澗的對面山頂，「砰」的一聲槍響，子彈「咻」的從我頭頂上空掠過。我稍猶豫，又打來一槍；我趕緊跳下岩石，一陣機槍掃了過來。我蹲在岩石背後觀察，山頂上林木濃密，望了好半晌，沒見到共軍或工事跡象。中共軍陣地一向偽裝良好，且紀律嚴厲；陣地上不准生火，隨便放槍，走動，高聲說話等，以防暴露目標。

我怕敵人來捕捉，立即又從峭壁下去。下到谷底，我心有點跳，雖然我判斷敵人——人民軍和老朴——全溜光了。在人民軍埋伏的澗底沙灘上，見有一攤鮮血，和一條染滿血漬的毛巾。一個百姓，佇立在谷口農舍旁老望著我。我又飢又渴，拿出餅乾、魚罐頭塡肚子，喝水。吃了後，便從原路回走。

循著上山小徑，我小心的前行。打了十幾分鐘的激烈槍戰，把山野飛禽走獸全嚇跑了。遍地是空彈殼、空彈夾；韓軍打仗愛亂放槍壯膽。快到達山頂時，遠遠的傳來嘈雜說話聲；韓軍又下山了。我深怕老朴又對我開槍，先躲在路旁一塊岩石下掩蔽等候。他們一行沒有展開搜索，又是一個跟一個密集的從松林底下晃下來，帶頭的是老朴、小朴翻譯和胡銘新，後面跟隨著前方OP以及支援的兩個班兵士。我等他們走近五、六十公尺距離時，大聲的叫喊：「喂！是我，在這裡！」他們一看，怔了好半天，看清楚確實是我後，歡天喜地的跑了過來和我握手、擁抱，好不高興！老朴走近我，一屁不響，呆在一旁望著我。小朴翻譯緊緊的握住我手說：

「王，太好了！我們以為你沒有希望了。」

「我們就是來替你收屍的，嘿，嘿！」胡銘新咧嘴笑著說。

老朴狠狠的瞪著胡銘新訓斥：

「你胡說什麼？」

胡銘新嘿嘿的不敢開腔了。

我轉過身，面對面的正視著老朴，看他如何向我解釋。他起初有點畏縮，後來大概心橫了下來，抬起頭望著我，在我身上上上下下的打量著——要看我身上有沒有槍洞？還是咒罵自己槍法不行？

「王，槍戰的時候，你有沒有把帽子脫下來？」

好傢伙，虧他說得出來！他能夠看到我取下帽子，難道看不出是我？難道我取下帽子是和敵人打聯絡信號？澗底還有人民軍，他敢一人偷偷溜下來打我黑槍？他有這種狗膽？早夾著尾巴溜到大邱、釜山去了！我忍無可忍，翻下臉指著他鼻子叱責：

「我問你，你帶槍幹什麼？打敵人？」

他臉一下子發青，呆若木雞，眨著眼無言以對。我甩開他，直向山頂走去。小朴翻譯緊隨我後面，安慰我：

「王，你別生氣。許一定還有希望，不會有事……」

小朴翻譯還以為因為人民軍逃脫了，許家榮又沒回來，我才生這麼大氣，但他絕對想不到老朴會做出這種喪心病狂的勾當。

我急著回前方OP，假使現在許家榮沒回來，那就完了。

我翻過山頂下盤谷。屈著腿，我抓住樹枝野草一路滑行下去。小朴翻譯緊跟隨著我。快到達谷底時，前頭有人奔跑而來，一路大聲的叫喊：「北山，北山……」喊聲震撼得山谷一陣陣的回響蕩漾著。小朴翻譯眼尖看到了，他歡欣的叫嚷了起來：

「王，是許，許家榮回來了。」

向前望，啊！果然是許家榮，是許家榮，活蹦蹦的許家榮！

我們快速的滑下谷底去。

許家榮已越過山澗，一看到了我，他「啊」的一聲叫了起來：「北山，北山……」瘋狂喜悅的奔過來，奔過來……我們緊密的擁抱在一起，彷彿是一場夢，一場噩夢，但一切都是眞實的：有喜悅，有悲傷，有歡笑，有眼淚……許家榮眞的回來了！

一陣激動過後，他捉住我的臂膀，注視著我，兩眼佈滿血絲與淚水。

「北山，你受傷了沒有？」

「我不是好好的嗎？你看！」

「我回OP，留守的兵士說，你，你出事了。」

「哦，沒什麼。」我說：「因爲遇到人民軍，他們先退回來，我落在最後才回來，沒事。」

沒等我問他，他一臉困倦的，喘息的告訴了我昨晚的一切。

正如我所逆料，昨天他下澗底後沒走幾步，就發現前面三十餘公尺處的澗旁，埋伏著五個人民軍，槍口緊盯著我。他的心快跳出口來。他立刻把槍對準敵人，所以當我喊叫時，他不敢回應我，怕人民軍發覺先對我下手。我叫喊「副班長」，扔手榴彈——石頭——打槍，他判斷我是要逼人民軍出來「對話」。直到天大黑我往敵方山徑走去，他知道我是欺騙敵人，又會回來；回來後躲在哪裡，他始終沒有發現。由於以爲我仍然潛伏在山谷，所以他不敢離開後洞返回。不過這使他放了心，因爲我已擺脫了敵人控制，而他也變換掩蔽位置，且鎖定敵人目標。及至深夜十二時，月亮升上來時，人民軍才下谷口沿江上游退去。他尾隨人民軍到谷口，待天亮乘大霧從江邊回前方OP時，已是清晨九時多了。

老朴和胡銘新，兵士們都趕了上來。大家見許家榮脫險回來，欣喜的與他握手致意。老朴臉笑，心裡笑不出來。單以三十多人下後洞，對付不了四、五個人民軍給跑了，就對他不利；假使我再揭發他打黑槍，那恐怕他活著也不好過。人民軍跑了，他還可推卸責任；打黑槍天理不容，所長和老桂也不放過他，他們彼此是「敵人」。在回OP的路上，老朴親切的就近我，我明白他要向我解釋；只要有我不說出，他就沒事。可是偏偏他幹的這種事，連他這種人也難開口，何況又有小朴、胡銘新、許家榮跟著，就更難說了。

沒辦法說上話，他似乎放棄了，一個人默默的落在後頭，垂頭走著。

回到OP，吃過午飯後，睡了一覺，我叫小朴翻譯向支隊部派車，回聯絡所。

「怎麼就走，不多休息一會？」老朴說。

「不，睡夠了，要回去好好洗個澡，身上太髒了。」許家榮說。

「也好，車子馬上就會來。」老朴拿了兩包餅乾給我和許家榮，並對小朴和胡銘新說：「你們休息，給我送王和許到江邊。」

一走出門，老朴絮叨著先對我說了一大堆感情的話。這是他最後向我解釋的機會，他必須抓住。但有許家榮在身旁，要說的話又不能見人，他就爲難了。試著拉緩腳步，排開許家榮，他吞吞吐吐的囁嚅了好一會，沒法兒說上「正題」。

我在後洞捨命救他，他回報的卻是打我黑槍，這種人太可惡，該殺。不過，走了一程路，望著蔥翠雄偉的起伏山巒，北漢江的湯湯流水，我心胸豁然開朗，怒氣盡滌一空。略思忖，許家榮人回來了；老朴也有值得同情的地方，他的兩位弟兄都在韓戰中犧牲；我們是在L師團作客，得饒人處且饒人，何必逼人太甚？因此，快到達江邊公路時，我對老朴說：

「朴翻譯，在後洞和人民軍槍戰時，高地上那幾個兵士太糟糕，對著山澗亂開槍，子彈老在我身邊打轉，險些把我命也陪上了。」

我的話是替老朴找藉口脫罪，油滑狡詐的老朴當然聽得出來，他像獲得大赦似的，感激的說：

「那幾個兵士太亂來了，我回去向支隊部反應，叫他們要改正。」他又裝作生氣的樣子：「太亂來了，太亂來了，眞不像話！」

不過，我擔心今後我們人出去工作，老朴又會作怪，所以我嚴正而帶警告的說：

「這件事就算過去了，我希望以後不會再有這種事發生。」

「以後絕對不會，絕對不會，你放心！」他連忙疊聲的說。

他一直送我和許家榮到江邊公路盡頭，上了車，親熱的揮揮手走了。

車開動時，許家榮問：

「他們說出事了，就是那幾個兵士對你開槍？」

「不是，誤會。」我說：「家榮，回去那個事就別再說了。」

「什麼事？」

「逃亡找美軍的事。」

「是的，我知道。」

23

回到聯絡所，我一眼就看出又發生事情了。伍浩一個人悶坐在小屋後大岩石上，只向我搖下手沒過來，他心裡不舒服時，就是這個樣子。孫利噘著嘴，一臉不高興的不知嘀咕什麼。女孩們畏縮的躲在廚房門口內，向這邊望著；韓淑子眼睛又是喜悅、又是憂愁的直揪著許家榮。看樣子又是爲她們鬧不愉快了。可是，幾天前桂翻譯說要替孫利介紹大金，他爲什麼也這麼不高興？想問，衝著站立在走廊上迎我們的所長和桂翻譯他們，又不便開口。大夥兒寒暄了幾句，桂翻譯便說：

「來，我們來報情報，馬上要報到支隊部去。」

許家榮將槍械交給我，便逕到廚房去。

我進大屋卸了裝，桂翻譯把地圖攤在茶几上，指了指位子：「你坐。」我隔著茶几坐下。他劈頭便問：

「怎麼搞給人民軍跑掉了？」

我略整理一下思緒，便將經過向所長和桂翻譯報告：如何的下後洞，找地方掩蔽休息；如何的搜索山谷，遇到敵人埋伏，許家榮失蹤；如何的返回盤谷，及至第二天跟隨朴翻譯和兵士下後洞展開威力搜索，發生槍戰；以及許家榮如何脫險回來等等。不過對老朴不利的方面，尤其打我黑槍的事，全隱瞞了過去。所長對這麼多人下後洞，竟然被人民軍溜走非常生氣。他問我人民軍埋伏山澗哪裡，如何逃脫，朴翻譯槍戰時人在哪裡，何時退走等問題。我知道他們找老朴渣子。我在地圖上標示出人民軍埋伏地點，與老朴退到小茅屋前射擊位置，退走時間路線，以及兩個班兵士不歸他指揮，且盤谷班哨常去後洞，從來未發現過狀況，向他們說明朴翻譯已盡到責任，事情發生得太突然，讓人措手不及。

「朴翻譯下山谷是走在前頭，後撤時在最後。」我強調。作戰能身先士卒，撤退時又是殿後，是最勇敢負責的表現。他們哪曉得老朴兩條腿溜得最快，後來又回谷底是為了打我黑槍。

所長沒話說，氣得緊握拳頭捶打兩下手心。

「許家榮呢？」桂翻譯又問：「他為什麼不也從山路回來？」

我猜測老桂對我和許家榮也有疑問了。

「他判斷我會走山路，因為沒和我約定口令，怕發生誤會。」我說。

「你說許尾隨人民軍下谷口，那他能看到敵人，難道不怕也被敵人發現？」

「月亮出來時，山谷非常明亮，二、三十公尺內可見人影。」我說：「人民軍在月亮出來時退走，就是怕遭我們偷襲，因為人民軍曉得埋伏地點被我們發現，而不知道我們躲在哪裡。許家榮說他看得非常清楚，五條黑影從玉米和小徑下谷口去。他從谷底跟隨而下，人民軍一切行動都在他掌握中。」

「那人民軍是不是過江去？」

「可能過江，過江很容易，在江兩岸牽上三、四根電線，十來分鐘來去自如，不可能待在江這邊。我們人去工作常走這條路線，從來沒遇上他們。」

桂翻譯皺著眉頭，沈思著。

「可是，還有個問題……」他眨眨眼說。「今早這組人民軍把你昨天發射的彈殼全撿去，可見這組埋伏的人民軍就是昨天的那組，或者有那組部分人員參加；不然，他們不知道你在哪裡射擊，找不到你空彈殼，是不是？」他眼睛盯著我。「但是，許說昨晚十二點月亮出來時人民軍撤走，今早我們韓軍七點多鐘到達後洞；人民軍從撤走到今早重回後洞，不過僅七個小時。不管人民軍有否過江，他去又來，來回連吃飯要花上三個小時。七小時去掉三小時，僅剩下四個小時，他們能休息過來嗎？何況來打埋伏不但高度危險，又是極端辛苦！」桂翻譯分析得十分合理正確，並指出今早埋伏的人民軍，必定有昨天那組人員參與。他的懷疑與推理能力比老朴強得多。

我因爲許家榮平安回來了，高興得沒想到這方面去。「是時間估計錯了。」我說：「昨晚九、十時左右，我回班哨時，月亮已升上來。不妨問他們看看。」

「那就對了，我們要弄清楚，你不要誤會。」桂翻譯誠意的說。「好，你休息，叫許來一下。」

我走出大屋，陳希忠立在廚房門口等著我。我下小廣場，他立即趨前來，憤怒的對著我說：「北山，有人說我裝病，耍死狗，怕去工作。我實在有病不能去。等我病好了，我絕對要去，大家去一趟，我也一趟，兩趟，我也兩趟，絕不會少。我不會像有人那樣倚老賣老耍賴。我要看誰在耍死狗，不去工作……」

陳希忠的話，分明是對陳炎光說的。陳炎光一個人坐在小屋內完撲克牌，抬起眼向這邊望了下，又低下去專心的玩牌，假裝沒聽見。他現在已不去工作，大家又懷疑他前次去工作躲在山溝裡沒過去，要是鬧開來不但理短，也不光彩，所以只得忍了。

我把陳希忠勸進廚房，叫許家榮去大屋了，便回小屋取換洗衣物洗澡。陳炎光依然低著頭玩牌，看也不看我一眼，只冷冷的說了句：「你回來啦！」我說：

「伍浩爲什麼不高興？是不是又發生什麼事？」

「你看也看得出來。」他停下手裡牌，抬起頭說。

「到底什麼事？」

「你先去洗澡，先去洗澡，洗了澡回來說。這兩天你不在家，可發生了不少笑話。」他手推搡我幾下，好像渾身筋肉全活躍了起來。

我拿了內衣褲毛巾去山澗洗澡。孫利、許志斌和小包也跟了來。我脫下衣服浸濕，抹上肥皂丟在一邊，整個人便跳進潭裡去。澗水冰冰冷冷的，沁入心裡去，好清涼暢快！泡了一會兒，我用毛巾猛搓身子。孫利坐在潭邊石墩上嘀咕著：

「格老子，我看你去替高麗棒子賣命吧！我是不幹了。龜兒子，以爲老子好欺騙，把老子當傻瓜看待？等著瞧吧！那麼容易……」

洗了身子，我上來洗衣服，說：

「我看你對工作滿起勁，前回還找著去，爲什麼不幹？」

「他失戀了。」小包嘴快的說。

「失戀？和大金鬧翻了？」我問，邊搓揉衣服。

「不是，大金去伺候小老陳，小老陳心臟病發了。」許志斌說。

「我看他好好的，嚴重嗎？」

「我不大清楚。」許志斌說：「現在好多了。」

「大金是這樣伺候，手在小老陳身上又摸又揉的。」小包作手勢。「大朴也叫去伺候。」

孫利板起臉，氣火的對小包訓斥：

「龜兒子，你再說老子揍扁你。你這小東西一天到晚鬼鬼搗搗的。」

小包馬上閉嘴，不敢吭聲了。

我以爲陳希忠說的「病」又是小毛病感冒，原來是心臟病發作，又有大金大朴伺候，當然是陳炎光熱諷冷嘲的好素材，怪不得陳希忠生那麼大氣。不過老桂辦事也太差勁：他明知道孫利愛大金，前次還說替孫利介紹，才把他誆去工作；現在又叫大金去摸別的男人的肉，過河拆橋，孫利哪有不冒火？這種人處理事情不通過大腦，太顢頇糊塗。

我把衣服洗乾淨，絞乾，攤在岩石上曬，撿了幾粒小石子壓在上面；擦乾身上水滴，穿上內衣褲回小屋。陳炎光馬上丟下牌，摺開。我問：

「大老陳，陳希忠怎麼心臟病發了？」我掛了毛巾，在自己鋪上坐下，背靠著壁，伸直雙腿。

孫利和小包也跟了來，坐在門檻上。許志斌傍在門旁外。

「那眞是天大的笑話，我就是要說給你聽，妙極了！你不在家，沒看到太可惜！」陳炎光說，又怕牌子被壓壞，把它攏在手裡整理著。

「那伍浩呢，怎麼回事？」

「你別急嘛，聽我慢慢說來。」他把牌弄整齊了，擱到枕頭下去，摸出一根煙燃上吸著，便興致勃勃的開講了：「我早對你說過，這個人嘴硬屁股軟，既怕死又死要面子。現在我們每個人工作都做一兩趟以上了，他去了幾趟？一趟也沒有。前回去工作走到半路嚇得龜孫的跑回來；遇到支隊部工作命令來派人，就裝病，感冒。到了你們去工作，眼看這回就是感冒也拖不過去，便來個心臟病發作。他剛才對你說要去工作，那是放煙幕彈。他早不是對所長、老桂他們也說了，要去工作嗎？所以老桂一聽他心臟病發作，慌了，趕緊去房間看他。見他兩手按在胸口唉唉的叫痛揉著，老桂腦子一轉，莫不是『暗示』？所以馬上叫了大金大朴去，用她們的手，代替他自己的手，替他揉。我做給你看——」陳炎光把半截煙熄掉，扔到門外去；將上身衣服解開褪到腰間，袒露出毛茸茸的胸脯，左手支在背後舖面，上身後倒著，右手撫在胸膛。「就是這個樣子。」他嘮叨的又說下去。「他的背用毯子墊得高高的，半躺著。兩旁坐著大金大朴，左擁右抱。她們的手都搭在陳希忠胸脯上。只要陳希忠叫：哎——唷——痛，痛……兩個女的手馬上就在他胸膛揉呀揉的。陳希忠給揉舒服了，頭往後仰，一輪一輪的篩著，發出叫床的快活，痛快死了！揉了一陣子，陳希忠不叫了，好了。過一會，又唉唷唉唷的叫。大金大朴又趕緊揉。大金大朴的兩隻手好白好嫩！揉在身上，飄上天去，連我都想得心臟病！孫利——」他手用勁的對孫利指了下。孫利頭擺來擺去的斜睨著他，哼哼的響著鼻子。「我說你是個大肉頭就是個大肉頭。你和大金談戀愛談了這麼久，摸到大金一根陰毛沒有？人家陳希忠露一手，兩個女的投懷送抱。我告訴你：你也要心臟病發作。哦，不，不，肚子痛；肚子痛，揉肚皮更過癮！」

小包和許志斌聽得悄悄地笑，咪咪的笑。

孫利被損得既氣又惱，漲紅著臉，要想還口又急得說不出一句話來，雖然他嘴巴靈便。他氣憤的站了起來，狠狠的對陳炎光「啐」了一口，腳一跺：

「龜兒子，撐飽了沒事做是不是？要老子的板凳……」忿忿的走了。

陳炎光呵呵的開心笑，又摸出一根煙吸著。

「小老陳過去有沒有心臟病？」我問。

「什麼心臟病？我認識他十幾年了，就沒有看見他心臟病發作過。有心臟病還能開車嗎？車上載的彈藥槍械，翻了車怎麼辦？那要殺頭的！我說了，他就是怕去工作，怕死——伍浩還在那裡？」陳炎光手指頭向小屋後指指，問許志斌。

他要換話題了。不過陳炎光奚落伍浩的興趣不高。他怕伍浩就像小雞見到老鷹，縮頭縮腦的，只敢在背後囉唆。

許志斌頭向屋後大岩石上望了望，說：

「沒有，到廚房去了。」

「伍浩是這樣的——」陳炎光吸口煙，繼續著說。「在你前天走的下午，女孩們去山坡上採野菜，孫利、伍浩他們幾個人也都去。剛好在山腳公路上修路的韓國軍士兵看到了，就像公狗撵母狗的追了上來。女孩她們趕緊跑回來。兵士們也追了來，有的在廚房外面打轉，有的闖進廚房裡去。所長和老桂看不對勁，請他們走也請不動，馬上向支隊部報告去。支隊部就頒發了一張佈告貼在路旁，大意是：軍事重地，閒人免進。」

「哦，我上山坡時也看到了。」我說。剛才回來時，我見路口一顆樹幹上掛著一面牌子，上貼一張韓文告白。「那不是很好嗎？」

「我話沒說完。」陳炎光手對我攔了下。「所以所長和老桂趁這個機會，對伍浩說不要把小伊帶到外頭去，免得又惹麻煩。他們也對小伊、韓淑子說了。這當然是藉口。伍浩和許家榮只是帶女孩到後山或附近談戀愛，從來也沒發生過事情。所以伍浩不高興，怎麼搞的和李胖子拌起嘴，鬧得很不愉快。所長和老桂雖然沒說話，但臉色很難看。你看，他今天還在生氣！」陳炎光搖頭嘆息。

「那這兩天伍浩有沒有再帶小伊出去？」我問。

「有時還帶出去，不過李胖子倒沒再盯梢，大概不敢。」

「孫利也和李胖子吵架。」小包插嘴。

「孫利干卿何事吵什麼？」我說：「大金也不跟他到外頭談情說愛。」

「呵，他才鬧得特別兇呢！指著李胖子鼻子臭罵。」陳炎光說。

「孫利說我們一起來對抗他們，不去工作。」小包說。

「你都看到孫利說？小孩子不懂事不要亂說話。」陳炎光對小包教訓。

「我親眼看到他說。」小包不服氣。「你問許志斌，大家都聽到。」

許志斌沒搭腔。

「孫利這傢伙鬼名堂多。」我說：「老桂叫大金去摸陳希忠的胸脯，他當然要報復。」

陳炎光向許志斌，小包抬了下下巴頦，說：

「你們不去廚房幫忙，待在這裡做什麼？」

「廚房飯快做好了，沒我們的事。」小包說。

「沒事也不要站在這裡，小孩子不聽話。」

小包和許志斌乖乖的走了。

陳炎光看他們走了後，便挪近我，擠眉弄眼親熱的說：

「北山，我看我們要趕快離開這裡！我早說了，女人是禍水！現在他們爭風吃醋，這樣鬧下去，不得了呀！早晚要鬧出人命！到那時候，他們怎敢放我們去工作？所以我說愈快走愈好！你下次再去，不要灰心，不要洩氣！」

我心裡很氣，這次我遇到這麼大危險，他一句關心的話也沒說沒問，又趕著我去工作。「我太累了，要休息休息，等陳希忠這次去回來後再決定。」我說。

「陳希忠去工作？他這個人說話算話？」

「不管他說眞說假，反正我現在不能去。你想想，我這回在後洞差一點兒就沒命了，馬上又答應去工作，所長、老桂不會懷疑我有企圖？」

「我是怕他們鬧出事！」

「那我去勸伍浩，叫他多忍耐。」

「對，對，伍浩是你好朋友，他一定會聽你的。把伍浩穩住了，孫利和許家榮也就沒皮條了。這兩個傢伙是伍浩尾巴，全看伍浩眼色行事。」陳炎光說話只見他鬍鬚動，見不到嘴。他的落腮鬍從拒絕工作起，就一直養著，沒刮過。

「其實沒那麼嚴重，老桂和李胖子是吃軟怕硬，要給他們些厲害看，才會規矩。」

「不，不，你還是要勸伍浩。」他又搖頭又擺手。「我看你現在就去找他談，怎麼樣？」

「明天再說吧，急什麼？」

「不，現在小伊在做飯，伍浩有空檔。」

「廚房裡怎麼好說話？」我說：「我到後面大岩石上等他，你把他叫來。」

「好，我去叫。」他說著起立出小屋去。

「你說話不要讓別人聽到。」我追上一句。

「我知道，你放心。」

我到小屋後大岩石上的木杵前坐下，看著陳炎光進廚房去。過一會，伍浩從廚房出來了，陳炎光跟隨他後面。小伊和韓淑子在門口向這邊望了望，又退進去。到了小屋前，陳炎光進屋子去。伍浩搖頭晃腦的，笑嘻嘻的登上大岩石到我跟前來，邊找位子坐，邊說：

「你仁兄這次又把命撿回來了，還好沒當了朝鮮半島的肥田粉。唉！上午我聽李以文透露了一點兒，剛才又聽許家榮說了，可替你捏把冷汗！眞是自作自受，何苦！」

「坐這裡。」我拍拍身旁位子。

「你找我到底有什麼事？」他坐了下來說。

「我問你，聽說我走的那天又發生了事，是不是？」

「哦，原來是這等小事。」他爽朗不在乎的說：「我告訴你，我根本沒把所長、老桂、李胖子這種人放在眼裡。這些女孩是支隊長送來『慰勞』我們的，他們憑什麼要阻撓？他們想女孩，叫他們去敵後工作，他們敢嗎？他們又怕死！」

「伍浩，你要明白，我們在這裡做這種危險工作是爲了什麼？是爲了求自由！求得自由走了，沒必要和他們結怨！何況我們是作客，又是俘虜身分！」我委婉的勸他。

「是的，爲了自由，那爲什麼我們不能談戀愛？女孩送來的那晚，老桂不是叫我們去和她們談戀愛嗎？愛情有階級身分限制嗎？難道有身分地位的人才配談戀愛？」他收斂起笑容，理直氣壯的說。

「可是，你要看清楚這裡環境。」

「愛，就是犧牲。」

「我和你談現實問題，不是談戀愛。」我說。

「愛情就是現實問題。」他固執的說。

我有點惱怒，說：

「你別張口愛情閉口愛情，那是出賣自己寶貴生命，換取女人肉體的享樂，我感到恥辱、罪惡。」

我覺得話說重了，抬眼溜了他一下。但他並沒有生氣，不過態度顯得嚴肅、凝重，而且悽楚。

「咳！北山，」他深深的嘆口氣說：「可惜我們是老朋友，沒想到你對我這麼不了解！」他挪坐到我面前木杵上去，臉對著我。「我愛女人，規規矩矩，該愛的愛，愛得光明磊落，愛得正當——這些女孩來的那晚，我以爲她們是神女，所以想用那種『方式』去愛她們，這有何不可？要是會傷害到對方，我說了，就是神女我也不會去碰她們！」

「小伊，我愛她。」他稍頓，繼續說：「但我對她的愛是純潔的、神聖的。我沒和她說半句下流話，或毛手毛腳。我希望做完三次工作後，L師團能送我們去大使館或台灣，到時候我們把感情再向前推展。但是，眼前這裡環境，我已不存此幻想了。我現在對小伊，以及這些女孩只有關切與愛護。我擔心這些女孩早晚會遭他們迫害。我什麼都不想，甚至於自己的生命，只希望她們能夠平安的離開這裡，回漢城難民收容所去。你怎麼罵我貪圖肉體享受，可恥、罪惡？」

伍浩說得十分懇切。他一向樂觀、豁達，看得開。多少天來，我看他神情沮喪、憔悴，失去往日那種光彩活力。他眞心爲女孩憂慮！

我向他表示歉意：

「伍浩，如果我話說錯了，請你原諒。不過對所長、老桂、李胖子他們，你得忍耐，不可和他們衝突。」

「這要看他們，我不會主動去惹他們。」

「他們找上你，你也要退讓。」我說。

「不，我要還擊。」他堅決的說。「好了，不談這些了，我就是要和你商量一件事，不過沒談到正題前，我先問你，你今後還打不打算逃亡？」

「你怎麼知道我去逃亡？是不是許家榮告訴你的？」我急問。

「許家榮說了。你走的那天，大老陳也告訴了我。」

「你也對小伊說了？」

「我怎麼會？你知道，我做事是公私分明。」

「那許家榮會不會對韓淑子說？」

「我打招呼了，不會的。」

我稍放心。逃亡找美軍這條路，恐怕遲早要走的，必須保密。

「好吧，那你要和我商量什麼，說吧。」

他仰起臉望著我，兩眼憂愁的望著。「北山，我剛才說了，我擔心這些女孩的安全。」他聲音沈重，緩慢的說：「我找你商量，因爲你比我強，你有能力保護她們；L師團需要你，支隊長要留用你，將來把你報到大使館去，送你去台灣。因此，我希望你去愛大伊，眞心的去愛。小伊告訴我，她姊姊對你很好感。今後你不要去逃亡，不要去工作，留在聯絡所替她們擔負點良心和正義的責任。只要你肯出面說話，所長、老桂、李胖子他們就會有顧慮，不敢太亂來。這對你自己安全和將來都有好處，如果將來支隊長不履行他的承諾，不送你去大使館時，再逃亡還不遲。你說是不？北山，這是我對你的要求，對你的希望，答應我！」他說了，殷切的、企盼的盯著我。

我不是無情；這次我去工作，大伊對我毫不保留的表示感情，就叫我感念難忘。可是，以理智冷靜的思考，我不敢存此奢望。戰俘身分，失去自由，連生命都沒有保障，怎能想到愛情？愛她，不能給她幸福，將更痛苦。因此，我和她相處，十分小心謹愼，深怕惹上感情。

「怎麼樣？」伍浩在我膝蓋上輕拍了下說。

「我要考慮，考慮。」

「你還考慮什麼？」

「我要自由。」我說。

「去你的，不識抬舉的東西，你在我面前唱高調？」伍浩暴怒的，在我肩膀上重重的捶了一拳頭。「我告訴你，現在人家考核思想就看你會不會拆爛污，胡亂來；會不會討好、賣乖、拍馬屁；還要會賣屁股。這也是做官本事。像你這種德性，哼！正氣凜然的，擺著美好女孩不要，人家早以爲你負有使命而來，不槍斃你，把你扣上幾頂帽子，送去管訓算客氣了，什麼玩意！」

「我不走，那我們人呢？」

「你管它的。他們想活命，給他們自己去找老美。你拚命去逃亡，誰領你情？」

「我希望大家都得活下去。」

「他們自己有求生能力，用不著你操心。」

伍浩說的也有道理，至少眼前我沒必要冒生命危險逃亡找美軍，留下又可保護女孩，將來要走有的是機會，誰也攔不住。

「那可是……」

「可是什麼？」

「你叫我去愛大伊，我顧慮的是會帶給她痛苦，不是幸福——我沒能力給她幸福。」

「我說了，如果將來他們能送你去大使館，或台灣，如果將來大伊仍然愛著你，你們可再將感情發展下去。現在我要你規規矩矩的不准去碰她——滿腦袋瓜想到什麼去！」

「可是……」

「又可是，你那麼多的『可是』！」伍浩不耐煩。

「對女人，誰都會有醋意。」我說：「我去和大伊談戀愛，所長、老桂他們看在眼裡必然不高興，有什麼事情我怎好替她們說話？因爲我自己也心存不『正』。」

「我要你繼續和她保持距離，繼續你的『假正經』，不許卿卿我我的親熱。大伊不會怪你的，我會向她解釋。」他說的「保持距離」，意思是要我和往常一樣，不專情一人，不帶她到山野談情說愛去。

其實我心中高興的多問了幾句話，反被他搶白了一頓，實在夠窩囊又氣惱，自討沒趣！

「好吧，我留下，不過不要去愛什麼的。」

「不，你要去愛大伊；有了情，你才會認眞。」伍浩命令式的說。「還有，這件事你不要告訴大老陳。這傢伙根本不想離開L師團。他希望你去找老美，是要你走。你走了，他認爲在這裡才有出頭的希望。你被利用了，還不知道。」

「我不會再去逃亡的，你放心。」

「好了，別說了，等會再和你慢慢聊。」他說著，起立走了，急得到廚房去。

我也跳下大岩石回小屋。

陳炎光立刻問：

「說得怎麼樣？」

「勸啦，叫他忍耐嘛！」我撒個謊。

「他呢？」

「他說好呀！」

「不過你還是要抓緊機會去工作。」他手拍拍我肩膀說。「L師團不會送我們走的，所長、老桂他們對女孩手段這麼積極，拖下去準定要出事的！」

「我知道，你不要老是說。」我說。

「好的，我不說，我不說。」他坐開了，燃上一根煙吸著。

24

吃過早飯，我又睡去，一趟工作回來，要休息兩天三夜，體力才能完全恢復過來。睡著，睡著，大約睡到十點多鐘，忽然被一陣嘈雜聲音吵醒。張開眼一看，見陳炎光趕踧著鞋出去。「又鬧事了，又鬧事了！」我立即坐了起來。所長和桂翻譯、李以文等，也都出大屋到小廣場來。在廚房屋角，站著孫利和小包，許志斌向山坡頂望著。李胖子站在山坡頂小徑上大聲憤怒的咆哮，兩手緊握著拳頭。伍浩怒氣沖沖的，從山坡頂向小廣場走回。所長和桂翻譯睨著眼望著他走來，我們人愣愣的也望著他走來。經過所長他們跟前時，伍浩一甩也不甩的逕走過去回小屋。進了屋，在自己舖上倒了下去，一言不發。

等著伍浩走過後，李胖子一路咿咿呀呀的叫嚷著也走回來，到了所長和桂翻譯面前，不知委屈的說著什麼。所長臉沈沈的，沒說一句話。桂翻譯冷冷的說：

「好了，不要說了，進屋去。」

李胖子好像聽話的小孩，不叫不吼了，他們都進了大屋去。小廣場上一下子又靜了下來，只剩下我們人。

大家默默的互看了幾眼後，都到小屋來。孫利叫罵著進小屋，在伍浩身旁躺了下來，腳用力的對鋪面「砰」的一踹：

「伍浩，你儘管放手和他們幹，我支持你。龜兒子！」

「你現在不要在這裡搧風點火好不好？」陳炎光說。

「你放心，我們不會連累你的。」孫利頂撞他。

「我是爲了你們好！我們的目的是回台灣，何必和人家爭吵！」陳炎光和氣的說。

「誰要吵？是他們找麻煩有什麼辦法？格老子！」孫利忿忿的又踹了一腳。

陳炎光不再吭聲了，旋過頭向我瞟了一眼，撇著嘴。

我對站在門口的許志斌，小包抬下臉，示意的問他們到底發生了什麼事。

他們搖搖頭不說。

小金從山坡頂小徑走回，後面跟隨著韓淑子和許家榮。他們走近廚房時，小金和韓淑子很快的進廚房去。許家榮從廚房屋角，直到屋後去。我起立出小屋，去廚房。許志斌和小包也跟著來。我繞過廚房屋角，到屋後去。陳希忠一人坐在那裡，許家榮已在房間裡躺著。我問：

「小老陳，到底怎麼回事？」

「我也不曉得。」陳希忠說：「我在房間裡，聽到叫叫嚷嚷的吵鬧才出來。他們知道。」他對小包和許志斌努了努嘴。

「我在劈柴，聽到李胖子叫小伊和韓淑子。」許志斌說：「小伊和伍浩坐在那個大石頭上。」他指了指風山里半山峰下的那塊大岩石。「許家榮和韓淑子就在半山坡下那裡。李胖子站在前面山坡頂上叫她們。韓淑子沒回來，小伊下來了。伍浩也跟著下來，他走到李胖子跟前，一下子就摑了李胖子一個耳光。李胖子就大叫起來。」

「不是這樣，我看得最清楚。」小包馬上插嘴，一隻手用勁的比劃著。「許家榮和韓淑子開始是坐在半山坡下那裡談戀愛，李胖子老盯住他們——」

「小包，你說話這麼大聲，給他和她聽到了。」陳希忠指指屋裡。「老許要打爛你的嘴巴。」

小包立刻閉嘴，眨著兩隻大眼睛，不敢說了。我說：

「你小聲點說。」

小包聲音小小的又說下去：

「後來許家榮和韓淑子就不坐在那裡了，向那邊山澗旁的小路走下去。李胖子叫韓淑子，韓淑子！韓淑子裝沒聽見，他們一直往下走，走到看不見了，李胖子就叫這邊小伊。小伊和伍浩都下來了。小伊進廚房去。伍浩走到李胖子跟前，就重重的打他一巴掌。李胖子就叫了起來。」

「李胖子有沒有還手？」

「沒有。」許志斌說：「他只是大叫：你打我，你打我！」

「伍浩還說我不但要打你，還要殺你。」小包插嘴。

我了解伍浩的心情；並不是如他說的希望小伊走，回漢城難民收容所去。他是在希望「得到她」，與希望她「走」兩者矛盾間痛苦煎熬。爲了小伊安全，他當然是希望她「走」，回難民收容所去；但希望「得到她」，又希望她留下，捨不得她離開。我對他和所長他們火爆的衝突，感到非常憂慮。

我喊房間的許家榮，他不理不應，在生氣。

我進房間到廚房。小伊正嘻笑的幫著大金、大朴、大伊做飯，好像什麼事也沒發生似的；這小妮子實在太孩子氣！韓淑子坐在小方桌旁的長條凳上，雙手捧著臉哭泣。大伊見我來，放下手裡事情，垂下頭憂愁的說：

「剛才我叫小金去叫韓淑子回來。」

「以後出去不要走太遠，在屋子後面就好。」我說。
「我知道，我會勸她們。」
「大家會關心妳們的，妳放心。」
「謝謝！」她晶瑩的淚珠掉了下來。
「伍浩對妳說過了沒有？」我問的是伍浩對我在大岩石上說的那些話。
大伊面頰紅了起來。
「說了。」她點點頭。
看著她娟秀的面龐，白嫩的頸項，與渾身散發出少女的芬芳氣息，教人憐愛，也更擔憂。我決心不走，不能走，我要保護她和她們。
「如果我少來廚房，或者不來廚房，妳在意嗎？」
「我不會，我了解，這裡環境。」
「我們保持些距離，有事情我好替大家說話。」
「是的，我了解，伍浩也說了。」她又點下頭。
「叔父找到了沒有？」我希望她們姊妹能找到叔父。
「沒有。」突然，她驚愕的手向屋簷頂指了下。
從屋簷小縫望出去，我見所長、桂翻譯、李胖子從大屋出來，步下石階向小屋走……他們要做什麼？找上門打架？可把我怔住了。
我立刻到廚房門口來，看他們究竟要做什麼。
大金、大朴、小金，和通通包也都過來，躲在門內怯生生的向小屋望著。
但我看所長、桂翻譯他們堆著滿臉笑容又不像要鬧事的樣子。桂翻譯稍躊躇一會兒，笑嘻嘻的進小屋，爽朗的嚷著：

「伍，李翻譯有不對的地方，請多原諒，大家都是誤會！孫利，高興起來，為什麼老皺著眉頭？」咳！他們原來是來「和解」呢！叫我緊張了一陣。我立即過去。陳炎光和伍浩、孫利從鋪上站了起來。孫利垂著頭。所長結結巴巴的說：

「我們大家都是好朋友，大家都要大大的好！」

陳炎光高聲的說：「是的，是的。所長說了，大家都是好朋友，事情過去了，不要老放在心裡。」

「來，我們握個手。」桂翻譯伸出手和伍浩、孫利他們握手。

站在門外的李胖子，也機械的伸進手去和伍浩握手，臉上勉強的擠出一抹僵硬的微笑。等他們禮貌周到的哈哈了一陣，反身要走時看到了我，桂翻譯叫嚷著：

「王，你說是不是，這都是誤會！大家有緣在一起不容易！」

「是的，是的！」我也陪著笑臉說，目送所長他們走了，便進小屋來。

陳炎光感動的說：

「我看千萬別再鬧了！你看人家多有風度，多寬宏大量！挨了一巴掌還向我們陪不是，怎麼對得起人家！」

孫利不領情，他搖晃了下腦袋說：

「他們一定有企圖，有目的，龜兒子！」

「有什麼目的？人家這樣也不是，那樣也不是，別冤枉人了！」陳炎光粗聲粗氣的說：「口口聲聲說人家是芝麻小國，胸襟狹小，沒有度量。那我們泱泱大國動不動就指著人家鼻子罵，算有風度？」

「看他們表現吧，希望他們有誠意。」伍浩說。

我猜測所長、老桂他們「和解」目的是為了工作。可能命令下來了，他們急著要派人出去。不過，就是為了工作，他們挨了一巴掌還向我們道歉，也是不容易！

果然，桂翻譯找伍浩、孫利他們談了，希望他們答應去工作。但他們都婉拒了。他們說假使做完三次工作能送我們去台灣，他們非常願意，反正每人要做三次。不能送我們去大使館，或台灣，工作必須輪流派遣才公平。現在大家工作次數是：許志斌三次；孫利、許家榮、伍浩、和我兩次；陳炎光和小包一次，陳希忠，零。桂翻譯對他們要求做完三次工作去台灣，只敷衍了幾句就不敢說話了。

他著急的去廚房那邊房間看陳希忠。陳希忠頭纏著毛巾躺在炕上，一手撫在胸口揉著，桂翻譯嘆口氣走了。

第二天早晨吃過飯，我收拾傢伙送去廚房。陳希忠聽到我在廚房的聲音，立刻起身過這邊房間來向我招下手。我將碗盤放進桶裡，進房間跟隨他出裡間小門到屋後。他在一張石凳坐下，拍拍旁邊位子：「坐。」我坐了下來。他看了看前後無人，便低聲的問：

「北山，我問你，前次大老陳去敵後工作，是不是眞的過去了？」

我知道他拖不下去決心要去工作了。不過，陳炎光前回工作有沒有過去，我不能說實話；他們兩個是冤家，假使陳希忠把秘密抖出來，對大家都沒有好處。因此，我說：

「大老陳去是去了，沒走到位而已。不過能夠過去就算不錯了。」

陳希忠聽了顯得有些失望，默默的垂下頭來。半晌，他問：

「那回來怎麼交代？」

「你是說報情報？」

「是啊，沒有走到，怎麼報？」

「很簡單，我告訴你幾個原則：」我說：「第一要有伸縮性，不可說得太肯定。比如部隊單位，你如果沒有把握，絕對不能說哪一軍、哪一師，或哪一個團的番號；因為我們蒐集的情報資料，他們要研判比對的。如果你說的那個番號部隊還在中國，沒調到朝鮮來，那不是成了大笑話？」

「我知道了，要說代號，像三五大隊，三六大隊等等，胡亂扯，代號是常變換的。」陳希忠說的是標準答案，可見他時常思考著這問題。

「對的。第二永久性的不能說，要說暫時性的，像在某處道路旁堆放有十袋大米、五箱彈藥等，這些東西現在有，過幾天可能沒有了，取走了。家屋、橋樑等，你就不能隨便亂說。如果這座橋樑已經炸毀了，你是說從橋上通過，他們在空照圖片上看得出來，馬上就露馬腳了。」

「那該怎麼回答？」

「你不說從哪裡走，有沒有家屋，可說晚上經過，沒有看清楚。」

「我懂，要編出一套謊言應付。」

「還有，要說一般性的：如部隊補給方面，可說他們吃大米、高粱米。在路上見到部隊行軍扛著六○迫擊砲，無座力砲等，但不可說有車輛拖曳的重砲，高射砲，因為這種武器殺傷力大，太特出，他們一定要查的，或派飛機去偵察。像我前次去松洞里蒐集到人民軍情報，他們就覺得太意外，不相信，查了好幾天，才證實有這回事。」

「那要去幾天？」

「這要看路途遠近，一般六、七天夠了。」

陳希忠想了想，說：「好，我決定去。」

兩天後，陳希忠「心臟病」完全康復，和小包一起被派遣出去了。地點仍是他前次去而中途折返的炭甘里。

現在我們人犧牲只剩八人，走了陳希忠和小包，聯絡所裡顯得冷清清的。那匹棗紅色乘馬鐵掌脫落，無法到山下溜馬消遣了。老朴調走了，陳炎光口德也修了，沒人再諷刺我說想女孩，怕羞不敢去接近她們，所以我也就少去廚房，儘量和她們保持距離，無聊時玩撲克牌，或到山坡上散步，到小屋後大岩石上納涼閒坐，睡懶覺。

所長和桂翻譯、李胖子，幾天來對我們也愈來愈親切、和氣。碰面時，常是笑容可掬的「早安」、「好」、「晚安」的招呼；尤其桂翻譯有時還添加些親熱的小動作：拍拍肩膀、拉拉手，或者輕輕的在你胸膛搥了一下什麼的，使我們感到無限的溫馨愉快。他們海闊天空的襟懷，的確教人敬佩！

而伍浩和許家榮對所長他們的寬宏大量，也有了好的回應：他們不再帶女孩到山野談情說愛了，也不勤跑廚房。孫利雖然依舊死纏著大金，但對所長、桂翻譯他們不再罵嘴，態度也變得友善多了。大家都願意今後誠懇的，紮紮實實的，繼續替L師團做完三次工作；等工作任務完成後，我們也就有更多的理由向L支隊提出要求送我們去台灣；支隊部必須給我們一個合理滿意的答覆。

在陳希忠和小包出發後的第四天夜晚，我在小屋後的大岩石上乘涼到大屋內熄燈了，才去睡。每晚大屋熄燈時間，也是就寢的時候，大約在十點左右。不過去不去睡覺沒人管我們，不受約束。

陳炎光和伍浩也都休息了。

睡到深夜，我矇矓裡彷彿見到有條黑影從外面進來，逕到陳炎光舖前。是伍浩。他大聲的叫喊：

「大老陳，大老陳！」

陳炎光被喊醒，很不高興的嘀咕著：

「半夜三更了，叫什麼？叫、叫、叫……」

「快起來，老桂和李胖子把女孩叫出來，要強暴她們，你還睡覺！」

我「啊」的驚叫一聲，幾乎不敢相信自己的耳朵。這實在太出我意料之外！什麼和解、親切、氣度寬宏，原來還是企圖做這種勾當！這哪有天理國法？哪有軍隊紀律？難道他們不顧慮這種事情發生後的嚴重後果？現在工作已經派不出人，假使支隊長追究原因，他們如何交代？簡直是色膽包天，不顧死活！

陳炎光好半天沒出聲，他是把自身利益擱在第一位的，腦子裡一定在盤算著什麼。伍浩又催促：

「大老陳，快起來呀！」

這回陳炎光說話了：

「叫什麼？給×死了我都不管，泥菩薩過江自身難保，管人家那麼多屁事！」他翻個身又睡去。

伍浩氣得在他腳上狠狠的踢了一腳：

「去你的，痲木不仁的東西！」便到我跟前來。

「北山，北山！」

「我知道了，馬上來。」我說。

他便匆匆的出小屋，走了。

我在舖上稍挨延片刻，聽到許家榮和孫利在外面憤怒的大聲咆哮了起來，不用說是伍浩去通知他們的。

「好呀！不要臉的高麗棒！支隊長關心我們工作辛苦，送女孩來『慰勞』我們；我們中國是禮儀之邦，愛護你們同胞，尊重她們，你們倒想搞起來！好吧，你們想搞，你們就去敵後工作吧……」

「龜兒子老桂、李胖子，我問你，你爲什麼把我大金叫出來？你一次又一次的跟我過不去，就不能怪我對你不客氣！你出去工作，躲在山溝裡搞女人沒有搞夠？你有種出來和老子講理……」

我擔心他們罵下去，所長、老桂、李胖子他們受不了，事情鬧大了，不得了！我趕緊披了衣服出去。許家榮和孫利見我來，他們邊罵邊走過來。許家榮扯著嗓門叫嚷：

「北山，你說老桂、李胖子要臉不要臉！三更半夜的把女孩叫出來要強暴她們，這是人嗎？叫他們出來講理，不要像烏龜的縮在屋子裡……」

我先按捺住他們，叫他們不要叫吼，有話好說。問伍浩女孩在哪裡，他指了指廚房門口。果然那邊石階上坐著三條黑影。過去一看，大金和韓淑子都在裡面，怪不得孫利和許家榮發這麼大脾氣。另一個是大朴。許家榮和孫利問她們誰來叫，叫她們去哪裡。她們不敢說，把頭埋在胳膊裡不停的哭。

「一定是李胖子。」伍浩說：「我從廁所回來，看到一條黑影很快的溜進大屋去。」

孫利和許家榮氣火的說：

「北山，你去問所長、老桂、李胖子他們，爲什麼要把女孩叫出來，是什麼意思，要他們把話說清楚。」

因爲小伊沒被叫出來，這時伍浩氣消了不少，沒那麼衝動了。「還糾纏這些做什麼？要和他們打架？」他冷靜的說：「虎怕扒皮，人怕傷心，要是硬把他們臉皮抓破了，他們做情報的什麼事都幹得出來。」

伍浩說得非常理智，我們目的是救女孩，沒必要和他們衝突。

我考慮了一陣後說：

「我看這樣好不好？叫她們回自己房間去，今後大家都別提這事，就好像沒發生過這種事情一樣。」

伍浩十分同意我的意見，許家榮和孫利卻憋著一肚子氣。

「好吧，放過他們。」他們說。

大家便到女孩跟前，叫她們回房間。但她們懾於所長、老桂、李胖子的淫威，不敢回房去，只是傷心的哭泣。孫利又是中國話、韓國話的勸大金，搖撼著她肩膀。她甩甩身子，光哭。許家榮和孫利不斷的叫罵。伍浩說：

「我們去叫大伊、小伊出來勸她們。」

大家才進廚房，女孩一個個已穿好衣服下炕來，大概出事後她們都沒睡。大伊、小金和通通包嚇得直哆嗦，小伊稍沈著鎮定。伍浩將意見告訴了她們。小伊搖下頭說：

「她們不敢回房間，叫也沒用。」又說：「好吧，我們去試試看。」

大家出廚房。小伊和大伊、通通包、小金圍繞著大金、大朴、韓淑子，蹲在她們跟前小聲的，勸她們回房間去。我們也在一旁勸她們，保證她們安全。她們直搖頭痛哭，說好說歹就不肯回房去。孫利和許家榮叫嚷著要找所長、老桂他們理論。我見大屋內不時有黑影從門帘旁探出頭來，生怕拖延下去，雙方爆起衝突，後果不堪設想。我說：

「那麼這樣吧，你們暫時忍耐一下，我去把大老陳找來。」

我轉身向小屋走去，見小屋內有條黑影——陳炎光——立即閃了進去。我進小屋，他已躲到毯子裡去了。這傢伙既自私狡猾，又怕事。

我叫喊：「大老陳，大老陳！」

「我要睡覺，不要找我。」我話沒說出來，他先拒絕了，眞不是東西！

「外面鬧起來了，你眞穩得住！」

他不響。

「你不理睬，那就給他們去鬧吧！」我又說。

他依然不吭氣。

我說：「好吧，鬧出了人命，他們還敢派我們去敵後工作嗎？不讓我們去工作，怎麼能夠逃亡老美？那大家就待在這裡等死吧！」對陳炎光說什麼正義、良心、道德這些大道理全是廢話，白說，要扯到他切身利害去才有效果。

一秒鐘後，他有了反應：

「那你要我怎麼樣？」

「我意思是把三個女孩叫回她們房間去，不就沒事了？」

「你去叫就得了，爲什麼一定要我去？」

「就是她們不敢回房間裡去，我想和你一起去大屋，叫老桂叫她們。」

他沈吟了一會，不甘不願的，唉聲嘆氣的，爬起身說：

「咳！去就去吧，眞是……」

我看著他起身穿衣服，看著他穿好衣服下舖趿了鞋，便很快的在自己舖上躺了下去。

陳炎光見我去睡，叫著：

「怎麼，我起來，你不去？」

我說：「你去就可以了，我去不大適合。」

我算準陳炎光會願意去，而且喜歡做這種事，因爲這表示他是我們龍頭老大，對我們大家有影響力，凡事他出面都可擺得平。至於我，由於年齡和我愛大伊的緣故，去了倒不大好。

果然不出我所料，陳炎光一句推卻的話也沒說，一壁往外走，一壁嘀咕著：

「唉！我去就我去，給我賣老命去！你這傢伙，看你老老實實，愣頭愣腦的，原來是隻九尾狐狸……」出去了。

三、四分鐘後，我聽到老桂在大屋走廊上，用韓語咿唔咿唔的把女孩訓了一頓，然後，又用中國話說：

「伍、孫、許，她們沒什麼，只是睡到半夜想家，睡不著，難過得起來哭，沒什麼，你們睡去，沒什麼，對不起！」

過一會，陳炎光回小屋了，伍浩也回來了。

夜，又沈寂了下來。

25

第二天一早起來，我臉貼著泥巴壁小孔向大屋窺視。所長和老桂、李胖子他們都起來了。李胖子毛巾打在肩頭上，嘴裡插著牙刷，滿口黏著白白牙粉，正步下石階往山澗去。所長和李以文在大屋內說話。老桂站在一旁，皺著眉頭。我避開他們視線去廚房盥洗，一面想瞭解昨晚發生的事情。

大伊和小伊、小金、通通包做早飯。大金、大朴、韓淑子睡覺未起，毯子蓋過頭僅露出一蓬散亂秀髮。我洗了臉，問大伊昨晚的事到底怎麼發生的。她垂下頭，淚水簌簌的掉下：「起初是阿珠姆妮來叫她們，她們不去。後來李胖子來說是上級命令，去了馬上回來。到了廚房門口，李胖子叫韓淑子去大屋，大朴和大金去山澗那間小屋去。她們不去，坐在廚房門口哭，給伍浩撞到了，李胖子就溜了。」

「哪邊山澗？」

「就是我們洗衣服的山澗下面。」

前天我在潭邊洗衣服時，見李胖子到山澗下方那間小屋去，就覺得奇怪，原來是去看場地。

「韓淑子去大屋，是所長？」

「嗯。」她點點頭。

「阿珠姆妮也是從漢城收容所來？」

「不是，我們以前不認識。」她搖搖頭，淚水一直流。

早飯後，李以文找我，叫我勸伍浩、許家榮、孫利他們要儘量忍耐，避免和所長他們衝突。我告訴他大家勸了，伍浩和許家榮不再帶女孩出去，也少去廚房。他們沒有錯，錯不在他們。「昨晚的事，我們能夠不管嗎？」我問李以文。「這些女孩是支隊長送來『慰勞』我們的，不談良心道德，至少不能叫我們背『黑鍋』！」

李以文無言以對。

我想向李以文建議將這些女孩送走，送回漢城收容所去。但話到了嘴邊，又嚥下去。一時間下不了決心，心裡很亂，捨不得大伊離開。反正我人沒走，只要我在，他們別想得逞。

這以後，大家的臉都拉了下來。所長和李胖子對我們不再有虛僞的笑容、虛僞的親熱了。狡猾的老桂，雖然和我們有時還點下頭，或搖一搖手，但臉孔總是凍結著。大家也迴避和他們碰頭，免得彼此尷尬。

孫利氣火的下山澗去，把那間老桂和李胖子要作為「溫柔窩」的小屋子，放了一把火燒得精光，還不時沒名沒姓的對所長、老桂他們謾罵。

三天後，陳希忠和小包從敵後工作回來了。

大家在小廣場上歡迎。他們上了石階，陳希忠向立在走廊上迎他們的所長和老桂、李以文翻譯等打個招呼，便輕聲神秘的對大家說：

「你們在屋裡等著，等會我有重要消息告訴你們。」他丟下這麼一句話，便和小包進大屋報情報去。

大家對派工作就裝病的陳希忠，說有重要消息沒半點感到驚訝，沒人相信。我更清楚，他根本沒過去，躲在山溝裡睡大覺，怎麼能蒐集到情報？不過大家還是抱著濃厚的興趣待在小屋內等著，要看他要出什麼花招。

「我早對你們說過，這個人死要面子，什麼重要消息？說不定沒過去，故弄玄虛，來這一招。」陳炎光說，盤膝坐在舖上，嘴角叼著煙。

「有沒有去，我們抓小包來審問就知道。」許家榮說。

「小包早給他教怎麼說了，你能問得出來？」

「我們大家來批鬥他，看他說不說實話。」孫利說。

半小時後，陳希忠和小包報了情報從大屋出來了。他們一進小屋，孫利便「砰砰」的對舖面拍了兩下：

「小老陳，來，坐這裡。」他笑咪咪的向大家使個眼色，意思說大夥兒一起來鬥爭他。

陳希忠連禮貌的「嗯」一聲也沒有，便直坐了下來。小包坐在門口門限上。沒等大家開口，陳希忠便說：

「我聽說又鬧事了是不是？他們要搞女孩給他們搞去，我們管這些閒事做什麼？」

「你到底有什麼消息就乾脆的說，拐彎抹角的說這種廢話做什麼？」許家榮很不高興的說，氣陳希忠說的話對女孩太不尊重。

「什麼消息？我告訴你們吧！」陳希忠嚴肅的說：「以前替我們做飯的蜜斯黃和蜜斯李那兩個女孩被他們槍斃在前方山溝裡，你們知不知道？」

像一顆炸彈爆炸開來似的，震撼得大家每一根神經全癱瘓了，全怔住了。孫利咧著的嘴，合不攏來。陳炎光兩眼直揪著陳希忠，煙從手裡滑下。大家也揪著陳希忠，說不出話來。半晌，陳炎光問：

「你，你這消息從哪裡得來？」在這剎那間，他好像對陳希忠前嫌盡釋，好感了起來。

「朴翻譯說的。」陳希忠和小包說。

「老朴，老朴怎麼告訴你們這種事？」

「他們送我和小包出發時說的。」陳希忠說，臉向大屋望了望。「這回我們也是走後洞下江邊的路線。從OP出發，我就問朴翻譯，所長把蜜斯黃和蜜斯李送去北韓做工作，到底有沒有消息。她們兩個都是勞動黨黨員，假使投降北韓，那我們過去等於自投羅網送死。朴翻譯半開玩笑的指著盤谷山澗下方說：去什麼？她們早到那裡山溝去了。我以爲朴翻譯隨便說說而已。回來時，我和小包順便到山谷下方看去，老遠就聞道一股悶臭；走近看，果然發現兩具女屍躺在玉米田裡，肉全腐爛掉，只剩骨架子，慘不忍睹。」他搖搖頭。

「果然被幹掉。」伍浩扯下我肘，小聲的說。

「你有沒有看清楚，是不是她們兩個？」許家榮和孫利問。

「絕對是她們。」陳希忠堅定的說：「我看得非常清楚，一具屍體是穿淡紅色上衫，藍裙子。另一具是白衫裙，那天蜜斯黃和蜜斯李走時就是穿那種衣服。」

「好可怕！腦殼只剩下頭髮，鼻子塌下去，兩隻眼窩窟窿好大！看了噁心！」小包皺著鼻子說。

「那盤谷班哨還在不在那裡？」許家榮問。

「班哨已經推進到後洞前方山頂去。」

我並不感到意外，早料到蜜斯黃和蜜斯李被做掉了。支隊部把她們送來聯絡所，就是要處理掉她們。我記得她們是在前次支隊長來聯絡所的第二天來的。那次支隊長來聯絡所除了某種事務外，可能就是要安排她們，因爲事關極機密，在電話中談恐怕洩密，必須當著所長面授機宜。那天支隊長前腳一走，下午替我們做飯的那位阿珠姆妮，便調到支隊部去。第二天，蜜斯黃和蜜斯李就被送來了。後來七個女孩來，她們兩個沒地方安置，厄運也就提早降臨，被送往前方山溝去了。

「是她們兩個，不用懷疑。」我說。

孫利眨眨眼，猛的，手往額頭一拍，恍然大悟的說：

「對了，對了，我想起了！那天老胡送兩個女的去，晚上很晚才回來，我見他手裡還拿著一個大包袱。我問老胡包袱哪裡來的，他說是前方老百姓家裡搜來的。當時我沒注意，前方老百姓空屋子裡舊衣物就很多。現在我想那個大包袱一定是蜜斯黃和蜜斯李的，她們走的那天，不是手裡都拎著一個小包袱嗎？一定了，過了幾天，那個大包袱就給老胡拿到春川換酒喝掉了。」

「是的，是的，那晚胡翻譯回來，我也看到他手裡拿著一個大包袱。」小包跟著說。

「如果老胡沒有調走，問他就知道。」許志斌說。

「問個屁！」陳炎光翹起右手中指，使勁的從許志斌鼻梁上刮下去。「這檔事老胡自己有份，他話再多，也好意思說出來？呆瓜就是呆瓜。」

許志斌摸摸鼻子，吐口水。大家看著他笑。

「所長和老桂他們要搞女孩的事，是誰告訴你的？」我問陳希忠。

「朴翻譯說的，前方OP有兵士來聯絡所傳回去。」

蜜斯黃和蜜斯李被槍殺，無疑是老朴故意洩密，不是無心。前次我去工作，他打我黑槍；現在我們人常和所長他們爲了女孩鬧得不愉快，老朴透露兩個女的被槍殺消息，目的是企圖造成我們心裡恐懼。這傢伙又作怪了。

「北山，你去問問李以文，看他怎麼說。」許家榮說。

「一定是她們兩個了，還要問？」陳炎光說：「我這個老鄉也不會說實話的。」

李以文說話謹慎，他對機密，會影響到我們安全的，就會告訴我們；不影響的，就不說。我說：「我用話套他，你們等著。」

我出小屋向廚房走去，眼睛偷偷的往大屋裡溜。李以文不在屋內。我經過廚房到山坡頂繞了一圈，也沒見到他。回轉往山澗走，老遠看到李以文在澗潭邊洗衣服。我過去在潭邊石墩坐下，天南地北的和他隨便聊著。他邊洗衣服，邊搭訕。聊了片刻，我出其不意的問：

「李翻譯，所長他們爲什麼把蜜斯黃和蜜斯李槍斃在前方山溝裡？」

李以文一聽，馬上丟下手裡衣服，直起身愣愣的瞅著我，好半天，他才擠出一句話來：

「你怎麼曉得？」

這，說明了一切。

我笑笑的說：「我當然知道，前方那幾座山頭我腳都踏遍了，哪有不曉得！」

李以文立刻意識到話說錯了，露出馬腳，馬上又對我做多餘的解釋：

「沒，沒有這回事。她們是派到敵後去工作，很快就會回來。你不要說出去，沒，沒有……」他搖著頭，越描越黑。

我回小屋將李以文說的話告訴了大家。「沒錯，是她們兩個。」

大家神情凝重的默坐著，面面相覷。

孫利兩眼惶恐的溜著，看看伍浩、許家榮，又看看我和大家。「龜兒子，好可怕！」半晌，他輕哆嗦了一聲。

「你現在才知道厲害？我早說過，女人是禍水。」陳炎光得意的說，好像表示他有見地，見過世面，見過的人與事比我們多；哼，你們這些小夥子懂得什麼？「怎麼樣？蜜斯黃還陪著他們睡覺。照樣給幹掉。你們算什麼？找那麼大氣給人家受。」

「不會啦，你拿什麼比去！」我說：「不是我們怕他們，是他們怕我們。你沒看到工作派不出人，老桂急得像熱鍋上螞蟻？假使給支隊長知道他們在聯絡所打女孩的主意才派不出人，他們要殺頭的。」

陳炎光當然知道所長和老桂他們的顧慮與畏懼，但他有種毛病：喜歡危言聳聽，鼓動生事。出了事，又擺出老大姿態訓斥你一頓，討好所長、老桂他們。老大，他也當了；好人，他也做了。

「你也說不會，你不是所長怎麼知道會不會？」他橫我一眼說。
「呵！我才不信邪，他們敢？」許家榮重重的哼一聲，不服氣。
「不敢？我告訴你，他們做情報的殺人不眨眼，除了兩個女的，後山還有個老頭，那個小孩給過電得死去活來，你們沒有看到？」
伍浩不喜歡聽，一骨碌的起身走了，到小屋後的大岩石上去。陳希忠和小包去山澗洗澡，大家也走了。
沒人理睬，陳炎光又感到被冷落的孤獨。「好吧，不信，等著瞧！」他摸出撲克牌，自個的玩起了開「金山」。
他心不在焉的玩著，眼神不定的溜來溜去。開了一盤「金山」，他見許志斌和孫利也走了，屋裡沒人了，便丟下牌轉過頭來對我說：
「北山，現在陳希忠回來了，我們要趕快走！你千萬要拿出決心，別三心二意……」
「我知道。他們會找我，你急什麼？」我話雖然這麼說，這些天來的考慮，我更決心不去逃亡了。走了，我不放心，這些女孩早晚要遭他們強暴。要走，讓大伊和她們先走，離開這惡劣環境，回漢城難民收容所去。
「他們會不會派你去？」
「不派我，找誰？你去不去？」
「對的，會，會，那你快準備。」
「我早準備好了，就等著命令。」
「那我就放心了。」陳炎光高興了，過了一會兒，他興奮的又說：「王，我告訴你，後方戰俘營待遇好得很，吃西餐，牛排麵包儘管吃。每人發一塊餐盤，這麼大。」他張開兩手拇食指比劃了一下。

「你要吃多少就多少，人家美國優待戰俘。」

我心裡發笑。以前他要我去找美軍時，說我回台灣有官做；現在說去戰俘營有西餐吃。他的手法太笨拙了，還以爲自己聰明。

「我不想吃什麼西餐、東餐，我只希望能夠獲得自由。」我說。

「噢！我哪回騙你？這是朴翻譯親口告訴我的。他說後方戰俘營裡餅乾、罐頭堆得山那麼高，連大韓民國軍士兵看了都想當戰俘。」

又是老朴說的，他們兩一唱一合，可說是難兄難弟。

「可能。美國有的是美金，給俘虜吃好、穿好，讓中共志願軍放下武器跑過來投降，總比用飛機、大砲去轟合算得多，又免得犧牲人命。」我故意附和，給他滿意。

陳炎光竟然相信我胡謅，樂得手背在我臂膀上抖了下，擠眉弄眼的說：

「王，我問你一件事，不知你知不知道。」

「什麼事？」

「你曉不曉得，伍浩爲什麼離開家？」他臉湊近我說。

「是不是感情的問題？」

「是的。他過去談三角戀愛，把情敵宰了。他對你怎麼說？」

「他只稍微說了些。這是人家的痛苦，我也不好意思詳細問。」

「他對我說得非常清楚，我告訴你。」他搬動一下屁股，親熱的挨近我。「是這樣的：那個女的是他初中同學，是個大騷包，一下子就愛上兩個男人。你曉得伍浩這個人對女人既死心眼，又是個醋罈子，所以他找情敵攤牌。怎搞得雙方談不攏，伍浩便掏出手槍想在那個人大腿上打個洞，教訓教訓。沒想到那傢伙見到槍雙腿一軟，人矮了半截，子彈剛好從肚皮鑽進去，打得他呱呱大叫。你知道貴州是全中國最落後的地方，到哪裡找醫生？只有土辦法，呑鴉片，找女人生小孩的胞衣貼在傷口，拖了兩三天才翹了。苦主把屍體抬到伍浩家裡，把他家也砸爛了，賠了不少錢。伍浩闖下滔天大禍，家沒辦法待下去，就遠走高飛跑到湖南芷江當憲兵，到了抗戰勝利，大陸淪陷都一直沒回家過。唉！爲了女人，受這麼大打擊還不改過！」他燃上一根煙吸著，深深的嘆口氣。「北山，所以我們要趕快離開這裡！你看他不吭不哼的，什麼事都悶在肚裡幹，鬧起來不得了呀！要出人命！」

「伍浩對愛情太執著，他的理智，控制不了情感，我也替他擔心。」我說：「不過去找美軍的事，你不要老掛在嘴上，要保密。」陳炎光警惕性太差，我怕他嘴巴亂說，話落到老桂、李胖子耳朵裡去。

「我是怕他們鬧出了事，我們就走不了！」

「他們馬上派我去了，你老說什麼？」

「好的，我不說，都不說。」他回自己舖上去，吸著煙，眼睛定定的不知在想什麼。

第二天早晨，剛吃過飯，李以文就找我了，不用說是爲了工作。陳希忠和小包回來了，該又派人了。

我出小屋，跟隨李以文向山坡頂小徑走去。

紅紅的太陽，從山脊升了上來，曬得玉米地熱烘烘的。山野沒一絲風，悶熱得教人難受。

我們橫過山坡頂，到了屋主老頭住的那幢農舍屋簷前，立住。那位屋主老頭孫媳婦，正替她公公餵食。老頭躺臥在炕上，小媳婦將廚房女孩送給他們的乾飯，用湯匙攪糊，佐以泡菜，一口一口的餵她公公。她見我們來，轉過身禮貌的點了下頭。李以文也向她擺擺手。在炕角擱著一塊洗衣的軍用大肥皂，和一盒牙粉，一支牙刷。這些「奢侈品」非她能力與這裡山區所能買得到的。我猜可能是十多天前李胖子送給她的「禮物」了——是老桂企圖撮合她和伍浩、許家榮「親熱」的代價。

屋裡飄出淡淡的尿臊臭，李以文噴噴鼻子說：

「來這邊。」

我們站到屋簷的另一端去。李以文蹙起眉頭說：

「王，我想和你商量一件事。」

「什麼事情？」

「是，是工作。」

「命令來了？」

「來了。」他點下頭。

本來工作就派不出人，他們還要把女孩叫出去，該槍斃！

「好吧，給我去。」我說，反正出去工作躲在山溝裡睡幾天大覺回來，也不是去賣命，又做了人情。

「不是派你。你這次工作回來，支隊長交代不能再派你去。」

「那派誰去？」

「就是很困難。」李以文咬著嘴唇。「伍浩和許家榮，孫利鬧情緒——所長希望他們能去一人，配合許志斌去。」

「他們不會去的，說也沒用。」

「那怎麼辦？」

我思索了一陣，做了痛苦的決定。

「辦法是有。」

「你說說看，怎麼解決？」

我向他提出兩項提議：一、送走這些女孩。二、三次工作完成後，送我們去大使館。

「恐怕支隊長不會准。」李以文坦率的說。

他們的目的是要我們工作，不停的工作，至死亡爲止。所以，我說：

「那我叫大家繼續工作，等做完三次工作後再向支隊長請示。不過先把女孩送走，怎麼樣？免得留在這裡再生事端。」

李以文沈思著，過一會兒，他點下頭說：

「好的，我把你的意見，向所長建議。走，回去。」

他說著，我們便往回走。

26

回到小屋，大家問我李以文找我談什麼，是不是去工作。我告訴他們工作命令來了，所長和老桂正煩惱派不出人。沒對他們說支隊長不准再派我去工作，陳炎光會不高興，他希望我逃亡找美軍。也沒說向李以文建議送走這些女孩，因爲我顧慮伍浩和許家榮捨不得小伊，韓淑子離開，會怪到我，但伍浩聽我說工作命令命令來派不出人時，他堅決表示先將女孩送回漢城難民收容所後才答應工作；他現在似乎下決心希望小伊走了。因此，我便把向李以文的建議說了出來。

「現在就看他們怎麼回覆吧。」我說。

「那他們把女孩送走後，我們還繼續替他們賣命？」陳炎光問，他就怕去工作。

「女孩走後，我們就可無牽無掛的逃亡找美軍投誠。」伍浩說。

「對，這是好辦法。」許家榮十分贊同的說：「把她們留在這裡等於『人質』，眞叫人不放心。」

陳炎光聽說找老美，精神馬上活躍了起來。「是的，是的，我也說這是個好辦法。那我們該怎麼進行？」他興奮的說：「要不要把大家都找來，把話說清楚？」

「最好大家行動要一致。」我說。

「對，對。」陳炎光立刻招呼小包去廚房那邊叫人去。

陳希忠和孫利，許志斌都來了。我把我和伍浩的意見說了。陳希忠和許志斌害怕留下女孩又會生事，都希望趕快送她們走。孫利坐在門口門限上，苦著臉對地上瞧著，一聲不吭。陳炎光對他喊：

「孫利，你呢？是不是還想她們的好事？」

「我，大家怎麼決定，我也怎麼做。」他垂著頭說。

「那你就不要再去廚房摸大金屁股。」陳炎光說：「摸了大金屁股，就是他們付出了『代價』，你就得去工作。」

「格老子，我去廚房幫她們劈柴做飯，什麼叫『代價』？」孫利不高興的說。

「去廚房可以，做什麼都可以。」許家榮說：「就是不能答應去工作。」

孫利不響。陳炎光緊逼著他：

「孫利，聽到沒有？怎麼樣？」

「我說了嘛！你囉唆什麼？」他噘著嘴。

「話要說清楚，不能含糊。」陳炎光沒好氣的說。

「我也和你一樣，拒絕去工作就是了，還要怎麼樣？」孫利諷刺陳炎光怕去工作，不去工作；說了，他起立走了，到廚房去。

「他媽的，眞不是東西！」陳炎光對著他背後罵。

「給他去摸大金屁股吧，說他什麼。」陳希忠說。

小包兩手箍著我脖子，嘴對著我耳邊說：

「孫利不會去工作。他還對許志斌說，桂翻譯叫他去工作一定要拒絕，不要去。他還叫許志斌要保密，不能說出去。」

「你們說什麼？」陳炎光問。

「沒什麼，他說孫利不會去工作。」我說。

「那就好，不能個別行動，給他們看笑話。」陳炎光說，又對我喊：「王，那你現在就去告訴李以文，把這些女孩送走，送走了，我們就去工作。」

「現在不要說，我們不能主動，他們會懷疑。」伍浩說。「北山已經向李以文建議了，看他答覆。」

「對的，現在不說，不提。」陳炎光說。

但李以文並沒有回我的話，一直沒提起，好像把我的建議全忘掉了似的，顯然所長不接受我們的意見。我也不問他們，裝迷糊。更怪的是工作命令來了，派不出人，所長和老桂有時很著急，有時又很沈得住氣，沒半點緊張的樣子，是什麼原因？又要耍什麼手腕了？以前他們說大使會來看我們，結果送來了七個女孩，這回又會耍出什麼花招來？看他們出招吧！他們需要情報，急的是他們，懶得去理會。

一直拖延了三天，才有了動靜。

那天早晨吃過飯，大家圍坐在小屋裡打牌時，見李胖子從大屋出來，滿臉橫肉綳得緊緊的，肩膀一晃一晃的逕向廚房去。李胖子很少去廚房，女孩怕他，孫利仇視他。他去做什麼？大家立即停下手裡牌，疑惑的望著。沒過一會，李胖子和孫利從廚房出來了，後面跟隨著小包。孫利一出廚房見大家望著他，馬上收斂起笑容，裝作沒看見的別開臉，不望這邊來。李胖子卻顯得十分得意的樣子，又說又笑的。他們並肩走著，一起上石階進大屋。小包跟到小廣場當中立住，眼睛定定的對大屋裡望著。許家榮看得有氣，陳炎光看得叫罵：

「他媽的，眞不是人！以前指著李胖子鼻子臭罵，現在和他拉拉手了。」

「可能叫他去工作。」陳希忠說。

「給他去吧，我們照計畫進行。」伍浩說。

其實，這兩天來大家已經看出孫利不對勁了。自從陳希忠和小包工作回來，帶回蜜斯黃和蜜斯李被槍殺在山溝的消息後，孫利嘴巴就不再叫叫嚷嚷的罵人，有時還躲著大家向李胖子、老桂他們「輸誠」——親熱的招呼；也少來小屋玩牌，聊天什麼的，和大家「劃清界線」。而本來嘴臉兇惡的李胖子，也越發變得兇巴巴要吃人的樣子，不時還「哼哼」的放出一兩句狠話：「等著瞧吧，到時候才知道厲害！」更把孫利嚇壞了。大家猜測李以文一定將我們知道兩個女的被殺，告訴了所長；李以文處事謹愼，這麼重要事，他絕對會向所長他們反應的。因此，也許是所長和老桂看出我們內心的恐懼——孫利被嚇了——所以設計出了李胖子這副兇臉譜，企圖嚇唬嚇唬我們，以達到他們染指女孩的目的；也許是李胖子自己要出口氣，以發洩他受我們一肚子的窩囊氣；也許兩者因素兼有。不過，他們這種手法雖然對孫利起了作用，但伍浩和許家榮根本不甩，大家也不理。孫利這傢伙看似天不怕，地不怕，能打能拚，假使給他時間從容的去思考死亡時，他就沒那麼勇敢了。

我小聲的喊了聲小包，他轉過頭來，我向他招下手：

「來。」

小包過來傍著門旁，一腳踏在門限上，兩手撐著膝蓋頭，聳起兩隻小肩膀。

我問：「李胖子叫孫利做什麼？」

「李胖子說所長有請孫利。」

「一定是找他去工作，還問什麼。」陳炎光說。

「有沒有叫大金去愛孫利？」

「沒有，孫利幫大金洗碗。李胖子來，大金就到房間去。」

「孫利呢？」

「孫利對李胖子說：請坐，請坐。」

「他媽的，不是東西。」許家榮咒罵。

「孫利還對李胖子說，咱們是好朋友。」小包又說。

「什麼，好朋友？夠混帳！」許家榮火了。

「孫利和李胖子有過節，所以害怕。」伍浩說：「給他們做好朋友吧，管他的，打牌。」他們又玩起牌了。

小包見許家榮生氣，大家聚精會神的打牌，便不再說了，張著兩隻大眼睛看打牌。看了一晌，他格外的對坐在陳炎光背後看牌的許志斌瞄了一眼，便進屋來拿嘴湊進我耳邊，聲音小小的說：

「早晨我又看到孫利把許志斌——」他說到這裡，許志斌馬上把轉過臉對小包瞅著。小包立刻停住嘴，又退到門口去。

我說：「你到底說什麼？」

小包望了望許志斌，遲疑了一會，又跨進屋來，又對著我耳朵咕噥著：

「我看到兩三次了，孫利又把許志斌叫到房間去，偷偷的對他說老桂找他去工作不要答應，答應了要揍扁他。許志斌不停的點頭。」

「哦，你不是說過了嗎？」孫利鬼名堂多，大概要整所長和老桂他們了，我想。

「你們這麼秘密說什麼？」陳希忠看著手裡牌問。

「沒什麼。」我笑笑的說。

「小包，」陳希忠視線從牌裡移過來，伸著食指頭，對小包點了兩下：「我看你在共產黨那邊也是個打小報告大王。」

「人家才不。」小包鼓著腮幫，脹紅臉。

「來了，出來了。」陳炎光嘴往外努了下。

孫利笑咪咪的從大屋出來了，步下石階。許家榮立即「孫利，孫利」的喊了兩聲。孫利抬起頭一看，便踏著方步過來，站立在小屋門口外，涎著臉問；

「你叫我有何貴事？」

「你從大屋出來喜氣洋洋的，是不是桂翻譯又替你介紹大金了？」

「你扯到什麼去！」

「我看你和李胖子搞的滿親熱的！」許家榮說。

「難道你要我和他們打架？」

「我沒這個意思。不過，你叫我和伍浩跟他們幹，現在我聽說你和李胖子做起『好朋友』了，是不是？」許家榮的臉沈了下來。

「你說什麼嘛？我聽不懂。」孫利狠狠的瞪了傍在門口旁的小包一眼。

小包看情況不妙，一溜煙跑了，不知躲到哪裡去。

許家榮抓起陳炎光作枕頭的木塊。「去你的，你不懂？」摔了過去。孫利反身拔腿就跑，往廚房逃去。木塊打到他臀部，彈落下來滾到石階旁。

「他媽的，牆頭草，投機敗類。」

「不簡單，不簡單，是個人才！」陳炎光搖頭嘆息：「我是白活了半輩子！」

「原諒他吧，生這麼大氣做什麼！」我說：「他不是李胖子好朋友，他是被李胖子嚇呆了。」

「對，何必呢！」陳希忠說，胡了牌起立。「不打了，去看看老桂找孫利說什麼。」

我也去廚房。

大金和小伊、通通包開始做午飯。孫利也幫她們忙，替她們燒火、剔菜。本來愛笑的大金，不快樂了幾天，現在又高興了起來，而且感激孫利「救美」之恩——救她那晚被李胖子叫出去——的確對孫利好感了不少。她見我和陳希忠進廚房來，仰起她那滿月似的紅潤臉龐，笑咪咪的，咿咿呀呀的說個不停。我問：

「大金，妳這麼高興說什麼？」

「她說桂翻譯和所長要替孫利介紹女朋友。」小金說。大伊和大朴、韓淑子也都從房間出來，佇立在炕上看著大家說話。

「眞的？是不是……」我想老桂又是打著屋主老頭的孫媳婦主意了。

「孫利，你敢做這種事，出去敵後工作後準你倒大楣。」陳希忠似乎開玩笑，又像警告的說。

「龜兒子，你把我看做什麼人，會做這種傷天害理的事？我就愛我的大金。」他一隻手伸到大金渾圓的嫩屁股去，捏了下。

大金沒有生氣，只默不作聲的撥開孫利的手，繼續做她的事。

「他們是叫我去春川度假。」孫利說。

「去春川？」

「老桂說來回兩天，在春川住一宿。他說那裡很好玩啊！」不過，他很快的搖下頭，堅決的說：

「我不去，我不幹那種事，格老子。」

戰爭製造了貧窮與過剩的女人，在朝鮮戰爭邊沿的市鎮、村莊，這類女人尤其多。她們有的聚集在軍營附近，搭起簡陋棚子做小買賣，洗衣什麼的討生活；有的到韓軍部隊裡去打雜、做飯，像聯絡所裡的前後兩位阿珠姆妮，與前方北漢江邊班哨的那個做飯女子等；最悲慘的，則淪爲娼妓，聽胡銘新說，春川這種女人不但多，而且價廉——僅三五包洋煙的代價。他常打趣的要帶我們去開開眼界。

「去就去，向大金請個假。」陳希忠逗他。

「我不去，龜兒子，我不去那種地方。」

「老桂有沒有叫你去工作？」我問。

「說了。我說我一個人不敢去，要搭檔。他叫我和陳希忠去。我說我和陳希忠是『情敵』，兩個人搞不來。」孫利向陳希忠笑嘻嘻的眨下眼。

「孫利，你說話要憑良心，我哪裡和你爭風吃醋？」陳希忠很在意的說。

小伊和小金看著大朴，大金笑。孫利說的「情敵」，當然是指陳希忠心臟病發作時，大金和大朴去揉他的胸脯。

「我是說著玩的，老桂沒有叫你去工作，放心！別生我的氣。」孫利對陳希忠笑了笑。

「我生什麼氣！」陳希忠也陪著一笑。

「那找不到搭檔，你去不去工作？」我問。

「當然我不去，我說了，我一個人不敢去。」

現在我明白孫利叫許志斌拒絕去工作的企圖了：他是既怕所長、老桂、李胖子他們，又要搗他們的鬼，不去工作，又要想大金好事，還要裝作好人，叫老實人許志斌去對付。這傢伙夠狡猾。

午睡起來，李胖子叫許志斌去大屋，不用說要他搭配孫利去工作了。許志斌好商量，唯唯諾諾，聽話順從。現在他已被孫利動了手腳——叫他不要答應去工作——他到底聽孫利的？還是老桂的？大家都待在小屋內等著見分曉。

不一刻多鐘工夫，許志斌從大屋出來了，噘著嘴，一臉不高興的樣子。一進小屋，大夥兒便圍著他問是不是去工作，答應了沒有。孫利馬上從廚房那邊過來，倚在門旁，兩隻狡黠的眼睛直瞧著許志斌，好像草原上的狼窺伺牠的獵物似的。

「我不去，我說我去三次工作了。」許志斌說。

「那老桂呢？怎麼說？」

「我叫他不要找我，我不去，我不去，我不去……」

許志斌嘴巴不靈便，他反覆的「我不去，我不去，我不去……」把差事推掉了。

孫利樂了，回廚房摸他大金的屁股去。

所長和老桂又傷腦筋了。伍浩和許家榮絕對不會答應去工作的。我呢，支隊長不准再派我去。陳希忠和小包工作剛回來，需要休息。

派不出人，他們又不敢用強迫手段逼我們去工作。他們怕把我們逼翻了，要求見支隊長，將他們在聯絡所裡所做的糗事抖出來，那他們就慘了。現在他們就怕支隊長來聯絡所，或者支隊部有人來把話傳回去。因此，我們用拖的戰術對付他們。拖得愈久，他們也就愈不安，愈著急。等著他們急得不得不把女孩送走了，我們便可無牽掛的出去工作，找美軍陣地投誠，逃之夭夭。

第二天早晨，我在屋裡閒坐時，桂翻譯來叫我去大屋。我想可能派不出人又找我了。陳炎光盤腿坐在舖上吸著煙，見老桂叫喚我，他興奮的催促著：「去，去，去，快去……」一面向桂翻譯擺擺手打招呼。

進了大屋，阿珠姆妮立刻收拾餐具移到門口去，抹淨茶几。「大大的坐，大大的坐。」所長伸了下手。我在他對面坐下。桂翻譯坐在茶几的一端。

很意外，他們並沒有要求我去工作。起初，老桂先恭維我一番，誇讚我前次和許家榮去工作，雖然沒有達到目的地，但在後洞搜索到埋伏的人民軍，使得韓國軍逃過敵人偷襲，倖免傷亡；然後他向我訴苦，大家情緒低落，不願去工作、不合作等等；然後又說爲了鼓舞士氣，支隊部決定送大家去春川度假，希望我轉告大家。「這是支隊長命令，請各位到後方散散心。希望大家遵從。」他說。

「春川的花姑娘大大的漂亮，大大的有。」所長結結巴巴的說，語氣眞像日本皇軍——他過去當過日本兵。

老桂叫孫利去春川度假，現在又鄭重的找我提出，可見他們對這件事的重視，是經過一番計畫的。這又是陰謀，和前次老桂企圖撮合屋主老頭孫媳婦同樣的陰謀：他們的目的，仍然是動女孩的念頭；工作是小事。但是，我不明白支隊部爲什麼會出這主意？送來的七個女孩就是「慰勞」我們的，難道應付不了？那不是笑話！是什麼原因……對了，一定是支隊部工作命令來派不出人，所長和老桂無法交代，找藉口說這些女孩不願做「那種事」，所以大家士氣低落，不願工作；因此，可能是老桂，也可能是支隊部，才提出了這個餿主意——去春川「度假」。這一來，把所長、老桂他們企圖染指女孩造成工作停擺的罪過，也全隱瞞住了；怪不得幾天來他們老神在在的，不像以前那樣派不出人急得跳腳。不過，我坦白的告訴他們：

「大家不會去的，沒人願意去。」

「這沒什麼難爲情。」老桂說：「人家美軍去東京度假，就是專程找日本婆娘玩。你們中國有句俗語：食、色性也，這是很平常的事。」

「女人不能鼓舞士氣。」我說：「大家都寧願多做一兩次工作，做完後送大家走。不需要女人。這些女孩都送走，送回漢城去。」我趁機將大家意見提出。

老桂立刻面露難色，蹙著眉，半晌，他說：「這，這沒問題。做完三次工作，馬上送你們去台灣。女孩嘛，嗯……因爲需要她們做飯，我們請示過了，支隊長不准，所以要留下。」

很明顯的，他們對女孩沒有死心。

「那許志斌已經三次工作做完，應該送他走。」我說。

「這個，嗯……因爲現是在打仗的時候，零零落落的送，不方便，等你們都做完了，一起送。」

這也是理由？簡直把我們看作愚蠢無知。

「大使館在漢城，很近。」我說：「誰先做完工作，誰先送走，是最好的士氣鼓勵。」

「嗯，這……這是支隊長命令。」

他們又搬出命令搪塞，毫無誠意解決問題。我不再多費唇舌，把他們逼得理窮了，反而不妙，

「好的，好的，我去告訴大家，去春川玩玩，滿不錯。」我說，留著希望給他們，我心中自有打算，走自己的路。

「太好了，那你現在就去和大家說。」桂翻譯說。

「好的，好的。」

我帶回老桂的話，大家討論了後，做了堅決的決定：將女孩送走後才接受工作；其他的，什麼條件都可以讓步。

但，所長和老桂聽我回覆後，卻沒有點頭，也沒有搖頭。我看出他們和往常一樣，依然不會尊重我們意見的。

27

陳炎光吃了飯，咂咂嘴，盤腿坐在舖上習慣的摸出一根煙吸著。伍浩收拾傢伙送去廚房。我隨手抹淨小桌子，移到屋腳去。伍浩剛跨出小屋，陳炎光沒好氣的對著他背後瞄了一眼，嘀咕著：

「哼，公狗又去找母狗了。光說漂亮話，不去？狗能不去毛屎坑？」

伍浩聽得正著，立刻轉過身來，沈下臉問：

「你說誰？」

「我什麼也沒說，你耳朵聽哪裡去了？」陳炎光不認帳。

「我告訴你，你侮辱我可以，侮辱她們，我就對你不客氣。」伍浩兩眼凶狠狠的瞪著他。

「我哪裡說了話？你可問北山。」陳炎光兩手心向上抖抖，乞憐的樣子。「你這種態度對我可以嗎？我年紀一大把了，比你父親……」

「去你的，你在我面前倚老賣老？」伍浩氣火的把手裡碗盤望地上一摔，「嚯啷」一聲，砸得稀爛，驚動了大屋的所長、桂翻譯、李胖子、李以文、衛生兵他們，和在廚房吃飯的陳希忠、許家榮、小包都跑了出來。

女孩們都躲在廚房門口內往這邊望著。

陳炎光見所長他們出來，馬上趿著鞋出去，衝著伍浩叫吼：「我倚老賣老也沒賣給你，你要怎麼樣？難道要把我吃掉？我告訴你，我不是好欺負的，人家怕你，我可不怕……」一步步的逼近伍浩。他認爲受伍浩的氣夠了，這回不顧一切的橫下了心反攻；另一方面，又可在所長、老桂面前表態一番。

伍浩兩手叉腰，凜凜的站立著，眼睛直瞅著他，沒還口。

所長、桂翻譯、李以文等立即走下石階勸解他們彼此忍一句，大家都是好朋友，沒什麼可爭吵的。

陳炎光苦著臉，向所長、桂翻譯他們賣乖委屈的訴苦著：

「我沒說什麼，完全是冤枉我！我一心一意都爲了聯絡所好、L支隊好。我對他們說，支隊長對我們這麼禮遇，我們既然答應工作，就應該好好的做，不要說不幹就不幹……」

這可把伍浩聽得火了起來，他憤怒的指著陳炎光鼻子斥責：

「放你的狗屁，你自己要死狗不敢去工作，叫大家去，叫我去？是什麼道理？你說，你說……」

「你說什麼？我不去工作，是支隊長特准的，所長特准的，怎麼？你管得著……」陳炎光吹鬍子瞪眼的，手也直指著伍浩，大聲的咆哮著。

李以文和許家榮趕緊把他們勸開，把伍浩勸到大岩石上去。

我和孫利拉陳炎光進小屋。

陳炎光被頂撞得不甘心，他跳著腳，胳膊扭來扭去的要掙脫開：「你們放開我，我要問他憑什麼罵我，我是隨便給他罵，給他訓的嗎……什麼東西，你不高興脾氣發到我頭上來？……」

大夥兒拉扯了一陣，好不容易才把他推進屋，按坐在舖上。

陳炎光氣咻咻的謾罵著，兩眼掃來掃去。他不敢惹伍浩，就是怕伍浩訓他，有損他「老大」威嚴。現在「鬍子」被刮了，只有靠罵嘴挽回面子了。大家都對他沒好感，看一會，站一會，走了，給他嘮叨去。

我也走了，拿衣服到山澗洗去。

洗了衣服回來，陳炎光脾氣發過後沒那麼精神了，累了，正垂著頭打起盹來。

到了吃午飯，伍浩才回小屋。他們仍然不說話，陳炎光嘴「啪哧，啪哧」的吃著飯，整塊肥幫全會動；吃幾口，就拿打在肩膀上的毛巾擦擦嘴，抹得滿鬍鬚沾著一粒粒細飯渣。伍浩悶著頭吃飯，不看他一眼；吃了飯，又到小屋後的大岩石上去。

天氣格外的酷熱，火辣辣的太陽，烤得玉米地熱烘烘的。暑氣不斷的從地表散發上來，熏得人直冒汗。陳希忠和許家榮、小包，飯後也都到大岩石上納涼聊天去。他們悄聲的說話，大概又是談陳炎光了。

我睡午覺去，小屋子躲在松樹蔭下滿涼爽。陳炎光見陳希忠、許家榮他們在大岩石上和伍浩一起有說有笑，心裡很不痛快。他坐在舖上忿忿的吸著煙，好像故意使壞的吸一口吐一口，噴得滿屋子烏煙瘴氣。我被嗆得受不了，想到大岩石上去，又顧慮陳炎光會以為我也和陳希忠他們一夥，聯合起來對付他，但是，我最後實在被煙氣熏得忍不住，還是去了。我在大岩石上找塊平坦地方，用毯子捲起做枕頭躺下睡去，不加入陳希忠他們的亂扯淡。

不一會，陳炎光也來了。大家馬上停止談話。陳炎光心裡明白是說他，裝迷糊的向這個招呼，那個點頭。他喜歡與人爭吵，個性又強，吵過後禁不起大家對他冷落，又主動的向大家示好。大家有一搭沒一搭的虛與委蛇。最後，他挨到伍浩跟前去。

「天氣好熱，秋老虎。」他說，找個位子坐下。

「是的，眞夠熱。」伍浩也「嗯」了聲說，雖然他脾氣壞，但爭吵過後雨過天青，心胸毫無芥蒂。

陳炎光掏出煙，拍出一根遞到伍浩面前。

「抽煙。」

伍浩接受了，他本來是不吸煙的。

「要下雨了。」陳炎光說，摸出打火機「咔擦」的替伍浩點上煙，自己也燃上一根。

「可能，你看天上的雲。」伍浩指著大屋後的風山里山峰上空。

山巔的雲朵，一股股的往上湧，往上湧，漸漸的由灰白色，而淡黑、烏黑，不斷的膨脹，擴大，終於遮住了天頂通紅的大太陽。陽光從烏雲背後透出，鑲起了一環橘橙色的金邊。天，暗了下來。山風颼颼的吹來，好像吹透到心裡去的涼爽暢快。天空轟隆轟隆的響著，雷電一閃一閃的，夾雜著隆隆的砲聲。

雷聲越響越急，天也越變越黑，風也越來越大，呼呼的叫號著。山坡頂上的那幾棵大樹枝椏，被颳得扭來扭去的抖動著，抖得落葉滿天飄舞。玉米稈子，一起一伏波浪般的蕩漾著。到了烏雲蓋住大半邊天時，忽然一道耀眼明亮的閃光，從半空中掣了下來，響起了天崩地坼的大雷聲；豆大的雨點，透過樹梢答答的劈了下來。

大家立刻往小屋跑。剛進屋，滂沱大雨傾盆而下了。重重雨幕，籠罩著整片山野，模糊了一切景物。連小屋裡也漂浮著細細的水氣。雷聲陰陰的響在雲層裡，幾乎被風雨所淹沒。頃刻間，渾黃的山洪嘩嘩的從山野奔瀉下來，壓倒野草作物向谷底流去，像道澎湃的大河。

大雨不停的下著，未稍歇。暑氣盡消。大夥兒坐著無聊，許家榮和陳炎光、陳希忠、伍浩玩起撲克牌。我又睡午覺去。

沒睡多久，陳希忠喚醒我：

「北山，起來，有事。」

張開眼，我見桂翻譯出現在門口。大雨仍下著。

我坐了起來，陳炎光問：

「什麼事？」

「支隊長有命令。」桂翻譯說，兩眼對著滿屋子打轉。

「又是工作？」

「不是。」桂翻譯搖下頭，帶點神秘的笑。「還有人呢？」

「有的在廚房那邊，要不要叫？」陳炎光說。

「不要了。」桂翻譯說，瞟了伍浩一眼。

「有事就叫。」陳炎光腿一伸，對坐在許家榮旁邊看牌的小包屁股，踹了一腳。「叫去。」

小包兩手遮住頭頂跑去，很快的把許志斌和孫利叫了來。

桂翻譯閃在一邊讓他們進屋。他們拍拍身上的水，找位子坐。

「下這麼大雨，到底有什麼事？」

桂翻譯滿臉笑意，等他們都坐好了，對大家打量了下說：「請大家注意。」他頓了頓，又望望大家。「支隊長因爲感謝各位對我們大韓民國的貢獻，和工作的辛勞，因此決定從今天起，請各位輪流到後方春川去度假。每趟來回兩天，在春川住一宿。每次去一人，現在請大家先選一位，馬上準備出發。支隊部立刻派車來接。請大家快，現在就選。」他說時兩眼不時的對著伍浩溜，顯露出企盼的神情。

孫利一聽，興奮的叫了起來：「哦，我知道了，是不是……小姐……」

「呵呵，孫利眞有一手，對！對！」老桂向他扮個鬼臉。

果然去春川度假，他們說幹就幹，我心裡想。

伍浩臉露惱色的丟下牌，回自己鋪位躺下，兩手枕著腦後勺。桂翻譯不看他，裝沒看著。

「桂翻譯，我們不去。」許家榮嚴正的說：「我們做這種危險工作，不能做這檔事。」

「我也不去。」許志斌跟著說。

「這有什麼關係？」桂翻譯笑笑的說，雨太大，躲進門裡來。「人家美國大兵去東京度假，就是專門找日本婆娘玩，現在還是日本最主要的『沒有煙囪』工業，賣貨不添貨，不知替日本賺進了多少美金外匯！」

大家聽得笑呀笑的，笑裡蘊含仇恨的發洩。

「聽說還替日本生下十幾萬黑白雜種。」陳希忠說。

陳炎光搖頭深深的嘆息：「報應啊，報應啊！這都是日本鬼子在中國做的孽！」

「好了，不要說這些了，現在大家趕快選出一個人來。」桂翻譯說。

「不去可不可以？」陳希忠說。

「不可以，這是支隊長命令，要絕對服從。」桂翻譯斷然的說。

「雨下這麼大，山下公路可能都淹沒了，怎麼能去？」

「這是支隊部的事，我們不管。」

「我們沒必要去度假。」許家榮說：「更沒必要送來這些女孩，我們要求將女孩都送走。」

「是啊，大家都希望把她們送回漢城去，不要留在這裡。」陳希忠說。

「這也是支隊長命令，要留下她們。我們都建議過了。」老桂開口支隊長命令，閉口支隊長命令來壓人。

「再向支隊長請示看，把她們送走，我們自己做飯，或者請以前那位阿珠姆妮來也可以。」陳炎光說。

「支隊長不會答應的，請示也沒用。」老桂堅定的說。

「那我們自己向支隊長請求。」許家榮說。

「是的，我們自己向支隊長請求。」許志斌也說。

「支隊長不會接受的，也沒時間見你們。」老桂就怕我們見了支隊長後，把聯絡所裡黑暗內幕抖出來。

大家不再作聲了。

不過在山區裡待久了，生活枯燥苦悶，大家倒也想去後方玩玩。以前胡銘新就曾對我們說，春川如何如何的好玩。但是，到後方好像專門找女人，大家就覺得難爲情了。而且他們目的是要我們工作，假使去春川度假回來後，就是不接受他們的「招待」——女人——恐怕工作也難推掉，所以還是不去爲妙。但看他們那麼「誠意」，那麼「好意」，又不好拒人太甚。桂翻譯一再的催促，他說馬上要報到支隊部去，要我們即刻選出。大夥兒你看我，我看你的用眼色交換意見。醞釀了好一陣後，大家認爲陳炎光年紀大了，就憑他那一蓬落腮鬍，對付他們的「招待」絕對有免疫力，而且他也不去工作，就是度假回來，也不會派他去工作的；於是，大家逗趣的就把他捧了出來。陳炎光是很想去的，到後方走走，散散心；另方面，上午吵了架，大家都對他不高興，爲了示好大家，他想答應了，替大家解決這個糾纏。但他看出他不是老桂心目中的人選，老桂不會歡迎他的，因此，他必須做作一番。

「我不去，我不去。」他拒絕。「這是你們年輕人的事，叫我去不是等於浪費？」

「你先去打前站，替我們探路。」孫利嘻皮笑臉的說：「也不叫你『下海』，你怕什麼？」

「是呀！」小包插嘴。「你先去替大家看看地形，看那兩片山有多高，水有多深。」

大家大笑起來。陳炎光也笑著對小包訓斥：

「你看這小鬼，變得這麼壞！我去不去關你屁事！」

「你前方不敢去，難道後方也不敢去？」小包譏諷的說。

陳炎光怕去工作，又不高興說他不去工作。他又惱又笑的罵：

「你這兔崽子，今天你爸非揍死你不可。」他舉起拳頭對小包擺出打人的架式。

小包敏捷的躲到許家榮背後去，抓住他的胳膊擋著。許家榮手攔了下，誠懇而認眞的說：

「大老陳，你去吧！免得囉唆。」

陳炎光沈吟著，半晌，說：

「好吧，你們都不去，那就讓我去拚老命了。不過我去後方也不要那些什麼花花綠綠好看的東西，只有給我老酒喝就夠了。」

桂翻譯一隻手撐著門柱，嘴角掛著呆板的微笑望著陳炎光，那眼神似乎含著某種暗示——算了吧，你去做什麼？但陳炎光打馬虎眼，不看他，不理睬。

「那陳老大哥去，就準備吧。」老桂遲疑了一會，口不從心的說著，走了。

陳炎光撂開牌，到他睡舖的枕頭下，拿出那套新軍服來，打算換上。他攤開軍服翻來覆去的看著，抹抹幾下摺痕，拈掉線頭。沒等他穿上，桂翻譯又來了，站在門口石階上，跺跺腳，抖去雨水。

「大家注意，支隊長說陳老大哥不行，要換人。」他直率的說。

「為什麼不行？」大夥兒問。

「支隊長說要年輕的去。」

這使陳炎光非常尷尬，他丟下軍服，帶點惱怒的說：

「好了。現在沒有我的事了。你們去選吧！」他回到自己位子坐下，兩手箍著膝蓋頭，一語不發。

大家不響，老桂催著：

「快！請大家快選出來，今晚就要到春川去。」

大家看出老桂屬意的是伍浩，但他不敢開口，因為伍浩脾氣不好，而且正在生氣的樣子。誰也不敢說，不敢惹他。

許家榮說：「為什麼只選一人去，兩個人去多好！」

「兩個人去多礙事，一人去，自由自在，是不是？」老桂一隻眼，向大家眨了下。

大家咪咪的笑。

孫利眼睛轉來轉去，左看看，右看看的掃著。「那小包去。」他肘對小包撞了下。

「我不去，我不去，我最怕見到小妞。」小包叫了起來。

「對，桂翻譯，小包去，小包夠年輕吧？」陳希忠說。

「小包太小了，不懂事，去做什麼？」桂翻譯說，笑著眼又向大家眨了下。

「你會教他呀！」孫利說，逗得大家大笑。

小包氣得用胳膊圈住孫利的脖子，把孫利的頭按在他盤交的雙腿間，掄起右手小拳頭狠命的往孫利頭上擂：「我要把這隻四川耗子揍死，揍死！看他會不會多嘴……」孫利拚命的喊：「救命呀！小包，你是不是要死……還不住手！格老子……」

「好了，好了，小包，別打他了，罰他去春川。」陳炎光燃起一根煙說，擺擺手。

「對，要他去，免得整天死纏著大金。」小包狠狠的搥了孫利一拳頭，放手了。

孫利坐直身子，臉紅紅的，一手搓揉著脖子，咕噥著：「龜兒子，給打疼了，給打疼了！小包，你當心！格老子……」

「別說了，大家選你去，你就乾脆去。」我說。

孫利忸怩作態的說：

「我不去，我不去。」

「去就去，不要囉唆了。」許家榮就近著他小聲的說：「不要做『那個』事就是了。」他說的「那個」事，就是女孩送來那晚，老桂叫我們「先談戀愛，再談『那個』」的「那個」。

「你怕什麼？」陳希忠說：「大金跟前，我們大家替你說話。」

「是啊！大家幫你說話。」許志斌也說。

孫利低頭不語。

「去，去……不要再想了，大金小姐不會給人搶去。」陳炎光推搡著孫利的背，又向大家笑笑的抬下臉。大家也悄悄的笑。「你去後方一趟回來，證明你更能禁得起考驗；大金小姐也會更愛你，是不是？」

「好的，我去就我去。」孫利說，仍然低著頭。

「對啦，這才像話！」陳希忠拉高嗓門嚷著，拍下孫利胸膛，對老桂翹起大拇指：「桂翻譯，你看我們孫利夠不夠年輕？棒極了！」

老桂皺皺眉頭，勉強的說：

「好吧，孫利去就孫利去。」

陳希忠在小包肩膀上拍了一巴掌：

「去把孫利那套大禮服拿來，讓他去春川風光一下。」

小包馬上冒雨又向廚房跑去。

孫利軍服拿來了。廚房門口擠著大朴、大金、大伊、通通包等，向這邊望著。大金咧著嘴笑，笑得好開心！

孫利那套軍服雖然是舊品，但保管良好，墊在毯子底下壓得平平的，還灑著香水，香噴噴。大家一起動手，七手八腳的幫孫利穿衣的穿衣，穿褲子的穿褲子，拉拉扯扯。孫利叫：「我自己來，我自己來……」很快的把衣服褲子穿上了，他還神氣的立正，靠腿，來個標準的敬禮姿勢。

老桂看著，一直沒說話。孫利穿好了衣服，老桂轉身要走時，李胖子從大屋出來了，站在走廊上隔著大雨對老桂喊著。桂翻譯用韓語跟他交談了起來。大家看著他們談話，從他們「孫，孫」的談話中，大家知道又有問題了。

他們說完話，李胖子進大屋去，老桂轉過身來。大家問：

「李翻譯說什麼？」

桂翻譯猶豫了一下說：

「支隊長說，孫利不行。」

「孫利也不行！」

孫利聽了兩眼發直，呆了。

大家望望老桂，又看看孫利，看他穿得漂漂亮亮，巴巴實實，臉上顯露出那種哭笑不得的窘態，爆起了大笑，笑得彎腰哈背。孫利氣火的噘著嘴嘀咕著：「格老子，我不去，我不去，你們要我的寶……我不去，龜兒子……」

他一邊說，一邊脫掉衣服，踢抖著雙腿，褪下褲子。

陳炎光氣憤的說：

「桂翻譯，這到底什麼意思？要叫我們選，又說要年輕的，難道孫利不夠年輕？」

「是呀，我們選出來你們又不滿意，要換人。」陳希忠說：「那乾脆你們叫好了。」

老桂拖拉了一陣，稍頓，囁嚅的說：

「支隊長的意思是，是……」他掃視了大家一匝，然後把視線停留在伍浩身上。「是叫伍浩去。」

大家都怔住了。其實開頭叫伍浩去大家都不會想到嚴重去，而且前天所長已說過要我們去春川度假。可是，老桂偏偏拐彎抹角的先叫我們選，選了又換人，最後要叫伍浩去，伍浩又是他們眼中釘。這場大雨猶未停，山洪爆發淹沒了山底下的公路，怎麼能去後方？這一切原因湊在一起，難免使大家心生疑慮。

伍浩腳對舖上「砰」的一踹：「把我看做什麼人？」便翻轉身，臉朝裡去。

桂翻譯和顏悅色的說：

「伍，去吧！不要耍孩子氣。」

伍浩根本不理睬。老桂站在門口細踏著腳，要想說什麼又沒說出，雨水打濕了他下半截褲管。過一會，他一聲不響的走了。大家看著他進了大屋，陳希忠低聲的說：

「怪，雨下這麼大，叫我們去度假。」

「是啊，我也是想。」孫利說。

「半點事沒有。」我說：「他們是討好我們。」

「討好？那下這麼大雨怎麼能去？」陳炎光旋過頭看了看伍浩，小聲的說。

「我看會不會……」孫利怯生生，吞吞吐吐的說：「也像那兩個女的，到山溝裡去？」

「不——會，你想到哪裡去了！他們對上級命令是絕對服從，而且所長、老桂前天就叫我們去春川度假，誰曉得今天下這麼大雨？沒事。我猜測這餿主意是老桂出的；他們搞女人是平常事，也以他們的心理來看待我們。支隊長對聯絡所情況不了解，完全給他們蒙蔽了。絕對沒事，不要想過頭了。」我說。

「我也是想，他們不敢。」許家榮搖下頭：「如果送到山溝裡去——」他輕聲的打個手勢。「前方OP老朴、老胡又是他們冤家對頭，如果給他們知道了，話傳到支隊長那裡，要殺頭的。」

「我也想不會，誰有這種狗膽？」陳希忠說，也想過來了。

「對，沒事我們就打牌。」陳炎光收攏牌，錯了幾下。「孫利。」他對孫利招下手：「你來這裡。」

孫利過去補了伍浩缺。

陳炎光牌沒分完，李胖子從大屋走出來了。

他兩手撐著雨衣遮著頭，走到小屋前，距門口四、五步遠立住，兇巴巴的叫著：

「伍浩，請你快點準備出發，這是支隊長命令，耽誤了誰也負不起責任。」

他說著轉身便走。許家榮摔下牌，衝著李胖子背後咒罵：

「×你娘，老子殺死你。你叫。」

陳希忠拉拉許家榮坐下：

「別理他，生什麼氣，打牌。」

伍浩唬的翻身起立，出小屋。雷聲已停，大雨依然下著不息。他橫過積水淹至腳背的小廣場，向山坡上小徑走去。我立刻拿了雨衣趕去，喊他。他走到了山坡頂停住，像尊石像的巍巍佇立著，一動也不動的望著山谷底下。山谷下汪洋一片，像座單調狹長的大湖泊。那條蜿蜒谷底的公路，已全被淹沒在黃洪裡不見了。幾輛從北漢江開回程的大卡車，被阻在山腳下動彈不得。

我急趨到伍浩跟前。他渾身被大雨淋透了，衣服濕漉漉的緊貼在身上。雨水涔涔了從他頭上、身上往下流。我替他披上雨衣，說：

「伍浩，你別想太多，不會的。」

「喝！你以爲我害怕？我諒他們也不敢。」

「那就去吧，到後方走走，也可紓解心中煩悶。」

「我不想，我擔心的是這些女孩。他們手段這麼卑鄙，恐怕這些女孩早晚要遭他們蹂躪。我問你，你是不是眞心不走？」

「我不是對你說了嗎？我不會逃亡去找美軍的。」

「我希望你不要辜負大伊對你的感情。」

「我知道，我不會走。」我堅決的說：「現在華僑工作人員確定要來，而且由我負責訓練他們。我打算他們來後，託他們送信到漢城大使館，請大使館救援我們。」

「那我們走後女孩呢？怎麼辦？」

「我們走了，支隊部一定也會把女孩送回漢城難民收容所；假使我們不走，女孩永遠也走不了，那說不定也像前幾天深夜，把她們叫出去的事又會發生。」

「先要求將女孩送走，」伍浩說：「他們不接受，再想法子。」

「是的，當然。」

「那我就放心了。大老陳這個人你不要理他。他自己不去敵後找老美，叫你去，什麼東西！」

「你不要太責怪他，人到中年想得多，身體狀況差，趕著時間做事，變得自私現實是人之常情。共產黨不是說三十歲以上的人不可與談革命嗎？他現在已四十出頭了。回去吧，雨這麼大。」

回到小屋，伍浩脫掉濕衣服踢在一邊，換上乾的。換了，向舖上一躍，躺了下去，嘴裡快活的哼著那首他最拿手最愛唱的，叫做「交換」的流行歌曲：「月兒照在花上，人兒坐在花樹旁，你教我書，我教你畫，我報答你的是歌唱！作書作畫是你強，唱起歌來我嘹亮……」伍浩歌聲優美，這些女孩來時，他唱得更勤，後來少唱了，不唱了。現在大家又聽到了他歌聲，也都感染到他的快樂。

下午二時左右，雨停了。這場大雨足足下了一個半小時，大量的山洪從山巔奔流而下，沖刷得山野乾乾淨淨，一塵不染。陽光和爽的照射在大地上，顯得分外明亮，叫人感到十分清醒舒暢。雨停後不久，前方OP一個兵士牽著牲口來取寄存在聯絡所的乾糧。他把卡賓槍彈夾卸下，空槍丟在小屋門口旁，人到大屋去。

陳炎光打了一個多小時的牌，臀部坐膩了；他伸一下懶腰，頭向外看看天，又看看門口的卡賓槍。「不打了。」他丟下牌，隨手揀了舖上兩顆作籌碼用的卡賓槍子彈，拿了那支卡賓槍到大屋後面的山坡上打靶去。

我也拿了一顆子彈和他一起去。

到了後山坡，陳炎光揀了一粒小石子，扔到三、四十公尺外；然後拉開機槍，塡上子彈，舉槍瞄準。瞄了好半天，扣動板機，槍沒有響。

「咦，怎麼不響？有鬼？」他疑惑的叫。

「是你子彈沒有裝上定位，要用力推。」我說。

他拉開槍機，退出子彈，重新裝上；嘩啦的槍機一推，又瞄準。「砰」的一聲，那粒石子顫動了一下，沒有打到。

「給我來一下。」我說。

「哼，我都打不到，你有辦法？好吧，給你。」他把槍丟給我。

我接過手，上子彈，舉槍、瞄準、擊發。槍聲一響，前面那顆目的物不見了。

陳炎光翹起大拇指說：

「好槍法，好槍法！」

但他不服氣：

「來，我再來一下，我就不相信。」

我將槍交給他，站在他旁邊一塊大石頭上看。

就在這當兒，伍浩走來了。

他手裡拿著一顆卡賓槍子彈，敲打著左手心，一壁走，一壁搖晃著頭，笑嘻嘻的說：

「也給我來一下，也給我來一下……」

陳炎光回頭看是伍浩，也許由於上午他和伍浩吵了一架，現在所長、老桂又逼著他去春川，心裡一直不高興，所以陳炎光體伍浩的意，說：

「好的，你先來。」把槍遞給他。

伍浩一接過槍，很快的拉開機槍裝上子彈，沒關保險，便把槍口倒了過來，對準心口。我明白是怎麼回事，迅速的從大石頭上跳下去，推開槍管。唉！一切都太晚了，子彈從他的上腹部穿過，打透了我左手袖管。他的身子從我雙手裡滑了下來。

霎時，我像觸電了似的，頭腦一片空白，眼睛發黑，爆起無數金光。耳朵嗚嗚作響。我彷彿看到許多影子在我眼前晃來晃去的穿梭，奔跑；彷彿聽到悽愴的慘叫，哭號……

不知過了多長時間，我神智才甦醒過來。四周已恢復平靜。地上流著一灘血。

我拖著沈重的腳步向小廣場走回，聽到陳炎光躺在小屋內舖上，輾轉反側，搥胸慟哭：「……伍浩呀！是我害了你呀！我對不起你，我該死……」伍浩已被抬到廚房邊的那間圓形尖頂小空屋茅房內。在小廣場的一角，陳希忠、孫利和所長扭在地上，搶奪他手裡的手槍。所長氣急敗壞的嚷著：「你們放開我，放開我，我要他大大的死……」桂翻譯拉扯著陳希忠和孫利，說：「你們不要管，放開手，給他死……」

那個取乾糧的兵士，像隻木雞似的站在一旁流眼淚。

桂翻譯拉了陳希忠、孫利幾下，放手了，走到那個倒楣的取乾糧兵士跟前，拍、拍、拍……的連摑了他十幾下耳光，打得他鼻孔、嘴巴流血。兵士立正站著，一動也不動，像根樹樁。

陳希忠和孫利用韓語對他叫喊：

「巴利卡，巴利卡……」（韓語「快跑」的意思。）

這一提醒，兵士才拔腿開跑。跑了幾步，忘了帶槍，又跑回大屋走廊上取了槍，沒命的往山底下跑去。

等兵士跑遠了，孫利和陳希忠才放手。所長臉色鐵青，喘著氣。

「他找那把刺刀，問我刺刀哪裡去了，我就知道要出事了。」孫利對我說。

「混帳！你爲什麼不早說？」陳希忠訓斥他。

我向小茅屋走去，心臟不停的收縮。許家榮木然的立在小茅屋門口，手對我朝裡指了指。衛生兵手執空針筒從小茅屋出來，向我搖搖手說：

「大大的不好了。」他是替伍浩注射鎮痛劑的。

小茅屋內圍滿女孩，她們見我來，讓開了路。伍浩臉色蒼白的躺在木板上，兩眼微閉。小伊伊偎在他身旁，淚眼汪汪的握住伍浩的手。

我走到他跟前，蹲下。他心神清醒的張開眼，露出一條縫。

「北山，你來了，正好……」他蠕動著嘴脣，聲音微弱的，緩緩的說：「我正等著你，有，有話對你說……」

我輕輕的撫著他冰冷的手，極力的轉動眼珠，不讓淚水流出。

「你，你一定要，要留下……救她們，不，不能走，北山……答，答應我……」他悽楚的說。

我心宰割的痛苦。

「你放心，我不會走的。」我壓抑著悲痛說：「立刻送你到後方醫院去，很快會好的。」

「不，不……我自己明白……北山，這是我對你的希望……救，救她們……」他一字一句吃力的說。

「我會的，你放心！」

「還，還有，有機會回中國，你，你到貴州，三穗……我，我的老家……把我的事情……告訴……我父母……讓老人家，對，對我死了這條心……免得……老惦念著我……」他手一鬆，兩眼閉上。

我按著他的手腕，他的脈搏，從六十幾徐徐的直線下降。

到了深夜十二時，伍浩嚥下最後一口氣走了。他閉著眼睛嘴脣，臉上沒有痛苦的扭曲，走得非常安詳勇敢。

爲了救女孩，他說願付出生命，沒想到他眞的做了。

翌日清晨，桂翻譯叫我和陳炎光到大屋商量料理伍浩後事——在戰地，一般都是就地掩埋。所長難過的說，這完全是誤會，事情過後，他將自請上級處分。僅僅一夜之間，他兩眼下陷無神，面容憔悴，判若兩人。

吃過早飯，我和陳炎光到風山里後山看墳地。我們在風山里山峰右側半山，找了一塊砲彈打不到，工事挖不到，昇平時莊稼損壞不到的平坦地形。土層厚實，坡度平緩，無虞雨水山洪沖蝕。太陽正從風山里山峰冉冉升起。陳炎光背對著太陽，用手杖指著前方方向，聲音沙啞的說：

「北山，朝這個方向，西方，前面就是中國。」

聽到「中國」，猶如母親的溫馨，無盡的滿腹辛酸，陣陣翻騰。誰知道我們爲了逃避迫害、奴役，跋涉千山萬水，冒死槍林彈雨，投奔自由，而得到的竟是泡影、毀滅！如今，踏在腳底下的這塊異國黃土，卻是難友埋骨之地！想至此，不禁熱淚奪眶而出。

陳希忠、許家榮、許志斌、孫利也來了。他們扛著工具、木板、毯子、棉被等來。大家動手挖掘礦穴。挖好了，用板塊在礦內四壁隔起，舖上毯子棉被，算是永遠的歸宿了。

一切準備就緒後，葬禮在準十時舉行了。

大家集合在小廣場上。所裡的韓軍人員，排在前列。後排是女孩，她們今天穿著一式的白色衫裙、白襪、白膠鞋，更增添了哀傷凄涼的氣氛。伍浩遺體覆蓋著李以文用白布、紅、藍墨水趕製的中華民國和大韓民國國旗。桂翻譯擔任司儀，他大聲喊著：

「伍君告別式典禮開始。」

「向伍君默哀一分鐘。」

大家垂下頭。後排的女孩嗚咽的哭泣了起來。

「默哀畢。」

「啓靈。」

桂翻譯從左脅下拔出手槍，向空「砰、砰、砰」打了三響。

我們人便抬著伍浩遺體徐緩前行，所長等以及女孩跟隨後面。

到達墳地，大家舁起伍浩遺體放進礦穴內，蓋上毯子棉被，伏土。女孩們放聲痛哭。小伊哭成了淚人兒的癱軟無法站立，大金和韓淑子攙扶著她。陳炎光慟哭得老淚縱橫。所長和桂翻譯、李以文、李胖子眼眶也都紅紅的。伏土沒一半，所長和桂翻譯、李胖子在墳前站成一列，向礦穴內伍浩遺體行三鞠躬後，先行離去。

黃土推起了三尺高，在墳頭前豎立起一塊巨大岩石作墓碑。然後，大家各折一枝松枝插在墳上，便下山去。

28

伍浩一死，揭穿了聯絡所的黑暗內幕，支隊長大為光火。那天我們從墳地下來時，所長已被調走了。他們先我們下山，就是要避開我們，以免尷尬。女孩都被叫到山腳下去，支隊部派副支隊長來調查，問大金和大朴、韓淑子她們，十多天前的那晚是不是被叫出去，誰來叫；問小伊，伍浩自殺原因；詢問她們每個人，所裡其他人員有沒有騷擾她們，與中國人「親近」過沒有等。此外，還問一個教她們臉紅難以回答的問題：為什麼不做「那種事」？唉！她們不應該留在這種地方。這次不幸事件發生後，我們希望支隊長能改變他的主意，送走她們，送她們回漢城難民收容所去。

第二天早晨，老桂和李胖子一起來就打背包，大概也要調走了。他們一早就待在大屋內，沒有露面。

九時左右，前方OP的朴翻譯和胡銘新回來了。他們背著背包槍，頂著大太陽，一步步的向山坡上蹬著，雖然天氣酷熱，但走得非常有勁。大家站立在小廣場前沿歡迎。朴翻譯和胡銘新頭仰得高高的，老遠的就對我們揮手叫嚷著：

「陳老大哥好，王好！」

「小老陳，兩位許，你們好！」

「孫利，小包好！」

他們一個個的打招呼，禮貌十分周到，可看出他們內心的喜悅。

上了小廣場，大家趨前握手寒暄。陳炎光親切的對朴翻譯問：

「你們這次回來，還去不去前方OP？」

「不去了，我們是調回來的。」朴翻譯說。

「我們是奉支隊長之命回來的。」胡銘新得意的說。

朴翻譯握著我和陳炎光的手說：

「伍浩怎麼想不開！唉！我聽前方OP那個兵士回去說了，心裡好難過！」

「是呀！我不知道流了多少眼淚，哭呀！傷心的哭呀！」胡銘新也說，手抹抹額頭和眼眶，真像淚水要流出來的樣子。

「他非常勇敢，為了救這些女孩寧願犧牲自己生命。」陳炎光說。

朴翻譯搖頭嘆息著：「咳！太可惜，年紀輕輕的，這麼好的人——」他向前揮一下手。大家回頭看，見老桂和李胖子站在大屋門口內，向朴翻譯和胡銘新招呼。「我們等會慢慢聊。」朴翻譯說，便和胡銘新進大屋去。

一刻鐘後，老桂和李胖子提著背包出來，朴翻譯和胡銘新、李以文、衛生兵跟隨後面送他們。「陳老大哥、王、許，各位再見！」桂翻譯向小屋裡的我們人揮揮手。

我和陳希忠、孫利、許家榮、許志斌、小包立刻出小屋送行。陳炎光只搖下手坐著不動，沒出來。他擺出這種冷淡態度，是要表現給老桂的冤家老朴看的。前回老朴調走時，陳炎光也用同樣態度對待他，現在不過角色倒過來而已。

等著桂翻譯和李胖子下山坡走遠了，大夥兒和朴翻譯、胡銘新都到小屋來。陳炎光馬上起身笑笑的迎接：

「進來坐，進來坐！」

「我看看。」朴翻譯說，進屋來，仔細的上上下下察看著。

「新所長什麼時候會來？」陳炎光問。

「現在還不知道。」

「那怎麼可以，沒人指揮。」陳炎光說。

「沒辦法嘛，發生這麼大事情。」朴翻譯翻開一疊毯子看了看。「天氣涼了，你們晚上蓋一條毯子冷不冷？」

「不，不，一條毯子就夠了。」陳炎光說。

「需要的話，可請胡翻譯向支隊部要去。」

「沒問題，我去拿，嘿，嘿！」胡銘新說。

「最好新的撲克牌找一兩副來。」孫利說。

「玩刮鼻子的，也不是賭錢，要新的做什麼？」陳炎光說。

「沒關係，沒關係，你們有什麼問題儘量提出。」朴翻譯說，現在他取代了老桂在聯絡所的地位，所以必須說些我們生活上實質的問題，這樣才符合他的身分，也表示對我們的關切。

「對，有話快說，嘿，嘿，嘿！」胡銘新說。

「沒什麼。」陳炎光半垂著眼瞼，好像在神前禱告似的說：「現在事情過去了，今後大家要好好的幹。」

「好，你們休息。王，我們到那邊看看。」朴翻譯拉著我的袖了，向廚房去。

陳炎光連忙下舖，趿上鞋說：「我和你去，我和你去。」許家榮、陳希忠、孫利、許志斌等，一起也跟著來。

女孩見朴翻譯來，都放下手裡事情，恭敬的向他行個鞠躬禮。朴翻譯謙和的說：

「妳們忙，不要客氣。」

胡銘新指著大金叫：

「老孫，進行得怎麼樣？有沒有希望？」

「噢！給打疼了，好厲害，母老虎！」孫利笑嘻嘻的，靦腆的搓著手。

胡銘新拍拍胸脯說：

「沒關係，包在我身上，準你成功，嘿，嘿！」

大金兩隻大大的眼睛翻著，不慍不怒。朴翻譯嚴肅的說：

「老胡，你要介紹就正經的介紹，不能開玩笑。」

「嘿，嘿，是的，是的！」

朴翻譯進臥室，到兩間房間看去。陳炎光也跟著進去。朴翻譯看了看又回廚房來，陳炎光也跟了出來。朴翻譯走到方桌前看女孩用她們白嫩的纖手，剝她們從山野採回來的野菜。陳炎光說：

「朴翻譯，是不是請上級補給些青菜來？」

「青菜從後方運來很困難，到達時都腐爛掉了。」朴翻譯說，眼睛溜來溜去打量每一個女孩，然後，他走到大伊跟前。她站了起來。

「大伊，妳和大家說，今後不會再發生不合理的事情，叫大家安心工作。」

大伊「嗯」的點下頭。

「妳看，王這兩三天來也瘦了。」朴翻譯指了指我。

這使我太感意外，措手不及，一時不知如何應付。過去老朴見我們人和女孩處在一起，總是酸溜溜的，還要說些諷刺難聽的話。

大伊瞟了我一眼，低下頭，兩頰泛起紅暈。

陳炎光的臉色，變得苦澀。在這一刻，他似乎看出老朴拉得我很緊，甩開他了。我也覺察得到。這不是老朴因爲在後洞打我黑槍，與過去對我不友善，希望我能對他諒解，或給我補償，而是利害關係。老朴和老桂、陳炎光都是同一種類型人物：世故、狡詐、現實、自私。過去老朴和陳炎光走得熱絡，彼此拉攏造勢，各有目的。現在所長調換了，老朴必須協助新所長做好敵後工作，至少今後工作成果不能落到前所長之後，否則，將影響他的「功績」。而陳炎光就怕去工作，已不再去工作，支隊長對他又毫無信心，所以老朴對陳炎光的冷淡，是必然的。

不過，這並不是說老朴願意替我們撮合女孩，假使他知道女孩對我們的感情，他馬上會換成另一副嘴臉的。老朴爲人比老桂、李胖子更毒、更壞，醋意更大。

他們在廚房待一會，便回大屋。陳炎光也跟了去。

快到吃午飯時，陳炎光才回小屋來。他一言不發的，盤腿悶坐在舖上；坐一會兒，不耐煩的摸出一根煙燃上，邊吸，邊沒頭沒腦的嘀咕著：

「哼，會做得好？能力在哪裡？魄力在哪裡？都是一群草包飯桶……說他又不聽……」

聽他的口氣，可能是在大屋又胡吹什麼，老朴不理睬他，才這麼不高興。

吃了午飯，陳炎光沒休息，拿撲克牌玩開「金山」。

我睡午覺去。

醒來時，已兩點多了。陳炎光一個人孤獨的坐在舖上定定的凝思著，樣子顯得很懊惱、沮喪。

「新所長來了。」他咕噥了一聲，好像說給自己聽。

「是哪位？」我問。

「姓李，大約三十來歲，人看滿忠厚老實，這種人倒不好說話。」他中午不休息，就是爲了等新所長來，看到底是怎麼樣的人。他對新所長人選非常重視。

「這次發生這麼大事情，支隊長派人一定特別愼重。」我說：「是從支部隊調來的？」支隊部人事我很熟。

「你去看吧，他可能認識你。」陳炎光說：「他一來就到各房間走一遍。你在睡午覺，我要叫醒你，他說不要。」

我起立出小屋，到小廣場向大屋裡望去。所長和朴翻譯他們正在開會。所長坐裡朝外正好也看到了我，他立即到門口來向我打招呼：

「王，你好。」

「所長好。」我上走廊和他握手。

「進來坐坐的好？」他說著生硬的中國話。

我說：「謝謝，所長忙，等會見。」

「好的，好的，等會大大的見。」他又回到座位去。

我回小屋，陳炎光說：

「我看你和他很熟。」

「我剛過來時，他常找我教中國話。他戰前是漢城一所中學教師。」

「我聽老胡說，今晚要開會，有什麼好開的，還不是要工作。」

「他們的目的，就是希望我們工作。」

半小時後，朴翻譯和胡銘新站在走廊上叫大家開會。我去廚房那邊房間幫他們叫陳希忠、許志斌、小包等人。

進了大屋，朴翻譯殷勤的招呼大家找位子坐下。我們人坐成一列隔著茶几面向所長。所長右旁坐著朴翻譯，左邊是李以文。胡銘新開啤酒，在每人面前各放一罐。

啤酒擺上了，所長中規中矩的伸了下手：

「大家大大的請，不要客氣。」

大家沒動，所長又請一次，大家拘謹的拿起罐子喝。陳炎光一飲而盡，小包的那罐馬上遞了過去。他向小包點下頭，笑了笑。

所長啜了一口啤酒，低下頭，看著手裡名冊。

看了看，他仰起臉把視線調在我身上：

「王，我早早的見過。」

接著，他又看下去，每叫一個名字，朴翻譯便馬上詳細的替他介紹，他便點點頭，或說：「好」，「謝謝」。叫到了小包，他問：

「你的幾歲？」

小包交叉雙手食指，又伸出五個手指頭。

「十五歲。」朴翻譯說。

所長感到驚訝，但沒再問。他也許覺得問下去，將會影響到工作與情緒。他看完了名冊，放在茶几上，拿起記事本翻到了一頁，指給朴翻譯看，並用韓語說了幾句。朴翻譯連忙直著身子，恭敬的說：「尼，尼……」（韓語：「是，是……」的意思。）而後接過本子，用生動感性的聲調念著：

「各位中國同志：數個月來，各位深入敵後，冒險犯難，辛苦工作，替我們大韓民國軍，蒐集到了許多寶貴的情報資料，成果豐碩。各位的英勇表現與偉大貢獻，我們深表敬佩與感激。這次伍君不幸事件，支隊長和全體同仁，都痛心萬分。現在事情已經過去，希望各位對這次不幸，能夠諒解與忘記。中韓一家，脣齒相依，讓我們再攜手合作，並肩作戰，消滅我們共同的敵人——共產黨，爭取最後勝利！」他宣讀至此，接著，便宣佈了支隊長交代下來的兩項指示：

「支隊長指示：

「第一，對於工作，希望各位繼續做下去，並發揚以往英勇，果敢精神，創造出更輝煌戰果。

「第二，對於女孩，我們所裡人員絕不過問，也不干涉。支隊長和所長都希望各位在所裡生活得愉快、滿意。」

朴翻譯念畢，雙手捧著本子，交還所長。

我們的希望——送女孩回漢城難民收容所，和做完三次工作後讓我們走——全落空了。他們不會放人，放走我們和女孩。

所長笑笑的舉起罐子和大家乾杯。我想他們應該會徵詢我們有沒有意見吧，但沒有。

一分鐘後，所長說：

「現在大家大大的休息。」

李以文立刻說明：

「所長是說從今天起，大家有一個星期的休假，休假結束後開始工作。」

「現在大家如果願意的話，可輪流到春川度假。」朴翻譯說。

「我們不去。這次就是叫我們去春川度假，才出了這麼大事情。」許家榮說：「我們也不要任何女人，我們希望將這些女孩都送走，送回漢城去。」他趁機提出。

「這是支隊長命令，要留下。」朴翻譯說。

「請所長向支隊長再請求看。」陳希忠說。

朴翻譯向所長請示，所長搖搖頭說：

「不，不，這是支隊長大大『慰勞』大家的，要大家大大的快樂。」

他們不可能改變他們的決定，改變我們和女孩的命運。

會場氣氛冷淡僵硬，大家垂著頭，沒人作聲。所長有些不自在的樣子。他性格方正，又不喜歡客套話，要說的話又都說了。他收起記事本，向朴翻譯打個手勢。朴翻譯便宣佈：

「好了，會就開到這裡，散會。」

回到小屋，大家沈默著，沒人表示意見，沒人說話。許家榮蹙著眉頭，唉聲嘆氣。孫利笑嘻嘻的。陳炎光憂愁的坐在舖上，猛吸著煙。其實大家心裡明白提什麼意見都沒用，壓根兒工作還是要做的，不會讓我們走。而大家心裡又各有各的打算，各的想法。

陳炎光因爲換了所長，他必須託李以文向新所長請求准許他不去工作，所以他開會時沒提出任何意見爲難新所長。

許家榮要等韓淑子離開L支隊回漢城收容所了，才放心逃亡找美軍。

孫利呢，還想打大金主意。

陳希忠膽子小，希望別人去逃亡，救他出L師團。

許志斌和小包沒有主見，跟著大家走。

我是下定決心要逃亡，沒別的選擇了。我們不走，支隊部也不會將女孩送走，大家都走不了。支隊長雖然承諾把我報到大使館去，將來送我去台灣，但我們人和女孩呢？我不能不顧他們的死活，她們的命運，滿足自己一人的自私。何況將來還有打不完的仗等著我，大伊跟我不會幸福的。伍浩說將來環境許可，可將感情再發展下去，我不存此幻想了。他臨終囑咐我不要去逃亡，要留下救女孩；現在我只有逃亡，才能救她們。我沒有背棄亡友的託付，伍浩泉下有知，應該諒解、欣慰！

大夥兒悶坐了一晌，孫利掏出撲克牌來：

「打牌，管他的。」大家又玩了起來。

29

由於所長的鼓勵，孫利在休假的第一夜，就溜到隔壁女孩房間睡去。他赤著上身，只穿褲叉鑽進大金的毯子裡去。聽說大金防禦工事做得十分堅固，穿雙重褲子，腰間連紮兩道褲腰帶，外加罩上一件衫連裙。他們倆拉拉扯扯，打打鬧鬧，吵得大家不得安寧。睡到半夜，毯子全給大金裹了去，冷得他又跑回自己房間來。

孫利想要做「那種事」當然不可能，房間裡睡那麼多人，怎能得逞？他也不是全為了「那種事」

而去。他就是有種怪癖：喜歡逗弄女孩，逗得她們笑了，高興了，他挨了大金絞擰、搥打，他也高興了。

每晚他都要到隔壁房間「鬧房」一番，然後悄悄的回自己房間來，好像要這麼鬧一鬧，才睡得著覺。

支隊部送來一副新撲克牌，和一副象棋供我們消遣。大夥兒有空就打打牌，玩翻棋子遊戲，或睡懶覺。不過近來大家對打牌、玩棋子都不大感興趣，做什麼都乏味、不起勁。休假有更多的空閒，沒事做，沒有希望，大家精神更苦悶，情緒更低落。

老朴的狐狸尾巴，又露出來了。他一回聯絡所，就注意著女孩的感情。起初，他還常在女孩面前灑脫大方的替我們說些「好話」，好像很願意幫我們忙似的，也顯得他會做人；對女孩也和顏悅色，有時還伸手捏捏她們臉蛋，拍拍她們肩膀什麼的，愛護她們。像他這種不知良心道德爲何物的人，不理解我們爲什麼要求送走女孩，也許他認爲是女孩對我們冷淡了，或者是因爲伍浩的自殺，給了我們慘痛教訓，提不起興趣。但當他從許家榮和韓淑子的感情，看出了蹊蹺，他馬上在意了。他立刻施展手腕：不再在女孩面前替我們「美言」了；對女孩那種和藹可親的嘴臉，也變得兇巴巴的；在所長面前絕口不提女孩，怕引起「催化」作用。不過，他沒像過去那種大膽的攪局，不敢。我們也虛與笑臉的應付，保持浮面的和氣。這種小人不可得罪。

休假的第三天，所長見我們精神萎靡，士氣不振，便規定了功課給我們做：一是朝會，二是學習韓語會話。

朝會是在早晨盥洗完畢後舉行，大家集合在小廣場上，先唱大韓民國國歌，再唱中華民國國歌，而後每人朝自己故鄉方向行個鞠躬禮，而後精神講話。精神講話，所長很少訓示，和大家問個「早安」，揮揮手便解散了。這儀式雖然簡單，但意義重大，表示勿「忘本」與懷念之意，是韓軍部隊每日必定要做的一種精神教育。

學韓語會話，是由朴翻譯和胡銘新負責教學，和過去一樣，大家圍坐在大屋內，把要學的話寫在本子上，再注上中國字的音，反覆的練習。每天上下午各一節，每節一小時。所長也參加學習，他向我們學中國話。

學會話，只是減少我們苦悶與無聊的時間。

過一天，支隊部送來了一隻大黃牛犒賞我們。牛兒高大肥美，皮毛發亮，是隻拉車的牲畜。但沒人宰殺。陳希忠和許家榮沒興頭，他們說牛肉吃怕了。孫利要向大金表示心腸軟，不願下手。許志斌和小包手腳笨。大家推來推去沒人操刀，我性急，看不慣裝模作樣，說：

「好了，給我來！不過我把牛放倒後，一切善後都是你們的。」

「好的，好的，沒問題。」他們叫著。

我說：「拿斧頭來。」

小包馬上跑進廚房去，摸了那把劈柴的大斧頭出來給我。

「拿一件衣服來。」

「殺牛也用得著衣服？」

「快！」我吆喝著，眼梢撩了下站立在廚房門口的女孩，她們一個個好像連一口粗氣都不敢出。大伊眉心糾結，怒目直瞪著我。我裝著沒看到，不理睬她。

陳炎光叫小包拿衣服去。小包又跑進屋去，拿了一件老百姓的舊衣服給我。

我把牛牽到小屋旁的大岩石前。我登上大岩石，居高臨下，收緊栓牛繩子，把牛頭擱在岩石上；然後，將衣服蓋住牛頭，又溜了一下大伊。她別開臉，不看我，不望這邊來。我摸摸牛頭凸起的部位，掄起斧頭使勁的敲下去。牛兒四腿蹣跚幾步，「唔唔」的叫了兩聲，嘴角流出少量血水，龐大身軀搖搖擺擺，「嘭」的倒了下去。

女孩們嚇得掩住眼睛不敢看，有的伸舌頭。

我跳下大岩石，斧頭往地上一摔，說：

「沒有我的事了，你們來吧！」

陳希忠和孫利、許志斌、許家榮立即動手，東劃一刀，西割一塊，亂七八糟，毫無章法。叫叫嚷嚷，笨手笨腳。幾個人的工作量，比不過殺馬的孫大田一人乾淨俐落。

我去廚房洗手，大伊跟了進來，一臉不高興的說：

「你爲什麼做這種事？」

「我不來，總得有人下手的。這也不是壞事。」

她白我一眼，悶不作聲。

好事壞事有的就沒有一定標準，有時連眞理也不是永恆，生這麼大氣！

休假的第四、五天，屋主老頭病死了，聯絡所自伍浩自殺後又辦喪事。

屋主老頭是在十多天前生病的。他們埋在地底的糧食早已吃完，三餐全由聯絡所供給。大約在三、四天前的大清早，老頭孫媳婦「離家出走」下山去，給許家榮和小包看到了，他們趕緊跑回廚房大聲的叫嚷著：

「不得了！老頭孫媳婦丟下老頭不管，跑啦！……」

大家立刻到山坡上去，見山坡右側的澗旁小徑上，那個小女人——老頭孫媳婦——正向山腳下去，頭上頂著一個包袱。大朴和大伊、大金馬上追去，叫喊她，強拉她回來。她咿咿呀呀的坐在屋前石階上哭。韓淑子替我們翻譯說，因爲她公公生病，半夜常夢魘看到她丈夫、伯叔回來，渾身是血，所以她害怕不敢待下去。她們勸她不能走，要留下照顧她公公。今早大朴和通通包送飯去時，才知道老頭昨晚深夜走了。

朴翻譯叫住半山坡下的那個老百姓掩埋老頭，大家也都去幫忙。老頭屍體蓋著棉被，只露出小腿下半截。小女人趴在屋子前石階上痛哭。大朴也傷心的流淚。

「大朴是老頭親戚。」小金說。

「她是這裡人？」

「大朴和大金，通通包家都在這裡附近。」

那個老百姓扛著鋤頭上來了。他先在屋子周遭看了看，就在屋旁空地上挖坑。挖到半人深，他丟下鋤頭，進屋裡掀開蓋屍體的棉被攤平在炕上，便向我們招手。陳希忠稍猶豫下先進去。我和孫利、許家榮也跟著進去。老頭屍體硬挺挺像副乾柴似的躺著，兩眼往上吊，下巴頦朝天。滿屋子充斥著濃重的尿臊臭。老百姓向我們打個手勢。大家便彎下身，抬起屍體放在棉被上，再揪住棉被四角往外抬，輕飄飄的。抬到了礦坑，將屍體連棉被一起放進礦穴內，把兩邊多餘的棉被蓋上去，蓋住了整個屍體。那個百姓便抄起鋤頭伏土，不一會功夫，堆起了一座大墳包，算是功德圓滿了。

小女人在她公公墳前又哭了一陣，磕了頭，拎著小包袱下山去，走了。

接著，休假結束的那天，聯絡所人事又有了變動。留守春川後方支隊部的副支隊長，調到濟州島訓練新兵去。濟州島是韓軍新兵搖籃。李以文是副支隊長人，所以也被帶了去。大家對李以文被調走都很難捨；他能替我們說話，透露消息給我們，讓我們有所憑藉。陳炎光和我、孫利向所長請求挽留，但沒留住。李以文走後，工作又開始了，這次被派遣出去的又是陳希忠，許志斌搭配他去。

30

午飯後，我便休息去。下過幾陣秋雨，天氣逐漸的轉涼。

躺在舖上，我又思考著逃亡，計畫著逃亡。

這回陳希忠和許志斌工作回來後，能派遣出去的只有許家榮和孫利了，小包僅能當配角，陳炎光不去工作。孫利還死纏著大金，不會跟我去找美軍的。許家榮已下定決心逃亡了。幾天來他見新所長爲人正派，沒人敢動女孩念頭、韓淑子念頭，他可以放心走了。如果逃亡成功，聯絡所關門，韓淑子就可以回到漢城難民收容所去。不走，他擔心假使人事變動，所長被調走，又來個像以前那樣所長，還會出事。他說派他去工作，他就找我搭配。近幾個星期來，大家情緒低落，沒蒐集到好情報，陳希忠做的又是假情報，支隊長和所長一定會准許我去的。

逃亡路線，照前計畫的路線走，不過稍有修正：到達金城江後不過江，沿江邊小徑行進。江這邊是死角地帶，沒有共軍活動，不會遭遇共軍。如果中途小徑無法通達，或沒有路了，可下江邊走。過松洞里口後，江水枯淺——只有膝蓋以下深——江邊鵝卵石河灘可通行無阻。夜間行動，避免被對岸共軍發現。到達西大登里對岸美軍作戰區後，等天亮找美軍陣地投誠，安全絕無問題。

老朴，看樣子對我們滿信任，沒懷疑到我們逃亡企圖。這些天來，他老是緊張兮兮的擔心著陳希忠和許志斌他們回不來，又擔心回來沒蒐集到好情報，好收穫，患得患失。他的確責任心強，認眞負責。另方面，因爲新所長不懂情報，情報工作全由老朴負責，更加重了他的責任與心理壓力。其實，老朴擔心陳希忠他們回不來是多餘的；陳希忠告訴我他們不會過去，和前次一樣，躲在山溝裡睡幾天大覺回來報告假情報了事。今後我們出去工作可能都如此，大家心照不宣，不說出來罷了。這種工作不斷做下去，結局是死亡，誰會那麼傻，乖乖的去替他們賣命？他們想得太天眞！

讓他們去希望，去期待吧！就像抱著億萬年的恐龍化石蛋，永遠也孵化不出希望來！

想著，想著，正睡著，小包來把我和陳炎光叫醒：

「孫利說去不去採野菜。」

「有誰去？」陳炎光問。

「幾個女孩都去。」

「去，去。待在屋裡悶死了。」陳炎光說，起身穿鞋，見我坐著不動，問：「你去不？」

「我睡覺。」我說。

陳炎光和小包走了。

我背靠著壁，望著他們從廚房出來，向山坡那邊去。孫利扛著鋤頭，小包提筐。到了山坡頂，他們一列排開，一個個彎下身子找尋野菜。女孩們穿著白色衫裙，襯托在一片綠野裡，陽光下，閃亮閃亮的，彷彿一幅美麗歡樂的畫面。

半晌，他們漸漸的往後山移去，走出了我的視線，我又躺下去睡。

才闔上眼，驀然「喂」的有人對我大喊一聲。張開眼一看，原來是吳宗賢。

「你來玩啦！」

「怎麼？想不到吧，不歡迎？」吳宗賢笑嘻嘻的，兩手撫在門旁，伸進他那滿天星的痲子臉，對我晃了兩下，兩顆齙牙扣著下唇，口水要滴下來的樣子。

我馬上坐了起來。「哪裡，哪裡，歡迎都來不及。」

「我那裡好寂寞！你這裡好熱鬧，好像盤絲洞一樣，這麼多小姐，又漂亮，又多情！」他說，兩眼骨碌碌的對著滿屋打轉，又向外望望，「怎麼，還有人呢？」

「有的在睡覺，有的去採野菜。陳希忠和許志斌出去工作。」我說，打了下呵欠。

吳宗賢屬於共軍哪個單位我不清楚，他過來聯軍這邊比大家早。過來後，師團部把他留下做「喊話」工作，有戰事時到陣前，或坐小型飛機飛臨第一線上空喊話，絲毫沒有危險性。大約在兩三星期前，師團部有位翻譯帶他來聯絡所玩。他一看這裡這麼多女孩，一時心花怒放昏了頭，興奮的嚷著也要來參加工作。他的東北老鄉陳炎光，勸他千萬不要來，這裡是鬼門關，有進無出。大家有的善意也勸他別來；有的冷言冷語酸溜溜的，給他顏色看——吃醋了。我想他又是太寂寞了，來玩玩而已。

吳宗賢張望了一會，說到那邊看看，便向大屋去。他走到大屋前，一腳踏上石階，踮起腳尖往裡望了望，又退下來，進隔壁廚房去。我起身到門口門限坐下，睡意未消，用手搓搓臉。轉過頭，我見門旁放著一隻背包，可把我楞了下——他也來工作？

不一會，吳宗賢從廚房走出來了，到我跟前來，說：

「所長和朴翻譯他們都在午睡。許家榮一個人在廚房那邊房間睡。」

我問：「老吳，你拿背包來做什麼？也來工作？」

「怎麼？你們能做，我爲什麼不能做？」他嘻笑的說，在我身旁坐下。

「我不是這個意思，」我說：「我不過問問，是他們要你來，還是你自己要來？」

「當然是我自己請求來，難道是他們強迫我來？」

「唉！你眞糟！你不想想，我們人已經犧牲過半了，大家想走，他們都不讓我們走，你怎麼還鑽進來？」

「哈哈！你們吃西瓜講涼話！」他咧著嘴，響起輕薄的笑聲。「你們一個晚上抱幾個小姐睡覺，香噴噴，好痛快！現在玩膩啦？難道怕我來吃你們的醋？」

我誠懇而嚴肅的對他說：

「老吳，你說哪裡去了！我老實告訴你，對這些女孩，我們只有同情與關懷。伍浩自殺，並不是和前所長、翻譯他們爭風吃醋，而是爲了保護她們。她們都是良家女子，我們做的又是這種危險工作，最需要良心。如果做了虧心事，三更半夜，陰間地府，怎敢摸過封鎖線？怎敢和敵人做生死搏鬥？何況我們都想去台灣，碰了她們一根寒毛，你還想能夠離開這裡嗎？」我分析利害，說得十分現實。

吳宗賢聽了我一番話，心裡很不舒服。他不屑的瞄了我一眼，說：

「哎喲！我不過開開你玩笑，你把我的話當眞！現在我也告訴你。」他板下臉孔，正經八百的說：「我來這裡工作，最主要的是爲了『反共抗俄』。你想，要事都像你們這樣子只想逃，只想去台灣，叫誰去打共產黨？共產黨把大陸佔了，你們逃到南韓來；韓國再被共產黨佔了，你們逃到哪裡去？逃台灣？台灣也被共產黨佔了呢？反共戰爭沒有國家區分，共產黨都曉得聯合起來打我們，我們難道還分彼此？」

眞可笑！我好意勸他，他卻「你們」、「我們」的教訓了我一頓，道理也夠堂皇偉大。我沒露出惱色，保持和氣。但這倒使我對他有了更清楚的認識：這種人慾望強烈，頭腦愚蠢，什麼事都做得出來。不過，既然是他自己願意來，來意又這麼堅決，我也就沒話可說了。事實上，現在他想要離開這裡已不可能了。

「好吧，既來之則安之。」我說：「那你打算睡哪裡？」我回頭向小屋裡看了看。「現在這間屋子裡只睡我和大老陳兩個人，如果你也睡這裡，可睡伍浩或金昌煥的舖位。」但我把話說出來時，立刻感到太冒昧了。廚房那邊兩個房間，一間女孩睡，另一間是陳希忠和孫利、許家榮、許志斌、小包他們幾個人睡，雖然擠了些，吳宗賢還是喜歡那邊的。

他遲疑了一下，勉強的說：「好的，睡這裡。」便把背包拿進屋裡丟在舖上，出來又在我身旁石階坐下。他挨得我很近，可聞到他身上散發出的氣味。我看他眼睛溜來溜去，心神不定的樣子，腦子裡一定在想什麼，絕對有心事。

「他們去哪裡採野菜？」挨延了一會，他終於問了。

「大概在大屋後面山上。」

吳宗賢起身，走到廚房屋角向後山望去。兩三分鐘後，他回來說：

「是的，在後山上。陳老大哥、小包、孫利都在那裡。小姐有七個。那個梳兩條辮子，皮膚白白的，也在那裡。」

吳宗賢可說觀察入微，距離兩三百公尺也能看出「兩條辮子」、「白白皮膚」，可見他前次來就看上了韓淑子，所以才「自願」來工作。他現在是想從我嘴裡套出話來，了解情況。他耍這手腕，是逃不過我法眼的。

我故意不響，讓他發悶去。

「那個小姐叫什麼？」他憋不住開腔了。

「你說誰？」我裝迷糊。

「就是留兩條辮子，會說中國話的那個小姐。」

我要發笑出來，他連「會說中國話」也看得出來？

「哦，她叫韓淑子，北韓新義州人。」

「她怎麼會到這裡來？」

「戰爭嘛，沒辦法！」

「她家人呢？」

「她們一家在戰前就逃到南韓來。她父親在漢城一家工廠做工。她初中畢業後因爲家裡經濟環境困難，輟學在家幫母親做家事。韓戰爆發後，她父親參加韓國軍作戰犧牲了，她們一家沒辦法生活下去，所以她和她母親、弟弟都進了難民收容所。後來，她就到聯絡所來。」

「你怎麼對她了解這麼清楚？」吳宗賢的醋罈子打開了。

我說：「我都是聽許家榮說的。」

他怔了下。

「老許？他怎麼知道？他追她？」

「是的。」我點點頭。

「眞的？那老許爲什麼不也跟去採野菜，一個人在房裡睡覺？」他不安的問。「失戀了？」

「這事情大概過去了。」

「爲什麼？是不是韓淑子不理他？」他直追問，鬆了一口氣。

「我不大清楚，反正現在沒事了。」我不願說謊，也不願給吳宗賢失望。我說的「沒事了」，意思是：以前，許家榮希望得到她；現在，他只希望她離開聯絡所，回漢城難民收容所去。

吳宗賢凝思片刻，然後他自我安慰的說：

「那一定韓淑子不愛他。老許他自己也不想想，他有什麼條件追人家。」

過一會兒，他又問：

「過去老許怎麼追她？」

「一起聊聊天，學韓國話什麼的。」

「有沒有把她帶到外頭去？」

「有是有，好像還去過後山。」

「什麼？去後山？」吳宗賢又緊張了。不過，他很快的自己又找到了解釋：「當然，你叫她去，她怎敢不去？沒去多少次吧？」

「沒多少次。」

「有幾次？」

「沒多少次。」

「我想也是，不會太多次。」他滿意的說。

也許了解差不多了，也許不想了解了，他不再問了。

然後，他又到廚房屋角向後山望著；望一會又回來，坐在石階上，從口袋裡掏出一面小鏡子，對著臉照看。小鏡子很精致，圓形，紅圈邊，另一面是明星像，大小剛好掌握在手心裡。我在共產黨部隊裡常見有的戰士個把星期沒洗臉、刷牙，還自詡無產階級立場堅定。可是，我從來沒見過有人抹油、搽粉、照鏡子。照鏡子這小事，說不定會遭到批評生活腐化，思想不穩。我沒問吳宗賢鏡子哪裡來的，從過鴨綠江至三八線的所有城市，村莊幾乎全遭戰火摧毀，見不到幾個百姓；可能是從中國帶出來的。他把臉貼近鏡子，左右上下的照看，鑷著指甲尖拔鬍鬚。

「老王，你看我幾歲？」他看著鏡子裡的自己問。

「大約三十出頭吧，不過臉上痲子太多了。」

「哎喲，哎喲！你把我說的這麼老！」他嘰哩呱啦的叫了起來。「我承認有痲子，但我才二十八歲。」

我沒嘲笑他，我意思說有顯著特徵的人，不適合做情報工作。而他關心的是年齡，不是痲子，完全誤會了我。

後來，他坐到石階的那一端去照他的鏡子，拔他的鬍子，不再和我說話了。

一刻多鐘後，忽然他叫了起來：

「噢！他們回來了。」馬上起立，走前幾步又站住，直望著。

陳炎光、孫利、小包和女孩們，已從後山下來，走上了山坡頂的路上。走在前頭的孫利看到了吳宗賢，馬上停住腳望了下，便轉身到後頭的陳炎光跟前，不知說著什麼。說了後，他們便放慢腳步，一面走，一面也向這邊望著。吳宗賢顯然沒注意到他們這種「關注」的動作，全神貫注的望著女孩，眼睛一眨也不眨的跟著。他們和她們，一步步的走近來。陳炎光和孫利望著吳宗賢；吳宗賢望著女孩；女孩見吳宗賢老盯著她們，頭垂得低低的走。快走近了廚房，女孩被吳宗賢盯得不好意思的，一個個快速的溜進廚房去。孫利和小包也跟著進廚房。陳炎光逕向小廣場走來。

「你是來工作？」到了吳宗賢跟前，他劈頭就問。

「是的。我們大家一起來，好好的幹一場。」吳宗賢說。

「幹？這裡是鬼門關，我們是老鄉，所以才勸你不要來。」陳炎光帶氣的說，進小屋，脫鞋坐上舖。

吳宗賢也跟了進來，在門限坐下。我回自己舖位坐。

「好吧，來就來，不用多說了。」陳炎光摸出一根煙，燃上吸著。

吳宗賢第一次來聯絡所時，陳炎光見到了老鄉，又是喜悅又是心酸的擁抱著吳宗賢直流眼淚，激動得說不出話來。沒想到這次來陳炎光當頭澆他冷水，給他難堪。吳宗賢顯得有點難爲情，低著頭，兩眼呆滯的看著地上。

陳炎光不和他說話，也不瞧他，臉沈沈的，吸著煙。

朴翻譯午睡起來了，出大屋立在走廊上，伸一伸懶腰。

「喂！吳，你來啦！」他喊。

吳宗賢轉頭看，是朴翻譯，他馬上跨出小屋過去。朴翻譯堆著滿臉笑容的說：

「歡迎，歡迎！什麼時候來？」

「剛來，剛來。」

大屋內的所長和衛生兵，也走到門口來。

「大大的歡迎，大大的歡迎！」所長說。

他們便進大屋去。

陳炎光問：「誰送他來？」

「他自己一個人來，他說是自願來的。」我說。

「這叫自作孽。」陳炎光噴一口煙，氣憤的說：「活不耐煩了，找死。」

「人各有志，他有他的想法。」

「他想什麼？想好事？」

「是女孩。」我說，把剛才吳宗賢對女孩的打聽，略說了說。

「喝！給他去想吧！」

「我們去找美軍逃亡的事，你千萬不要告訴他。」我說。

「我知道，我會那麼糊塗？」

快到吃晚飯時，吳宗賢才從大屋回來。他渾身充滿活力與興奮，也不顧陳炎光對他的鄙夷厭惡了。吃飯時，他悶著頭吃。吃完了，巴掌往嘴巴抹兩下，鼻子紅紅的，坐著等。我和陳炎光吃完了飯，他便勤快的收拾碗盤送去廚房沒回來。

「這下子廚房裡可熱鬧了。」陳炎光說。

我去山澗洗了澡，到小屋後大岩石上閒坐去。天色漸黑了下來。轟隆隆的砲聲，又吼了起來，偶爾可看到北漢江方向砲彈爆炸的閃光。待到九點多鐘才回小屋。

「我剛才去廚房看，你說吳宗賢在那邊做什麼？」陳炎光盤膝坐在舖上說。

「到女孩房間去？」

「他一個人呆坐在木墩上，廚房裡漆黑，也沒有燈，還好韓國山上沒有蚊子。女孩都在房間裡。孫利和許家榮、小包在屋後溝聊天。」陳炎光說。

「老吳和他們合不來。」

「沒吵架就好了，你沒看到孫利在廚房裡對吳宗賢冷諷熱嘲，鬼叫鬼叫的。」

「孫利不是好惹的。」我說，睡覺去。

躺下沒一會，吳宗賢怒氣沖沖的進了屋來。他逕到陳炎光舖前，火爆的咆哮著：

「大老陳，你說孫利這傢伙混蛋不混蛋？跑到女孩房間去睡覺。」

陳炎光無動於衷，毫不在意的說：「這有什麼大驚小怪的？他每晚都到女孩房裡睡去。」

「什麼？他每天晚上都去？」吳宗賢大爲震驚。

「每晚都去。」

「他和誰睡覺？」吳宗賢急問。

「那我怎麼曉得？我也沒有去看。」

「這怎麼可以？簡直丟中國人的臉！大老陳，我和你過去，叫他回自己房間睡，好不好？」吳宗賢央求的說。

「我不去，我管這個屁事做什麼？」陳炎光懶得理會。「你沒聽他說，他是命換來的。」

吳宗賢重重的「呸」了一聲，走到我的舖前。

「老王，我和你去，怎麼樣？」

「大家都勸過了，孫利不會聽的。」

「呸，都是冷血動物。」吳宗賢腳用力一跺，往外走了。

「糟，恐怕要打架。」

陳炎光頭向外探了下說：

「去大屋。」

一分鐘後，吳宗賢從大屋走出來了，手裡光亮一閃一閃的，原來是借了手電筒。下了石階，他便轉到廚房去。

陳炎光側耳傾聽，好半天，不見動靜。

「睡覺吧，給他站崗去。」我說。

「可能在廚房監視。」

半夜醒來，仍然不見吳宗賢回來，背包也沒打開。

天亮，我未起來，吳宗賢回來了。他兩眼紅紅的半張著，無精打采的坐在門限上，雙手橫握著手電筒箍住膝蓋頭。陳炎光坐在舖上吸著煙。

「昨晚整個晚上沒睡覺。」吳宗賢困倦的說。

「給他×到了嗎？」陳炎光沒好氣的說。

「我是氣他不是人！」

「你管他是人不是人！」陳炎光拉高嗓門的說：「頭腦再簡單的人也想得到，房間裡睡那麼多人，他能×得到？你以為人家是『豆腐屄』，那麼容易？」

「我是怕他用強暴手段——害人！」

「害人給他害去，一個砲彈打來死那麼多人，給他害死一兩個算什麼？來了。」陳炎光抬下下巴頦，不說了。

孫利搖頭晃腦的，正從廚房走出。吳宗賢見孫利來，馬上進屋坐到舖沿上。孫利穿著褲叉，瘦巴巴的，肩上搭著毛巾，手裡拿著牙刷牙粉，踏著方步，朝小屋來。到了小屋門前，他立住，高聲的嚷著：

「哇！好過癮！娘兒的肉又香又嫩，抱緊緊的，肉貼肉，嘴親嘴，格老子，安逸疼了！」

吳宗賢「呸，呸，呸」的臉朝孫利看一眼甩開，看一眼甩開：「不要臉，不要臉，丟中國人的臉！」

朴翻譯和衛生兵站立在大屋內，向這邊悄悄的望著，老朴臉上露出得意、狡詐、輕蔑的笑意。廚房門口那邊的許家榮、小包和女孩們，也向這邊望著。

「我丟中國人的臉，你丟哪一國人的臉？」孫利手指頭直指著吳宗賢的鼻子問：「你不想女人，那你來這裡做什麼？要想當英雄？當烈士？」

「呸，呸，呸！丟中國人的臉，不要臉！」

「我孫利喜歡女人，就喜歡女人，光明正大。不像有人心裡想女人想死了；嘴裡還要說漂亮話，假正經，在廚房裡兩隻賊眼勾來勾去，去你的！」孫利翹起右手中指，往上向吳宗賢戳了下。「還好意思？」

「你還要說什麼？是不是怕人家不知道？乾脆拿廣播筒去叫去。」陳炎光對孫利吼著。

「呸，呸，呸！不要臉，丟中國人的臉！」吳宗賢又叫。

「你不會丟中國人的臉，也不會丟你這個痳子臉！」孫利又拿著手指著吳宗賢。「但是你這條狗命準丟定了。你知道這裡是什麼所在？這裡是大韓民國陸軍L師團敵後情報機關！你知不知道已經死了多少人？像你這種傻瓜屌死定了！你想女孩？想好事？門都沒有！」

「你到底說得有完沒完？」陳炎光擺出老大姿態，指著孫利訓斥：「你給我滾，不准再說，馬上滾！」

「好，不說了，到廚房談戀愛去。」孫利轉身搖晃著腦袋往山澗去。

陳炎光望著孫利走了，對著他的背影說：

「你看他這種德性，誰會愛上他？是你自己窮操心，自討苦惱。」

「我氣他丟中國人的臉。」

「丟中國人的臉給他丟去，中國那麼多的臉，給他丟幾個算什麼？」

但吳宗賢總是不放心，不敢懈怠。

夜裡，他又去廚房「站崗」去。

兩天後，陳希忠和許志斌從敵後工作平安順利的回來了——躲在山溝裡睡大覺——這是新所長上任來的第一次工作，所長和朴翻譯放了心，高興得不得了。

31

支部隊來電話通知，新上任的副支隊長要來聯絡所視察業務。這也是一件大事，大家立即動手打掃環境清潔、除草、整理內務。朴翻譯忙裡忙外，一下子招呼這，一下子招呼那的；並吩咐廚房女孩，特別準備幾樣好菜，且備有酒，聽說新副支隊長是海量。忙了個把鐘頭，收拾差不多了，朴翻譯便叫大家趕緊穿制服，準備迎接。大家隨隨便便穿著，不大理會。穿了制服，距離副支隊長到來時間還早，大夥兒就到小屋後的大岩石上閒坐聊天去。

十一點多鐘，大屋裡的電話鈴叮鈴叮的響了。

所長接過電話後，他們便立刻出大屋來。朴翻譯大聲的嚷著：

「副支隊長從華川水庫支隊部出發了，大家快，準備集合。」

大家都到小廣場來。女孩們穿著清一色中共軍草綠色軍便服、白襪子、韓國女鞋，清純樸素。所長操著生硬的中國話說：

「副支隊長快快的來了，大家大大的歡迎。」

「你們就在這裡排隊歡迎。」朴翻譯說：「我和所長、胡翻譯下山迎接。」

陳炎光手掌背對他們推搡了兩下：「你們去吧，這裡給我來，現在還早呢！」

「好的，好的，陳老大哥，那就拜託你了。」

朴翻譯說著和所長、胡銘新下山去。

大家站立在小廣場邊沿向山坡下望去，注視著公路上來往的車輛。

十多分鐘後，從華川水庫方向駛來了一輛小吉普，快速的奔馳著，滾起一屁股塵埃。「來了，來了。」大家小聲的喊。小吉普在山溝裡忽隱忽現的轉幾個彎，到達山腳下停住了。車上跳下兩個人。所長和朴翻譯、胡銘新立即上前敬禮，握了手，他們便上山來。走在前面戴太陽眼鏡的，是副支隊長了。所長和朴翻譯、胡銘新，以及一個兵士——大概是勤務兵——跟隨後頭。

陳炎光馬上叫喊排隊，大家從小廣場入口處起站成一列。陳炎光排頭，下去是我、陳希忠、吳宗賢、許家榮等。衛生兵、阿珠姆妮和女孩們接在我們隊伍後頭。

他們一行往上來。副支隊長兩手貼在腰後背，頭仰得高高的望著我們，一步步的向上踏著。那個士兵——勤務兵——服裝紮實，穿大皮鞋，打皮綁腿，精神抖擻。

上了小廣場，陳炎光聲音響亮的喊：「敬禮——」大家向右看，行注目禮。副支隊長微笑的點點頭。陳炎光喊了「禮畢」，朴翻譯便恭敬的替他介紹：

「這位是陳炎光，陳老大哥。」

「唔，斯哥斯米達，斯哥斯米達。」副支隊長聲音沙啞的叫著，伸出手和陳炎光握手。（斯哥斯米達：韓語「辛苦」的意思。）

陳炎光欠身答禮：「副支隊長好，副支隊長好！」

我趁這時候仔細的向他打量了下，他年紀大約三十三、四歲，瘦長個子，臉孔乾乾癟癟的，左眼外角有一道七、八公分長的疤痕，兩隻眼睛炯炯有神，發出凶光。身上有一股濃重的煙草氣味。上尉階級。

「這位是王。」朴翻譯繼續介紹下去。

「斯哥斯米達，斯哥斯米達。」副支隊長又伸出手來和我握手。

「這位是……」下一位是陳希忠。

但朴翻譯話聲未落地，副支隊長驚訝的發現隊伍後頭站著一排女孩，可把他愣住了。他好像發現新大陸似的，馬上撇下陳希忠超越過去，趨到女孩面前，「哇」的大叫一聲，攤著雙手，兩隻賊眼發亮的對她們掃來掃去。跟著，動手捏她們的臉蛋，摸摸她們的乳房。他那寶氣勤務兵，也在一旁嘻嘻哈哈開心的笑。女孩們都垂下頭來，臉緋紅。所長蹙著眉頭，退在後面。

我們人看在眼裡，心裡很不舒服。孫利臉繃得緊緊的，翻來甩去，牛脾氣要發作的樣子。

副支隊長旁若無人，一個個的「視察」著。當他視察過大朴、韓淑子，毛手正要伸到大金豐滿的乳房時，孫利醋意大發，按耐不住心中怒火，忿忿的嘀咕了起來：「龜兒子，這是什麼官？簡直是混帳，胡亂來……」趿著拖鞋，踢踢踏踏的便向小屋走去，不過他叫聲低沈，語氣很緩很軟。

陳炎光馬上擺出老大姿態，站出隊伍兩步，對孫利厲聲斥責：

「你幹什麼？要怎麼樣？懂不懂禮貌？過去前所長給你們搞走了，難道你……」

孫利這一招太出人意表，還好除了陳炎光外，大家都能保持常態，若無其事。

副支隊長必然看出蹊蹺，沒辦法，只得裝迷糊，忍耐，維持自己尊嚴。

陳希忠用肘暗暗的輕撞了下我，小聲的說：「你看大老陳，又來討好賣乖拍馬屁了。」

「他實在不應該湊熱鬧。」我也表同感：「副支隊長聽不懂中國話，孫利叫兩下就過去了，聲音也不大。給大老陳這麼一吼，把事情搞明顯了，多難爲情！」

「別說了，給聽到了又鬧不愉快。」許志斌說。

副支隊長挨了孫利這一記悶棍，殺了不少「下馬威」。他對女孩沒再那麼認眞的「視察」下去，草草收場，進大屋去。大家也解散了。朴翻譯便到廚房叫女孩備飯。

吃過飯，我去山澗洗了臉回來時，副支隊長他們也用餐完畢。所長和朴翻譯、胡銘新、衛生兵都悶坐在大屋外面的走廊上休息，他們各自默默的坐著，垂頭打盹。

「看到沒有？在馬殺雞。」我進小屋，陳炎光對我說。

「馬殺雞？馬怎麼殺雞？」

「土包子，馬殺雞是美國話。」陳炎光解釋：「就是『按摩』，在腿、臂、背部位，捶捶捏捏，可促進血液循環，消除疲勞。」

「叫誰殺？」

「阿珠姆妮。」

這新鮮事從沒見識過，我出去看被陳炎光叫了回來：

「你在這裡就看得到，何必出去？」

我站在門旁向大屋裡張望著。副支隊長赤裸著上身，只穿內褲，瘦乾柴的趴在榻榻米上，下巴頦擱在交叉的手臂間，兩腿直伸。在他頭部前，攤著一張舊報紙。阿珠姆妮整個人站在他大腿上，雙手平伸，平衡身軀，用腳趾尖像跳芭蕾舞似的上下來回的扭著，兩塊屁股如泥鰍尾巴般的甩來甩去。副支隊長被「殺」得「唉，唉」的哼著，發出叫床的快活，偶爾咳兩聲，吐出痰來。痰就吐在報紙上。

忽然，「砰」的從廚房傳出一聲巨響，和孫利叫叫嚷嚷的咒罵。原來是勤務兵也不「入境問俗」，竟敢到廚房毛手毛腳的吃女孩「豆腐」，孫利手執短木棒趕他出來。所長和朴翻譯、胡銘新、衛生兵立即抬頭望過去，怔怔的望著，沒出聲。孫利手裡的木棒，直指著勤務兵的腦袋，逼他往外退，孫利進一步，勤務兵退一步；進兩步，勤務兵退兩步……最後，勤務兵退到門口外的一塊大石頭前坐下，吊著一隻腿前後擺動著，傻笑。

「龜兒子，誰和你笑？再不規矩，老子打斷你的狗腿。」孫利木棒往地上一摔，進廚房去。

所長、朴翻譯他們又垂下頭來。

下午兩點多鐘，副支隊長休息夠了，要回支部隊去。所長和朴翻譯又緊張了起來。不過，朴翻譯沒叫我們排隊歡送，大家都躲在屋內窺探著。副支隊長從大屋出來了，臉沈沈的，彎下身子穿皮靴；穿了皮靴步下石階，沒朝我們小屋看，逕下山坡去。所長和朴翻譯、胡銘新、勤務兵跟隨在後頭，默默的走。

「沒事了，打牌。」看著副支隊長他們下山去了，許家榮摸出撲克牌來說。

陳炎光和許家榮、孫利、陳希忠圍坐一圈玩起撲克牌，我在自己舖上閒躺著。

過一會，所長他們從山下回來了。朴翻譯走到小屋門口來，伸出食指頭對孫利一下一下的點著：

「孫利，你這脾氣要改，要不得。」

「是吧，我說了，他還不高興。」陳炎光說：「這怎麼可以！」

「我這個人就是這樣子，他亂來，我也亂來。」孫利晃著腦袋說。

胡銘新依傍在門旁，「嘿嘿」的笑：「老孫眞有意思！」等朴翻譯走了，和所長、衛生兵他們進了大屋，胡銘新伸長脖子，動作誇張的向大屋望了望，便進屋來，俯身趴在舖上。

「中午吃飯的時候，他們說——」他一隻手搗著嘴，話說半截，又向外望。

大家見他神秘兮兮的樣子，一定又有什麼重要消息，都圍攏來。我立刻坐起。躺在屋子裡邊的吳宗賢，也轉過身來，一手支著頭注意的聽著。

「到底什麼事？」陳希忠問。

「副支隊長說，以後去工作用船送你們。」胡銘新小聲的說，又往外望了下。

「用船送？」大家都震住了。陳炎光馬上丟下手裡的牌，問：「他們怎麼說？」

「他喝酒的時候，和所長說的，他說用船送到北韓後方，登陸後從陸路蒐集情報回來。」

「什麼時候開始？」

「不曉得，他沒說。」胡銘新起立。「你們不要說出去，給他們知道了，要追究的。」他擺擺手走了。

大家惶恐的凝坐著，沒人作聲，沒人出氣。

好半天，陳炎光對孫利瞄了一眼說：

「去鬧吧！以前是所長，現在你能鬥得過副支隊長嗎？也不替人家留一點面子。」

「格老子，這怎麼怪到我頭上來？」孫利噘著嘴，不高興的說。

「我看不完全是這個原因，」許家榮搖下頭說：「可能支隊部早有這個計畫。」

「不過孫利給他太難堪了。」陳希忠說。

「假如坐船送到北韓元山、咸興一帶登陸，哼，恐怕一個也活不成。」陳炎光又是責備，又是抱怨的說。

「坐船就坐船，怕什麼？叫老子去坐火箭也無所謂。」孫利不悅的嘟嚕著說，推開牌走了，到廚房去。

大家也散了，無心玩牌。

我心中不安的躺在舖上思考著這問題，想來想去，想不出支部隊用船送的理由。利用戰俘從事戰爭工作，是違反國際公約的，支部隊擔心我們出去工作，返回時落到別的單位手裡，暴露出我們的身分，所以我們工作範圍只限制在L師團作戰區域內。過去支部隊打算送我們去跳傘降落敵後，與盜取米格17戰機引擎等，就是顧慮我們戰俘身分被美軍發覺而作罷。現在L師團戰區雖然接近東海岸，但用船送牽涉的面太廣，且返回時會不會回到L師團的第一線又沒有把握，支部隊絕對不敢冒這個險。我揣測這點子可能是副支隊長出的；他新官上任，對聯絡情況不瞭解——連聯絡所裡的女孩，他來「視察」時才發現——又想表現一番，提出這個主意。

我將理由分析給陳炎光聽，他略思忖，十分同意我的看法。

「對的，我就想不通。」陳炎光說：「過去我們出去工作，他們一再吩咐回到第一線不要把蒐集的情報告訴任何人，就是怕別的單位先一步報上去，搶了他們的功勞。現在要是用船送我們，回來時被別的單位接去了，把我們蒐集到的情報全挖了去，他們不但撈不到功勞，一旦我們戰俘身分被發覺，他們恐怕還要遭到上級處分的。你說得對，這一定是新副支隊長新官上任想露一手，出這餿主意，支隊長不會接受他意見的。」

「現在我猜想金昌煥不是送去跳傘，是怕他竊聽電話，把他送到別的地方去，前所長和老杜已經發現我們竊聽電話了。」我說——以前我總以爲金昌煥被送去敵後跳傘。

「沒錯，絕對不是去跳傘。」陳炎光說：「跳傘深入敵後數百里，金昌煥一個人也去不了。如果找別的單位配合，出了事，追究出事原因，金昌煥是俘虜，他們這責任背不起的。那把他送到哪裡去？處理掉？」他打個手勢——槍斃。

「不可能，下部隊去。」

「對，他是韓國人，補充到部隊去。」

第二天，支部隊派遣工作命令沒有來，沒有動靜。以過去經驗，一組人員回來，另一組立即派遣出去，除非我們人鬧情緒，拒絕工作。

到了上午十時左右，朴翻譯來小屋告訴我們搬家。

「剛才支部隊打電話來通知。」他站在門口說。

「搬去哪裡？」陳炎光愕然的問。我以爲又遷移到大山那邊去。

「春川，和後方支部隊在一起。」朴翻譯說。

我立刻想到副支隊長，他是留守後方支部隊的。昨天他來，動手對女孩輕薄；今天就要搬家，是巧合，還是和他有關聯？我說：

「這裡住習慣了，出去工作又方便，爲什麼要搬？」

「春川好，春川好。」陳炎光連聲說：「這裡枯燥無聊，悶死了。」

「春川好玩，你們去了就知道。」朴翻譯笑笑的也說。

「那什麼時候出發？」玩翻棋子遊戲的吳宗賢和小包問。

「今晚天黑，現在還早。」

「早點走多好，爲什麼要等那麼晚？」小包說。

「保密嘛！」朴翻譯說：「你們沒看到我們聯軍部隊調動，都是在夜間進行？」

「小孩子懂什麼，不要理他。」陳炎光說。

朴翻譯揮下手到廚房那邊去，通知女孩和孫利他們搬家。陳炎光見朴翻譯走了，馬上抓住我膝蓋頭興奮的搖著：

「王，太好了，太好了！春川一定有美軍，逃到美軍那裡，我們就得救了！你要趕快準備……」

太粗心大意。

吳宗賢一聽，立刻轉過頭來直瞅著，他是第一次聽到這「驚人」消息的。從他到聯絡所來，許家榮和孫利不與他說話；陳希忠和許志斌雖然和他處得來，但知道他來聯絡所的企圖，對他也保持高度警覺，在他面前都絕口不談逃亡找美軍，或去後方戰俘營什麼的，對他「情報」封鎖——陳炎光實在太粗心大意。

小包兩隻大眼睛對吳宗賢翻了翻，低下頭來玩棋子，佯裝沒注意。

「到後方散散心，也不錯。」我淡淡的說，向陳炎光使個眼色。

陳炎光馬上閉嘴，領會到話說錯，「洩密」了。

小包和吳宗賢都不大起勁的玩著棋子。玩了兩圈，小包推開牌說：「不來了，打背包，準備搬家。」便回到廚房那邊房間去。

一分鐘後，許家榮出現在廚房門口了。當他視線和我碰上時，便向我招下手。我微點了下頭。他便進廚房去。

我伸個懶腰，出小屋。現在有「內奸」——吳宗賢——我不能直接去廚房。我向山澗小徑走去，從後山繞到廚房屋後。許家榮和陳希忠、孫利、小包、許志斌都在那裡等著我了。許家榮劈頭便問：

「北山，我聽小包說，大老陳在吳宗賢面前叫你去找老美，是不是？」

「大老陳太大意，我早和他說過，說話要小心。等會我找機會再和他打個招呼。」我說。

「給姓吳的知道我們企圖逃亡，絕對會去告密。」許家榮兩手叉腰，忿忿的說。

「我想現在還不會。」

「不會？姓吳的他爲什麼要來這裡做這種賣命工作？假使他知道支隊長要留用你，替你介紹女朋友，叫你訓練華僑工作人員，他非對你下手不可，不然他在這裡怎麼出頭？龜兒子！」孫利咒罵。

「我知道。」我說：「如果吳宗賢知道我要逃亡，他最高興，讓我自己走，最省事。去告密，支隊長知道他來聯絡所目的是爲了女孩，以爲和我們爭風吃醋，不見得會相信。吳宗賢自己心中有鬼，這點他應該明白的。」

「不過大家小心點，也沒必要和老吳翻臉，大家都是中國人。」陳希忠說。

「他現在不對你下手，將來一定也會對你下手。」許家榮咬牙的說。

「這我不懷疑。但是，你要知道，這裡是情報機關，不是好混騙的，人家起碼也要把他送去敵後工作一兩趟，看他有多大本事，吃幾碗乾飯。像吳宗賢這種人，比豬還要蠢，他能夠活命嗎？放心吧，我從來不煩惱。快開飯了，等會姓吳的到廚房來，看到我們都在這裡說話不太好，走了，不要說了。」我說著，又從屋後繞到山澗，捧了一把水洗洗臉，回小屋。

中午，吃過飯後，休息，準備今晚行軍。

午睡起來，大家去伍浩墳地作最後一次憑弔。

光禿禿的墳堆，覆蓋著一坏異國黃土。周遭種植著的一環小伊和小金從野地尋覓來的不知名花草，和大家插在墳上的松枝，都已發黃枯萎。時序已入初秋，山野草木蕭索、淒涼。朔風呼呼吹來，搖撼得松林嘩嘩作響，教人心焦。徘徊墳前，依依淚下；今後天涯海角，不知何年何月重回此地！臨別時，大家各撮一把黃土放置墳上，以永誌友誼，然後下山。

回到聯絡所，打背包，收拾箱籠。兩匹乘馬無法帶走，解去韁繩放生，還其自由。吃了晚飯，大家便提著行李下山，在山腳公路旁等待出發。

32

因爲保密，大家在山腳下等到天黑下來時，才登車出發。

車行數分鐘，經過華川水庫。

這裡是師團部和前方支隊部所在地，山谷內搭建著一幢幢帳棚，閃爍著點點星星燈火。士兵們戴著明亮鋼盔，背著槍，來來去去。車子掠過谷口附近一座殘破村莊時，大朴和大金、通通包忽然「哇」的放聲大哭起來，嚇得大家一大跳，不知發生了什麼事。腦袋枕在背包上假寐的朴翻譯，給吵得生氣的坐了起來，兇巴巴的把她們斥罵一頓。女孩們一下子哭聲停止了，連一丁點鼻息聲也不敢出。然後，朴翻譯用中國話對我們說：

「沒什麼，因爲剛才她們看見自己村子給砲火燒毀，所以傷心的哭，沒有事。」

大朴、大金、通通包和她們家人，是在第五次戰役時，從她們村子撤離被送往後方難民營的，現在她們父母家人還都在漢城難民收容所內。

過了華川水庫，江岸漸趨狹窄，沒有田野、家屋。砲聲漸漸的遠去。不時迎面開來一兩輛軍車，疾駛而過。行進十多分鐘，車子便在路旁停住了，朴翻譯和胡銘新招呼女孩坐低姿勢，用毯子蓋住她們，再叫我們把腿擱在她們上面。

車子又開了。

大家覺得奇怪，爲什麼要把她們藏起來？問朴翻譯，他說：

「前面華川大橋有美軍憲兵檢查。」

原來老朴說保密，就是保這個「密」。陳炎光說：

「檢查就檢查，怕什麼？這也不是私貨。」

朴翻譯沒作聲，把帽子扣在臉上睡去。胡銘新說：

「咦，怎麼可以？檢查到女孩要被扣留下來。」

「爲什麼會扣留？」大家問。

「你們不知道，過去出過事。」胡銘新瞄了朴翻譯一眼，壓低嗓門小聲的說：「大約在八、九個月前，韓國軍有個單位做飯的女人突然失蹤了。第二天深夜，共產黨軍隊就攻了過來，人海戰術，衝呀，殺呀！韓國軍措手不及，垮了下來。撤退時沒有聯絡友軍，那時正値嚴冬，又下大雪，老美都在帳棚內的鴨絨被睡袋裡睡大覺，有的來不及穿褲子，有的沒穿皮鞋，光著屁股，光著腳跑，可整慘了！所以後來聯軍總部下命令，前線部隊不准有女人。嘿！嘿！」

「這樣太傷她們的自尊心。」許家榮說。

「沒辦法，師團部送她們來，特別優待你們嘛！看！」胡銘新指了指前頭。「就在那裡，有亮光的地方，華川大橋。」

大家向前望去。

亮光不斷的擴大，擴大，淡淡的，灰濛濛。終於，隱約可看到半里外橫跨華川與春川間百來公尺長的大橋了。快到橋頭時，在我們前面出現了十多輛車子停在路旁，等待檢查。我們車子減速緩行，最後也停在車隊後頭。在我們後面，又接上兩三輛車子。

車子檢查一輛過一輛，走走停停非常耗時。被蒙在毯子底下的女孩，悶得慌，在我們腿部下不停的扭動著。朴翻譯和胡銘新小聲的吆喝：

「不要動，快到了，再忍耐一下。」

十多分鐘後，車子開到了橋頭接受檢查。一個美軍憲兵走了過來。所長從前座伸出頭來，遞過派司給他看。另一個美軍憲兵繞車尾一匝，看了看，又走到車前來。他們說了些話後，一個憲兵便舉起手，說聲：「OK」。車子馬達噴噴的發動，走了。

可是，車子沒行進十來公尺，坐在靠車尾的一個女孩以爲過關了，拉開毯子鑽出頭來透氣。就在這當兒，一道強烈光柱投射了過來，把女孩黑蓬茸鬆頭髮，照得清清楚楚。

那個美軍憲兵馬上跑回崗亭，拿起電話筒。大家心裡暗暗叫苦：

「完了，完了，糟了！」

車子開到了橋的那端，果然兩個彪形大漢美軍憲兵，橫槍攔住去路。我們車子只得在橋頭旁停了下來。一個憲兵班長模樣的走過來，對所長打個手勢，簡單的用英語說了兩句。所長從前座下來，聲音顫抖的對我們說：

「大家大大的下來。」

大家下車站成一列，憲兵班長用韓語問所長：

「依嫂?」（韓語：「有嗎?」的意思。）

所長機械的搖搖頭：「NO，NO……」

憲兵班長笑笑的轉過身，向兩個憲兵揮下手，喊：「上！」

兩個美軍憲兵立即登上車，用腳踢踢裹著的毯子。女孩扯緊毯子，不露頭。憲兵掀掉一條條毯子，全現了形。女孩們依然不動，趴伏著，像鴕鳥埋著頭。憲兵班長喝令下車，她們不理會，一動也不動。兩個憲兵揪住她們後領子，如老鷹捉小雞般的，一個個從車尾丟了下來。所長和朴翻譯看呆了。我們人對這突發事件，也驚嚇得不知所措。女孩們下了車哆嗦成一團，直顫抖著。大伊兩眼浮著淚水，頻頻望著我。我心如宰割的痛苦。小伊倒堅強，她直挺挺的站著，且帶憤怒。

憲兵班長用韓語和手勢叫她們排隊，排在公路的另一旁。阿珠姆妮站前頭。隊排好了，數了數共八人。然後，憲兵班長向所長幽默的說：

「現在眞的沒有了，OK，勒死狗！」

所長面如土色，他有二分之一的英語會話能力，這時候半句話也說不出來。孫利大聲的喊叫大金，大金……又破口大罵「美帝」，吃人的野獸。許家榮痛苦的叫喊韓淑子。老美鴨子聽雷，不知道他們叫吼什麼，光看著笑，又擺手叫我們走。我低聲的用中國話對大伊喊著：

「不要給他們分開，大家要緊密的圍在一起反抗，記住！」

不過，我又想不會有事；憲兵是守法的，他們是在執行勤務，而且有一個班，絕對不敢。

大伊點點頭。

孫利憤怒的叫：

「所長，我們不走了，走了，女孩一定會遭他們強暴。」

「我們絕對不走。」許家榮也堅決的說：「女孩到哪裡，我們也到哪裡。」他對韓淑子的感情和伍浩對小伊一樣，從希望佔有，而轉變爲關懷與保護。

吳宗賢瞇著眼睛不屑的睨著他們，臉上露出醋味和幸災樂禍的快意，當然，矛盾的也關切韓淑子以及她們。

所長和朴翻譯緊張過一陣後，冷靜了下來，才想到另一個更嚴重的問題——我們的身分。假使我們的戰俘身分被美軍發覺，那事情將更趨複雜，難以善了。現在唯一的辦法，就是三十六計走爲上策——溜，越快越好。

「快，快，現在我們要大大的走，不要大大的在這裡。」所長急得像熱鍋上的螞蟻。

「不，我們不走，我們要和女孩們在一起。」孫利和許家榮齊聲說。

「你不走要想留在這裡怎麼樣？難道能把女孩搶回來？」陳炎光擺出老大姿態，對他們訓斥。孫利和許家榮根本不理睬，我也認爲不妨多待一會看情況。

朴翻譯說：

「現在我們最好的辦法就是趕快回春川，請支隊部救援還來得及，不要在這裡浪費時間，在這裡解決不了問題的。」

朴翻譯的話很起作用，孫利和許家榮接受了。我們立刻上車，車子又開了。

大家心急如焚，巴不得馬上到達春川，到達支部隊。心愈急，車行彷彿愈走愈慢，車輪子好像老在原地打轉似的，心裡不停的喊：快，快，快……

車行不久，後面一輛卡車轟隆轟隆的奔馳而來，強烈的車燈扎得大家睜不開眼；車速極快，聲響又大，很快的要趕上我們。陳希忠說：

「一定是老美的大卡車，十輪卡，我聽得出來。」

陳希忠和陳炎光在抗戰時期參加過緬甸遠征軍，在印度那姆茄接受美軍駕駛訓練，對車輛性能頗有經驗。

十輪卡快追上時，不斷的按喇叭，聲音非常刺耳。我們車是道奇的，車速緩，只得讓開路，往路旁行駛。十輪卡加足馬力從我們車旁呼嘯而過，而在擦身通過的一剎那，車上突然發出令人心碎的女孩淒慘叫號聲，我們才知道原來女孩在車上。

「一定給他們幹開了。」小包叫了起來。

「可能，可能！」不知誰說。

許家榮兩手抱頭，傷心的痛哭。孫利搥胸叫號：

「龜兒子，美帝，和日本鬼子一樣沒有人性，老子要和他拚……」

陳炎光看不慣他們那種婆婆媽媽的哭啼樣子，不耐的說：

「哭什麼？男子漢大丈夫流血不流淚，有什麼好哭的？我告訴你，不會有問題的。我遠征緬甸的時候，見過多少美國大兵！他們搞女人是用美金買的，你不願意，他們不敢強迫，怎麼能和日本軍隊比？日本鬼子是人嗎？比禽獸都不如。」

「我也看不會，」陳希忠也說：「在公開場合，老美絕對不敢亂來。可能是送她們到後方憲兵隊去。」

我和陳炎光、陳希忠看法相同。日本軍隊姦淫燒殺暴行，絕大多數是公開的、集體的，有計畫的；是他們的策略。美國軍人受民主理性教育，有宗教信仰，有良知與獨立的人格；個體違反紀律難免，執行勤務絕對守法。

天亮時，到達了春川。

車子進入郊區一條村道，在一座鐵絲網大門前停了下來。

「到了，就是住這裡。」朴翻譯說，指了指鐵絲網內的那棟獨立房屋。「那邊就是後方支隊部和第一所了。」他對住所左側，隔著五、六十公尺距離的另一座較大的營區，又指了一下。營區是由三排木造房屋平行組成，四周圍繞著鐵絲網，大門口橫置著一座拒馬，沒有衛兵，望去冷清清的，像座空城計。

而最引起我們注目的，倒是營區後面山丘上的一大片蘋果園了。果樹上結著纍纍、又紅又大、熟透的果實。山丘頂有間白色粉牆小屋，在綠叢中顯得格外耀眼。

大家下車提著行李進院子。

房屋是木造平房，木地板，不怎麼寬敞。橫排的中間是小廳子，右是小間臥室，左是廚房；和廚房相連接，與小廳子成直角的，是一間長方形較大的臥室。廚房的門，是從大臥室進出。屋內打掃得乾乾淨淨的。院子前面鐵絲網旁，擺放著三隻空泡菜缸。看樣子這房屋是民宅，而被軍方所徵用。

我們把行李堆放在大臥室內。孫利著急的說：

「朴翻譯，快叫所長去交涉嘛！」

「所長馬上去，請放心。」

所長到各房間看了一遭，出來說：

「現在你們大大的休息。我的大大去。」他便領著衛生兵，胡銘新到支部隊去。

昨晚飯吃得早，現在雖然肚子餓了，大家胃口都不大開，隨便吃了些乾糧，喝了水，便躺在地板上休息。

副支隊長來了，和朴翻譯一起來。他見大家無精打采的樣子，問朴翻譯我們爲什麼悶悶不樂。朴翻譯告訴他因爲女孩被扣留了。他滿有把握的說：

「沒關係，派人去要了，馬上送回來。」說著和朴翻譯走了。

我躺臥在走廊上，心裡煩躁，牽掛著大伊姊妹。許家榮翻轉起身來，拉了下我說：

「北山，到外面走走，煩死了。」

我們出大門，經過支隊部大門口，向前面一條公路走去。四野靜寂無聲，不見有來往百姓。走了兩三百公尺，上了大公路，太陽正從背後冉冉升起。附近田野裡的六、七間農舍，全遭砲火焚毀，在廢墟灰燼里長出幾根稀稀落落的瘦小草。路旁有散兵坑、壕溝，有車輛機械殘骸，以及燒焦的樹木。到處可見戰爭踐踏過的痕跡。

我們低頭默默的走著，心事重重。沒走一會，前面傳來汽車馬達響聲。舉目一看，一輛小吉普車正向我們迎面開來，後面滾起一股塵埃。許家榮陡然一怔，驚訝的嚷著：

「北山，小伊在車上。」

「什麼，小伊？」我驚叫，定神看，果然車上坐著小伊，和一個韓軍、一個美軍。

許家榮向前急趨兩三步，駐足張望，又立即掉轉頭抓住我手喊：

「快跑回去，快！」

我們用勁的跑，使出平生所有的氣力。跑進了村道，我們邊跑邊回頭望。小吉普也慢了下來，到了岔路口，轉個彎也進了村道。我們又趕緊跑，趕緊跑……快跑到住所時，許家榮揚聲大喊：

「大家快來呀！小伊被老美拉到這裡來啦……」

整個屋子一下子沸騰了起來，孫利、陳希忠、陳炎光、小包、許志斌統統迅速的跑了出來，跑到大門口來。小吉普緩緩的駛來。大家堵在大門前把住去路，如臨大敵。孫利到處找傢伙，撿了兩塊大石頭握在手裡：「龜兒子，老子看他會不會風流！」他切齒咒罵。陳炎光按耐住他說：

「不可輕舉妄動，事情弄清楚了再說，聽到沒有？」

車子開近了。坐在前面的是韓軍軍官，和駕駛的美軍少尉軍官。小伊坐在後座。他們也早看到我們了。小伊傾身向前和韓軍軍官說了什麼後，韓軍軍官便和美軍少尉咬下耳朵，車子便減速滑到我們跟前停住了。小伊歡欣的跳下車來。大家馬上圍攏上去，把她團團圍住，不停的問：

「老美把妳們送到哪裡去？」

「妳們有沒有被虐待？」

「我大金怎麼樣？有沒有被欺負？」

「妳們給，給搞了……」

小伊不知怎麼回答是好，喘著氣先答覆大家共同關心的問題：「都好，大家都好，沒有被虐待，也沒有被，被……」

再回答各人個別的，關心的問題……

那位美軍軍官楞在一旁看著，滿臉疑惑。這時，所長、朴翻譯他們也知道了，立刻從支隊部那邊急急的趕了過來。他們見這光景，生怕美軍軍官看出破綻——我們的身分，馬上和那位韓軍軍官用韓語說了幾句。韓軍軍官便和美軍軍官說了什麼後，於是，他們便簇擁著美軍軍官離開現場到支隊部去，撇下小伊和我們。

副支隊長始終沒有露面。聽小伊的話，和美軍軍官的表情，我們看出副支隊長說已經去「要人」了，完全是胡吹，他們可能連女孩被送到哪裡去，都摸不清楚。

十分鐘後，他們從支隊部出來了。朴翻譯告訴我們事情談妥了，所長現在跟他們去美軍憲兵隊辦理手續，領女孩回來。小伊又去。

到了十時左右，一輛中型吉普把女孩全部送回來了。

看到了大伊，我眼睛一亮，吊在胸口的石頭掉了下來。大伊緊握住我手，美麗而憂鬱的眸子，浸在淚水裡。大家也都爲她們高興，欣慰。她們立即下廚房洗刷鍋灶，生火做飯。陰沈冷清的聯絡所，霎時生氣勃勃，像個興旺歡樂的大家庭。

朴翻譯替我們分配房間，他說：

「這邊屋子太小，我們人員和阿珠姆妮去支隊部住，你們和女孩住這裡。大臥室靠廚房的一半，給女孩睡，方便她們進出廚房做飯。其餘一半和小臥室你們睡，你們自己去分配好不好？我太累了，要休息。」

陳炎光對朴翻譯揮下手：

「去吧，去吧，我們自己來。」

朴翻譯說聲「下午見」，便回支隊部去。

陳炎光從行李堆拎了自己背包說：

「我去小房間睡，我一大把年紀了。你們年輕的和女孩睡這邊。」便走了，到小臥室去。

「我也去那邊睡。」許志斌說，也拿了背包跟陳炎光去。

吳宗賢抱著雙臂，倚在廚房和大臥室相通的拉門旁，看著韓淑子和女孩她們做事。韓淑子梳著兩條辮子，辮梢紮著水紅色絲帶，頸子滑嫩，別起袖管露出兩隻白皙的手臂，做起事來輕快伶俐；吳宗賢看迷了。孫利鬼頭鬼腦的瞟了他一眼，伸著食指擋在嘴脣當中，向大家輕輕的「噓」了一聲，便偷偷的把吳宗賢的背包抱到小臥室那邊去，又回來大聲的喊：

「大家注意！開始分配鋪位。女孩睡靠廚房這邊。小老陳，」他對陳希忠叫。「你睡當中。你不亂來，我相信你。你背包是不是這個？」他把陳希忠的背包擱在炕中間，別過臉向吳宗賢瞄了下。

吳宗賢全神貫注的盯著韓淑子和女孩們。

「北山，你要睡哪裡？」孫利又叫，「碰」的在背包上重重的拍了一下。

吳宗賢仍然沒有反應。

我說：「我睡衣櫥裡。」

在大臥室進門的這一端，有一壁櫥，半人高，剛好睡一人，且兩頭有窗戶，光線充足，空氣流通。

我指了指自己背包，孫利將它扔給我。「好，接住。」又大聲叫：「家榮，你想怎麼睡？我看你和韓淑子睡一起吧！」

大家大笑了起來。

吳宗賢一聽到「韓淑子」，而且和許家榮名字連在一起，他馬上在意了，轉過頭來瞇起眼望著；當他的視線落到炕上時，才發覺好像自己的背包不見了。他立刻過來，彎下身子翻這翻那，自言自語的找著：「怪，我的背包呢？我的背包呢？」

大家悄悄的交換眼色，沒作聲。

吳宗賢翻遍了，找不著背包；想問大家嘛，每個人的臉都冷冷的。後來，他只得去小臥室那邊，問他的老鄉陳炎光去。

「在這裡，叫什麼？自己一個背包都管不了。」陳炎光沒好氣的說。

吳宗賢苦著臉，委屈的說：

「我明明是放那邊，怎麼會跑這邊來？」

「去問你自己，還囉唆什麼？」

吳宗賢肚裡當然明白是孫利搗的鬼，但不敢吭聲，他已領教過，孫利這傢伙不是好惹的。分了舖位，女孩飯也做好了。吃了飯，大家便各自休息去。

33

晚間，副支隊長為我們舉行歡樂晚會，慰勞大家。地點就在我們住所的小廳子。吃過晚飯後，朴翻譯便抱來了兩大紙箱吃的：有罐裝啤酒，有牛魚肉、水果罐頭、有餅乾、巧克力、栗子、魷魚等，以及兩缽子稠稠的，米湯似的乳白色韓國米酒。女孩們趕忙收拾廳子，擦地板，佈置場所。在小廳子當中，擺放著兩張茶几接連著。廳子後角的小茶几上，擱置著一台破爛舊留聲機，與幾張唱片。大金和大朴、通通包，生爐火烤魷魚、栗子。大伊和韓淑子、小伊將各樣食物裝上盤子，剪些紙花彩絲點綴著，顯得格外俏麗美觀。一切準備就緒了，七點多鐘，副支隊長來了。他一個人來。他脫下大皮鞋進入廳子，踞坐上頭，面向外。大家分坐兩旁。坐定後，朴翻譯高舉起雙手「拍拍」的敲兩響手心。女孩們立刻將一盤盤菜餚端了上來。開啤酒的開啤酒，播音樂的小伊和小金，馬上打開留聲機，播出悅耳的韓國民謠來。副支隊長兩隻貪婪而帶兇光的眼睛，骨碌碌的，不斷的對每個女孩打轉著。這時候，我才注意到所長沒有來。所長是一所之長，禮貌上應當陪副支隊長的，爲什麼沒來？我覺得怪怪的，想問，又不便開口。

女孩在大家面前擺上了啤酒後，副支隊長便舉杯——啤酒罐——咿咿呀呀的說了幾句開場白。朴翻譯便替他翻譯說：

「各位中國同志：副支隊長祝大家健康，愉快。現在請大家盡情的喝酒，盡情的歡樂。」

於是，大夥兒喝酒的拚命喝酒；不喝酒的吃菜，吃糖果。陳炎光酒量大，他很快的乾了一罐，覺得喝啤酒不夠過癮，便抱了一缽韓國米酒獨酌。吳宗賢嗜酒如命，他的罐子也空了，咧著嘴唇，睨著另一缽子韓國米酒，「這個給我來。」也捧了去，咕鼕咕鼕的喝開了。

副支隊長呑了幾口酒後，朴翻譯說：

「現在請副支隊長講個故事給大家聽好不好？這是眞實的故事，非常動人！」

大家拍手叫著：「歡迎，歡迎！」

副支隊長十分高興。他咳了幾下，喝了口酒，歪一歪脖子，便開講了。他咿咿唔唔的講著，多用喉頭發音，聲音沙啞——大概酒喝多了——不過句句簡短有力，「哈噫，哈噫」的，一會兒揮拳，劈掌，一會兒飛腳踢腿……動作乾淨俐落，虎虎生風。講幾句，歇一歇，咬著牙，目光兇橫的望望女孩，又看看我們。大家雖然不能完全聽懂韓語，但可看出這是一場非常英勇的和敵人做生死搏鬥——當然是吹牛。我們都裝作認眞的聽著，並替他讚美叫好，加油鼓勵。他邊講邊喝酒，口沫橫飛。講到高潮，副支隊長突然「啊」的大吼一聲，伸手揪住了朴翻譯的後領子；又「啊」的將他領子上提吊起，他的下巴縮到領口裡去；又「啊」的在朴翻譯下腹搥了一下，表示捅了一刀。朴翻譯只是笑笑。故事到此結束，副支隊長鬆手，咳了下，往後吐一口唾水，便舉起啤酒罐灌酒。朴翻譯馬上用中國話也花拳繡腿的比劃著，把故事翻譯給我們聽：

「副支隊長說，他有一次單槍匹馬的奉命潛入北韓後方搜集情報。他機警的混進了北韓一個人民軍的營部。人民軍營長請他喝酒。喝完酒，人民軍營長恭敬的送他出來。到了外面，副支隊長出其不意，右胳膊往後開弓的，對人民軍營長胸口猛撞了一肘；又鯉魚翻身的向他頭部揮了一拳。人民軍營長踉蹌的倒退兩步，整個人便直撲了過來。副支隊長一閃，躲了過去，便出手對人民軍營長後腦劈了一殺手刀。人民軍營長往前跌撞了幾步，拔出手槍。副支隊長眼快，迅速的飛起一腳，踢掉他槍。人民軍營長馬上爬地撿槍。副支隊長又一腳，將槍踢得太遠；同時一手捉住人民軍營長的後領子提起，另一手拔出尖刀對他肚皮殺了一刀。人民軍營長斃命。任務圓滿達成，安然返回。我們大韓民國國防部頒發給他一面大勳章。」朴翻譯描述得十分精彩，不過揪領子劈手、捅刀子都是空手比劃，因爲沒有「道具」。

大家熱烈的鼓掌誇讚。孫利翹起大拇指說：

「爪哇，爪哇！」（韓語「好」的意思。）

副支隊長笑笑的聳一聳肩，眼睛對著開啤酒的大伊，和在走廊上烤魷魚的大金、大朴溜著。然後，他抓起罐子喝了一口酒，提議大家喝歌作樂。

大家齊聲說好，嚷著：「請副支隊長先來一個。副支隊長先來一個……」

副支隊長不停的擺手，聲音沙沙破鑼似的說：

「安得，安得……」（韓語「不行」的意思。）

「不，副支隊長一定要先來一個，來一個，我也來。」孫利叫著，瞟了走廊上的大金一眼。大金對他嫣然一笑，可把孫利樂昏了。

副支隊長又說：「安得，安得……」指指喉嚨，意思他嗓子啞了，唱不出來。

「不行，副支隊長不先唱，那太不給我們面子了。」孫利嚷著。

大家也跟著叫喊：「是的，副支隊長先來一個，來一個……」其實除了孫利興頭大外，大家反應都很冷淡。

副支隊長搖手擺頭，張大嘴巴用力的說話，聲音就是發不出來，「啊啊」的卡在喉嚨口打轉。朴翻譯見狀，立即替他解圍。

「請大家原諒。」他說：「副支隊長因爲嗓子發炎，實在沒辦法唱，我看這樣好不好，請陳老大哥來一首。」他舉起啤酒罐子向陳炎光作個揖。「陳老大哥，來，乾杯。你的京戲沒話說，來一段『蕭何月下追隨韓信』怎麼樣？」他說著把罐子裡的酒往嘴裡倒。

陳炎光搖一下手，悶著頭喝酒。他情緒一向起伏不定，時而高興，時而鬱鬱寡歡；酒一下腸肚，愁就更多了。

孫利嘻笑的說：「對，大老陳，你來個『蕭何月下追韓信』，我也就來個『祭東風』。」

「我不來。」陳炎光又搖下手。

小包挖苦孫利說：「你會唱什麼『祭東風』？乾脆唱『格老子』，『啥子』算了。」

孫利快速的出手，在小包頭上「唰」的拍了一巴掌：「龜兒子，你叫什麼？」小包兩手護著頭，眼睛直對孫利瞪著，腮幫鼓得脹脹的。

朴翻譯笑笑的看著他們，一壁向陳炎光央求的說：

「陳老大哥，這回你一定要賞副支隊長這個面子。副支隊長故事都講了，你絕對不能推辭。」

陳炎光一聲不響的放下缽子說：

「好吧，那我唱首抗戰歌曲。」他從養鬍鬚起，就很少哼京調子。

「要得，要得！」朴翻譯歡欣的拍拍掌。

陳炎光稍稍吸口氣，略傴著背，聲調低沈的唱著：

我的家在東北松花江上，
那裡有森林，煤礦，
還有那滿山遍野的大豆高粱！
九一八——九一八！
從那個悲慘的時候！
九一八——九一八！
從那個悲慘的時候！
離開了我的家鄉，
拋棄那無盡的寶藏！
哪年，哪月！
才能夠回到那可愛的故鄉？
哪年，哪月！
才能夠收回我那無盡的寶藏？

泣別了白山黑水，
走遍了黃河長江。
流浪，逃亡！
逃亡，流浪！

流浪到哪年，逃亡到何方！
我們的祖國已整個在動盪，
我們已無處流浪，
已無處逃亡！
哪裡是我們的家鄉？
哪裡有我們的爹娘？
百萬榮華一刹化爲灰燼，
無盡歡笑轉眼變成淒涼！
說什麼你的，我的？
分什麼窮的，富的？
敵人殺來，砲毀槍傷，
到頭來都是一樣！
看！火光又起了！
不知多少財產毀滅！
聽！砲聲又響！
不知多少生命死亡！
哪還有個人幸福？
哪還有個人安康？

走，朋友！

我們要爲爹娘復仇。
走，朋友！
我們要爲民族戰鬥。
你是黃帝的子孫，
我也是中華的裔胄。
錦繡的江山，怎能任敵騎踐踏！
祖先的遺產，
怎能在我們手裡葬送？
……

滿臉風霜的陳炎光，他用他的血和淚唱著，唱出他滿腔的怨恨、痛楚，與無奈；也彷彿控訴著這世間的不公平、無正義、無公理。悲慘悽愴的歌聲，在空氣中洶湧激盪，燃燒著我們心胸，使我們熱血澎湃，淚水往上湧流，充塞著我們的眼眶與鼻腔。我儘量的控制著感情，不讓眼淚流出。

九一八，民國二十年，陳炎光告訴我，他二十一歲，離開家鄉參加義勇軍抗日。日本佔據整個東北後，東北軍退入關內。民國二十六年，七七蘆溝橋事變，中國展開了對日八年抗戰。他加入國軍轉戰大江南北，遠征緬甸。抗戰勝利，蘇聯大軍入侵東北，竊走機器、物資，卵翼中國共產黨政權，阻撓國軍收復失土。迨蘇軍撤退，他隨國軍回東北，東北已是遍地戰火；而他家鄉大連仍被蘇軍佔領，過家門而不能入。及至剿共戰事失利，他又匆匆隨國軍退出東北，華北、華南、最後在西南被俘，當了共軍俘虜。韓戰爆發，他被送往朝鮮充當砲灰，四十年五月第五次戰役，逃出魔掌，投奔聯軍。從九一八，到抗戰，到韓戰，他爲家爲國爲自由，整整掙扎了二十年，到頭來落得家散人亡，當了「雙料俘虜」，連自由生命都得不到保障，教人心酸不已！

他唱著唱著，熱淚盈眶，聲音喑啞。我們大家也和著唱。副支隊長雖然聽不懂中國話，但他看到大家滿懷悲惻的神情，悽愴的聲調，也感染了幾許我們的哀傷。他臉上的笑痕，早已消失，肅然的靜靜聽著。

歌沒唱完，打住了。陳炎光捧起缽子喝了一口酒，放下，便向副支隊長伸了下手。

「現在請副支隊長也來一個。」

這回副支隊長倒很乾脆，沒有推辭，他操生硬的中國話，點著頭說：

「好的，好的。」

說著，他向坐在後面屋角的小伊使個眼色。小伊微微頷首。他便坐直身子，習慣的咳幾下喉嚨，頭就開始搖晃了起來。聰明的小伊，立刻將留聲機唱針接上唱片，滿屋子立即響起了美妙、動人的韓國民謠來：

阿里嵐，阿里嵐，阿拉里喲！
阿里嵐，清早起來盤過山頂。
天空亮，晨光放，穿破白雲照下方。
好河山，美如景，招手呼喚！
阿里嵐，阿里嵐，阿拉里喲！
阿里嵐，鳥語花香使我留戀！
懷抱著青春的熱烈希望向前進，

立大志，出鄉井，快樂壯行！

阿里嵐，阿里嵐，阿拉里喲！

阿里嵐，過了山頂，添我鄉愁——

悠揚美妙的旋律，好似五色繽紛的彩帶在舞台上有節奏的揮舞飄動著。副支隊長的腦袋，和著節拍，或疾或徐的左右晃動，身子跟著搖擺，嘴張合恰到好處，活像演雙簧。他堪稱得上一個好演員，逗得大家大笑，短暫的忘卻了憂愁。大家也隨著擊節。唱到了第三段，唱到了「添我鄉愁」，他脖子忽然一挺，煞住了。小伊立即移開唱針，歌聲戛然而止。大家鼓掌喝彩：

「唱得太好了，太棒了！再來一個，再來一個……」

副支隊長張口結舌的叫著：

「安得，沒有了，大大的沒有了！」

大家仍然嚷著「再來」，尤其孫利叫聲特別響。

坐在我旁邊的陳希忠，用肘撞了下我，輕聲的說：

「走吧，今晚不知道要耗到什麼時候。」他便欠身向朴翻譯說：「朴翻譯，請你和副支隊長說一聲，我酒量不好，先下去。」

朴翻譯沒半點留難的說：「好的，好的，你休息去。」

我也向朴翻譯說要下去，他沒說一句客套話，也讓我走了。回臥室，我洗了臉便睡去。

許志斌和小包，也跟著回房間休息。

昨晚搬家沒有睡，中午又沒有休息好，喝了些酒，頭暈暈的，我很快的便睡著了。正睡得迷迷糊糊裡，驀然，我聽到「碰」的一聲巨響，好像重物撞擊地板發出的響聲。我立即翻身從床頭窗戶往外望。一看，可把我怔住了。整個小廳子全變了樣，變得既醜惡又恐怖。副支隊長凜凜的坐著，兩手叉腰，眼睛射出凶焰。左眼角一指多長的刀疤，更把他的臉孔抹得格外兇殘、蠻橫。朴翻譯木頭似的跪坐在他身旁——像日本女人跪在榻榻米上的姿勢——噤若寒蟬，說不出話來。陳炎光跪在他的左側，兩手按在膝蓋上，聲音緩緩的，反覆的說著：「愛蒙梭無利，愛蒙梭無利……」是他遠征緬甸時，向美國大兵學來的破英語：「我很抱歉」的意思。孫利喝得酩酊大醉，兩隻手對空抓來抓去，嘴裡喃喃的說：「……大金是我的，我愛她，她愛我；誰敢碰我大金一根寒毛，我，我孫利就要和他拚……」坐在他身旁的許家榮，一隻手箍著他脖子，一隻手端著一碗茶：「你嚕嗦什麼，喝下去好不好？」孫利推開碗說：「我，我沒醉，我不管他什麼人，我都不怕……」躺在地板上死醉爛醉的吳宗賢，頭枕在門限上，嘴邊吐著一灘穢物，通通包摀住鼻子替他打掃。

兩三分鐘之後，副支隊長猛的手對茶几拍了一下，震動得杯盤上下跳動。廳子裡一時鴉雀無聲。過一會，他揮手往朴翻譯臉上重重的摑了一巴掌。朴翻譯一丁點兒氣都不敢出，抱住臉，像電影裡慢動作似的，徐徐的起立，徐徐的轉身，徐徐的躡著腳，飄呀飄的，一步一步慢慢的往外走。走到了走廊邊，他連皮鞋都沒穿，一溜煙的跑了，向大門口跑去……不到三分鐘，門外響起了整齊的步伐聲，兩個兵士從支隊部跑步而來。到了大門口，他們面對面立定站著，十分有精神，原來是來站崗的。

小廳子裡只有陳炎光細聲的，「愛蒙梭無利」的咕噥著。不一會，孫利嘰哩呱啦的又嚷了起來。副支隊長兩眼兇狠的直瞪著他。孫利不理睬。副支隊長火的拔出手槍，往茶几上一搭。孫利不甩他，照叫不停。副支隊長抓起手槍，嘩啦的拉下槍機，子彈上膛，對準孫利要擊發的樣子。我「啊」的一聲，心要從口裡跳了出來。在小廳子後角的小伊、小金和韓淑子，嚇得瑟縮擠成一團直打抖。孫利依然叫著：「我不怕，我，我這條命是撿來的，拚得過他……」也許酒醉心明白，副支隊長比劃了一會，將槍口朝空，退出子彈，把槍插進套裡，起立到走廊穿了大皮鞋走了。

大門口的衛兵也撤去了。

我從壁櫥——我的睡床——跳下，到院子裡。朴翻譯不知躲在哪個角落也冒了出來，到處找鞋子。許志斌、陳希忠、小包也都到院子來。陳炎光不慌不忙的從地板上爬起，不慌不忙的向院子裡大家一步步走來，搖著頭說：

「嗨！副支隊長酒品太壞、太壞了！我曉得他這個樣子，早也不敢和他喝——下次我死也不來了！」

「誰知道！」朴翻譯穿了皮鞋起身，苦著臉說：「他是從別的單位剛調來，大家都沒和他喝過。」他指著他面頰。「你們看，我最倒楣，挨了他一耳光。」

「我早就看出會出事，所以喝了兩罐啤酒就去睡。」陳希忠說。

「好可怕！我躲在房間裡都嚇壞了！」小包說，身子顫抖了幾下。

孫利依然手舞足蹈的叫嚷著，嘴角掛著一絲唾液直往下墜。「把他扶到房間去睡。」陳希忠氣火的對許家榮叫著。「一天到晚大金、大金，丟臉！」

孫利攔開手說：「我，我自己會走，我沒醉。哈，哈，我睡覺去了！」他撞撞跌跌的向房裡去。

朴翻譯看了看腕錶說：

「哇！快十二點了。」便催促女孩趕快收拾碗盤，打掃廳子，叫大家休息。許志斌也把吳宗賢攙回小臥室睡去。等一切整理停當，大家也都睡了，朴翻譯最後把走廊上的燈關掉，才回支隊部去。

整理院子靜了下來，一片漆黑。

大約過了半個多小時，我還未闔眼，發現窗外有道影子晃了下掠過。我立刻往外看，一條黑影正踏上走廊往屋裡來。沒有月光，走廊上燈又沒亮，我看不清楚黑影是誰，但我從他的動作姿態認出是朴翻譯。怪，這時候他又來做什麼？我慢慢的起身，從拉門門縫望出去，偷偷的窺伺著。

老朴兩隻手臂平伸，掃來掃去的摸了進來，借著支隊部照射過來的暗淡光亮，腳輕輕的踏著，生怕踩到人。跨過了小包，許家榮、摸到了孫利舖位，孫利突然大喝一聲：

「哪個？」

「哦，我，朴，朴翻譯。」老朴狠嚇了一跳，那種緊張樣，快要把我笑出聲來。

「幹什麼？」

「是副，副支隊長……哦，不……是，是所長……」老朴囁嚅的說：「是所長要叫女孩去問。」

「問什麼？」

「問她們對聯絡所有什麼意見，提出來做參考。」

「好吧，你叫。」孫利命令式的說，好像他是這些女孩的守護神，沒經過他許可，誰也甭想動。

第一個被叫去的是小伊。幾分鐘後，小伊回來了，大伊去。我想朴翻譯說的是實話，一定是所長要了解今晚到底發生了什麼事。所長辦事一向積極、負責，為人正派。副支隊長已喝得醺醺大醉，不可能叫女孩；那樣爛醉，叫去能做什麼？

大伊回來後，是韓淑子去，我就漸漸的睡著了，以後是誰又去，我就不清楚了。

醒來時，天色已微亮，孫利拉開壁櫥拉門喊我：

「北山，昨晚出事了，你還在睡？」

「發生了什麼事？」我驚問。

「副支隊長把大朴留了下來。龜兒子，你看。」他向廚房指了指。我馬上側過身望去，見大金和通通包坐在廚房那邊炕沿哭泣。大伊和韓淑子、小伊圍繞著安慰她們。的確，少了大朴一個人。「我告訴你，昨晚我就看出副支隊長想動女孩腦筋，所以女孩被叫去時，我就注意著。到了大金去回來，因爲兩晚上沒睡好覺，我就睡著了。天快亮時，我醒來看大朴舖位空著，知道出事了，馬上到支隊部去。我一間一間房間看過，有的門關得緊緊的。找到廚房，阿珠姆妮正在裡面替副支隊長煮咖啡。她親口對我說，大朴在副支隊長房間裡，副支隊長擰大朴胳膊、大腿，打她、捶她。她哭得很厲害。我問哪個房間，阿珠姆妮就不告訴我。」

「昨晚老朴不是說是所長叫女孩嗎？」

「去他的，你相信他的鬼話。」孫利一隻肩膀用力聳了下，嘴角綻起狡猾的獰笑。

我咀嚼著他的話，心裡暗暗捕捉昨晚情景，我明白了：他們兩個昨晚根本都沒醉，都是在鈎心鬥角。昨晚副支隊長走時，他不但穿上皮鞋結好帶子，還把鞋帶頭塞進鞋筒裡，我就覺得他情緒滿清楚。孫利在老朴摸進屋叫女孩時，說話那麼清醒，就不像酒醉的樣子。這幕鬧劇，從開頭老朴請副支隊長「講故事」起——講故事的目的，是要表示副支隊長是英雄與心狠手毒——到最後把一個個女孩叫去，無疑的是副支隊長和老朴預設的陰謀——老朴挨耳光，當然是演走板了，不包括在陰謀之內——而聯絡所從風山里移駐春川，不用說也是副支隊長的主意，方便他對女孩下手。昨晚可能在我和陳希忠離開小廳子後，副支隊長對女孩動作太露骨——孫利說，昨晚我就看出副支隊長想動女孩腦筋——孫利看在眼裡，心中了然，所以借酒裝瘋，嘮叨的說：「大金是我的，誰碰大金一根寒毛，我就要和他拚……」「我不管他什麼人，我都不怕……」副支隊長掏出手槍威脅，他也不屈服。論姿色，大金比大朴強。副支隊長捨大金而挑大朴，也許是接受老朴的勸告：大金動不得，恐怕孫利要鬧得天翻地覆，沒完沒了。

我立刻穿上衣服，拿了毛巾牙刷去廚房找大伊。她放下手裡事情，跟我進浴室。

「昨晚他們找妳說什麼？」我打水洗臉，問她。

「都是藉口，下流。」

「他們說了什麼？」

「他們問我家住北韓哪裡，家裡有什麼人，爲什麼逃到南韓來，有沒有親人在南韓……」她垂著頭，長長的睫毛，掩不住她那憂愁的眸子。

這種卑鄙、恐嚇的話我見多了：「是誰問？」

「副支隊長和朴翻譯都有。」

「混帳！」

「朴翻譯來了。」她對外指指。

外面傳來老朴對女孩說話聲，安慰她們？廢話。

「大伊呢？」老朴問。

「我要出去了。」大伊小聲的說。

但她出去了又回來，帶回憤怒。

我知道爲什麼，盥洗畢立即出去，站在浴室門口，瞪著老朴。他媽的，昨晚他把大朴騙去，還好意思拿顏色給我看？我準備揍人。

算他識相，老朴繃得緊緊的狗腿嘴臉鬆垮了下來，裝作同情難過的樣子對女孩咕嚕著，不敢正視我。

我「砰」的摔上浴室門，回臥室。

老朴對女孩說了話後，便到院子向我們講話。陳炎光、許家榮、陳希忠等也已起床，大家都到院子來。老朴的臉也像老桂一樣的善變，現在又變了一副可憐相的說：

「各位好，所長特別叫我來向大家說聲抱歉。所長希望大家好好休息，有什麼意見可提出，所長會向上級反應。沒什麼，大家放心！」他挨了一記耳光的面頰，紅起了一大包。

陳炎光問：「那現在工作去不去？」

「所長說工作暫停。」

「大朴現在人在哪裡？」許家榮問。

「在支隊部幫阿珠姆妮做飯。」

「什麼做飯，被關在副支隊長房間裡，你以為我不知道？」孫利說。

老朴露出為難的樣子：「孫利，你要我怎麼說嘛！」

說著，他又想去廚房看看，廚房拉門關著，他便走了。

34

那天早晨，女孩很晚才做好飯。吃了飯後，我回壁櫥關上拉門，計畫逃亡，找春川當地美軍。馬上行動。如果逃亡成功了，我們人進後方戰俘營，聯絡所關門，女孩送回漢城難民收容所，大家都獲救了；而且對老朴可是一種嚴厲稱快的報復——我們走後工作沒人做，支隊長又會派遣老朴、老桂他們去敵後工作。過去老朴去工作，全支隊都知道他躲在山溝裡沒過去，晚上還找女人陪著睡覺。假使支隊長防範他耍詐，改用小艇或飛機送他們去北韓，那老朴這條命就死定了。

我躺在壁櫥裡縝密的計畫著，定出行動細節。這做起來並不難，因為我時刻都在思考著逃亡。

很快的，我計畫妥了，再審慎的檢校一遍，自覺天衣無縫的滿意。然後，跳下壁櫥到小廳子找玩牌的陳炎光、許家榮、陳希忠等，對他們有所交代與安排。

吳宗賢坐在小臥室前的走廊上吸著煙，不方便說話。我踱到院子裡，向後山丘果園望了望，說：

「誰願意去果園採蘋果，就跟我來。」

許家榮和陳希忠、孫利都丟下牌說去，許志斌和小包說也去，我說：

「去太多人，給老朴他們看到了不太好。小老陳，我和你去。」陳希忠人精靈，而且和吳宗賢處得來，我找他去，吳宗賢不會懷疑。

「對，你們打牌。」陳希忠說：「採回來大家吃。」他馬上下走廊，趿著鞋跟我來。

我們從廚房後面的鐵絲網小門出去，進入果園。蘋果樹結著滿枝椏的纍纍果實，壓得枝條下垂。遍地是丟落的爛蘋果。沿小徑上了山丘頂，那裡有位身穿白袍的老者，坐在小屋前吸著旱煙。他見我們來，咿咿唔唔的指著蘋果樹頂，意思叫我們摘果子吃。陳希忠伸手採了一粒，揩乾淨果皮吃著。我也摘了一粒揣在口袋裡，轉到小屋子旁的一塊大石頭坐下，「來，坐這裡。」陳希忠吃了蘋果過來，在我身旁坐下。我便告訴他，我要出走。

「逃亡？」陳希忠愣了下，驚訝的問。

「是的。有的行動要大家配合，」我說：「在屋裡有吳宗賢，不方便說話，所以才叫你出來，把逃亡計畫告訴你，等會你回去找機會轉告大老陳、孫利他們。」

「對，我們要趕快走，不走還會出事。你打算去哪裡找老美？」

我指著營區右側，隔著小溪流那邊的山丘頂樹林子上空，飄揚著的星條旗。「看到沒有？美國國旗。昨天我和許家榮就發現了，我叫他要保密，不要說出去。」

陳希忠順著我指的方向望去。「看到了，那裡一定是美軍軍營。」

「肯定是，十幾分鐘就可走到。」

「那你怎麼計畫，說吧。」

我告訴他，我單獨一人去；去太多人，目標大，容易被發現。要大家配合做的，有兩方面：一是老朴過來聯絡所，發現我不在，問我去哪裡時，可對他說我去溪裡洗澡。他沒問，就別說，大家專心玩牌，閒聊。二是萬一我逃亡失敗被送回來時，大家要盛大的歡迎，表示高興，千萬不可露出失望沮喪的神情。至於我離開聯絡所後，如何去逃亡找美軍，那是我的事，我只大略的說了說。陳希忠頻頻點頭說：

「我知道，我會叫大家照你的話做。你放心。」

「大老陳和許志斌都睡小臥室，你說話要小心。」

「我可叫他們到大臥室來，告訴他們，或者他們上廁所時，我跟去對他們說。」

「可以。不過，你要個別的告訴大老陳和許志斌。不要你對大老陳說了，叫他去轉告許家斌，或者叫許志斌去轉告大老陳，他們都住一個房間，話傳來傳去，會被吳宗賢聽到的。」

「是的，是的。」

「還有，你告訴他們，從現在起和我保持距離，不要找我說話。」我怕他們找我七問八問的走漏了風聲。

「好的，我知道。大伊呢？你要不要讓她知道？」

這又觸到我的痛苦。「我考慮了很久，還是不要告訴她，不然，會鬧得很不愉快。」

「是的。那我們回去，我馬上進行。」

我們繞到小屋前，老者又咿咿唔唔的指著蘋果樹。陳希忠摘了三粒又大又紅的蘋。我也摘了三粒。

回到屋裡，陳炎光他們沒玩牌了，閒坐小廳裡聊天。吳宗賢仍然呆坐在小臥室前的走廊上。小包趴在地板上懶睡。陳希忠先挑了一粒蘋果給吳宗賢，餘下連我的共五粒分給大家，每人一粒。

「爲什麼不多摘幾個？」小包說。

「有人看果園，白拿人家的，不好意思。我和王也只吃一個。」陳希忠說。「來，我們玩棋子。」他拿了棋子進大臥室，找孫利、許志斌、許家榮玩了起來。

我去廚房看大伊。她立在桌旁醃做泡菜，兩手濕濕的。望著她姣好的臉龐，我心底泛起陣陣痛楚與難捨。我從口袋裡掏出那粒蘋果來。

「大伊，給妳。」

她轉過身見到我，臉上盪起了喜悅的漣漪：「你爲什麼自己不吃？」

「我吃了，留給妳的。」

她接過蘋果，放在桌端，繼續做她的事。

我依傍著拉門望著她，心想這一走，也許今生今世無法再相見了！

陳希忠一面玩棋子，一面把我逃亡計畫悄悄的告訴了許家榮和孫利、許志斌他們。玩了一會，把話交代了，他便推開棋子說：「不來了，你們玩。」便出去了。

一刻鐘後，陳希忠又回大臥室。「北山，來，我們玩翻棋子。」

我過去。他低聲的說：「我對大家都說了，大老陳也說了，老吳絕對不知道我們逃亡。你現在走，還是吃了午飯走？」

「不，午睡的時候。」

「對，韓國人也有睡午覺的習慣。午睡走最安全。」

吃過午飯，我爬上壁櫥將毛巾、肥皀，以及工作穿的共軍服裝收拾妥，放在床頭。陳炎光和吳宗賢、孫利、小包睡午覺了。女孩們都在廚房。我拉開床尾拉門，透過大臥室窗戶，向支隊部望去。那裡零落的沒幾個兵士走動。在營區最後那排房屋的走廊上，支隊部那幾個小孩，嘻嘻哈哈的正玩得起勁。他們都是韓戰孤兒，被收容訓練做「小情報員」的。在一個多月前北漢江對岸出現人民軍時，支隊部挑選了他們其中三個，用小舟趁黑夜送過江搜集情報，結果一個也沒回來。

望著支隊部營區人靜了，我跳下壁櫥，依戀的向廚房望了望，希望能看到大伊最後一面，但廚房門關著。我拿了軍服、毛巾、肥皀走了。

出了大門，我向右轉，往春川城方向奔去。

路上寂無行人。過了橋，路右側是一排二、三十間的木造瓦房，屋頂多半塌落，破損不堪，空盪盪無人居住。車輛駛過時濺起的泥漿，潑在門板、牆壁上，積成一層灰濛濛塵土。我注視著每一間空屋。有間門半掩著，我看前後無人，便迅速的進入屋內關上門。後院子裡有口水井，有抽水幫浦。我找一隻水桶打滿水，脫下衣服洗澡。洗了後穿上共軍服裝，把換下的衣服也洗了，絞乾，連肥皀、毛巾，拿在手裡，便出空屋向山丘頂走去。

上坡路約三、四百公尺長，坡度平緩。上到山丘頂，果然是美軍軍營，四周圍繞著丈把高鐵絲網。廣場當中的旗杆頂上，飄揚著我在聯絡所就看到的那兩面美國和聯合國國旗。廣場左側有座磚造營房，冷清清的，沒駐有多少美軍。行進五、六十公尺，可看到營區大門了。門口站立著兩名美軍衛兵，頭戴印有MP字樣的白色鋼盔。門柱上掛著一面長牌子，用中韓文書寫著：「美軍第九軍團憲兵隊」。在正對大門內約五十公尺處，有一小鐵絲網圍圈，內搭一幢帳棚，關著十來個和我相同身分的共軍俘虜。他們不時探出頭來到處張望。我好羨慕！假使我也是他們一分子，那我的逃亡成功了，我們人的自由、生命也得到了保障！

我漸漸向大門走近，心裡有點緊張。走到大門口，停住，隔著馬路向營區內張望。那兩個美軍衛兵對我的出現，並沒有感到驚訝，也不看我，精神抖擻的站著。我希望他們主動抓我，我不主動找他們，因爲我必須準備投奔美軍失敗被送回去時，替自己留下辯白的理由。望了一會，我走到路心，向他們接近，但他們依然不理睬。我故意探頭探腦的做出各種讓他們懷疑的姿態，他們始終沒有反應。奇怪！我穿的服裝和關在小鐵絲網圍圈內共軍俘虜的服裝一模一樣，為什麼不引起他們注意？我看看自己，看不出不像個共軍，眞共軍。到底是什麼原因？

待了好半天，美軍衛兵不理不抓我，教我非常著急、不安。這裡又是美軍憲兵隊大門口，假使撞上支隊部人員，那他們絕對會懷疑我逃亡找美軍了。我倉促的考慮了後，決定趕緊離開，繼續前行。我不能老耗在這裡。我有信心在這一路上還會遇到美軍的。

我順著山坡路下去，春川城就在山丘底下了。整座市區中心全遭砲火夷平，沒剩下一堵牆。縱橫交錯的寬闊大馬路，將廢墟分割成棋盤似的一格格，埋在一堆堆瓦礫與灰燼裡。街道上躺著橫七豎八的電桿與路樹。全市區除了少數來往百姓，與西邊邊沿的一群修路美軍工兵外，不見有韓軍人員，這給了我很大的安全感。

一輛卡車從我右方靠山丘旁的馬路駛來。車上載著七、八個一身骯髒、憔悴的共軍俘虜。卡車後頭跟隨著一輛小吉普，上面坐著一位開車的美軍軍官，和兩名持槍的士兵。我定定的望著他們。美軍軍官和士兵，對我看也不看一眼，倒是那幾個共軍俘虜，見我穿著和他們一樣的軍服，疑惑的老望著我。車子從我跟前疾駛而過，向我來的山丘上開去，大概也是送往憲兵隊了。

我佇立路口張望，尋找美軍，但一個也沒見到。四圍一片空曠、暴露，我擔心遇上L支隊人員。停留片刻，我打算去找那群美軍工兵，便踏著廢墟對準目標過去。走近時，才看出他們全是黑美。一輛推土機把一片地鏟平、壓實，鋪上柏油。六、七個兵士在我前面路旁挖洞、種樁，牽鐵絲網。我走過去，在那裡來回的逛著，希望他們來盤問我，將我拘捕。但他們只偶爾看看我，對我並不在意。我磨蹭了二、三十分鐘，沒辦法把自己「推銷」出去。計算時間，離開聯絡所兩個多小時了，我心裡開始慌了起來；要是老朴發現我不在找到這地方來，那我的逃亡企圖馬上會被他們揭穿的。怎麼辦？我又不能主動找他們。想了想，我決定還是回到山丘上憲兵隊去。假使那兩個美軍衛兵不出手抓我，我只好自動「報到」。憲兵隊有責任收容戰俘，不可能拒絕我。

主意打定後，我便立刻折回。午後的太陽，照射在廢墟上顯得分外淒涼。我加緊腳步疾行，心急如焚。走著走著，驀然，我發現遠遠的前面山丘旁的人行道上，有個人老望著我。仔細看，他穿的也是共軍服裝，和我一色。怪，他怎麼也穿共軍軍服？我暗地裡掃視四處，沒有他可注意的目標；原來他盯的就是我！我心知不妙，這裡又是廢墟當中，無處躲藏，只得裝作沒看到他，我走我的。

他站著不動，視線緊跟著我。

我邊走，腦子裡邊思索著：這傢伙到底是什麼人？什麼身分？怎麼也穿共軍服裝？是韓國士兵？不可能；軍人不能穿和敵人同樣制服。抬眼偷窺他身上，沒見有肩章，符號什麼的，素素的，什麼也看不出來。

當我走到距離山丘旁馬路百來公尺時，他斜著穿過馬路對我走來，到了距我十七、八公尺左右，向我招下手：「依利哇！」（韓語「來」的意思。）便掉頭向著我來的路走去。「糟了！」我心裡叫，不得不硬著頭皮跟他去。

他走幾步，總要回過頭看一看我，或說：「依利哇！」生怕我跑掉似的。

過了馬路，他走到了上山丘的路口時，便停住回頭等我；等我快跟上了，他又走，上山丘去。上了半山丘，快行近美軍憲兵隊時，他回頭又招下手：「依利哇！」便轉入左邊岔路去。沒走幾步，我見前面二、三十公尺處有一院落，門口兩扇大鐵門生鏽脫落，倒在一旁。沒見有任何機關牌子、標誌。我跟他進大門去。院子裡種著許多花木，枝葉散漫，野草叢生，乏人修護。右側是座雄偉破舊的建築物，高大的拱門正對著院子。我猛然一醒，想起了，是警察機關？那這個人就是警察了？可能。警察穿共軍制服，我也穿共軍制服，所以美軍衛兵、工兵以爲我是警察不理會我。這些虜獲共軍的爛軍服，充當警察制服使用，雖不美觀，但可省錢。聯絡所裡的女孩也穿這種軍服。

他領我進入拱門內左邊的一間大辦公室。辦公室四周鑲著大玻璃窗。每隔一扇窗，擺放著一張小辦公桌。辦公室當中有張乒乓桌大的大桌，上面擱著一隻空青瓷大花瓶。大桌子的另一端，又有一張小辦公桌，坐著一位穿黑呢制服的警官。他在辦公。我一走進辦公室，第一眼就給我看到了。全辦公室只有他一個人。

對的，我沒猜錯，是警察機關。

那個抓我的警察，把我帶到警官跟前。他是在擬寫公文，渾身都是肉，胖嘟嘟的，兩腮幫的肉油肥肥的要墜下來的樣子。他抬起眼沒好氣的瞥我一下，眼皮又垂下去。警察恭敬的對他行個禮，用韓語向他報告。警官不停的寫公文，有時「嗯」了一聲。警察報告完畢，警官一句話也沒說沒問，對他揮了下手。警察又行個禮出去了。

我站在那裡，警官也不理不問。我看這傢伙不但官僚，簡直是麻木不仁。他現在應該知道我是中國人了，春川是屬後方，我怎麼滲透進來的？身分是什麼？負有什麼任務……這一切的一切，難道不會使他大驚一跳，予以重視？何況是負責治安的警察機關？真是怪事！

警官不停的寫著，我不知他將如何處置我，要是把我送回聯絡所，說是在春川市區抓到我的話，那所長他們絕對會懷疑我企圖逃亡找美軍了。因此，我必須替自己做「後事」——被送回聯絡所——準備。我用韓語對他說：

「先生，我是大韓民國陸軍L師團，三八六三部情報工作員。請你把我送回去吧！」

「安得！」他不耐的說。（韓語「不行」的意思。）

好吧，現在我話已經說了，送不送我回去，是他的事，如果出了什麼差錯，與我無關了。

過了兩三分鐘，他仰起胖臉來，用手裡蘸水筆對我點了兩下，咿咿呀呀的說了幾句話，大意是明天把我交給美軍。

我心中一下子亮了起來，沒想到在絕望中出現曙光，太好了，太好了！那我就耐心的等待吧。

警官公文寫好了，伸手到桌端撳一撳鈴，立刻跑進來一個警察——也是穿共軍服裝——警官對我什麼話也不問，便吩咐那個警察將我帶走。那警察便對我喊：

「依利哇！」

於是，我跟隨著他出辦公室，走進了一條黑暗甬道。走到了盡頭，進入了一間寬敞的大屋。屋子中間擺著一張桌子，坐著兩個警察。兩旁是牢房，用碗口粗大木柱子隔成，左是男監，右是女監，關著不少男女犯人。屋子外頭是天井與山的峭壁。領我的警察把我交給那兩個警察時，犯人們聽到了我是中國人，他們紛紛的逗弄我，大聲的叫喊著：「中國人大壞蛋！」「中國人是強盜！」「中國人拉八！」……（拉八，韓語「不好」的意思。）尤其是女犯人叫聲既尖且響，她們吃吃的嚷著：

「中國人，我愛你！」

「來，中國人，我們來做愛！」

「中國人，看這個。」一個女犯把又白又大像麵粉袋似的乳房，從柱子空隙擠了出來，看得男犯人哇哇大叫。

警察大聲的吆喝制止，他（她）們照樣的叫著。一個警察拿了一根木棒子衝過去，乳房馬上縮了進去。警察笑了，大家也笑了。

不一會，一個警察端了一碗米飯來，飯頂躺著兩條手指頭大乾魚。我吃一口，吃不下，將口袋裡所有的韓國鈔票掏出放在桌子上——這些鈔票是到聯絡所第一個月發的，後來因為前方買不到東西，改配發實物——那個警察把飯端去，鈔票也收了。另一個警察在紙上寫了「入監」兩個字，打開男監把我關了進去。

牢房約二坪多大，關著十幾二十個犯人。他們多半站著，都坐下去恐怕容納不下。不過他們對我很「禮遇」，讓出一小塊位子給我。空氣悶熱，充斥著濃濃的汗酸臭。我坐了下來，腋下的汗水，像小蟲似的往下爬。我把背靠著壁，閉目養神，心裡想著明天，想著聯絡所，想著大伊……我想這時候老朴一定發現我逃亡去找老美，整個支隊部總動員四出尋人了。大伊呢？她對我不告出走，是痛苦？憤怒？哭泣？或許一陣痛苦，惱怒過後會輕鬆的笑我傻瓜，撇下美好女子不愛，去逃亡、冒險、受罪……但一想到警方明天將我送交美軍時，我內心有說不出的興奮與喜悅。我就這麼反覆的想著，想著，等著明天，等待希望。

天色已黑了下來。屋頂上一盞發紅的小燈砲，照得牢房裡陰森森的。

大約到了十點多鐘，外頭慌慌張張的跑進來了一個警察，惶恐的和那兩個警察不知說著什麼。犯人們一下子又鬨了起來，他們幸災樂禍的，嘰哩呱啦高興的叫嚷著，有的翹起大拇指對著我說：「中哭沙拉米，談心爪哇！」（韓語：「中國人，你了不起！」的意思。）我暗暗叫苦：完了，完了，絕對被找到了！

兩三分鐘後，甬道裡響起了橐橐的皮靴聲，由遠而近。男女犯人立即靜了下來。我馬上拿了毛巾、肥皂和換洗的韓軍軍服起立。金少尉已出現在牢門前，背後站立著兩名槍兵，把他襯托得非常威武。他怒氣騰騰的用手電筒向監裡一照，光柱恰好落在我「憤怒」的臉上。「對了。」他說，舉起大皮靴對牢門「碰」的踹上一腳，震撼得全牢房怦怦心動。警察趕緊跑過來，兩手顫抖的打開大鎖，開了門。我走了出去，金少尉問：

「王，他們有沒有虐待你？」

我說沒有。

他說：「走，不要理他們。」

我跟著他們出去，背後又響起男女犯人的叫嚷，歡笑聲。

進了大辦公室，那裡被打砸得亂七八糟，天翻地覆。那張大桌子四腳朝天。桌上的青瓷大花瓶，給砸得稀爛。滿地都是紙張、簿冊、玻璃碎片。老朴、胡銘新，與幾個兵士恣意的搗毀器具，踢打櫥櫃。那位傲慢胡塗的警官，呆若木雞的站在那裡，臉上青一塊紅一塊的變了形。一所長指著他鼻子斥罵，又連忙轉過身來和我握手：

「王，很抱歉，害你受苦了。」

我說：「沒什麼，謝謝一所長。」

警官見我來，咿呀的不知嘟囔起了什麼。我擔心祕密被抖出來，給一所長他們聽到了，知道我逃亡，或者懷疑我逃亡，那就大糟了！所以我不得不對他下手，我說：

「警察太可惡，我洗完澡，就把我抓到這裡來。我對他們說我是L師團，三八六三部，情報工作員，請送我回去，他們說安得。」我含糊的說「洗完澡」，意思說我是在營區附近小溪裡洗澡後被抓的，而不是在春川市區。我不詳細的說謊，把話說死，怕他們追究。我也沒說出警方要將我送交美軍，怕引起一所長、老朴他們連想：我是不是企圖去找老美？那就多餘得畫蛇添足了。

一所長聽了我話，又看我手裡拿的毛巾、肥皂、和換洗下的軍服，氣得頭頂上毛髮都豎了起來。他緊握拳頭，「啊」的叫吼著，對警官奔了過去，拳腳交加的大打了起來，打得警官滾地叫號。我好生不忍，又沒辦法，我不能不保護自己！

打了一陣，一所長打累了，兩手叉腰，喘著氣又罵，然後，向大家揮下手：「卡拉！」（韓語「走」的意思。）大夥兒便出辦公室，登上停在大門口的卡車，揚長而去。

車子經過美軍憲兵隊大門口，下山坡，不消數分鐘回到了聯絡所。所長和陳炎光、陳希忠、孫利、許家榮、許志斌、小包，都在大門口等候著。

我和朴翻譯跳下車，卡車便開回支隊部去。

陳炎光和陳希忠、許家榮、孫利等我們人立刻圍攏來，熱烈的歡迎我，和我握手、問好、擁抱，表演得非常逼眞，看得所長、老朴十分感動。女孩們擠在大臥室門內望過來，望著我，沒見到大伊。所長見我回來，放心了，他到院子裡看了看，說：「時候不早了，王今天大大的辛苦了，大家大大的休息。」便和朴翻譯走了，回支隊部去。

等著所長他們走出鐵絲網大門，陳炎光迫不及待的問：

「你到底哪裡去了？大家到處找你。」

他問話是用了技巧。但我看出吳宗賢起了疑心，他的痲子臉老是關閉著，沒有笑。他希望我走，見我回來當然感到失望。我暗地裡捏捏陳炎光手：「倒楣，我去溪邊洗了澡上來，遇到警察把我抓去關。」便向大臥室去。

「那快去休息，快休息，半夜了。」陳炎光說，和許志斌、吳宗賢回房間去。

我進臥室，女孩們便都到廚房去，關上拉門。陳希忠低聲得意的說：

「怎麼樣？我見支隊部出動找你，就照你的吩咐，叫大家準備盛大歡迎。」

「看樣子他們沒有懷疑我逃亡。」我說，注視著支隊部那邊，所長和朴翻譯的影子還在村道上。等著他們進了營區，孫利小聲的問：

「怎麼搞會被警察抓去？」

我把逃亡經過簡單的告訴了大家。「老朴什麼時候發現我不在？」

「老朴下午三點來過一次，問你去哪裡，我說去溪裡洗澡。」陳希忠說：「他沒再問，走了。到吃過晚飯又來，沒見到你，他知道出事了，馬上回支隊部去。支隊部立刻來兩個人把女孩通叫去問。而後他們就出動找你。」

「大伊回來好生氣，你現在快去和她說清楚。」許家榮說。

「是的，去問問她說了什麼。」孫利說：「我們睡覺去，都在這裡說話，支隊部那邊看過來不好。」

大家睡去。我拿了毛巾去廚房。

拉開拉門，女孩們正著唧唧噥噥細語，都轉過臉來看我。韓淑子俏皮的說：

「所長說你今天大大的辛苦了，怎麼還不大大的休息？」

她們都笑了。大伊雙手抱在胸前，撇著嘴，一臉怒氣。

我說：「洗澡，關在牢裡又熱又臭，流了一身汗。」

她們又笑。

洗了澡出來，廚房裡只剩下韓淑子和大伊兩個人。韓淑子笑咪咪的，很識趣的也回房間去，而且把廚房和臥室間拉門輕輕關上。我看著她走了，便就近大伊問：

「大伊，我聽說我走後，支隊部就叫妳去，妳說了什麼？」

「我不知道，我什麼也沒說。」她語氣硬硬的，眉頭糾結。

我央求的說：「大伊，別生我氣，告訴我，讓我了解。」

她轉開身子，不理我，不說話。

我盯著她問，她吼著：

「我不知道就是不知道，別再問我，好不好！」把臉甩開。

我略帶氣惱的說：

「他們把妳叫到支隊部去，妳什麼話都沒說？那妳是啞巴？」

她憤怒的瞄我一眼，又甩開臉，氣呼呼的。她脾氣就是這個樣子：平時溫順、和藹，發作起來，倔強、固執。

我逼近她一步，又問：

「那我問妳，為什麼他們叫妳去後，就展開對我搜尋？」

她立即轉過臉來，兩眼睜得圓圓的。

「你說這話是什麼意思？」

我抓住她手臂搖撼著：

「我就是要問妳，妳說呀！」

她用力的摔開我，叫著：「不准碰我，走開！」咬緊牙一句一字的說：「好！那現在我也要問你，你到底到哪裡去了？你敢說出來嗎？說給我聽！你說！」

「我是一所長、朴翻譯從警察局領回來的。妳問這個做什麼？」

「哼！虧你說得出來！現在我才相信伍浩說的話。」她恨恨的說。

「伍浩，他說了什麼？」

「說什麼？說你無情、殘忍、狡猾，沒有人性！」她叫著。

「哈，哈！」我冷笑。「把我說得那麼完美，太誇獎我了！還有嗎？」

「還有？說你企圖逃亡——」她嚷著，不過聲調兒低沈。

我火了起來，用指頭重重的戳了她一下額頭：

「妳見鬼了。他死去，連骨頭都化了灰，妳還相信他的鬼話。」

她張大眼睛直瞪著我，腮幫抽搐，淚水漸漸湧出，忽然，「哇」的一聲，把臉埋在手心裡哭了起來，哭得好傷心！

我懊惱極了，但氣又不敢發出來，怕把事情弄得更僵。

她的哭聲不大，且越哭聲音越小，抽咽著。我反省自己不告而別，難免使她生氣。可是，有什麼辦法？我又不能將逃亡計畫告訴她；現在她既然知道了，也好，攤開來談，彼此好商量抉擇，也就無所遺憾了。因此，我坐了下來，冷靜一下自己，理清紊亂思緒。

她哭了一會，怨氣發洩了，情緒稍好些，不過依然傷心著。

我傾過身去，委婉的、和氣的說：

「大伊，我很抱歉，都是我不好。我實話告訴妳，我是眞的逃亡去找美軍。我是不得不這麼做的。從妳來聯絡所的那天，我內心就交織著矛盾與痛苦。我深深的愛著妳，捨不得離開聯絡所。今天上午我給妳蘋果時，一直站在廚房門口看著妳，妳應該知道我內心的感受。」我緩緩的說，看著她反應。「可是，我見自己夥伴一個個的犧牲掉生命，前所長、桂翻譯他們又企圖染指妳們，所以在風山里時，我就計畫逃亡，打算去敵後工作時，繞道到美軍陣地投誠，揭發聯絡所祕密，要求美軍將所有中國人送往後方戰俘營去，聯絡所關門，妳們也就送回漢城收容所。在我第二次和許家榮去工作時，就是準備去投誠美軍的；但到達後洞時遇人民軍埋伏又折回，險些丟了命。」我稍歇，望著她，她已不再哭泣了，默默的聽著。我又說下去：「後來伍浩勸我不要走，留下來幫助妳們。他臨死還念念不忘囑咐我，那天妳也看到的。」她點點頭，淚水又從她憂愁的面龐，簌簌流下。「當時我下定決心留在L師團，眞心眞意的去愛妳，不再逃亡了。但是，昨晚副支隊長把大朴留下，又使我改變了決心。大伊，假使我有不對，妳也應該原諒我！」

她吸著鼻，揩眼淚。

「你走為什麼不和我說一聲？」

「是的，這是我對不起妳。我想告訴妳的，但廚房裡人多，不方便說話。」

「那今後呢？將來。」

嗨，又糾纏這些做什麼！戰俘身分，幹的是提著腦袋耍的工作，命運完全操在人家手裡，哪有明天？哪有將來？當初我和伍浩一樣念頭，對L支隊滿懷美好憧憬，可是，現在我對眼前環境看得太清楚了，現在我唯一的希望，就是希望她，她們離開此地，回到漢城難民收容所去。她跟我不會幸福的，我沒能力給她幸福。

「叔父有消息沒有？」我問。

她搖下頭：「沒有。親戚也沒聯絡到。姊姊說希望部隊能調到漢城附近，可就近尋找。」

「我希望妳們能找到叔父，叔父家是妳們姊妹最安全的避風港。」

「我知道，那你呢？」她又問。

「我是不走了，妳放心。」現在我決定把逃亡暫時擱下，等華僑工作人員來後看情況再進行。

「副支隊長會調走。」

「誰說？」

「我聽所長語氣，他叫我們安心工作。」

「今天下午，他們叫妳去說了什麼？」

「他們問我你去哪裡，我說去小溪裡洗澡。」

「妳怎麼知道我去洗澡？」

「朴翻譯來問時，我聽陳希忠說的。」

「他們還問什麼？」

「朴翻譯問什麼時候去，我說三、四點左右。以後他們就乘車去找你。」

「大伊，謝謝妳，妳替我說了好話。」我感激的說。

「別說謝了，我只希望你留下。」

「我說了，我不會走的——休息吧，時候不早了，支隊部那邊會看到的。」

她點點頭，拉開拉門進大臥室。我關掉燈。

35

小廚房柴火快燒淨了，朴翻譯叫大家幫忙搬木柴。

「去春川市區搬倒塌房屋的木料回來燒，有車子去，滿好玩的。」他說。

燒了幾天的門板、柱子，原來燒的是春川城。

「好的，好的。」大家都樂意，到鐵絲網外走走，透透氣。

「那現在就去，恐怕中午做一頓飯都不夠了。」

大家乘坐大卡車，循著幾天前我逃亡的路線行進。車子經過美軍憲兵隊大門前，下了山坡，右拐繞著市區的山丘旁大馬路行駛著。散佈在山丘下的零星屋子，倒很完整，未遭砲火波及，百姓多疏散到那裡居住。而靠近馬路旁的一幢幢房屋，則有的半倒，有的全部倒塌，埋在一堆堆瓦礫裡，有的焚燒成灰燼，僅剩下一堵堵矗立殘破的粉牆。路的另一側市區中心，所有建築物全遭炸毀夷平，望去像座空曠無際，淒涼的大墳場。馬路旁燒焦的路樹，又吐出新綠的嫩葉來。路上行人稀少。偶爾車子從穿著大紅大綠長裙的豔麗女子身旁掠過，胡銘新和朴翻譯便向她們「要婆色要，要婆色要」的招呼，吹口哨。她們有的也揮揮手「拜拜」。

車子在一排十幾幢倒塌的房屋前停了下來。大夥兒下車進入廢墟動手搬運。朴翻譯和胡銘新下了車，便到前面的一間小店閒坐去。大家撬的撬，扛的扛，將木板、柱、門扇等搬上車。廢墟底下，沈沈的壓著破碎的桌子、櫥櫃等家具，與發霉的泡菜、豆醬，散發出微微的餿氣味。遍地是斷磚殘瓦碎片。許多野鼠在廢墟堆裡鑽來跑去的覓食。有一窩丈把深的大炸彈坑，積著半塘死水。水面上浮著一床泡得肥肥的大棉被。幾個別單位的韓軍兵士，也開了一輛卡車在附近啃食春川城。

從炸毀建築物的破壞程度研判，聯軍對南北韓施行大轟炸，方式似乎有很大差別：轟炸南韓，僅將房屋炸倒震垮，多半沒有著火燃燒。對北韓，聯軍嚴密進行空中封鎖，從鴨綠江至三八線的公路沿線數十里範圍內，所有城鎮、村莊、山林全遭炸毀燒光，使共軍兵員、車輛、重砲，一過江，就一路挨炸，無處躲藏，能夠到達第一線的，也已成強弩之末，戰力大為削弱了。

忙了二十來分鐘，大家把木料裝得滿車時，胡銘新對我們叫喊著：

「喂！過來休息，休息，等會回去。」

那裡是一條巷子直抵山丘底下，約有六、七十幢木造瓦房，破破爛爛的。屋子多半空著，只住著三、四十戶人家。小店就在巷子口，做燒餅饅頭生意，兼賣些雜貨和酒。老闆腰間繫著圍裙，站立在擀麵檯前，很年輕，二十六、七歲，笑笑的迎著我們來。朴翻譯和胡銘新臉上都有點紅，大概喝了些酒。胡銘新翹起大拇指，對老闆戳戳了兩下，說：

「他也是我們中國人，嘿，嘿！」

「我是河南人。」老闆說。

「哇！那我們是老鄉，我是河南鄢陵。你呢？」許家榮高興的嚷了起來。大家聽說中國，也就格外的對擺在一面鑲著玻璃的櫥裡那些中國式的饅頭燒餅，多看了幾眼，愈覺得更熟識、親切了。

「我，我是河南洛陽。」老闆說，有點不自然的用手抓抓頭。

「貴姓？」

「我姓唐。」

「敝姓許。他也是我們老鄉，也姓許。」許家榮對許志斌指了指。許志斌靦覥的笑笑。

「坐，坐，不要客氣。」老闆說。

「那你應該請你老鄉喝酒。」胡銘新笑嘿嘿的說。

「是的，是的。」老唐手擦擦圍裙，拿了兩只碗倒酒。大家叫他不要倒，做小生意，賺不到多少錢。老唐連聲說：「不，不，不要客氣。」倒了兩碗酒。

大家謙讓的各啜了一小口，剩下的都給了陳炎光和吳宗賢。許家榮咂咂嘴說：

「這酒不錯。你來韓國多久了？」

「我，我是民國三十四年，日本投降後來的。」老唐說。

「那你從河南怎麼到朝鮮來？」陳炎光問。「我以爲你是老華僑。」

「咳！說來話長。」老唐歎口氣。「我是在抗戰時期，被日本鬼子俘虜送去日本做苦工。到了美國原子彈丟下去，日本投降了，美國人就到礦區來將他們俘虜接走，我們中國俘虜，還有韓國人，通通用船送到韓國釜山港。上岸後，我從釜山到漢城，就在一家山東華僑開的麵館裡工作。韓戰爆發後，麵館停業，我和太太就到這裡做小生意維持生活。」

「你結婚啦？是不是日本婆娘？」

「不是。我在漢城麵館工作時，山東老鄉替我介紹的。」

「他眞差勁。」胡銘新對老唐又戳了下拇指頭。「來韓國這麼多年了，韓國話還結結巴巴的。」

「我嘴巴笨，韓國話只會說一半，聽還過得去。」老唐說，又抓抓頭，臉有點紅了起來。

「要叫你老婆教，嘿，嘿！」胡銘新笑著說。

老唐咧嘴露齒，微微的笑。

「嫂夫人呢？請出來和大家見見面。」許家榮說。

「她在後頭洗衣服。」老唐往屋後揚了下臉。「替美軍洗衣賺點補貼家用，光做小生意不夠生活。」

大家往後面望去，說：「去看新娘，看新娘。」便進屋到後院子。老唐也跟了來。

那女人約二十二、三歲，臉龐圓圓的，兩隻眼睛閃亮，身體健康結實。她見我們來，又是韓語，又是中國話親熱的招呼，一面從半截汽油桶撈起衣服，擰乾，吊在繩子上晾曬。她那白嫩的雙手，給水泡得縮起一痕痕皺紋；看樣子是個能幹、吃苦、賢慧的好女人。

後院裡養著幾隻雞，用木板釘了個小雞窩，還圍了一塊空地種蔬菜。老唐帶他同鄉許家榮到處看，談家鄉事。沒待多久，朴翻譯在外頭叫喊：

「回去啦！時間不早了。」

大家跑出去。老朴用眼睛點人數：

「差一個，還有人呢？許家榮。」他對屋子裡大聲叫喊：「許，許，回去啦！」

許家榮磨蹭了好半天，才從屋後跑出來，邊走邊扣褲子。「找上廁所去，這麼急回去做什麼？」

「快十一點了，還早？」

回到聯絡所，大夥兒將木料搬下：搬進院子裡，鋸的鋸，劈的劈。朴翻譯看著大家幹得起勁，說：

「支隊部大廚房沒柴火了，也請你們幫忙好不好？」

「好的，沒問題。」許家榮說，大家逛出了興頭，也都願意。

「那明後天去。」朴翻譯說。

大家將木柴劈好了，搬到屋簷下疊起，吃了飯便休息去。我回壁櫥才躺下，許家榮輕輕的拉開拉門，拍拍我臂膀說：

「北山，老唐說的話有假。」

「你說你老鄉？」我疑惑的問。

「是的。他是山東諸城人，不是我同鄉。」許家榮把嘴湊近我，小聲的說：「他被日本鬼子俘虜，送去日本做苦工沒錯。日本投降後，老美用兵艦將中國俘虜送回天津，不是韓國釜山。他到了天津又參加國軍部隊，後來開往東北作戰，在長春被俘。韓戰爆發，共產黨把他送去『抗美援朝』。去年冬天共產黨打下漢城，他在漢城遇到了開麵館的山東小同鄉，就開小差了。共產黨退出漢城，他就在同鄉麵館裡工作，最近因爲有點風聲，才躲到春川來。這裡是他老婆娘家。」

「他怎麼會對你說這種話？」

「他說錯了一句話，給我看出破綻。」許家榮一手掩住嘴說：「我問他結婚多久了，他說來到韓國沒多久就結婚。但從日本投降後到韓國，可現在也六年多了。我一算，他結婚至少有五年、四年了。他女人發育得那麼豐滿，兩隻乳房腫得像大西瓜的，那種女人稍微一碰，肚子馬上會膨脹起來的；可是，她肚子還扁扁的，一個蛋也沒下。而且來韓國這麼多年了，他韓國話還說得不靈光。所以我揣測一定有問題，問他到底怎麼來韓國的。他開始不說，我一再的問，他才說出實話。他們山東老鄉非常有感情，講義氣。老唐說，還有兩三個也像他一樣逃下來。有個山東小民兵，和小包一樣大，給一位老太太收養做兒子。這位老太太很有錢，他先生在民國三十七、八年回山東老家出不來了，在漢城孤單一人，現在——」他頓了頓，頭往後望了望，繼續說：「現在我拜託他替我們向漢城大使館送信，救我們出L師團，他答應了。北山，你看怎麼樣？這是好機會。」

我從警察局被找回來後，就決定暫時把逃亡計畫擱下，等華僑工作人員來時，託他們向漢城大使館求救，比較安全穩當。如果老唐肯幫忙，也是個好機會。但我內心又泛起痛楚、躊躇，想著大伊……凡是想到談到逃亡，我心中都要做一番痛苦的掙扎。

「怎麼樣？北山。」他推搡下我臂。

「是託他親自送去？」

「當然他親自去。他開始有顧慮——他的身分。我告訴他這樣躲躲藏藏不是辦法，躲一時不能躲永久。台灣非常歡迎我們投奔自由。你把情形告訴大使館人員，他們絕對會幫忙的，把你變成合法華僑，或者送你去台灣。他聽了我話後，十分願意。這是他幫了我們忙，也幫了自己忙。」

「我要考慮，考慮。」

「考慮什麼？你說得對，我們不走，女孩永遠也走不了。待下去，我擔心像那晚把大朴叫去的事又會發生。」

「華僑工作人員馬上來了。」

「你是想等華僑工作人員來後，請他們幫忙？」

「是的。」

「我們兩面進行多好？這也一樣安全。不是我們自己出馬，是老唐去，難道他還會洩密？」他盯著我。「嗯？怎麼樣？」

「好吧，走！」我說。

「那你就寫信，寫好了給我。明天去搬木柴，我交給老唐。這事情你千萬要保密，不要告訴任何人，只有你和我知道就好；假使給姓吳的知道了向老朴告密，那老唐不但要被抓起來，連他的家也毀了。」

午睡起來，我躲在壁櫥內寫信。我找香煙盒的厚紙，剪成長方形，寫在上面，大意是：我們是被共產黨強迫送往韓國充當砲灰的一群無辜百姓，投誠聯軍後，韓軍將我們留下，逼做情報工作，希望大使伸出援手解救我們，送我們去台灣。末了，寫上L支隊春川駐地，以及我們全體八個人姓名。寫好了，交給許家榮。

第二天，沒有車輛，沒去春川市區搬木柴。卡車開去華川前方。朴翻譯一早過來告訴了我們後就走了。這三、四天來，只有朴翻譯和胡銘新常過來聯絡所走動。所長從我由警察局找回的那晚來過一次後，就沒再來。他爲人正派，對副支隊長把大朴留下非常不滿，未免消極。朴翻譯每天來三、四次，到處看看，暗中查點人數。胡銘新是純來玩的，和大家打打牌，亂扯淡，沒負有「任務」。

又過了一天，卡車沒回來，又沒去。

上午九點多，胡銘新趿著鞋，喜孜孜的從支隊部過來告訴大家一個好消息。原來他替我們出了個點子，找些吃喝的去外頭野餐，炸魚作樂。

「是我向所長請求的。我說副支隊長有大朴康樂，你們做工辛苦了，也應該康樂康樂。所長准了。」他扭表功的說。

「大朴還關在副支隊長房間裡？」陳炎光問。

「我不太清楚，大概尿漲了要放出來吧。嘿，嘿！」

「爲什麼不去搬木柴？大廚房柴火快燒完了。」許家榮說。

「沒有卡車怎麼去？叫你去玩樂不好，要做苦工？勞碌命！」

胡銘新好酒，他會想出種種主意弄酒喝。在華川風山里時，支隊部發給我們的薪餉，因爲前方買不到東西，大家都給了他做酒錢。前方老百姓空屋內的衣物，以及槍斃山溝裡的蜜斯李和蜜斯黃兩個包袱的衣服，也都給他搜羅拿來春川換酒喝掉。

「那什麼時候去？」大夥兒問。

「中午，中午水才不冷。」胡銘新說：「把你們弄病了，我要挨罵。」

中午吃過飯，胡銘新過來叫陳希忠到支隊部開了一輛中型吉普來，停在大門口。車上載著一箱食物。胡銘新「叭叭」的按兩下喇叭，跳下車來大聲的喊：

「喂！快，馬上出發了。」

大家拿了毛巾，換洗內衣褲跑出。胡銘新叫：

「小包，你去提一隻水桶。」

「好的，好的。」小包快樂的又跑進屋。

吳宗賢又呆坐在小臥室前走廊上，愣愣的望著，不動。他現在好像不屬於我們的一分子了，大家打牌，他不來一腳，大家聊天，他也不幫腔。他常這麼一人孤獨的坐著，一坐就是好半天。

胡銘新向他招下手，嚷著：

「老吳，你爲什麼不去？有酒！」他拍拍車上那隻大紙箱。「你看，一大箱。」

「去吧，大家一起去玩玩。」陳炎光對他老鄉沒表情的喊。

吳宗賢略遲疑，說：「好的。」進屋拿了毛巾跑來，攀上車。「這裡坐。」許志斌立刻騰出位子來。吳宗賢呆板的在許志斌身旁坐下，臉朝車外看。

小包提了一隻小桶子，又蹦又跳的晃著跑來。女孩們擠在大臥室門口望著。大金傻傻的笑，露出一排潔白的牙齒。胡銘新向她招手：

「大金，來，去游泳，不要帶三角褲。」

大家哈哈的笑。「開車吧，別逗她。」

胡銘新跳上車，車子便開了。

「上了公路左轉，到了前面山邊，就快到了。」他對陳希忠指了指方向說。

車子快速的向前奔馳，兩旁荒蕪蕭索的田野，不停的往後掠去。和風撲面吹來，沁入心胸，十分暢快。行進十多分鐘，折入右側岔道，沿著江邊凹凸不平的沙石路面行駛，車子顛簸跳動得很厲害。

迎面開來一輛大卡車，搖搖晃晃的。車上坐著十來個美國大兵，赤膊，胸前毛茸茸的，脖子上吊著一塊白鐵牌。車子擦身而過時，他們大聲的歡呼，叫嚷，揮手。

「老美最快樂，還輪流到日本度假，玩日本婆娘。嘿，嘿！」胡銘新從前座轉過頭來說。

車子在一溜狹長的玉米田旁，停了下來。這段江面約六、七十公尺寬，岩岸、離江面一公尺多高。大家下車，孫利抱著大紙箱子，我們在江邊一塊平坦的大岩石圍坐下。胡銘新打開紙箱取出食物：一包栗子、三條烤魷魚、一打啤酒，另加三枚美式手榴彈。「這不是吃的。」他說。

「爲什麼只有這點酒？」陳炎光和孫利說。

「要多少？我又沒有貪污。」胡銘新立即替自己辯白，臉色有點窘。

大家悄悄的笑，大概也都懷疑給他動了手腳。

「我是說手榴彈，不是酒。」孫利笑笑的說：「多拿幾個多好。」

「都給他們拿去炸魚了，就剩下這三個。」胡銘新說，點了人數共九人，每人分一罐啤酒，餘三罐。「大老陳、老吳，你們兩個會喝酒，多分一罐。」他又給了他們兩人各一罐。「小老陳，你開車辛苦了，這罐給你。」胡銘新將剩下的一罐給了陳希忠。「我喝一罐夠了。」

「這眞不好意思，你會喝酒。」陳希忠說。

「我不要，不要客氣。」胡銘新開了他那罐啤酒說：「來，我們大家乾杯！」喝了起來。

「我不會喝酒，胡翻譯，我這罐給你。」小包說，把他的那份給了胡銘新。

「對，對，小包不會喝酒，給老胡喝。」陳希忠說。

胡銘新笑嘻嘻的接過手。「小包，謝謝你。嘿，嘿！」放在他腳旁，啜了一口酒，捏捏小包的嫩腮幫。

小包眨著兩隻黑白分明的大眼睛，吃烤栗、魷魚。

孫利和許家榮一聲不吭的喝酒，吳宗賢悶著頭喝，氣氛格格不入。胡銘新嘻笑的看看他們，又看看小包。「小包最乖，我就喜歡小包。」他又伸手摸了摸小包腦袋。

「哼，乖什麼？你看他小小傢伙，嘴巴好壞！」陳炎光沒好氣的說。

「不，不，小包乖、小包最可愛。嘿，嘿！」

酒、魷魚、烤栗吃喝光了，胡銘新拿了手榴彈起立。「來，現在我們來炸魚。」他腳掃了幾下，把紙箱、空罐子踢進江裡去，綻起了一圈圈漣漪。「誰願意來？」

「我來一個。」孫利拿了一個手榴彈去。

「還有誰要？再來一個。」胡銘新問：「王、許你們怎麼樣？」

我和許家榮搖頭，小包、許志斌也不來。

「給我。」陳希忠也拿了一個去。

然後，胡銘新在江邊走來走去的看地形。最後他站在一塊大岩石上說：「這裡最理想，水深才有大魚。現在我們排一線，距離五、六步，聽我的口令就扔出去。不要丟到自己跟前去，那就炸到了大魚。」

「你喊吧，囉唆什麼？我們也不是沒見過。」孫利不耐煩的催促。

胡銘新放開嗓門嚷：

「一、二、三——」

他們迅速的拉掉保險閂，將手榴彈扔進江裡去。三、四秒鐘後，江底「砰，砰，砰」的響起了三下沈悶的爆炸聲，白亮亮的魚兒，像喝醉酒似的晃著，漂浮了上來。我和孫利、許家榮、許志斌馬上脫掉衣服跳進江裡捕捉。滑溜溜的，好有趣。捉到了丟上岸，蹦蹦跳跳。陳炎光和吳宗賢、小包慌忙的揀。

魚捉沒了，游了一會，上岸洗衣服。洗了後，擦乾身上水滴，穿了衣服，登車回去。
「玩得痛快吧？嘿，嘿！」胡銘新肩膀隨著車子行進的跳動，一聳一聳的說。
「不錯，不錯，太棒了！」大家給他鼓勵鼓勵。
「好是好，就是酒太少了。」陳炎光澆他冷水。「下次最好酒要多些。」
「沒問題。下次我們換個節目。嘿，嘿！」
「換什麼？」
「帶你們到最好玩的地方去逛，怎麼樣？」胡銘新向大家擠擠眼，神祕兮兮的。
「哦，我知道，你不是說過了嗎？那個地方。」孫利甩下頭：「我不去，搞病了，划不來。」
「沒關係，買件雨衣穿，安全得很。嘿，嘿！」
大家都笑了。胡銘新下巴頦，朝著老實人許志斌抬了下：
「許，你去不去？」
「我不去，我不去。」許去斌連忙搖頭，脖子紅了起來。
「你們找大金、韓淑子談戀愛，當然不想去。老吳。」胡銘新向坐車尾的吳宗賢喊：「你呢？有沒有女孩愛你？」
吳宗賢沒搭理，沈下他痲子臉，不屑的睨了許家榮、孫利一眼，把頭轉到車外去。
大家都閉起嘴，談到忌諱上去了，沒人再作聲。
胡銘新當然知道吳宗賢乾想著韓淑子，吃許家榮的醋。他就是逗著好玩。見吳宗賢露出慍色，胡銘新不好意思再撩撥下去，只是咧著嘴望望吳宗賢，又望望許家榮和孫利的笑。
車子進入村道，到了支隊部大門口停住，大家下車回聯絡所。陳希忠將車開進支隊部停車場去。進了院子，孫利和許家榮、許志斌提著大半桶魚到廚房殺去。我將洗的衣服晾在鐵絲網上曬。晾了衣服正要進大臥室時，我見一輛小吉普從前面公路進村道來。我站住望著。小吉普到了支隊部大門口停住了，車上坐著五個黃種人，下車後往支隊部裡去，這可把我愣住了。他們穿著美軍制服，帽子上鑲著UN標誌的帽徽，沒有階級，是屬於聯軍雇用的翻譯人員。這類人員，我剛過來時曾見過，他們有的是中國人，有的是日本人或韓國人。中國人中，多半是來自台灣，少部分是華僑和來自香港。我注視著他們，從他們互相交談，走路姿態，看出他們是中國人。一般受過教育的中國人，走路比較斯文，一步一步的，上身挺直，兩手前後略微擺動，不像日本人或韓國人，走起路來衝衝撞撞，腳板落地重，傻氣十足。我怦然心動。逃亡，這念頭立刻又在我腦中醞釀著。以同胞情與反共立場，他們絕對會對我們伸出援手的。這比託老唐送信更教我有信心，因爲他們來自台灣，堅決反共。我決定去找他們。我盤算著如何行動，最擔心的是遇上朴翻譯。假使有老朴在場，我想可和他們聊別的，談第五次戰役，談投奔自由，談中國大陸等，見機行事。見到自己同胞，談談話人之常情。老朴和所長要懷疑我企圖逃亡，就讓他們去懷疑吧。

主意打定後，我便兩手插在口袋裡，帶著希望與喜悅，悠哉遊哉的向支隊部走去。

那幾個中國人進了支隊部後，從第一排與第二排房屋間的走道走去，已被屋子擋住看不見了。快走到支隊部大門口時，陳希忠從支隊部出來了。他一面走，一面回頭往營區裡望望，見到了我，他便三步併兩步的急急走來。到了我跟前，沒等我開口，他就低聲喜悅的說：

「北山，看到沒有？剛才進去的那幾個是中國人，我聽他們說話是台灣來的，太好了！他們是堅決反共的，一定會幫我們忙，救我們出L師團。太好了，去找他們……」

「他們現在人在哪裡？」

「大概在第二排屋子的當中那幾間，我看他們往那裡走。」他向裡邊指了指。

「那我去看看，你不要對任何人說。」

「好的，我知道，你放心去。」

進了支隊部，我順著第二排和第三排屋子間的走道走。在走廊上玩耍的支隊部那幾個小孩——第一所訓練的小情報員——笑咪咪的望著我，「中苦沙拉米，中苦沙拉米」的嚷著（中苦沙拉米，韓話「中國人」的意思。）我不敢惹撥他們，直往前去。到了第二排屋子的最後兩三間後面，我便聽到了熱鬧的說笑聲。

我停下腳步，傾聽著。沒錯，是那幾個中國人，大概和一所長談話。

我停留了一會，便繞到屋前去；又停住，仔細聽。

他們用中國話、韓國話、英語、日語大談女人經：談日本女人、韓國女人、菲律賓女人……談她們的溫柔、體貼、美麗、大方、多情、風騷、潑辣、衛生……談女人，本來就夠吸引力，聽到了他們的中國話，更使我感到無限的親切與溫馨。

一刻鐘後，我沈著氣，走到最後第三間的屋子前去，立在客廳前。那幾個中國人，四個坐在客廳內，年齡均在三十歲左右。兩個坐右，兩個和一所長並排坐左。另一位約四十歲上，坐在我跟前的走廊上，一腳踏地，一腿彎曲擱在地板上。每個人跟前都放著五、六罐啤酒，邊喝邊聊，他們似乎都沒注意到我的出現。

我一動也不動的站立著，看著他們談話，希望他們——五個中國人——先向我招呼。

可是，當一所長的臉轉向裡邊時，從穿衣鏡裡看到了我的影子。他可怔了一下，立刻把旋轉的椅子轉朝外，兩眼狠盯著我，一瞬也不瞬。他想用他銳利的目光逼我離開。

但，我不理睬。

兩三分鐘後，坐在我跟前的那個中國人，抬起頭問我：

「你是中國人？」他可能從我滿臉憂愁的神情看出來的。

我立即蹲下，回答：

「是的。」

他開了一罐啤酒遞給我。我接過手說聲「謝謝」，啜了一小口，拿在手裡。

「先生貴姓？」我問。

「我姓于。」他說，臉又朝廳子裡邊去，看著他們說說笑笑，嘴角皺起一絲笑紋。

客廳裡的那幾個中國人，也對我瞄了幾眼，一直不停的，開心談笑著。他們現在應該也知道我是中國人了，但他們沒顯得半點訝異與關切。一所長緊張焦急了 陣後，似乎要掩飾他內心的顧慮，很快的又恢復了平靜，眼睛也不看不瞪我了。

他們有說有笑，談的除了女人就是女人，葷腥全出籠了。我無心聽，也沒興致分享他們的喜悅。我所企盼的，是希望他們——五個中國人——給我的同情與救助。

過了好一會，坐在我跟前的那個中國人，聽得「哈哈」的一笑，轉過臉瞟我一眼，喝了一口啤酒。我聽他說話口音是北方人。我離開中國前，到過華北、東北。「客從故鄉來，應知故鄉事。」我想先誘他談他家鄉情景——這一定比女人經對他更有誘惑力吧——進而希望他們給我援救，因此，我問：

「于先生府上哪裡？」

「我是河北人。」他說，不過他馬上又補上一句：「你不要告訴別人。」

我見他有顧慮——也患了一般人的「恐共症」，也就不便再問了。

又過了一會，他喝了一口啤酒，頭又轉過來，不經意的問我一句：「你精神很苦悶吧！」

我說：「是的。」立刻抓住這個機會，告訴他我是屬於共軍六十軍，第五次戰役時投奔自由，希望能去台灣。但過來後，被韓軍留下做敵後情報工作。我們共十五人，已犧牲過半，懇切的請求他幫忙，救我們出L師團；或者替我們向漢城大使館傳遞信息救援，假使他不便出面的話。但他對我的敘述與請求，絲毫沒感到驚訝與同情。客廳裡的那幾個中國人，也沒興趣理會。我話說完，他沒有一秒鐘的考慮就拒絕了。

「下次來再說。」他簡單的回答。

我退而求其次，說：

「如果去大使館有困難，去美軍憲兵隊也可以。」

他又說：「下次來再說吧。」他拒絕得非常徹底。

我以爲同是中國人，同遭共產黨迫害，飄零天涯，誰能見死不救？我的想法太天眞，太傻了。我完全錯了。

我把手裡的啤酒罐擱在地上，走了。

出了支隊部，我心胸猛烈的抽搐著，一陣陣心酸無法抑制的湧上心頭。我想我哭了。我很少流眼淚，共產黨鬥爭我、折磨我，我沒低頭。我傷心難過極了，五個中國人，沒有一個中國。我難過的是因爲他們都是反共，我恨！

走到村道上，我站住，沒即刻回聯絡所，生怕大家見到我難看、沮喪的臉色。我極力撫平內心的激動，擦乾淚水。隔著鐵絲網，遠遠的，我見陳炎光坐在小廳子的走廊上望著我。陳希忠也在那裡，他大概是在等待我的好消息吧！忽然，我想既然碰了釘子，既然一所長也看到我赤裸裸的逃亡企圖，我爲什麼不一不做二不休，叫陳炎光也去試探一下？他肯哀求，肯說可憐話，肯流眼淚，而且那幾個中國人可能有的是他同鄉，說不定還有一線希望。

因此，我走到大門口向陳炎光招下手。

陳炎光和陳希忠馬上過來了。

「叫我什麼事？」陳炎光問。

「我剛才看到幾個中國人進支隊部去，是台灣來的。」我說。

「中國人？你怎麼知道是台灣來？」陳炎光驚詫的問。

「我聽他們說話，是台灣來的，可能有的和你是同鄉。」

「你剛才去沒見到他們？」陳希忠不明就裡的在旁插嘴。

我向他使個眼色。「沒有。」便對陳炎光說：「我想你去找他們看看，可能會幫我們忙，怎麼樣？」

「和我同鄉？」

「是的，我聽他們說話口音，不會錯。」

陳炎光沈吟著。半晌，他說：

「你去就可以了，何必要我去？去，去，太好了，他們是台灣來的，絕對會救我們。快去，快去！」

「他們是你同鄉，你去和他們比較好說話。」我說。

「我鬍子這麼長，怎麼能見人？你去，你去。」他的滿山落腮鬍，已養了兩三個月。他現在是裝老，倚老，賣老，賴著不去工作。

「他們是你同鄉，你去更有感情，也會同情。」我又說。

「他們是中國人，又是堅決反共的，還會分什麼同鄉不同鄉？去，去，你去！」他手推著我。

「我不能去！」我為難的說：「前次我逃亡被警察抓去，所長他們沒有懷疑；現在我去找中國人，假使給所長、朴翻譯他們看到了，逃亡企圖馬上會被揭穿的，對我們大家都不利。」

「這有什麼關係？」陳炎光拉高聲調說：「只有見到了中國人，他們就會把我們救出L師團，送我們到漢城大使館去。我們人都走了，怕所長、老朴什麼？逃亡就逃亡，給他們知道了要怎麼樣？」
「我是怕萬一失敗了怎麼辦？」
「你說失敗什麼？」
「我，我是說，如果他們不幫忙呢？」
「你是說中國人？」
「我是怕萬一。」
「他們是台灣來的不幫忙？那台灣反共還反個屁！」
「還是你去比較妥當。我，我……」我一再的推辭。
陳炎光板下臉，不耐而生氣的說：
「你這個人怎麼搞，變得這麼囉唆？不要說了，你去，就是你去。」
我又錯了。陳炎光這個人既自私又怕事；以前的所長和老桂、李胖子，那晚將三個女孩叫出去要強暴她們，他就不敢出面說公道話。現在他已不去工作，而且可能還沒死心，想在聯絡所撈到好處；所以他不敢得罪所長他們，不敢去找中國人。
陳希忠看出我去找中國不順遂，但他和陳炎光處不來，一句話也不便說，光看著替我著急。
我非常後悔，既然那個中國人拒絕了，我就不該把這事告訴陳炎光；現在可替自己又惹上新麻煩了，怎麼辦？不去，陳炎光又死纏著我，無法擺脫。
「那我回去洗個澡，換件衣服去。這樣去太不禮貌。」我說，只得用「拖」計脫身。
「你才洗的澡，又洗什麼？」
「剛才又流很多汗。」
「那會不會給他們走了？」

「他們來一定有事，不會就走，我洗澡很快。」我說。

「好吧，那趕快去洗，不要給他們走了。」他手撥撥我兩下。

我無奈的回屋裡拿了那套舊韓軍軍便服、毛巾到廚房浴室洗澡。陳炎光也跟了來。孫利和許家榮、許志斌幫女孩殺魚，大伊眼睛直瞅著我。

「什麼事？」她問。

「沒有，沒有，沒妳們的事。」陳炎光對她擺擺手。

我向陳炎光努努嘴。

他聽話的到小廳子等去。

我進浴室慢慢的洗，一面從窗戶向支隊部望去。七、八分鐘後，那五個中國人出來上車走了。

我穿上衣服到小廳子，陳炎光緊趕著：

「去，去，不要給他們走掉。」和我一起往外走。

陳希忠也跟著來，到了聯絡所大門口，停住了，佇立在鐵絲網旁看著我和陳炎光向支隊部去。

陳炎光跟到支隊部大門口，不走了，說：

「我在這裡等你，你進去找他們。」

我不甘願的往裡面去，心裡老害怕遇到一所長和老朴、所長他們。進了第三排屋子陳炎光看不到我了，我在那裡待一會，便掉頭回走。

「說得怎麼樣？」陳炎光老遠的問。

我走到他跟前，說：

「他們走了。」

「他們走了！」陳炎光臉一下子沈了下來，大聲的吼著。

「你叫什麼？我們去找美軍不是一樣？」我擔心被支隊部人員看到，撇開他快步急速回走。

陳炎光緊跟著我後頭叫嚷著：

「去找老美？我問你，你到底存的什麼心？自己中國人不找，去找洋人？難道他們台灣來的不救我們？你把道理給我說清楚……」

「你是不是要叫得大家都知道？」

「我就是要讓大家都知道，怎麼樣？你不去就乾脆說，不要耍手腕。我早知道你給那個狐狸精迷住了，根本不想走，你以為能騙到人？當然，你在這裡支隊長會介紹女人給你睡覺，把你報到大使館去，送你去台灣，我們呢？我們只有工作，只有死亡……」他潑婦罵街的，一路叫，一路罵。

這種人不可理喻，自己不敢去逃亡，逼著別人去，還要發脾氣訓人。

我氣火的轉過身，也對他吼：

「好吧，你叫。我逃亡，一所長也看到了，我要說是你叫大家去找中國人。」

「你說什麼？說什麼？」他聲音小了些，似乎沒完全聽清楚我的話。

我又轉身過來，指著他鼻子，一字一句明白的說：

「你叫吧！叫得大家都知道了，所長、老朴問我為什麼去逃亡，我就說是你叫大家去逃亡找美軍。」

這可把陳炎光嚇壞了！要是支隊長知道他在聯絡所裡搗鬼，鼓動大家逃亡找老美，一氣之下，把他送去敵後工作，那眞要了陳炎光的老命！他那囂張的氣焰立刻收斂了，叫聲也軟了，吹鬍瞪眼的否認：

「我哪裡叫你去逃亡？哪裡叫你去逃亡？你不要血口噴人冤枉我。我什麼也沒說，沒叫你去……」

他臉看了我一下，又掉開，看了我一下，又掉開，只顧自個的往回走。

「你沒說，那你剛才叫什麼？」我不放過他。

「你不要這麼大聲說話好不好？」他現在也怕大聲說話。「我沒有，沒有，你不要亂扣帽子。」

站在鐵絲網旁的陳希忠，見我和陳炎光走回，馬上退到小廳子裡去。許家榮和孫利、許志斌殺完了魚，在小廳子裡玩撲克牌。

進了院子，陳炎光逕到他小臥室前走廊坐去，摸出一根煙吸著，一聲不吭。

我回壁櫥，把自己關在小天地裡，我實在又煩又累。

陳希忠進屋來，剝剝的敲兩下壁櫥門拉開，輕聲的問：

「你沒見到那幾個中國人？」

「吳宗賢知道不知道？」

「他在睡覺，不知道。」陳希忠向小臥室指了下。

「他們不願幫忙。」我大略的將經過說了。「我們走自己路，不靠別人。」

「那所長和朴翻譯會不會知道？」

「我想一所長會告訴他們，這麼重要的事，絕對會說。」

「我很抱歉，都是我叫你去。」

「你不說，我也會去，你不要介意。」

「那今後我們暫時不要行動。」

「我打算等華僑工作人員來後再想辦法。」

「是的，是的，你休息。」他輕輕的把拉門關上。

36

朴翻譯站在聯絡所大門口，對著小廳子裡打牌的陳炎光、許家榮、陳希忠他們高聲的叫嚷著：

「陳老大哥、小老陳、許、小包……去，去，那個傢伙要滾蛋了，送他上路，給他一點面子。」

聽老朴放肆的語氣，我知道副支隊長要調走了，不然，老朴巴結都來不及，哪有這種狗膽，說大不敬的話？我立即出大臥室，朴翻譯已推開鐵絲網大門進了院子來。陳炎光問：

「你說副支隊長要走？」

「是呀！還會誰？快，快！」他叫著。

「怎麼這麼快走？」

「哎呀！不走誰受得了？王、吳。」他對我和坐在小臥室前的吳宗賢喊：「快，準備送副支隊長。」

大家丟下牌，下走廊趿鞋。孫利坐著不動，兩手箍著膝蓋頭，臉板板的。朴翻譯叫他：

「孫利，你怎麼樣？要不要請？」

「龜兒子，我不去。」孫利晃下腦袋說。

「你叫他去做什麼？等會又像在風山里那樣罵不三不四的話，多難爲情！」陳炎光說。

「好的，那你不要去。」朴翻譯說，便向大家招下手：「我們走，快！」他領頭往外走，大家魚貫跟隨後面。

走出聯絡所，便看到幾十公尺外的支隊部大門口，停著一輛小吉普。吉普的駕駛座上，坐著副支隊長那個寶氣勤務兵。後座坐著大朴。像叫化子般，穿著鬆夸夸舊軍服的支隊部那幾個小孩，立在鐵絲網裡旁看熱鬧。大家走近時，才看出大朴在啜泣，肩膀一聳一聳的，臉埋在手心裡。她今天穿著韓軍義勇軍——韓國軍花木蘭——制服、韓國女鞋、白襪子。臉色和以前一樣的蒼白，沒有搽脂粉。在她身旁，放著一捆行李和一隻背包。大金和通通包、韓淑子、大伊、孫利等站在聯絡所那邊廚房小門口，隔著空地遠遠的向這邊望著。孫利站在小門口外。朴翻譯對我們手往下拍拍兩下，說：

「你們就在這裡等著，他出來大家鼓鼓掌。」便急匆匆的進支隊部裡去。

數分鐘後，副支隊長從支隊部出來了。他戴著太陽鏡，昂首挺胸的走來。所長、一所長、跛腳金中尉、朴翻譯、胡銘新等跟隨後頭，默默的走。所長低著頭。在廚房小門口那邊的孫利，「龜兒子」、「格老子」的罵開了，聲音雖然不大，但隱約可聽得到。大家都裝作沒聽見，也不向那邊看。到了大門口，副支隊長見我們來歡送，顯得非常高興。大家劈劈啪啪的拍幾下掌。副支隊長過來和我們一一的握手。握了手，他向在場所有送行的人揮揮手，便登車走了。

大家也各自回營區。

所長像送走了瘟神似的，鬆了一大口氣。他好幾天沒到聯絡所了——從我逃亡那晚來過一次後，就沒再來——也和我們過來看看。他特地脫下大皮鞋進大臥室，去廚房看女孩們。朴翻譯和胡銘新也跟著進去。陳炎光在胡銘新背後，悄悄的扯了下他衣角。胡銘新回頭看，便退了出來。陳炎光輕聲的問：

「現在快了吧？」

「你說什麼快了？」

「工作呀！」

「唔，快了，嘿，嘿，嘿！就是等副支隊長事情解決了，馬上派遣出去。」

「大概什麼時候？」

「不是今天，就是明天吧。」

所長和朴翻譯在廚房對女孩說了些安慰話後出來。陳炎光馬上閉住嘴。所長問大家生活過得慣不慣，對春川有什麼觀感，對聯絡所有什麼意見等等。許家榮說：

「這裡可看到老百姓，看到朝鮮風俗習慣，很有趣。尤其坐在牛車上的老頭兒，穿著白色長袍，頭戴黑紗帽子，很像我們中國古畫裡的人物。」

「這些本來就是你們中國古文化。」所長說。

陳希忠說：「北韓所有村莊、城鎮全遭炸毀，森林燒光，看得人心煩。這裡山上綠青青的，也聽不到砲聲，比較寧靜。」

「不過太寂寞了。」孫利笑笑的說：「以前桂翻譯老叫我們去春川休假，沒什麼好玩的。」

「老孫，我帶你去玩，包你滿意，怎麼樣？嘿，嘿！」胡銘新叫著，對孫利擠擠眼，扮個鬼臉。

「我不去，我不去……」孫利連聲搖頭。

朴翻譯望著他們，歪著嘴皮笑。然後，他和所長踱到院子前的鐵絲網旁，用韓語低聲的交談著。

陳炎光和胡銘新、陳希忠、孫利到小廳子打撲克牌去。我也拿了一副撲克牌玩開「金山」。

所長和朴翻譯談了一會，便轉過身來面對著小廳子。朴翻譯嘴唇微微的蠕動著。所長時而點頭，時而對我們望望。我猜測他們一定討論如何搭配，如何派遣工作了。討論了好半晌，大概有了決定，他們便往外走去。到了大臥室我睡覺的壁櫥屋角，朴翻譯便轉入屋角鐵絲網旁去。所長逕出大門，回支隊部。

我立刻丟下牌，進大臥室。朴翻譯已從鐵絲網旁繞到屋後溝，走到廚房小門口。那裡鐵絲網有道小門進入空地。他打開了門，轉兩下又關上。關了門，他立在那裡左看看右看看；看一會，便順鐵絲網旁走出大門，回支隊部去。

這給我極大的疑惑與驚訝，老朴來聯絡所從來不去那地方，那裡丟棄著一堆堆破碗片、破缽子、斷磚殘瓦什麼的，既不是路又不好走，他到那裡做什麼呢？是不是看門是否可通行，鐵絲網有沒有破洞？那所長、老朴可能知道我們企圖逃亡了。我第一次逃亡從警察機關被找回來，他們沒有懷疑；而去找中國人，一所長是親眼看到的。但是，又想如果對我們不信任，怕我們逃亡，爲什麼不派人過來和我們同住？支隊部那邊有的是空房間，爲什麼不把我們遷移過去？又是一團疑問。

我沒把這種疑慮告訴許家榮和孫利、陳希忠，也沒對陳炎光說，我擔心話出去走漏了，落到吳宗賢耳朵裡，又是他搜集的好資料。

午飯後，我躺在壁櫥內腦子裡始終盤桓著這問題，又想不出合理的解答。午睡起來，我見韓淑子和大伊、小伊、大金在廚房裡神色凝重的，不知談著什麼。我跳下壁櫥，大伊立刻走了過來，說：

「許家榮和小包去工作。」

「派他們去？他們現在人呢？」我實感意外。

「朴翻譯叫去。王，他們會不會又派你去？」大伊不安的問。

我向院子裡望去，吳宗賢又呆坐在小臥室前的走廊上，陳炎光和孫利、陳希忠、許志斌在小廳子裡玩撲克牌。怪！爲什麼不派吳宗賢去？他自願來聯絡所工作，情緒積極、高昂，應該派他去啊！是不是他向所長告了密，才把他留下來監視我們？這和老朴去屋後溝看鐵絲網也有關聯？想了想，似乎不大可能。老朴來聯絡所，吳宗賢就沒和他單獨相處過，不可能把「任務」交給了吳宗賢。那爲什麼不派他去？是不是因爲他工作情緒高昂，要派他更重要艱巨的任務？我又望了吳宗賢一眼，他一動也不動的凝坐著，他那愚蠢的心靈，整個被他想入非非的「好事」所麻痺了，才會有這麼大的定力。這使我極感憂慮，他遲早會做出傷天害理、害人害己的大壞事！

「王，你說呀！他們會不會又派你去工作？」大伊搖撼著我臂膀又問。

「哦，不會的，不會的！」我說。

「那前次爲什麼又把你派去？」

「我不是說了，支隊長要我訓練華僑工作人員。華僑人員快要來了。」

「我眞希望！」她癡癡的望著我。

「他們一定會留我的，妳放心！」我說，見胡銘新從支隊部過來，便出大臥室到小廳子。

胡銘新一手抄在褲袋裡進院子來。陳炎光向他勾下頭，喊：

「老胡，來坐。」

胡銘新咧著嘴笑笑的到走廊前，脫掉鞋進小廳子。大家都聚攏來。吳宗賢臉沈沈的轉過來望了下，又掉一邊去。陳炎光小聲的問：

「許家榮和小包是不是去工作？」

「這還要問？嘿，嘿！」

「去哪裡？」

「不曉得，我不管這個事。」

「姓吳的不是喜歡去工作嗎，爲什麼不派他去？」孫利嘴對吳宗賢那邊努了下。

「我聽所長說，多給老吳留幾天，向你們學習工作經驗。」胡銘新輕聲的說。

「那給他多活幾天，龜兒子。」孫利咒罵。

「小包去兩次了。」陳希忠說：「前回和我一起去，一路叫苦，走不動。」

「再下去，工作將更難做；冬天到了，怎麼過北漢江、金城江？」陳炎光說。

「那要結成冰棍了。」胡銘新笑嘿嘿的說：「去年冬天，共產黨打下漢城，就把八路凍慘了。」

「吃炒麵，穿薄棉衣，怎麼撐得住！」陳希忠說。

「什麼，他們都是駐在廟子和學校裡，不進民宅。」

「當然。哪像你們那樣，隨便到老百姓家裡，睡人家炕上，還要拿人家東西。」陳炎光挖苦他。

「我沒有，我沒有，不是我。」胡銘新又搖手又擺頭的叫起來。

孫放開嗓門的問：

「最近前方有什麼戰事？」

談的話沒有被打「小報告」的顧慮了，不需要保密了，大家都坐直身子，胡銘新聲調高亢的說：

「大戰沒有，小戰不斷，嘿，嘿！都在西線。共產黨打仗眞有意思，老扭住老美軍隊打。」

「這是有政治目的的。」陳希忠說：「美國重視人命，共產黨企圖造成美軍重大傷亡，引起美國國民反戰浪潮。」

「嘿，嘿！沒有用，西線是平原，老美又是坦克，又是飛機，大砲，死的多是中國人。」

「板門店和談進行得怎麼樣？」我問。

「還是老樣子，打打談談。」

「和談就是成功了，別的地方又會出事，你們等著瞧吧！」陳炎光說。

「恐怕要打台灣，我看台灣危險，你們還是留在韓國好，不要回去。嘿，嘿！」胡銘新說，眼梢撩了下吳宗賢。

「喝！留在這裡老做這種工作，哪有活命？」陳希忠說。

「龜兒子，韓國當然保險，小小的韓戰，美國就拖拉了五、六個國家幫著打。」孫利忿忿的說：「在我們跟共產黨作戰的時候，兩三個共產黨國家聯合起來打××黨，光蘇聯就出兵東北六十萬。」

「現在不會有問題。」陳炎光燃上一根煙，吸了一口說：「假使共產黨過江後，大軍直逼福建沿海打台灣，那就難說。共產黨上當了。所以那時候老先生不去台灣，南京丟了，他飛廣州，共產黨跟著打廣州。廣州丟了，老先生飛重慶，共產黨一百多萬大軍跟著他攆。重慶丟了，老先生飛成都；成都丟了，才到台灣。共產黨繞了一大圈子，回過頭來，台灣已經站穩了。現在又參加打韓戰，和美國翻了臉，要打台灣更難。」

「重慶撤退的時候，好危險！」陳希忠說：「你沒聽老八路孫大田說？他就參加過打重慶。他說他們部隊的一個單位衝上一處高地時，山頂上有人拚命的撒銀元下來，共產黨士兵都去搶銀元，看著老先生飛機飛走了。」

「是誰那麼多銀元亂扔？」

「可能是衛士。」

「危險，危險！嘿，嘿！」胡銘新搖搖頭。

談著談著，大家又打起撲克牌。孫利洗牌，分牌。許志斌不玩，胡銘新補進去。

我坐一旁看牌，等著許家榮、小包回來。

天快黑下來時，許家榮和小包還沒回來。晚飯後，大家在小廳子閒聊，玩牌等著。八點多鐘，朴翻譯來了，告訴我們許家榮和小包今晚在支隊部睡，不回來。

「支隊部比較清靜，以後你們出去工作都要到那邊休息一夜。」

「對，對，睡眠充足，才有精神辦事。」陳炎光說。

朴翻譯似乎還有什麼事的問：「你們什麼時候睡？」

「早呢，還沒到九點。」陳希忠和孫利說。

「那你們玩，沒事，太早也睡不著。」朴翻譯說，便到大臥室門口往裡望了望，回支隊部去。

我心神不寧，看了一會牌，便回壁櫥睡去。

陳炎光、陳希忠他們牌打到十點多鐘才散局。我聽到他們叫叫嚷嚷的進房間來，孫利嘴巴一向喳喳呼呼的愛叫。他叫了一陣，忽然一下子靜了下來，連一丁點兒聲息也沒有。過一會，我壁櫥門嘩啦的給拉開了。

「北山，又出事了。」孫利說，吃吃的乾笑，笑得哈了腰。

「你別吵，我要睡覺。」我不耐的說。

「女孩又不見了。」

「你看你大金沒丟掉就好了，管它的。」

「我沒騙你，你看一看就知道。」

眞有這回事？副支隊長剛調走了，難道又出了一個副支隊長？我立即轉過身往外看，見陳希忠站立在壁櫥前對我指指女孩炕位，又伸出兩隻手指頭。睡在炕上的大金，張著兩隻大眼睛看著我傻笑，又很快的把頭鑽到毯子裡去，裹得緊緊的。睡在她旁邊的韓淑子不見了。在那一頭睡著大伊、小伊姊妹，也不見小金。

「一定『慰勞』去了。」陳希忠說：「韓淑子對許家榮有情，小金恰好配小包。」

「剛才我問大金，她說老朴敲廚房小門進來，把韓淑子和小金叫去。」孫利一手掩住嘴說，又乾笑。

咳！我吊在胸口的石頭掉了下來。原來老朴白天到廚房後頭看門路，準備叫人，我以爲懷疑我們逃亡，害得我窮緊張一陣。「老朴這人實在夠壞，他見許家榮和韓淑子正當的談戀愛不高興，又把她們叫去陪睡覺。」我說。

「睡覺，睡覺，沒我們的事。」孫利叫著，替我把壁櫥拉門關上。

躺在舖上，我想著「慰勞」這種事，既浪漫又荒唐，果然成眞！今夜全看許家榮和小包了。許家榮口口聲聲希望韓淑子回漢城難民收容所，回到她母親身邊去。小包人小不懂事，眞的不懂事？今夜要給他們一次大考驗，明早就見分曉了。

天色微亮，我醒來打開拉門發現孫利已不在了。陳希忠正起來。女孩們已開始做飯。陳炎光一個人在院子裡活動筋骨，雙手前後甩著。我猜測孫利又溜到支隊部去了，幾天前大朴被副支隊長留下，他一大早就跑了去。

我從大臥室窗戶向支隊部望去。沒多久，果然孫利從支隊部出來了，鬼頭鬼腦的，笑咪咪的向聯絡所回走。進了院子一見陳炎光，他便大聲的嚷著：

「哇！好美，好白呀！龜兒子，安逸疼了！」

「你一早就鬼叫鬼叫什麼？」陳炎光沒好氣的說，手仍然甩著不停。在他背後睡在小臥室內的吳宗賢，被叫得抬起頭望了望，又睡下。許志斌蒙頭大睡。

「格老子，我對著門縫拿鼻子聞了下，奇怪，也會香，香噴噴。」孫利手搧搧鼻子。

「你這傢伙大概又去偷看大金什麼了，眞不是東西！」陳炎光訓他。

孫利見吳宗賢不動，又叫：「你去看看，韓淑子的大腿白雪雪！不要說你大老陳，就是老和尚看到了恐怕都不想修道了。」

吳宗賢一聽到「韓淑子」，馬上翻過身望了下，半坐起來，豎起耳朵聽。陳希忠立刻穿上衣服出去。

「怎麼？你看到了？」他驚問。

「你現在去看還來得及，他們倆還摟在一起。」孫利作個手勢。「韓淑子渾身白肉，迷死人！小包眞沒用，老二像條蟲，只有這麼長。」他伸出小指頭比劃了一下。

「你們到底說什麼，把我弄糊塗了。」陳炎光說。

「昨晚許家榮和小包都沒回來。」陳希忠說：「朴翻譯把韓淑子和小金叫到支隊部『慰勞』去，你不知道？」

「什麼？眞的？」陳炎光驚叫起來。

吳宗賢的天，霎時塌了下來，好夢碎了！他像著了魔似的，猛的半身奮起，大聲的叫吼著：「這是什麼世界，什麼國家！全是土匪、強盜、無法無天……這還打什麼共產黨！叫共產黨快來，快來呀！通把他抓去砍頭、槍斃、活埋……」他兩手「碰，碰」的搥打著榻榻米，聲嘶力竭的狂號著，驚動得女孩們以爲發生了什麼事，都從廚房跑出來，躲在大臥室門內看。我立刻起來，披了衣服出去。許志斌被吵醒，也起身到院子來。

陳炎光看得生氣，他對吳宗賢訓斥著：「你吼什麼？人家睡的也不是你老婆。你去敵後工作，也可以叫一個去睡。這麼多人看著，多丟臉！」

吳宗賢不顧一切的，狠命的，擂著榻榻米，叫嚷著：

「我要殺死他！這種沒良心的兔崽子，該殺、該剮、不得好死……」碰，碰，碰……

「現在叫有什麼用？已經睡一個晚上啦！覆水難收，太晚了！」孫利得意的說。

吳宗賢呼天搶地吼叫了一會，疲累了，他兩手搭在榻榻米上，頭朝天，一聲聲的哭號著：

「我要和他拚！我要和他拚！我要殺死他！叫共產黨快來！把這種壞蛋雜種通抓去活埋、扒皮、燒天燈……」他那坑坑洞洞的痲子臉，脹得通紅，黃黃的眼屎，和著淚水從兩旁鼻翼流下，看得嚇人。

孫利翹起中指，對著吳宗賢摳兩下：

「你哭吧，叫吧！許家榮的精子早跑到韓淑子的肚子裡去啦！韓淑子的肚子裡，馬上就有小老許啦！」

「糟，這下子要鬧得沒完沒了。」陳希忠小聲的說。

許志斌說：「來了，他們來了，不要說了。」

大家都向支隊部望去。許家榮和小包已經出支隊部大門，走上了村道。韓淑子和小金在他們後頭二、三十步左右跟隨著。韓淑子穿著白色衫裙，左手前臂上打著黑色短外衣。她走著，走著，甩甩滿頭散亂的秀髮，艷麗動人。

大家視線都盯著他們和她們，看著他們走來。陳炎光帶氣的叫吳宗賢不要哭鬧，安靜下來，但他不理睬，發狂的又哭又叫。許家榮和小包進了大門，一到院子裡，吳宗賢唬的竄起，衝過去，一拳對準許家榮腦門打去。許家榮眼快，愣了下，頭一閃，躲了過去。吳宗賢又是一拳。許家榮迅速的出手一擋，一翻，捉住吳宗賢的手臂，順勢用力一送，將吳宗賢推得老遠。

「你幹什麼？」許家榮雙手叉腰，大聲的吆喝。

吳宗賢腳連蹬著往後倒退，兩手往後亂划，退到了一丈多遠站穩腳，又叫嚷著踉蹌過來。陳希忠和許志斌把他拉住。他跳著腳，對著許家榮狂罵：

「我要殺死你，你這狗×出來的雜種，你這次去工作共產黨非把你抓去活埋、扒皮不可。你這狼心狗肺的東西……」

「你說什麼？你罵我？」許家榮搶前兩步責問。

吳宗賢雙手被陳希忠和許志斌拖住，他上身挺前，不停的蹦跳，不斷的叫罵：

「你這殺千刀的兔崽子，王八龜孫，共產黨要把你捉去活活剮死，一刀刀剁死……」

「他媽的，簡直是瘋狗亂咬人，我哪點和你過不去？老子把你宰了。」許家榮火了起來，手一甩，奔過去。

陳炎光和我立即攔住他，把他們勸開。

韓淑子和小金進院子來看呆了，怔怔的站在那裡。躲在大臥室內的大金和小伊，向她們招下手。韓淑子和小金快速的溜進屋，她們便都進廚房去。這時，孫利捧著肚子在一旁呱呱的大笑，笑得前仰後合，直不起腰來，大家才明白到底是怎麼回事。

緊張的氣氛，一下子鬆弛了下來。

吳宗賢不叫不罵了，只剩下「哼哼」響著鼻子。

陳炎光又氣又惱的對著孫利叱責：

「你這四川耗子，一天到晚鬼鬼搗搗的唯恐天下不亂是不是？這樣吵一吵，你就高興了？真不是玩意！」

孫利嘻皮笑臉的說：

「我說我的，你們偏偏要相信，我有什麼辦法？」

許家榮怒目瞪視著吳宗賢，額角青筋凸起。小包立在他身旁，噘著嘴，一臉不高興。陳希忠問他：

「昨晚你們怎麼睡？」

「我和許家榮睡，怎麼睡。」小包腮幫鼓得脹脹的。

「我問你，開頭和誰睡？」

「開頭也是和許家榮睡。」

「許家榮沒和你睡前，和誰睡？」

「許家榮沒來時，我一個人睡，許家榮睡隔壁。朴翻譯說聯絡所太吵，這裡比較清靜，要好好休息。後來，朴翻譯帶韓淑子和小金來，韓淑子到隔壁房間，小金在我這邊。後來，朴翻譯走了，許家榮就過來叫小金到韓淑子那邊去，許家榮和我睡。」

大家摒著氣息，聽小包一一道來。吳宗賢嘴角皺起兩道深深溝紋下牽，一派正經八百的樣子。等著小包說完，陳炎光指著許家榮和小包，對吳宗賢訓著：

「聽到沒有？這才是英雄好漢，閨女送上床都不動心！你呢？關你屁事生這麼大氣！還說人家丟中國人的臉，我看你才丟中國人的臉，連我這個老鄉的臉都給你丟光了！」

吳宗賢眼睛巴眨巴眨的翻著，一聲不吭。他挨了陳炎光的一頓訓斥，心裡當然不高興，不過韓淑子沒「出事」，他就非常欣慰了。

我把許家榮讓進大臥室，問他：

「昨晚韓淑子說了什麼？」

「她光哭。我叫她想法子回漢城難民收容所。」

「去哪裡工作？」

「西大登里。」

「看情況，聰明些。」意思叫他躲在山溝裡睡大覺，不要過去。

「我知道。」他點點頭。

「好吧，去準備，馬上動身了。」

他立即到廚房去……

八點多鐘，支隊部開來一輛小吉普，送他們出發了。

37

許家榮和小包工人作回來，就落到吳宗賢去了。

那天下午，朴翻譯過來叫吳宗賢去支隊部。進了院子，他向在小廳子裡聊天的大家揮下手，便逕到孤獨的坐在小臥室門口的吳宗賢跟前，說：

「吳，支隊長請你。」

吳宗賢一下子活躍了起來，馬上進房間穿衣服；穿了衣服出來，跟著朴翻譯有說有笑的出鐵絲網大門，往支隊部去，連頭也沒回。

看著吳宗賢走了，陳炎光替他老鄉這條命又是難過，又是有氣：

「沒辦法，自作孽，誰也救不了。」他搖頭歎息。幾天來，他跟吳宗賢很少說話，氣他不聽勸告，鑽進鬼門關找死。他問吳宗賢：將來呢？吳宗賢眨著眼睛，說不上話。這裡沒有將來，只有死亡。他不是不怕死，而是愚蠢與慾念的誘惑。

「你關心他什麼？他領你情嗎？打牌。」許家榮說，摸出撲克牌，洗牌。

「來，痛痛快快的玩一陣，慶祝姓吳的死期來臨。」孫利快活的叫著。

陳炎光和許家榮、陳希忠、孫利打起撲克牌，輸贏賭刮鼻子，彈耳朵。

我坐在一旁看他們玩牌。

少了吳宗賢，大家都有鬆綁的感覺，不再擔心隔牆有耳，有人打小報告了，可隨意說話了，好不自由自在！

胡了牌，他們叫嚷著，鼻子刮重了，耳朵彈輕了，吵個不休。玩到了下午三點多鐘，胡銘新急匆匆的從支隊部過來了。他到了大門口立住，兩手搭在大門鐵絲網上，嘰哩呱啦的對小廳子叫喊著。似乎「王，王」的喊我。大家都靜了下來，我大聲的問：

「是不是叫我？」

「是啊，還有誰？」

「叫王做什麼？」

「支隊長請你喝酒。」
「到底什麼事情?」
「有緊要事。」
糟!一定是叫我去工作了,和吳宗賢一起去。大家也都怔住了,馬上丟下牌,看看我,又望望胡銘新。陳炎光對他喊著:
「你進來把話說清楚吧!」
許家榮和孫利立刻說:
「北山,千萬不要去,姓吳的絕對會打你黑槍。」
胡銘新推開鐵絲網大門,笑「嘿嘿」的進院子來,到走廊前。陳炎光問:
「是不是叫王去工作?」
「是呀!嘿,嘿!」胡銘新說。
「爲什麼吳宗賢一個人不能去,一定要王陪著去?」
「支隊長說王工作經驗豐富,老吳生手,所以要陪他去。」
「我和他搞不來,怎麼能去?」我說。
「支隊長看上你,是你的榮耀,嘿,嘿!」胡銘新說得倒輕鬆。
「我和他沒辦法配合!」
「支隊長要指定你,有什麼辦法?快,快,走。」
許家榮直率的說:
「搭擋出去工作,一定要合得來,不能指定;不然,像雙頭馬車,各跑各的,扯後腿怎麼辦?」
「可是,就是支隊長不理這一套嘛!」

陳炎光手往後捏了下我臂，暗示不要接受：

「別理他，要拒絕。」

我氣火的說：

「他來聯絡所工作，念頭根本就不對。做這種危險工作，存心不正，要出大紕漏！」——幾天前，許家榮和小包去工作，早晨一大早，他以爲韓淑子被叫去「慰勞」，在院子裡鬧得天翻地覆的「抗議」，就夠嚇人了，我怎敢和他去！

「龜兒子，姓吳的自願來工作，就給他自己去，爲什麼要拖累別人？」孫利憤怒的說。

「就是支隊長不准嘛！走。」胡銘新扯下我袖子說。

「他的個性、想法，我和他都合不來，到敵後拉拉扯扯，怎麼進行工作？」我苦惱的說。

「那你自己去和支隊長說清楚。快，走，院擱了支隊長要罵我。」胡銘新急急的催促。

看情形，不過去是不行的了。他媽的，我沒想到吳宗賢這個大麻煩，會找到我頭上來。「我過去看看。」我說，下走廊趿鞋。陳炎光手悄悄的碰了下我肘，向我使個眼色：「不能答應，不要去，要拒絕。」孫利和許家榮也對我搖搖手。

「我知道，儘量推掉。」我說，跟著胡銘新出去。

進了支隊部，胡銘新領我到最後那排房屋，門朝後山開的一間房間前。他剝剝的敲了兩響門。嘩啦的門開了，一股濃濁的煙酒氣味衝鼻而來。房間內坐著許多人。支隊長高踞茶几上頭，兩旁圍繞著所長、朴翻譯、一所長、跛腳金中尉、行政課長，和李歪嘴翻譯。吳宗賢坐在支隊長身旁。茶几上擺著烤栗、烤魷魚、餅乾、巧克力等下酒菜與點心。我脫掉鞋進房間。他們都已喝了不少酒，眼角和面頰紅紅的。吳宗賢那痲子臉，更喝得像隻煮熟大螃蟹似的通紅，嘴裡磨著魷魚絲，黏黏的唾液，從凸出的齙牙流到下巴頦，沾滿食物渣滓。他抬起頭瞟我一眼，又悶著頭喝酒。我立即有種感覺：又是一場騙局，哄騙。當然，吳宗賢是不會有這種想法的。

支隊長推搡一下坐在他旁邊的吳宗賢，拍拍騰出的位子，由李翻譯替他翻譯說：

「王，坐這裡。」

我向他敬個禮坐下，兵士馬上開了一罐啤酒放在我面前。支隊長舉起杯說：

「王，來，我們乾杯。」

大家都舉起啤酒罐，我微啜了一小口。支隊長呑了一口酒，看我手裡的啤酒罐，說：

「你爲什麼不乾杯？」

我欠身說：「謝謝支隊長，我酒量不好。」

「不，不，你是英雄，英雄怎能不會喝酒？來，乾。」他又舉起啤酒罐。

我乾脆一飲而盡。我並不是不會喝酒，更不是做作，我喝再多酒從沒醉過，而且心神都能保持清醒。我是討厭酒辛辣的味道，像吃藥般難受。我喜歡喝帶甜味的酒。

支隊長見我罐子空了，呵呵的笑：

「好酒量，好酒量！支隊長沒說錯，王會喝酒。」他直誇獎我海量。

我連乾了兩罐後，支隊長開講了：

「王，支隊長和你商量一件事。」他說，望著我。「最近一個多月來，我們派遣出去的人員都沒有搜集到好情報。現在十月已到，聯軍當局判斷共產黨可能在大雪封山，冬季來臨前，對我們發動大攻擊，所以上級需索情報孔急。這次吳君自願請求出去工作。」他指了指吳宗賢。「吳君工作情緒十分高昂，但他缺乏經驗。王，你過去工作有輝煌的表現，替我們L師團爭取到了無上的光榮。你不但有豐富的工作經驗，而且有勇、有謀、機智、果斷。支隊長對你非常有信心。」他頓了頓，喝一口酒，吳宗賢的臉綳得緊緊的，好不痛快。「如果以你的經驗、英勇、機智、果斷。」支隊長繼續說下去。

「配合吳君的熱烈情緒，支隊長深信必能獲得偉大成功的。所以這次支隊長請你再去一趟。這次回來，支隊長絕對不再派你去工作，把你報到中華民國大使館去，替你介紹女朋友，將來戰爭結束，你要去台灣，支隊長送你去台灣，要留韓國，支隊長可和你一起去做生意，或者送你去讀書……」他滔滔不絕的說著。

我給他說得害怕起來，心裡好不自在。支隊長應該知道，吳宗賢自願來聯絡所做這種危險工作的目的，應該看出現在吳宗賢噘著嘴，一臉不高興的樣子。支隊長把我捧得這麼高，說我英雄，有勇、有謀、又說把我報到大使館去，替我介紹女朋友，送我去台灣，難道不顧慮吳宗賢對我爭功、吃醋、妒忌，到敵後對我下手，打我黑槍？那他爲什麼要這麼說？用激將法希望吳宗賢更賣力？賣命？不可能。吳宗賢高漲的工作情緒快要爆炸了，不需要再激發鼓勵了。是不是他知道我企圖逃亡，施展手法，想把我拴住？我去找那幾個中國人，一所長在場，他一定會向支隊長報告的。但又想，似乎也不可能。假使怕我們逃亡，早把我們搬到支隊部去住了，支隊部這邊有的是空房間；而且幾天前，我們還去了兩趟春川市區搬木料——因爲去的和第一次不同一地點，所以沒把託老唐的信送出去——大家在市區內到處走動，老朴也沒擔心我們「走失」的樣子，也沒擔心遇上老美，被看出我們的俘虜身分，或者我們自己向美軍暴露出俘虜身分來。從這些跡象看，支隊長他們並沒有懷疑到我們逃亡，對我們滿放心。我揣測他開出這麼優渥條件，和以往一樣，又是對我鼓勵，當然多半是說說而已。但，在某些方面，他確是有誠意的，譬如起初，他是不准派我去工作的。我第一次去工作，是我自己堅決要求去。第二次工作，是因爲女孩剛送來，我們人鬧情緒，派不出人，前所長和老桂急得跳腳，才找我「幫忙」；後來我和許家榮在後洞遇到人民軍埋伏，脫險回來，支隊長又下命令不准再派我去。這次他親自找我，的確是情況所逼，上級急著要情報。現在華僑工作人員將要到來，需要我負責訓練，他說我這次工作回來，不再派遣我，應該是眞話。至於其他承諾，把我報大使館去，替我介紹女朋友，如果他是有誠意，眼前也是無法兌現；因爲只報我一人去，或介紹女朋友，必將影響其他夥伴的工作情緒，這是他們所不願見到的。送我去台灣，那要到戰爭結束後，也許他們會幫我這個忙。不過，不管支隊長對我如何「禮遇」，我實不願陪吳宗賢去工作，我要想法子推辭掉。我從來對L師團不存任何幻想，我要走。

支隊長說畢，舉起啤酒罐又和我乾杯。

我盤算著如何拒絕。想推給其他夥伴，以吳宗賢的愚蠢，誰跟他去誰倒楣，等於害命，也沒人願意和他去。前次所長派許家榮和小包去工作，就是要讓吳宗賢多留些時間向大家學習工作經驗，因此，我就近朴翻譯說：

「朴翻譯，這幾天來大家交換工作經驗，都有了極大的收穫。吳，絕對有能力應付一切狀況，請你向支隊長建議，派一人去最安全，獨來獨往，神出鬼沒，沒有累贅。」

支隊長兩眼直瞅著我，看著我說話。等我說了後，朴翻譯將我的話，恭敬的翻譯了，支隊長一聽，用力的甩下頭，說：

「不行，王這次一定要幫支隊長這個忙。吳君一人去，支隊長不放心。」他不和我囉唆，吩咐拿走茶几上盤碟，抹拭乾淨，攤開地圖。他便俯身趴在圖上看著。

我煩惱極了。支隊長的命令，是絕對服從的，很難說服改變。臨機思考後，我只得打吳宗賢的主意。他是想去立大功，回來圖「好事」的，有我同行，功勞不能獨得；何況支隊長捧得我天般高，吳宗賢僅不過一渺小配角，有功勞也全記到我頭上去。我料定他是希望單挑獨闖，自己一人去的。所以我說：

「朴翻譯，請你和支隊長說，假使膽子大一點的話，還是一人去最理想，兩人去協調不好，遇到盤問容易出事。」

我這話主要是說給吳宗賢聽，不是支隊長。而且話裡帶刺──假使膽子大一點的話──很具撩撥性，也是實話。

但吳宗賢沒半點反應。他向所長要了紙和筆，借所長的記事本，墊在膝蓋上正寫著，不知寫什麼。支隊長專注的看著地圖，一面聽朴翻譯翻我的話。

「兩個人去可互相支援。協調很簡單，你和吳君下去可慢慢商討研究。」支隊長說，沒抬起頭。

我又說：「過去伍浩和孫利都單獨去過，搜集到了不少好情報回來。只有小包和許志斌需要搭配。」把吳宗賢比做小包、許志斌，他絕對不服氣的。

可是吳宗賢依然埋首疾書，好像沒聽到我話似的。從支隊長的堅決態度，和胡銘新說「支隊長不准」，我猜測在我未來之前，吳宗賢一定已經向支隊長要求過讓他單獨去，支隊長不准，所以他才這麼死心。

支隊長根本不理會我的意見，他看了地圖後，手一指，說：

「金城，是我們這次工作的目的地。主要任務是搜集敵人發動攻擊時間，兵力部署、部隊番號、補給、裝備、士氣、流行疾病等。」他連珠砲似的下達命令。

大概見我反應沒有吳宗賢那麼熱烈、積極，他又叫著：

「王，你看，金城，就是這裡。」他手指頭定定的揿在圖上，硬把我視線牽引過去。

金城，是我前次和許家榮去而未去成的目的地。這路線，從第一線至松洞里口，我去松洞里工作時走過，路途熟識。過松洞里口，沿金城江河谷至西大登里，那次我和許家榮就打算從那裡過江找美軍陣地投誠，沿途情況曾經做縝密的研判。河谷遭炸斷的路面，仍未修復，每段搭著幾根樹幹子通行。出河谷，江流道路向北延伸，直抵金城，從地圖上呈現的開闊平坦地形判斷，不可能有共軍陣地。道路兩側的曠野裡，零星的散佈著若干村舍，在空照圖片上模糊可辨，或許有百姓居住。路程約一百二、三十里。往返時間，如果一路順暢的話，需五至六天。

這時，吳宗賢那張信箋寫好了，交給支隊長看。我瞄了一眼，原來是「保證書」，上面密密麻麻的寫了好幾條。這是共產黨的玩意，有「運動」必寫，保證完成某些任務什麼的。我參加「抗美援朝」在河北就寫過兩次。寫「保證書」有大訣竅，並不是隨時隨便可寫。一般在「首長」講話示意後，或在某種「運動」氣氛下寫，這也就是幹部常掛口頭的「響應號召」了。上級有了號召，下層必須響應。寫「保證書」是響應的一種方式。所以寫早了，「首長」沒有暗示，或某種「氣氛」沒有明顯浮現，摸不清目標，撲錯了方向，馬屁白拍了；寫得太晚，會被批評爲消極，落後分子。我第一次「保證書」未交出，在生活檢討會上就遭到嚴厲批評。過鴨綠江後，村莊城市全遭炸毀，找不到寫「保證書」工具——紙筆，只好在開會時用嘴巴表態一番，可說是「口頭保證書」了。

支隊長一手捏著「保證書」，目光不停的在字裡行間游移著。當他觸到了某一條時，「哇」的一聲，大叫了起來：

「王，這一條你能辦得到嗎？」他把「保證書」亮在我眼前。

我一看，原來是陳炎光曾經建議過的：捉俘虜——是支隊長的最期望。

我一肚子火，工作推不掉，又來個捉俘虜，混帳透頂！

「王，你看，能不能辦得到？」支隊長又說。

我淡淡的說：

「這要看機會。」

「說說看，什麼機會？」支隊長殷切的望著我。

「共軍部隊一向是集體行動，不准脫離組織。假使遇到丟隊的兩三人，那就容易下手。」我說。

「在什麼情況下，他們會發生丟隊？」

「比如部隊行軍時，生病、走不動，零零落落的跟隨在隊伍後頭走。」

「成功機率如何？」

「兩三個人，有成功希望。」

支隊長高興的嚷著：

「太好了，太好了！能夠捉到俘虜，比任何情報都有價值。支隊長相信有王去，絕對沒有問題。」

他對「保證書」其他各條看也不看，便交給行政課長存檔了，舉起啤酒罐，說：「來，我們祝王成功，勝利，乾杯！」大家也都舉起罐子，碰了杯便往嘴裡倒。「你要帶什麼武器？」

「還是那支蘇聯造鐵把衝鋒槍。」我說。

「好，就這麼辦，明天出發。」支隊長說，算是把任務交代了。

於是，他們輪番的敬酒，預祝勝利，預祝捉到俘虜。吳宗賢拚命的喝酒，大概不會再冒出什麼花招了。我乾了罐裡酒，便向支隊長告辭。

支隊長親切的說：

「不，不，大大的喝酒。」

「謝謝支隊長，我酒量不好，喝醉了影響工作。」我撒個謊。

這話很有效，支隊長馬上順從了。

「是的，是的，你先回去把工作好好的計畫一下。」他伸出手和我握手。

出了房間，吸了幾口新鮮空氣，腦子清醒了不少。現在，我得思考另一個問題：如何對付吳宗賢了。對付共產黨，目標顯明，我不怕。吳宗賢，什麼壞事都做得出來，而且我又不能在他沒有對我下手前，對他採取行動。我預料從出發到目的地，他不敢動我，因爲他需要我。回程，過金城江口至眞空地帶，可能對我下手，我必須格外小心。

現在我面臨的是兩種敵人，兩面作戰。

回到聯絡所，大伊和大家立刻圍攏來，關切的問我支隊長是不是叫我去工作，答應了沒有。我告訴他們去金城工作，吳宗賢要自己一人去，支隊長不放心，派我陪去。

「我推辭不掉。你們知道，支隊長的命令，是無條件服從的。」

「支隊長說不再派你去，為什麼又派你去？」大伊搖撼著我臂膀，怯生生的望著我，眸子裡噙著淚水。

「支隊長非常重視這次工作，他說這次回來一定不再派我去。」我安慰她。

「可是，姓吳的他就不存好心……」她眼淚簌簌的掉了下來。

「我知道。」我說：「去的時候，他需要我作伴，不會對付我，主要是回程走，我會小心。」

「對的，回來要特別留意！老吳就是想功勞一人獨得。」陳希忠點著下巴頦說。

「回來這段路程很短，走半天就夠了，不會有問題。」我說。

「自己要處處小心謹慎。」陳炎光說：「不管去回，都要給他走前面，你走後頭，盯住他。」

「是的，是的，要給他走前面，和他保持距離，不要走太近。」許志斌結結巴巴的也說。

「龜兒子，乾脆把他幹掉，這種人還留著什麼？留著害人？」孫利咒罵。

許家榮走近我，小聲的問：

「姓吳的為什麼沒有回來？」

大家這下子都顯得不安了。為了鼓舞吳宗賢士氣，老朴今晚可能又會來叫人了。

「要當心！他們送這些女孩來是『慰勞』的，不是給你們『談戀愛』。『談戀愛』可專一一人；『慰勞』誰都可以叫，何況吳宗賢就是為韓淑子而來。」陳炎光提醒的說。

「可能，可能，」陳希忠連聲的說：「老朴不是說，以後去工作都要到支隊部住一夜嗎？」

「過一會看他回不回來。」我說：「他已經喝得死醉爛醉了，我看今晚沒辦法作怪了。」

「給他來吧，龜兒子，老子要把他狗𣯂𣯶剁下來。」孫利忿忿的罵。

到了吃晚飯，吳宗賢回來了，朴翻譯攙扶著他回來。他蹣跚的進院子來，站立在走廊前瞇著眼看大家吃飯，兩腿搖來擺去的，渾身酒氣。

陳炎光筷子「鏗」的敲下碗沿，聲音硬硬的說：

「吃點飯。空肚子喝那麼多酒，明天怎麼去工作？」

吳宗賢沒作聲。朴翻譯關注的望著他，柔聲細氣的說：

「吃點飯好嗎？嗯，都不吃怎麼可以？」

吳宗賢睨視了一會，左手搖一下，右手搖一下，說：

「我——不——要——」便撞撞跌跌的進小臥室去。

朴翻譯趕緊也跟進房間，像照拂小孩似的把吳宗賢安頓下來，睡好了，才放心的回支隊部去。

我吃了飯，又去支隊部做準備工作。我把地圖再詳細的看了一遍，研判沿路地形，所可能發生的狀況，如何處理等。將衝鋒槍擦亮，朝空試了兩響，連同乾糧、彈袋、共軍服裝都捅在行軍袋內。朴翻譯也替吳宗賢選了一支卡賓槍，百來發子彈。一切準備妥了，我回聯絡所洗了澡便休息去。

第二天早晨，吃過飯便動身。我叫大伊和女孩們不要出來送行，免得老朴看著不高興。我們人送到大門口，大家握手道了別，便登車出發了。

38

小吉普沿著通往華川的公路急速奔馳。清晨涼風迎面撲來，暢快而略帶寒意。吳宗賢歪坐在位子上，垂頭呼呼的打盹。朴翻譯不時從前座轉過身來，搖撼他，怕他跌下車去。我想利用這段時間和吳宗賢編「假故事」。這是大工程，非常費時；編好後，要背熟記牢，早就該做的。我拍拍他肩膀，他沒動，看樣子昨晚喝得爛醉，還未完全醒來，只得作罷。

車子到達了北漢江邊公路盡頭，下了車，我們提著行軍袋，沿江邊小徑往上游行進。前面隔著幾座山頭，偶爾傳來「轟隆隆」砲彈爆炸聲。走約十多分鐘，折入盤谷山澗，到達了設在那裡的前方OP。小朴翻譯和第三聯絡所的兵士們，在澗畔熱烈的歡迎我們。

我向小朴翻譯打聽第一線情況。據他說，幾天來韓軍不斷向共軍陣地發動猛烈砲擊，前頭部分共軍已後撤，韓軍已推進到餘洞前面山頭。北漢江對岸人民軍，時常乘黑夜泅水過江投誠，叫我們要格外小心，避免和他們遭遇，以免發生誤會。

「人民軍過江投降，有沒有攜帶武器？」我問。

「沒有，都是徒手。你們走江邊路？」

「當然走江邊，江邊是死角地帶。」朴翻譯立即說。

「那什麼時候出發？江對岸有敵人，只能夜間走。」

「餘洞安全，現在時間還早，中午就出發，從山路先到餘洞，然後等天黑下餘洞谷口，從江邊過去。」我說。

「這是好主意。」小朴翻譯說：「從盤谷口到後洞這段江邊路，夜間不好走。」

我和吳宗賢打開行軍袋，取出槍械，共軍軍便服著裝。朴翻譯回春川去。午飯後，小朴翻譯便護送我們出發。

我們翻過盤谷大山下後洞，再爬上後洞與餘洞間山頂。那裡稜線上，駐著一個班的韓軍。附近地面上舖著一張三公尺長，一公尺寬的對空識別紅布塊。幾個兵士懶散的躺在地上，嘴裡咿咿呀呀的哼著歌曲。我請小朴翻譯詢問他們前面敵情。那位班長操生硬的中國話，指隔著餘洞山澗的對面山頭說：

「那裡的我們大韓民國軍大大的有。」

我問：「再過一個山頭，大韓民國軍有嗎？」

「沒有，敵人的大大有。」他說。

「有多少共軍？部隊番號知道不知道？」

「大大的不知道。」

「江對岸敵人會不會來打埋伏？」我問，前次我和許家榮去工作，在後洞遇到人民軍埋伏，險些喪命。

「大大沒有。」他說，又和小朴翻譯用韓語說了幾句。

小朴翻譯替我們翻譯說：

「班長說，江對岸北韓人民軍到夜間會在江邊佈哨，防止人民軍逃亡，叫我們要小心。」

「人民軍大大的過來投降。」班長補充說。

我向小朴翻譯說：「朴翻譯，請你跟班長說，通知餘洞韓軍，我們下去時，見到我們不要開槍。」

班長機靈的立即搖電話到對面山頭的韓軍陣地去，放下話筒後，他說：

「餘洞大大的沒人。我大大說了，見到你們不要的開槍。」

「那太好了。」我說：「朴翻譯，謝謝你，前面的路我們自己走。你回去吧！」

「好的，祝你們一路順風。」小朴翻譯向我和吳宗賢揮揮手回轉去。

時候還早，現在最緊要的就是趕時間編「假故事」，不能再拖延了。

我坐下喝口水，望著站在身旁的吳宗賢，用謙虛、誠懇的態度，對他說：

「老吳，到敵後，遇到敵人盤問，你當副班長或組長，我當戰士。假使對方問我們哪個單位，哪一軍，哪一師，哪一團，連長、指導員叫什麼……部隊駐紮哪裡，去哪裡，任務什麼等等，我們應當先商量好怎麼應付，大家要說一致。你看怎麼樣？」我叫他當副班長，組長，儘量用向他「請教」的語氣，讓他不會覺得我是在「支配」他，甚至於「指揮」他。

可是，我話一說出，他臉馬上拉得長長的說：

「這有什麼了不起？我告訴你，過去我在東北潛入共產黨後方，刺探情報，爆破倉庫、橋樑……搗亂金融，什麼沒幹過？哼！這算什麼？」

眞沒想到他原來還是個大特務！我明白他的自我膨脹，是因爲支隊長捧得我太高了，他不高興，也不服氣，所以把一股怒氣發到我頭上來。可是，現在是意氣用事的時候嗎？做這種提著腦袋耍的工作，一不小心，馬上要丟命！我心平氣和的說：

「老吳，共產黨警覺性是非常高的，我們在那邊夜晚行軍的時候，一路上不是也常常嚷著：要小心『美帝』特務，××黨特務，見到個別落單的戰士，往往扭住盤問不休。如果我和你預先不協調好，各說各話，說不一致，馬上要現形的。」

他故意裝作不理睬的樣子，凜凜的站立著，傲視北漢江對岸巍巍雄偉的峰巒。望著，望著，他手裡拐杖向前一指，又拄在地上，兩手心壓在拐杖頂端，高高的聳起肩頭，自言自語，十分自負的說：

「第五次戰役，假使共產黨給我指揮的話，就不會敗得這麼慘。撤退的時候應該多劃幾道退路才對。太差勁了！」他皺起嘴角兩道深深溝紋，搖一搖頭。

扯到哪裡去了！是在作白日夢，還是酒醉未醒？無知、幼稚，自大狂！不過，我仍然忍著氣，央求的說：

「老吳，我們互相來研究一下吧！沒有時間了，馬上要出發。」

他很不高興的轉過頭來，「啐」了我一口，說：

「你這個人怎麼搞的，這麼囉唆？」走開了。

這種人不可理喻，高不可攀，很難和他說話。好吧，算了，我也不再說了，只得自己小心謹慎，提高警覺。

不編「假故事」，空待著無事，我建議趁早下餘洞去，將山谷搜索一番，等天黑下谷口。吳宗賢使氣的，悶聲不響的背起槍就走。我在他後頭跟著。山徑傾斜迂迴，山野長著茂密的茅草、雜樹，與疏疏落落的小松樹。黃昏的太陽從前面山頂投射過來，照得人非常刺眼不自在。

下了山谷，我們傍著澗旁小徑行進。谷底有間空茅屋，屋內躺著一具腐爛的百姓屍體，散發出濃烈的屍臭。前行六、七十公尺，可看到谷口北漢江碧綠的江水，和對岸江邊碗蜒的小徑了，我擔心暴露目標，低聲喊吳宗賢：

「老吳，等天黑走，江對岸人民軍看得到。」

吳宗賢很合作的停了下來，不過臉像吵過架的不痛快。我距離他十來公尺處坐地休息，解開炒麵袋進晚餐。

等著天光一寸寸的暗了下來，對岸一切景物模糊看不清楚了，我們便順著小徑下谷口。走在前頭的吳宗賢，槍掛在肩上，一手拿著多餘的拐杖前後甩著。我槍握手裡，隨時可擊發，如果遇上埋伏，敵人篤定先向我開火，當然吳宗賢也會跟著完蛋。我想提醒他，叫他槍要握在手裡，但又不敢開口，怕他不高興。爲了安全，我只得和他拉大距離，拉到百來公尺外去，一面對周遭搜索前進。快到達谷口時，吳宗賢揮杖撥開野草雜樹，尋找去路，走走停停。谷底天黑得快，太陽一落下山頭，就像跌進黑洞深淵似的，伸手不見五指。吳宗賢找尋了好半天，沒走出頭緒來。

「怎麼搞沒有路？」我跟上去時，他咕噥著。

「給我來找。」我說。

我摸索上去，排開人般高的野草、灌木找路。左找右找，也找不著路。抬頭望望天空，天空沒有星星、月亮。重重黑暗，統治整個山野、河谷，看不清所有輪廓。路到哪裡去了？沒人走長了草？不可能，草不會長得這麼快。我聽說過共產黨在江西打內戰時，會把整條山徑僞裝起來欺騙敵人，難道北韓人民軍也會這手法？

前次去工作時，我見谷口山邊有兩三間農舍。我對著農舍方向望去，望了好一會，沒見到一絲亮光，或聽到聲響，可能百姓全逃難走了。

路是和江平行的，且挨近江邊。我打算先摸到江邊，再找路。我對著江流垂直方向，往樹叢裡鑽去。我一步一步的挨著。大約前行了三、四十步，我前腳一虛，身體失去重心，頭往下栽，「撲通」一聲，翻個大筋斗，連人帶槍都丟進江裡去。吳宗賢在上面哈哈的高興大笑：

「飯桶，飯桶，眞沒用，什麼有勇、有謀……」

「笑什麼？要被江對面人民軍聽到，把手伸下來。」我壓低嗓門的喊。

吳宗賢伸下手。我把槍掛在肩上，握著他的手，另一手抓住樹根，一躍而上，渾身衣服沒有一塊是乾的，像個落湯雞。

「沒關係，路在江邊，會找得到。」我說，擰乾衣服上的水，然後手貼地面一寸一步的往裡摸，往裡移，凡是沒長草、長樹的地方就是路。

終於，在距離江邊兩三公尺處找到了路。原來這一兩個月來下大雷雨，江水泛濫，沖倒岸上野草、雜樹，將整條江邊路埋在沈沈的樹椏底下去。路約有四、五十公分寬。

「就在這裡。」我興奮的說。

彎下身子，我對著路線鑽進壓倒的樹枝底層，用背頂起，再出手探著，折斷擋路的枝椏，緩緩的往前挪動。由於樹枝是逆向的，有的貼倒地面無法鑽進去，要從上層撥開路，走得就更艱苦了。息在樹葉、樹枝上的沙粒，振動時灑落下來，從領子流到身上去，怪不舒服。吳宗賢坐地等著，我進展一小段後，他才跟上來。

下弦月從對岸山頂升了上來，照得山野渾渾黃黃的光亮。兩岸的山、樹、江流，朦朦朧朧的都現了形。江裡的魚兒見到月光，不時「潑刺」的躍出水面，拍出響聲，教人驚愕得以爲人民軍泅水過江投誠。

在淡淡月光下，開出的路裹在密密麻麻的樹枝裡，像道鐵絲網蛇籠。進展得非常緩慢，花了三、四十分鐘時間，前進不到百把多公尺，弄得我滿手和身上多處被枝條刺傷流血。

「你來一下吧。」我疲乏的說。

「好的，你下來，給我來。」

吳宗賢丟掉拐杖，把槍大背著上來。我退下休息。他開始氣力很猛，「嗶嗶卜卜」折斷樹幹、樹椏前進。不到十分鐘，也大叫吃不消，破口大罵許家榮。

「這傢伙根本沒去，他說從江邊走，這裡怎麼走？」

「他這段是走山路，到前面才走江邊。」我撒謊——許家榮告訴我，他和小包就躲在谷口附近睡大覺。

「什麼前面走？這樣回去隨便報個假情報，你知道會出多大亂子嗎？我早看出這傢伙不是東西，有問題。」

「沒那麼嚴重，慢慢來，休息一下。」我說。

他休息片刻，又開始工作，邊罵許家榮。

驀然，江對岸「砰」的響了一聲槍聲，震撼得峰巒嘩嘩回響。吳宗賢馬上停手，緊張的喊：

「老王，聽到沒有？打槍了。」

「小聲點。」我低聲叫。

他匆匆的從前頭回來，問：

「槍是哪裡放的？」

「江對面，不是朝我們這邊開的。可能有人民軍逃亡。」

他停一會說：

「很可能，那你看我們怎麼辦？」

我估計一下，這條路有十來里長，以如此進度，恐怕走三個夜晚，也沒法通過。

「你下來，給我再試試。」我說。

我又前進了五、六十公尺，折騰得我筋疲力盡。

「不行，走不通。到了白天給江對岸人民軍發現，我們就要當活靶了。」我說。

「那該怎麼辦？總不能不去。」

「我們回去，改走山路。」

那晚我們回餘洞谷口，在玉米地裡過夜。時序已到秋末冬初，夜間山谷極寒，我穿濕衣服裹著雨衣睡，太疲勞，很快的就睡著了。

醒來時，天色將亮。我覺得頭痛發燒，連雨衣也燙熱。流眼淚。吳宗賢坐在地上大把大把的吃炒麵。我說：

「老吳，糟了，我病了。」

「眞沒用，一下子就病了。」

上了山頂，見到兩名韓軍兵士正押著一個投誠過來，赤著上身，只穿褲叉，剃光頭的人民軍，往後方送。那個班長和兵士見我們回來，都驚訝的問：

「中國人，發生了什麼事？」

「江邊小徑不能走，路不通。」吳宗賢說。

我和吳宗賢商量，我現在病了，是不是我們可先回去，過兩天再來。

吳宗賢想了想說：

「那你問支隊長。支隊長答應了就回去。」

我請班長向前方OP聯絡。OP小朴翻譯接了電話後，問：

「爲什麼又回來？」

我將大略情況告訴他：江邊路被洪水淹沒後，不能走，沒有路。昨晚我丟進江裡，現在我病了，請他請示支隊長，可不可以先回去，過兩天再去。吳宗賢兩手撐在膝蓋頭，挨近我，豎起耳朵聽。

五分鐘後，朴翻譯回覆：

「王，支隊長說回來可以，但吳宗賢不能單獨去。」

吳宗賢一聽，立即說：

「你回去，我自己走。」

「支隊長說都回去。」我說。

「我爲什麼要回去？你不去，我爲什麼要跟你回去？」吳宗賢不悅的說：「我也不是小孩，要你帶路。」

「你不是說，支隊長答應，你就回去嗎？」

「我問你，你爲什麼偏要拖我回去？是什麼意思？」

「我是說……唉！」我話沒說出來，也不好說。吳宗賢缺乏的不是支隊長所說沒有工經驗，而是智慧。像他這種人去敵後工作準死無疑，別想活命回來。我是爲了既然答應支隊長陪吳宗賢去工作，顧念他是自己同胞，中國人，帶他去敵後一趟回來，讓他嘗到那種滋味，說服他，改變他想入非非的念頭，救他一命。而他卻認爲我是妒忌他，對他眼紅，怕他立了大功回去，眞是不可救藥！

「不管你怎麼說，我是去定了。」他堅決的說。

「好吧，那我和你去。」我說。

班長在一旁看著我和吳宗賢爭執。他希望我們去工作，能帶回情報供給他們。所以他說：

「中國同志，我們大韓民國軍有一個排，要去前面佔領陣地。你們跟他們去，大大的好。」

「什麼時候去？」我問。

「快快的來了。」

我想向他要藥吃，問他有沒有藥。

「藥的大大沒有。」他搖搖頭。

「那我們跟他們一起走。」我說，躺下喝水，休息。

下午一點多鐘，那個排的韓軍來了，他們手執自動火器，鋼盔上印著白漆「決死」兩個字。雄赳赳，氣昂昂。排長個子魁梧，手抄卡賓槍，左脅下插著一把手槍。班長爲我們介紹了後，排長由一名兵士替他翻譯，面露笑容親切的說：

「歡迎，歡迎！」伸出手向我和吳宗賢握手。

我問：「前面敵人退走了沒有？」

「我們上午偵察過，敵人全部退了。」排長說。

休息半個小時後，排長命令出發。兵士們一個跟一個的，成一路縱隊向左方稜線搜索前進。天空飛來一架偵察機，盤旋跟隨著。隊伍經過了山谷上方峰巔，便沿著一條略向下傾的狹窄山脊前行。山脊兩側是削直的峭壁，底下是深谷，與蔥翠的松林。往下看，頭有點暈眩的感覺。沿途彈坑壘壘，岩石被炸得崩裂稀爛。行進到了鞍部，便向著斜坡上爬，腳踏下去，泥土石頭老往下滾。攀行了十多分鐘，登上稜線盡頭，上面是座平坦高地，約百多公尺寬廣。高地四周圍繞著懸崖、林海，與無際的藍天。朔風呼呼吹來，颸得衣衫「噗嚕，噗嚕」的抖動作響。共軍工事全遭砲火摧毀，部分掩體還冒氣悶燒著。所有野草樹木全被燒光。空氣裡充斥著火藥和屍臭的氣味。我們踏著焦黑泥土，走了一匝，發現有二十多個墳堆，其中幾個墳頭前，還插上木牌子，寫著陣亡者的姓名和「三二」大隊代號。我指著一張木牌，對吳宗賢說：

「老吳，看，如果共軍盤問，可用這代號應付。」

吳宗賢睨我一眼，掉開頭。他從來吝嗇和我說一句話。

那位排長帶著翻譯兵士對我們說：

「中國同志，我們就到此爲止，不往前走了。」

「從這裡去金城江口有路嗎？」我問。

他打開地圖看了看，又望望前頭，然後帶我們到一處兩三丈高的懸崖邊緣。懸崖下是一條枯乾的山澗。

「這裡，」他指著底下山澗說：「只有這裡可走，敵人就是從這澗底撤退的。」

「敵人全部撤退了嗎？」

「全部退了。」排長說。

我借排長地圖，找出圖上山澗的位置，循山澗下去，抵達北漢江邊，約七、八餘里路程，比走江邊路便捷得多。

我問吳宗賢：「怎麼樣？現在就走？」我病未痊癒，希望早去早回。

吳宗賢眨眨眼睛想了下說：

「現在走。」

排長和兵士見我們決定走，熱烈的和我們握手致敬。他們用繩索幫我們縋下澗底去。我們俯身端槍前行，吳宗賢走前頭。頭頂上樹木、蔓藤枝葉，在韓軍火力追擊時給打得精光，掉落滿地。有一灘凝固鮮血，像剛流出來的，可見敵人退去不久。我揀到華東廠出品的一盒火柴，和半小袋高粱米——高粱米的袋子口徑只有二公分多長，像根帶子，便於掛在身上攜帶。

吳宗賢走得很快，沒幾分鐘，走出了我的視線。我生怕和他失去聯絡。

不一會工夫，他從前頭又急急的回來，臉色死白。我知道一定有狀況了。

「老王，老王，前面有人。」他沒走近我，便小聲緊張的說。

「有人？」我迅速解開胸前彈袋帶子，心房不停的收縮，暗裡想：完了！打起來，前有敵人，後無退路，要是高地上韓軍也開火，總給打爛。「幾個？」

「一個。」

「活的，死的？」

「大概死了。」

「嗨！」我鬆了一大口氣。一個死人，把話拆得零零碎碎的：有人，一個人，大概死了；夠嚇死人！「給我來，你別動。」我聚精會神的向前觀察。吳宗賢退到我背後去。

兩三分鐘後，我緩慢的向前移動。前行四五十步，我看到前面二十來公尺左右躺著一具屍體，臉朝下趴著，穿著藍色軍服，頭部額前包著白色救急包，救急包染遍了血。

「看到沒有？就是那裡。」吳宗賢指了下。

我極目搜索，在屍體附近沒有看到任何動靜。

「穿藍色服裝很少見，好像多半擔任偵察任務。」我說。

「是的。在共產黨那邊我見過。」

天空那架偵察機，嗡嗡的老在頭頂上空打圈子，可看到機翼下鮮明的太極圖，是屬於韓軍陸軍的。

「共產黨有句口號：受傷的要搶救，死亡的要掩埋。他們把屍體丟在這裡，說不定還會回來。」我說：「我看現在時間也不早了，我們先找個地方暫時躲起來。」

「我也這麼想。」吳宗賢說。

於是，我們掩蔽在距屍體二百多公尺處的一株大樹下，靜靜的觀察。大樹葉子有巴掌大，樹頂快長到高地上去，樹底下堆積著一層厚厚的枯葉。天色漸漸的黑了。我們將樹葉堆起，就地睡覺。軟綿綿，很溫暖舒適。睡到天快亮醒來，樹頂上「噗啦」的一響，驚走了一隻大鳥。四野下著白茫茫大霧。昨晚休息了一夜，我病沒有好，燒得更厲害。透過樹梢望著天空，雲層不停的翻轉。定神看，是頭暈。我拍拍吳宗賢，他張開眼一看，說：

「哇！天亮了。」一骨碌爬起來，搓搓臉，解開乾糧袋吃炒麵。

我坐了起來喝水，勉強吃幾口炒麵。

「走。」吳宗賢吃飽了，起立拍拍屁股，猶豫著。

我們提槍躡足向山澗搜索下去。那具屍體仍然躺在那裡，臉和手筋肉被鳥獸吃掉，血肉模糊，很恐怖。將屍體檢查後，除了發現口袋內半截煙蒂外，別無他物，顯然共軍已棄屍遠去。循山澗往下走五、六十公尺，是一片大松林。一縷縷霧氣從我們身旁飄過，樹葉尖掛著晶瑩水珠。繼續往下去，坡度趨緩，松林裡散佈著許多掩體，大概共軍曾在此宿營。出松林，地形開展成圖案似的一層層扇型梯田，直抵澗底——大澗谷。我們從梯田邊沿，小心翼翼的索下去。

大澗谷是一道深邃山谷。澗底小徑約一公尺寬，直向我們背後山區裡延伸去。小徑左側是溪流，水淺而清澈，露出一塊塊青綠色石頭。霧已消散。山谷靜寂得連丟下一根針也聽得到，靜寂得可怕。前行十多分鐘，便可看到谷口外的北漢江流水了。

「江邊到了，就在前面。」走在前頭的吳宗賢嚷著。

谷口像刀切似的裂開，兩側山高陡峭，像堵牆的屏障江干。出谷口便可滲入金城江了，我判斷共軍可能在此守險。我說：

「老吳，山頂上可能有敵人，我們從澗底走比較安全。」

吳宗賢頭用力一甩：

「啐，怕死鬼。」他只顧自個的走了。

吳宗賢一走，我也不堅持，跟著也走了。

沒半刻多鐘，我們安然的到達了谷口外的江邊了。

「出事了嗎？哼，什麼有勇、有謀、機智、果斷，飯桶一個。」吳宗賢嚮著鼻子，不屑的說。

「太好了，沒想到這麼容易到達北漢江邊。」我高興的說，倒沒生氣。

站在谷口，可看到數里外的金城江口了。這一帶可能已進入敵人後方了，白天活動非常危險，必須躲藏，等天黑走。我們找了距谷口下方百來公尺處的一條乾涸山溝，暫時掩蔽休息。山溝坡度傾斜，頂端是垂直的岩壁。上了半山溝，我找塊溝旁沙地睡去。吳宗賢挨近我躺著。

睡得正熟，忽然一陣激烈槍聲把我從睡夢中驚醒。我立刻翻身而起，發現吳宗賢已不見了。山溝頂上槍聲大作。我抓起衝鋒槍連跑帶蹦的衝下山溝。吳宗賢已趴伏在溝口。我在他身旁蹲下，問：

「槍響多久了？」

「剛，剛開始沒多久。」

槍聲是來自山頂上與大澗谷內，可能是相互對抗：山溝頂上的共軍，向大澗谷射擊；大澗谷內韓軍向山溝頂還擊，子彈有時掠過山頭「咻咻」的飛向北漢江上空。

我望著溝頂山頭，只看到野樹叢與松林，看不到共軍陣地，看不到共軍蹤影。

「可能韓軍順我們走的路線下澗底，被山頭上共軍發覺，所以發生槍戰。」我說。果然如我所料谷口山頭有共軍防守，慶幸早晨通過時未被發現。

吳宗賢默不作聲。

槍戰二十多分鐘後，槍聲漸趨沈寂。接著，從聯軍方向射來了一陣陣砲彈群，在山頭上猛烈爆炸開了。彈片、泥土、石塊雨點般的紛紛丟落山溝裡來。我們馬上挪到岩石下躲避。一棵松樹枝幹被炸斷，滾落吊在峭壁上，搖呀搖的要墜下來的樣子。猛烈砲轟過後，改爲零星射擊，每隔兩三分鐘，發射來一兩發。

「大概韓國軍退走了。」吳宗賢說。

「休息吧，上面是峭壁，他們下不來的。」我說，又回半山溝睡去。

吳宗賢不休息，在山溝裡上下走動著。我擔心被山頭上共軍看到，叫他安心睡，他不理。陽光太強烈，扎眼，我用雨衣蓋住頭，槍擱在身旁，槍口朝山溝下，從雨衣扣洞裡窺伺著吳宗賢。我始終對他沒鬆懈戒備。不過，又想這時候他不敢，因爲他需要我作伴，而且對我下手的機會有的是。這麼想著，我放心的睡了。剛合上眼，我聽到吳宗賢急促的腳步聲，從山溝下又跑了上來。

「老王，老王！」他氣吁吁，惶恐的叫著。

我立即翻身起來：

「什麼事？」

「山溝被封鎖了，快來！」他叫著，又反身往下跑。

「完了，甕中捉鱉。」我抓緊槍跟著奔下去。

跑到溝口，吳宗賢躲在一塊大岩石背後，扯我一把：

「趴下來，暴露目標。」

「人在哪裡？」我蹲下急問。

「看到沒有？對岸。」

聽到「對岸」，我鬆了一大口氣。不管有多少敵人，隔著一兩百公尺寬的江面，我對付他們的辦法太多，太多了。我望著江對岸，北漢江從北南流，至大澗谷口轉個直角大彎，向下游奔去，將對岸淤積成二百餘公尺寬的沙灘，與半里多深的平緩梯田。梯田後面是一列高聳起伏的山巒。我仔細的觀察沙灘與梯田，沒見到半個敵人影子。

「人在哪裡？」我又問。

「沒看到？哪個碉堡。」他手指著前方。

我順著方向望去，在江對岸平平坦坦的沙灘上，除了凸起的一個大沙堆外，什麼也沒看到。

「你說那個沙堆是碉堡？」

「是呀，那個碉堡不是正封鎖著我們這山溝。」

我對那座「碉堡」稍微觀察，覺得不大對勁。碉堡頂上長著一叢青翠的蘆葦，四周是一片金黃色的沙灘，僞裝應配合背景，植上蘆葦把目標更襯托得明顯了；且「碉堡」建在沙灘上，遇到豪雨山洪暴發，「碉堡」馬上成水牢了。這道理再簡單不過了，吳宗賢是故意拿來開我玩笑，還是眞的不懂？那他才是不折不扣的大「飯桶」了。

「你看到槍眼沒有？」我起立問。

吳宗賢伸長脖子，把他那痳子臉往前挪，認眞的望著。

「沒有，可能槍眼不開這邊。」

「放心，不是碉堡，是江水沖積起來的沙堆。」我說，分析理由給他聽。

吳宗賢狠想了一會，看樣子想通了。不過，他還是板著臉。「呵，怎麼找，找這種地方來。」便坐在一塊大石頭上吃炒麵。

我給吳宗賢攪擾得不想睡了，上半山溝取了雨衣乾糧袋下來，找個地方坐下休息。身子發乾燒，怕冷，打寒噤。吃了些炒麵，口乾，不斷喝水。

太陽下山時，我們又披掛出發。

因爲扼守大澗谷口山頭上共軍，可能僅一個連，或兩三個班排，因此，從谷口至金城江口這段路遇上共軍盤問極易識破，必須規避。我邊走邊注視著前後，假使發現前頭有共軍來，我就得往回走，後面共軍來，我便向前去；總之不和敵人碰頭。吳宗賢又溜到前頭去了，我擔心他被撞上。以他遇事驚惶失措看來，他是沒有能力處理這種簡單狀況的。我加緊腳步追他。過了三〇二高地谷口時，月亮開始升上來了。我隱約可見到吳宗賢在前疾走，我緊追著。到了金城江口，吳宗賢不走了，站立在江口荒村前，金城江畔，對著二十餘公尺寬的江面發呆。

我追上去，疲乏得要命，肚裡反胃，吐了幾口水。頭發脹、疼痛。我坐下休息過來後，抓了一把炒麵放進口裡嚼。把半壺水喝光了，又到江裡灌一壺水。

「從哪裡走？」吳宗賢說話了，冷冷的一句。

「我們不要過江，從江邊小徑走，到上游過江比較安全。」我說。前次我去松洞里工作，就是走江邊小徑，到達松洞里口過江，那裡水深僅一公尺。

我們踏著小徑行進，走約十來公尺，前面的路和餘洞狀況一樣，被洪水沖倒的野草雜樹覆蓋住，無法通行。

「不行，我們回江口過江。」我說。

回走沒幾步，吳宗賢小聲的叫：

「老王，江對岸有火光。」

果然對岸有一小丁點火星，紅紅的，是有人吸煙。

「大概是領糧的。問過來，說是查線，查電話線。」

幾分鐘後，火星熄滅了，起立三條黑影往北漢江上游方向去。

回到江口，我們脫光衣服下水過江。吳宗賢遲疑難爲情的說不會游泳。「我帶你過去。」我說，向他伸過手。吳宗賢牽住我手，緊跟隨著。我另一手拿衣服和槍頂在頭上，往對岸走。江水從腿部漸漸的升上來，冰涼涼的。快淹到腋下，離開岸邊六、七公尺時，腳底下踩的沙快速的向江心流，向江心滑去。我趕緊放開吳宗賢手回走。但沙流得太快，我腳越踩越往下溜，往下陷，流沙速度比腳步快，最後上身前傾，整個人撲進水裡去。我馬上舉起衣服槍，一手使勁的划。划到岸邊，我的衣服和槍全濕了。

「你計畫，計畫什麼？」吳宗賢站在岸上嘀咕。

「你別急。」我絞乾了衣服的水，又向吳宗賢伸出手。「來，你的槍給我，拉你過去。衣服自己拿。」

「不行，不行……」吳宗賢跳著腳嚷。

「不要叫，給江對岸聽到。」我從水裡上來，感到傷透腦筋。歇口氣，我向周遭望了望，便向江口下方走去。到了北漢江邊，我才看清楚金城江口呈喇叭狀，出口處約有百多公尺寬，水流速度減緩。我判斷喇叭口半弧線一帶必定水淺，因爲從上游夾帶下來的泥沙，由於流速減緩，會在這一帶沈澱，淤積。

「老吳，我們從這裡過江。」我說。

吳宗賢望廣闊江面畏縮的說：

「這麼大的江，怎能過去？」

「試試看，不能過去再回來。」我沒有多餘的說話氣力，和他說理由，強牽他手下水。

我們一前一後的緩緩行進，腳板探索著水底沙面。水淹至胸口時，浮力增大，身體上重下輕，有點站不穩。月光照在粼粼盪漾的江面上，吳宗賢不斷惶恐的叫：「好怕，頭會暈。」緊抓住我手。

過了江口中線，江底的沙逐漸高了起來，我放心了。

上了沙灘，我們趕緊穿衣服。穿上衣服，因爲我衣服是濕的，走起路喳喳的響，馬上會被看出破綻；因此，又脫下埋在太陽曬熱的沙堆裡，讓乾燥沙粒吸收水分。這時我的胃又抽搐著，想吐。腦子裡像暈船似的晃著。我仰臥在沙灘上，閉著眼睛不敢動。可是，抑制不住的嘴巴一張，吃的炒麵和水從口裡一股腦兒的冒出，吐得乾乾淨淨。

「我看你算了，不要去。」吳宗賢穿好了衣服說。

「來了，爲什麼不去！」

「你走得動嗎？」

「已經深入敵人後方了，不可走得太快，要注意可能發生狀況。」我說。

吳宗賢不再吭氣，頭梭來梭去，好像找尋什麼。繞了一圈，他找了一塊大石頭。搬不動，他用滾的，滾到了從江裡上沙灘的那裡擱著。而後，歇一歇，他伸平手臂貼臉，向對岸瞄著。瞄一會，他背起槍一聲不響的走了。

我喊：「老吳，等會，一起走。」

「各人做各人的情報。」他丟下這麼一句話，頭也不回，很快的消失在黑暗裡。

原來吳宗賢搬那塊石頭是做路標，等回頭自己好過江。他堅決不回去，一路搶先走，就是要甩掉我，單獨行動，想立大功。如果他會泅水，他早過江了，不會站在金城江口等我。現在我帶他過江，他「過江拆夥」，可見這種人多壞，多卑鄙！不過這一來也好，我已盡了道義與責任，拋掉了這個大麻煩包袱，無拘無束，輕鬆自在。而且我病兩天了，假使無法支持下去，我可無牽無掛的回轉去。

我躺在沙灘上取出炒麵吃，喝水。喝了幾口水，肚子裡覺得又冷又脹。躺了一會兒，體力稍恢復了，我爬起從沙堆取出衣服，抖去沙粒穿上，小心的向江邊路摸索去。

從沙灘到江邊路約二百五十公尺距離。路的一端通往北漢江上游，另一端沿金城江往金城，也就是這次工作要走的路線。路的上方挨北漢江邊沿，是一列低矮的山丘。山丘後面是高峻崢嶸的山巒，順著北漢江和金城江走向。快接近路時，我停下觀察。有幾條黑影從金城江方向而來，往北漢江上游去。等黑影過去了，我便上路往金城江方向走去。我槍掛在肩上，槍口朝下緊握住槍把，注視著前頭。吳宗賢已溜得無影無蹤了。我擔心這蠢腦袋不知天高地厚的胡亂闖，闖出禍來連累我跟著倒大楣。我時時刻刻準備應變。行進約五、六十公尺，在金城江口的靠山丘旁轉彎處，發現有三個大防空洞。每洞相距約五公尺，洞口有一人高，洞內黑漆漆的什麼也看不到。前面有一小組共軍戰士走來，共三人，看樣子是病號。我沒盤問他們，各走各的路。走過最後洞口八、九步，路旁有塊大石頭映著月光，光撻撻的發亮。我走過後，石頭陡然動了下，可把我嚇了一大跳。回頭看，是人，小孩，十四、五歲，個子小小的。我轉身用很小，很柔的聲音問他：

「小鬼，你蹲在這裡做什麼？」共軍對年紀小的戰士通常叫「小鬼」

小孩一疊連聲的說：

「拉稀，拉稀……」他兩手抱著屁股，全身脫得精光，把衣服夾在胸前和大腿間。

「你是哪個單位？」

「四五大隊，四五大隊。」

「哪個團？」

「四五大隊，四五大隊。」

「哪個師？」

「四五大隊，四五大隊。」

問來問去都是「四五大隊」，問他哪裡來，哪裡去，回答不知道。問他每天吃什麼，這下他可知道了：高粱米、豆、玉米——怪不得吃得他拉稀。要想從這小鬼口中問出情報很難，因爲他懂得太有限了。像這樣小鬼我在共軍見過不少，他們來自貧窮農村，多半是文盲，一字不識，打戰時跟著部隊瞎跑。共產黨弄他們來，簡直是謀殺。

「你睡哪裡？」我又問。

「睡裡面。」他指了指防空洞。

「你和誰睡？」

「班長。」

「你們去哪裡？」

「去領糧。」

「哪裡領？」

「我不知道，班長知道。」

正問時，吳宗賢慌慌張張的從前面回來了。他見我盤問「小鬼」，也趨前弓下身端詳了一下，問：

「小鬼，你是哪個單位？」

「四五大隊，四五大隊。」

我扯下吳宗賢衣角說：

「班長，走。」走了幾步，我低聲說：「防空洞裡有人睡，把他們吵醒，麻煩可大了。」

吳宗賢頻頻回頭望，等離防空洞遠了，向我招下手，逕往金城江邊灌木林裡去。

「什麼事？」我跟他後頭問。

他躲在樹叢裡，向路上望了望，嚴重的說：

「老王，現在我們不要走，被發覺了。」

緊張大師又製造恐怖了——被發覺他又怎能回來？不過這回我沒被唬住。我問：

「你又撞到什麼了？」

「剛才我走前面的時候，」吳宗賢說：「遇到幾個戰士，他們問我哪個單位。我說是三二大隊。他們說三二大隊已經調到後方整補去了，爲什麼還在這裡？我說我是丟隊。還好他們沒再問下去，好危險！老王，我看現在我們不要走，等他們都走過了，我們再走。」

「你對敵人太誠實了，你爲什麼一下子就把『三二大隊』說出來？」

吳宗賢抱怨的說：

「都是你說的。你在高地上看到木牌寫的『三二大隊』，說共產黨盤問時可以派上用場，所以我就照說了。」

「誰叫你這樣回答？如果對方也是『三二大隊』怎麼辦？或者對方認識『三二大隊』，問你『三二大隊』團長是誰？營長、政委是誰？你不是馬上原形出現了？」

「那該怎麼說？」

「你要先盤問他們，看他們怎麼說，再回答。總之你要採取主動，不要被動，他們問什麼，你說什麼。」我說。

「他們一定要你說出哪個單位，怎麼辦？」

「很簡單，你隨便說個『二營六連』或者『三營八連，九連』什麼的。一個師，一個軍有好幾個『二營六連』，他們能知道你是哪個『二營六連』？或者帶俏皮的說：『伙食單位』——炊事班。在北韓行軍的時候，不是有人被盤問煩了，這樣回答嗎？反正你要儘量避免說出死板的哪個師，哪個團，或哪個大隊番號和代號。法子多得是，要說也說不完。所以我要和你編『假故事』，互相研討協調，你不理，現在臨時把佛腳也來不及了。」我喝了幾口水，檢查一下手裡槍，催促他：「走，你跟我，不要分開，遇到盤問，你千萬別開腔，給我來應付。你裝病，裝傻都可以。」我怕他應付不得當，露出馬腳，大家遭殃。

吳宗賢怔怔的望著暗淡的江邊路，半晌，他搖搖頭：

「老王，我們還是等他們都走過去了再走，太危險了！」

「那要等到什麼時候？到了白天更不能活動，被發現沒地方躲避，而且我不能再拖延，我病兩天了，希望快去快回。敵後就是這個調調，沒什麼可怕的。」我說著，硬拖他上路。

路上偶爾遇到三三五五小組共軍領糧戰士。我目的是趕路，如果他們人數少，便扭住他們盤問；人多迎面相遇，也盤問不出什麼情報，放他們過去。不過，我注意著對方要向我和吳宗賢盤問時，便先大聲喝問他們：「哪個單位？」而後裝作趕路，快速的從他們身旁擦身而過。如果被盤問，回答他們：「一營二連」，或「二營五連」什麼的，也就順利過關了。這些丟隊戰士不是病號，就是落後分子，已經疲憊不堪，他們的盤問只是習慣性的反應，不像積極分子對「美帝」特務警覺性特別高。

過了松洞里口，前頭遠遠的來了一隊黑影，有一個連。我們立刻掉轉頭回走，拐進松洞里躲藏。與大隊敵人迎面遭遇非常危險，只有被盤問的份，出狀況又難脫身。

二、三十分鐘後，大隊共軍過去了，我們又繼續前行。

走了一里多路，我又嘔吐，腿軟無力。吳宗賢大概神經刺激麻木了，或許陶醉在他的「好事」美夢裡，膽子又壯了起來。

「就是這一兩下，我也會應付，沒什麼了不起。」他輕鬆的說。

河谷漸變狹窄，有幾段岩層路面遭空襲炸斷，搭起三、四根粗大樹幹通行。從聯軍方向發射來的探照燈，在頭頂上空掠來掠去，照得山野、河谷忽明忽滅。

快到達第三段炸斷路坑時，前面又出現一大隊共軍，一個跟著一個，隊伍拉得長長的。這裡江畔窄小，無處躲避；我又懶得回走，只得硬碰。遇上大隊敵人，剛碰頭時要特別小心，因爲帶頭的多是幹部，警覺性特別高，不容易混騙。我暗暗對吳宗賢招呼：「跟緊，不要開腔，給我來。」沒走近，我見那個領隊幹部老遠便盯著我和吳宗賢，兩隻眼睛好像夜貓子似的發亮。他腳步快捷，胸前斜掛著一把手槍，而跟在他後面的戰士，則全是徒手，默默的走路。快走近他跟前，剛踏上樹幹搭橋時，他大聲的吆喝：

「哪個單位？」

我從容的回答：

「三二一大隊。」同時從他身旁擦過。吳宗賢緊貼著我。

他馬上站住，轉過身臉，命令式的喊：

「過來，哪個單位？你們部隊呢？」

我鎮定的走過去，說：

「我們部隊調到後方整補去，我們是在陣地上掩埋陣亡戰士的。」

「爲什麼只有你們兩個？」

「有的還在後頭。我是生病了，先走。」

他態度立刻轉變和善，連聲「哦哦」的揮下手說：「那你們趕快跟上隊伍，不要丟隊。」

「好險！」等隊伍過去了，吳宗賢透不過氣的說。

「沒什麼，被發覺了，先下手幹掉他們，跳下金城江開溜。」我說。

「老王，你說避免告訴對方番號、代號。剛才那個幹部盤問，你爲什麼一下子就說出『三二大隊』？」

「這要看情況，看對象。」我解釋：「一來『三二大隊』已經撤退，如你說的調到後方整補了，不會遇到同單位的人，所以可以大膽的使用。另方面，那個傢伙不是指導員就是連長，假使你說『三營八連』，『二營六連』什麼的，對方以爲你要滑頭，把他惹火了，問得你沒完沒了，那就慘了，所以乾脆說比較實在的。他再問，我們可把在高地上所看到的情況說出來，他一定會相信。」

大部隊過去後，接著又是零零落落的丟隊戰士。我沒把他們放在眼裡，可隨意的盤問他們，或著放他們走；一面注意著前頭情況，看有否大部隊來。腳步愈走愈沈重，愈緩慢。小腿肚抽筋絞痛。吳宗賢很不耐煩，一路趕著我。前行了一兩里路程，他說：

「我先走，你後面跟來。」

「一起走，老吳。」我有氣無力的說。

他不吭不理的走了。他的腿桿子又硬了，喚不回來的。他要立功去，立大功。

我又一人孤獨的行進。

出河谷，地形豁然開闊了起來，道路隨江流轉個向往北伸展去，且和江流逐漸分開。人概是地圖上標示的西大登里了。一輛大卡車，被炸毀栽倒在路旁野地裡，聞得到一股燒焦的氣味。道路兩側荒蕪的旱田裡，零星的散佈著若干簡陋農舍，籠罩在灰暗的夜幕裡隱約可見。農舍門戶洞開透光，空落落的無人居住。

遙遠的金城天空，傳來陰沈的飛機響聲。聲音高一下低一下「嗡，嗡」的響著。少頃，忽的火光一閃，跟著「轟」的一聲巨響，又拖著一連串較小的「轟隆隆」爆炸聲，與血紅的火光，可能投下的是殺傷力極強的「母彈」了。夜間空襲，通常是重轟炸機，僅一架。投了彈就飛走了。飛機去後，火光漸漸的熄滅了，大地又沈寂黑暗了下來。

過了西大登里，我已走得雙腿痠軟邁不開步。不斷的嘔吐，吐出來的水是苦的。不吃不喝也會吐，張著嘴巴肚子一縮一縮的乾嘔。我知道體內儲存的養分已秏盡，無法供應活動所需的熱量了。我像一盞燃燒枯竭的油燈。

又挨了一程路，我無法再支撐下去了。我疲憊的坐在路旁喘氣休息。

現在，我必須做個抉擇：「去」，或者「回」，我想。

那些過往的共軍領糧戰士，有的停下腳步對我作善意的盤問，或者鼓勵，倒沒有懷疑我是「美帝特務」——生病，是最好的身分掩護。

經過一番考慮後，我決定回轉去：第一，我計算去金城尚有數十里路程，往返需花上四五天時間，我堅持不下去。第二，趁回走跟上兩三個落單共戰士，逼他們過江捉俘虜，這比去金城更有價值。

主意打定後，我還是要徵詢吳宗賢的意見，看他是否願意回去。假使吳宗賢不願回去，那就如他說的：「各人做各人的情報。」讓他去吧。他已溜到前頭老遠去了。我拚命的追趕，腿抽筋了，後腳跟著地撐一撐又走。好不容易追上了，他正攔著幾個共軍軍戰士盤問呢。我躺下地上休息等著他。

39

等著吳宗賢盤查的那幾個共軍戰士走了，我起立說：

「老吳，來。」便向路旁草叢裡去。

吳宗賢跟了來。

進入一間空農屋，我身子像扇門板「碰」的倒在炕上，幾乎無法動彈。

「什麼事？」吳宗賢問。

「老吳，我沒辦法走了，我決定不去金城。」

「那你回去，我自己去。」

「我是打算趁回去機會抓俘虜。」

「抓俘虜？你怎麼抓？」他愕然的問。

「我跟他們小組走，到金城江口，請他們過江。」

「江對岸路不通，怎麼走？」

「有辦法。」我說：「帶他們到距江口防空洞七、八十公尺處的金城江邊過江，而後順對岸邊水裡走，到江口上岸，或者從我們過江地點過江。」

吳宗賢不作聲了。我料定他絕對會同意，因爲支隊長最重視捉俘虜。假使我眞的抓到俘虜回去，他去金城搜集到再豐富的情報，也給我比下去了。不過這意見是我提出的，他總得找些話說。沈默了半晌，他說：

「等我們從金城回來，不是一樣抓俘虜？」

「金城回來，恐怕機會沒有了。」

他又頓住了，過一會，說：

「好吧，你走不動了，也只有這個辦法了。」

「那就這樣決定了。」我說：「你現在去外頭看『風』，兩三人就夠了，不要多。我在這裡等你。」

吳宗賢馬上出去。我吃了些炒麵，喝了水後，便去門口找門牌——這也是情報資料——我手貼著門柱往上摸索，觸到了一塊長形的薄木板——門牌，使勁一扯，摘了下來，揣在身上。然後，進屋躺在炕上休息。

不一刻多鐘工夫，吳宗賢急匆匆的跑回來了。

「老王，老王，人來了。」

「幾個？」我手撐著榻榻米坐起來。

「三個。」吳宗賢說了反身便走。

我立即套上乾糧袋，持槍出去。

我們傍著屋角，向路的方向望去，大約在前面七、八十公尺距離，隱約可見三條黑影踽踽而來。

「等他們走過後，我們從後面跟上去。」我小聲說。

「我知道。」吳宗賢用力滾動一下身子說。

黑影徐徐的走來。等著他們走過後沒多遠，吳宗賢便邁開步跟去，我拉住他說：

「再等會，讓我來。」

「這有什麼了不起？」吳宗賢甩開我，逕往前去。

「好吧，你和他們談，不過要小心。」我說，知道他要搶功勞，攔不住，乾脆讓他去接觸，免得拉扯出問題。

上了路，吳宗賢很快的向黑影趨了上去，我落在他後頭跟進。因爲我和吳宗賢事先沒有約定彼此扮演何種角色；因此，我說：

「副班長，慢點走，我跟不上。」暗示他是我「副班長」，免得我稱呼吳宗賢「副班長」，他告訴那三個共軍戰士的，和我不相符合，那馬上要出大紕漏。

吳宗賢似乎明白我的意思，居然端起「副班長」架子，嚴厲的對我批評：

「你飯吃得下，有什麼病？回去要好好檢討。」

一個戰士回頭看了下我，不知說了什麼。

「他就是這個樣子，耍死狗。」吳宗賢氣火的說。

我暗中觀察那三個共軍戰士。他們全部徒手，兩個是病號，和吳宗賢說話的那個戰士可能是組長，或黨團員，走起路來比較有精神，兩個病號低頭緩緩的走著。我跟隨他們後頭嘀咕著，有時發一兩句牢騷。走了一段路，我累了，又嘔吐。我故意大聲的嘔著，證明我病了，以掩護我和吳宗賢的身分。那個組長戰士，又轉過頭來看了看我，說：

「他吐了。」

「不要理他。」吳宗賢說：「給他慢慢的跟來。」

回頭走，沒有逆面來的共軍，且有三個共軍戰士「護航」，非常順暢安全。吳宗賢一路和那個組長攀談，向他盤問情報。

山影呈現在眼前時，我們又走到了江邊，進入金城江狹窄河谷。月亮斜到背後河谷上空去，照得山野朦朦朧朧。前面山區，不時傳來砲彈爆炸聲，與閃電般的閃光。沿著河谷行進約兩三百公尺，我發現前面有五、六條黑影坐在路旁休息。和他們合在一起無法下手，我便對吳宗賢喊：

「副班長，休息一下吧，我走不動了。」

吳宗賢沒理會我的意思，繼續走。

「到前面休息。」他說。

走近那幾個共軍，吳宗賢和三個共軍戰士便接在他們後頭就地休息。我坐在他們末後，距他們四、五步遠。那小組共軍共六人，有的手裡拄著拐杖，有的頭上纏著毛巾，也是丟隊病號，沒有攜帶武器。一個組長模樣的，脖子伸得長長的望過來，嘴裡叼著煙。幾個病患戰士垂著頭，默默的坐著。休息四、五分鐘後，那個組長熄掉煙喊出發。吳宗賢和三個戰士也起立跟著走。我立刻說：

「副班長，再休息一會吧。」我想把他們——三個共軍戰士——和那小組共軍錯開。

吳宗賢不理睬，跟著走。

我又喊：

「副班長，我口渴，你水壺借給我。」

「你自己水壺爲什麼不喝？」他自顧自的走。

「我水壺喝光了。」我說，追上去，攫住吳宗賢的水壺，等前面共軍走遠了，低聲的說：「這麼多人，怎麼弄得回去？我們乾脆放掉他們，到金城江口等機會，碰到兩三個落軍的逼他們過江，省事又安全。」

吳宗賢氣憤的「啐」了我一口：

「我以爲你說什麼——愈多愈好。」他用力一扯，奪回水壺，又轉身便向前趕去。

他媽的，混蛋加八級！蠢豬也想得到深入敵後十餘里，又隔一道金城江，這麼多人怎能帶得回去？何況在這些人當中至少有一兩個班組長，四、五個黨團員！我明白吳宗賢的意圖：因爲抓俘虜是我提出的，大功當然落到我頭上，他僅能撈到尾巴而已；而我強調兩三個共軍就夠了——尤其我在支隊長面前，也強調兩三個才好下手——所以他來個「愈多愈好」，表示高我一著，以突顯他的能力與功勞。他現在是連命都不要了，陶醉在他的「好事」美夢裡，迷了心竅。

可是，他這一走，我又不得不緊攆著，怕他闖出大禍一起倒楣。

吳宗賢跟上那幾個共軍戰士後，便在他們間穿來穿去，交頭接身，不知又搞什麼花招。他的動作實在太明顯了，簡直把自己身分——「美帝」特務——都忘了。我看出對方已經起了疑心，擔心吳宗賢武落到他們手裡，那麻煩可大了。我緊緊跟著，盯住他們。我的衝鋒槍倒掛在肩上，食指頭頂住扳機，只要他們對吳宗賢動手，便馬上開火，顧不得什麼吳宗賢，通給他們完蛋。一面，我盤算著如何處理這種狀況。我想再勸吳宗賢，放棄他們，到金城江口伺機下手；但又想他絕對不會接受我意見的，現在他滿腦子想立功，立大功，露兩手讓支隊長賞識，證明他不是膿包；圖韓淑子好事。而且他現在混在那小組共軍裡，我也無法接近他。

打算溜，這段路又在狹谷當中，進退不易，我又不能在未出事前開溜。沒辦法，只得跟著走，臨機應變。

那小組共軍和吳宗賢不停的行進，有時他們回頭往後望望，但很快的又把頭掉開。我走得渾身乏力，抽筋、嘔吐……走不動，蹲下稍歇口氣又追趕，不敢大意。

幸好迎面沒有敵人來。我顧慮先頭共軍隊伍領了糧回走，如果遇上他們大隊人馬，那要大幹一場了。

走過了炸斷路面的搭橋，走過了松洞里口，一步步逼近金城江口，攤牌的時候即將來到了。我心跳加速，背部冒汗，手緊握住槍把，隨時行動。就在這當兒，吳宗賢從前頭回走。可能他撒手了，我想，鬆了一大口氣。等他走近，我高興的說：

「是的，放棄了好，我們到金城江口等機會。」

「什麼放棄？我已經和他們談好了，他們同意跟我們走。你現在到前面帶路。」吳宗賢劈頭便打斷我的話說。

「你和他們談好了？」我可嚇了一大跳，這蠢豬隨便說話，要扯出大亂子！我急問：「你到底和他們怎麼談，說了什麼？」

「他們是去領糧，不知道路。我說我知道，叫他們跟我走。」吳宗賢說：「你現在到前面帶他們。」

「他們不知道路，也不會跟我們過一人深的金城江啊！何況江邊是順路大道，他們怎會跟我們往江裡走？」他簡直是瘋了！我警告他：「你這麼做要丟命！」

「你別管，你到前面去帶路就是了。」他手一摔，不給我解釋的機會，扭轉身又到前頭去。沒走幾步，他回過頭催促：「快呀！到前面去。」

我氣炸了，但氣又不敢發作出來。吳宗賢快趕上那小組共軍時，又回頭對我喊：「快呀！快上去呀！」小組裡有條黑影轉過頭一看，又掉開。我不前去，吳宗賢還要叫下去。算他厲害，我強被擺了一道，趕鴨子上架，不得不硬著頭皮前走。我打從共軍小組旁往前去，那幾個共軍戰士似乎有默契的，一個跟一個，規規矩矩的，沒半點聲息的走著。到了前頭，我在他們前面十多步左右帶頭行進。我不回頭看他們，用聽覺監視，保持高度警覺。大概由於我全神實注和過度的緊張，發揮了體內所有的潛能，這時候我的胃不再嘔吐，腿也不抽筋了。

領這麼多人，絕對不能從金城江口過江。把防空洞內的共軍吵醒，那要大火併了。我怕吳宗賢又出怪招，霸王硬上弓，要從江口過江。我提心吊膽的行進，極力保持鎮定。走到距金城江口六、七十公尺時，我先大聲的喊著：

「副班長，指導員說這裡不是有一座橋嗎？」

「可能給洪水沖走了。」吳宗賢回答。

「那我們從前面過江。」我說，不管吳宗賢同意不同意，便前行拐過那幾個張著大口，黑洞洞的大防空洞，往北漢江上游去。我逐漸加快腳步。走約五、六十公尺，我便下江邊沙灘，向金城江口回走，並放開嗓門對吳宗賢叫喊：

「副班長，從這裡過江，水淺得很。」

在暗淡夜色裡，我見吳宗賢的影子下來了，但那小組共軍沒跟來，繼續往北漢江上游去。吳宗賢停住，對他們叫著：

「同志，從這裡走。」

那小組共軍沒有回應。

吳宗賢又喊：

「喂！同志，從這裡過江。」

吳宗賢話聲未落地，八、九條黑影迅速的散開了，同時大聲叫喊：

「捉『美帝』特務！」

「捉××黨特務！」

「不要給『美帝』特務跑掉！」

「……」

吳宗賢見出了事，掉頭拔腿就跑，向金城江口死命跑去。我橫過沙灘，也使勁的跑。沙深沒有彈性，我兩腿乏力，無法抬高，腳板在沙上拖著跑，絆倒了，爬起又跑……背後滿山遍野響起了教人心驚膽戰的叫喊聲：捉「美帝」特務！捉××黨特務！以及零落的槍聲。

跑到了金城江口，吳宗賢像吃了藥的老鼠，團團轉的找那塊過江的路標——圓石頭。驚慌中找不著，他著急的對我叫嚷：

「老王，快來呀，快來……」

我踉蹌的跑到了江口，沒脫掉衣服便跳下江去。吳宗賢跟著下水，緊抓住我的手。我用另一隻手划，兩腿用力的踹。江口水流湍急，一波波的把我向北漢江沖去。我拚命的斜著，逆流向對岸游去。到了對岸，我兩腿軟得像棉花似的倒在沙灘上，只剩下一口氣了；胃裡不住的縮著，縮幾下，一張嘴，肚子裡的水和炒麵通通從鼻孔和口噴了出來。

吳宗賢一上岸，帶著一身水，背起槍走了。

「老吳，一起走吧。」我無力的喊。

「我先走，在原地方等你。」他僅說了這一句人話。

對岸的江邊路上，黑影來去奔跑著，亂紛紛。偶爾子彈「咻咻」的從頭頂上空掠過。喧騰了十幾二十分鐘，黑影、槍聲漸趨消失沈寂了，山野又恢復了平靜。

我躺了十多分鐘後，起身絞乾衣服，抖去沙粒，往回走。回到了乾涸山溝，吳宗賢正坐在溝口一塊大石頭上，兩手托著下巴發愁著。他見到我，抱怨的嘀咕著：

「都是你害，說有病，不去金城，又沒抓到俘虜。」

我直截了當的對他說：

「我是不去了。你也不去，我們馬上回去。你要去，我在這裡等你。」我已經把他這條命帶回來了，他一定要去，就讓他自己去，我絕不再奉陪。

「你不再去？」

「是的，不去。」我堅決的說。

吳宗賢不吭聲。半晌，他期期艾艾的說：

「我想回去，可是……可是我寫了保證書，回去對支隊長怎麼交代？」

「回去報情報我負責。」我說。雖然我們沒有到達金城，但一路上已搜集到了不少情報。吳宗賢以爲沒有收穫，因爲他不懂得什麼叫情報。

「如果你能負責報情報，我就回去。」吳宗賢說。

「好的，給我來。」我說。

我們不從原路回去，順北漢江邊而下，走東大登里，我第一次去工作就走這條路線。吳宗賢又走前頭去了。他槍又老掛在肩上，一手牢牢的抓住皮帶環。我小心警惕，在他後頭跟著。

到達東大登里時，已經下半夜了。整座村莊包圍在人般高的野草叢裡，草叢裡模糊的可看出屋形。我們繞著村子，在離小徑二、三十公尺處，找了一幢比較完整的農舍過夜。屋內的櫥櫃裡，堆放著幾件舊衣服、舊被子。我們脫下濕衣服晾在屋內，穿上百姓舊衣服，各裹著一床被子睡覺。吳宗賢一躺下去，不一會便撐著喉嚨，呵呵的打起鼾來。我偷偷的將他擱在床頭的卡賓槍，拉過小半截壓在棉被枕頭下才睡去。被窩熱呼呼的，非常舒服。

醒來時，太陽已升到半天空了。塡飽肚子後，我們便向東大登里後山進發。松林間陰森潮濕，一層層扁圓石的石階上，水氣未乾，踏在上面滑溜溜的。出松林，經過松林與山頂間的那間空茅屋，屋旁的菜畦裡，在我第一次工作在此歇腳時，小白菜正長得綠油油的，這時已全部枯黃腐爛，化作泥土了。吳宗賢走到茅屋門口，探進頭看了看，便轉身回走，逕向山頂上去。我進屋搜索，發現滿屋頂蠶繭不見了，可見有人來過。灶間裡的那口笨重鐵鍋，依然扣在小門旁地上。鐵鍋內的幾隻搪瓷碗和長把銅湯匙俱在。

出小屋，吳宗賢已經上了山頂等著。我上去，他問：

「怎麼走？」

翻下山便是北漢江邊了，江邊路無法通行。「我們走山路。」我說。我判斷除了據守大澗谷少數共軍外，這一帶山區敵人已全部撤退了。

我們沿著右側稜線行進。山背上曾遭砲火焚燒蹂躪過，又長出鐵青色的短小草。有幾座掩體埋在荒草裡，是韓戰早期遺留下的工事，已走入歷史了。前行約一里多，隔著一道深邃山谷的對面山頂上，傳來了韓軍哼歌曲聲，說話聲，以及佩在身上刺刀水壺撞擊發出的叮噹響聲。

我們下山谷，向對面山頂攀登。到達了距離山頂五六十公尺處，便掩蔽在一塊大岩石下，揚聲叫喊。陣地上有個中國話說得非常流利的兵士，向我們嚷著：

「喂！同志，上來吧！」

吳宗賢馬上爬起要上去。我聽喊「同志」，而不是一般韓軍兵士常冠以「中國」的稱呼我們，爲了謹慎，所以阻止他：

「別忙，稍等會，要弄清楚。」

「哼，怕死鬼。」吳宗賢頭一甩，響著鼻息上去了。

我停留三、四分鐘，看清楚是韓軍後才上去。吳宗賢已踞坐在一塊大石頭上，一手夾餅乾，一手拿水壺，頭仰得高高的，左右開弓的吃著，喝著。

「什麼有勇，有謀，嚇得和老鼠一樣。」他傲慢的瞟我一眼，不屑的說——他又勇敢起來了。

那位韓軍翻譯也給我一包餅乾，和一壺開水。我坐下吃時，吳宗賢又獨自走了。我吃了餅乾，向韓軍兵士借電話和前方OP小朴翻譯聯絡後，便起身趕路。翻過幾座山頭，經餘洞，後洞回OP時，已是下午四時多了。我先去山澗洗了澡，換上乾淨衣服。昨晚在東大登里睡得好，回程走又沒有心理壓力，病已痊癒不少。衛生兵給我幾粒藥片服下，又替我注射。吃過晚飯，休息片刻後，小朴翻譯說：

「王、吳，現在我們就出發回支隊部，車來了。」

我們到北漢江邊乘車，在天大黑時，到達了華川水庫的前方支隊部。吳宗賢一下車，便扯了下我袖子說：

「老王，你去報情報，我不管。」

「給我來。」我說：「不過你搜集的情報資料，也要告訴我。」

「我沒有情報，我什麼也沒有搜集到。」吳宗賢說著，一溜煙跑了，不知跑到哪裡去。

小朴翻譯領我進入溪澗旁的一幢帳棚後，又出去了。帳棚內從中間用帆布隔開，地面墊著木板，上舖榻榻米。頂上懸著一盞乾電池燈，瀉下銀白色光芒，十分耀眼。不一會，小朴翻譯請來了支隊長、行政課長、金中尉，李歪嘴翻譯，和從春川後方支隊部來的一所長等。行政課長將地圖攤開來。我從袋裡取出敵後帶回的門牌，半袋子高粱米、火柴、半截煙蒂等，放在地圖上。他們看了，眼睛一亮，爆起了大歡呼：「哇！太好了，太棒了！」支隊長欣喜的拿起門牌，正反面的看了看，便專注的、仔細的，看著門牌上面書寫的地名、號碼、行政單位，並在地圖上找出位置。行政課長、金中尉、一所長他們，有的拿著高粱米放手裡惦惦，又看看眞珠般的米粒，有的看火柴盒上的字樣，有的拿煙蒂放在鼻孔嗅嗅……

「太好了，太好了！支隊長沒說錯，王是英雄，有王去才會有這麼大的收穫！」支隊長高興的誇獎著，看了門牌後，他憐愛的交給了下面行政課長；行政課長翻來覆去的端詳了，交給一所長；一所長把玩了一會，交給金中尉……他們邊看邊喝彩，一塊木板，像周遊列國的傳遞著。

這時，從帳棚隔壁突然傳來了「碰，碰，碰……」好像腳板敲擊榻榻米發出的聲響。接著，是幾聲的謾罵：「什麼英雄？怕死鬼，裝病，耍死狗，不敢去金城……」

不用說是吳宗賢，原來他躲藏在帳棚後間鬼鬼祟祟的偷聽。他會去告密，我不懷疑，那是遲早的事。但他這條命是我從敵後冒生命危險把他帶回來，他卻當著我面，赤裸裸的做出這種卑鄙的勾當，實在太出我意料之外，我還是錯看了他的人格。

不過，我心中沒有一絲絲不舒服，不高興，而是感到僥倖。假使吳宗賢知道搜集到的情報會得到支隊長這麼大讚賞的話，他在敵後早對我下手了。那我要吃很大虧的，恐怕要丟命，因為我不能在吳宗賢未對我下手前採取行動，完全處於被動，防不勝防。幸好他認為沒有好工作成果，要我回去負責報情報，才避免了一場大拚鬥。

支隊長，倒沒有注意到吳宗賢的叫吼，他不懂中國話，更不會想到是吳宗賢，而且他有那麼大的權威，平時開會閒雜人員都躲得遠遠的，誰有這種狗膽敢製造「噪音」？可能他還以為是兵士在隔壁「碰碰」的修理帳棚呢。不過，小朴翻譯和李翻譯當然聽出來了，一所長、行政課長等他們，可能也知道。他們見支隊長沒有發覺，一方面也顧慮我的顏面，所以也就佯裝沒聽見，默不作聲了。

他們欣賞了「虜獲品」後，支隊長用韓語向李翻譯說了幾句話。李翻譯便對我說：

「王，支隊長說，現在請你把工作經過，尤其捉俘虜方面，有沒有希望，也向支隊長報告一下。」

於是，我找出地圖上的方位，從山路出發，將一路所搜集到的情報資料，向他報告：大澗谷的陣地，金城江口的防空掩體，沿途道路狀況、領糧隊伍、領糧地點、共軍部隊番號、代號、兵力、士氣、疾病、補給……與共軍可能何時發動攻擊等，詳細的敘述著。至於捉俘虜，我坦率的告訴他很難，隔著一道金城江，且大澗谷口有共軍，動手後不易脫身。昨晚已被敵人發覺。

「被敵人發覺？」支隊長驚問。

在金城江邊被敵人懷疑、識破，因為我們槍逼得緊，他們不敢動。我簡略的告訴他。到了北漢江，他們沒跟著下江邊，直往江上游去。距離拉大了後，他們便迅速散開，並叫喊「捉美帝特務」。我和吳宗賢向金城江口跑，泅水過江退回。沒說出事是自己惹出的；跟著九個共軍戰士回走。

「危險，危險！還好王勇敢，機智。」支隊長連聲說。

帳棚隔壁的吳宗賢，立即又響起了齷齪的聲音：

「碰，碰，碰……什麼勇敢、機智？十幾個共軍談好了，叫他去帶，一個也沒帶回來，不從金城江口過江，硬要走北漢江，沒出事，就嚇得抽腿開溜……」

這回吳宗賢叫聲既響又衝，支隊長一震，愣住了。他傾耳聽著：

「誰？」支隊長喝問。

全帳棚內鴉雀無聲，連空氣都凍住了。一所長、行政課長、金中尉等，一動也不動的坐著，垂著頭。

李翻譯好半天，蠕動一下嘴唇，咕噥了一聲：

「是，是吳君。」

「吳君？」支隊長攢著眉，疑惑，兩三秒鐘後，喊：

「叫他來。」

小朴翻譯不敢怠慢，到隔壁叫去。吳宗賢「當仁不讓」的來了。他沒進帳棚，站立在帳棚口，鄙夷的睇我一眼，把頭轉向外，「哼哼」的唉聲嘆息，裝作正經八百的樣子，正經得嚇人。

支隊長他們沈默著，等待著，等待吳宗賢的驚人「情報」。我是障礙，在此礙手礙腳。但我心胸光明磊落，沒必要做多餘的說明。我成全吳宗賢，很識趣的起立向支隊長欠身說：

「支隊長，現在沒有我的事了，我休息去。」

「好的，好的。」支隊長伸出手和我握手。

走出沈悶的帳棚，我如釋重負的感到無限的痛快。現在沒我的事了！我心中又喊。一個兵士帶我過溪澗到一間空屋子睡去。躺在十幾尺見方的炕上，想著剛才那幕醜劇，吳宗賢他今晚會向支隊長告什麼密？敵後工作，不管他多窩囊，牛，他必定要吹的——尤其他說說服了十幾個共軍，叫我去帶沒帶回來——我的逃亡，吳宗賢絕對要揭發的，這是狠招，支隊長知道後，必定大爲震驚與重視；因爲假使我的「逃亡」計畫成功，聯絡所必將關門。還有呢？對了，北漢江邊路無法通行，他的情敵許家榮上次去工作根本沒過去，躲在山溝裡睡幾天大覺回來報假情報；陳炎光的鼓勵「逃亡」，許家榮、孫利的參與……這些都是上好的告密素材。這一來，吳宗賢獲得了信任，成功了，他的「好事」——打女孩的主意——也近了。而我和許家榮、孫利、陳炎光、陳希忠幾個中國人的命運也決定了：槍斃，是不會的；受監視與強迫繼續工作，是必然的。但他們無法阻止我逃亡。我早計畫去敵後工作時，尋找美軍陣地，投奔自由。這「逃亡」計畫，吳宗賢是不知道的——想到女孩，我眞替大伊姊妹、韓淑子、大金她們擔憂。吳宗賢自願來聯絡所賣命，就是企圖染指韓淑子等女孩。不過，細思量，天下沒有那麼便宜的事。做情報，人家不是好混騙的，要的是成果。吳宗賢呢？以他那種超級大蠢蛋，大傻呆，去敵後工作能活得成嗎？吳宗賢的死期到啦！

我心中越想越高興，也更安慰！

那晚我睡得特別熟，特別甜。

第二天早晨醒來，已八時多了。小朴翻譯送來了兩包餅乾和兩只魚罐頭，是我和吳宗賢的早餐份。我翻身起來，才發覺吳宗賢也睡在房內。他裹著毯子，蜷曲在炕的一角蒙頭大睡，渾身散發出濃烈的酒精氣味。昨晚他們一定大吃喝一番，犒賞吳宗賢搜集到了極重要的情報——我的「逃亡」企圖，慶祝他們的勝利。

我拿了毛巾去溪澗盥洗。回來時，吳宗賢也起來了，嘴裡磨著餅乾。他向我「喂」了一聲，痲子臉堆起了親熱的笑容。這表態太叫我感到突兀，從出發到敵後，三、四天來吳宗賢沒和我說上幾句話，更不用說笑臉了。我猜測一定是吳宗賢告密後，支隊長指示他在對我未採取行動前，不可露出風聲，和我保持和善，以免打草驚蛇。我也虛與委蛇，和他伸下手，爽朗的笑笑，拿餅乾吃，有說有笑。

早餐後，支隊部派了一輛小吉普送我和吳宗賢回春川了。

40

吳宗賢胡扯他說服了十幾名共軍過來投誠，叫我去帶沒帶回來；這天大笑話聽來的確教人心動，怪不得支隊長胃口給吊得半天高，也昏了頭。因此，工作回來後還沒歇口氣，吳宗賢又被派了去，主要任務當然是捉俘虜。這次和他搭配去的是許志斌，是吳宗賢自己挑選的。他卯上許志斌，目的就是爲了要凸顯他自己，表現出他的本事；因爲誰都知道許志斌反應欠靈活，婆婆媽媽的，更談不上果決、勇猛了。不怕不識貨，只怕貨比貨，那麼這一趟敵後工作回來，功勞不用說全記到吳宗賢的頭上去了。

其實，許志斌頭腦並不差，只是思想慢半拍。他有他的長處。過去他曾經和金昌煥、伍浩、孫利搭配過，都有不錯的表現。他遇事沈著、鎮定，不驚不慌。長相老實，傻里傻氣的，是最佳的「保護色」——那種傻相，誰會懷疑他是「美帝」特務？而且合作，順從、聽話、脾氣好；叫他上山他上山，過河他過河，從不畏縮。可是，要他去聽吳宗賢的話，那眞是要了他的老命！

但當朴翻譯把任務找他時，他毫不考慮的堅決拒絕了。他說他去四次了，輪不到他，而且他生病，沒法去。他窩在小臥室裡，蒙頭睡覺。老朴說好說歹的勸他，他以緘默表示抗拒——他本來嘴巴就不靈便。老朴以爲他答應了，因爲他爲人憨厚，好商量。

可是，第二天早晨，許志斌沒起來吃飯。他躺在炕上，手腳「碰碰」的敲打著榻榻米，又哭又叫，把一根根香煙往嘴裡塞，嚼幾下又呸出來，吐得滿炕煙渣。大家見此情景，不知怎麼勸他是好。現在聯絡所裡有內奸，說話不方便，說什麼話都會被歪曲懷疑。

哭鬧不停，吳宗賢當著大家面前，唏哩嘩啦的出小臥室，趿了鞋，踢踢踏踏的出大門，往支隊部去。大家冷眼的看著他去。看著他上了村道，陳希忠指著孫利鼻子說：

「孫利，這歪點子一定又是你出的。」

「你說什麼嘛？」

「說什麼？裝病裝瘋行嗎？老朴是老奸巨猾，許志斌是老實人，能鬥得過他嗎？」

「龜兒子，你別亂扣帽子好不好？我沒有。」孫利嘴角掛著狡黠的獰笑。

不一會，朴翻譯和吳宗賢急匆匆從支隊部出來了，吳宗賢緊跟著後頭。陳炎光和孫利、陳希忠、許家榮立即回小廳子打起撲克牌。我也和小包玩翻棋子遊戲。

朴翻譯進院子來逕向小臥室去，臉板板的。陳炎光轉過身，帶著關切的說：

「朴翻譯，許志斌生病不願去，就不要勉強他去。」

「這是支隊長命令，吳一個人去，支隊長不放心。」朴翻譯說，走過兩步，站立在走廊前。

「單獨一人去，遇到盤問好應付。」陳炎光說：「以前伍浩和王一個人去，也都搜集到好情報回來。」

朴翻譯沒搭理，進房間去。他在許志斌跟前趴下，屁股朝天，嘴湊近許志斌的臉，唧唧噥噥的說服著。吳宗賢傍著門旁，脖子伸得長長的向房裡看。許志斌不停的搖著頭，不答應。老朴的磨功是到家的，他像隻毒蜘蛛，吐出一縷縷黏絲把落在網裡的小獵物，一重重的纏著，纏著……許志斌給嘮叨煩了，翻轉身子朝裡去。朴翻譯馬上跨過身去，臉又湊近他，屁股朝裡。許志斌又翻過身朝外去，兩手捂住臉。老朴也轉個向，屁股又朝外。許志斌的身子翻來翻去，老朴的屁股也搬來搬去。變換了幾次方位後，許志斌眼睛張開了，不搖頭了，不哭不鬧了，最後整個防線崩潰了，投降了。老朴樂了。他連忙出房間回支隊部去，拿了一包餅乾和兩小包錫箔袋裝的奶粉來。他進了小臥室，又伸出頭來「韓，韓」的喊了兩聲韓淑子。沒人回應。吳宗賢立刻殷勤的去廚房端了一大半碗溫開水來。朴翻譯撕開錫箔袋，將奶粉倒入碗中，用調羹攪攪，扶起許志斌餵他。許志斌別開臉，用手背抹一抹嘴，自己捧著喝。朴翻譯拿餅乾給他吃，他也自己來。陳炎光丟下牌，到小臥室門口前，說：

「對，吃了休息休息，陪吳去一趟，沒的問題。」

許志斌吃了後，又躺下去。朴翻譯細聲細氣的說：

「中午飯要起來吃，嗯？」

許志斌微微的點了頭。

「下午我們找個時間，和吳研究研究工作。」

許志斌又點下頭。

朴翻譯起立要走了。吳宗賢馬上進房間拿碗送回廚房去。朴翻譯出房間直向大門走，沒和打牌的陳炎光、孫利、陳希忠他們打招呼，也沒朝那邊看。

午睡起來，吳宗賢和許志斌便被叫到支隊部交代工作任務了。

吃過晚飯，大家在小廳子裡閒聊時，許志斌回來了。他一人回來，不見吳宗賢。陳炎光問：「吃飯了沒有？」

「吃了。」他垂著頭。

「去哪裡工作？」

「金城。」

「明天出發？」

許志斌點點頭。稍頓，他抬起臉說：「大老陳，吳宗賢是你老鄉，請你幫忙勸他，出去大家要好相商——爲了自由，自由在哪裡？到頭來還不是和劉裕國、老金、孫大田他們一個樣。」他眼淚落了下來。

「我會好好和他說，你放心。」陳炎光安慰他。

「爲什麼只有你回來，姓吳的呢？」許家榮問。

「我要回來休息。吳宗賢，朴翻譯說還有事和他談。」許志斌說，眼睛瞧著地上。

孫利馬上跳到許志斌跟前，拿鼻子在他身上到處嗅：

「你喝酒了沒有？」

「沒有。」他搖下頭。

「姓吳的有沒有喝？」

「也沒有。」

「龜兒子，有名堂。」孫利眨眨著眼。

「要小心啊！沒喝酒才會作怪。」陳希忠提醒的說。

這的確事情嚴重。支隊部送這些女孩來，主要目的就是爲了要鼓勵士氣，不過，有個不成文的最低道德門檻：「自願」，也就是說在不太強迫下進行。所以在前所長時，支隊部以爲女孩不願做「那種事」，影響大家工作情緒，才要把我們送去春川「度假」，以鼓舞士氣。後來伍浩自殺，才揭穿了聯絡所黑暗內幕，氣得支隊長把前所長、桂翻譯、李胖子都送去關禁閉。老朴是把這些女孩定位在純「慰勞」的。他見我們人和女孩談戀愛，總是酸溜溜的不高興——從女孩送來，他見我們人和女孩談戀愛就有醋意——他重視工作成果，而且迷信「慰勞」，認爲「慰勞」是對士氣最有效的鼓舞。所以許家榮和小包去工作時，他便把韓淑子、小金叫去陪睡覺。吳宗賢就是圖韓淑子好事，才自願來聯絡所賣命的，大家猜測今晚恐怕會有麻煩了。

許家榮和孫利緊張了起來，趕緊到廚房去。女孩們在洗滌碗盤，醃漬明早餐用泡菜。許家榮在韓淑子身旁咬了下耳朵。韓淑子一下臉色死白，彷彿看到狼來了，嚇得渾身哆嗦。女孩們都驚慌的放下手裡工作。孫利和許家榮計畫對策，想法子，商討了好半天後，孫利便對女孩輕聲細語的指指點點了一番。女孩們「嗯嗯」的點頭。孫利吩咐完畢，女孩便趕忙料理廚房事情。一切收拾妥了，便回房裡去。孫利和許家榮關緊廚房小門，關掉燈，拉上拉門，便到小廳和陳希忠、陳炎光打撲克牌。

「都準備好了？」大家問。

「好了，今晚看我的，你們放一百個心。」孫利得意的說，手裡洗牌。

「老朴來，人不要給他帶走就好。」陳炎光說：「不要和他爭吵，和他講理。」

「他敢？老子要把姓吳的下巴剁下來。」孫利忿忿的咒罵。

大家一面打牌，一面對支隊部那邊注意著。每晚八、九時，老朴一定會過來聯絡所一趟，暗中查點我們人數。過了九點多鐘，老朴沒來胡銘新卻來了。他嘴角叼著煙，兩手插在褲袋裡，放蕩著進院子到小廳看大家打牌。

「這麼晚了，你們還不睡覺？」他看了一會牌說。

「沒有女的陪，睡不著。」孫利說。大家咪咪的笑。

「找大金吧，嘿，嘿！」胡銘新用腳尖蹴了下孫利屁股。

「咦！母老虎，我不敢碰她。」孫利連搖兩下頭。

胡銘新嘿嘿的笑。他看了一會牌，便踱到大臥室門口去，頭往裡探探，看女孩都睡了，又回小廳子磨著。大家見他走來轉去魂不守舍的樣子，看出他一定負有「任務」而來，老朴叫他來看我動靜的——他有時非常忠於「責職」——大夥兒打了兩圈牌，孫利便向大家使個眼色說：

「不玩了，睡覺，睡覺。」

「對啦！這麼晚了，打什麼牌！」胡銘新說。

大家回房間睡去。胡銘新也走了。孫利巡視了院子一遭，關掉了走廊上的燈，進房間來，又關掉了臥室裡的燈。

「老朴來，你們負責睡覺，沒你們的事。」

「好吧，我們看你的。」陳希忠說。

房裡一片靜寂、黑暗。大約到了十點半鐘，我聽到廚房那邊傳來開鐵絲網門聲。我從床尾小窗望出去，果然是老朴來了。他進了鐵絲網小門，便去開廚房後門。扭了半天打不開，他就從後溝繞過我壁櫥屋角到院子來。進了院子，他走到大臥室門口往裡望了望，摸著走廊柱子打開燈，臥室內頓時顯得暗淡光亮。他借著窗外燈光，沒脫掉鞋，小心翼翼的進房間來，跨過許家榮、小包、孫利、陳希忠他們，到了女孩睡的那邊，站住了。他聚神的端詳著一個裹著毯子睡覺的女孩，今晚他似乎沒有替副支隊長叫大朴那麼便利，她們全都毯子蓋過頭的睡著。老朴相了好一會，彎下腰拍起他腳前的一個女孩；看了看，不是，搖搖手，她又睡了。又拍另一個，也不是……最後，他找睡在最裡邊，靠廚房拉門的那個女孩。韓淑子坐了起來。她心裡已有了準備，沒有驚慌，披著一肩散亂的秀髮。

朴翻譯對她招下手。韓淑子起身跟著他出去。出臥室，朴翻到了院子裡，韓淑子站立在走廊上不走了。

老朴立即轉身用韓語咿咿唔唔，小聲的催促她。

「我不去。」韓淑子用中國話回答。

老朴又咿唔了一兩句。

「我不去，我不能做這種事。」韓淑子拒絕。

老朴惱怒了。

「不去？這是支隊長的命令，妳懂不懂？怎麼會變得這樣不聽話？」老朴用中國話喝問，聲音雖小，但極兇惡。

韓淑子不響，不動。就在這當兒，一條黑影從她身後冒了出來——是孫利。他著背心褲叉，瘦括括的，覷著眼，嗲聲嗲氣的：「你們在這裡到底談什麼，三更半夜的把我吵醒了起來……」房內黑暗處，站立著許家榮，巍巍的，雙手叉腰。

老朴沒想到半路會殺出程咬金來。他狠怔了下，但看清楚後，定了神，便用下巴頦對孫利一抬：「沒你的事，去，去，去……」

「什麼沒我的事？」孫利搔搔耳根，搔搔頸子。「我孫利拚死拚活的去了敵後兩三趟，雖然沒立下大功，支隊長也頒發給我一張大獎狀，到現在連大金一根陰毛也沒摸到。那個姓吳的，北山帶他去了一趟敵後回來，就這麼便宜的有女孩陪睡覺，天下哪有這等賞罰不公？」

「你說什麼？去，去，去……」老朴又叫。

孫利不理他，指著老朴問：

「我問你，你知不知道，前次姓吳的去工作有多窩囊？他來回過金城江都是北山游水拉拔的。被共產黨盤問，嚇得兩腿打抖不敢走路，不知鬧了多少笑話！他胡吹說他談好了十幾個共軍過來投降，叫北山去帶沒帶回來，可把我肚皮都笑脹了！那晚不是北山提槍逼得緊，喝！抓俘虜？那是姓吳的早當了共產黨俘虜！你知道後來發生了什麼事？姓吳的怎麼溜回來的？他牛吹了沒有？」

老朴聽到這裡，可能覺得孫利的嘴巴，和吳宗賢告密的嘴巴出入很大，大不一樣，有祕密，也就不阻止了，讓他說下去。不過，孫利話鋒又轉變個方向：

「現在我講個故事給你聽。」他說：「你到過我們中國東北沒有？東北到了隆冬下大雪，用狗拉雪車。人坐雪車上，手執一根竿子，竿頂綁著一大塊紅燒得香春的豬排骨，吊在狗頭前。狗嗅到豬排骨香味想吃，就追著豬排骨跑，這一跑，雪車被牠拉著跑了。牠越想吃，也就跑得越快；跑得越快，雪車也就溜得越快。我問你。」孫利指著老朴。「假使這塊香排骨給狗吃到了，會有什麼結果？」老朴不吭氣。「那你就賠了夫人又折兵，那隻狗就不想拉車了，就是拉也沒跑得那麼快了。所以你只可把香餌吊在這隻狗的鼻尖上，晃一晃，逗得他流口水，他才會死命的去工作，搜集情報；要是給他吞進肚裡去，他還捨得賣命嗎？他又是個酒囊飯袋，怕死鬼！我孫利的話不會錯的，你等著瞧吧！」

「可是，這，這是支隊長命令。」朴翻譯爲難的說。

「是的，支隊長命令。」孫利說：「支隊長希望做好工作。我這個辦法可以把吳宗賢的工作情緒，鼓得脹脹的，永遠不洩氣，積極的去賣命，又不糟蹋人，難道支隊長不願意？」

朴翻譯不語，沈默著。也許他認爲孫利的話不無道理，有說服力，回去對所長、支隊長有了交代。另方面，他看出今晚這種態勢，要想帶走韓淑子是辦不到的。遲疑了一會，他手背對孫利揚了下：

「好了，好了，睡覺吧！」

說著走了。

我立即打開壁櫥拉門，向外望。女孩們有的坐起，有的從毯子裡露出頭來。韓淑子一進臥室，便激動的跌入許家榮懷裡傷心的痛哭著。

「別哭了，想辦法離開這裡回漢城去。」許家榮拍拍她肩膀。

「我知道，我知道……」她抽咽著。

孫利關掉了走廊燈進屋來。「沒事了，睡覺吧。格老子，今晚姓吳的好難過！只有打手……」

第二天一早，吳宗賢回來了，眼角蓄著黃黃眼屎，臉臭臭的。陳炎光在院子裡作甩手活動，討好的向他揮下手，他點一下頭。他進小臥室拿了毛巾出來，陳炎光又向他揮下手，他又點了下頭。他去廚房洗了臉出來，陳炎光手又揮了下，他頭又點了下。女孩將早餐端上來了，陳炎光喊他吃飯。吃了飯，吳宗賢便到院子前的鐵絲網旁站著，兩眼直向著支隊部那邊望去。

支隊部大門口，站立著一所長、所長，和朴翻譯，不知在談什麼。

陳炎光縮著肩，兩手巴掌上下交握著，望著吳宗賢向他走過去。走到了吳宗賢跟前，陳炎光和氣的、親切的，以同鄉情誼感動他，勸他出去工作和許志斌要互相商量，要量力行事，不可太勉強，愛惜生命。吳宗賢頭仰得高高的，逕向前望著，向支隊部望著。

數分鐘後，支隊部開出一輛小吉普，到了聯絡所大門口停住了。小吉普上坐著胡銘新，全副武裝。

朴翻譯立刻對一所長、所長揮下手，小跑步的跟了過來。一所長和所長仍然立在原地，往這邊望著。

吳宗賢馬上向小臥室裡喊：

「喂！老許，車來了，出發。」

許志斌從小臥室出來，苦著臉，垂頭走。

我和陳炎光、陳希忠送他們出來。孫利和許家榮待在大臥室內，沒出來送行。到了大門口，老朴勉勵了吳宗賢和許志斌一大堆話，好好的幹，支隊長不會虧待你什麼的。吳宗賢聽得十分受用。他們道了別，上車。車子開動時，吳宗賢又向朴翻譯親熱的揮揮手，然後，視線掃過我和陳炎光，也對陳希忠親熱的揮手，對站在一旁的陳炎光理都不理。

陳炎光直陪著微笑，算是盡到了同鄉的情誼，雖然吳宗賢對他那麼冷淡。

車子遠去了，老朴對我們一眼也不看的，便掉頭急急的回支隊部去。

大家也回小廳子。陳炎光和孫利、陳希忠他們便玩起撲克牌。他們才分完牌，支隊部那邊開來了一輛中型吉普，到大門口停住了。老朴從車上跳下，進院子來。大家知道又有什麼事了。

「請大家注意：陳老大哥、王、許、孫利，你們四個人馬上上車，到前方支隊部去。」老朴說。

「去前方支隊部做什麼？」大家驚愕的問。

「在那裡等吳宗賢和許志斌工作回來後，你們四人分兩組出去工作。」

大家都怔住了。

我卻半點不感到意外。我早料到吳宗賢告密後，支隊長怕我們逃亡，必將對我們採取監禁。現在他們開始行動了。

孫利說：「住在這裡不是一樣，爲什麼要去前方支隊部等呢？」

「這是上級命令，工作需要。」老朴沒表情的說。

「支隊長答應不派我去工作，爲什麼又派我去？」陳炎光說。

「因爲現在前線十分吃緊，師團部急著要情報，所以勞駕陳老大哥去一趟。」老朴說。

許家榮和孫利轉身急速到廚房去。

陳炎光強烈的抗拒：

「我不去，我一大把年紀了，叫我翻山越嶺我沒辦法。」

「這是支隊長命令，誰也不能作主。」老朴說：「你不去，到前方支隊部時可向支隊長請求。」

我說：「朴翻譯，我拿了洗臉用的馬上來。」

「去吧，要快。」

我跑進大臥室，廚房裡的女孩，一個個驚慌失色。韓淑子臉埋在許家榮肩上，哆嗦的說：「……許，許……怎麼辦？我怕……」大金兩隻眼睛，噙著淚水，孫利對她拍拍胸脯：

「妳不要怕，有人欺負妳，告訴他，只要我孫利不死，回來要和他算總賬……」

大伊惶恐的到我跟前來，眸子裡閃爍著淚花，兩手冰冷的抓住我的手說：

「王，是不是姓吳的去告密？」

我安慰她：「妳放心。姓吳的這次去死定了。L師團要想做情報，還要找我，我會平安回來的。」

「你去和支隊長把話說清楚吧！」她淚涔涔的望著我。

「沒必要，他們馬上會得到教訓的。」

外面車子喇叭「叭叭」的催著。孫利向我和許家榮喊：

「走，走，不要說了。」

我把大伊讓進廚房，對她們說：

「妳們不要出來，給看到了不好。」便到壁櫥拿了毛巾、牙刷出去。

老朴不屑的目光睨著我：

「還有什麼話說的？快。」

我一躍上車。陳炎光還在和老朴囉唆著，拒絕工作。許家榮伸出手拖他上車。車子開了。陳炎光到前頭去，抓住橫杆又對老朴喋喋不休。老朴不耐煩，頭往前看，故意裝作不聽不理的樣子。孫利扯了下陳炎光袖子：

「不要說啦！去就去。」

陳炎光跌坐車欄椅上，氣呼呼的嘀咕著：

「他媽的，什麼東西！過去受老桂、李胖子氣的時候，討好我，找我撐腰，現在尾巴翹起來了，得意了……」

下午二時，到達了華川水庫的前方支隊部。小朴翻譯在公路口迎我們。下了車，老朴對小朴翻譯說：「交給你了，四個人。」便乘原車回春川。

小朴翻譯是從前方OP調回照顧——監視——我們生活的。他領我們過小溪澗，把我們安頓在兩三天前我睡的那間小屋內，就走了。房裡炕面打掃得乾乾淨淨，整齊的擺著四疊毯子，屋後新造了一間簡便廁所，看情形要將我們長期拘禁這裡了。

「等會小朴來，套他的話，問他到底爲什麼把我們弄到這裡來。」陳炎光說。

「不要問。」我說：「小朴也不敢說眞話。他是好人，我們不要爲難人家。」

「要問就該去問你那個姓吳的好老鄉。」孫利氣憤的衝著陳炎光說：「北山說姓吳的向支隊長打小報告，你還說不會，袒護他。現在該相信了吧！很明顯，爲什麼把我們四人送來，沒有陳希忠和小包？因爲我和家榮是姓吳的死冤家，昨晚的事，他就把我恨死了；家榮又是他的情敵。你呢，常教訓姓吳的，給他難堪，又和他爭權，想當這裡『指揮』。北山是支隊長的希望、信心。把北山弄走了，他才有出頭天。問題就這麼簡單。」

「那晚吳宗賢就在那座帳棚內向支隊長告密。」我指著底下小溪澗旁的一幢帳棚說。

陳炎光重同鄉情誼，有時偏袒吳宗賢。他勸吳宗賢千萬不要來聯絡所，這裡是鬼門關，吳宗賢不聽，不領情，陳炎光一直有氣。他作夢也沒想到吳宗賢這麼絕情，會在他背後捅上一刀。現在他總算明白了，破口大罵吳宗賢漢奸、走狗，出賣自己同胞的敗類。「我就怪你，」他對我抱怨：「前回你和他去工作，爲什麼不把他幹掉，留著這種人害人。」

「沒必要我下手，他會得到懲罰的。」我輕鬆的說。

「我現在就怕姓吳的回來，我們人都在這裡，姓吳的乘虛而入，女孩怎麼辦？」陳炎光說。

「絕對回不來，我可保證。」我堅定的說。

「回不來？不怕一萬，只怕萬一。」陳炎光拉高嗓門說：「萬一姓吳的回來，老朴要犒賞他，那些女孩毫無反抗能力，恐怕只有韓淑子的大腿伺候了。」

許家榮臉色立即發青，一語不發，垂下頭。

孫利也著了慌。

不過，我信心十足。吳宗賢的存活率不是萬一，而是零——這麼壞、這麼愚蠢的人，如果能活命回來，那就沒有天理，生理了。

這以後的幾天裡，大家不安的、緊張的等待著、企盼著。

許家榮和孫利、陳炎光怕吳宗賢活著回來。

我卻為許志斌難過，他這條命硬是陪上了。

每天太陽升起時，我們便揀了一粒石子丟在屋角計算天數。去金城，以吳宗賢和許志斌的腳力、動作，往返至少需五天以上，如果一路順暢的話。挨到了五天，大家心情開始緊張了起來，見到小朴翻譯來老是提心吊膽的，怕他說有「好消息」——吳宗賢回來了。過了七天、八天，大家緗緊的心弦逐漸鬆弛了下來，可能「沒事」了。到了屋角石子積到十粒——第十天時，我們可確定吳宗賢死定了，永遠回不來了。

就在那天夜晚的九點鐘，我們在黑暗的小屋裡閒聊時，小朴翻譯來了：

「王呢？睡覺了？」他問。

「朴翻譯，什麼事？」我說。

「出來一下，有話對你說。」

我出小屋，跟隨他下小徑。到了溪澗旁，小朴翻譯停住了，轉過身來，說：

「王，吳和許出事了。支隊長從漢城打電話回來，交代不要派你出去工作，要大老陳他們去。支隊長去漢城招募華僑工作人員。他說今後請你負責訓練他們，把你報到中華民國大使館去，將來送你去台灣，希望你好好幹。」

支隊長果然又找我了。

「吳宗賢出事這消息從哪裡來？」

「上級，上級通知下來的。」

「吳宗賢他們是犧牲，還是被俘？」我問。吳宗賢的死，不是一了百了，假使被俘供出情報，必將嚴重影響今後工作。

「不知道，他們沒說。」和以往一樣，支隊部不會將眞相告訴我們的。

「發生這件事，給大家心裡威脅太大了。」我說。

「有什麼辦法。你上去先別說，等會我來，給我宣布。」

我倒希望被派去工作，可和許家榮一起逃亡找美軍，只有這條活路可走了。假使派許家榮和孫利去，孫利不願意去逃亡的。陳炎光是堅決拒絕去工作。

「是的，是的。」我說。

回小屋，大家仰著臉焦急的等我。

「小朴說了什麼？」

我將小朴翻譯的話，全攤了出來，毫無保留。大家爲許志斌犧牲難過，爲自己命運憂愁，可喜的是吳宗賢死了，不會再作怪害人了。這種人死有餘辜，該殺！

「北山，現在全看你了。我們十五個中國人，只剩下六個了，我希望我們生在一起，死在一起，同患難共生死。」陳炎光聲音喑啞的說。

「如果我爲自己著想，我不會把這些話說出來。」我說。

「那好，我們逃亡找美軍。」陳炎光說。

「這裡是韓軍作戰區，怎麼逃？」許家榮說。

「小朴又來了。」孫利小聲的叫。

大家馬上停止談話。小朴翻譯走到門口，兩手撫在門旁，探進頭來對屋裡望了望說：

「告訴大家一件不幸的消息：吳宗賢和許志斌兩位去敵後工作犧牲了。支隊長指示王留下，其餘你們三位選兩位去工作，你們看誰去，現在選出來，明天早晨出發。」

大家不語。

「快，你們現在選出來，馬上要報上去。」小朴翻譯催促著。

「我不去，我年老體衰，兩腿挪不動。」陳炎光說。

「我和老許搞不來，我們是仇家，和他去一路要吵架。」孫利找歪理由。

「我也不和他去。」許家榮也說。

大家推來推去找藉口，誰都不願去。小朴翻譯說：

「那抽籤決定最公平。」

「我不幹，我抽上許家榮還是不去。」孫利說。

「那你說願意和誰去？」小朴急了。

孫利沈默片刻，說：

「我要去就和王去。」他在黑暗中揑了揑我手。

「不行，這是支隊長命令，王不能去。」小朴翻譯不接受。

「這問題解決很簡單。」陳炎光說：「你打個電話問支隊長，王去可以不可以。假使支隊長答應了，不是就得了。」

小朴翻譯考慮了下問我：

「王，你呢？有沒有意見？」

「我都可以。」我說。

「好，那我去請示支隊長。」

一刻鐘後，小朴翻譯回來了。

「不准，支隊長說你們三人中選兩個去。」

大家又是一陣推卻。孫利堅持著要和我一起去，他又捏捏我手，表示只是要小朴手腕，對我沒有惡意。許家榮也扭著我。他們對去不去工作都無所謂，反正出去工作也是躲在山溝裡睡大覺，而是把我們拘禁在這裡心中氣火。陳炎光是好歹不答應，堅決拒絕，他說他老了，連活著都覺得乏味。拉扯了好半天，沒辦法解決，小朴翻譯說：「好了，不管怎樣，明天早晨你們要去兩個人。」他丟下這麼一句話走了。

孫利和許家榮根本不理會，睡覺去，我也睡去。

陳炎光孤獨的悶坐著，吸著煙，一根接一根的。唉聲歎氣。他從離開春川就一直不快活。天亮醒來，孫利和許家榮還裹著毯子睡大覺。我去溪澗洗了臉回來，才發覺陳炎光不見了。哪裡去？我到屋外繞一遭，沒見到，廁所裡也沒有。一種不安預感掠過腦際——一定出事了。我立即衝出小屋，往底下小溪澗跑去。沒跨幾步，老遠見到陳炎光從江邊公路向溪澗旁大道走回，後面跟隨著小朴翻譯和兩名荷槍的韓軍兵士。我明白發生什麼事了。

我向溪澗旁大道奔去。越過溪澗，上了大道，我緩緩的向他們走近，到了距離陳炎光十來步時，躡足屏氣的站立一旁。陳炎光神情木然，低著頭，兩眼呆滯的看著地上，一步步機械走來。他面頰浮腫，眼下的兩個大眼袋凸脹，滿臉鬍鬚渣子，看似老了十年。讓他走過了，跟在他後面的小朴翻譯，向我擺下手。他另一手拿著卡賓槍刺刀，前後甩著——大概是陳炎光從春川帶來的。

「什麼事？」等小朴翻譯走到跟前時，我輕聲的問。

「他想逃亡。」

「什麼，逃亡？」我佯作驚訝。

「他跑到江邊，想爬上一輛美軍運水的大卡車，給我們韓國軍哨兵看到了，打電話通知支隊部。我去的時候，他拿出這個想自殺。」小朴翻譯亮了下手裡刺刀。

「那怎麼辦？」

「請示支隊長看怎麼處理。」

陳炎光往小屋去。我和小朴翻譯走到溪澗旁小徑岔口時，他說：

「王，你回去要看住他們。」

「是的，沒問題，我會注意。」我說。

他向我揮下手，便往支隊部去。我過溪澗回走。

許家榮和孫利站在小屋空地前沿，看著我走回。我上去，陳炎光已進小屋。許家榮張了下嘴，問：

「發生了什麼事？」

「逃亡。」我簡單的說了說。

「糟，糟……」孫利連聲叫苦。

大家進小屋。陳炎光凝坐炕上，愁著臉。許家榮帶安慰，而略責備的說：

「大老陳，你做什麼事情應該先和大家商量商量才對。給你這一來，我們以後怎麼逃亡？去就去，躲在山溝裡睡幾天大覺回來，什麼危險也沒有，你何苦對自己過不去！」

「我們昨晚拒絕去工作，是故意刁難他們，」孫利說：「怕答應太乾脆了，他們會懷疑我們躲在山溝裡不過去。我們已經一兩次都這麼做了，因爲你和姓吳的睡一個房間，怕給他知道了去打小報告，所以才不告訴你。」

「我爲什麼不知道！」陳炎光悽楚的說：「你說我還有什麼希望？從九一八到抗戰，就是六年。抗戰就打了八年，現在大陸給共產黨坐得牢牢的，想再兩個，三個『八年』也拿不回來。我這麼大年紀了，到時候就是回到家園，還能見到我父母親人嗎？我還希望什麼！……」他說至此，悲上心頭，「碰碰」的搥打著榻榻米，呼天搶地的哭號著：「老天啊！我遭受這麼多苦難，這麼多折磨，你爲什麼還不放過我！你可憐，可憐我啊！老天……」

大家爲之酸鼻。在我們夥伴中，陳炎光遭遇也是最悲慘。九一八，日本佔據了他家鄉，他離家參加義勇軍抗日，從關外到關內，從黃河到長江，大西南、緬甸、印度……連年流浪，連年打不完的戰爭。到頭來落得俘虜身分，失去自由，連生命也保不住了，世間哪有這種不幸！所以他個性倔強，愛管人，教訓人，說話尖酸刻薄，大家都諒解他。他自私，常強我逃亡找美軍，而他自己又想留在L師團，L支隊；但前次我和吳宗賢去工作，他就關心我，勸阻我，怕我出事受害，可見他爲人還是講道義，有感情，有分際。

「大老陳，你別難過。」我說：「我們大家一條命，大家會想辦法逃出L師團的，你儘管放心。」

「那只有靠你們了。」他擦著淚水。「我是沒有辦法了！」

我安慰他，我絕對和大家永遠站在一起，不會走單獨路線，爲自己打算。

吃過早飯，小朴翻譯來告訴我們回春川。

「支隊長說工作暫停，你們回去好好休息。」他說。

下午二時，我們又回到了春川聯絡所。下了車一走進大門，大家就感覺到有點不對勁了，整座院子靜寂得沒半點聲息，沒見到一個人，冷清清的，好凄涼！他（她）們到哪裡去了？又發生了什麼事？大家的心快吊到口裡去。往大臥室一看，陳希忠和小包在午睡。不見女孩，她們睡覺地方的毯子、衣物全不見了。陳希忠和小包見大家回來，一骨碌的爬了起來。

「哇！回來啦！太好了，太好了！」陳希忠嚷著，看出我要問什麼，有小朴翻譯在旁，不便說話，只簡單的說：「女孩走了，送回漢城難民收容所去。這幾天我們都去支隊部吃飯，這裡不做飯。」等著小朴翻譯走後，他才把詳細情況告訴了大家。

原來在我們走後的第二天，老朴一早過來叫女孩們收拾包袱到支隊部去。到了支隊部，她們便坐上一輛大卡車送走了，回漢城難民收容所去。僅留下韓淑子一人。老朴說韓淑子是留下幫做飯的，因爲支隊部廚房人手不足。「這根本是撒謊。我和小包這幾天去支隊部吃飯就沒看到韓淑子，大廚房就是那兩個炊事員做飯。我聽胡銘新說，因爲吳宗賢向支隊長告密後，支隊長才決定將女孩送回漢城去，留下韓淑子，是要準備『慰勞』吳宗賢的。老胡說韓淑子絕食，不吃飯。所長怕她自殺，派那個阿珠姆妮日夜看住她，到了前天，吳宗賢死了，才把韓淑子送走。」陳希忠說。

我胸口卡著塊鉛板，不住的割裂著，痛苦極了。大伊走了，恐怕永生永世無法再見到她了！唉！她應該走的，我希望她走，回漢城去，找她叔父的家。她叔父的家，才是她們姊妹安身幸福的窩。伍浩就希望她們走，大家都希望她們走，離開這樊籠，離開L支隊。這結局太圓滿了！這倒應該感謝吳宗賢！假使沒有吳宗賢的告密，這些女孩不可能這麼容易的被送走；假使吳宗賢不死，那韓淑子要給他「慰勞」了。這結局太圓滿，太可喜了！吳宗賢的死，是吳宗賢替他自己做了一件唯一的大好事！

許家榮傷心得直流眼淚。「韓淑子是不是眞的送走了？」他不安的問。

「當然送走了。我親眼看她走的，小包也看到。」陳希忠說。

「走得好，走得好！我也希望我大金回漢城收容所去，回到她父母身邊去。現在我放心了！格老子。」孫利難過了一陣，也想開了。

「還好老天有眼，姓吳的死了，僥倖，僥倖！」許家榮恨恨的說，又感到欣慰。

「吳宗賢這種人既草包又不安分，該死！他自己找死，還拖許志斌去墊背，害人！」陳希忠氣憤的說。

「龜兒子，姓吳的不是你好朋友嗎？你也罵他。」孫利頂撞他。

「什麼朋友？這種小人不能得罪，得罪了，他要亂咬你。」

「好了，不談這些了，女孩走了，無牽無掛了，我們來計畫逃亡吧！」許家榮說，進小廳子。

「來，大家來發表高見吧！」

大夥兒圍攏來，盤膝坐下。

小包立刻到鐵絲網旁，向支隊部監視著。

41

回到春川後的第二天，我們就準備逃亡，時間不允許拖延，因爲支隊長已經知道我們逃亡企圖了。我們仍然決定去投奔山丘頂上的美軍憲兵隊，由我和許家榮、孫利去。路線早看好了，從住所右側小路進山溝，而後過小溪上山丘頂，那裡營區鐵絲網有道小門可進出。中午行動。吃過午飯，陳炎光和陳希忠、小包睡午覺去。我和許家榮、孫利開始著裝。這次我們不穿共軍服裝，改穿韓軍軍便服，比較不惹眼。著裝完畢，躲在屋內向支隊部窺伺著。等著整座營區沈寂下來，所長、朴翻譯他們可能休息了，孫利便推開拉門先走了。

兩三分鐘後，許家榮也出去了。

我最後。

「你儘管去吧！」陳希忠對我揮下手。「老朴來，我會應付。」

「你和大老陳說一聲，我走了。」我見陳炎光小臥室的門關著。

「好的。再見。」

我兩手插在褲袋裡，悠閒的逛著出大門。轉入了住所右側山溝，許家榮和孫利在前頭溪畔等著。

我拉快腳步追趕上去：

「快走，不要給老百姓看到。」

我們立刻下小溪，踏著露出水面的石頭過溪流。到了對岸，我們便循小徑往山丘頂營區去。營區小門開著。快到達山丘頂的小徑旁，有一人家，屋前曬著兩串軍服。屋簷下有位年輕美麗女子，在衣檯前燙衣服。一個美國兵坐在她斜對面的石墩上，兩眼貪婪的盯著她。女子穿著韓國傳統衣裳，上衣奇短，手動作時，忽隱忽現的露出白皙豐滿的乳房，可把那個美國兵看呆了。她見我們來，向我們笑笑的點下頭。我們也禮貌的對她擺擺手。在小徑的那旁，有個美國兵掄著大斧頭砍樹。孫利扯下我袖子說：

「給我過去和他打交道。」

「去吧。」

孫利走到砍樹的那個美國兵跟前，打個砍樹的手勢：

「哈囉！給米。」他手又劈了兩下。

那個美國兵高興的把斧頭交給孫利，也想到屋子那邊逍遙去。孫利一接過斧頭，便指著自己鼻子說：

「愛蒙康捏斯。」（「我是共產黨」的意思。）

那個美國兵嚇了一大跳，大聲喊：「划？」奪回斧頭當槍直指著孫利和我，許家榮吆喝：「亨得阿普！」（「舉手」的意思）在屋簷下欣賞女人的那個美國兵，也立刻跑了過來，擺出拳擊架式，跳腳叫嚷。我們沒舉起手，站著不動，臉上露出友善的微笑。兩個美國兵驚慌了一陣後，見我們態度和藹，沒有敵意，很快的消卻了剛才那種緊張的神情。手握斧頭的那個美國兵，便翹起右手食指，對我們勾了兩下：

「康蒙，依利哇！」（「來，來」的意思。）

於是，他們一前一後的押解著我們上山丘頂營區去。

進了鐵絲網小門，我們便被帶到那座磚砌兵房旁的一間獨立小屋前。屋內無人，靠窗戶的桌子上擺著打字機、簿冊、文具等，大概是辦公室。幾個美國兵圍攏來，愣愣的看我們。押解我們的一個美國兵，進兵房去。過一會兒，他和一位臂上佩著士官階級的兵士邊說邊走了出來。到了我們跟前，士官向我和許家榮、孫利打量了一下，操生硬的中國話問：

「你們是中國人？」他把「中國」說成「中哭」，很像韓國人發音。

「是的，我們是中國人民志願軍。」我一字一句緩慢的說，怕他聽不清楚。

他稍一怔，又看看我們，然後，伸手到窗內桌子上取出封面印著「中英會話」小冊子來。他翻到了一頁，看了看，夾雜著中，英、韓語的問：

「你們爲什麼穿這種衣服？」他指著我和孫利、許家榮身上穿的韓軍制服。

我知道他有許多疑問，因此，我用破英語簡單、明瞭的告訴他：

「我們是中共軍，投降過來的；

「大韓民國軍隊留我們做情報工作；

「軍服是大韓民國軍發給我們的。」

「做情報工作？」他驚訝的問。

「是的，大韓民國軍逼我們做情報工作。」我又重複一遍。

「哦，哦，那你們來做什麼？」

「我們是戰俘，我們要去後方戰俘營。」

「韓國軍不送你們去？」

「他們不送我們去戰俘營。」

他又：「哦，哦。」

也許由於他中國話不靈光，也許對我們已經了解了，他不再問我們，向帶我們來的兩個兵士揮下手，表示沒事了。他們敬個禮離去。士官對我們招下手：「康蒙。」便進辦公室去。

我們跟了進去。

士官拿了三份英文表格給我：

「你會寫嗎？」

我看了看，點頭說會。

表格和在L支隊塡寫的表格相同，包括：姓名、年齡、籍貫、軍種、階級等。我很快的寫好了交給他。士官看了看說聲：「OK」，便帶我們橫過大操場，把我們安置在我第一次逃亡經過營區時就看到的、正對大門七、八十公尺距離的那座鐵絲網小圍圈內。圍圈內的帳棚裡，堆放著幾十條黃呢軍毯，和幾十張草蓆，沒關有俘虜，空空的。

「你們大大的休息，明天的送你們走。」

「明天？我們希望現在送我們走。」我說。

「明天，明天。」士官連聲說，走了。

我總覺得不妥，支隊部發現我們不在聯絡所，必將四處尋找。現在是下午二時左右，至明天早晨，還有十幾個鐘頭，夜長夢多，恐怕會有變數。

「不會有問題的，你緊張什麼？」許家榮說，在一堆毯子裡躺了下來，抓了一疊毯子枕在腦後勺。

「不會？前次我逃亡不是被他們找了回去？」

「怎麼和前次比？前次是警察局，現在是美軍憲兵隊，你放一百個心吧！」

許家榮的話雖然有道理，我心裡依然不安，不過也想不出法子，只得等待著。我搬了幾條毯子攤在地上，拿一條捲起作枕頭，也躺下休息。

孫利對這新環境極感興奮、有趣，到處東張西望著，有時不知看到了什麼，突然的發出一兩聲怪吼，或扮個鬼臉，沒有一分鐘安靜下來。

太陽快下山時，一個美國兵在外面喊：「哈囉！呷本。」從帳棚外塞進來一隻紙箱。

孫利馬上跑過去接住，抱了進來。「吃飯了，快來！」取出一樣樣食物，有餅乾，有牛肉、水果、果汁等罐頭。大家塾著毯子圍坐著吃。餅乾是罐裝的，有甜有鹹，酥脆可口，只是量太小了。水果罐頭中，有一罐少見的無花果罐頭，清甜解渴。有一罐是番茄，酸酸的，很難吃，產地是義大利。

「老美吃這麼高級，所以就怕當俘虜。」許家榮說，一手喝果汁，一手夾餅乾。「我在共產黨那邊，見到一個老美俘虜，脖子上套著一袋炒麵，跟著隊伍走，休息時解開袋子舔一口炒麵，搖搖頭，吃不下。」

「我一個也沒見過。」孫利喝乾了果汁，空罐子往背後扔。「光是砲彈，是人和砲彈打仗，怎麼抓到俘虜？」

「空罐子不要亂丟，老美看到不高興。」我說。

「我知道，我知道，外面有垃圾桶，給我處理。」孫利說著，隨手七抓八抓的抓起他跟前的紙屑、空罐子往箱子裡丟。

吃完了，地上的垃圾揀乾淨了，孫利抱著紙箱往外走。我又回舖位躺去。

孫利走到帳棚口，一手撥開帆布門，一腳和頭先伸出去。但當他頭腳剛伸出時，猛的抽身回來，急速倒退了七、八步，差點撞到了我和許家榮。紙箱裡的垃圾，撒了一地。

「糟，糟！老朴和老胡……」他叫著，跌倒地上。

「老朴在哪裡？」

「在大門口。」

我知許家榮立即躍起奔過去，從帆布門空隙往外望。

「沒有。」我見大門口除了兩名美軍衛兵外，不見老朴和胡銘新。

「可能躲開了。」孫利跑了過來，攀著我的肩膀說：「我看老朴和老胡在大門口外晃來晃去的，一直向我們這邊望著。」

「那他們還會出現。」

不一會工夫，果然在大門口外左旁，距門柱子五、六公尺左右，朴翻譯和胡銘新的上半身重疊的露了出來，向我們這邊張望著。

「看到沒有？」

「眞的給他們找到了。」

他們張望了一會兒，又縮了回去，好久好久沒再出現。

「可能回去報告去。」孫利說。

我們不安的在帳棚內一程又一程的打轉著，不時掀起帆布門往外窺探。大約過了一個多小時，外面響起了汽車馬達聲。完了！一輛小吉普從大門外開了進來，上面坐著一所長、兩個兵士，和一個坐在前座穿著聯軍制服的黃種人。大門外還停著一輛中型吉普，只露出半截車屁股。

小吉普穿過操場，到了小辦公室門口前停住。一所長和那個黃種人下車，一起進辦公室。黃種人矮矮胖胖的，約四十來歲。對了，一定是日本人。韓國人和日本人有歷史淵源，不用說是支隊部找他來幫忙的。

「龜兒子，怎麼辦？要給弄回去了。」孫利苦笑。

「回去就回去吧！此路不通，還有別的路可走。」我說，想只有去敵後投奔美軍了。

「可是，回去會……會不會把我們幹掉？」孫利畏怯的說。

「怎麼會？」許家榮搖下頭說：「你想想，如果被送回去，他們還怕我們什麼？怕我們再逃亡？」

一所長從辦公室出來了。他坐上小吉普開到大門口下車，高舉起手招呼一聲。朴翻譯和兩個兵士從中型吉普車廂伸出頭來一看，馬上跳下車跑了過去。他們一起略商量片刻後，便向鐵絲網小圍圈走來。小吉普也倒車到鐵絲網圍圈門口前停住。那個日本人和憲兵士官立在辦公室內，遠遠的向這邊望著。

一所長和朴翻譯他們在鐵絲網圍圈門口稍猶豫一會兒，便進了小圍圈子；又猶豫了一分鐘，老朴第一個掀開帳棚的帆布門鑽了進來，一所長、兵士跟隨著。一所長堆起滿臉笑容，對我們高聲的嚷著：

「王，大家大大的好！」伸出手和我們一一握手。

老朴嘻皮笑臉的，在孫利肩膀上拍了一下，抱怨的說：

「我早和你們說過，散步不要走太遠，你看，這回多麻煩！」明明是逃亡，他說我們去散步，這傢伙老狐狸夠狡猾。

「我們只在山溝裡走走，兩個美國兵就把我們抓到這裡來。」孫利噘著嘴說，將計就計。

「你們去可以，也應該先說一聲，有事才好找。」老朴眼睛笑笑的望著許家榮、孫利，又望望我。

「我們以後什麼地方都不去。」許家榮沒表情的說。

「好了，好了，現在沒事了，回去。」老朴拍拍許家榮和孫利肩膀，他們順從的往外走。

我、一所長，和兩個兵士走最後。

出了鐵絲網小圍圈子，老朴向兩個兵士丟個眼色。他們便一個傍一個的，擁著孫利和許家榮邁開大步向大門口走去。朴翻譯緊跟著後頭。

「王，大大的坐。」一所長向我伸下手，指了指跟前的小吉普。

我輕快的跳上車。

這時，那個日本人和憲兵士官走出辦公室，往這邊來。一所長也過去。他們立在距離小吉普十來公尺處，一所長感激、恭敬的向他們致謝，嘰咕了幾句生澀的英語，和流利的日本話。日本人一臉橫肉，頭戴變形的尖頂帽子，活像當年屠殺中國百姓的日本鬼子。我咬緊牙根，心中熾火燃燒，怒不可遏。

一所長道謝畢回來，坐上小吉普前座。車子發動時，他又側過身，高舉起手向日本人和士官揮手「拜拜」。就在這剎那，我心頭一橫，快速的出手，插進一所長左脅下，抓住他的手槍跳下車。一所長驚慌的大叫一聲「哈咦」用臂膀緊夾住我手。坐在後座我身旁的兵士，也抱住我的頭。小吉普不停開著，我跟著小吉普跑，手被夾得緊緊的。日本人和憲兵士官沒命的往辦公室方向跑，許多美國兵從兵房跑出來看，有的從窗口探出頭來。我跟著小吉普跑了十來步，手一滑，槍掉了下來。一所長趕緊揀起槍插入槍套，跳下車。他怕情況生變，喊著：「巴利卡，巴利卡……」叫小吉普先開出去。他和兵士各捉住我一隻臂往外衝。大門口的那兩名美軍衛兵，一動也不動的站著，看著我被綁架。孫利和許家榮已被送上中型吉普開走了。

出了大門，他們架著我向山丘下急奔去。到了半山丘，小吉普停在那裡等著。上了車，便向支隊部飛馳而去。

唉。我失敗了！

回到支隊部，他們帶我到第二排房屋的中間那棟。支隊長和所長、行政課長、跛腳金中尉、朴翻譯等，都等在那裡了。支隊長和行政課長、金中尉是從前方支隊部趕回來的。支隊長手執皮馬鞭，威武的踱來踱去。許家榮和孫利坐在走廊地板上，緊繃著臉。

支隊長見我回來，他咿咿呀呀得意的對我嚷著：

「王，你這回給支隊長找的麻煩可眞不小呀！」他用馬鞭在我面前晃了幾下。「你架子好大！支隊長派這麼多人去請你，你到現在才來！」他便問一所長爲什麼這時才到。一所長只是笑笑，沒回答。

「支隊長問你，你帶他們去哪裡？」他對我問。

我說去尋找「自由」。

「哈，哈，哈！」他雙臂交叉抱在胸前，發出勝利的狂笑。「你是跑不掉的。好，現在支隊長要你反省，反省。」他便向朴翻譯用韓語說了幾句。

朴翻譯立正挺胸。「尼，尼……」（韓語「是，是……」的意思。）的點頭。

然後，支隊長手裡鞭子向前一指，兩名持槍兵士便押著我們，朴翻譯領前，向後山方向走去。孫利臉色大變，他對我叫喊：

「北山，你和支隊長說……」

許家榮瞪大眼睛對他吼著：

「叫什麼？殺頭不過碗大疤，沒出息。」

支隊長聽不懂中國話，他問朴翻譯，孫和許說什麼。朴翻譯說了，他們都笑了。

走到了那棟房屋的一端，朴翻譯便轉入屋子中間的甬道裡去。孫利臉上惶恐的神色消失了。甬道兩旁隔成一間間小房，大約有十來間，破損不堪。朴翻譯左敲右看的挑選著。最後，他在甬道的右側，選了一間窗戶、牆壁比較完整的房間，叫我們進去。胡銘新和一個兵士送來了一隻便桶，和三條毯子。關進去了後，他們便將門和窗戶釘死，只留下一個小窗口。然後，在甬道裡放了一名衛兵，其餘的人都走了。房內佈滿一掛掛灰塵與蜘蛛網，陰冷扴的，微微的嗅到乾柴發霉的氣味。屋角堆著一疊舊簿冊、幾件舊衣服、破鏡框、玻璃碎片等。頂上兩片天花板脫落，看上去黑洞洞的。兩側牆壁是木條敷上泥巴石灰構成。外側是兩扇大玻璃窗戶，隔著四、五公尺寬走道和第三排房屋相對。那裡空蕩蕩的無人居住。

第二天早晨，朴翻譯送飯來。他把飯從小窗口遞進來後，整個臉鑲在小窗口上問我們：

「喂！你們有沒有話要和支隊長說？有的話，我給你們轉達。」

許家榮憤怒的說：

「沒什麼話好說的，除非送我們去台灣。」

朴翻譯見許家榮氣呼呼的，沒再說，走了。

孫利噘著嘴，看著我和許家榮，似乎想說什麼又不敢開口。

以後的每天每餐老朴送飯來，都要問我們同樣的問題：有沒有話要對支隊長說。但被許家榮徹底的拒絕了。

我研判朴翻譯的話，探索支隊長他們的意圖：他們不可能有誠意，又是欺騙，騙我們繼續工作，在不斷的工作中，讓我們自然的消失。或許是希望我們認錯後，放我們出來，以維護他們的權威，因爲我們犯了這麼重大的錯誤，不能沒半點懲罰平白的放人——韓國人非常顧面子——但歸根究柢工作還是要做的。我們是關在他們籠子裡的雞，任憑宰割，不會給我們生路的。

由於我們不妥協，老朴改變手法對付我們：由兵士送飯，每頓飯菜逐漸減少變質；飯，減到只剩半碗，菜，是冷鹽水。我們始終不屈服、不低頭。初冬寒天，夜晚一人一條毯子，冷風從地板縫隙透入，刺骨裂膚，又飢又凍，煞不好受。

禁閉至第五天，這天夜裡，氣溫格外低，吃過飯後，我們就裹著毯子擠在一起睡——取暖。深夜裡我好幾回被凍醒，肩膀和雙腿捲曲得痲木痠痛。睡到了下半夜，孫利忽然把我和許家榮喚醒。

「不好了，不好了，今晚他們要把我們拉去槍斃。」他哆嗦著說。

「槍斃？誰說的？」許家榮急速的翻過身，鼓進了一股冷風，可把我颼得牙齒直打戰。

「衛兵說的。」

「衛兵怎麼會對你說這種話？」我疑惑的望著小窗外那個兵士，背著槍在甬道裡來回的徜徉著，槍口的刺刀，在暗淡燈光下發出白晃晃寒光。

「我聽到外面好像有許多人說話聲音，起來看，衛兵就把我叫過去，他手比劃了一下，做槍斃的手勢。」孫利說，要哭的樣子。

「是你神經緊張，疑神疑鬼。」我說。

「那爲什麼半夜來那麼多人？是不是來抓我們去……」

「你看到幾個人？」我問。

「我聽到很多人說話聲音，沒看到人。」

「北山，你去問那個衛兵看看。」許家榮對我說。

我起立到小窗口向衛兵招一下手。

他走過來，食指按在嘴唇中間搖搖兩下，意思叫我不要聲張——他對孫利一定也是這種示意，不過多加了「槍斃」手勢而已，我想。

我用韓語試探他，問他我們什麼時候能釋放。

他不聽我說話，也不給我說話，一連用手指指嘴，搖搖手。

我伸出手掌，用手指在手掌上寫字問他。他表錯了意，從大腿褲管胯袋裡掏了一把餅乾給我。

我向他說謝謝，回毯子裡問孫利：

「他剛才是不是向你搖搖手指？」

孫利說：「是。」

「沒事。」我說：「他是叫你不要偷跑，偷跑他會開槍，不是槍斃。」我解釋，把餅乾分享大家。

「一定是這個意思了。」許家榮說。

我又躺下睡去。冰冷的毯子，透風的地板，凍得我直打抖，無法入眠。睡一會，我披著毯子又坐了起來，背倚著泥巴壁假寐。挨到天亮，微弱的陽光從窗外照射了進來，帶來了少許暖意，我才漸漸的睡著了。

正睡得朦朧中，許家榮猛的緊抱住我肩膀搖撼著：

「北山，有人唱歌，中國歌，國父紀念歌……」

我張開眼定神一聽，一陣熟識低沈的歌聲，從窗外傳了進來，是小孩唱的聲音：

我們國父，
首創革命，
革命血如花；

推翻了專制，
建立了共和，
產生了民主中華。
民國新成，
國事如麻，
國父詳加計畫，
重新改革中華。

三民主義，
五權憲法，
眞理細推求；
一世的辛勞，
半生的奔走，
爲國家犧牲奮鬥。
國父精神，
永垂不朽，
如同青天白日，
千秋萬世長留。

民生凋敝，

國步艱難，禍患猶未已；

……

我們激動的聽著，聽著……緬懷 國父一生奔走革命，為國為民，臨終猶呻吟：和平、奮鬥、救中國！如今，此時此地聽到這首歌聲，彷彿又聽到 國父殷切的叮嚀，殷切的呼喚，一聲聲扣動著我們悽楚的心弦！我們心胸抽搐著，一股股熱流湧上心頭，終於無法自已，心酸熱淚奪眶而出，放聲痛哭；傷心淚水無盡的流著，流著，流不盡我們滿懷的辛酸，淘不盡我們滿腔的怨恨！

孫利從毯子底下探出頭來，尖起耳朵聽：「噢！中國人，一定是中國人，中國人唱的！」立即爬起到窗戶前，翹起屁股，把臉貼在窗櫺上，向隔著走道的第三排房屋望去。

「小孩，小孩，我看到了，還有大人，一個，兩個，三個……是中國人……」他高興的嚷著。

「那昨晚就是他們來。」我說。

「絕對是他們了，龜兒子，我以為來抓我們槍斃。喂，喂！你們是不是中國人？是中國人就請過來一下。」孫利對他們喊。

「你說話客氣點好不好？」許家榮訓斥他。

一個小孩跑了過來，立在窗前，十二、三歲。

「你是中國人？」孫利問。

他點點頭。

「你們是來工作的？」

他又點下頭。

「請你送一包香煙來好不好？」

小孩跑去了，很快的又跑回來，「啪啪」的丟進一包香煙，一盒火柴，又跑走了。

「吸根煙吧！」孫利裹著毯子，打開香煙遞了一根給我，一根給許家榮，自己也叼上根，擦亮火柴燃上。

吸了幾口煙，心情舒暢了不少。現在華僑工作人員來了，又燃起我們的希望。對於L師團，情盡義絕。大伊走了，女孩們走了，沒有可牽掛了。我們冷靜的思考對策，計畫未來。

「不管什麼條件都答應，先出去，出去後想法子託僑胞救援我們，或者再逃亡找美軍。」我堅決的說。

「對，就這麼辦，他媽的！」許家榮恨恨的說。

「我也這麼想。」孫利說：「我們不能拒絕人家太甚，總要留點想頭給他們。」

早飯送來時，我對士兵說要見支隊長。

可是，老朴傳話來說支隊長沒有空，叫我們耐心的等著。

這分明是老朴耍手腕，報復幾天前我們對他不理睬。

一直拖延了四天。那天夜晚，老朴帶了兩名兵士來打開房間門，領我去見支隊長。

在支隊部辦公室裡，支隊長和一所長、所長、金中尉等，邊聊邊等著我。當支隊長一見我來，沒等我坐定，由朴翻譯替他翻譯，便對我抱怨一番。他說他待我不薄，要把我報到大使館去，給我介紹女朋友，戰爭結束要回台灣，可送我回台灣，要留韓國，可和我一起去做生意，或送我去讀書……可是，這次我惹出了這麼大麻煩，害得他差點遭上級處分。

我唯唯諾諾「是，是……」的「認錯」，佯作恭敬順從的樣子，讓他高與，讓他對我放心。

他怨氣發洩了後，才談到正題上去，用韓語對朴翻譯說了幾句話，朴翻譯便對我說：

「王，支隊長說現在華僑工作人員來了，支隊長請你負責訓練他們，你有什麼意見？」

我謙遜的說我能力有限，恐怕未能勝任。

「不。」支隊長說：「你是從共產黨那邊過來，對共軍部隊訓練、作戰、政治教育、生活等十分瞭解。你用你的經驗，把我們工作人員訓練成一個共軍士兵一樣，再教導他們如何的過封鎖線，如何的跟蹤、規避、盤問等，就是個好情報員了。這任務非你不可，支隊長對你有信心。」他說畢，不再徵詢我意見，舉起手招一下：「酒來。」

兵士們連忙開啤酒，替支隊長和各人遞上。支隊長高舉起啤酒罐嚷著：

「大家大大乾杯，祝王工作成功勝利！」

大夥兒一飲而盡。我肚子餓得慌，一罐啤酒下去，腸子燙熱得直燒到底，好舒服！兵士大量的開啤酒送上。我連乾了三罐。支隊長說：

「好酒量，好酒量！王。」他眼睛盯著我。「支隊長問你一個問題：你說做情報工作最主要要具備什麼條件？」

我思索了下說：

「良心。」

朴翻譯將我的話翻譯了，支隊長沒聽清楚。朴翻譯又說一遍，他明白了，但不以為然。

「不，良心不能鼓舞士氣。」支隊長甩下頭。「最主要是：第一，金錢。」他伸出食指，有力的劃了一下。「第二，酒。」他又劃一下。「第三，女人。」他再劃一下。

我不贊同，不過沒表示出來。金錢、酒、女人，只是士氣的興奮劑，短暫而且脆弱。良心即正氣，可從容慷慨。他們不知為何而戰，也沒有經歷實況，當然無法體會。

支隊長沒有再談下去，不斷的灌酒，已稍有醉意。

最後，他說：

「王，你這次找找支隊的麻煩實在太大了，支隊長不能不給你一點處罰，你要負責叫你的夥伴去工作。」

我推測這可能是他的託辭，和朴翻譯問我們「有沒有話要和支隊長說」同樣目的，以維護他的權威，或是探測我心理，看我是否僞裝順從，而別有所圖。因此，我不能答應得太爽快，那會引起他們懷疑的。我說：

「我去工作可以，他們恐怕不會願意接受。」

「不，你要叫他們去，他們聽你的話。這次是你帶頭跑，否則，他們不敢。」支隊長說。

我裝作爲難的勉強答應了。

談話到此結束。這次談話，支隊長自始至終沒提起吳宗賢半個字。這可能是他自己也覺得太窩囊，那麼輕忽的聽信吳宗賢胡扯，說能說服十幾個共軍過來投降，結果死了吳宗賢自己，陪上了許志斌一命，可能還暴露了我方情報，實在不好意思談起。

那晚我仍然回那間房裡睡覺，不過門沒有釘，衛兵也撤了。我喝了不少酒，渾身熱烘烘的。凍得發抖的孫利和許家榮，緊緊的挨著我。我告訴他們「談判」經過，收獲最大的是：支隊長要求我們繼續敵後工作。

許家榮和孫利喜悅極了：「太好了，老子就等著這麼一天來到。」他們也認爲這是我們龍縱大海的好機會。

第二天早晨，我們吃了最後一頓「牢飯」後釋放了。出來後，才知道陳炎光和陳希忠他們，搬到支隊部這邊第三排房屋的最右邊一間空房住，華僑工作人員遷入我們原住處。

朴翻譯領我們到新「家」。陳炎光和陳希忠、小包在屋外打掃清潔，見我和許家榮、孫利回來，欣喜的歡迎。等朴翻譯離去後，陳炎光親暱的，手心對手心的捉住我的手，並肩往房間走，一面把嘴湊近我腮幫咕噥著：「你們關進去，我向支隊長替你們不知說了多少話！沒關係，沒的問題，放心！下次再來，再逃亡，別灰心……」吹得我耳根熱呼呼，心頭癢癢的。

我心裡暗暗好笑，他簡直把我當呆瓜哄騙。我明白的告訴陳炎光，我和孫利、許家榮釋放出來，是和支隊長交換了條件的。條件是：要我叫大家繼續敵後工作。

陳炎光一聽，馬上拉下臉來，聲色俱厲的叫著：

「你說什麼？要我去工作？我不幹，我不幹……」立即甩開我，走到走廊前，踢掉鞋，進房間去，坐在榻榻米上，瞪著眼掃來掃去的。「是你自己偷跑被關起來，管我屁事，要我去頂罪？我不幹，你別來這一套，沒有我的事，少來……」

陳希忠不屑的瞄他一眼，打從心底「哼」的噴了一聲，出房間去，兩手叉腰，立在走廊上，一臉不齒的憤怒。

許家榮氣火的說：

「你是不是人？我們逃亡被關，受凍挨餓，是爲了大家，更是爲了你。你在前方支隊部哭哭啼啼的要大家救你，你說沒你的事？好吧，我們大家各走各的路，等著瞧，看誰哭，誰去自殺。」

「龜兒子，我們再去關。現在華僑工作人員來了，你可以去當『指揮官』了。」孫利忿忿的譏諷他。「可是，我告訴你，我們人都關起來，支隊長也不會要你，你頭腦放清楚。」

「我們答應去工作，不過是幌子。」我說：「出來後，我們要再計畫逃亡的，也不會要你去工作，你緊張什麼？」

小包坐在屋角，眨著兩隻大眼睛看著「大人」爭吵。

陳炎光見大家都對他沒有好顏色，又感到孤獨的難過。他倚老賣老的一把眼淚，一把鼻涕的哭了起來：

「你們都討厭我，不高興我，好了，我不說了！反正我一大把年紀了，還有什麼希望？死在朝鮮算了……」

咳！一陣風，一陣雨，硬的去，軟的來，眞夠我頭痛，沒辦法！我安慰他：

「大老陳，別難過！我們會照你說的，大家共患難，同生死，沒有人走單獨路線的。在這種環境裡，同胞情比什麼都可貴！」

「大老陳，哭啥子嘛！吵架沒好話，我們有不對的地方，請你原諒！」孫利也和氣的說。

陳炎光似乎很受感動，他擦乾眼淚說：

「我對不起你們，是我錯，我知道你們對我好。」他仰起臉望望我，又望望孫利和許家榮。「哎呀！」他叫著。「你們關了八、九天，瘦得這個樣子，一點氣色都沒有了！我看了好心痛！」他又哭了。

大家悄聲的笑。許家榮拍拍他肩膀說：

「你不要哭嘛！我們並不痛苦，我們非常快樂，因爲我們有希望。我們有信心逃出L師團，回到台灣，重獲自由的。」

「好的，我不哭了。」他吸吸鼻，臉就著袖子擦拭眼淚，而後，拉了一條毯子蓋著睡去。

42

釋放後，因爲華僑工作人員未到齊，訓練工作沒有開始。支隊部也沒有派遣我們去工作。大家閒著無事，自發自動的替營區打掃清潔，拔草、擦地板、幫大廚房劈柴，洗菜、洗碗等打雜。大夥兒幹得高高興興，聽話順從，以掩護我們再逃亡。

這次我們的逃亡計畫是：一、等派出敵後工作時，繞道到美軍陣地前投誠，重當第二次俘虜。二、託華僑工作人員替我們向大使館送信，救援我們。至於在春川當地找美軍，我們已有兩次失敗的經驗，不敢再嘗試了。

兩天後，華僑工作人員全部到齊，朴翻譯和從前方支隊部調回的李歪嘴翻譯，叫我去上課。朴翻譯說一個星期內要把人送出去，上級急著要情報，支隊長交代。他們領我到我們原來住的院子去。工作人員共十二人；大人九位，小孩三人。他們清一色是山東華僑，戰前在漢城經營餐館生意；韓戰爆發後，生意停業，財產毀於戰火，爲了生活，鋌而走險，作此營生。小孩中，兩個是孤兒，一個是工作人員孩子。他們在大臥室內圍坐成半圓圈歡迎我。一位僑胞見我頭髮太長了，立刻親切的說：

「你頭髮這麼長爲什麼不去理？我這裡有錢，快去理。」他掏出錢來。

我向他說謝謝，沒有接受。朴翻譯說：

「理髮兵到前方去，馬上就回來，回來理。」

因爲朴、李翻譯在旁，我們不便多談，彼此寒暄了幾句，便開始「教學」。

開頭我先向他們講述共軍部隊編制、訓練、政治教育，以及參加「抗美援朝」等，讓他們瞭解共軍一般梗概。接著，教導他們共軍常用「口語」，這是共產黨「語言」，與平時生活密切結合，譬如：自由世界稱「美國」，共產黨則叫「美帝」；韓國，朝鮮；北韓人民軍，朝鮮人民軍；南韓國軍，李承晚軍隊；司令官，司令員；火伕或炊事兵，炊事員；傳令兵，通訊員；士兵，戰士等等。共產黨警覺性特別高，夜間行軍遇到三三兩兩丟隊戰士，常扭住他們盤詰不休。假使對方不以共產黨「語言」回答，溜出「美國」、「韓國」、「火伕」、「傳令兵」什麼的，馬上現形。我將這些「口語」寫在小黑板上，每次五句，讓僑胞記住後，再更換另五句。記下二、三十句後，我便以到敵後工作盤問方式，把這些「口語」編入句中盤問他們。開始他們不習慣，老是說出「美軍」、「北韓人民軍」等，經過反覆練習後，才改口過來。

「從現在起，各位要常用這些『口語』說話，養成習慣。」我說。

「對的，不要說漏了嘴，這很重要。」朴翻譯說，他屁股好像在榻榻米上生了根似的，從來沒離開過。李翻譯則到小廳子前閒坐去，蹺著二郎腿。

避免枯燥乏味，培養他們學習興趣，教了個把小時後，我變換「課程」，教他們唱兩首歌曲：「東方紅」和「朝鮮在燃燒」。

「這個也派上用場？」朴翻譯問。

「這也是『語言』偽裝的一種。」我說：「夜間在敵人後方活動時，邊走邊哼。」

「哦，對的，對的。」

這兩首歌歌詞短，順口溜，很快的他們就學會唱了。他們大人唱，小孩唱，大家高聲一齊唱。唱著，唱著，老朴內急起身去廁所。一位僑胞立即抓緊機會，俯身爬向我，兩手撐在榻榻米上，抬起臉小聲的問：「老鄉，如果我們被共產黨抓到，會……會怎麼樣？」其他僑胞也停止歌唱，聚過頭來。我想趁這時候探詢他們，請他們幫忙，替我們向漢城大使館送信，看他們是否有顧慮，願不願意。但我話沒說出來，李翻譯已經從小廳子過來，立在走廊上向裡望了望，進大臥室來。我立刻說：

「沒關係，可能會被送回家鄉勞改。」

他們又大聲唱起歌來。

朴翻譯從廁所回來了。他臉沈沈的，很不高興的樣子。唱了一會，他看了看腕錶，起立說：「好了，十一點了，課上到這裡，休息一會，準備開飯。」他見我坐著不動，牽下我肩膀：「王，回去。」

一走出院子大門，朴翻譯毫不客氣的問：

「王，你剛才和他們說了什麼？」

「他們問我被共產黨抓到的話，會有什麼後果。」

「那你對他們怎麼說？」

我實話告訴了老朴。

「你怎麼對他們這樣說？」他對我瞪起眼。

「那應該怎麼說？要他們當烈士？他們來工作是爲了生活，是求生，不是求死。你們韓國亡國三十四年，出了安重根、尹奉吉幾位轟轟烈烈的烈士，教人敬佩外，替日本鬼子當韓奸、走狗的可也不少。」我說，心裡很不舒服。李翻譯在一旁微微的笑，沒作聲。

「可是，可是……我們是顧慮他們……」老朴囁嚅的說，又沒把話說出來。

「你是怕他們投降？放心！」我說：「他們有老婆孩子在漢城，被俘是他們不幸。假使我告訴他們被共產黨抓到會活埋、剝皮，不要說他們是活老百姓，就是你們訓練有素的情報員，聽到這話恐怕到緊要關頭也會屎尿下放。情報員身懷毒藥，被俘後服毒自殺，少之又少。現在我倒擔心他們出事後把我方情報暴露出去，那就更糟了。」

老朴一聽，緊張了起來。

「你說他們會供出來？」

「當然，上幾道刑，誰能不說？」

老朴責任心重，認眞負責，能力卻低劣，懵懂無知。

「那要怎麼辦？」

「我們要教導他們被俘後如何應變，編出一套對付辦法。這是『被俘教育』，和一般訓練同樣重要。」

「是的，是的，這方面你也要想法子補救。」他沒再說，攢著眉頭默默的走，大概腦子裡又煩惱什麼了。

在屋裡玩牌的陳炎光、陳希忠他們，遠遠的向這邊村道望著，看著我和朴、李翻譯走回。進了營區，李翻譯回支隊部去，老朴和我一起到住處來。陳炎光他們向老朴熱烈的招呼了後，又專心的玩牌，輸了鼻子被刮得呱呱叫，好不快樂！老朴到處看了看，說：「王，下午教華僑工作人員射擊，沒你的事，你休息。」便走了。

「怎麼樣？和僑胞說了沒有？」大家望著老朴遠去了，立刻圍攏來問。

「沒辦法，老朴和李歪嘴看得太緊，寸步不離。」我說，坐下隨手拿起撲克牌玩。「你們說話牌也不要離手，給他們看到了不好。」

大家又拿起牌，孫利問：

「都沒有說？」

「沒有，一句題外的話都不能說。」

「他們怕我們又逃亡，當然會防範。」陳炎光說。

「那我們就等去敵後工作時找老美。」許家榮說。

「我看也不行，不會再派我們去的。」陳炎光搖搖頭說：「給吳宗賢告密後，支隊長知道我們去工作躲在山溝裡睡大覺，派去做什麼？前次把我們四個人送去前方支隊部，目的是監禁我們，送去工作只是藉口，反正送我們去工作，也不敢回那邊去，他們怕什麼？」

「可能，可能，所以支隊長說要我們繼續工作，到現在還沒派出。」陳希忠點兩下下巴頦說：

「我揣測現在支隊部可能在計畫用船送我們去敵後。」陳炎光燃上一根煙吸著，又說：「以前的副支隊長不是說用船送嗎？他們把女孩送走，就是不希望我們工作了，不把你弄掉，再逃亡怎麼辦？恐怕他們馬上要採取行動了。」他說著，又咒罵起他同鄉吳宗賢，漢奸、走狗、敗類，自己找死還要害人。

大家慌了起來，才想到問題嚴重。的確，過去劉裕國和樊魁他們就有一組被派東線楊口去。支隊部可從東海岸用船送我們到北韓高城、新北一帶登陸，然後一路搜集情報回來。這一著只要能回來，多少總有收穫，不像走陸路過去，躲在山溝裡睡大覺，等於白去。東線沒有美軍，回來又不擔心給老美接去暴露出他們利用戰俘從事戰爭工作的違法，出了事一了百了，乾淨俐落。

「沒錯，用船送我們。」我說：「那晚支隊長要我勸大家去工作，一定是『拖刀計』，先把我們穩住，再設法處理掉我們。」我也疏忽了，被耍了一招還窮安心。

「假使用船送，我看一個也活不成。」陳炎光說。

「那我們趕快就在春川找老美，只有這條路可走了。」孫利和許家榮說。

「不過要特別小心。」我說：「前次我被警察抓去，一所長帶人去把警察局砸爛了，還把那個警官打得半死。這回再落到他們手裡，恐怕他們就在後山挖個坑，把我們丟下去活埋掉。」

「我告訴你，乾乾脆脆就近再去投山丘上美軍憲兵隊，不要去找別的什麼單位。」陳炎光揮揮手裡煙灰說：「憲兵隊絕對守法的。憲兵隊不守法那還得了？前次他們是被那個日本人騙了，才把我們送回來。」

「那我們拿個東西去幫助證明身分。」孫利馬上起立到他鋪位，從壓在枕頭下的衣服口袋裡，掏出一張綠色紙片來，和鈔票般大小。「你們看這個。」

他捏在手裡抖抖兩下，亮在大家眼前。

那是從聯軍飛機上空投下來的傳單——「安全路證」，上面密密麻麻的印著好幾條：保障戰俘生命、財產安全，保障自由、人格尊嚴什麼的。我第一次看到這種傳單，是在北韓的鐵原。那天白天部隊在開闊的平野裡宿營，由於是砂礫地無法挖掘防空洞，我利用乾涸的水渠作掩體，躺在底下睡覺，頂上蓋著兩片汽油彈殼遮蔽太陽。睡得正熟，一個戰士跑來把我叫醒，小聲的問：「文化教員，請你唸一下，這是說的啥子？」我張開眼一看，是招降的「安全路證」，可把我嚇出一身冷汗，看這種東西要丟腦袋的！他不敢找別人「請教」，偏要卯上我，可見我在戰士們的心目中是個大反動，更叫我惶恐不安。我搶過他手裡傳單撕成碎片摔掉，並重重的摑了他一巴掌。他抱住臉無聲的乾吼：「你打人！」我說：「我要鬥爭槍斃你。」聲音雖有力，也只有他和我聽得到。他一個屁也不敢放，溜了。他走後，我躲在被子裡將傳單鬥起偷看，看到了左下角署名的是李奇威將軍，而不是麥克阿瑟，才證實聯軍果然陣前換將了——指導員口口聲聲說麥克阿瑟垮台了，他說麥克阿瑟垮台不是給杜魯門免職的，是被我們「中國人民志願軍」免職的，因爲他打了敗仗，當時大家以爲是宣傳，都不大相信——。看畢，我在地裡摳個洞，把它埋了，想想不妥，又挖出來，搓成一團丟到草叢裡去。

「太好了，太好了。」陳炎光取過孫利手裡傳單看著。「你這東西是從哪裡來的？」

「去敵後工作揀的，怎麼？有假包換。」孫利得意的說：「前次去找老美，我忘記帶去了。」

「王，你看怎麼樣？」陳炎光把傳單交給我。我看了交還孫利。

「有這個更好。」我說：「其實我們再逃到憲兵隊去，應當會引起他們重視的。」

孫利把傳單褶疊好，放進口袋，說：「這回我和北山兩人去，家榮不要去。人多目標大，倒不妙。」

「那什麼時候開始行動？」陳炎光問，他著急。

「還是午睡時間，今天走不成，明天走。越快越好，格老子。」孫利說。

我們仍然決定從山溝小徑上山丘頂，比較偏僻。走大路怕撞到人，太危險。

吃過午飯後，我和孫利開始著裝，我們將共軍軍便服穿在裡層，以備證明身分；韓軍服裝穿在外面。著裝完畢，關上房間拉門，躲在屋內窺視著。

營區雖大，人員卻不多，兵士們多休息了，只有那幾個叫化子般的支隊部小孩——小情報員——嘰哩呱啦的在我們這排房屋的那頭走廊上遊戲，影響著我們行動。他們整天玩，有耗不盡的精力，也沒人管教。大家懷疑這些「小鬼」現在可能對我們負有監視任務。

「我叫他們進房間睡覺去，討厭。」陳炎光要去趕他們。

許家榮立刻攔阻：「他們不會聽話的，不要去惹他們，再等等。」

到了下午一點半鐘，一所長和朴、李翻譯、胡銘新拿了兩支卡賓槍，兩支衝鋒槍，在第三排房屋的中間那棟，教華僑工作人員射擊。他們在壁上貼三張白紙，白紙中間畫個小紅心，教華僑人員射擊原理與動作。韓國小孩有的跑去看。陳炎光也去當「助教」。陳希忠和孫利、許家榮在房間裡打撲克牌，我和小包玩翻棋子遊戲。

他們教華僑工作人員空槍瞄準半個小時後，便到後山坡實彈射擊。「砰，砰，砰」的槍聲一響，小孩又蹦又跳的叫嚷著都跑去看。小包頭往外探了下說：

「他們都跑去了，可以走了。」

孫利馬上丟下牌，出房間。「北山，我走了，你跟著來。」

他嘴角叨根煙逛著，到了營區大門口，看看四處無人，便出大門右轉往山溝去。我稍等片刻，跟著出去。到了我們舊住所的右側山溝路口時，孫利沒進山溝，順大路過橋，往山丘頂奔去。我快步追趕他。到了山丘下，我趕上去，他說：

「山溝裡有老百姓，我不敢進去，改走大路。快！」

路上靜悄悄的，沒有行人。我擔心又遇上警察，或支隊部人員。我們拉快腳步疾行，不消四、五分鐘上了山丘頂，可看到前面五、六十公尺外營門口的那兩名美軍衛兵了。我們急速的往前走去。到了大門口，孫利沒半點猶豫的，把準備好的那張「安全路證」，向衛兵獻了上去。那個衛兵愣了下，瞄了孫利一眼，接過「安全路證」。另一個衛兵也走了過來。他們看了看「安全路證」，又望望我和孫利，似乎認得出十多天前逃亡來過的我們。他們略交談後，接「安全路證」的那個衛兵，便向我們招下手，說：

「OK，跟我來。」

他兩手抱著槍前走，我和孫利跟隨後面。一進大門，我就看到那位士官倚在小辦公室外的窗檯前，和一個美軍憲兵談話。那個憲兵手裡拿著鋼盔，跟前停著一輛小吉普，好像是來訪友似的。孫利邊走邊脫下韓軍軍服挽在手裡，全現出裡面共軍的服裝。我也解開韓軍軍服鈕釦。沒走過大操場的一半，士官老遠的也看到了我們。他驚訝的望了好一會，便對帶著我們的衛兵擺擺手說：「NO，NO……」看樣子真給那個日本人欺騙了。衛兵沒有理會，不疾不徐的向他走近。在小辦公室隔壁的兵房裡，立刻走出了七、八個美國兵也對我們望著。衛兵領著我們到士官跟前，遞給了他「安全路證」。士官看了後，又搖頭擺手說：「NO，NO……」這時一個美國兵即刻對他說話了，語氣很硬，大意說：我們是共產黨俘虜，不能交給韓軍，應該送釜山戰俘營去。和士官談話的那個美軍憲兵，問他什麼事。他們便小聲的交談了起來。談了一會，士官操生硬的中國話對我和孫利說：

「你們的，現在和他去。」

我們興奮的跳上小吉普，那個憲兵向士官揮了下手，戴上鋼盔便登車開出營區。孫利高興的抓住我的手捏捏兩下說：

「成功了，成功了，龜兒子，這回大概沒問題了。」

車子下了山丘，開進遭砲火毀平的春川城，我們一路把頭垂得低低的，生怕撞上支隊部人員。小吉普穿過幾條佈滿瓦礫的街道，最後在市區邊沿的一座工廠前停住了。廠內廠房除門口一間紅磚小門房外，全夷爲平地。廢墟上搭建著二十來幢帳棚。不見有美軍以及其他人員。下車後，美軍憲兵把我們安置在門房內了，便往裡去。

兩三分鐘後，出來了一位穿著聯軍制服，佩UN帽徽，約三十歲左右的黃種人，是中國翻譯。那個美軍憲兵沒再出來。中國翻譯見到我和孫利，劈頭便問：

「你們是來幹什麼的？」

孫利立刻回答：

「我們是做情報的。」

「好大膽！敢來這裡刺探情報，簡直不知死活！」他大聲的吼著，怒目瞪視。

我見他誤會了，馬上說：

「不，不，我們是替大韓民國軍做情報。」

「什麼？你們替韓國軍做情報？」他叫了起來。

「是的，我們替韓國軍做情報。」我說，將我們是「中國人民志願軍」，參加韓戰那次戰役，如何投奔自由，如何被迫爲L師團做情報工作，犧牲了多少人等，全盤托了出來。

正說時，外面走進了一位美軍中校軍官，胖胖的，雙手插在夾克口袋裡，在屋內踱來踱去。

中國翻譯起始對我說的話是驚訝、疑惑，不大相信，經過我一再詳細的說明和回答他的質問後，他接受了，完全相信了。

我說完後，中國翻譯將經過向中校報告。中校用力的甩下臉說：

「撒謊，徹底審訊。」

於是，中國翻譯又問了一遍，我又說了一遍。

「把我們還在L支隊的人送來，看他們怎麼說，就可證明。」我說。

「先生，是的，完全眞實。」中國翻譯對中校說。

「那他們爲什麼不跑回去？」中校衝著我問。

「因爲我們要自由，我們反對共產黨。」我說——東西方的心理差距實在太大。我們一過來，韓軍就大膽的使用我們，放我們回共方搜集情報。據我所知，韓軍各師團普遍利用戰俘從事情報工作，只是他們沒有逃出來而已。現在我們把活生生事實呈現在他眼前，他卻依然懷疑；我懷疑他是做情報的。

中校沒稍猶豫，親自快速的審訊我。他問了我好些問題，有的是重複的，問了又問：共軍部隊番號、階級、投奔經過、做了幾次工作、工作地點、搜集到什麼情報、派出工作前有沒有接受訓練、有沒有報酬、犧牲了多少人……我從容的，一一的回答。

這回他相信了。問畢，他便和中國翻譯談了起來。我注意著他們談話。這時中校說話卻很慢，聲音很小，好像在談著一件事。中國翻譯有時點下頭，或說「爺死」。談了後，中國翻譯稍遲疑一會，便對著我和孫利說：

「現在美軍也請你們做情報，你們願不願意？」

我和孫利不加思索的堅決拒絕了。

「不，不，我們要去後方戰俘營。」

「去戰俘營沒有自由。」中校說。

「不自由，我們甘心。」

中校不語，低頭沈思。中國翻譯用詢問的眼光望著他，等待著。半晌，中校抬下臉說：

「好吧！送他們走。」

中國翻譯便出去開了一輛小吉普來，叫我們上車。我說：

「先生，我們還有四個人在L支隊，請幫忙也把他們要出來。」

他皺皺眉頭，攤了下手，為難的說：

「他們自己不跑來，我們也不好意思去要。」

車子開動時，孫利說：

「怎麼辦？大老陳他們沒出來。」

「到後方可向聯軍當局請求，機會有的是。」

小吉普向郊外開去。太陽已近黃昏，四野荒涼蕭索。車行十多分鐘，到達了四周圍繞著鐵絲網的戰俘臨時拘留營。下了車，中國翻譯向門口衛兵亮出派司。衛兵個子小小的，棕褐色皮膚。他拿出登記簿在一個格子裡畫了一橫，又畫了一個倒鉤和一橫連接，原來是個「2」字。沒想到富裕的金元國也出大文盲。登記完畢，他打開大門讓中國翻譯和我們進去。

營區內空空的，沒關有俘虜。右側建著一排組合房屋，內擺七、八張桌子。每張桌子兩旁各放一張椅子，一張長條高板凳。左側搭著十幢帳棚，整齊排列著。廚房設在營區後右角，土灶、兩口大鐵鍋，十分簡陋。屋角堆放著六、七包大米，兩袋扁豆，一箱淡帶魚，一箱番茄罐頭。一個韓軍兵士蹲在土灶上烤帶魚吃，見我們來顯得有點忸怩。

「你們自己會不會做飯？」中國翻譯問。

「會，我們會。」我和孫利說。

「等到人數來多了，就送你們到後方戰俘營去，現在你們可做飯了。」中國翻譯說。

中國翻譯走後，孫利掌廚動手做飯。飯攙扁豆煮的，糊糊香。烤兩條帶魚，番茄罐頭湯，滿可口。天黑時，我們到存放毯子的帳棚內去睡——幾百條毯子都集中在一幢帳棚內，堆得半帳棚高，軟綿綿的，溫暖又舒服。

第二天，前方送來了三、四十個俘虜。他們面黃肌瘦，渾身髒垢，疲憊不堪。一個美軍和一個會說流利中國話，在營區裡打雜，美國兵叫他「韓」的韓國人，來爲戰俘編隊、發毯子，分配睡覺帳棚，並選出炊事人員等。一切處理完畢，老韓兇巴巴的說：

「解散後你們到指定的帳棚內去休息，不准亂跑，要規矩。做飯的人去做飯。飯做好了，要排隊分飯，每人一碗乾飯，一塊魚，一碗湯。誰搶飯、打架，我就不給你們吃飯。」

他說後，便和那個美軍走了。

晚飯後，老韓又來了。他在外面大聲的叫嚷著：

「大家快來啊！請你們吃糖、抽煙、吃餅乾！」

我和孫利跟大家一起跑出帳棚。老韓正領著七、八位韓軍軍官進大門，向組合房屋走去。大夥兒也跟著去。韓軍軍官一進屋，每人便踞坐一張桌子，將帶來的香煙、糖果擺在桌上，一面用流利的中國話說：

「請大家來，我們坐下來聊聊天。」

有的人去了，一位軍官向我點下頭：

「來，我們坐下談談。」

我知道他們的目的是搜集情報資料，因爲情報重視時效，所以我說：

「我已經過來好幾個月了。」

他一聽，便揮下手：

「那不要。」

「來，來，過來我這邊。」鄰桌一位軍官向我招手，他手裡拿著七、八張彩色的圖片。每張圖片表面包著一層薄薄的透明紙。

「我過來幾個月了，情報過時了。」我走過去說。

「沒關係，請坐。」他遞一根煙給我，替我燃上，同時在我面前放了一張圖片：「你看這個。」

圖片上畫著一個大墳包，裡面有具跪姿的骷髏，雙掌合十，圖上角有一行字：毛主席，我不能再替你賣命了！」

「看這個做什麼？」我問。

「你看吧，看了有什麼感想請說出來。」

我看他領子上別的是飛鷹標誌，是屬於空軍。我說：

「哦，我明白了，這是傳單，我看了後有什麼感受，你們好做修正，是不是？」

「是的，是的。」他說：「你頭腦很靈活，請多提供意見。」他拿了一塊巧克力，剝開包紙的一角，放在我面前。「請吃糖，不要客氣。」

我看了看說：

「可以，在前方，我曾經見過受傷戰士罵共產黨。」

他取回圖片換了另一張：「看這張。」

是一個受傷戰士拄著枴杖，腿上綁著繃帶，背景是一間茅屋和一片荒蕪的田園。

「也可以。」我說：「共產黨在農村有助耕隊，不過殘廢了總是終生痛苦。」

他又換一張，一面是青天白日滿地紅國旗，另一面是　國父孫中山先生遺像，沒有文字說明。

「這張傳單很感動。」我說：「我在前方見過，不過戰士們不敢撿。」

「爲什麼呢？」

「那是犯嚴重思想錯誤，說不定會被鬥爭槍斃。」

又一張：一個共軍俘虜坐在地上端著一大碗飯吃。碗裡的飯，快頂到他鼻孔上去。跟前又放著一大碗飯，和一聽打開的牛肉罐頭。旁邊又有個美國兵捧著一大碗飯給他。我看了覺得被羞辱的感覺。

「共軍戰士看了這圖片一定很反感。」我說。

「怎麼會？」軍官說：「你們不是有的好幾天沒飯吃，吃山上野草。」

我說：「以我來說，我那個單位有一個星期沒吃到飯，吃野草野菜，和冷水攪炒麵。但是，我們絕大多數跑過來是爲了自由。假使不是爲了自由，朝鮮中線山高林密，聯軍捉不到人。」

他點點頭在圖片背面寫了幾個韓文。

又一張：圖上畫著一個美國大兵，向共軍戰士敬煙，並寫著：美國是中國好友。

「這張很好。不過美國兵敬煙，改爲握手也可以，表示互相尊重。」我說。

「是的，是的。」他在圖片上又寫了幾個字。

最後是「安全路證」，和孫利那張一樣，顏色分淡綠和杏黃兩種。

「這個最好不要用。」我分析理由：「第一，攜『安全路證』在身上，證明企圖投敵，要殺頭的，沒人敢。第二，造成共軍戰士錯誤的揣想，以爲有『安全路證』過來，才可保障安全；沒有攜帶『安全路證』，安全就沒有保障，會使他們對投奔自由產生疑慮。第三，共軍戰士文化水準低，『安全路證』文字太多了，他們看不懂。」

「對，有道理。」軍官在圖片上打個「×」，並寫了幾個字。然後，他整一整圖片，將桌上的一包香煙和兩塊巧克力糖推給我：「今天收穫特別多，這些你都拿去。謝謝！」他伸出手和我握手。

回到帳棚，孫利也回來了。他見我手裡拿著香煙和糖，拍拍他鼓得脹脹的兩邊褲袋說：

「你看，滿載而歸，連趕三場。」

「你這傢伙，又到處招搖撞騙。」我說

孫利不高興的說：

「格老子，你說我騙人，那你的香煙、巧克力糖從哪裡來的？」

「我是人家問我問題，我提供意見的。你呢？是不是去亂編假情報，混騙來的？」

「編就編，我有糖吃，有煙抽就好了，管他的。」孫利頭一晃一晃的說。

「你可以欺騙敵人。」我糾正他。「這是人家來蒐集情報，你編假情報詐騙，怎麼可以？」

他忿忿的說：

「龜兒子，你說我騙人？我告訴你，這個世界就是騙的世界，大騙子、小騙子，滿街都是騙子；滿口喊××的騙子，唸××的騙子，拜××的騙子……你我不過都是被騙受害者。我問你，單就L師團就把我們騙得多慘？他們答應我們做完三次敵後工作，送我們去台灣。我們人犧牲過半了，我去敵後工作三次，就差點沒把命搞丟了，L師團不但不履行諾言，反把我們關十天大牢，吃白飯冷鹽水，這是人道、公理嗎？現在我也只騙他們一次，為什麼不可以？」他理直氣壯，氣呼呼的。

孫利的話有他的道理，他的委屈。「別生我這麼大氣，我說說而已。」我和氣的說。

「我們哥倆是好兄弟，我怎會介意！」他哼了一聲。

過了一天，又送來了十幾個俘虜。

翌日，美軍用兩輛大卡車把我們轉送漢城去。

我們從清晨出發。寒冬已到，山野草木枯黃凋零。車子快速奔馳，冷風颼颼撲來，颳得人抖嗦。中午時分，到達了漢城，車子穿過滿目瘡痍的市區，在一座工廠——戰俘臨時收容所——大門前停住了。車子一停，一個韓軍兵士，便從車尾爬了上來，對我們每個人打量著。

「談心，談心，依利哇。」（韓語：「你，你，來」的意思。）他指著我和孫利——他大概從我和孫利穿的韓軍軍服認出來的。

我們先下車，韓軍兵士叫我們站在大門旁。接著，其餘俘虜下車，點人數，進入大廈內。孫利扯了下我袖子，說：

「一定優待我們，你看吧。」

「不要太樂觀。」我說：「我擔心又有變化。」

所有俘虜都進去後，卡車便開走了。兩名兵士送飯來給我們進餐，每人一碗乾飯，一碗碎牛肉馬鈴薯湯。蹲在地上吃，眞不像孫利說的「優待」。

吃了飯，稍過片刻，送我們來的那輛大卡車又開來了。那個韓軍兵士向我們打個手勢，叫我們上車。孫利兩眼發直。

「糟了，糟了！格老子，又給弄回去了。」

「上車吧，到時候再說。」我說。

我們又回到了春川，回到了那座戰俘臨時拘留營。偌大的營區，人去樓空，只剩下我們兩個人，冷清清的。

孫利肚子餓了，到廚房做飯去。

我逃出聯絡所時，衣服穿得太少，覺得寒冷，想到帳棚內睡一睡。走到帳棚口，我見前面鐵絲網外遠遠的開來了一輛小吉普，上面坐著支隊部的跛腳金中尉，和一個兵士。他們到達大門口還有一段距離便下車，和在路旁等候的老韓會合後，便往這邊來。金中尉腳一跛一跛的，肩膀一上一下的聳著。不用說他們是來要人的。前次是日本人和一所長去憲兵隊把我們要回去；這次層次降到打雜的老韓和跛腳金中尉，我看出我們的問題捅大了，支隊長他們使不上力了。他們到了大門口，老韓向美軍衛兵比劃著手勢要求進營區。衛兵擺擺手不准他們進入。而這時金中尉老遠的看到了我，他向我「王，王」的喊了兩聲。我禮貌的走過去，到距大門口二、三十公尺處站住，笑笑的向金中尉揮揮手。

那個美軍衛兵見我對金中尉滿友善，便打開鐵絲網大門讓他們進來，不過把那名兵士仍然留在外面。他們走到了我跟前，金中尉便拉著我的手說：

「王，你回去吧！大大的回去吧！」

我搖頭說不回去。

金中尉不會說中國話，他結結巴巴的，不斷重複的說：

「你回去吧，大大的回去吧……」

站在一旁的老韓，看得很不順眼。他不屑的瞪著我，臉上兩塊腮幫肉繃得緊緊的，「哼哼」響著鼻子。忍耐了一會後，他性子發作了，對我訓斥了起來：

「你說什麼不回去？你要知道，這裡是什麼地方？我告訴你，叫你回去，你就得乖乖的回去，懂不懂……」他露出十足的狗腿嘴臉。

老韓看錯人了，我是吃軟不吃硬的。我冷笑一聲說：

「什麼地方？你看！」我指著鐵絲網外，操場旗桿頂上飄揚的美國星條旗，又指指地上：「現在我腳踏的這塊土地，不過是美利堅合眾國的一個州」

我的話太傷了老韓的自尊心，他握緊拳頭，氣火的咆哮著：

「你說什麼？說什麼……」而他只吼了半截，驚慌的撇開我掉頭拔腿就跑，往大門口跑去。金中尉腳一跛一跛的，也沒命的跟著跑。那個美軍衛兵又是招手，又是緊張的叫喊著：「韓，韓，巴利，巴利……」（「韓，韓，快，快」的意思）我不知到底發生了什麼事，怎麼這樣兇惡的叫兩下，就虎頭蛇尾的開溜？回頭看，原來是孫利揮舞著廚房裡劈柴用的美軍軍用大斧頭，殺奔而來。

老韓和金中尉跑到了大門口，跑出了鐵絲網大門。美軍衛兵趕緊「碰」的關上大門，鬆了一大口氣，一手按在胸口撲撲幾下。孫利追到了大門前，斧頭往地上一摔，兩手叉腰：

「再來，老子就劈斷你的狗腿。龜兒子！」

那個美軍衛兵見沒事了，又開心的從鐵絲網外伸進手來，翹起大拇指對孫利誇獎著：

「由喃伯萬，喃伯萬！」（「你了不起」之意。）

老韓和金中尉無奈的，垂頭喪氣的走了。

孫利拾起斧頭說：「你和他們囉唆什麼？走，飯快好了，吃飯去。」

吃了飯，我們便回帳棚睡覺去。孫利從廚房扛回那把大斧頭，壓在毯子底下作枕頭。他睡得非常安穩。

我輾轉反側無法合眼。老朴、一所長他們還會來的，我十分擔心。孫利已睡著了，我喚醒他：

「孫利，我想和你商量商量事情。」

「你叫什麼？我要睡覺。」他使勁的滾動一下身子，把毯子蓋過頭裹緊。

「支隊部還會來人的，我們應該早想對策。」我說。

「給他們來吧！老子要他走著進來，抬著出去。」他非常自信。

我說：「他們能把我們從漢城弄回來，也是有辦法把我們要回去的。前次我們不是逃到憲兵隊了嗎？這回再被要回去，恐怕不是關十天就了事。」

孫利不響了，半分鐘後，他轉過身來：

「那你說我們該怎麼辦？」

「我想這裡一定有台灣來的翻譯。」我說：「明天你到前面鐵絲旁等著，看到像中國人模樣的，向他打招呼，說不定會遇到，他們絕對會救我們的。」

「前回你不是也遇到幾個中國人了嗎？」

「那是我碰錯了人。」

「好吧，那給我去碰碰運氣。」

明天天亮，孫利一早起來就到大門口附近徘徊，凡是見到穿聯軍制服，佩UN帽徽的黃種人，他隔著鐵絲網便向他們笑嘻嘻的打躬作揖，並且說：「喂！先生，你是中國人嗎？我有一件重要的情報告訴你，非常重要啊……」八時左右，他歡天喜地的跑進帳棚來嚷著：

「北山，快出來，中國翻譯台灣來的……」

我立刻起身，披上衣服。「人在哪裡？」

「在外面。我把我們情形都告訴他了，而且他拿出筆記本記下來，非常願意幫我們忙。」

我跟孫利跑出帳棚，看到孫利說的那位中國翻譯已進了大門來。他年紀大約二十七、八歲，個子高高的，臉型略長，眉毛濃黑，有英氣。我趨前向他敬個禮，恭敬的問：

「先生貴姓？」

「我姓曹。」他欠下身說：「你們的事情，我絕對幫忙。我們都是中國人。我現在很忙，今晚會來接你們。」他說著匆匆的走了。

那天下午，我們很早做了飯吃了，等在大門口。天黑時，曹先生來了。他帶我們出拘留營到他的住處——距營區大門約百來公尺處的一間空民房——一進屋，他扭亮燈，拉了兩張椅子給我和孫利坐。在他的桌子上攤著一張英文報告書。

「我報告寫好了。今天我也把你們的事情向上校報告了。現在有些細節要問你們。」他說著，便問我們當初工作人員共多少人，犧牲了多少人，還有多少人，人在哪裡等。

我和孫利回答了，他便寫在報告上。

「現在你們在L支隊的四個人，也要送來。」他說。

「太好了，謝謝曹先生。」我感激的說。

「我們都是中國人，不要客氣。」他說。

孫利說：「曹先生，這裡有個姓韓的逼我們回去。」

「又是姓韓的，我要他來。」

他走到屋簷下，大聲「韓，韓」的喊了兩聲。老韓應聲而來。他進了屋，一見我和孫利在屋內，知道不妙了。

「曹先生，有什麼事？」

「你爲什麼虐待他們？」

「沒有，沒有……曹先生。」老韓連聲說。

「沒有？你多少次了？現在我要把你報到上級去。」曹先生便在報告上寫著。

「曹先生，不，不要報上去，請原諒……」老韓苦苦哀求。

曹先生不理會，寫好了，揮一下手：「走了。」

老韓對我和孫利恨恨的翻翻眼離去。

曹先生將報告放進口袋，送我們回拘留營。

「我現在就去見上校。你們朋友很快也會送來，請放心。」他送我們到營區大門口說。

「謝謝曹先生幫忙！」我說，和孫利感激得流下眼淚。很想問他大名，又想前次我在支隊部遇到那個中國翻譯，對告訴我他的姓名籍貫有顧慮，所以我也不敢冒昧了。

第二天一早，吃過飯，我和孫利守在大門口等候著陳炎光他們送來，又害怕支隊部來要人。到了十一點多鐘，一輛中型吉普將陳炎光、陳希忠、許家榮、小包四個人都送來了。我們大家見面，又是喜悅，又是心酸；陳炎光唏噓的老淚縱橫；陳希忠和許家榮，緊緊的握住我和孫利的手，激動得說不出話來；小包兩隻大眼睛，翻著，翻著，淚水又滾了下來……

43 我們終於逃出了L師團！

三、四天後，從前方送來俘虜夠足數了，我們又被送往漢城戰俘收容所。

收容所是座大廠房，裡面空蕩蕩的用鐵絲網隔成大小兩個圍圈，已拘禁有五、六十名俘虜。我們點清人數後，便被關了進去。在大圍圈當中，安置著一座考究的電火爐，熏得氣溫熱烘烘的暖和。地面是磨石的，潔淨光滑。頭髮長的夥伴，都被叫到小圍圈內由美國兵操電剪理光頭。我也被叫了去，蓬草般的頭髮給推得精光，好像在寒風裡摘掉帽子似的冰涼涼的。

一切活動都被限制在鐵絲網圍圈內；大夥兒有的三三兩兩的聚在一起聊天，有的靜坐、打盹，有的兜在鐵絲網旁伸手向美國兵討煙抽……吃飯時，由韓軍兵士替我們分飯。分到飯後，端到小鐵絲網圍圈內吃；吃了飯，碗、湯匙放在圍圈邊沿給韓軍兵士收拾去。等大家都分到飯後，又回到大圍圈內。夜晚，大家就圍繞著電火爐旁地上睡覺，沒有毯子，以電火爐爲中心，一個挨一個的，往溫暖地帶擠。部分戰士服裝已換季，穿著共軍寬大厚重的棉軍服；睡覺時，他們將別起的袖子褲管放下，縮著手腳，像蓋一條大棉被似的。有幾個比較乾淨的棉軍服，給美軍挑換去。一套棉軍服，換美軍嶄新服裝，包括：一頂皮帽，一件人造皮大衣，一套黃呢軍便服，一套毛內衣褲，穿在身上暖和舒適又乾淨，看得大家羨慕不已。美軍換來這些髒棉衣，甭說是拿來仿製作情報用的。

早晨起來，有美國兵隔著鐵絲網教大家做早操。大夥兒跟著搖頭、扭腰、甩手、踢腿，從上而下，動作簡單易學，不願做的，不強迫。

第三天清晨，一吃過早飯，美軍和韓軍兵士又是英語，又是韓國話、生硬中國話的喳呼著，叫我們集合、排隊。五個人一排。排好隊，大門打開了，大家便牽起手依序走出廠房，往車站去。

灰暗色的天空，陰沈沈的。街道兩旁的建築物，多遭砲火焚毀，矗立著一堵堵燒得焦黑的斷垣殘壁。走著，走著，行人漸漸的多了，有的駐足觀看。人群裡有人叫喊：「你們裡面有沒有福山人？山東福山。」大概是華僑。有人回過頭望望。韓軍兵士「唔唔」的，大聲吆喝趕著。進了車站，一排五人，五人的點人頭上車。一百二十餘人，分載兩節三等客運車廂。其他車廂是貨運。都上了車，車門「碰」的關上了。在車廂兩端的出入口處，各站著一名韓軍憲兵。半小時後，列車便開動了。

天氣極寒，大家凍得手腳僵硬。車行不久，從車廂後頭來了一位美軍士官，摀住鼻子左看看，右看看，打個手勢叫開窗門。車窗門一打開，冷風颼了進來。士官點點頭走了。他一走，大家又把車窗門關上了。

下午三時，兩個美國兵來分發食物，每二人一餐盒，有餅乾、牛肉罐頭、果漿、可可粉、口香糖、香煙、衛生紙、罐頭刀，牙籤等。陳炎光拿一片糖放在嘴裡嚼著，嚼幾下，趕著要表示行家的又吐出來拿在手裡說：「大家注意：這是口香糖渣渣，不能吃，不要吞下去。」給大家看了，丟到窗外去，便拿起刮鬍鬚刀片大小的罐頭刀，又給大家亮了亮：「這是開罐頭的，這樣開。」他把罐頭刀扣在罐子邊沿示範給大家看，一路開下去。

列車不停的，快速的奔馳著。愈往南行，愈遠離戰爭；天空沒有穿梭呼嘯而過的機群，聽不到「轟隆隆」的砲聲，看不到戰爭蹂躪過的痕跡。遼闊蕭瑟的初冬原野上，點綴著一幢幢朝鮮古樸的農舍，田隴上的枯樹，村道上緩緩行駛的牛車，遙遠的藍天……組合成一幅寧靜、和平、美麗的畫面，不斷的從眼前掠過，往後退去。

車行一晝夜，經水原、天安、大田、大邱、密陽，於第二天凌晨，抵達了朝鮮半島南端的第一大港——釜山。

列車停在站外。天空佈滿烏雲，沒有星星月亮。附近有幾戶人家，黑越越的，聽到狗吠聲。這時韓軍憲兵撤去，換來美軍人員。就在這撤換刹那間，我瞥見站在車廂門口的那個韓軍憲兵，把穿著棉衣換來的美軍軍服的一個俘虜叫下車，帶到離鐵道十來公尺黑暗處，打個手勢，要他脫下衣服。那個夥伴將衣服裹緊，不依服。韓軍憲兵「啪啪」的摑他兩個耳光。那個夥伴絲毫沒有反抗的脫了，脫得只剩下內衣褲，凍得抖嗦嗦的跑回車廂。在不遠的另一角落裡，又有一個韓軍憲兵，也用同樣手法剝衣服。看他們那種豐富經驗與熟練的動作，可能不是初次出道，而是「累犯」。更妙的是那些美軍人員，也許是「強龍難敵地頭蛇」吧，視若無睹的只顧嚷著：「五個、五個」的叫我們下車排隊，不願多管「閒事」。到了韓軍憲兵集合離去時，我見他們人手一份，連那個班長也不例外。他們把擄獲來的「戰勝品」，摺疊得妥妥貼貼的，打在左前臂上，像是他們自己配備的一部分。

看著他們卑劣的行爲，我爲之羞恥，但更感到難過！

隊伍排好了，前頭一個美軍招下手，喊：「康蒙！」（「來」的意思。）大家便手拉手的牽起，跟著。

我們好像向一座平緩的山丘上走去。山丘頂上有具探照燈，放射出強烈的光柱，不停的旋轉著，從我們頭頂上掠過。寬闊的道路兩旁，圍繞著一丈多高的鐵絲網，每隔百來公尺間有崗樓，有電燈。崗樓上隱約可看到戴著明亮鋼盔持槍的兵士。我們順著道路走，鐵絲網一重又一重的。大夥兒內心裡的感覺是新鮮、有趣、平靜，倒沒有恐懼。

最後，走進了一座面積約半個足球場大小的鐵絲網圍場內，裡面搭有十多幢帳棚。美軍人員走了，來了兩個黃種人，其中一個操流利中國話大聲的嚷著：

「請大家坐下來休息。現在我替你們編隊，分配睡覺地方。」

大家聽得哄了起來，猜測他們是台灣來的，都推擠了過去，把他們團團的圍住問：

「你們是不是從台灣來的？」

「我們什麼時候能夠去台灣？」

「先過來的人，是不是都去台灣了？」

………

他立刻反覆否認的說：

「我不是台灣來的！我也是老美俘虜，和你們一樣，不過比你們早過來……」

大家好像被澆上冷水般失望。有的夥伴不相信，認爲他可能有顧慮，不願暴露身分。我和陳炎光、許家榮、孫利也從人群裡擠進去，問他：

「你說和我們一樣，那你們是哪個單位？」

「我是共產黨六十軍。」他回答。

聽說六十軍，我心中震了下。

「那你在西南待過沒有？」我問。

「我不但在西南待過。」他說：「我還在共產黨所謂的西南軍大裡洗過腦，參加過勞改，修築成渝鐵路。」

「貴姓？」

「我姓田，田雨人。」

「我也是西南軍大出來的，我叫王北山。」我說。

「難得，難得！我們又見面了。」田雨人伸手和我親切的握手。

陳炎光馬上從我背後也伸出手來和田雨人握手。

「敝姓陳，陳炎光。以後多多指教。」

「哪裡，哪裡，大家都是一樣。」

「這位貴姓？」陳炎光手伸到和田雨人一起來的那位夥伴去。他個子魁梧，雙手叉腰，巍凜凜的站在一旁。

「我叫陳宇山，你叫我老陳好了。」他直爽的說。

「他是大隊長。」田雨人說。

「哦，哦，陳大隊長好。以後多多指教。」

「不要客氣，大家都是自己人。」

「現在有沒有人到台灣去？」人聲嘈雜，陳炎光高聲的問。

「沒有，沒有，都關在鐵絲網裡。」田雨人大聲回答。

「不是說一過來，就送我們去台灣嗎？」

「沒這回事，老美只是騙我們過來投降而已。」

隊伍裡大夥兒叫叫嚷嚷的。陳宇山拍拍手叫大家安靜，坐下。有的人蹲下來。我和陳希忠，孫利、許家榮又退回隊伍裡，陳炎光幫忙維持秩序。田雨人嚷著：

「請大家注意！現在你們要選出你們的中隊長、小隊長；中隊長一位，小隊長三位。你們先提名四個人。」

陳炎光、我、陳希忠、還有一位姓馬的被選了出來。

「好，現在你們這四位當中，選出一位中隊長。」田雨人又嚷。

大家喊：

「有鬍鬚的當中隊長。」

於是，陳炎光當了中隊長，我是第二小隊長，陳希忠和姓馬的分別是第一、第三小隊長。

編隊完畢，陳宇山和田雨人寒暄了一會走了。陳炎光將所有人分成三小份，每小份算是一個小隊，約四十餘人，分住兩座帳棚。隊伍立即帶開。帳棚內是凹凸不平的泥土地和石塊，一張草蓆也沒有，大家只得坐地休息。

天亮時，才看清楚周遭環境。四周鐵絲網是雙層的，中間還塡著三捆鐵絲網蛇籠。大隊部設在前頭，是一間半圓型房屋，對著大門。左右鄰，以及附近起伏的山坡上，建著一座座大大小小的鐵絲網圍場，有的是戰俘營，有的是美軍軍營，或囤積物品的倉庫。

大隊部小鬼來叫去領衣服毯子。陳炎光馬上集合隊伍帶到大隊部右側的鐵絲網圍場去，那裡有三座帳棚。大家依序先進入第一座帳棚，脫掉身上所有衣服，一絲不留；接著，進入第二座帳棚，每人領到一頂帽子，一件呢大衣，一套黃呢軍便服，一套毛內衣褲，一雙襪子，一條毛巾，一雙大皮鞋，兩條黃軍毯，兩只中號鋁碗，一支不鏽鋼湯匙；第三座帳棚是穿衣服。穿了衣服，將袖管別起走出帳棚注射防疫針。四個美軍醫務兵分立帳棚兩旁，手執針筒替我們注射，手法快捷無比，沒感覺到痛，針頭已拔了出來，也不知道挨了幾針。末了，打DDT，一個美兵用氣槍從每個人頭頂、領子、袖口、褲頭猛噴進去，噴得好像從麵缸裡爬出來似的。

回到住處，把毯子在自己鋪位鋪好，便準備開飯。廚房抬來了兩桶乾飯，兩桶菜湯。隊伍站成兩行，先打飯後打菜。飯是大米攙大麥、扁豆合煮的，每人一平碗。菜湯是罐頭牛肉、酸番茄，與連葉的青蘿蔔大鍋湯，每人也是一碗。一個炊事員叫吼著維持開飯秩序。我聽他的口音是小同鄉，用家鄉話招呼他。他聽到鄉音立刻轉過身來，激動得緊緊握住我的手，高興得流下眼淚。他自我介紹叫王忠國，在廚房工作。

「你是哪個單位？」他問。

「我是六十軍，一八〇師，我叫王北山。」

「六十軍不是在第五次戰役就打垮了嗎，爲什麼你到這時候才送來？」

「是的，我那個連大概都過來了。」我說，沒告訴他被L師團留下的事。

「那你不錯，還好沒當砲灰。」他又握了下我手。

我問：「你是哪個單位？」

「我是林彪三十八軍。」

「我聽說三十八軍是萬歲軍。」

「什麼萬歲軍，整個被殲滅在漢江邊。」

「這裡戰俘營生活管理方面由誰來負責？」我想了解戰俘營情況。

「自己管理自己。」王忠國說：「所有戰俘營，凡是在鐵絲網裡面的，都是俘虜自己來。」

「那姓陳的陳宇山，和田雨人就是負責管理這裡？他們一早就來過。」

「是的，這個戰俘營共分兩個大隊。一個是韓國大隊，就在那邊。」他指了指，左側隔著兩道鐵絲網的圍場內。「這邊是中國大隊。陳宇山是大隊長。副大隊長是田雨人，兼翻譯。此外，還有一個書記。從前方送來的俘虜，如果是北韓的，老美就交給韓國大隊管理；是中國的，就交給中國大隊。所有俘虜在這裡發衣服，登記資料後，就送到海島拘禁。」

「哪裡海島？」

「巨濟島，要到釜山港坐船，很近，幾小時就到。」

「我知道了。」我說：「這個戰俘營主要是發衣服，登記戰俘資料，造好了，送往海島。」

「釜山也拘禁，女戰俘都在釜山。男的大部分送海島去。」

「那他們情況怎麼樣？我是說海島。」

「海島情況我還清楚，以前我就在海島二十七聯隊待過，後來才調來這裡做飯。你快打飯。」他見飯快分完了，催促我。「吃了飯到廚房找我，我們慢慢聊。廚房就在大門口。」

「好的，好的。」我說，打了飯回帳棚去。

王忠國和他的夥伴收拾空桶抬走了。

吃了飯，我把碗、湯匙拿到水龍頭洗乾淨，扣在自己舖位上，便去找王忠國。

從大隊部左旁進鐵絲網門，走到廚房上方駁坎上，我看到王忠國和幾個夥伴正在底下廚房裡洗刷鍋桶炊具。他也見到了我。

「你先到帳棚裡坐，我馬上來。」他指著我背後帳棚說。

我沒進去，坐在台階上曬太陽，等他。

數分鐘後，王忠國上來了，手裡捧著一大把鍋巴：

「到裡面坐。」

帳棚內熱呼呼的，當中擺著一座用汽油桶改造的大火爐，正燒著旺盛的煤火。兩旁是土炕，上面毯子衣物亂七八糟的。三、四個夥伴裹著毯子睡大覺。王忠國把鍋巴放在火爐上面烤，打開爐門加兩鏟煤又關上，便聞到了微微的香氣味。

一個夥伴從外面進來，向我點下頭，兩手濕濕的放在火爐旁烤。手乾了，上炕睡覺去。

「吃。」王忠國指了下火爐上鍋巴，自己也拿了一塊塞進嘴裡。「不夠脆。」

我拿了一塊放在嘴裡嚼，急切的問：

「忠國，你說對海島情況很了解，那麼那些負責管理的是什麼人？」

「你是說他們思想方面？」

「當然。」我說。

「絕對沒有問題。」王忠國肯定的說：「全部都是反共的。」

「他們也都是戰俘？」

「全是戰俘。我說了，鐵絲網內都是俘虜自己管理自己。」他說著，把火爐上鍋巴翻轉了一下。

「總共關了多少人？」

「可多啦！光北韓俘虜就有十來萬人。」王忠國說：「不過中國戰俘只有一萬五、六千人，分別拘禁在二十七和六十八兩個聯隊。」他又指了下火爐上鍋巴：「吃。」

「親共、反共都關在一起？」

「北韓戰俘親共、反共是分開的，中國戰俘都關在一起。」

「那這管理權怎麼產生？」我邊吃鍋巴邊問。

「一般聯隊，聯隊長是由美軍指定，有的是戰俘自己用拳頭打出來的。」王忠國說：「二十七聯隊長，就是老美指定的。六十八聯隊是在第五次戰役後成立的，人數約六、七十人。在這麼多人中，親共戰俘只佔少部分，絕大多數都是反共的，尤其共產黨常說封建餘毒最深的四川籍夥伴佔最多數。不過，這些佔多數的反共夥伴，像一盤散沙，沒有組織；少數親共的戰俘，他們有現成的黨團組織，有的幹部系統還存在，所以最初管理權多半操在他們手裡。後來反共夥伴爲了求生存，爭自由，暗地裡起來組織『反共抗俄同盟會』。共幹知道了後，他們便四出抓人。反共夥伴眼看情況不妙，一不做二不休，就在雙十節前夕深夜裡，揭竿而起，爆發了『武昌起義』大革命，一下子把親共戰俘打得爬鐵絲網跑了，我們奪權成功。」王忠國口沫橫飛得意的說著。

「那現在親共、反共分開了？」

「沒有，還合在一起。不過我們待他們非常理性，只要他們不鬧事，照當他們幹事什麼的，大家和平相處。」

「有沒有台灣人員來?」我問。

「過去沒有,後來我們要求,政府人員才來。他們都是翻譯,大家都稱呼他們『台灣老師』。」

「他們帶來什麼訊息?」

「聽他們說政府退台灣後,在外島還打一兩次大勝仗,殲滅了不少共軍。」

「台灣主要是給我們希望。」我說:「你看將來老美會把我們送去台灣,還是送回共產黨那邊?」

「我看送回共產黨那邊不可能。」王忠國很自信的說:「美國是講人道,而且要想把這麼多人送回去,不是那麼容易的事情,將來可能用談判解決。」

「和共產黨談判,那就夠談了。」我說。

「有什麼辦法!吃吧。」他又給我一撮鍋巴。

「我吃不少了,味道很不錯,又香又脆。」我拍拍手上灰,接過手,向他說謝謝。

「在戰俘營最主要、最嚴重的問題就是『吃』。」王忠國磨著嘴裡鍋巴,強調的說:「我沒來這裡做飯前,從來沒吃過飽飯。剛當俘虜的那幾天,肚子都餓扁了,腸子像刀刮的痛。過了一個多月,腸子餓小了,也習慣了,沒有什麼感覺,只是四肢無力。」

「海島配給也一樣?」

「都一樣,所以很多人患營養不良症。」

「老美缺德,大麥米飯也不給我們吃飽。」

「老美說我們中國人飯桶,會吃飯。」王忠國說:「他們美國不會吃這麼多。可是,他們都不想他們吃的是牛排、豬排,我們吃的菜是蘿蔔葉子湯。」

不過,我倒不顧慮吃的問題,我最擔心害怕的,是又搞什麼政治鬥爭的。如果在戰俘營內肚皮撐得飽飽的,又沒事做,將那股氣力發洩到鬥爭上去,恐怕大家都沒得好過了。

看看出來一個多小時了，情況也了解差不多了，我起立說：

「我要走了，隊上可能有事，你有空到我那裡玩。」

「好的，好的，現在你知道這裡了，以後沒事常來聊聊。」他送我到帳棚口說。

回到隊上，大夥兒正忙著整理環境。帳棚裡面毯子，碗、湯匙等通通搬了出來。帳棚邊也捲了起來。大家用帳棚杆子，石塊當鏟子，整平睡覺地方。看著他們辛苦的工作，我悠閒的回來，心裡很不好意思。

陳炎光沒好氣的白我一眼，掉開頭，一臉不高興的樣子。為了緩和這種不愉快氣氛，我笑笑的找個話說：

「去找幾把圓鍬十字鎬來，不是很快就弄好了嗎？」

「戰俘營裡能夠有武器嗎？呵！懂得什麼！」他響著鼻息，走開了。

我碰個軟釘子，仍是笑笑的。等陳炎光走了，孫利說：

「剛才你不在，大老陳大打官腔，說你不負責任，要把你小隊長撤職。」

「這個人，陳希忠說得對，不是東西。他這條老命是你救的。你看，他的臉說翻就翻。」許家榮帶氣的說。

工作一半，大隊部來通知去「戰俘資料中心」造資料。陳炎光馬上把隊伍集合帶去。從大隊部右旁經過幾個圍場，進入了圍繞著鐵絲網的「資料中心」，大隊部書記已在那裡等著。他說：「半天只能登記四、五十人，先來一個小隊，其餘的帶回去。」

第二三小隊又帶了回來。

下午，我把第二小隊帶去。

造資料有好幾道手續。工作人員除了照相由美軍人員外，其餘全部是北韓俘虜。隊伍排成一行，進入組合房屋。第一道手續是塡卡片，將戰俘姓名寫在卡片上，並編號——等於戰俘身分證。塡畢交給戰俘本人保管時，那個工作人員便會用半通不通的中國話說：

「你的這個沒有了，呷笨就大大的沒有了。」意思說卡片丟了，就吃不到飯，的確夠嚇唬人！

接著，是塡表格，包括：姓名、年齡、性別、籍貫、軍種、兵種、部隊番號等等，和L支隊，與春川美軍憲兵隊的表格一樣。據說這是日內瓦戰俘公約的規定，戰俘有義務說出這些資料；其他的，審訊時可拒答。那個北韓俘虜工作人員不大會中國話，而且對中國省縣地名不熟，塡寫時是照中國俘虜說的語音，用中文與英文拼音塡寫，錯誤百出。

再下去，是照相，要照正面，左右側面三種，只照頭部。

最後一關是捺手印，十個手指頭都要捺，共捺五份。

我是最後一個造資料。那個塡寫卡片人員把我姓名寫錯了，我向他搖搖手。他將筆給我自己寫。我寫好了，他把卡片交給我，我便到下一關塡表，也是我自己塡寫。正在寫的時候，辦第一道手續的那個人員，叫了大概是這裡總負責人到我跟前來。他也是俘虜，臂上印有白漆PW字樣，中年，戴著深度的近視眼鏡。他看著我塡完表，便用生硬的中國話，問我願意不願意在這裡工作。他直率的說，在這裡工作有兩點好處：一是可以吃飽飯；二是睡覺比較舒服，帳棚內有火爐。

我略考慮後答應了。

「歡迎，歡迎！你的今天大大的來。」他說。

「是的，是的。」我點點頭。

隊伍帶回去後，我便向陳炎光說我小隊長不幹了，抱著毯子去「資料中心」報到去。

我的工作是負責塡寫中國戰俘的卡片與表格，北韓戰俘我不管，所以工作很輕鬆。

在這段時間裡，空寂無聊時，我有時回隊上看老朋友，或去大隊部拜訪陳宇山和田雨人，或到廚房找王忠國他們亂扯淡。

陳希忠和孫利、許家榮他們一見到我，就叫肚子餓，吃不飽飯，餓得發慌。一平碗飯下肚子沒半點感覺，肚子裡冷冷的。天氣又極寒冷，他們和我說話都是坐在舖上，披著毯子，又飢又凍，沒氣力站起來。每人菜黃臉色，無精打彩。

陳炎光，我倒很少見到。他當了中隊長，住單獨帳棚，睡行軍床，有火爐；飯是打回帳棚吃，要吃多少，就吃多少。進他帳棚須先喊「報告」，未經許可不得擅入。他在隊裡挑了一個年紀小的夥伴當「小鬼」——勤務兵，而不用我們小包。他和我們幾個生死患難的兄弟夥伴，可說是疏遠了。

44

在釜山待了約一個多月，這天早晨，剛吃過飯，大隊部劉書記急忙忙的跑來叫我打背包，要送到巨濟島去。他叫著：

「快，馬上就要出發了。」

我說：「爲什麼不早說一聲？」

「老美都是臨時叫人，從不預先通知的。」

我的行李非常簡單，衣服差不多都穿在身上了，只有兩條毯子，一套襯衣褲，兩只鋁碗、毛巾、牙刷等。我把這些東西用毯子打個包袱拎在手裡，向北韓夥伴說聲再見，跟著大隊部書記出去。

在大隊部前的廣場上，已集合著五、六十人，五個五個一排的蹲著。兩個美軍人員正在點人數，對卡片。

「你就接在他們後面。」劉書記說，便回大隊部圍場裡去。

我在隊伍後頭蹲下，發現這些夥伴我一個也不認識。向大隊部望去，我見陳宇山、田雨人，和陳希忠、許家榮、孫利等隔著鐵絲網立在大隊部前向我揮手，才知道陳希忠他們都沒走。通往大隊部的門關住了。我想問周遭夥伴他們是從哪裡來的，哪個單位。還沒開口，我聽一個夥伴說他有兩罐牛肉罐頭來不及帶走。另一個歪戴帽子的夥伴也說，他一條麵包只啃幾口也忘記帶了。這可把我搞糊塗了，他們怎吃得這麼好，吃麵包罐頭什麼的？我記得在華川風山里時，陳炎光說後方戰俘營裡戰俘吃西餐，難道眞有這回事？再看看他們的胸前、褲管上、背部，都打著白漆的PW英文字樣，有的還畫著女人乳房，紅嘴什麼。我問他們：

「你們是屬於哪個戰俘營？」

「我們是在倉庫和老美廚房出公差的。」

「你們在倉庫工作是不是吃西餐？」

他們給我說笑了。

「什麼吃西餐？連大麥米飯都沒吃飽。」

「那你們剛才不是說吃麵包、牛肉罐頭嗎？」

「那是偷來的！我們是在老美倉庫出公差順手牽羊偷的。倉庫裡面很大很大，餅乾、牛肉、豬肉、水果罐頭堆得山那麼高，要什麼有什麼。麵包是出廚房公差偷的。收工時候，把枕頭長大麵包用繩子吊在背後褲腰帶上，走到大門口，拍拍大衣口袋說：『NO，NO』。老美衛兵就擺手叫我們走。」歪戴帽子的那個夥伴擠眉弄眼的說。

「是不是老美給你們偷怕了，才把你們送走？」我笑著說。

「不是，做了幾個月就要換班。老美做事情都是這個樣子，不給你一直做下去。」

原來他們都是「老犯」，老資格了。怪不得大概是人性獲得解放吧，倉庫、廚房又可偷，吃得好，一個個肥幫粉嫩嫩的，留長頭髮，油腔滑調，不像剛過來夥伴那麼土裡土氣的。

人數點清後，我們便被裝上停在大門口的一輛大拖車，向釜山港開去。拖車有一般卡車兩倍長，像籠子。上了前面小坡，經過北韓女戰俘營時，許多女戰俘穿著鮮艷雜色的女服，聚集在鐵絲網旁像送情人出征似的，手裡揮舞著手帕，嘰哩呱啦的叫嚷著：「金日成萬歲！」「中國共產黨萬歲！」「打倒美帝！」夥伴們也嘻嘻哈哈的叫著：「洋哥婆，洋哥婆！」「賣×的洋哥婆！」「洋哥婆CB，CB！」吹口哨，飛吻、怪叫……

拖車穿過釜山繁華市區，人群熙熙攘攘，好不熱鬧！到達了港口，便登上了一艘龐大的鐵殼船。船一開動，大家就開始嘔吐，吐得天翻地覆。在船艙裡憋悶了幾個小時，抵達巨濟島後，便被送往六十一聯隊去。

六十一聯隊性質和釜山戰俘營相類似，凡是送到島上的戰俘，都要經過這裡再發配到各戰俘營去。當我們到達時，大隊裡已有八、九十名戰俘都是從漢城直接送來的。他們自己已選出負責管理的夥伴。程大隊長處事非常公正、公平，而且謙沖。他說他和大家一樣的吃平碗飯，睡地舖。他分配兩幢帳棚給我們，是泥土地，不過整理得平平的。他帶歉意的說：

「很對不起，沒有草蓆，招待不周。我也是睡地上。」

一人只有兩條毯子，我找了一路上很談得來的左伯生和他打合舖。他是四川人。我們將四條毯子重疊一起，他墊一條，蓋三條；我上兩條，下兩條，再把大衣蓋在上面。

一天深夜，我睡得正熟，忽然有人把我喚醒。張開眼一看，原來是程大隊長，可把我愣了下。左伯生也被叫醒。他這麼晚了來做什麼？我和左伯生立刻欠身起立。程大隊長很親切的，小聲的說：

「非常抱歉，我不知道你們二位是堅決反共的，十分失禮。我特地來請二位搬到大隊部去住。我們都是站在一條戰線上的，請不要客氣。」

我本來對他的「公正」、「公平」作風，與過分做作就存有疑慮與戒心。給他這麼一說，又想起伍浩說的：「……現在人家考核思想，就是看你愈扯爛污，愈亂來，認為你思想愈沒問題，立場愈站得穩……」我怕的不是他的「清官」顢頇，而是顧慮他的思想問題。我看出左伯生也和我同感。我們都委婉的謝絕了。

「謝謝大隊長，都一樣，這裡可以睡。」

互相客套一番後，他走了。

「你看怎麼樣？程大隊長。」躺下後，左伯生問。

「你呢？」我反問他。

「我看我們還是警惕些好，我是受寵若驚。」

左伯生不是簡單人物。他頭腦靈活，嘴巴便捷，文武粗細都有一手。在共產黨那邊，指導員說他是××黨兵油子，狡猾、靠不住，要槍斃他；還好連長信任他，說他能力強，才保住了他性命。

睡在冷舖裡，我腦子裡老思考著這問題：程大隊長怎麼知道我和左伯生是反共的呢？而且說是「堅決反共」，說得這麼肯定。我反共並沒有寫在臉上，也沒說出不滿共產黨的話。左伯生雖然常發牢騷，但他對兩邊都怨恨，都不滿，都罵……一番思索分析後，我推測他可能是從我和左伯生的姿態、言談看出的——是國軍老兵——我也看得出他這身分。因此，他把我和左伯生歸類為「我們都是站在一條戰線上的」。再就是，有人提供他情報？……

這以後的夜晚睡覺，我醒了，左伯生睡；他醒了，我睡。我們互相警戒。

在六十一聯隊大約待了兩個多星期，從漢城來的夥伴造好戰俘資料後，我們便被分發到中國戰俘營去。

我們分乘六輛大卡車沿溪谷行進。在溪谷左側帶狀平坦的旱地裡，依地形高低每隔兩三百公尺，建起一座座戰俘營，美軍稱為「康畔」，中國話叫「聯隊」。經過二十七聯隊時，第一、二輛，和我乘坐的第三輛車子繼續前行。後面三輛車子停住了，他們是分到二十七聯隊去的。

五六分鐘後，我們到達了六十八聯隊。車子停在大門外。大門口豎立著富麗堂皇古色古香的中國式牌坊，橫額上寫著「六十八聯隊」幾個大字。兩旁對聯是：「一顆心回台灣」；「一條命滅共產」。鐵絲網內的操場上空，飄揚著青天白日滿地紅國旗。四周搭建著一幢幢帳棚。大門口內的雙層鐵絲網間，右是「聯隊部」，左是「診療所」，是半圓形活動建築物。到處人頭攢動，像個熱鬧的市集。夥伴們頭上都戴著佩有青天白日的帽徽帽子。大約有二十名穿著整齊制服的警備隊員，十分精神的跑步而來。他們進了大門內，分列兩旁立定，左右轉面對面，稍息，是來歡迎我們的。

大門的第一道門開了。我們下車進入大門內，五人一排看齊蹲下。美軍人員開始點人數移交。許多夥伴聚集在裡層鐵絲網內圍觀，他們有的打聽消息，有的找朋友，有的要交換香煙、打火機、打火石等。我看到了好幾個熟面孔，也看到了陳育盛，和王華霖。他們也看到了我。陳育盛並向我和左伯生揮揮手。

「你也認識老陳？」左伯生問。

「怎麼不認識，思想改造的時候他和我一個班。」我說。

「哦，他是我老鄉，在國軍部隊裡我們同單位過。」

一位身著筆挺美軍草綠色軍服，穿大皮鞋，打皮綁腿，很威武的來和大家講話。他大聲嚷著：「各位好！這裡是我們大家的大家庭，我們大家都是自己人，和兄弟一樣！我在河南拜過乾媽，在山東拜過乾爸，在釜山燒過開水，我們大家都一樣……你們看我這只手錶。」他拉起袖子，露出那只手錶給大家看。「這是『康畔』裡老美主管買送給我的。我還向他要張證明……我們大家都一樣，都是自己人……」

在他身旁立著一位夥伴，比較清瘦，揮著手向我們致意。

「講話的是副聯隊長，揮手的是英聯隊長。」左伯生說。

副聯隊長講了話，和聯隊長離去。陳育盛過來和左伯生握了握手，便到我跟前來，堆起滿臉笑容，在我肩膀上重重的拍了一下，說：

「二哥，你好！過去對你不起，不談了。現在我是堅決反共的。你看──」他指著帽子右邊沿給我看。

在他耳朵上方，帽子的邊上印有一朵金黃色的小梅花，像鈕釦般大小。我笑著問：

「這是代表什麼意思？」

「參加『反共抗俄同盟會』才有這個。」他大拇指翹了一下。

陳育盛的「突變」，我絲毫不感意外。我說：

「那你是同盟會會員了？」

「我是發起人之一。」他又翹一下大拇指。

「那你現在在這裡當什麼？」

「一大隊副大隊長。」他得意的回答。

我望著陳育盛，看出他內心的喜悅。他這次的「進步」，我爲他高興！

但，也撩起了我過去一段難忘的痛苦回憶──凡是一觸到過去，那種痛苦回憶，恐怖陰影，便幢幢的出現在我腦子裡，揮之不去。

時間，是在一九五〇年。

一九五〇年六月，韓戰爆發，我正在四川資中勞改，修築成渝鐵路。中秋過後，部隊便匆匆的調回新都大編隊，我被編入教導團二大隊六中隊，班長是王華霖，陳育盛副班長，組長向桂生。全班共八人。當時大家猜測要參加「抗美援朝」了，心中都洋溢著無限的興奮與希望，但不敢太表露出來。三、四個星期後，指導員宣佈部隊將要出發，至於什麼時候出發？開往哪裡？任務什麼？沒有透露，軍事保密。不過，他神祕兮兮的說要走幾天路；要坐幾天汽車；然後，再用火車拖幾天，到達「機動」位置整補、休息、待命。「『機動』位置在『老解放區』，那裡沒有剝削，沒有壓迫；沒有窮人，沒有飢餓。人民自由自在的過著幸福、富足的日子。你們到那裡看了後，一定會幫助你們思想進步。」他特別強調，說得大家懷著朝聖的嚮往與激動。

一星期後，部隊出發了，沿川陝公路出川，徒步行軍。

第一天，宿營廣漢。

住下後，我要上街買墨水，向王華霖請假。他問我要多少時間；從十分鐘殺價到六分鐘，他才准我去。回來後，我不敢怠慢，立刻向王華霖銷假。他臉沈沈的，沒吭聲。到了晚上開生活檢討會時，他很不高興的向我提出批評：

「王同學下午請假超過時間，這是第一次，我希望他好好的檢討。」

我笑笑的說：「我沒有耽擱，買了墨水就趕回來。」

「你至少超過一分鐘。」他說。

「我想可能沒有吧！」我說。

「你超過了。」

「一分鐘怎麼能確定？」我心平氣和的說。大家都沒有手錶，三清運動時——清歷史、思想、物質——大家把手錶全交出來給人民。

「我有經驗，你還要說理由！」他咆哮起來。

這種人說話主觀、武斷、不可理喻，我不和他爭辯，點個頭認了。大家相處才幾天，就鬧得不愉快，我難免還有小資產階級的難爲情，雖然他臉翻得下來。

也許是初犯，陳育盛和向桂生沒有開口。不過他們牙癢癢的，「哼哼」的聳肩響鼻子，臉翻來甩去，進步得嚇人。

第二天，隊伍抄古金雁橋小道過落鳳坡。天氣陰陰的，下著米粒大的雪。

金雁橋，是三國孔明擒張任於此。張任不事二主，拒降。孔明成全他的名節，把他斬了，葬於金雁橋頭山阜上。橋是石建的，約二百餘公尺長。我們走到橋當中時，有位同學指著橋那端的山丘上說：

「大家看，那裡就是張任墓。」

墓在半山丘上，噴壘覆蓋著一片青青野草，沒有林木、碑石，望去寂寞淒涼。

過金雁橋走一段路，從一座不大起眼，上書「白馬關」的土坊上落鳳坡。坡頂上有座古意盎然，建築宏偉的龐統廟。廟後有一小墳丘，四周圍繞著十數株參天古柏，是龐統遇伏中箭，留血此地的血墓。聽著鄰班同學一一道來，令人神往。經過廟前廣場時，前頭別的班隊許多同學離開隊伍到廣場當中，向廟裡望望又回到隊伍。我興奮的，也想去看看。到了廣場前剛跨出一步，跟在我後面的王華霖，使勁的扯了下我背包。「你又想溜？」活結給拉開了，背包鬆散的從我背上落了下來。向桂生回頭一看，馬上走回說：

「給我看住他。你走，你走。」

狼狽的，我捆起背包背上趕隊伍——我又被記上了一筆。

徒步行軍三天，到達綿陽。第二小隊三個班住宿西北旅社樓上，打地舖。住所分配了後，王華霖和陳育盛帶領全班同學上街到處走走。解放後街上商店多半關閉，有的半開門；滿街都是賣舊衣、舊家具的：桌椅、櫥櫃、袍掛、衣褲、被褥、蚊帳、瓷器、銅器等等，琳琅滿目，應有盡有，都是地主拿出來變賣現金，繳還人民「減租退押」的。我們溜達了幾個地方，還去公園逛了一遭。王華霖和陳育盛他們都是舊地重遊，過去當國軍時曾在此地駐紮過。大家跟著他們走，以免脫離「組織」，走出錯誤。

回到旅社，我打開背包，鋪了毯子，便下樓到旅社內浴室盥洗。水是儲在大水池裡，冷冰冰的，渾得發黃。幾個同學脫光衣服洗冷水浴。我打了盆水洗臉。洗了臉出來，我見全班同學圍坐在店堂內的那張圓桌子，視線都向我投射了過來。糟，又出事了！我心裡叫。我不理會他們，拿毛巾上樓去。上了半樓梯，王華霖和陳育盛便抬起頭兇巴巴的吼著：

「快下來，等著你開會。」

我掛了毛巾下樓，沒向圓桌去，往門口走。到了門口站住，面向外，兩手叉腰，我心中冒火。陳育盛走了過來，用力扯了下我袖子：

「格老子，過來。」

我過去，陳育盛指了張椅子叫著：

「坐下。」

我坐下他們專為我留的位子。王華霖開始說話了，他眉頭鼻子打結的嘟囔著：

「王同學從新都出發，就一路犯錯。在廣漢請假超過時間，過落鳳坡想開溜。為什麼人家都能遵守，你做不到？那有什麼好看，都是封建反動的東西。剛才又脫離團體行動，一個人跑去洗澡。人家解放軍戰士個把月沒洗臉刷牙也過得好好的。什麼叫做無產階級，這就是無產階級，不光是口號。立場站得穩不穩，從這點就看得出來。我希望大家打破情面，向王同學提出批評，幫助他進步。」他說話厚厚的嘴唇微動著，話從嘴裡胡嚕胡嚕的出來，含糊不清。

我說：「還有別班的同學在裡面洗，我爲什麼不能去？」

「他們去反革命，你也跟他們去反革命？」王華霖厲聲的說。

「他們也和你一樣的學習，也和你一樣的進步，你怎有權利說他們反革命？」我反問。

「班長是說你脫離團體行動。」向桂生齜牙瞪眼的說：「我問你，那裡有沒有我們班上的同學？」

「浴室就在旅社內。」我說：「怎麼能說是脫離團體行動？那怎麼才不是脫離團體行動？」

「你還有理由說？」陳育盛叫著，拍了下桌子。「不要和他囉唆，現在大家提出批評。」

「給我先來。」向桂生馬上取下啣在嘴角他自製的竹子旱煙桿子，舉下手說：「王同學一而再，再而三的脫離團體行動，問題不簡單，必定有企圖，有陰謀。現在我要問王同學幾個問題。」他手指頭直指著我鼻子。「第一，你屢次脫離團體行動，證明你企圖逃亡上山打游擊，去哪裡打游擊？第二，有哪些同夥？第三，你在這裡和××黨特務如何聯絡？第四，××黨特務交給你什麼任務？第五，你交給了他們什麼情報？第六，……好，先說到這裡，請老實說出來，不准耍賴。」他衝動作態的給我提出了一連串的問題，隨便沾上那一條邊，都夠我脫掉一層皮。這個人狠毒，卑鄙透了。

我不反駁他們。這種人的心理，我摸得一清二楚：由於他們內心的惶恐不安，所以必須表現「進步」；愈「進步」也就愈有「安全感」，內心也就愈獲得安慰。如果我反攻，他們馬上就會抓住機會張牙舞爪的對我狂吠，以表現他們的積極，鬥爭性強。他們滿口革命，看似進步，其實是可憐蟲，翹著尾巴乞憐的狗。

稍有半分鐘的沈寂，陳育盛又拍下桌子說：

「好，他不說，那大家來，每人都要發言，快！」

大家互看幾眼後，續永績聲調緩緩的說：

「王同學生活散漫，行動自由，希望他能改過來。謝謝。」

鄭偉誠說：「我希望王同學跟著大家行動，就不會犯錯。完了。」

陳宗光說：「希望王同學向進步同學學習。謝謝。」笑一笑。

「我要說的話，和大家一樣，完了。」陳伯力說，也笑了一笑。

「你們這個算什麼批評？」王華霖不滿意的說，不過，他對他們沒嘀咕下去。王華霖和陳育盛向桂生的目的，是要表現進步；我是「頑固」分子，是他們表現進步理想的工具。續永績、鄭偉誠等他們批評了後，王華霖和陳育盛、向桂生又給我補短加料，嘮嘮叨叨。這時不是開會的時候，別班同學都覺得怪事兒，站立在樓梯旁往下看著。旅社外過往的別單位同學，有的也駐足圍觀。這給王華霖他們極大的鼓舞，也更凸顯他們的「進步」，而我也就更「落後」，更「反動」了。

他們要安全感，活命，需要表現「進步」。我個性強，要爭道理，和他們泡上了。

在綿陽休息一天，改換乘車行軍，繼續進發。

運輸車輛與司機，全部是過去國軍部隊原班人馬。他們仍然穿著國軍制服，沒有帽徽、符號。共產黨每天發給司機五元人民幣，助手三元，包吃住，待遇可說十分優厚。專門行駛綿陽至廣元間線。這是共產黨暫時權宜之計。到了我們過鴨綠江，他們也跟著被送往朝鮮參加「抗美援朝」了。陳炎光和陳希忠都是和他們一夥的，也開過這條路線車輛。

車隊沿著川陝公路，過了一山又一山，一水又一水，這塊一年四季綠油油，向陽豐腴的盆地，彷彿走到天邊，走不到綠的盡頭！七曲山九曲水的「張飛柏」，梓潼帝君廟、劍門關巨碑等名勝古蹟，晃眼即過，未能停車觀賞，教人懷念！

一路上我非常小心謹慎，深怕又出差錯。每到站休息，跟著王華霖他們上下車，跟著他們走。宿營時，不個別行動。乘車行軍也比較不容易犯規。但儘管如此，他們嘀嘀咕咕的總要找些話說，譬如：到站休息走出範圍啦，進廁所蹲得太久啦，上車慢吞吞啦……只要沒扣我「反革命」帽子，我也就不和他們計較了。

過廣元，改由共軍運輸團負責運送。車輛是蘇聯老大哥贈送的舊貨，車型小，僅能容納十五、六人。車隊出廣元，便向川陝界山，大巴山盤旋而上。翻過山脊，朔風呼呼颼來，冰天雪地，斷指裂膚。光禿禿的樹幹樹枝上，息著白毛毛雪花，銀色世界。下了山，車隊蜿蜒於山澗與小盆地間，所過之處，盡是窮鄉僻壤，人煙稀少。到達褒城，褒城是個大地方，街道上也蕭瑟得無幾行人。一個小販在公路旁，寒風裡，擺著一攤紅艷小桔子叫賣。桔子僅拇指頭大小，極紅，大概是桔逾淮生枳，氣候使然吧。

部隊就地找地方宿營，五班分配在街上一家中藥舖住宿。房間是木地板，找不到稻草舖墊。北方隆冬，百姓都睡火炕。正發愁時，店東老太太小腳篤篤的走來，一看，叫了我們兩個同學跟她去。不一會，鄭偉誠和續永績抱了兩床厚棉被回來。老太太又來，「出門人，不要生病了。」叫我們用棉被作褥，墊著睡；說著，又走了，留下無限的溫馨。

過了褒城，進入秦嶺山區，部分路段循古棧道開鑿，車隊時而行駛深谷間，時而穿行歷史峭壁中。澗水從高山落下，凝結成通天巨大冰柱，晶瑩剔透，煞是壯觀。車行二日，於第二天黃昏，翻越秦嶺山隘，到達了渭水南岸秦嶺山麓的一座荒村宿營。這一地帶是黃土高原，泥土是黃的，山野、河流、村莊全是黃的。黃土地上積著皚皚白雪，看得人眼睛昏花。一隻大公雞佇立在屋頂上，對著黃昏落日喔喔啼叫。問土人，才知道此地原來是陸放翁「金戈鐵馬大散關」詩中的大散關。

部隊在大散關住一宿，第二天徒步過渭水大橋，往寶雞火車站乘隴海路火車東下。

在車站等待出發時，我又出了岔子。

列車是黑皮貨車廂，每節車廂分載三個班。車廂內舖著乾小米草。濃重的馬尿氣味，嗆得人噁心。車壁上寫著歪歪斜斜的幾行粉筆字：「堅決把美帝趕下海！」「打倒李承晚反動政府！」……等

「抗美援朝」標語。看樣子，這車廂可能拖載過牲口過鴨綠江參加韓戰。大家坐在背包上等開車。坐一會，馬尿惡臭熏得難受，把車門打開；開了車門寒風襲來，凍得發抖又關上車門。開關了幾次車門後，大家體會出經驗來，決定關一邊車門，開一邊車門。

下午三時多，車未發，沒人知道什麼時候開車。許多同學下車在車門口附近透氣。王華霖和陳育盛、向桂生也都下了車，我和班上其他同學也跟著下車。在距離車門口三十公尺處，有堆炭火，六、七個同學圍在那裡烤饅頭。王華霖也在那裡。中晚餐，各班吃各班帶的饅頭和鹹菜。吃中飯時，饅頭凍得硬硬的，我只吃一個，拿一個放在口袋裡，打算餓時慢慢啃。眼見有火，王華霖也在那裡烤饅頭，所以我也拿了饅頭去烤。

數分鐘後，王華霖烤熟饅頭拿著走了。我聽陳宗光叫喊我。回頭看，王華霖、向桂生、陳育盛、陳伯力等都上了車。陳宗光又喊：「快，快，上車了！」向桂生拉他一把，他也上車了。

我過了三、四分鐘，饅頭烤熱用手帕包了搋在口袋裡，才回到車上。王華霖和向桂生、陳育盛狠狠的對我瞪了一眼，我心知不妙了。

六時左右，列車開了。車頂上一盞小燈泡，放射出微弱紅紅光亮。前節車廂傳達來開生活檢討會。一開始，陳育盛便對我展開批評：

「下午王同學又脫離團體，一個人去烤饅頭。明知故犯，老是不改。我希望大家毫不客氣的向他提出批評。」

「請原諒，我實在不知道距離這麼近也算犯錯，而且我是跟班長去。」我委婉的說，但後半段話一出口，我知道犯了天條！

王華霖立刻憤怒的吼了起來：

「我去烤饅頭有沒有脫離團體？我問你，大家都上車了，你爲什麼不上車？」

「我知道大家都上車。」我說：「你們在車上看得到我，這一小段距離怎麼能說是脫離團體行動？」

向桂生嘴裡含著旱煙桿子，搖晃著腦袋說：

「可是，你要知道就是這麼一小段距離，你已經跑到山上去了！」

這混帳又搬出帽子來。

我說：「我去烤饅頭的時候，別班同學沒上車，爲什麼我們班上車？」我雖然向他們質問，語氣仍然溫和。

「哈，哈！」向桂生冷笑一聲，吸了口煙。「那你的意思說是我們設你的圈套？嗯？但是，我問你，你在廣漢，在落鳳坡，在綿陽，想開溜，是誰設你的圈套？」他歪著腦袋，盯著我問。

「不要和他多說。龜兒子，人家幫他進步，他還這麼頑強。」陳育盛手向大家掃了一輪。「現在請大家向他提出批評，不要顧慮情面。」

陳伯力、鄭偉誠、續永績等同學，輕描淡寫的咕噥了幾句，低下頭，把風帽邊沿掖在領子裡，緊緊的。

王華霖和向桂生、陳育盛並沒有這麼便宜的放過我，繼續對我轟擊。更糟的是小隊長也在同車廂內，這是他們表現積極進步的好機會。他們輪番的上陣對我批鬥，說來說去就是那幾頂「帽子」：企圖上山打游擊；潛伏人民隊伍裡進行破壞工作；傳遞情報給××黨特務等，不過把問題更深化擴大而已。別的班早已散會休息，五班砲聲隆隆，吵得人家不得安寧。他們轟累了，不叫了，要我自我批評。他們背枕著背包，半躺著，兩手插在棉大衣袖子裡監視著我。我聲音略小，或少停頓，他們便張開眼叫嚷著：「不准停，說下去。」「大聲，聽不到。」火車轟隆轟隆的響，我必須和火車比賽音量。從寶雞出發，經武功、西安、臨潼、渭南……不下四、五百里路程，不停不休，大概我這個批鬥會可打破全中國記錄！那晚最後的收場是：王華霖、陳育盛、向桂生他們一個個先打盹睡了，我也睡了，批鬥會繼續開著，沒有宣佈散會。

醒來時，天色正亮，列車已出東潼關，奔馳於黃河堤岸上。這條孕育我中華文化也頻頻帶來災難的大河，不但沒有想像中的波濤澎湃，而且乾涸得黃黃的渾濁。河床底儘是一灘灘黃泥漿。有的黃泥灘看去似乎接連了起來，攔住河水去路流不動了。屹立在對岸巍巍的中條山，隱約在飄渺雲霧裡，看不到她的眞面目。東南是一片無邊無際遼闊的廣大平原，望不到山，望不到海，望不到盡頭。太陽正從地平線冉冉升起，照耀得大地萬丈光芒。這是我們祖先流傳下來的土地，我熱愛的土地！然而，如今一走，何年何月再能重回到這塊我生長、熱愛的土地？如果我不戰死，他們能包容得我，讓我回來嗎？想著，想著，心中禁不住泛起陣陣淒楚。

列車到達洛陽站時，露天的月台上已擺著好幾籮筐饅頭，幾大鍋大鍋菜冒氣等著。王華霖帶了續永績、陳宗光打飯菜去。其餘人跟隨向桂生、陳育盛上廁所。那裡是人山人海人擠人。大家提著褲頭站立在雪地裡緊等著，凍得抖嗦嗦。方便回來，飯也打回來了，大夥兒圍坐在臭馬尿的車廂內吃。吃完飯，剩下兩個饅頭都給王華霖拿去。他是灰麵腦殼，喜歡吃麵。

半小時後，列車又開了。

天黑時，列車已過了鄭州抵達黃河大鐵橋頭，減速緩行。守橋衛兵如臨大敵的大聲吆喝：「關車門，關車門……」各車廂立刻「碰碰」的關上車門。車廂內的馬尿臊氣，又漸漸的濃了起來。

「幾個月前，這鐵橋遭特務炸過。」小隊長說。他是老解放軍，出身紅，文化水準低，一向說話隨隨便便。他說這話，是毫無特殊含意的。

但王華霖和向桂生他們聽了，卻神采活躍了起來，格外的對我瞄了一眼。我裝沒聽到，閉著眼睡去。

過了黃河，列車經石家莊、德縣，轉入了津浦線，往北奔去。第三天下午，抵達了河北省的滄縣，列車停住了。前頭車廂有人下車。隊長和指導員也下了車。

「到了，這裡就是老解放區了，下車。」指導員嚷著。

下了車，舉目四望，廣闊的天空，廣大的平野，黃土地，一望無際。津浦路從南沿平原東側向北延伸去，似乎沒帶來多少繁榮與進步。冷清清的月台上，寥落的鵠立著幾個候車的百姓。不見有貨棧什麼的。共產黨選擇這地區做根據地，是因爲抗戰時期日軍在這一帶僅控制遼長的鐵路線，與沿線的少數據點；離開鐵路線的廣大農村，造成了權力眞空，提供了共產黨良好的生存與發展空間。他們在此土地上建立人民政府，組織群眾，武裝人民，往下紮根。日本鬼子打來時，他們則退；日本鬼子退，他們則進；日本鬼子止，他們則擾，的確起了抗戰作用，牽制了不少日軍兵力。從七七抗戰開始，至三十四年日本投降，他們在這裡盤據了七、八年之久，與其他地區解放時間相比較，可說得上是「老解放區」了。

隊伍集合後，便沿著寬闊的黃土道路，向數里外的杜林鎮行進。道路旁的河裡水，凍結成厚冰，蓋著一層黃濛濛塵土。遼闊的旱田地裡，沒有一絲綠，一片枯黃。有的地裡種植著棗子、梨子果樹，葉子落得精光，密麻麻的枝椏，遠遠望去糊糊的像一團霧氣似的。走著，走著，不知道什麼時候隊伍後頭跟上了八、九個小孩，十一、二歲大，嘻嘻哈哈的天眞活潑。每人肩上都背著一隻柳條編的小籃子。大家和他們說說笑笑，逗著玩，能夠和老解放區人民親近，也是一種進步的表現。走在前頭的指導員，和一個挑畚箕揀豬狗糞的農人聊了起來。他問農人分多少地，打多少糧，日子過得好不好……老解放區人民回答這些問題，倒過來也會背得滾瓜爛熟，不打嗝兒。一個同學聽了，馬上用篾條編的「土廣播筒」罩在嘴上，對著隊伍後頭扯開嗓門嚷著：

「各位同學！你們看，這位就是窮人翻身！」他指了指那個農人。「過去他們被地主剝削、壓迫，終年勞動，吃不飽、穿不暖。現在他們翻身了，分到了地，分到了房子；有自己的田，自己的家。耕自己的田，打的糧食是自己的，收穫是自己的！他們揀的豬糞、狗糞也是自己的，用在自己田裡，增加生產，多打糧食……」

整個隊伍鬨了起來，有的人帶頭喊口號，有的熱烈的討論開了。王華霖轉過身來，對著五班全體同學又說教了：

「聽到沒有？所以你們到了老解放區看了後，再不進步，自己良心怎麼過得去？怎麼對得起人民？」他還特別向我抬了下下巴頦。

我心中正煩惱著，沒興趣欣賞他們肉麻的歌功頌德。按規矩每當某種「運動」，或任務完成後，都要做總檢討。多則個把星期，少則一兩天，檢討每個人的進步得失。這次行軍結束，也必定要開檢討會。到時候，王華霖、陳育盛、向桂生將要大炒我冷飯，把我從新都出發起，所犯的種種錯誤一一翻出來批鬥。一路上我為了這問題一再的思考、檢討、想對策；我想我應當向鄭偉誠、陳宗光、續永績他們學習「經驗」——他們經過一年多的思想改造，稜角被磨光了——避免犯錯，多忍耐，不和他們衝突，不諷刺他們。我目的是參加「抗美援朝」，到了朝鮮，我有較佳的生存條件：人家怕打仗，我可不怕；能留則留，待不下去，海闊天空，投奔自由。

徒步半個多小時，到達了杜林鎮。

北方房屋好像都是用泥巴塑造的。杜林鎮約有兩三百戶人家。天氣冷得咬人，每家門戶多關閉著；部隊到達後，百姓都到戶外來看熱鬧。有家門口，掛著某某合作社什麼的牌，大概是商店了。隊伍在鎮上稍休息後，由一位婦女幹部帶領到附近百姓家找住所。五班分配在一戶農家堆放乾草的小房內。我們將房間打掃乾淨，打地舖，乾草墊褥，上鋪毯子。整理完畢，大家拿著碗筷到廣場開飯——打前站的炊事班早把飯做好了——白麵饅頭、大鍋菜，熱騰騰，很豐盛。許多百姓圍著看我們吃飯。跟我們來的那些小孩也來了，伸出小手向我們要饅頭。起始大家以為小孩嘴饞，不相信是討飯的，但當大家看到一個大人也伸出手來時，才確定他們是乞丐了。那女人大約四十多歲，手肘彎上掛著一隻籃子。她要到了饅頭後，好像餓了幾天沒吃飯似的，三口兩口的就啃到肚子裡去，看得人難過。於是，大家震驚了；隊長，指導員，小隊長等更感到驚訝、疑惑。怎麼會有這麼多乞丐！在新都出發時，政委口口聲聲對我們說老解放區是人間天堂，到那裡看了後會幫助我們思想進步；眼前活生生的事實，說一千遍也無法變成眞理！

吃完飯回來，小隊長在外頭挨家挨戶吹哨子，宣佈今晚生活檢討會不開了。

「明天也不開，什麼會都不開，叫你們開的時候開。」

不開會，我暫時的躲過批鬥，鬆了口氣。

共產黨部隊不開會是少見的，那怎麼能叫做共產黨？不開會，當然是由於乞丐問題，因爲開會不僅要討論某種問題，還必須聯繫自身，聯繫現實環境，不能空談。例如：討論「抗美援朝」，一般應如下發言：要徹底割斷血淋淋的反動尾巴，丟掉一切思想包袱，重新做人，堅決參加「抗美援朝」，把「美帝」趕出朝鮮半島……或者是：見到了「老解放區」人民過著沒剝削，沒壓迫，豐衣足食，自由幸福的日子，我們更要下定決心消滅萬惡的「美帝」，以及李承晚反動軍隊，保障我們革命勝利的果實……云云。可是，現在現實環境遍地乞丐，怎麼可聯繫？會把思想的「洞」越摳越大！

不開會就沒事做，「兵不能閒」，上級命令我們挖防空洞，每人挖自己的。我們找了一塊落差大的地形挖掘。天寒地凍，泥土凍結得硬梆梆的，圓鍬、十字鎬、鋤頭都派用不上。我們借兩把斧頭挖。砍一斧頭下去，只劈下木片般的一小塊泥土。大家輪流使用著兩把斧頭，一面曬太陽，閒聊，談北地的雪花美麗，棗子紅又甜，綿羊拖著秤鉈樣的尾巴，酷似古文的羊字……不談乞丐問題，不談眼前環境，那是大忌諱，會被進步分子搜集作爲批鬥素材的。

到底乞丐數目有多少？用簡單四則計算法，即可估計得出來。他們像遊牧民族似的，跟著部隊討乞；百姓都窮，要不到食物。每隊以十五個乞丐計算，光教導團十一、二隊，就有二百人左右。其他部隊，以華北平原駐軍多少個師，算出每師多少連，再乘以十五，便可得出梗概了，數目是驚人的。

幹部們情緒鬧得最厲害，而且他們毫無顧忌的鬧開來。他們多半是老解放區人，離家十載，連年征戰，如今革命成功，滿懷美麗憧憬回到家園，一看，心中的夢碎了。「唉！我家來信說生活過得非常好，怎麼會變得這個樣子！」我們小隊長口沒遮攔，常這麼的搖頭歎息。副隊長愛人從老家趕來看丈夫。他們夫妻倆相聚了三天，老婆前腳一走，副隊長也跟著開小差了。各單位普遍逃亡，士氣低落。

整整拖了一個多星期，防空洞還未完成，這天全大隊集合在小米地裡由政委上大課，說明乞丐問題。他說乞丐多的原因：第一，這裡鬧過水災；第二，旱災；第三，掃地出門的地主。總共只講了二、三十分鐘。隊伍帶回後，也未按規定，以首長講話內容開討論會，反覆的復誦、背誦、發揮。不過，大家都有豐富的鬥爭生活經驗，誰也不敢再談乞丐問題了。

緊跟著，開始了爲期三周的「學習」。前兩周是上大課，開討論會。其中還開過兩次「訴苦」大會，由翻身戰士上台講述被地主剝削、壓迫，翻身經過，聲淚俱下，很感人。最後一周是思想「大總結」，通過後即可分發下部隊，參加「抗美援朝」。

思想大總結，是由各人先解剖自，將自己歷史、思想、立場毫不保留的攤開來，做自我檢討批評；然後，再由全班同學提出批評、質疑，主要是揪出「黑資料」。這對王華霖、陳育盛、向桂生來說，又是他們表現進步立功的好機會，可對其他同學大批鬥一番。而對其他同學，尤其我，假使過不了關被留下來，命運是極悲慘的。

所以，「大總結」是我生死大關，太重要了。

星期一——思想大總結第一天——早晨，吃過了飯後，大家上廁所的上廁所，吸煙的吸煙，舒解緊張情緒，做好會前準備。八時整，大家圍坐舖上，班長王華霖宣佈開會。我和陳伯力、續永續、陳宗光，鄭偉誠幾個同學，「有罪不敢抬頭」，眼睛盯著自己舖前。陳育盛和向桂生興奮得躍躍欲先發言，但由於有王華霖在上頭，又不敢冒昧。

「你先來吧！」他們說。

「不，你們先總結。我最後。」王華霖說，表示謙讓。

「好，那我來。」向桂生和陳育盛幾乎同時舉起手，不過向桂生快了些，王華霖指定他先發言。

向桂生和陳育盛的企圖都是一個樣：想先總結，只有人家對他讚揚、歌頌，不敢找碴；通過後，又可肆無忌憚的宰割，批鬥別人，以表現他的鬥爭性強，思想進步。可是，向桂生的如意算盤打錯了，完全錯了。他作夢也沒想到他會有一條大尾巴在我手裡。那是在去年剛開始思想改造三清運動時，向桂生和我同隊同班過。當時大家把戒指、銀元、手錶、毛毯、蚊帳、皮鞋等全交了出來給人民。向桂生有一只鑽石戒指沒交出來。他不交出來不打緊，他沒想到經過「學習」後同學們會進步得像他今天這個樣子，還拿出來亮了下：「你們看我這個鑽石戒指，亮晶晶，是我訂婚的紀念。我就不交出來，看他土八路對我有什麼辦法。」又放進口袋裡去。學習三、四個星期後的大編隊，向桂生和我被編開了，彼此都不知道對方分到哪個大隊，哪個隊去。經過了一年後的這次大編隊，山不轉路轉，我和向桂生又碰頭了。見面時，向桂生已不記得我和他曾經同過班隊。我如果不是那只戒指的話，可能也把他忘記了；他那鑽石戒指給我印象太深刻，太深刻了。我想問他那個「東西」——鑽石戒指——還在不在，交給人民了沒有。但又想這好像看到女人偷人，你問她有沒有，她絕對不會說實話；而且他當了組長，進步得肉痲，更不便問了。我也不和他攀交情說我們同過班隊，和他謹慎相處；進步分子只講「革命」感情的。及至他不斷的對我批鬥，我才下定決心探索他的戒指下落，作爲對他報復的手段。我暗中注意著他的行動，他的衣袋、褲袋。直到了杜林鎮，我才有機會接到向桂生的「祕密」。屋內的牆壁上，釘著八根釘子掛衣衫。第一天深夜，我起來如廁時，摸索著掛在牆上的向桂生衣服，摸索到了褲子，在他褲頭的小袋裡，有個凸起的小包，用手捏，硬硬的，沒錯，我逮住了他。以後的每夜裡起來，我都要觸摸一下他褲頭，怕被他「轉移陣地」。我本來對這種雞毛蒜皮事，絕不檢舉人家；那是卑鄙、無聊。但，這回我不能放過向桂生，否則，我自己沒命了。

向桂生坐直身子，清掃一下喉嚨，咬文嚼字的開講了：

「班長、副班長，各位同學：我非常慚愧，慚愧我的家庭是剝削農民的地主階級。我父親是虛偽的善霸，魚肉鄉里，鬍子沾滿了人民的鮮血。我自己又是××黨反動派的爪牙、幫兇，與人民為敵。」他晃著腦袋，嘴角叼著空旱煙桿子，那樣子可增添他的瀟脫。

「解放後，使我有機會接觸到了共產黨，接觸到了眞理；認識到了共產黨的偉大，認識到了眞正救中國的才是共產黨。因此，我怨恨，怨恨自己出生在反動、封建的地主家庭，和我罪惡的父親。

「我遺憾，遺憾我未能親自結束這人民敵人的性命——我的父親。」他的手用力劈了一下。

「現在，我獲得了新生。現在的我，不是舊社會的我，更不是我罪惡父親的兒子。我感謝共產黨給我的教育，並感謝共產黨和人民對我的寬大。

「一年多的學習，使我深深的認識到剝削，迫害人民的封建以及資本主義社會，必將死亡。共產黨必定勝利，永遠的勝利。這是社會發展的規律，是一股正義，偉大的洪流，是任何邪惡勢力所無法抗拒的！

「參加『抗美援朝』是我贖罪的機會，我希望上級能夠准許我，並交給我最艱巨的任務，即使粉身碎骨，亦不回顧。

「最後，我有意見：來到『老解放區』，看到了許多乞丐，我不同意政委說的，是由水旱災造成。這是××黨反動派發動戰爭留下的災難，留下的罪惡。現在革命成功了，人民勝利了，戰爭已經過去了，我有信心在共產黨領導下，這創傷很快會復元的。我鄭重的警告那些『黑分子』。」他拉高嗓門，惡毒的掃視了大家一匝。「請你不要躲在背後幸災樂禍，你的希望必定會落空的，只有走向死亡！」

「完了，請多指教，謝謝！」

向桂生這篇「大總結」不像是檢討自己，而是批鬥別人。他現在還沒有通過，就把帽子——黑分子——推出來了。這種人太猖狂、囂張、混帳透頂。

大家把頭垂得更低，沒人作聲。

王華霖對向桂生的總結感到十分滿意：能夠割捨地主階級寄生蟲生活的留戀；對他父親，只有革命感情，沒有親情；對自己罪惡的悔過；對共產黨和人民感恩；對革命有信心……而更叫他欣賞的，是向桂生對「老解放區」乞丐的觀點。「這意見非常正確。」王華霖加重語氣說。不過，他也同意政委說的是由「水旱災」「掃地出門的地主」，而造成乞丐群。他認為向桂生和政委的意見，都是造成乞丐群的原因，只是向桂生意見的比重較大些而已。

「現在請大家發言，對向組長沒說到，沒做到的，提出批評，幫助他更進步。」王華霖說。

大家畏懼於向桂生的報復、狠毒與卑鄙，只有對他燒香說好話，浮面的捧他幾句：「向組長能夠和他父親及家庭劃清界線，令人敬佩！」「向組長對問題的認識、分析，非常正確。」「向組長對參加『抗美援朝』的犧牲精神，可作為我們榜樣。」「向組長的學習進步，可作為我們大家的表率。」等等。

唯一，只有我沒有發言。我希望有人揭發向桂生，免得我做壞人。

「大家還有意見沒有？有就快說。」王華霖催促著。

「沒有啦，通過啦！」

「沒有的話，那……」

我在王華霖話沒落地之前的百分之一秒，趕緊舉起手阻止：

「我有意見。」

大家都怔住了。他們對我的突兀都感到意外，疑惑的望著我，不知道我有什麼話說。難道向桂生那樣的進步、積極，也有污點，有把柄在我手裡？難道我對向桂生阿諛、拍馬屁？但看我那麼衝動，又不像討好賣乖的樣子。

「你有話就快說。」王華霖說，有點不耐煩。

「喝，喝！那就請王同學多多指教囉！」向桂生傲慢的伸出一隻手請了一下，不屑的聳肩一笑。

我坐在被子上，兩手心重疊放在盤交的雙腿間，低著頭，眼觀鼻，鼻觀心，聲音小小細細的說：

「向組長，我問你，我，我好像記得你，有，有一顆，鑽，鑽……」我邊說，邊偷偷的抬眼打量著向桂生。

當我說到鑽石戒指的「鑽，鑽……」鑽出來時，我見向桂生好像著了巫師魔咒似的，臉色大變，死白，嘴唇和兩腮幫的肉顫抖著，銜在嘴角的旱煙桿子也丟了下來。他乖順的挺直背脊，兩手往腰帶裡掏著，二話不說。大家可能沒聽清楚我含糊說的什麼，更不明白向桂生動作代表的意義。向桂生掏著，掏著，終於掏出了那個小東西——鑽石戒指，還是用那張淡紅色小手絹裹著，一點不差。他將手絹托在手心上，一下一下的剝開來，圖窮匕首現，那顆亮晶晶的鑽石戒指，在暗淡的土屋裡，放射出閃爍光芒。這可把大家看傻了眼！王華霖卻大爲光火的爆跳了起來，大聲的吼著：

「好啊！你學習到現在還有這個東西！你說你進步，進步到哪裡去了？簡直是白吃了人民一年多的大米乾飯！你說，你說，你藏這東西目的做什麼？爲什麼不交給人民？你說，你說……」他手臂一伸一屈的直指著向桂生，連問他好幾個「你說，你說」。

「我沒別的意思，我只是留作紀念而已，沒別的意思！」向桂生可憐相的說。

王華霖憤怒的說：「你這東西是你父親剝削農民來的，是人民的血汗，你還留作紀念？你說！」

「我眞的沒說假話！這是我未婚妻交換的紀念物，我只是當作紀念而已，我可發誓！」他眼淚滾了下來。

「你都捨得幹掉你父親性命，爲什麼捨不得一個戒指？你這話誰相信？我告訴你，人民不是好欺騙的，大家來呀！」王華霖向大家抬下他的肥臉。「他一定還有許多不可告人的糗事，通通要把它挖出來。」

大家眼看向桂生被打倒了，無所顧忌了，紛紛打落水狗：

「是呀！現在我們總算看清楚他眞面目了，最狡猾，最會僞裝。請你老實把祕密說出來，向人民坦白。」

「我問你，你藏這戒指是不是企圖逃亡做盤費，上山打游擊？誰替你帶路？說出來。」

「你在這裡活動，和××黨特務怎麼聯絡，有哪些同夥，快說。」

「××黨特務交給你什麼任務，你交給他們什麼情報，請老實說出來，不准拖拖拉拉。」

「你參加『抗美援朝』是什麼目的？是不是企圖到朝鮮後投降『美帝』？說，快說！」

……

大家你一句，他一句的猛轟——這些本來都是向桂生扣我的帽子，自作自受，現在全還給他了。

「我沒有呀，我是誠心誠意爲人民服務！請你們不要冤枉我呀！不要冤枉我呀……」向桂生兩手抱頭，緊緊堵住耳朵，怕聽，不願聽，哭號著。

大家不放過他，緊繞著：××黨特務、反革命、企圖上山打游擊、企圖投降『美帝』……反覆的窮追逼問。向桂生受不了，哭叫了一陣後，拭著眼淚起立：

「好吧，你們不相信我，我拿菜刀來砍斷手指頭，證明我的清白給你們看。」要去廚房去。

王華霖根本無動於衷，氣火的說：

「你要砍就去砍吧，難道你用死就可以嚇倒人民？」

向桂生眞的去了。

說來也怪，大家平時看似和向桂生很要好，現在都坐著不動，不去攔阻。我不是同情向桂生，我擔心的是向桂生拿了菜刀來，下不了台，眞的剁下手指頭，事情鬧大了，對我會不利的。因爲這事由我挑起，我知道他鑽石戒指有一年多了，爲什麼到現在才揭發出來？追究下去，我至少要犯包庇、袒護罪的，所以，我不得不去拖他回來。向桂生也就順從的回屋內，鑽到他被窩裡哭去，哭得好傷心！他的「大總結」，也就不了了之。不過，他那只鑽石戒指交了出來，還給人民。

這回向桂生總算嘗到了批鬥的滋味，受點小委屈，哭得死去活來，如喪考妣。我老王被批鬥數百里，面不改色，不低頭。其實什麼檢討會、交心、大總結，既不是連坐法，又不負後續發生的責任，芝麻屁事，都是這種人邀功咬出來的。像我，知道向桂生鑽石戒指要是不說出口，什麼之巴事也沒有。有的人爲了自身安全，不痛不癢的批評他人一兩句，保護自己，情有可原。有的像向桂生，已夠進步了，還要用別人的痛苦與性命，換取自己利益；饒恕這種人，對天過不去。

向桂生好戲落幕，輪到陳育盛上場。

陳育盛是個極端自私貪心的人。以他的進步，通過絕對百分之百沒問題——他不能通過，誰還能通過？可是，他在自我檢討批評快結束時，偏偏說錯了幾話：「……下到部隊後，要是叫我當連長，我很不好意思；不過，我希望能當上副連長……」捅出了大紕漏。

王華霖立即繃緊臉孔，毫不留情的對他嚴厲批評：「你這算什麼進步？人家革命犧牲了多少人生命，都是無條件的奉獻。你過去是反革命，現在你還沒有立過功，是給你贖罪的機會，就向人民討價錢……」

王華霖不但在班上批評陳育盛，還大公無私的向指導員彙報了。晚點名時，指導員特別把陳育盛提出做「樣板」講評，說他進步是爲了做官，投機分子，批評了一頓。這給陳育盛十分難堪，心裡不舒服，消極，當然不敢擺在臉上。

全班三個進步分子：王華霖愚蠢，陳育盛奸猾，向桂生狠毒，沒想到一下子，兩個出了狀況，大家對「思想大總結」，好像呑下了定心丸。

我是在星期二下午，向桂生還裹在被窩裡傷心痛哭時總結的。我嚴肅的、誠懇的，說我是在抗戰時期從軍抗日的。抗戰勝利後，××黨發動內戰，我變成××黨的打手。解放後，我學習、覺悟，認識到了有共產黨，才有新中國。共產黨是中國的救星。我承認在學習過程中，生活上犯了不少錯誤；這是因爲我過去是××黨的「兵油子」，生活散漫養成的壞習慣。接著，我將這次從西南出發行軍所犯的種種錯誤，做了詳細的自我檢討批評，並認錯。最後結語是：我希望能參加「抗美援朝」，但我稍有顧慮，我怕「美帝」三多：飛機多，坦克多，大砲多。說實話，我什麼都不怕，唯一怕的，就是不讓我去朝鮮。

王華霖聽得很不高興，他抓住我「缺點」嘮叨的批評：

「你學習到現在還背著這麼大包袱，難怪不會進步。參加『抗美援朝』是給你替人民服務的機會，有什麼可怕？政委上大課的時候不是說過，『美帝』有許多矛盾和困難：工人鬧革命，砲彈裡裝砂，很多砲彈都不會爆炸。補給線太長，運輸跟不上，前線沒有棉衣、麵包、汽油、砲彈……『美帝』少爺兵在戰場上沒有棉衣穿，凍得發抖；肚子餓了沒有麵包，吃牙膏；卡賓槍沒有子彈……沒有汽油，飛機、坦克開不動，怕什麼？沒有砲彈，大砲怕什麼……」

我心裡暗暗發笑，世界上哪有頭腦這麼簡單的人！假使我不把向桂生打倒，假使讓向桂生參加開這個會，他絕對不會像王華霖這樣「寬厚」的批評我，他絕對會扭住我，說我嘴說不願參加「抗美援朝」，心裡巴不得希望去，到了朝鮮投降「美帝」。那我就慘了！我見過不少同學什麼也不是，被進步分子扣上「國特」帽子，鬥得半死不活。

同學們都體著王華霖的意，順他的語氣也批評了我一頓。他們表現了積極與鬥爭性，也做了「人情」。我不停的點頭說「是」，虛心接受。王華霖樂了：

「我希望王同學能下定決心，丟掉思想包袱，好好的爲人民服務，參加『抗美援朝』，爭取立功。」

「是的，是的，我非常感謝班長，和各位同學提供我寶貴的意見，幫助我進步。我一定會做到。」我說。我過關了。

五班全體同學「大總結」，到星期五就結束，全部通過。星期六寫資料。別的班有的挑燈夜戰，繼續批鬥。

「思想大總結」結束，全隊有四位同學沒「畢業」，被留了下來。通過的同學，便分發到部隊去。從哪時候起，直到過鴨綠江，到第五次戰役，到投奔自由，我從沒見到五班同學，也不知道陳育盛分發到那個單位，有沒有當上副連長。「冤家路窄」，沒想到我們又見面時，他已當上了副大隊長——不過是「反動」的。

我笑著耶揄他說：

「那你不錯嘛！副大隊長比副連長大得多！」

「哎喲，二哥，你又開我的玩笑！」他咧著嘴笑。

「王華霖在哪個隊？我剛才看到他。」我說。

「在大廚房當書記。狗入的，還非常進步呢！我要把他拉下來。」陳育盛頭往後看了看說。

「其他人呢？我們五班。」

「向桂生在五大隊當警備隊長，陳伯力在二十七，其餘的沒見到，可能當砲灰了。我馬上來。」他向我和左伯生拉下手走了。

不一會兒，陳育盛帶了兩個「小鬼」來。他向聯隊部負責交接的書記打了招呼，過來吩咐「小鬼」拿走我和左伯生的背包。「走，到我那裡。」領我和左伯生到一大隊部去。我和左伯生就在那裡住了下來，做了他們的「客人」。

45

黎明，號聲響起，大家便紛紛起床，沈寂的戰俘營，頓時人聲嘈雜，喧騰熱鬧。操場中央的旗桿頂上，已飄揚起青天白日滿地紅的國旗。幾個司號員排列在旗桿前，嘀嘀嗒嗒的對空練號。各小隊派人去小廚房領開水，打飯班去大廚房抬飯，聯隊「動員」叫嚷著派工差，各大隊「小鬼」——通訊員——穿梭各帳棚傳達命令……開水領回來了，大家洗臉刷牙。飯抬回來了，排隊分飯。未輪到打飯的小隊，集合在帳棚內唱歌，唱反共歌曲，一切有規律，有秩序。開過飯後，出公差的夥伴便出鐵絲網，他們是去港口兵艦上卸補給品的，人數約四、五百人。公差後面，是各大隊抬大糞去海邊倒的。兩人抬著半截汽油桶改造的大糞桶，浩浩蕩蕩，由韓軍兵士押陣，拖曳著一溜長長的臭氣大尾巴。而留在鐵絲網內的夥伴，又開始了一天的自由活動：有的打扣扣——戰俘營內最流行的四川牌戲，用香煙盒裁成一條條，印上四副牌九點子組合成——撲克牌，下象棋、跳棋等等。賭資是配發的韓國香煙，和趁出公差時夾帶呢軍服出去，向韓軍衛兵交換的打火機、打火石等。香煙、打火機、打火石是戰俘營內通行的「貨幣」。有的編織襪子、手套，縫製布鞋。他們用舊衣服打鞋底，呢布作鞋面，抽出麻袋繩撚成鞋線、毛線；粗鐵絲磨成錐子、針子。一錐錐的縫，一針針的織，也磨練出他們的耐力。

年紀小的夥件，都編到少年隊學習文化去，由戰俘中挑選出老師教導他們。書本——民初平民教育家晏陽初編的——文具全部由聯合國供給。各大隊也設有成人識字班。

各人自己找事做，自己找樂子，好打發時間，消除苦悶。

左伯生像條龍似的融入了這個「社會」，一早和大隊部書記、「小鬼」賭起扣扣來。他們也找我。

「老王，也來參加一腳吧。」

「我不來，我不會。」

「一學就會，很簡單。」

我不喜歡玩牌，也不願學，我喜歡自由自在的到處走走看看，新環境，新鮮、刺激、有趣。我想去拜訪向桂生和王華霖，也希望能看到過去單位的舊夥伴。從醫療所起，環繞著半圓型大操場，依次是一大隊、二大隊、三大隊、四大隊等共六個大隊，接連過去是少年隊、藝工隊和大廚房。我踏著貫穿帳棚間的碎石小道，一壁欣賞著每座帳棚前後種植的花草，與佈置的砂盤假山等，一壁溜達著。走了一圈子，遇見了好幾位六連的戰士。他們還認得我是連部文化教員。大夥兒聊了起來，談起了第五次戰役那晚撤退的情況：

「聯軍火力包圍，砲彈一陣陣的打來。隊伍跑散了，各走各的，誰也不管誰。天亮，美軍坦克開來擴播投降。全連僅剩下十來個人，都過來了。」

「大夥兒肚子餓得慌，伸手向美國兵討吃的。老美從車上扔下餅乾、糖果、香煙。大家爭搶著，有人搶得打起架來。」

「集中在營部衛生連的傷患，美軍派俘虜上山抬下來，送上救護車，往後方送。兩三個傷勢嚴重的，馬上用直升機吊走。美軍講人道，重視生命；韓國軍怕麻煩。」

「有的美國兵拿照相機拍照，拍一次照可得一塊巧克力，或一包香煙。雙手舉起來代價更高，不過沒人願意。」

「有人身上手錶、金戒指全被韓國軍搜去，還挨了幾下槍托子。」

「一個女俘虜，大概是人民軍，被隔離送走。」

……

晚上，陳育盛拿了兩份申請加入「同盟會」的申請表，給我和左伯生塡寫。兩位介紹人是陳育盛和大隊部書記，都已簽了名。我在表格上簽了名交給陳育盛，算是同盟會會員了。

陳育盛告訴我，向桂生會來看我；但他沒有來，一直沒有來。王華霖也沒來。第三天上午，我懷著去探望老朋友的心情，去拜訪他們。大難不死，大家又能相聚，我早把過去恩怨一筆勾消。我穿過大操場向五大隊走去，老遠的就看到向桂生在一幢帳棚前指使幾個夥伴砌花台。他看到了我，裝沒看到的掉開頭。我過去到他跟前，伸出手和他握手。

「老向，你好。」

「你好。」他手輕輕的捏著我手，看著夥伴工作。

「種花？」

「嗯。」他把手抽回，又插進夾克口袋裡。

「種什麼花？」

「看看。」

「這裡天氣好冷。」我找話說。

「嗯。」

「釜山好像比這裡更冷。」

「是的。」

我低下頭走進帳棚。裡面前半是小辦公室，擺著一張桌子，一張椅子。桌子上放著一小半碗濃濃墨汁，小碗上擱著一枝大楷毛筆。桌角放著一本紅皮燙金的《新約聖經》。地上攤著兩張長方形包香煙的牛皮紙，上面寫著「誓死」、「反共」四個大字。在「反共」左下角又寫著「湘樵」兩個小字，我想大概是老向別號了。後半是睡舖，毛毯摺疊得方方的，整齊排列著。兩個夥伴睡舖上。

向桂生沒跟我進帳棚。我僅僅留片刻就出去，才注意到帳棚一側快砌好的花台是平面的，略向外傾斜。我看出不是種花。

「你是不是要把『誓死』、『反共』四個字描上去？」我說。

「是的。」向桂生沒表情的回答。

「警備隊多少人？」

「二十多人。」

「晚上站崗嗎？」

「一個崗位。」

我們見面好像沒什麼話可說的，我問一句，他答一句：「嗯」、「是的」、「看看」，冷冷的。我想他會問我來幾天了？在哪個大隊？第五次戰役過去這麼久了，為什麼到這時候才到戰俘營來？見過五班同學沒有？但他一句浮面話也沒說沒問。我不找話說，他也就不吭聲了。顯然他對我在華北「思想大總結」時，檢舉他的鑽石戒指仍然記恨著。他對我的冷淡態度，使我有點尷尬。我裝迷糊，專注的看著他們工作，以掩飾我的窘態。看了一晌，搭訕著：「我去人廚房看看老王。」走了，繞了一圈，回一大隊去。

我只是藉口離開，也不想去看王華霖了。以前王華霖和陳育盛是「親密戰友」，一個是班長，一個是副班長，我是他們眼中的「壞分子」。現在陳育盛是超大號「反動派」，王華霖和他劃清界線，過去的「革命」感情與友誼都不存在了。而我依然故我，依然沒有「進步」，我去看他，王華霖不會歡迎我的。我不願去自討沒趣。

此時，我們又聽到板門店恢復談判了，而且把我們的問題——戰俘問題——搬上了檯面。共方代表獲知有戰俘拒絕返回大陸後，堅持必須將所有戰俘交還戰國對方。聯軍代表提出「志願遣俘原則」，拒絕共方要求。於是，雙方又是談談打打，打打談談，時而休會，時而復會，始終沒有結果。

待過了一段日子，想看的老朋友都看到了，各大中隊門也串遍了；新環境很快的成了舊玩具似的，不再有興趣吸引力了。我又不喜好賭牌，老玩著翻棋子，開「金山」也膩了。做手工藝又沒有那種巧手與耐性，也就更覺得無聊苦悶了。不過，鐵絲網內有的是好去處：你可傍著帳棚一面曬太陽，一面排龍門陣，說說笑笑，亂扯淡。各大隊有時有說書的、清唱的、說相聲的……包你泡上個把鐘頭不厭煩。或且出公差到海口溜達，欣賞外界風光。連夜間也不冷清，天黑下來時，大隊部裡就擺起了「方城」之戰，這是戰俘營內「大頭」、「中頭」，作樂開場的時候。麻將是木刻的，製作精致。輸贏是整條香煙，美國煙、打火石杯子量，十分有氣派。那些嘩啦啦洗牌聲，和賭徒們「碰碰」的吆喝聲，聽來分外悅耳，彷彿能驅走心中寂寞似的。

此外，每星期舉行一兩次的晚會，也是大家的最愛，我的最愛。由藝工隊演出的京戲、話劇，和四川大隊的川戲節目，十分精彩。京戲的「斬世美」，當陰森的虎頭鍘刀斬下時，燈光突然熄滅，含在劊子手口裡的紅墨水，立即噴下；燈光又亮時，血淋淋的人頭歪擱在鍘座上，身子沈下去看不見了，非常逼眞恐怖。川戲的大鑼和後台幫腔，又一特色。陳育盛和左伯生都是個中票友，曾經登台演過「長生殿」。道具全部自製。美軍有一種人造絲雨衣，攤在火爐上將表面膠質燻熱熔化，擦淨，裁製成青，旦角戲裝，繡上龍鳳花草圖案，貼上亮片，唯妙唯肖，幾可亂眞。蟒蛇是用各色顏料繪在大雨衣上製作的。刀、鎗、劍、錘等傢伙，全是藝工隊打造。

宗教，也是戰俘生活的一部分。星期天休息，不出工差，美籍伍牧師偕助手韓牧師來戰俘營爲我們做禮拜。大家集合在大操場上聽道，唱聖詩，唱歌詞略微修改的蘇武牧羊曲：「……陣陣北風吹，群雁漢關飛，白髮娘，已西歸，家破人亦非；清夜憶故里，往事盡成灰……」大家唱著，唱著，唱得傷心流淚。

天主教和佛教也有神職人員來戰俘營佈道，且有專設帳棚供信徒聚會。抗戰時期在印度藍姆茄軍中傳教的天主教神父，是美國人，許多參加遠征軍的夥伴都認識他。他一隻手裝著義肢，是在重慶遭日本飛機空襲炸斷的。佛教師父是中國人，俗姓林，常帶紙筆文具等來供大家學習文化。

戰俘營內大家最感痛苦匱乏的，如王忠國說的，就是食物了。配給幾乎和釜山一樣，而且一成不變。早餐是一碗脫脂牛奶稀飯。中晚餐是大米、大麥、扁豆合煮的乾飯一平碗。菜是：碎塊馬鈴薯、牛肉丁兒、酸番茄，與連葉蘿蔔的大雜燴湯，一人也是一碗，味道苦澀；另加一條煮得爛熟的魷魚。僅能半飽。由於質劣、量少、偏食，許多夥伴吃得掉頭髮，患營養不良症。

大約到了三月，我們輾轉的聽到了戰俘營內發生了兩件事：

一是美軍在去年的九月，也開始利用戰俘從事情報工作，且已挑選出好幾批人去，有的出了事。聯軍用障眼法從戰俘營調出這些人：先將他們調到釜山或東京審訊情報，或調到別的戰俘營去；而後送回一些人，留下一些人。CIA將留下的這些人，送到漢江口的一座無人島上略施訓練後，趁黑夜用飛機或小艇投送到北韓後方去；然後，從陸路一路蒐集情報回來。有戰爭，就必有俘虜。共產黨將俘獲的人證，向聯合國控訴聯軍利用戰俘從事戰爭工作，違反日內瓦戰俘公約。但聯合國不受理，聯軍當局也否認。

另一是共產黨知道戰俘營內有反共戰俘後，反應非常迅速，立即派遣特務混進戰俘營進行破壞工作。滲透手法是詐降，或佯裝被俘。我和左伯生在六十一隊懷疑的那位公正、公平——他和大家吃平碗飯，睡地舖——的程大隊長，就是派遣過來的一分子。他也是分發到六十八聯隊的，因爲當過大隊長，六十八禮遇他，分派他到六大隊部，沒下小隊。他在六十八待了幾個星期後，便被調到二十七去。到了二十七聯隊，他展開活動被破獲，將全部祕密揭發了出來——他後來回台灣還上過報紙，稱讚他深明大義——聯軍當局得到這情報後，馬上採取防範措施，將新過來的戰俘隔離拘禁——這時候無大戰事，新戰俘人數不多——不再送入舊戰俘營，以防他們鬧事。

五月左右，板門店又開始談判了。聽說這回和談進展得十分順利，共產黨似乎很有誠意。數天後，釜山各地的中國戰俘都送到巨濟島來，集中在二十七和六十八兩個聯隊。陳炎光和陳希忠、許家榮、孫利、小包也都來了，被分發到二十七去。

過了一個星期，戰俘營對外關閉，不出公差，每天只准許抬大糞的進出鐵絲網。星期日也不做禮拜，牧師、神父、佛教師父、台灣老師等，也沒來。不數日，聯軍當局宣佈「停戰協定」在板門店已簽訂，戰爭結束了，並發給我們「停戰協定書」影印本，每小隊一兩份。協定書上有「中國人民志願軍」總司令彭德懷的簽署，筆畫又粗又壯，毛筆寫的。協定內容關係到我們條款的是：採「志願遣俘原則」，經過甄別後，願意回去的，立即遣返大陸；不願回去的，繼續監禁，留待將來解決——將來如何處理，沒有明確說明——同時，懸掛大門口的喇叭，大清早也響起了彭德懷對我們的廣播：「親愛的志願軍同志們：我是志願軍彭總司令向你們問好！現在和平談判已經圓滿達成，戰爭已經結束，你們馬上就可以獲得自由，回到祖國懷抱，和你們親人相見了。你們過去對人民都有偉大的貢獻，立了功。在『抗美援朝』戰爭中，你們爲人民盡到了力；被俘是惡劣環境造成，你們沒有錯。在戰俘營裡一年多來，吃不飽，穿不暖，受盡了屈辱。回國後，我爲你們保證可得到很好的照顧。要種田的，你們分到了田，可種自己的田。要做工的，政府會培養你們工作能力，替你們介紹優厚的工作工資。你們會過著富足、幸福的生活。你們的父母、妻兒，以及全國人民都企盼著你們歸來，熱烈的等著歡迎你們！親愛的同志們，回來吧！」聲音稍含渾濁，不停重複的播放著，不過句句還可聽得清楚。大家聚在大門口聽著。

連續廣播了三天，便開始了遣返的甄別。

那天早晨，我們吃過飯，打好背包便在帳棚內等著，不准出去。一個連的美軍開了進來，把大操場四周用鐵絲網圍起來，只留左右兩處出入口。在大操場當中，並搭起了二十座帳棚。一切準備就緒後，在每座帳棚口與鐵絲網圍圈出入口，各站著兩名美軍衛兵。跟著，來了二十名會說流利中國話的黃種人，進入各帳棚內開始甄別工作。

首先，從一大隊開始，大家背著背包成一路縱隊進場。每座帳棚一人，單獨訊問，可讓戰俘充分表達個人意願。我們可清晰聽到從帳棚內傳出的大聲拍桌子，大聲訓斥的吼叫聲：「你爲什麼不回去？」「戰爭結束了，你就得回去。」「不回去聯合國不再給你飯吃，衣服穿。」那種口氣，眞像是共產黨派來的人員。大家猜測他們絕對不是韓國人；韓國人是堅決反共的，不會也不敢。可能是日本人。訊問畢，出一人，進一人。出來的人，從出口出去到大門，願意回大陸的，立刻登上停在大門外的大卡車，到了一車人數夠了，卡車便開走；不願回去的，暫時從大門口進入雙層鐵絲網內。

輪到了大隊部夥伴進場，我被分到第六座帳棚。大概叫嚷了個把鐘頭累了，那個訊問我的人員，聲音嘶啞的說：

「你好好的回去。」

他先替我作了決定。我搖搖頭，沒說話。

「爲什麼不回去？回家總比流浪好。」

我說：「沒有自由，恐怖。」

「怎麼會呢？留在這裡聯合國不再供給你們吃穿的。」

「那我考慮，考慮。」

「你要作決定；回去，嗯？走了，走了。」他很不耐煩的，對我揮了下手。

下午四時，甄別完畢，全聯隊七千餘人，回去的僅兩三百人，不願回去的約七千人。二十七聯隊不願回去的也有七千人左右。倉庫的公差大隊，回去了一半——三、四百人——是回去比率最高的單位。

聯軍甄別人員一走，牧師、神父、台灣老師又進入戰俘營來了。這時候，我們才知道戰爭根本沒有過去，戰俘甄別完全是騙局，聯軍甄別目的，是為了美國總統大選；因為杜魯門總統希望競選連任，但在他任內要求聯合國出兵援韓的這場戰爭，已打了將近兩年，引起美國國內強烈反戰，假使韓戰不結束，杜魯門總統絕對無法贏得選戰；可是，韓戰無法結束的癥結，在於反共戰俘問題，共產黨願退讓一切要求，唯一的條件，就是要交還所有戰俘，如果這些戰俘願意回去，那什麼問題都迎刃而解了；因此，聯軍做了甄別的嘗試，希望能拋掉這「燙手山芋」。而這一試，竟有這麼多拒絕返回大陸的戰俘，美國這個大包袱背定了。

戰俘甄別過後，所有在巨濟島上的中國戰俘，便被送往濟州島監禁去。

46

遷移濟州島後，二十七和六十八聯隊改編為A、B、C三個聯隊，安置於莫瑟浦海邊附近的三座半人高的鐵絲網圍場內。六十八聯隊改稱為B聯隊，留下一、二、三、四大隊；五、六大隊編到C聯隊去。各聯隊相距約三百來公尺，一列排開。大門隔著公路正對機場，背臨大海。北面是一片遼闊平原，零星的點綴著一幢幢朝鮮樸實的農舍。籠罩在雲霧下的島上最高山——漢拏山，遠遠的矗立在平原的盡頭。半山下，是一溜淺而寬闊的山坳，一層層的綠，像梯田，望去有人居住的生氣。

我是被編入B聯隊。

B聯隊聯隊長，仍是英聯隊長。副聯隊長也仍是在河南拜過乾媽，山東拜過乾爸，釜山燒過開水的那個夥伴。

住下後，我們又恢復了過去刻板的生活：玩扣扣、撲克牌、象棋、跳棋、擺龍門陣、縫製鞋子等。

或著看海去。

這裡三面環海，地形突出，一眼望去，碧波無際。清晨，可看到火球般大太陽從海面浮起，冉冉上升；黃昏時分，又淹沒到海的另一方去。點點漁舟，盪漾於巨浪裡，忽隱忽現。稱爲「海女」的濟州島婦女，三五成群的，背負葫蘆漂浮海面，採擷海菜、螺螄等海產。偶爾，從遠方的海平線上，露出海輪的煙囪，冒著繚繞墨煙，再現出船身，像落日似的，緩緩的消失在海的那一端，會把我們的思緒，牽引到久遠久遠的時空去，撩起了無盡的鄉愁。

一星期後，我們又開始出工差了，到機場對面的小山阜那邊建新戰俘營，每天去三、四百人，準備建好後遷入。

由於戰俘甄別結果，造成了一個鐵的事實——一萬四千人的反共戰俘；這是我們爭自由的一大勝利，聯合國與聯軍當局必須重視這事實，重視人權。我們有信心必將獲得自由。因此，大家的心也就安了下來。心安，自然的，必然的產生了強烈的希望與慾望。於是，大家興奮的，熱烈的談論著，談論著未來，計畫著未來：有的夥伴希望未來獲得自由後，能當個小工人；有的希望做個農夫，或小買賣什麼的；不過，大多數夥伴希望回到老本行——扛槍桿，扛步槍、機關槍、卡賓槍、甚至次扛大砲，無座力砲、高射砲、榴彈砲……各有各的志向，各的抱負。

這時候，我們也常聽到他談什麼政策啦，主張啦，策略啦等等，軍國大計，顯得很有魄力的樣子。不過，大家對這大方向聽不大懂，也沒人感興趣；在眼前環境裡，如果有政策、主張的話，大家最希望、最企盼的，那就是鐵絲網內的「和平」了，和和平平的度過這段拘禁日子，求得自由。假使做不到「和平」，人家不予同情，對方藉口，那造成的後果，恐怕就要影響到我們的生命與自由了。

而希望與慾望，帶給了大家極大的興奮與鼓舞，但也帶來些淡淡的陰影。沒幾天，有的夥伴出走了。他們不是從大門出去的，而是翻越半人高的鐵絲網，到隔鄰A、C聯隊去的。造成他們出走的原因，當然是因爲現在的情況與以前不同了。以前幹的是要腦袋，弄不好要丟命的；現在是不管近程、遠景，一切情況都看好了。

不愉快的事情，像海浪般的，不時的翻騰著。

大約就在遷移濟州島後的不到兩三個星期吧，還發生了一件不大不小的鬧劇。

那天早晨，我吃過飯後，又到四大隊後頭看海去。隔著鐵絲網正欣賞海景時，忽然聽到有人叫喊：「打架了，打架了……」回頭看，我見許多人向大門口走去。在大門口附近的聯隊部前，聚集著許多人。發生了什麼事？又打什麼架？我立刻也跟著去，想去看個究竟。走到二大隊時，三大隊中隊長易忠，小隊長矮子強，還有一個我不認識的夥伴，正從人群裡走出，往這邊來。易忠兩手叉腰，邊走邊罵：

「狗入的，這種人也能用，我們『反共抗俄』還反個鳥！弄爛就弄爛，龜兒子……」

矮子強肩膀一晃一晃的走著，不知嘴裡也嘀咕什麼。

他們走過後，我便往前去。到了聯隊部大門前，我見翻譯七痲子坐在花台沿，一腳踏著台階上，左手撐在膝蓋頭，別起的袖管，露出那只名貴的手錶。在他跟前的地上，翻倒著一口大木箱子，裡面存放的幾套嶄新呢子軍服，美軍人造皮大衣、毛內衣褲、毛襪子、剃鬍刀、香皀、香水、維他命丸等，撒落一地。七痲子一臉不高興的對著圍觀的夥伴，自言自語的嘮叨著：

「……你上你的陽關道，我走我的獨木橋，井水不犯河水，惹到了你什麼？你也是俘虜，憑什麼管到我頭上來？我母親是菲律賓人，我有我的希望，我的自由……」

七痲子是菲律賓華僑，在馬尼拉碼頭打工時，學會了些美國話，不會讀，不會寫，不會看。在巨濟島時，二十七聯隊有個駐外的公差大隊，七痲子在那裡當翻譯。工差大隊派出時，二十七聯隊怕親共戰俘鬧事，都把他們編出去，此外還有一部分反共和騎牆分子。七痲子討好親共戰俘，利用他的「嘴巴」，給了他們許多方便和好處。而反共戰俘「啞巴」吃黃連，有苦說不出，吃了不少虧。到了戰俘甄別時，公差大隊因爲人數少，不像二十七、六十八聯隊的搭起帳棚，每個戰俘個別進入棚內審訊，出來後到大門口各走各的路，可充分表達個人意願；而是大夥兒背著背包一個跟一個向大門口走，到了大門口，願意回大陸的馬上登上停在大門外的卡車送走，不願回去的暫時進入大門口的雙層鐵絲網內。有個不願回去的戰俘到了大門口，正要跨出隊伍時，即刻遭到跟在他背後的一個親共戰俘，拔出尖刀刺入頸部，立時倒地流血死亡。站在附近的一個美軍憲兵，馬上伸手施展擒拿術，當場抓到了兇手。甄別結果，七、八百名戰俘，回大陸的約有半數，留下的又回二十七聯隊。七痲子因爲怕報復，也沒有顏面回原單位，所以請求到六十八聯隊來。一到了六十八聯隊，七痲子的「嘴巴」就被看上了，請他到聯隊部當翻譯。及至遷移濟州島時，他便要求留在前身六十八聯隊的B聯隊。

大家圍觀了好一會，沒見到聯隊部辦公室內半個人，連「小鬼」也不見了。他們好像事不關己，不願多管閒事。

到底爭吵什麼？關在鐵絲網內，除了自由外還有什麼可計較？大家冷眼的看著，沒人吭聲，沒人問。吃了將近兩年的半飽俘虜飯，肚子都餓癟了，沒氣力去理會這種屁事。看夠了，聳聳肩，「哼」

的笑一笑，走了，管他娘的去！

一個多月後，新建戰俘營竣工，我們遷入新居。

新戰俘營比巨濟島戰俘營大約三、四倍，設計完善、恢宏。這裡所謂「完善」、「恢宏」，並非對生活舒適而言，而是對某種防範的措施。譬如在巨濟島時，反共、親共戰俘七、八千人都關在一個大鐵絲網圍場內，內部沒有分隔開。新戰俘營從左至右，依序是一大隊、二大隊、大廣場，直屬聯隊部單位——包括：少年隊、大廚房炊事班、警備隊、藝工隊——三大隊、四大隊等，共六區，都用鐵絲網一圈圈圍起，而各區間又貫穿一條大道，把每區分為兩部分。每部分關起大門，每大隊成了兩個小「王國」，可分而「治」之。現在全部是反共戰俘，「四海一家」，大家認為沒必要一重重像籠子般裹得緊緊的。老美實在太多餘了，太多慮了！

大廣場，是作為聯隊一切活動的場所。前半部是聯隊大門、聯隊部、診療所、大禮堂、佛教與天主教聚會所、大廚房、藝工隊工場等。後半部是大操場、劇台、後門。後門面臨大海，距離海邊僅十餘公尺。

遷入新營區後才個把月，一日深夜，一股強烈颱風從太平洋撲向朝鮮半島。風狂雨大，把戰俘營內新搭建的數百座帳棚全部吹毀。每個人的衣服都給傾盆大雨淋透了，好像和大風拔河似的，牢牢的揪住被暴風撕裂的帳棚避雨。大家又飢又凍，冷得抖嗦嗦。打在身上的雨水，帶著海水的鹹味。還好老天憐見，天明時風平雨止，出大太陽。大家趕緊將淋濕的毯子、衣物搬出晾曬。窩沒有了，我們只得搭起破帳棚，暫時躲避風雨。美軍一時無法供應大量帳棚，顧慮又會被大風颳掉，為了一勞永逸，決定就地取材，搬運附近山上石頭蓋房子，運來水泥、木料等補助。

於是，戰俘營後大門打開了，我們早晚出鐵絲網，到附近的小山阜搬石頭。小山阜是火山堆，巨石纍纍，石質呈海綿狀，鬆而且輕，搬運十分便利，像籮筐大石頭，一人可扛得動。石頭搬回後，由對土木工有經驗的夥伴砌墻，敷上水泥，而後在牆上搭起三角架，釘上木板，鋪瀝青油紙，一座比帳棚堅固涼爽的房屋便完成了。大家日夜趕工，自己住的自己建；自己建好了，就幫別的中小隊。大夥兒背上的皮全曬脫了。由於平時吃不飽，營養差，許多夥伴累倒，病倒了。

房屋，建成了，天災克服了。人禍呢？過去了。大家短暫的過著和平、安寧的日子。

到了那年十月，美國大選。民主黨的杜魯門總統，絲毫沒有做出傷害反共戰俘的權益，放棄了競選連任，由史蒂文生和共和黨候選人艾森豪將軍角逐。艾森豪將軍的主要政見之一，是「結束韓戰」。結果這個響叮噹的政見，不但使艾森豪將軍競選獲勝，而且是美國歷史上總統當選人得票率最高者，這也許在遠離美國本土數千里外的巨濟島上反共戰俘的選擇，多少起了作用吧。

大選過後的翌年初，板門店和談又恢復了。美國和聯軍當局，堅持「志願遣俘原則」。共產黨似乎很有誠意坐下來談，不過，他們仍然要求將所有戰俘交還交戰國對方。

三月，俄共頭子史達林死亡，新政權掀起了權力鬥爭，中共失去靠山，形勢對我們愈演變愈有利。

就在這教人興奮，充滿希望中，B聯隊實行了一項極有意義的大事：人事大調整。

因爲遷移濟州島後，B聯隊四個大隊中，四川大隊佔了三個，夥伴們幾乎清一色是四川籍。四川籍的英聯隊長和幾位大隊長、副大隊長，認爲地域色彩太濃厚，人事必須調整。他們一向以「反共抗俄」，人不分男女老幼、地不分東西南北相勉勵，爭的不僅是個人的自由，個人的權益；更重要的是大家的自由、國家的利益。在巨濟島時，他們領導反共鬥爭，完成使命；如今「河清海晏」，正是卸下仔肩的時候。爲了表明去意堅決與誠意，英聯隊長便離開了B聯隊，到別的聯隊去。跟著，幾位大隊長、副大隊長也走了。彼此一番謙讓後，後來由在河南拜過乾媽，山東拜過乾爸，釜山燒過開水的那個夥伴，當上了聯隊長。幾位大隊長、副大隊長出缺，也都由其他新夥伴擔任。

不過，在這次「政策性」的人事大調整中，我的朋友陳育盛倒從副大隊長，升上了大隊長，全聯隊僅他一人例外。

新聯隊長就任一個多月後，聯隊部爲了慶祝新聯隊長升官，集合全聯隊夥伴在大操場演戲祝賀。戲碼是眞戲。眞戲有眞有假，眞眞假假，假假眞眞，看得大家十分動容。

慶祝會結束，B聯隊又施行了一次人事大調整，退下了六、七位中隊長，與十幾位小隊長。此刻，板門店正在談判中，大家能深明大義，識大體，生怕玉石自由女神給砸碎，沒生任何枝節，實爲可欽可敬！

人事調整後不到三、四個月，那年的七月底，板門店停戰協定簽定了，韓戰結束了。謝天謝地，大家都鬆了一大口氣！

47

停戰協定，關係戰俘切身方面的條款，有兩大部分：

一、從停戰協定生效之日起，即將親共戰俘遣返共方。

二、於停戰協定生效後六十天內，聯軍必須將反共戰俘送往板門店中立區，交由中立國遣返委員會監管，並接受共方人員爲期四個月之反覆進行集體與個別的解釋訪問，至一九五四年，一月二十三日釋放。

中立國係由五個國家組成，包括：印度、捷克、波蘭、瑞典與瑞士。由印度派軍監管戰俘。其中捷克與波蘭是共產黨國家，根本非中立，印度親共。

對反共戰俘來說，停戰協定是不公平的；我們被多監禁了六個月，且強迫接受共方人員的洗腦折磨。但這協定的締結，實在來之不易。是聯軍多打了十六個月的仗，犧牲了數萬人生命換來的——幾乎一條聯軍兵員生命，換一名戰俘——付出的代價無法估計。我們對美國與聯軍維護人權，堅持「志願遣俘原則」的執著，都深懷感激與敬意。

九月中旬，全體反共戰俘開始移送。我們從濟州島乘兵艦到達仁川，再乘火車赴中立區。列車過了漢城，空中有架直升機盤旋跟隨著。沿途村莊、市鎮全遭戰火摧毀，滿目瘡痍。載著武裝士兵的卡車，轆轆奔馳，滾起陣陣塵埃，氣氛十分緊張。我們彷彿又嗅到了戰爭的氣息。

經過臨津江，江下游不遠處，有兩輛美軍水陸兩棲坦克游弋江面，像水牛過江似的只露出砲塔。附近曠野裡，又有一輛坦克正發射噴火器。血紅的火焰從砲口噴出，像一道百來公尺長虹，迅速的把周遭野地燃燒成一片火海。有的夥伴說這是老美壯我們膽，告訴我們去中立區不必害怕，共產黨絕對不敢發動攻擊。

列車到達了汶山站，我們下車進餐。這裡是終點站，也是移交地點。昨天到達的夥伴，已進入中立區。大家吃過飯，圍著一位廣東籍華僑的美國兵閒聊，打聽消息。他操廣東國語告訴我們，停戰協定生效前夕，共產黨認爲美軍會產生畏戰心理，在這一帶發動了幾次猛烈攻擊，遺屍兩三萬具。他並掏出照片給我們看。大家爭先恐後，踮起腳，伸長頸子，看看照片，又看看四周山野。照片裡的屍體像鹹魚般的，一個挨一個的躺著。山野裡的壘壘彈坑，燃燒得焦黑的泥土，車輛機械殘骸，毀損的道路橋樑等戰爭痕跡，已逐漸褪色、模糊、消失了。大地似乎又甦醒了過來。

「你們眞好，守規矩，合作。」照片還他時，老廣美國兵誇獎我們。「前幾個星期遣送那批親共戰俘回去，好難應付！一路上又打又鬧，到了板門店交給共產黨時，他們哭得好厲害，好傷心！」他言下還帶少許同情的樣子。

「他們不哭，回去要被鬥爭。」大家說。

「哭也沒用，回去還是挨鬥。」又有人說。

「到中立區，共產黨人員會不會來？」一個夥伴問。

「有，昨天他們就有來，可是給你們人打跑了。」老廣美國兵說。「他們沒想到你們會變得這麼壞。」

大夥兒聽了馬上撿石子搋在口袋裡。老廣美國兵說：

「你們不用準備啦！今天他們一定不敢來，你們沒有機會了！」

下午一時，皮膚黝黑的印度兵開車來接。我們分成每二十五人乘一輛卡車，向中立區進發。

過了一座橋樑，進入中立區，車隊沿著十多公尺寬的公路緩緩行駛。公路兩側牽著紅色三角旗的警戒線，十分醒目。線外是雷區，布滿地雷。左前方七、八百公尺處的小平地上，有許多架直升機不停的起落。直升機著地後，機上跳下五、六名印度士兵，低下頭快速的跑離螺旋槳範圍，直升機又飛走了。這些印度士兵是從仁川港美國兵艦上載來的。因爲韓國李承晚大統領不滿停戰協定對反共戰俘不公平，他除了命令韓軍坦克衝進釜山戰俘營釋放二萬多名反共戰俘外，並聲稱假使印軍踏上韓國領土，他就下令向印軍開火。因此，印軍只得超越天空登陸。

車隊爬上橫貫中立區中央平緩的山丘頂時，大家視線立刻向山丘那邊投去——共軍控制區——山丘底下，是一溜十多里寬的平原。平原北側有座不太高的小山丘，光禿禿的，露出一塊塊白色的土壤。山丘頂有一幢帳棚，一面紅旗，和一具綁在柱子上的大喇叭。不見有人。山丘背後，是一列蜿蜒起伏的山巒，望去枯黃焦黑。

車行十多分鐘，進入營區範圍。一座座戰俘營就建在略向北傾的山坡頂上，距共軍控制區不過數百公尺。鐵絲網是單層的，五、六公尺高。每座戰俘營相距二、三百公尺，間隔間又用鐵絲網相連圍起。營區後面，又圍起一道鐵絲網。大門口和營區背側，各有一座崗樓站著兩名印軍衛兵，並架設機槍。北韓反共戰俘營建在山坡南側，挨近聯軍控制區，比起我們吊在虎口安全得多。中立區以南，有座三百公尺高的高地，形如覆鐘。高地上有美軍陣地。

車隊在一座營區大門前停住了，有一個連的徒手印軍，已排列在公路兩旁手拉手的「歡迎」我們。印軍軍官身軀魁梧、高鼻梁、深眼睛，兩頰鬍鬚蓄得長長的，鼻孔下又留著兩撮鬍髭翹起，頭上包著紅布──紅頭阿三大概由此得名。士兵則個子小、皮膚黑，是屬於達羅維茶的印度土著。我們依序下車進入營區內。營區約棒球場大小，前半部中間是操場，右是廚房，左廁所；後半是住處，搭著二十來幢帳棚。我們都進了營區後，後面的車隊便向前開去，我們才知道一座鐵絲網內只拘禁半個大隊──約四、五百人──不像巨濟島，濟州島戰俘營幾千人關在一起。這種分隔拘禁，可能是共方代表提出的，因爲他們認爲這些戰俘不願回去，是受××黨特務裹脅控制，分開拘禁，可瓦解我們組織，以便他們分化說服。

現在，我們得重新計畫新生活，推舉出炊事、衛生、康樂等夥伴，並整理環境等事宜，大家一起忙碌了起來。

忽然，有夥伴大聲的叫喊：

「大家看，那裡那一塊大帆布一定有祕密。」

大家向營區後面望去。在營區外層的鐵絲網上，掛著一面帳棚大小的大帆布，像堵牆。奇怪，要遮蔽什麼？變印度魔術？大家疑惑的站在鐵絲網旁張望著。不一會兒，帆布後面現出了戴八角帽的一男一女共方代表向我們微笑招手。夥伴們對他們猛砸石頭。他們立刻又躲到帆布背後，乘車離去。

翌日清晨，山丘上的大喇叭響了，傳來「東方紅」、「三大紀律八項注意」等歌聲。隔太遠，只聽到嗡嗡的呻吟著，模糊不清。

吃過早飯後，印度衛兵在大門外隔著鐵絲網，操生硬英語叫我們排隊點名：

「十個，十個。」他伸出兩隻黑黃手掌，十個指頭。

大家立刻到操場，十人一行，面向外，站立整齊蹲下。印軍衛兵一排一排的數，數畢，禮貌的向我們揮揮手：

「OK，姑拜！」

點完名後是看病時間，由我負責帶病患夥伴出鐵絲網，到附近路旁的一幢綠「十」字標誌的白色帳棚內看醫生。上尉階級的印度軍醫，非常親切。他還和我並肩的拍了一張照片，且送給我一包印度香煙作「見面禮」，是一種樹葉捲的，很別致。

夥伴們閒著無事，又開始玩起扣扣、撲克、象棋、跳棋等，或著幾個人聚在一起天南地北的亂扯淡，擺龍陣——，等待著共方代表「解釋訪問」。

而最教大家樂道的，當然是擺在眼前的印度阿三用右手吃飯，左手揩屁股了。

用右手吃飯，我們親眼常看到的。印軍衛兵三餐就在崗樓下進食。飯是包布包袱內送來，攤在地上，用右手一把一把抓著往嘴裡塞。餐畢，洗洗手，方便又省事。

「吃飯」，是與生俱來，天天都要「吃飯」，本來沒什麼可大驚小怪的。可是，現在看印度人用手抓飯吃，聯想美國人用刀叉，中國筷子，大家就覺得奇怪有趣了，爲什麼人類進化會出現這麼大差異呢？有空閒時間，又有趣味，於是大家就熱烈的談論著；苦悶時談，快活時談，無所事事就談。談著，談著，揭開一層層人類進化的神祕面紗，或許如下的結論是可能的：

——初民從茹毛飲血，至發明火後，用火熏烤食物，皆用手直接取食，這可從觀察人類近親猿猴的生活史推理獲得證明。

——到了我們祖先發明陶器後，人類最先有了「湯食」；用砂鍋作釜，加水煮獸肉，或野蔬。煮熟後，無法直接用手取食，必須借助枝椏撈取，這是筷子的誕生。

——印度與西方民族的祖先，因爲不懂製陶，因而缺乏誘因，無法發展出筷子文化。及至西方人發現金屬後，才用銅鐵製鍋，製刀叉，產生了被認爲進步的刀叉文化。他們捨棄取材便利低賤的筷子，而用昂貴的金屬刀叉，是因爲人類只消一分鐘就可學會使用刀叉，而我們祖先使用筷子，可能摸索了一千年，才發展出今天的定型。

——印度民族用手抓食，始終沒有改進，這可能和他們適應環境、樂天的民族性，以及習慣性有關。一種習慣已養成數千年，又這麼便利，是很難改變的。

至於用左手指屁股，在崗樓下有間廁所，四周圍著帆布，我們常看到印軍衛兵提著長頸小口陶罐進去；用水洗是可確定的了。而如何洗，是否用左手洗，這道詳細過程倒沒看到。

想著些事情，想著些古古怪怪的事，滿好打發時間，也是樂事。

印軍並送來許多雜誌、小說，作爲我們精神糧食：如《魯賓遜漂流記》、《塊肉餘生記》、《簡愛》、《五小姐傳》，以及無名氏的《野獸野獸野獸》，《塔裡的女人》等。此外，每人還發了一本自由日曆，袖珍型的一小本，頁裡畫著一格格，共一百二十餘格，至一九五四年一月二十三日止。我們每天畫一格，表示自由又接近一天了。

兩個多星期後，印軍衛兵通知我們派一名代表參加開會。大家推舉老劉去。下午四時，老劉回來了，帶回開會的消息，他說從下星期一起開始「解釋訪問」，由共方代表指定哪個戰俘營，哪個戰俘營就帶去，採個別說服。出席人員除共方人員外，還包括中立國代表與世界各地新聞記者。沒有聯合國與聯軍人員。老劉並把「解釋訪問」場所的圖形繪了回來。他特別提醒出口地方「回去」與「不回去」的門開在一起，僅有一線之隔，要千萬小心，萬一走錯了一步，馬上就有印軍拉你上車送回共區。因此，爲了謹愼，我們在操場上畫了現場圖形，做模擬演習，讓每人都進去走幾趟，到不錯爲止，以免一失足成終身恨。

星期一早晨，吃過飯後，大家穿著整齊服裝待命。九時左右，不知哪個戰俘營夥伴，乘坐十幾輛卡車，揮舞著青天白日滿地紅的國旗從大門前經過，送去「解釋訪問」。下午四時，他們回來了，一路又唱歌，又大聲叫喊：「勝利，勝利，勝利……」大家站在鐵絲網旁，看他們叫叫嚷嚷的招搖而過。第二天，又有一個戰俘營送去「解釋訪問」，又是每車滿載回來。第三天，就沒見再送人去了。

爲什麼停止「訪問」？什麼原因？向印軍衛兵打聽，他們總是搖手擺頭，保密到家。後來我們去白色帳棚看病，從別的戰俘營夥伴聽到了消息：共方人員挨揍了，火暴的夥伴一進場就對他們揮拳頭，扔椅子，謾罵。兩天的「解釋訪問」，僅回去兩三人，因此，共方代表叫停。

「解釋訪問」停頓後，他們用大門口喇叭向我們廣播，聲音很甜，很柔，是女的。勸我們回去，家有父母妻兒等著歸來。又說戰爭中我們吃了許多苦，爲人民盡到力，立了功；被俘是不得已的；在戰俘營兩三年來吃不飽，穿不暖，挨餓受凍，受盡屈辱……又說過去有部分幹部同志管理不當，使我們受到委屈，經上級檢討後徹底改正，還給我們公道等等。

他們早晚廣播，吵叫得大家無法安寧。夥伴們丟石頭砸喇叭，他們照叫不停。叫囂了一個多星期後，他們才自動的閉嘴了。

十一月二十一那天，下午二時，六、七輛滿載全副武裝印軍的大卡車，從營區大門前馳駛掠過。順著營區前公路往裡延伸約八、九百公尺處的一座戰俘營內，許多夥伴聚集在鐵絲網前揮舞著旗幟吶喊。印軍趕到現場後，立即跳下車，一個個就射擊位置。中立區以南的高地上美軍，拿望遠鏡向那邊眺望著。夥伴們不停的鼓噪，叫聲松濤般的，一陣陣「嘩嘩」的嘖來。不久傳來幾響槍聲，人群立刻散開了。槍聲停了。十多分鐘後，從聯軍方向飛來一架直升機，降落在那座戰俘營區附近，不一晌，又飛走了。印軍也撤了，不知發生了什麼事。

幾天後，我們斷斷續續的聽到了外界所發生的事件：有座戰俘營，扣留了印軍司令官齊瑪雅將軍；印軍抓去了一個夥件；印軍衝進一座戰俘營，打死了一個夥件……

「解釋訪問」一直停擺。共產黨又忙著開會討論對策了，不會就此罷休的。我們判斷共產黨可能會藉口我們鬧場，使「訪問」無法進行，要求遣委會延長拘禁時間，或且提出變更「訪問」方式，假使一切手法不得逞，最後就是武力劫俘了，這是我們最擔心的。

時序已進入隆冬，三八線大雪紛飛，地面積雪三十公分深。來自熱帶的印度士兵，裹著黃呢大衣，下巴縮在豎起的領子裡，槍背著，躲在崗樓下，凍得直打抖。雷區雪地裡時常有小動物出沒，自由自在的徜徉覓食。幾天前，一個印度兵用槍打了一隻山雉，當他進入雷區捕捉時，觸發地雷，轟隆一聲巨響，冒起了一丈多高硝煙，帽子飛過幾十公尺，掛在營區前面的鐵絲網上，屍體給炸得粉碎。

聖誕夜，印軍和韓國政府對我們都有禮貌的表示。印軍送來一份托盤甜點，糖漿澆米花。韓國政府的禮物是：鉛筆、簿本、糖果，以及富有韓國風味的布娃偶。大門口的喇叭播放著印度音樂，嘰哩呱啦的響，非常刺耳。

過了新年，距離我們釋放日期——一月二十三日，僅剩下二十多天了。共方代表是否繼續「訪問」，或另有所圖，始終沒有表態。我們揣測共產黨可能放棄「說服」工作，下一步就是動武了。因此，大家特別提高警覺，一面加派衛兵對共方控制區監視，一面準備帳棚杆子，廚房裡菜刀、火鐽等破壞鐵絲網工具，一有情況發生，便往外衝。

一天上午，天氣十分晴朗，大家都在帳棚外曬太陽、聊天。忽然，隔鄰營區傳來叫喊聲，他們七、八人站成一排齊聲的喊：

「米——米——米……」

我們馬上到廚房，將幾包米一包包的倒出來。倒了一半，在一包米裡發現了一條紙卷，約五公分長，捲得緊緊的，打開看，上面寫著：

「發生情況時，循公路向南走，勿進入雷區，危險！」

我們也照樣的向左鄰營區傳去。

時間的腳步，是不會停留的，走向自由？走向死亡？難以逆料。大家的心弦一天比一天繃緊，稍有風吹草動，都會叫我們心驚肉跳，心臟收縮。

挨到了一月二十一日，這天清晨，天氣顯得格外陰森寒冷。大雪正開始融化，沒有陽光。點過名後，我們又回帳棚裡披著毯子取暖，擺龍門陣。到了九時三十分，大門口的喇叭咿咿呀呀的響了一陣又停了，沒聽清楚播什麼。過了一會，幾個夥伴歡天喜地的跑進帳棚來叫嚷著：

「大家快來呀，我們自由了！快來，快來……」

全體夥伴都跑出了帳棚，跑到了大操場。那位印軍士官，站在鐵絲網大門外，操英語對我們揮著手，說：

「哈囉！中國朋友，你們獲得自由了。現在你們準備離開這裡吧！」

大家歡聲雷動，沒想到這麼和平的得到自由，太意外了！更沒想到共產黨最後表現得這麼有風度，不但放過我們一馬，還提前兩天釋放。大夥兒又蹦又跳的奔回帳棚，收拾衣物，捆背包，打掃營區。一切整理妥了，便坐在帳棚內等著出戰俘營。

釋放先從北韓戰俘開始。我們等過中、晚餐，到了深夜，大家才背著背包，一個跟一個的邁開自由步代，走出鐵絲網。暗灰色的天空，閃爍著幾顆星星。雪風颳在身上，像針扎的痛。印軍在道路兩旁布哨，十來公尺一個，頭上戴著英式鋼盔，插著樹枝，槍上刺刀。一路經過的戰俘營全部空的，那些夥伴已先我們出去了。跟在我們隊伍後面的夥伴，大概也只有兩三個戰俘營千把人。在中立區以北的共軍控制區，正沈睡在黑暗裡，一團死寂。小山丘上的大喇叭不響了。隱約有一束微弱火光，似鬼火。步行半小時，出了中立區，聯軍人員已在關口迎接我們。道路旁停列著幾十輛大卡車。

我們立即登車，車隊便向仁川港進發。駛經自由門時，車子停住了。一位美軍人員送上了一盒花生巧克力，每人一份。車又開了。

到達漢城，天色已大亮。從車後望去，街道上行人來來去去，有的駐足對車隊望著。兩旁一切景物，破碎的、完整的，不斷的往車後退去。戰爭過去了，大伊應該回到了她叔父家，她叔父應該回漢城了，我心裡想。心底泛起了陣陣痛楚與惆悵。我希望能看到她，注視著過往的每一個少女，注視著每一個臉形略圓，輪廓分明，披著秀麗長髮，穿黑短外衣，白裙子的女孩；但看似她，又不是。連皮膚白皙，眼睛水汪汪的小伊；梳兩條辮子的韓淑子；臉色紅艷，愛笑的大金；身子稍胖的通通包；小巧玲瓏的小金，也沒有看到。不可能的，這麼大的世界，見不到她的！這是死亡的別離！

車隊往郊外行駛時，也許是對這個國家和人民表示感激與謝意吧，不知誰先開始將肥皂丟給路旁的百姓。在戰俘營內食物缺乏，肥皂可發不少，有洗衣的、洗澡的，臨走時每人都帶了好幾塊。見有人丟肥皂，大家也都拿出肥皂紛紛的丟給路旁百姓。百姓爭推著。老美大聲的叫喊：「NO，NO」，影響行車安全，不停的敲打車門制止。大家才停止了這種「友誼」的贈與。

下午五時，到達了仁川港。仁川僑胞舞獅、舞龍，踩高蹺夾道熱烈歡送。我們下車列隊，帶著僑胞的熱情與祝福，步入碼頭，登上登陸艇，卸下背包休息。不久，艇尾的吊門緩緩上升關閉，艇身晃了下，跟著有節奏的繼續震動著，船艦離開了港口，航向大海，航向祖國的懷抱。

國家圖書館出版品預行編目資料

韓戰生死戀 = Life and Death In Korean War
王北山著. -- 初版. --[臺北縣三峽鎮]
：王北山出版；臺北市：揚智總經
銷, 2003 [民92]
面；　　公分

ISBN 957-41-0846-5(平裝)

857.7　　　　　　　　92003344

作　　者／王北山
出 版 者／王北山
總 經 銷／揚智出版社
地　　址／台北市新生南路3段88號5樓之6
電　　話／(02)2699-0309　2366-0313
傳　　眞／(02)2699-0310
印　　刷／普林特斯資料有限公司
初版一刷／2003年4月
定價：380元

郵政劃撥／14534976
帳　　戶／揚智文化事業股份有限公司
E-mail／tn605547@ms6.tisnet.net.tw
網　　址／http://www.ycrc.com.tw

本書如有缺頁、破損、裝訂錯誤，請寄回換。版權所有　翻印必究。